마이 시스터즈 키퍼
MY SISTER'S KEEPER

마이 시스터즈 키퍼
MY SISTER'S KEEPER

———————— · ————————

조디 피코(Jodi Picoult) 지음

이지민 옮김

siso

마이 시스터즈 키퍼

초판 1쇄 발행 2017년 11월 15일
초판 5쇄 발행 2023년 5월 20일

지은이 | 조디 피코
옮긴이 | 이지민
펴낸이 | 정윤아
본문 디자인 | 디자인 [연:우]

펴낸곳 | SISO
주 소 | 경기도 고양시 일산서구 일산로635번길 32-19
출판등록 | 2015년 01월 08일 제 2015-000007호
전 화 | 031-915-6236
팩 스 | 031-5171-2365
이메일 | sisobooks@naver.com

ISBN 979-11-954846-6-9 03840

프롤로그

전쟁을 통해 무엇을 얻을지,

그리고 전쟁을 어떻게 수행할지 명확히 그리지 않고는

아무도 전쟁을 시작하지 않는다.

더 정확히 말하면 제정신인 사람이라면

그렇게 해서는 안 된다.

-칼 폰 클라우제비츠, 『전쟁론』

내가 처음으로 기억하는 건, 난 세 살 때 언니를 죽이려고 했다는 사실이다. 때로는 그 기억이 지나치게 선명해 베개를 움켜진 내 손의 근질거림, 내 손바닥에 눌린 언니의 오뚝한 콧날마저 떠오른다. 언니는 물론 저항조차 하지 않았지만 나의 시도는 실패로 끝나고 말았다. 아빠가 밤중에 우리의 이불을 덮어주려고 지나가다가 언니를 구해준 것이다. 아빠는 나를 침대로 돌려보내며 말했다. "없었던 일로 하마."

우리가 자라면서 나는 존재하지 않는 것 같았다. 나는 언니와 관계될 때에만 존재하는 사람이었다. 나는 언니가 방 저쪽 편 침대에 누워 자는 것을 지켜보곤 했다. 긴 그림자 하나가 우리 둘의 침대를 연결하고 있었다. 나는 언니를 죽일 방법을 생각하곤 했다. 언니가 먹는 시리얼에 독 타기, 해안가의 강한 물살에 휩쓸려 보내기, 번개 맞게 하기.

하지만 결국 나는 언니를 죽이지 않았다. 언니는 스스로 죽음을 선택했다.

적어도 나는 내 자신에게 그렇게 말한다.

월요일

형제여, 나는 대양 바닥에서 들끓고 있는
불이라네.
형제여, 우리는 절대로 만나지 못하겠지.
수년 동안은
아마 수천 년 동안은.
언젠가 만나게 되는 날 자네를 따뜻하게 덮어주겠네.
꼭 껴안고 두 팔로 감싸주겠네.
자네를 이용하고 바꿔주겠네.
형제여, 아마 수천 년 동안.

-칼 샌드버그, 『친척』

안나

어린 시절, 나에게 가장 큰 수수께끼는 아기가 생기는 **방법**이 아니라 그 **이유**였다. 제시 오빠가 설명해준 덕분에 아기가 만들어지는 원리는 알고 있었다. 물론 당시 오빠도 절반 정도는 잘못 알고 있었으리라 확신한다. 또래 친구들은 선생님이 칠판에 글을 쓸 때면 사전에서 음경이나 질 같은 단어를 찾아보느라 정신이 없었지만 내 관심은 다른 데 있었다. 예를 들어, 왜 어떤 엄마들은 자식을 한 명만 낳는데 다른 가족들은 그 수가 계속해서 늘어나는지 궁금했고 전학생 세도나의 얘기가 더욱 궁금했다. 세도나는 부모님이 세도나로 휴가를 갔다가 자신을 가져 그런 이름을 갖게 되었다고 보는 사람마다 말하고 다녔다(아빠는 **"세도나 부모님이 저지시티로 휴가를 가지 않아 천만 다행이군."**이라고 말하곤 했다).

이제 열세 살이 된 나는 이런 이유들이 더욱 복잡하게 느껴질 뿐이다. 임신을 해서 학교를 중퇴한 8학년 언니, 남편의 이혼 청구를 막고 싶은 마음에 임신을 택한 이웃집 아주머니 등 혼란스러운 것들 천지다. 외계인이 지구에 내려와 아기가 태어나는 이유를 자세히 살펴본다면 분명 대부분의 아이는 우연히 태어나거나 부모가 특정한 날 지나치게 술을 많

11

이 마셔서 혹은 피임이 100% 성공하지 못해서를 비롯해 그다지 달갑지 않은 수천 가지 이유 때문에 태어난다고 결론지을 것이다.

반면, 나는 상당히 구체적인 목적을 갖고 태어났다. 나는 싸구려 와인이나 보름달의 몽롱한 분위기 혹은 순간의 타오르는 감정 따위 때문에 태어난 게 아니다. 나는 과학자들이 귀중한 유전 형질의 특정한 조합을 구현하기 위해 엄마의 난자와 아빠의 정자를 결합시킨 결과로 태어났다. 오빠가 아기가 어떻게 생기는지 말해줬을 때, 의심이 많은 나는 엄마, 아빠에게 직접 물어보기로 결심했다. 나는 기대한 것보다 많은 답을 얻었다. 부모님은 나를 자리에 앉히고 우선은 아기가 어떻게 생기는지 설명해주었다. 하지만 그게 다가 아니었다. 엄마, 아빠는 언니 케이트를 살리기 위해서 배아 상태의 작디작은 나를 특별히 선택했다고 말했다. 엄마는 확실히 덧붙였다.

"우리는 어떤 아기가 태어날지 정확히 알았기 때문에 너를 더욱 사랑했단다."

하지만 언니가 건강했더라면 나에게는 어떤 일이 일어났을까? 아마 나는 아직도 하늘나라 어딘가를 떠다니며 언젠가 누군가의 몸에 들러붙어 지구에서 시간을 보내길 기다리고 있을 것이다. 당연히 이 가족의 구성원이 되지는 않았을 것이다. 다른 사람들과는 달리 나는 이 세상에 우연히 온 게 아니다. 만약 부모가 특정한 이유 때문에 당신을 갖는다면 그때는 당신의 존재보다 이유가 더 중요해진다. 이유가 사라지면 당신도 사라질 테니까.

전당포는 쓰레기로 넘쳐날지 모르지만 온갖 이야기의 온상이기도 하다. 한 번도 끼지 않은 다이아몬드 반지를 어쩌다 전당포에 맡기게 되었을까? 도대체 얼마나 돈이 급했으면 눈 한쪽이 없는 곰 인형을 팔 생각을 했을까?

계산대로 걸어가는 동안 누군가 내가 이제 막 팔려고 하는 로켓(사진을 넣을 수 있는 작은 목걸이 펜던트-옮긴이)을 보고 같은 질문을 하는 건 아닐까 궁금하다. 계산대 앞의 남자는 순무 모양의 코를 하고 있다. 게다가 눈이 너무 움푹 들어가 있어 사람들이 팔려는 물건을 제대로 볼 수나 있을지 모르겠다. "뭐가 필요하니?" 남자가 묻는다.

나는 실수로 들어온 것 마냥 뒤돌아서서 문밖으로 나가지 않기 위해 애쓴다. 이 세상에서 절대로 포기할 수 없다고 생각한 물건을 손에 쥔 채로 이 앞에 서 있는 사람이 내가 처음이 아닐 거라는 생각만으로 버텨본다.

"팔 게 있어서요." 내가 말한다.

"뭔지 물어봐도 될까?"

"아," 나는 마른침을 삼키며 청바지 주머니에서 로켓을 꺼낸다.

목걸이에 달린 하트 모양의 로켓이 유리 계산대에 툭 하고 떨어진다. "14K예요." 나는 열심히 설명한다. "거의 안 맸어요." 거짓말이다. 오늘 아침까지, 7년째 한 번도 빼본 적이 없다. 여섯 살 때 언니를 위해 골수를 뽑고 난 뒤 아빠가 사 준 거다. 아빠는 언니에게 그렇게나 큰 선물을 준 사람이라면 선물을 받아 마땅하다고 말했다. 계산대에 놓인 로켓을 보고 있자니 목이 허전하고 시려온다.

전당포 주인은 루페(보석상·시계 수선공 등의 소형 확대경-옮긴이)를 낀다. 그제야 그의 눈이 그나마 정상적인 크기로 보인다.

"20 줄 수 있다."

"달러요?"

"아니, 페소로. 넌 얼마를 생각했는데?"

"그보다 5배나 비싼 거라고요!" 나는 생각한다.

주인은 어깨를 으쓱한다.

"돈이 필요한 건 내가 아닐 텐데."

나는 거래를 받아들이기로 하고 로켓을 집어 든다. 그때 이상한 일이 일어난다. 내 손이 조스 오브 라이프(사고 난 차 안에 갇힌 사람을 꺼내는 데 쓰는 공구, 상표명-옮긴이)처럼 꽉 조여진다. 손가락을 벌리려고 안간힘을 쓰는 바람에 얼굴이 붉어진다. 로켓이 주인의 펼쳐진 손바닥 위로 쏟아지기까지 한 시간이나 걸린 것 같다. 주인은 한층 부드러워진 눈길로 나를 쳐다본다. "엄마, 아빠한테는 잃어버렸다고 말하렴." 그는 덤으로 조언을 건넨다.

웹스터 씨가 사전에 **별종**이라는 단어를 넣기로 결심했다면 **안나 피츠제럴드**는 그가 내릴 수 있는 최고의 정의일 것이다. 비단 외모뿐만이 아니다. 내 외모로 말할 것 같으면 납작한 가슴은 말할 것도 없고 삐쩍 마른 몸에 윤기 없는 머리칼, 레몬주스나 자외선 차단제 혹은 심지어 사포로도 없앨 수 없는, 볼에 난 수많은 주근깨 정도로 표현할 수 있겠다. 하지만 이게 다가 아니다. 신은 내가 태어나던 날 기분이 퍽이나 안 좋았던 게 틀림없다. 이 놀라운 신체적 조합에 큰 그림까지 더하셨으니 내가 태어난 가정이 바로 그것이다.

우리 부모님은 정상적인 가정을 일구려고 노력했다. 하지만 그건 어디까지나 상대적인 개념이다. 사실 나는 한 번도 아이답게 지낸 적이 없다. 솔직히 말하면 케이트 언니나 제시 오빠도 마찬가지였다. 언니가 백혈병 진단을 받기 전 4년 동안 오빠는 나름 관심 받는 시절을 보냈을지도 모른다. 하지만 언니가 병을 앓고 난 이후로 우리는 언니를 돌보느라 바쁜 나머지 정상적인 어린 시절을 보낼 수가 없었다. 대부분의 어린아이들은 자신을 만화 캐릭터쯤으로 생각한다. 만화에서처럼 모루(대장간에서 뜨거운 금속을 올려놓고 두드릴 때 쓰는 쇠로 된 대-옮긴이)가 그들의 머리 위로 떨어지더라도 아무렇지도 않게 다시 일어나 계속해서 살아갈 수 있을 거라고 생각한다. 하지만 나는 한 번도 내가 그럴 수 있을 거라고 생각한 적이 없다. 우리의 저녁 식사 자리에는 늘 죽음이 자리하고 있기 때문이다.

　언니는 급성전골수세포성백혈병(APL)을 앓고 있다. 실은 정확히 말하면 그건 사실이 아니다. 지금 당장은 병이 진행되고 있지 않지만 이 병은 곰처럼 언니의 피부 밑에서 동면하고 있다가 언제 다시 으르렁거릴지 모른다. 언니는 두 살 때 백혈병 진단을 받았고 지금은 열여섯이다. **분자학적 재발, 과립구, 케모포트**(항암 약물 등 고위험 약물을 안전하게 중심정맥을 통해 투여하기 위해, 가슴 위쪽의 피부 밑에 삽입해 놓는 의료기구-감수자) 따위는 이제 나에게 일상적인 단어다. 물론 이 단어들은 대학입학시험에 절대로 나오지 않는다. 나는 동종이계 기증자다. 모든 것이 완벽히 맞는 형제인 것이다. 언니에게 백혈구나 줄기세포, 골수가 필요할 때면 내가 그걸 제공해준다. 언니의 몸이 스스로 건강하다고 믿게끔 속이기 위해서다. 언니가 병원에 입원할 때면 나 역시 거의 병원 신세다.

　이 모든 것은 아무 의미가 없다. 다만 나에 대한 얘기를 믿어서는 안 된다. 특히 내가 나에 대해 하는 얘기는.

계단을 올라가자 엄마가 또 다른 드레스를 입은 채 방에서 나오고 있다. "오, 때맞춰 잘 왔구나." 엄마는 내 쪽을 향해 등을 내민다.

나는 엄마의 드레스 지퍼를 올려준 뒤 엄마가 몸을 빙그르 돌리는 것을 지켜본다. 엄마는 다른 누군가의 삶 속에 들어갔더라면 아름다웠을 것이다. 길고 검은 머리칼에 아름다운 쇄골을 지녔지만 입술 언저리가 마치 쓰디쓴 소식을 삼킨 것처럼 뒤틀려 있다. 언니가 멍이 들거나 코피가 나면 일정이 갑작스럽게 바뀔 수 있기 때문에 엄마에게는 자유 시간이 거의 없다. 대신 엄마는 블루플라이 닷컴(Bluefly.com) 같은 사이트에서 절대로 참석하지 않을 파티에 입고 갈, 우스꽝스러울 정도로 화려한 이브닝드레스를 주문하며 시간을 보낸다. "이 옷 어떠니?" 엄마가 묻는다.

드레스는 온통 노을빛에 엄마가 움직일 때마다 바스락거리는 소재로 만들어졌다. 스타들이 뽐내는 자태로 레드카펫을 걸을 때나 입을 것 같은, 어깨끈이 없는 드레스다. 어퍼 다비 교외 지역에 사는 주부가 입을 만한 옷은 절대 아니다. 엄마는 머리를 꼬아 하나로 묶었다. 침대 위에는 다른 드레스 세 벌이 더 놓여 있다. 하나는 섹시한 검은색 드레스, 다른 하나는 유리구슬이 달린 드레스, 다른 하나는 터무니없이 작아 보이는 드레스다. "그러니까…."

'질렸어'라는 말이 내 입술 아래서 보글거린다. 내가 말을 해버린 건 아닌가 싶을 정도로 엄마는 미동도 없이 얼어붙었다. 그때 엄마가 열려 있는 문에 귀를 갖다댄 채 손을 번쩍 들어 나를 조용히 시킨다.

"저 소리 들었지?"

"무슨 소리?"

"네 언니 말이야."

"아무 소리도 못 들었는데."

하지만 엄마는 내 말을 믿지 않는다. 언니에 관해서라면 엄마는 누구의 말도 믿지 않는다. 엄마는 위층으로 황급히 올라가 우리 방문을 연다. 언니가 흥분한 상태로 침대에 앉아 있다. 그렇게 세상이 또다시 무너진다. 탁상 천문학자인 아빠는 나에게 모든 것, 심지어 빛까지도 그 가운데로 빨아들일 정도로 강렬한 블랙홀의 힘에 대해 설명한 적이 있다. 지금 같은 순간은 진공 상태와도 같다. 무엇에 매달리든 결국 그 안으로 빨려 들어가고 만다.

"케이트!"

엄마가 바닥에 맥없이 주저앉는다. 우스꽝스러운 드레스가 엄마 주위로 구름처럼 펼쳐진다.

"케이트, 얘야. 어디가 아프니?"

언니는 베개를 끌어안고 있다. 닭똥 같은 눈물이 언니의 얼굴을 타고 주르륵 흐른다. 눈물에 젖어 축축해진 옅은 머리칼이 얼굴에 다닥다닥 붙어 있고 호흡은 지나치게 가쁘다. 나는 얼어붙은 상태로 문가에 서서 '아빠한테 전화해, 911에 전화해, 찬스 의사한테 전화해.' 엄마의 지시를 기다린다. 하지만 엄마는 언니로부터 제대로 된 설명을 들어보려 한다. "프레스턴 때문이야." 언니가 흐느낀다. "세레나를 영원히 떠난대."

바로 그때 우리의 시선은 TV로 향한다. 화면 속에서 금발의 섹시한 남자가 언니만큼이나 펑펑 울고 있는 여자를 애절한 눈빛으로 바라보더니 문을 닫고 나간다. "도대체 뭐가 슬픈데?" 엄마가 고작 그 정도로 이렇게 난리법석을 피웠냐는 듯 묻는다. 언니가 코를 훌쩍이며 말한다.

"맙소사! 엄만 세레나와 프레스턴이 얼마나 많은 일을 겪었는지 모르는 거야?"

모든 게 괜찮다는 것을 알자 내 안의 긴장이 풀린다. 우리 집에서 '평범함'은 덮고 자기에 지나치게 짧은 이불과도 같다. 몸을 잘 덮어줄 때도 있지만 덜덜 떨게 만들 때도 있다. 최악은 어떤 상황을 맞이할지 모를 때다. 나는 언니 침대 끝에 걸터앉는다. 열세 살밖에 되지 않았지만 언니보다 키가 큰 나를 사람들은 언니로 오해하기도 한다. 이번 여름, 언니는 칼라한, 와이엇, 리암 등 이 드라마의 남자 주인공에게 차례로 흠뻑 빠졌다. 이제는 프레스턴 차례인가 보다.

"납치 소동이 있었어."

내가 나서서 설명한다. 언니가 투석을 받으러 가는 동안 나에게 녹화를 시켰기 때문에 나는 대략적인 줄거리를 알고 있었다.

"게다가 당시에 세레나는 프레스턴의 쌍둥이 동생과 실수로 결혼할 뻔했고." 언니가 거든다.

"그 남자는 보트 사고로 죽었지. 어쨌든 두 달이 됐네."

엄마가 대화에 동참한다. 엄마도 병원에 앉아서 언니랑 이 드라마를 봤었다. 비로소 엄마의 옷이 눈에 들어오는 듯 언니가 묻는다.

"무슨 옷을 입고 있는 거야?"

"아, 환불할 거야." 엄마는 내가 지퍼를 내릴 수 있도록 내 앞에 선다. 홈쇼핑 충동은 여느 엄마에게는 치료가 필요한 중독이겠지만 우리 엄마에게는 일종의 휴식이다. 잠시나마 엄마가 상당히 흠모하는 다른 누군가의 껍데기를 걸칠 수 있어서인지 자신에게 맞지 않는 상황을 환불할 수 있기 때문인 건지 모르겠다. 엄마가 언니를 뚫어져라 쳐다보며 묻는다.

"정말 괜찮은 거야?"

엄마가 방을 나선 뒤 언니는 조금 가라앉는다. 나는 이렇게밖에 설명할 수가 없다. 언니의 얼굴에서 혈색이 얼마나 빨리 사라지는지, 언니가 베개 아래로 어떻게 자취를 감추는지를 말이다. 언니는 병세가 악화되면서 조금 더 희미해지고 있다. 어느 날 잠에서 깼는데 언니가 더 이상 보이지 않을까 봐 걱정이 된다.

"비켜봐." 언니가 명령한다. "화면을 가리고 있잖아."

나는 내 침대에 가서 앉는다. "예고편이잖아."

"나는 오늘 밤 죽는다 해도 내가 무엇을 못 보게 될지 알고 싶다고."

나는 머리 아래 놓인 베개를 부풀린다. 항상 그렇듯 목을 편안하게 받쳐주는 푹신푹신한 베개는 전부 언니 차지다. 언니는 그럴 자격이 있다. 나보다 세 살이나 많고 아픈데다 물병자리니까. 이유야 **항상** 존재한다. 나는 눈을 가늘게 뜨고 TV를 본다. 채널을 바꿀 수 있기를 희망하며. 하지만 그럴 가망이 전혀 없다.

"프레스턴은 플라스틱으로 만든 것처럼 생겼어."

"그런데 왜 어젯밤 네가 베개에다 대고 그 이름을 속삭이는 소리가 들렸을까?"

"조용히 해." 내가 말한다.

"너나 조용히 해." 그러고는 언니가 웃는다.

"프레스턴은 아마 게이일 거야. 우리 둘 다 허탕 치는 거지. 피츠제럴드 자매는…."

언니가 움찔하며 말을 멈춘다. 나는 언니를 향해 돌아눕는다.

"언니?"

언니는 등허리 쪽을 만진다. "괜찮아."

신장이 아픈가 보다. "엄마 부를까?"

"아직은 괜찮아." 언니가 우리 침대 사이로 손을 뻗는다. 침대는 우리 둘이 손을 뻗으면 서로 맞잡을 수 있을 만큼 떨어져 있다. 나도 손을 내민다. 어렸을 때 우리는 이렇게 팔로 다리를 만들어 얼마나 많은 바비 인형을 그 위에 올릴 수 있는지 시험해보곤 했다.

최근 들어 나는 악몽을 꾼다. 내 몸이 산산조각이 나서 다시 붙일 수 없는 지경에 이르는 꿈을.

아빠는 불이 나더라도 창문을 열어 불을 기우지 않는 한 불은 스스로 꺼지게 되어 있다고 말한다. 내가 하려는 일도 근본적으로 이와 같다. 하지만 아빠는 이런 말도 했다. 화염이 바짝 쫓아오면 벽을 한두 개 부숴 탈출해야 한다고. 그래서 언니가 약에 취해 잠들자 나는 매트리스와 박스 스프링 사이에 보관한 가죽 바인더를 꺼내 들고 화장실로 향한다. 언니가 줄곧 나를 염탐하고 있다는 걸 안다. 그래서 내 허락 없이 내 물건에 손을 대는 사람이 누구인지 알아내기 위해 지퍼의 톱니 부분 사이에 붉은 실을 끼워 두었다. 하지만 실이 끊겨 있더라도 사라진 것은 아무것도 없다. 나는 샤워하는 것처럼 욕조에 물을 틀어 놓고는 바닥에 앉아 돈을 세기 시작한다.

전당포에 로켓을 팔고 받은 20달러를 더하면 총 136달러 87센트다. 충분하지는 않겠지만 방법이 있을 거다. 제시 오빠도 낡아빠진 지프차를 샀을 때 2,900달러가 없어서 은행에서 대출을 받았다. 물론 부모님이 서류에 서명을 해줬지만. 상황이 상황이니만큼 엄마, 아빠가 나를 위해서도 그렇게 해줄지는 의문이다. 나는 돈을 한 번 더 센다. 그렇게 하면 마술처럼 돈이 불어나기라도 할 것처럼 말이다. 하지만 숫자는 정직하고 돈은 그대로다. 나는 이제 신문에서 오린 광고 기사를 읽는다.

캠벨 알렉산더. 우스운 이름이다. 지나치게 비싼 술 이름이나 중개업소 이름 같다. 하지만 이 남자의 실력만큼은 무시할 수 없다.

오빠의 방에 가기 위해서는 말 그대로 집을 나서야 한다. 딱 오빠가 원하던 대로다. 오빠는 열여섯 살이 되었을 때 차고 위의 다락으로 방을 옮겼다. 완벽한 위치였다. 오빠는 부모님의 간섭을 받고 싶어 하지 않았고 부모님도 굳이 오빠가 무엇을 하는지 보고 싶어 하지 않았다. 방으로 들어가는 계단은 스노우 타이어 4개, 상자들이 쌓여 생긴 작은 벽, 한쪽으로 기운 떡갈나무로 가로막혀 있다. 가끔은 오빠가 자신에게 가는 길을 더욱 어렵게 만들기 위해 이 장애물들을 일부러 설치한 게 아닌가 싶다. 나는 온갖 잡동사니를 넘어 계단을 오른다. 계단은 오빠 방 라디오에서 흘러나오는 베이스 기타 소리로 미세하게 흔들린다. 오빠는 거의 5분이 지나서야 내가 문 두드리는 소리를 듣는다. 오빠가 문을 살짝 열며 톡 쏘듯 말한다.

"왜?"

"들어가도 돼?"

오빠는 신중히 생각한 뒤, 한 걸음 뒤로 물러나 나를 들여보내준다. 방은 더러운 옷가지와 잡지, 먹다 남은 중국 음식이 담긴 용기로 가득 차 있다. 아이스하키용 스케이트화에서 나는 땀 냄새가 진동한다. 잘 정돈된 곳이라곤 오빠가 특수 소장품을 보관하는 선반뿐이다. 재규어의 은색 마스코트, 메르세데스-벤츠의 심볼, 포드 머스탱의 말 등 오빠는 이 후드 오너먼트들을 길바닥에서 주웠다고 말하지만 나는 그 말을 곧이곧대로 믿을 정도로 멍청하진 않다. 그렇다고 부모님이 오빠를 아예 신경 쓰지 않는 것도, 오빠가 어떤 문제에 휘말려 말썽을 피우고 있는 건 아니니 오해하지 않기를 바란다. 그저 그런 것들을 돌볼 시간이 정말 없을 뿐이다. 우선순위에서 밀리는 일이기 때문이다.

오빠는 나를 무시한 채 잡동사니 오른편 끝에서 하고 있던 일에 다시 몰두한다. 문득 슬로우 쿠커가 나의 관심을 사로잡는다. 몇 달 전 부엌에서 사라진 물건이 이제 오빠 방 TV 위에 놓여 있다. 뚜껑에 꽂힌 구리 튜브가 얼음으로 가득 찬 플라스틱 우유병을 관통해 메이슨 자(입구가 넓은 식품 보존용 유리병-옮긴이)까지 이어지고 있다. 오빠는 비행 청소년일지 모르지만 똑똑하긴 하다. 내가 이 기묘한 장치를 만지려는 순간, 오빠가 뒤를 돌아보며 소파 쪽으로 꽤 잽싸게 다가와 내 손을 탁 친다.

"야! 응축 고리를 망가뜨리지 말라고."

"이게 내가 생각하는 그거야?"

"네가 무슨 생각을 하는지에 달렸지."

심술궂은 미소가 오빠의 얼굴에 가득 퍼진다. 오빠가 메이슨 자를 열자 술이 카펫으로 뚝뚝 떨어진다.

"마셔 봐."

임시방편으로 대충 만들긴 했어도 꽤나 강력한 밀주 위스키다. 배와 다리를 타고 술기운이 확 전해져 나는 소파에 털썩 주저앉는다.

"토할 것 같아."

나는 숨을 헐떡인다. 오빠가 웃으며 자기도 한 모금 마신다. 오빠에게는 술이 조금 더 쉽게 내려간다.

"그래서 원하는 게 뭐야?"

"내가 원하는 게 있는지 어떻게 알았어?"

"그냥 여기까지 오는 사람은 없지."

오빠가 소파의 팔걸이 부분에 걸터앉으며 말한다.

"게다가 케이트에 관한 거라면 이미 나한테 말했잖아."

"음, 언니에 관한 거긴 해."

나는 신문에서 오린 기사를 오빠의 손에 쥐여 준다. 그 편이 내가 직접 말하는 것보다 더 나은 설명이리라. 오빠는 기사를 읽은 뒤 내 눈을 똑바로 쳐다본다. 오빠의 눈은 아주 옅은 은색이다. 깜짝 놀랄 만큼 은색이라 가끔은 오빠가 날 쳐다볼 때 무슨 말을 하려는지 완전히 잊어버리곤 한다.

"괜한 문제 일으키지 마, 안나." 오빠가 씁쓸하게 말한다. "우리는 이미 각자가 맡은 역할이 있어. 케이트는 순교자, 난 가망 없는 놈, 너는 평화유지자."

오빠는 나를 안다고 생각한다. 하지만 그건 나도 마찬가지다. 문제를 일으키는 데 있어서 오빠는 중독자 수준이다. 나는 오빠를 똑바로 쳐다본다.

"누가 그래?"

오빠는 주차장에서 나를 기다리기로 한다. 이번 일은 오빠가 내 부탁을 군말 없이 들어준 몇 안 되는 일 중에 하나다. 나는 건물 앞쪽으로 향한다. 괴물 석상 두 개가 입구를 지키고 있다. 캠벨 알렉산더 변호사 사무실은 3층에 있다. 벽은 적갈색 말의 털색 같은 나무로 덮여 있다. 두꺼운 동양풍 카펫에 발을 디디자 내 운동화가 몇 센티미터쯤 푹 꺼진다. 비서는 내 얼굴이 비칠 정도로 반짝거리는 검은색 펌프스(무용·운동 때 신는 가볍고 부드러운 신발-옮긴이)를 신고 있다. 나는 내 찢어진 청바지와

지난주 심심해서 사인펜으로 문신을 새겨 넣은 케즈 운동화를 힐끗 쳐다
본다.

비서는 깨끗한 피부에 완벽한 눈썹과 도톰한 입술을 가졌지만 그 입
술을 전화 너머 상대방을 향해 죽어라 악을 쓰는 데 사용하고 있다.

"내가 판사한테 그렇게 말할 거라고 기대하진 않겠죠? 당신이 클레
망이 고함치는 걸 듣기 싫어한다고 해서 내가 그래야 하는 건 아니죠… 아
니, 사실 그 급여 인상은 내가 하는 독특한 일과 매일 참아야 하는 헛소리
에 대한 대가라고요. 말이 나왔으니 말인데…."

여자는 전화기를 귀에서 멀찌감치 뗀 채 들고 있디. 연결이 끊기는
지지직 소리가 들린다. "개자식." 여자는 중얼거린다. 그러더니 몇 발짝
안 떨어진 곳에 내가 서 있는 걸 알아챈 듯 말을 건넨다.

"뭐 도와줄까?"

여자는 첫인상으로 나에 대해 일반적인 평가를 내리려는 듯 머리부
터 발끝까지 나를 찬찬히 살핀다. 내 점수는 형편없는 게 분명하다. 나는
턱을 치켜들고 괜히 아무렇지도 않은 척한다.

"알렉산더 씨와 약속이 있어요. 4시예요."

"네 목소리 말이야." 여자가 말한다. "전화상으로는 이렇게…."

'어리게 들리지 않았다고?'

여자가 멋쩍게 웃는다.

"우리는 일반적으로 청소년 사건은 다루지 않는단다. 원한다면 다
른 변호사를 추천해 줄 수…."

나는 숨을 깊이 들이쉰다. "그건," 내가 끼어든다.

"사실이 아니에요. 스미스 대 웨이틀리, 에드먼드 대 여성·아동 병

원, 제롬 대 프로비던스 교구 사건에서 소송인은 전부 열여덟 살 미만이었
어요. 세 건 모두 알렉산더 씨의 고객이 승소했죠. 게다가 전부 작년에 진
행된 사건이고요."

비서가 나를 보고 눈을 깜빡인다. 그녀의 얼굴 가득 천천히 미소가
번진다. 이제 나를 좋아하기로 결심이라도 한 것처럼.

"생각해 보니, 변호사님 사무실에서 기다리는 게 어떻겠니?"

그녀는 일어나서 나에게 길을 안내한다.

● ● ●

앞으로 평생 책만 읽고 산다 해도 캠벨 알렉산더 변호사 사무실 책장
에 빽빽이 꽂혀 있는 수많은 단어를 전부 읽을 수는 없을 것이다. 나는
셈을 해본다. 한 페이지에 단어가 400개라고 치고 법률 도서 한 권당
400페이지라고 치자. 선반 하나당 책이 20권이 꽂혀 있고 책장마다 선반
이 6개가 있다. 맙소사 1,900만 개나 된다. 게다가 방 전체에는 이보다
훨씬 많은 선반이 있다.

나는 사무실에서 상당히 오래 기다리고 있는 중이다. 책상 위에서 족
구를 해도 될 만큼 상당히 잘 정돈되어 있다는 것을 눈치챌 정도로 말이
다. 게다가 책상 위에는 아내나 아이들, 심지어 변호사 자신의 사진조차
없다. 하지만 티끌 하나 없을 정도로 깨끗한 이곳에 옥의 티가 있었으니,
바로 바닥에 놓인 물이 가득 찬 머그잔이다. 나는 바닥에 머그잔이 놓인
이유를 생각해 본다. 개미 떼를 위한 수영장 혹은 원시적인 형태의 가습
기일지도 모른다. 그것도 아니면 신기루일지도. 신기루일 거라고 거의 확
신한 뒤 정말인지 확인하기 위해 고개를 숙여 만지려는 순간, 문이 불쑥

열린다. 그 바람에 의자에서 떨어진 나는 방 안으로 들어오고 있는 저먼 셰퍼드와 눈이 마주친다. 개는 나를 노려보더니 머그잔을 향해 돌진해 물을 마시기 시작한다. 뒤이어 캠벨 알렉산더 씨도 들어온다. 그는 검은 머리에 최소한 아빠만큼이나 키가 크다. 183센티미터 정도 되려나. 각진 턱에 눈빛은 꽁꽁 얼어붙어 있다. 그는 양복 상의를 벗어 문 뒤에 가지런히 걸어놓는다. 그러더니 캐비닛에서 서류를 꺼내 책상으로 향한다. 그는 나에게 눈길 한 번 주지 않은 채 이렇게 말하기 시작한다.

"걸스카우트 쿠키는 필요 없단다. 물론 오래 기다렸으니 브라우니 포인트(좋은 일을 했을 때 윗사람으로부터 받는 점수-옮긴이)는 수마. 하하."

그는 자신이 방금 던진 농담에 껄껄 웃는다.

"저는 뭔가를 팔려고 온 게 아니에요."

알렉산더 씨는 호기심 있는 얼굴로 나를 쳐다보더니 전화기의 버튼을 누른다.

"케리," 비서가 받자 그가 말한다.

"얘가 내 사무실에서 뭘 하고 있는 거지?"

"아저씨를 선임하러 왔어요." 내가 말한다.

그는 인터폰 버튼에서 손을 뗀다. "그런 것 같지 않은 걸."

"아저씨는 저한테 의뢰할 사건이 있는지조차 모르시잖아요."

나는 한 발 앞으로 나간다. 개도 나를 향해 한 발 다가온다. 그제야 나는 그 개가 눈으로 덮인 산에서 럼주를 목에 걸고 사람을 구조하는 세인트 버나드 개처럼 적십자가 그려진 조끼를 입고 있다는 것을 알아챈다. 나는 자연스럽게 손을 뻗어 개를 만지려고 한다.

"안 돼," 알렉산더 씨가 말한다. "저지는 안내견이야."

내 손은 제자리로 향한다. "하지만 아저씨는 맹인이 아니잖아요."

"알려줘서 고맙구나."

"그렇다면 어디가 아프신 건데요?"

나는 이 말을 하자마자 취소하고 싶어진다. 언니가 무례한 사람들로부터 이러한 질문에 수차례 답하는 것을 지켜보지 않았던가.

"나는 철제 호흡 보조 장치를 차고 있단다." 캠벨 알렉산더 씨가 무뚝뚝하게 대답한다. "이 개는 내가 자석에 지나치게 가까이 가지 않도록 도와주지. 이제 그만 나가주면 내 비서가 다른 사람을…."

하지만 벌써 나갈 수는 없었다.

"정말로 신을 고소하셨어요?"

나는 그동안 모은 신문 기사를 전부 꺼내 깨끗한 책상 위에 가지런히 펼친다. 알렉산더 씨의 볼 근육이 짧게 경련을 일으킨다. 그는 맨 위에 놓인 기사를 집어 든다.

"프로비던스 교구를 고소했지. 그곳에서 운영하는 고아원에 사는 아이를 대신해서 말이야. 배아 조직을 이용한 실험 치료가 필요한 아이였어. 교구는 이 치료가 제2차 바티칸 공의회의 사항을 위반한다고 생각했지만 아홉 살짜리 아이가 운 없는 삶을 살게 된 것 때문에 신을 고소한 사실이 훨씬 더 큰 화젯거리가 되었지."

나는 그를 쳐다볼 뿐이다. "딜런 제롬은," 그가 인정한다. "자신을 제대로 돌보지 않은 것 때문에 신을 고소하기를 원했어." 차라리 무지개가 커다란 마호가니 책상 한가운데를 쪼개는 게 더 쉬울 것이다.

"알렉산더 씨", 내가 말한다. "우리 언니는 백혈병을 앓고 있어요."

"안됐구나. 하지만 내가 신을 상대로 또다시 고소를 한다 하더라도, 물론 하지 않겠지만, 네가 다른 누군가를 대신해 소송을 걸 순 없단다."

설명할 게 너무 많다. 내 피가 언니의 혈관으로 서서히 스며든다는 사실, 간호사들이 언니에게 줄 백혈구를 추출하기 위해 나를 붙잡고 내 몸에 바늘을 찌른다는 사실, 의사가 첫 번째 시도에서 피를 충분히 뽑지 못했다고 말한다는 사실, 골수를 뽑은 뒤에는 멍이 생기고 뼛속 깊이 저린 느낌이 든다는 사실, 언니에게 줄 줄기세포를 더 많이 만들어내기 위한 주사를 맞는다는 사실, 나는 아프지 않지만 나 역시 아프게 될지도 모른다는 사실, 내가 태어난 유일한 이유는 언니를 살리기 위한 수확물을 얻기 위해서였다는 사실, 나에 대한 중요한 결정이 내려지는 지금 이 순간에도 의견을 표명할 권리가 가장 많은 나에게 아무도 내 생각에 대해 물어보지 않는다는 사실 등 설명할 게 너무 많다. 그래서 나는 최선을 다해 이렇게 말한다.

"신이 아니라 부모님이에요. 제 신체에 대한 권리를 주장하기 위해 부모님을 고소하고 싶어요."

캠벨

"가진 게 망치뿐이라면 모든 게 못처럼 보인다."

아버지, 캠벨 알렉산더 1세는 이렇게 말하곤 했다. 나는 이것이 미국 사법제도의 초석이라고 본다. 간단히 말해, 코너에 몰린 사람은 다시 중앙을 차지하기 위해 수단과 방법을 가리지 않는다는 의미다. 누군가에게는 주먹을 날리는 것이 될 수도 있고 어떤 이는 소송을 제기하는 것일 수 있다. 그 부분은 특히 나에게 감사한 일이다. 새로운 일거리를 안겨다 줄 테니 말이다.

케리는 내 책상 언저리에 내가 원하는 식으로 메시지를 정리해 놓았다. 급한 용건은 녹색 포스트잇에, 덜 중요한 문제는 노란 포스트잇에 적어 솔리테르(혼자서 하는 카드놀이-옮긴이) 게임을 이단으로 하는 것처럼 가지런히 정렬해 놓았다. 전화번호 하나가 내 시선을 사로잡는다. 나는 눈살을 찌푸리며 녹색 포스트잇을 노란 포스트잇 쪽으로 옮긴다. **어머니께서 네 번이나 전화하셨어요!** 케리는 이렇게 적어놓았다. 한 번 더 생각해 본 뒤 나는 포스트잇을 반으로 찢어 쓰레기통 속에 던져버린다.

책상 맞은편에 앉아 있는 여자아이는 내 답을 기다리고 있지만 나는 일부러 쉽게 답해주지 않는다. **아이는** 지구상의 다른 10대들처럼 자신의 부모를 고소하고 싶어 한다. 아이는 자신의 신체에 대한 권리를 주장하기 위해 고소를 원한다. 흑사병처럼 내가 꺼려하는 딱 그런 종류의 사건이다. 훨씬 더 많은 노력이 필요한데다 아이를 돌보기까지 해야 한다. 나는 한숨을 쉬며 자리에서 일어난다.

"이름이 뭐랬지?"

"말한 적 없는데요."

아이는 자세를 조금 고쳐 앉는다. "안나 피츠제럴드예요."

나는 문을 열고 큰 소리로 비서를 부른다.

"케리! 피츠제럴드 양에게 가족계획센터의 연락처를 알려주겠어?"

"뭐라고요?" 내가 돌아보자 아이는 자리에서 벌떡 일어난다.

"가족계획센터라고요?"

"얘야, 조언을 하나 해주마. 부모님이 너더러 피임약을 먹지 못하게 하거나 낙태를 하지 못하게 할 거라고 소송을 거는 건 모기를 죽이기 위해 대형 망치를 사용하는 거나 마찬가지다. 괜한 데 용돈을 허비하지 말고 가족계획센터에 가보렴. 이 문제를 훨씬 더 잘 처리해줄 거야."

나는 사무실에 들어온 이후 비로소 아이를 제대로 바라본다. 노여움이 마치 전기처럼 아이 주위로 번쩍인다.

"우리 언니는 죽어가요. 엄마는 제 신장 하나를 언니에게 주기를 원하죠." 아이가 흥분한 목소리로 말한다. "공짜 콘돔 한 줌이 이 문제를 해결해 줄 거라고는 생각하지 않는데요."

살다 보면 인생 전체가 마치 두 갈래로 갈라진 길처럼 내 앞에 펼쳐지는 순간이 있다. 우리는 용기가 필요한 길을 선택하지만 우리가 선택하지 않은 다른 길에 평생 눈을 떼지 못한다. 내가 실수한 건 아닌가 하고 말이다. 케리가 내가 요청한 전화번호가 적인 종이쪽지를 들고 다가온다. 하지만 나는 쪽지를 받지 않은 채 문을 닫고는 다시 책상 쪽으로 향한다.

"네가 원치 않는 한 누구도 너더러 장기를 기증하게 할 수는 없다."

"정말이요?" 아이는 몸을 앞으로 구부리며 손가락으로 셈을 한다.

"처음으로 언니에게 준 건 제대혈이었어요. 신생아 때였죠. 언니는 급성전골수세포성백혈병(APL)을 앓고 있었고 제 세포 덕분에 나아졌죠. 다음 번 병이 재발했을 때 저는 다섯 살이었고 의사는 제 몸에서 림프구를 뽑아갔어요. 세 번이나요. 첫 시도 때 충분한 양을 뽑지 못한 것 같았거든요. 그마저도 효과가 없자 이식을 하기 위해 골수를 뽑았어요. 언니가 감염되자 과립 백혈구를 기증해야 했고요. 언니가 다시 재발했을 때에는 말초조혈모세포를 기증해야 했지요."

아이의 입에서 나오는 전문가 뺨치는 의학 용어를 듣고 있자니 비싼 등록금을 내고 전문 자격증을 받은 게 부끄러울 지경이다. 나는 서랍에서 황색 용지 묶음을 꺼냈다.

"보아하니 예전에 언니에게 기증을 하기로 동의한 것 같구나."

아이는 잠시 주저하더니 고개를 가로젓는다.

"아무도 저한테 물어본 적이 없어요."

"부모님에게 신장을 기증하기 싫다고 말했니?"

"제 말은 듣지 않으세요."

"들으실 거다. 네가 말을 하면."

아이는 고개를 푹 숙인다. 아이의 머리카락이 얼굴을 덮는다.

"부모님은 제 피나 다른 것들이 필요하지 않는 한 저에게 관심이 없

으세요. 언니가 아프지 않았더라면 저는 이 세상에 태어나지조차 않았을
거예요."

상속자와 예비자는 우리 영국 조상들로부터 전해 내려온 관습이다.
첫째아이가 죽을 경우를 대비해 아이를 하나 더 낳는 것은 야멸치게 들리
겠지만 상당히 실용적인 방법이다. 이 아이는 언니의 여분이 된다는 생각
을 받아들이기 쉽지 않겠지만, 하루가 멀다 하고 그다지 고상하지 않은
이유로 아이들이 생기고 있는 게 현실이다. 꺼져 가는 결혼 생활의 불씨를
살리기 위해, 가문의 이름을 잇기 위해, 부모 자신의 이미지를 닮은 누군
가를 이 세상에 남기기 위해 등등.

"부모님은 언니를 살리기 위해 저를 가지셨어요. 전문 의사의 도움
으로 언니와 유전적으로 완벽하게 맞는 배아를 선택한 거죠."

법대 시절 윤리 수업이 있었다. 하지만 대부분 직감에 의존하거나
모순적이라고 여겨졌고 나는 수업을 빼먹기 일쑤였다. CNN 뉴스를 정기
적으로 듣는 사람이라면 줄기세포 연구에 대한 논란이 끊이지 않는다는
것을 잘 알 것이다. 예비 부품용 아기, 맞춤형 아기, 오늘의 아이를 구해
줄 내일의 과학 등. 나는 펜으로 책상을 톡톡 친다. 저지가 가까이 와서
앉는다.

"언니에게 신장을 주지 않으면 어떻게 되니?"

"언니는 죽겠죠."

"그건 괜찮니?"

아이의 입술이 옆으로 가늘어진다. "저는 살게 되고요, 그렇죠?"

"그래, 맞다. 나는 단지 네가 이제 와서 갑자기 이 모든 걸 단호하게
거부하는 이유가 궁금할 뿐이다."

아이는 책장을 바라본다. "그건," 아이가 간단히 말한다.

"끝이 없기 때문이에요."

아이는 불현듯 무언가 떠오른 모양이다. 주머니에 손을 넣어 구겨진 지폐 한 뭉치와 동전들을 꺼내 내 책상 위에 놓는다.

"보수는 걱정하지 않으셔도 돼요. 136달러 87센트예요. 부족한 거 알아요. 하지만 더 구할 방법을 찾을 거예요."

"나는 시간당 200이란다."

"달러로요?"

"조가비 구슬은 ATM 기계 입구에 들어가지 않아서." 내가 말한다.

"제가 이 개를 산책시키거나 다른 일을 하면 어떨까요?"

"안내견은 주인이 산책시킨단다." 나는 어깨를 으쓱한다. "다른 방법을 찾아보자꾸나."

"공짜로 변호해 주실 수는 없어요." 아이가 우긴다.

"좋아, 그럼. 내 사무실 문손잡이를 닦아주렴."

내가 특별히 자비를 베푸는 사람이라서가 아니다. 이건 법적으로 대박 사건이다. 아이는 신장을 주지 않으려 한다. 제대로 된 법원이라면 아이더러 언니에게 신장을 주라고 강요하지 않을 것이다. 나는 법률 관련 자료를 조사할 필요가 없다. 부모는 재판이 열리기도 전에 항복할 것이고 그러면 끝이다. 게다가 이 사건은 언론의 관심을 살 것이므로 나에게 큰 홍보 수단이 될 것이다. 이 사건 덕분에 앞으로 향후 10년 동안은 프로 보노(미국 변호사들이 사회적 약자를 위하여 제공하는 법률서비스―옮긴이) 사건을 안 맡아도 될 거다.

"가정 법원에 소장을 제출하마. 의료적 부권 해방에 관해."

"그다음은요?"

"공판이 있을 거다. 판사가 소송 후견인을 임명할 거야. 그 사람은⋯."

"⋯가정 법원에서 아이와 일하도록 훈련받은 사람이죠. 무엇이 가장 아이를 위하는 것인지 결정하는 사람이고요." 안나가 죽 읊는다.

"다시 말해 저에게 일어날 일을 결정할 또 다른 어른인 거죠."

"법이 진행되는 절차가 그렇단다. 그걸 피할 순 없어. 하지만 소송 후견인은 이론적으로 **너의** 이익만을 생각한단다. 네 언니나 부모님이 아니라."

아이는 내가 황색 용지 묶음을 꺼내 몇 자 휘갈기는 걸 시켜본다.

"이름이 뒤바뀐 게 괜찮으세요?" 아이는 말을 멈춘다. "아니면 수프 이름인 게요."

"뭐라고?" 나는 쓰던 걸 멈추고 아이를 쳐다본다.

"캠벨 알렉산더요. 성이 이름이고 이름이 성이잖아요."

"그게 네 사건과 무슨 상관이 있니?"

"아무 상관없지요." 아이가 인정한다. "아저씨 부모님이 **아저씨한테** 상당히 안 좋은 결정을 내리셨다는 것만 빼면요."

나는 책상 너머로 손을 뻗어 아이에게 명함을 건넨다.

"궁금한 게 있으면 이 번호로 전화하렴."

아이는 명함을 받아든 뒤 볼록 솟아 있는 내 이름을 손가락으로 훑는다. 빌어먹을, **거꾸로 된** 내 이름. 아이는 책상 위로 몸을 숙이더니 용지를 낚아채 아랫부분을 찢는다. 그러더니 내 펜을 빌려 무언가를 쓴 뒤 나에게 도로 건넨다. 나는 손에 들린 종이를 힐끗 쳐다본다.

안나 555-3211♥

"**아저씨**도 궁금한 게 있으시면 이리로 전화 주세요." 아이가 말한다.

아이가 떠나자 나는 로비로 향한다. 케리가 카탈로그를 책상 위에 쫙 펼쳐놓은 채 앉아 있다.

"엘엘빈(L. L. Bean, 아웃도어 의류 브랜드명-옮긴이) 천이 얼음을 나르는 데 사용되었다는 거 아세요?"

"알아."

보드카와 블러디 메리(Bloody mary, 보드카와 토마토 주스를 섞은 칵테일-옮긴이)도 매주 토요일 아침, 별장에서 해변까지 그 천으로 날랐었다. 문득 어머니에게서 전화가 왔었다는 게 생각난다. 케리에게는 심령술로 돈을 버는 이모가 있다. 가끔 이러한 유전적 성향이 고개를 쳐들 때가 있다. 아니면 내 밑에서 상당히 오래 일해 내 비밀을 대부분 알고 있는 걸지도 모르지만. 어쨌든, 케리는 내가 무슨 생각을 하는지 잘 안다.

"어머님이 당신 아버지가 열일곱 살 난 여자애랑 만나기 시작한다고 말씀하시더군요. 당신 아버지의 사전에 신중이라는 단어는 없다고요. 당신이 전화하지 않으면 직접 파인즈 모텔에 들어가겠다고 했어요." 케리는 시계를 힐끗 본다. "이런."

"이번 주에 어머니가 그렇게 하겠다고 몇 번이나 협박했지?"

"고작 세 번이요." 케리가 말한다.

"아직 평균치를 훨씬 밑도는군." 나는 책상 위로 몸을 숙여 카탈로그를 덮는다.

"일할 시간이야, 도나텔리 양."

"무슨 일이요?"

"아까 그 애, 안나 피츠제럴드."

"가족계획센터요?"

"아니, 정확히 말하면," 나는 말한다. "아이를 변호해 주기로 했어. 의료적 부권 해방에 관한 소장을 작성해야 해. 내일 가족 법원에 제출할 수 있도록 준비해줘."

"말도 안 돼, 그 아이를 변호한다고요?"

나는 손으로 가슴을 움켜쥔다. "나를 그 정도밖에 안 되는 사람으로 보다니 상처 받았는걸?"

"그래요, 당신이 제대로 보수나 받을 수 있을지 걱정이네요. 아이 부모가 알아요?"

"내일이면 알겠지."

"당신 완전 미쳤어요!"

"뭐라고?"

케리가 고개를 젓는다. "아이는 이제 어디서 산대요?"

케리의 말에 말문이 막힌다. 사실 그것까지 생각해보진 않았다. 하지만 부모를 고소하는 아이가 고소장이 접수된 이후에 부모와 한 지붕 아래서 지내는 건 쉬운 일이 아닐 것이다. 갑자기 저지가 내 옆으로 와 코로 내 허벅지를 민다. 나는 짜증이 나 고개를 젓는다. 중요한 건 시간이다.

"15분만 줘." 나는 케리에게 말한다. "준비가 되면 전화하지."

"변호사님," 케리가 끈질기게 따라붙는다. "아이가 혼자 살 거라고 생각하는 건 아니죠?"

나는 사무실로 돌아간다. 저지가 따라오다가 문지방 바로 앞에서 멈춰 선다. "내가 알 바 아니야." 나는 말한다. 문을 닫은 뒤 단단히 잠근 채 기다린다.

사라

1990

네 잎 클로버 모양과 크기의 멍이 케이트의 견갑골 사이에 반듯하게 나 있다. 제시가 케이트와 함께 욕조에 들어가 있다가 그걸 발견한다.

"엄마," 제시가 묻는다. "이건 케이트에게 행운이 있다는 의미야?"

처음에 나는 먼지라고 생각해서 문질러 없애려고 했지만 지워지지 않는다. 탐구 대상이 된 두 살 난 케이트는 밝은 녹청색의 눈을 반짝이며 나를 쳐다본다. "아프니?" 나는 묻는다. 아이는 고개를 젓는다.

내 뒤쪽으로 복도 어디에선가 브라이언이 그날 있었던 일을 얘기한다. 남편에게서 담배 냄새가 살짝 난다. "그 남자는 비싼 시가를 한 갑 샀어. 그러고는 15,000달러짜리 화재 보험에 든 거지. 뭐 그리고 작은 화재가 여러 차례 발생해 시가를 몽땅 잃게 되었다고 보험회사에 보상금을 청구한 거야."

"자기가 **피워놓고?**" 나는 제시의 머리에서 비누를 씻어내며 말한다.

남편은 문지방에 기대 서 있다.

"그렇지. 하지만 판사는 보험회사가 화재에 대해 보상을 해줘야 한

다고 판결을 내렸어. 허용 가능한 화재의 범위에 대한 정의를 내리지 않
은 채 말이야."

"케이트, 이건 아파?"

제시가 말하며 엄지손가락으로 동생의 척추에 생긴 멍을 세게 누른
다. 케이트가 울부짖으며 휘청하는 바람에 욕조 안의 물이 전부 나에게
쏟아진다. 나는 물고기처럼 매끈한 아이를 물 밖으로 꺼내 남편에게 넘긴
다. 곱슬곱슬한 옅은 황갈색 머리의 남편과 케이트는 한 쌍의 세트 같다.
제시는 나를 더 닮았다. 빼빼 마르고 검은 피부에 머리를 쓸 줄 안다. 남편
은 이래서 우리 가족이 완벽하다고 말한다. 각자 자신을 닮은 클론이 있
기 때문이다.

"지금 당장 욕조 밖으로 나와." 나는 제시에게 말한다. 제시가 일어
나자 네 살배기 남자아이의 무게에 물이 순간 세차게 흐르고 아이는 넓은
욕조 안을 걷다가 발을 헛디딘다. 무릎을 세게 부딪치고는 눈물을 터뜨린
다. 나는 제시를 일으켜 수건을 덮어주고는 남편과 얘기를 계속하면서 아
이를 달랜다. 결혼을 하면 이런 식으로 의사소통이 이루어진다. 목욕과
저녁 식사, 자기 전 대화가 간간이 끼어드는 일종의 모스 부호다.

"그래서 누가 당신을 소환한 건데?" 내가 남편에게 묻는다. "피고?"

"검사. 보험회사는 보험금을 지불했어. 그러고는 그 남자를 24건의
방화 혐의로 고소했고. 나는 그들이 증인으로 세우는 전문가인 거지."

전문 소방관인 남편은 새까맣게 타버린 건물 안에서도 불이 시작된
곳을 단번에 찾을 수 있다. 새카맣게 탄 담배꽁초, 노출된 배선 등 모든 대
참사는 작은 불씨에서 시작되기 마련이니 찾으려는 대상만 알면 된다.

"판사가 소송을 기각했지?"

"판사는 그 남자에게 24건에 대해 각기 1년씩 구형을 선고했어."

남편이 대답한다. 그러고는 케이트를 바닥에 내려놓고 머리 위로 잠옷을 입힌다.

과거에 나는 민간 변호사였다. 한때는 그게 내가 정말 원하는 일이라고 생각했다. 하지만 그건 아장아장 걷는 아이로부터 으깨진 제비꽃을 한 움큼 받기 전이었다. 아이의 웃음이 문신, 즉 지워지지 않는 예술 작품이라는 걸 알기 전이었다.

나의 이러한 태도에 언니 수잔은 미친 듯이 화를 낸다. 언니는 보스턴 은행의 유리 천장을 깬 사람으로 금융계에서 알아주는 전문가다. 언니가 보기에 나는 지적 진화의 낭비다. 하지만 내가 보기에 전쟁의 절반은 나에게 맞는 일을 찾는 거다. 그리고 나는 변호사보다 엄마로서의 역할을 훨씬 더 잘 수행하고 있다. 때로는 궁금하다. 나만 그런 건지 아니면 다른 엄마들도 아무런 성과를 보지 못함으로써 자신이 정말로 속해야 할 곳을 파악한 건지. 나는 제시의 몸을 말리다가 위를 올려다본다. 남편이 나를 바라보고 있다.

"일하던 때가 그리워, 사라?" 그는 조용히 묻는다.

나는 아이를 수건으로 감싸고 정수리에 키스를 한다.

"당신은 신경치료가 그리워?" 나는 대답한다.

다음 날 아침 눈을 떴을 때 남편은 이미 출근한 상태다. 남편은 이틀은 낮 근무를, 이틀은 밤 근무를 한 뒤 나흘을 쉬고 다시 똑같은 주기를 반복한다. 시계를 힐끗 보니 이미 9시가 넘었다. 더 놀라운 것은 아이들이 나를 깨우지 않았다는 사실이다. 목욕 가운을 걸친 채 아래층으로 내려간다. 제시가 바닥에서 블록을 갖고 놀고 있다.

"난 아침 먹었어." 아이가 말한다. "엄마 것도 만들어 놨어."

아니나 다를까, 식탁 위에 시리얼이 한가득 쏟아져 있고 시리얼을 보관하는 장 아래로 의자가 무시무시할 정도로 위태하게 놓여 있다. 냉장고에서부터 그릇까지 우유를 흘린 자국도 눈에 띈다.

"동생은 어디 있니?"

"자고 있어." 제시가 말한다. "찔러도 보고 이것저것 다 해봤는데 안 일어나."

우리 아이들은 자연 알람시계다. 케이트가 이렇게 늦게까지 안 일어나는 걸 보니 최근에 코를 훌쩍이던 게 생각난다. 어젯밤 아이가 그렇게 피곤해 한 이유가 그것 때문일지도 모르겠다고 생각한다. 나는 위로 올라가며 큰 목소리로 케이트의 이름을 부른다. 아이는 침대에서 나를 향해 돌아눕는다. 어둠 속에서 내 얼굴을 찾기 위해 허우적거리면서.

"이제 그만 일어나야지." 나는 태양이 이불 위로 쏟아지도록 아이 방 커튼을 열어젖힌다. 그러고는 아이를 일으켜 세운 뒤 등을 문지른다. "옷 갈아입자꾸나." 내가 말하며 머리 위로 잠옷을 벗긴다. 일렬로 늘어선 조그마한 푸른 보석들처럼 아이의 척추를 따라 멍이 줄지어 나있다.

"빈혈이죠?" 내가 소아과 의사에게 묻는다. "이렇게 어린아이들이 전염성 단핵구증을 앓지는 않죠, 그렇죠?"

웨인 의사는 케이트의 좁은 가슴팍에서 청진기를 떼고 아이의 분홍색 셔츠를 당겨 내린다.

"바이러스일 수 있어요. 채혈을 하고 몇 가지 검사를 하도록 하죠."

머리가 없는 병사 인형을 갖고 참을성 있게 놀던 제시가 이 소식에 활기를 띤다.

"케이트, 피를 어떻게 뽑는지 알아?"

"크레용으로?"

"**바늘로.** 아주 크고 긴 바늘을 주사처럼 찔러서 뽑아."

"제시!" 내가 경고한다.

"주사?" 케이트가 비명을 지른다. "아프겠다!"

엄마가 언제 길을 건너야 하는지 말해주고 고기를 작게 잘라주며 커다란 개나 어둠, 요란한 폭죽 같은 온갖 무서운 것들로부터 자신을 보호해준다고 굳게 믿는 내 딸이 큰 기대감을 갖고 나를 쳐다본다.

"그냥 작은 바늘일 뿐이야." 나는 약속한다.

소아과 간호사가 트레이와 주사기, 유리병, 고무 지혈대를 갖고 나타나자 케이트는 소리를 지르기 시작한다. 나는 숨을 깊이 들이쉰다. "케이트, 엄마를 봐." 아이의 울음이 작은 딸꾹질로 변해간다. "조금 따끔하고 말 거야."

"거짓말." 제시가 작은 소리로 말한다.

케이트는 아주 조금이지만 진정한다. 간호사가 아이를 진찰대에 눕히고 나더러 팔을 잡으라고 말한다. 나는 바늘이 아이의 흰 팔을 뚫고 들어가는 것을 지켜본다. 아이가 갑자기 비명을 지른다. 하지만 피는 나오지 않는다.

"미안하구나, 얘야." 간호사가 말한다. "다시 해야겠어."

간호사는 바늘을 뽑은 뒤 케이트의 팔을 다시 찌른다. 아이는 더 크게 울부짖는다. 케이트는 두 번째로 바늘을 찌를 때까지는 있는 힘껏 발버둥을 친다. 하지만 세 번째로 간호사가 바늘을 찌르자 완전히 축 처지고 만다. 어떤 게 더 안 좋은 건지 모르겠다.

우리는 채혈 결과를 기다린다. 제시는 대기실 카펫에 배를 대고 누운 채 이 사무실에 다녀간 아픈 아이들이 남기고 간 온갖 병균을 몸에 덕지덕지 바르는 중이다. 나는 소아과 의사가 와서는 케이트를 집으로 데리고 가 오렌지 주스를 많이 마시게 하라고 말한 뒤 요술 지팡이처럼 우리 앞에 시클러(항생제) 처방전을 흔들기를 바란다. 한 시간이 지나서야 웨인 의사가 우리를 다시 사무실로 부른다.

"케이트의 검사 결과, 약간 문제가 있습니다. 특히 백혈구 세포수가 정상인보다 훨씬 낮아요."

"그게 무슨 말이죠?" 순간, 의대가 아니라 법대에 간 내가 원망스럽다. 나는 백혈구가 무슨 일을 하는 건지 기억해 내려고 애쓴다.

"케이트는 일종의 면역결핍증일 수 있어요. 아니면 검사 결과가 잘못된 걸 수도 있고요." 의사는 케이트의 머리를 만진다. "확실히 하기 위해 병원의 혈액전문의로부터 동일한 검사를 받아보는 게 좋겠군요."

나는 농담일 거라고 생각한다. 하지만 웨인 의사가 건네주는 서류를 받기 위해 내 손이 자동적으로 움직인다. 내 바람처럼 처방전이 아닌 이름이 적힌 종이를.

프로비던스 병원, 종양학과 전문의 일레나 파쿼드

"종양학이라고요?" 나는 고개를 젓는다. "그건 암이잖아요."

나는 웨인 의사가 그건 의사 직함의 일부일 뿐이라고 나를 안심시켜 주기를, 혈액 실험실과 암 병동이 같은 곳에 위치할 뿐이라고 설명해 주기를 기다린다. 하지만 그는 아무런 말이 없다.

소방서의 담당자는 남편이 응급 의료 건으로 현장에 나가 있다고 말한다. 20분 전 구조 차량을 타고 소방서를 나섰다고 한다. 나는 잠시 망설이다가 케이트를 내려다본다. 아이는 병원 대기실에 놓인 플라스틱 의자에 푹 쓰러져 있다. 응급 의료 건이라….

살다 보면 나도 모르는 사이에 큰 변화를 가져올 중대한 결정을 내리게 되는 기로에 서 있을 때가 있다. 빨간 불에서 신문 기사의 주요 뉴스를 빠르게 훑는 바람에 차선을 넘어 사고를 일으키는 난폭한 밴을 차마 피하지 못하는 경우나 충동적으로 커피숍에 들어갔다가 계산대에서 잔돈을 줍고 있는 훗날 배우자가 될 남자를 만나는 것 혹은 몇 시간 동안 별일이 아니라고 스스로 납득시킨 뒤 남편에게 만나자고 하는 것처럼.

"남편에게 무전을 보내주세요." 내가 말한다. "우리가 병원에 있다고 전해주세요."

남편이 옆에 있어 다행이다. 우리는 이열로 서 있는 한 쌍의 보초병처럼 프로비던스 병원에서 세 시간째 대기 중이다. 시간이 흐를수록 웨인 의사가 실수한 거라고 믿는 척하기가 힘들어진다. 제시는 플라스틱 의자에서 자고 있다. 케이트는 내가 감기에 걸렸다고 말하는 바람에 고통스럽게도 또다시 채혈을 하고 흉부 엑스레이를 찍은 상태다.

"5개월 때였지 아마?" 남편이 클립보드를 손에 쥔 채 앞에 앉아 있는 사람에게 조심스럽게 말한 뒤 나를 쳐다본다. "케이트가 처음으로 뒤집은 게?"

"그럴 걸."

이제 의사는 케이트를 가진 날 우리가 무슨 옷을 입었는지부터 케이트가 처음으로 수저를 제대로 쥔 게 언제였는지에 이르기까지 온갖 질문을 퍼붓는다.

"처음으로 말을 한 건요?" 의사가 묻는다.

남편이 웃으며 대답한다. "아빠였습니다."

"제 말은 **언제**였냐는 겁니다."

"아," 남편이 눈살을 찌푸린다. "돌이 되기 직전이었던 것 같습니다."

"죄송한데요," 내가 말한다. "이런 질문이 왜 중요한지 설명 좀 해주시겠어요?"

"병력을 알기 위한 과정일 뿐입니다. 피츠제럴드 부인. 따님에 대해 전부 알아야 하거든요. 그래야 뭐가 문제인지 파악할 수 있으니까요."

"케이트 부모님 맞으시죠?"

실험복을 걸친 젊은 여자가 다가온다.

"저는 사혈 전문의인데, 파쿼드 선생님이 케이트의 혈액검사 패널이 필요하다고 해서요."

케이트는 자기 이름이 들리자 내 무릎에 앉은 상태에서 눈을 깜빡이며 위를 올려다본다. 흰색 실험복을 슬쩍 쳐다본 뒤 자기 옷소매로 팔을 넣어버린다.

"그냥 손가락 끝에서 살짝 피를 뽑으면 안 되나요?"

"그럴 순 없어요. 팔에서 채혈하는 게 제일 편한 방법입니다."

불현듯 케이트를 임신했을 때 아이가 내 배 속에서 딸꾹질을 하던 게 생각난다. 아이가 딸꾹질을 한 번 시작하면 몇 시간이고 내 배 속이 씰룩거리곤 했다. 아이의 몸이 들썩일 때면 아무리 조금 움직이더라도 내 의지와는 상관없이 내 몸도 덩달아 들썩였다. 나는 차분히 말한다.

"제가 그런 말을 듣고 싶다고 생각하세요? 당신이라면 구내식당에 가서 커피를 주문했는데 점원이 콜라가 집기 편하다고 콜라를 준다면 기분이 어떨 것 같아요? 신용카드로 계산하려고 하는데 그건 너무 번거롭다며 현금으로 계산하라고 말하면 기분이 좋겠냐고요."

"여보."

나를 부르는 남편의 목소리가 아득한 곳에서 부는 바람처럼 요원하다.

"아이랑 여기 앉아서 마냥 기다리는 게 쉬운 일이라고 생각하세요? 도대체 무슨 일인지, 이 온갖 검사들은 왜 하는 건지 아무도 알려주지 않고 있잖아요. 이게 이 아이한테는 쉬운 일이라고 생각하세요? 도대체 언제부터 무엇이 **가장 편한**지를 누군가 결정할 수 있게 된 거죠?"

"그만해."

남편이 내 어깨에 손을 올리자 그제야 나는 내가 심하게 떨고 있다는 것을 알아챈다. 여자는 잠자코 있다가 별안간 자리를 박차고 타일 바닥에 신경질적으로 슬리퍼를 탁탁 끌며 나간다. 그녀가 사라지자마자 나는 맥이 풀린다.

"여보, 당신 왜 그래?" 남편이 말한다.

"**왜** 그러냐고? 나도 모르겠어, 여보. 아무도 우리한테 뭐가 문제인지 말해주지 않잖아."

남편이 두 팔로 나를 감싸 안는다. 케이트는 우리 사이에 끼어서 숨이 막힌 듯 가쁜 숨을 내쉰다.

"자, 진정하라고."

남편이 나를 달랜다. 남편은 괜찮아질 거라고 말하지만 난생 처음으로 난 남편의 말을 믿을 수 없다. 바로 그때, 몇 시간 동안 모습을 보이지 않았던 파쿼드 의사가 방으로 들어온다.

"검사를 진행하는 데 문제가 좀 있다고 들었습니다."

의사는 우리 앞으로 의자를 당겨 놓고 앉는다.

"케이트의 총혈구수치검사 결과가 비정상적이에요. 백혈구 수치가 1,300으로 상당히 낮습니다. 헤모글로빈 수치는 7.5이고 적혈구 용적은 18.4, 혈소판 수치는 81,000입니다. 호중구 수치는 600이고요. 수치가 이 정도라면 자가면역질환일 수도 있어요. 하지만 케이트의 경우 전골수세포가 12%, 백혈구모세포가 5%를 보이고 있어요. 그건 백혈병에서 나타나는 증상이에요."

"백혈병."

나는 그녀의 말을 따라한다. 계란 흰자처럼 미끌미끌하고 줄줄 흐르는 단어다. 파쿼드 의사가 고개를 끄덕인다.

"백혈병은 혈액암입니다."

남편은 의사에게서 시선을 떼지 않은 채 그녀를 쳐다볼 뿐이다.

"그게 무슨 말입니까?"

"골수는 세포를 생성하는 일종의 보육시설이라고 생각하시면 됩니다. 건강한 신체라면 생성된 혈구 세포는 충분히 성숙할 때까지 골수 안에 머물러요. 밖에 나가서 질병이나 혈전과 싸우거나 산소를 나르거나 그

밖에 제 역할을 다할 수 있을 때까지 말이죠. 하지만 백혈병 환자의 경우
이 보육시설의 문이 지나치게 일찍 열린답니다. 그 결과 미성숙한 혈구
세포가 밖으로 나가면서 제 할 일을 못하게 되는 거죠. 총혈구수치검사에
서 전골수세포가 보이는 게 이상한 일은 아니지만 따님의 혈액을 현미경
으로 살펴본 결과 비정상적인 점이 발견되었습니다." 의사는 우리를 번
갈아 쳐다본다. "골수검사를 해봐야 확실한 진단을 내릴 수 있겠지만 케
이트의 경우 급성전골수세포성백혈병(APL)으로 보입니다."

나 역시 물어보고 싶었으나 그 무게감에 짓눌려 차마 입 밖으로 나
오지 않았던 질문을 잠시 후 남편이 미지못해 내뱉는다.

"아이가… 우리 케이트가 죽나요?"

의사를 잡고 흔들고 싶다. 그녀가 한 말을 취소하게 할 수만 있다면
혈액검사를 위해 내가 직접 케이트의 팔에서 피를 뽑겠다고 말하고 싶다.

"급성전골수세포성백혈병(APL)은 골수성 백혈병 중에서도 상당히
드문 경우예요. 일 년에 대략 1,200명 정도가 진단받는 병이죠. 급성전골
수세포성백혈병(APL) 환자의 생존율은 20~30%입니다[1]. 그것도 지금
바로 치료를 시작한다면 말이죠."

나는 머릿속에서 온갖 숫자를 몰아내고 의사의 마지막 말에 집중
한다. "치료할 수 있다는 말씀이시죠?" 내가 되묻는다.

"맞아요. 적극적으로 치료하면 생존 예후는 9개월에서 3년으로 늘
어날 수 있어요."

지난 주, 나는 아이 방 입구에 서서 케이트가 새틴 소재의 애착이불
을 꼭 붙든 채 잠들어 있는 것을 지켜보았다. 케이트는 **어디를 가든 늘 자
신의 애착이불과 함께였다. 내 말 잘 들어, 나는 남편의 귀에다 대고 속삭**

였다. 쟤는 절대로 저 이불을 손에서 놓지 않을 거야. 나는 쟤 웨딩드레스 안감에 저걸 꿰매야 할 걸.

"골수검사를 해야 합니다. 전신마취제를 소량 투여해서 케이트를 재울 거예요. 그리고 아이가 자는 동안 검사를 위한 혈액도 채취할 거고요."

의사는 우리를 위로하려는 듯 몸을 앞으로 숙인다.

"아이가 잘 버티고 있는지 파악해야 합니다. 매일같이요."

"알겠습니다." 남편이 대답한다. 마치 축구 경기에 대비하듯 탁 소리를 내며 두 손을 맞잡는다. "잘 알겠습니다."

케이트는 내 셔츠에 파묻었던 머리를 빼낸다. 붉게 상기된 볼에 경계하는 표정이 역력하다.

뭔가 잘못된 게 틀림없다. 의사는 운 없는 다른 누군가의 혈액 샘플을 분석한 것이다. 내 아이를 보라. 부드럽고 윤기 넘치는 곱슬머리와 나비의 날갯짓처럼 생기 넘치는 웃음을. 서서히 죽어가는 사람의 얼굴이 이럴 순 없다. 아이와 함께한 시간은 고작 2년이었다. 하지만 온갖 기억과 매 순간을 최대한 잡아 늘리면 그 시간들은 영원이 되리라.

간호사들이 시트를 둘둘 말아 올려 아이의 배 쪽 아래로 밀어 넣는다. 그러고는 길고 가느다란 천 두 개로 아이를 진찰대 위에 묶는다. 마취제 때문에 아이가 잠들긴 했지만 간호사는 케이트의 손을 쓰다듬는다. 장골능선으로 긴 바늘을 넣어 골수를 추출하기 위해 아이의 등 아래쪽은 맨살이 드러난 상태다. 간호사들이 케이트의 얼굴을 조심스럽게 옆으로 돌리자 볼 아래 놓인 종이 티슈가 젖어 있는 게 보인다. 깨어 있어야만 우는 건 아니라는 걸 내 딸을 통해 알게 된다.

집으로 돌아오는 차 안에서 나는 불현듯, 이 세상이 부풀고 있다는 생각에 사로잡힌다. 나무와 잔디와 집은 핀 하나만 찔러도 터질 수 있다. 내가 차를 왼쪽으로 홱 틀어 말뚝 울타리와 리틀 타익스 놀이터와 충돌하면 우리는 고무 범퍼에 부딪힌 것처럼 튕겨져 나올 것만 같다. 우리는 트럭을 지나친다. **베트첼더 관 제작업체**. 옆에 이런 문구가 붙어 있다. **안전운전, 이해의 충돌이 아닐 수 없다.**

케이트는 카시트에 앉아서 동물 모양 크래커를 먹고 있다. "놀아줘." 아이가 말한다. 백미러로 보니 아이의 얼굴이 눈부시다. **사물이 보이는 것보다 가까이 있음.** 나는 아이가 첫 번째 크래커를 씹어 드는 걸 본다. "호랑이가 어떻게 울지?" 나는 가까스로 말한다.

"**어흥~**" 아이는 호랑이 크래커의 머리를 베어 먹은 뒤 다른 크래커를 흔든다.

"코끼리는?"

아이가 킥킥거린 뒤 코로 뿌우 하는 소리를 낸다.

아이가 자는 동안 숨을 거둘까. 아니면 울게 될까. 아이가 고통을 느끼지 않도록 어떤 간호사가 약 같은 것을 줄지도 모른다. 내 옆에서 행복하게 웃으며 아이가 죽는 모습을 상상해 본다.

"기린은?" 케이트가 묻는다. 아이의 목소리는 희망으로 가득 차 있다.

"기린은 울지 않아." 내가 말한다.

"왜?"

"그렇게 태어났으니까." 내가 말한다. 순간, 목이 메어 말이 나오지 않는다.

케이트를 돌보는 동안 제시를 봐 달라고 이웃집에 부탁한 뒤 막 집에 들어선 순간 전화벨이 울린다. 우리는 이러한 상황에 대비해 계획을 세워둔 적이 없다. 우리의 유일한 베이비시터는 고등학생이다. 부모님은 모두 돌아가셨고 어린이집에 아이들을 맡겨본 적도 없다. 아이들을 돌보는 건 내 일이다.

부엌에 들어서자 남편이 한창 통화 중이다. 무릎 주변으로 마치 탯줄처럼 전화선이 감겨 있다.

"예," 남편이 말한다. "믿기 힘들겠지만 이번 시즌에는 한 번도 뛰지 못했어요. …1점도 못 냈죠. 구단에서 그 사람을 영입하는 바람에."

차를 마시기 위해 주전자를 올리는 순간, 남편과 눈이 마주친다.

"아내는 잘 있어요, 아이들도 다 잘 있고요. 루시에게도 안부 전해주세요. 전화 줘서 고마워요, 돈."

남편이 전화를 끊는다. "돈 서먼이야." 그가 설명한다. "소방 학교에서 만났잖아, 기억나? 괜찮은 사람이야."

나를 쳐다보는 순간, 남편의 얼굴에서 해맑은 미소가 사라진다. 주전자가 칙 소리를 내지만 우리 둘 다 가스 불을 끄려고 하지 않는다. 나는 팔짱을 낀 채 남편을 쳐다본다.

"여보, 난…."

남편이 차분히 말한다. "난 그렇겐 못해."

그날 밤, 침대에서 남편은 거대한 피라미드 석상 같은 모습이다. 암흑을 깨는 또 다른 형상이다. 몇 시간 동안 서로 아무 말도 하지 않았지만 남편 역시 나만큼이나 정신이 말짱하다는 걸 안다. 이건 다 내가 지난 주, 어제 그리고 얼마 전 제시에게 소리를 질렀기 때문이다. 내가 마트에서 케이트에게 M&M 초콜릿을 사주지 않았기 때문이다. 딱 한 번, 아주 잠깐, 아이들이 없었더라면 내 인생이 어땠을지 궁금했기 때문이다. 내가 얼마나 행복한 삶을 살고 있는지 깨닫지 못했기 때문이다.

"우리 때문이라고 생각해?" 남편이 묻는다.

"우리 때문이라고?" 내가 남편을 향해 돌아눕는다. "어떻게?"

"우리 유전자 때문에."

나는 대답하지 않는다.

"프로비던스 병원은 순 엉터리야." 남편이 매섭게 말한다.

"서장 아들이 왼쪽 팔이 부러져서 갔는데 오른쪽에 깁스를 했던 거 기억 안 나?"

나는 다시 한 번 천장을 쳐다본다. "있잖아," 의도보다 큰 목소리가 나온다. "나는 케이트가 죽도록 내버려두지 않을 거야."

내 옆에서 끔찍한 소리가 난다. 상처 입은 동물이 기이하게 헐떡거리는 소리다. 바로 그 순간, 남편이 내 어깨에 얼굴을 파묻은 채 흐느껴 운다. 팔로 나를 감싸며 마음의 평정을 잃은 듯 한동안 그렇게 있다.

"나는 절대로 포기하지 않을 거야."

나는 반복해서 말한다. 하지만 나에게조차도 애쓰는 것처럼 들린다.

브라이언

'불은 온도가 19도 높아질 때마다 크기는 두 배가 된다.'

소각로 굴뚝에서 천 개의 새로운 별들인 불꽃이 튀는 것을 보면서 드는 생각이다. 브라운 의과대학의 학과장은 내 옆에서 초조한 듯 손을 쥐어짜고 있다. 육중한 소방복을 입은 나는 땀을 뻘뻘 흘린다. 우리는 소방차, 사다리 9개, 구조 차량을 가져와 건물의 사면에서 진입을 시도했으며 건물 내부에 아무도 없다는 사실을 확인했다. 소각로에 끼여 이 사태를 발생시킨 사체를 제외하고는.

"덩치가 큰 사람이었소." 학과장이 말한다. "우리는 해부 수업이 끝나면 항상 이렇게 사체를 태웁니다."

"이봐, 대장." 폴리가 외친다. 그는 오늘 주 펌프 작동을 맡고 있다.

"레드가 소화전을 준비했어. 호스를 연결할까?"

하지만 나는 호스로 물을 뿌릴지 아직 확신이 서지 않는다. 이 소각로는 화씨 1,600도에서 사체를 태우도록 설계되었다. 사체 아래위로 불이 붙어 있는 상태다.

"이봐요." 학과장이 말한다. "뭔가를 해야 하는 거 아니요?"

초보자가 저지르는 가장 큰 실수가 바로 이것이다. 불을 진압하려면 물을 퍼부어야 한다는 생각. 그러나 이는 오히려 상황을 악화시킬 수 있다. 생물학적 유해 물질이 사방에 뿌려질 것이다. 나는 소각로를 계속해서 폐쇄시켜야 한다고 생각한다. 불이 굴뚝 밖으로 나오지 못하도록 해야 한다. 불은 영원히 탈 수 없다. 결국 스스로 소멸하게 되어 있다.

"당연하죠." 내가 말한다. "두고 볼 겁니다."

● ● ●

야간 근무를 설 때면 지녁을 두 번 먹는다. 첫 번째 저녁은 온 가족이 함께 식사를 할 수 있도록 우리 가족이 정한 조금 이른 저녁이다. 오늘 밤, 아내는 로스트비프를 만들었다. 잠자는 아이처럼 로스트비프가 식탁 위에 놓이고 아내는 식사가 준비되었다고 알린다. 케이트가 가장 먼저 자리에 앉는다.

"안녕, 얘야."

내가 아이의 손을 잡으며 말한다. 아이는 날 보며 웃지만 눈은 웃고 있지 않다.

"우리 딸 뭐하고 지냈지?"

케이트는 콩을 접시 가장자리로 밀어낸다.

"제3국도 돕고 원자도 몇 개 쪼개고 『미국소설 걸작선』도 끝냈어. 물론 투석하는 도중에."

"당연하지."

아내는 돌아서며 칼을 휘두른다. "내가 뭘 했든," 나는 바짝 움츠리며 말한다. "잘못했어."

아내는 내 농담을 무시하며 말한다. "고기 좀 잘라줘."

내가 칼을 받아들고 로스트비프를 자르는 순간 제시가 부엌으로 스멀스멀 들어온다. 우리는 제시가 차고 위쪽에서 지내도록 해주었지만 밥은 함께 먹도록 했다. 협상의 일부였다. 제시의 눈이 시뻘겋다. 옷에서는 달짝지근한 담배 냄새가 난다. "어라." 아내가 한숨을 쉰다. 하지만 내가 돌아보자 아내는 로스트비프를 쳐다보고 있다. "너무 안 익었어." 아내는 피부가 석면(특히 과거 건물 속에 불연재·단열재로 쓰이던 잿빛 물질—옮긴이)으로 덮인 것처럼 맨손으로 팬을 들어올린다. 아내는 고기를 다시 오븐에 집어넣는다.

제시는 으깬 감자를 향해 손을 뻗어 접시에 한가득 담기 시작한다. 더 많이 더 많이, 계속해서 더 많이.

"오빠 냄새가 지독해."

케이트가 말하며 얼굴 앞으로 손을 휘젓는다. 제시는 케이트를 무시한 채 감자를 한 입 먹는다. 내가 제정신인지는 모르겠지만 제시의 몸을 관통하고 있는 물질이 엑스터시, 헤로인 등 흔적을 덜 남기는 뭔지 모를 물질이 아니라 마리화나라는 걸 정확히 파악할 수 있다는 사실이 기쁘다.

"모두가 대마초 냄새를 좋아하는 건 아니야." 케이트가 웅얼거린다.

"모두가 케모포트를 통해 약을 주입받을 수 있는 건 아니야." 제시가 맞받아친다.

아내가 손을 들어올린다. "제발, 그런 얘긴 농담이라도 안 할 수 없니?"

"안나는 어디 있어?" 케이트가 묻는다.

"방에 있는 거 아냐?"

"오늘 아침부터 안 보였는데."

아내는 부엌문 밖으로 머리를 내민다. "안나! 저녁 먹어라!"

"오늘 이걸 갖고 왔어."

케이트가 티셔츠를 잡아당기며 말한다. 환각 효과를 일으킬 정도로 홀치기염색을 한 셔츠 정면에 게가 그려져 있고 '암(Cancer는 게자리라는 뜻도 있다-옮긴이)'이라고 쓰여 있다.

"이해했어? 엄마 거는 사자자리야."

아내는 금방이라도 눈물을 터뜨릴 것 같다.

"고기는 어떻게 되어가?"

아내의 주의를 분산시키기 위해 내가 묻는다. 바로 그때, 안나가 부엌으로 들어온다. 의자에 몸을 던지다시피 한 뒤 머리를 푹 숙인다.

"어디 갔었어?" 케이트가 묻는다.

"그냥."

안나는 접시를 내려다볼 뿐 음식을 담을 생각을 하지 않는다. 안나답지 않다. 나는 제시와 씨름하고 케이트의 기분을 좋게 만드는 데에는 익숙하다. 하지만 안나는 늘 재잘대며 우리 가족에게 웃음을 선사하는 존재다. 날개가 부러지고 볼이 붉은 개똥지빠귀를 발견했다고 말하거나 월마트에서 쌍둥이 한 쌍도 아닌 두 쌍을 데리고 있는 엄마를 봤다고 말하는 건 안나다. 그런데 안나는 아무 말이 없다. 아이가 묵묵부답으로 자리에 앉아 있는 걸 보니 침묵에도 소리가 있다는 생각이 든다.

"오늘 무슨 일 있었니?" 내가 묻는다.

안나는 언니에게 한 질문이라고 생각하며 케이트를 쳐다본다. 그러다가 내가 자신에게 얘기하고 있다는 것을 깨닫고는 화들짝 놀란다.

"아니야."

"괜찮은 거니?"

다시 한 번 안나는 케이트를 쳐다본다. 이런 질문은 보통 케이트를 향한 것이기에.

"괜찮아."

"보다시피 아무것도 안 먹고 있잖니."

안나는 접시를 내려다본다. 접시가 빈 것을 보고는 음식을 한가득 담는다. 그리고는 껍질 콩을 포크로 두 번 찍어 입에 마구 쑤셔 넣는다.

갑자기 아이들의 어린 시절이 떠오른다. 상자에 끼워진 시가처럼 아이들이 차 뒷좌석에 빼곡히 올라타면 나는 아이들에게 노래를 불러주곤 했다. **안나 안나 보 바나, 바나나 파나 파 파나, 미 마이 모 마나… 안 나.** ("척!" 제시는 소리치곤 했다. "척 불러줘!")

"안나." 케이트가 안나의 목을 가리킨다. "로켓이 없네?"

내가 몇 년 전, 안나에게 사준 거다. 안나의 손이 쇄골로 올라간다. "잃어버렸니?" 내가 묻는다. 아이가 어깨를 으쓱한다.

"오늘은 목걸이를 맬 기분이 아닌가 보지."

내가 아는 한, 안나는 그 목걸이를 절대로 뺀 적이 없다. 아내는 오븐에서 고기를 꺼내 식탁 위에 올려놓는다. 칼을 집어 들고 고기를 썰려다가 케이트를 내려다본다.

"말이 나와서 그런데 우리는 그 옷을 입을 기분이 아니야." 아내가 말한다. "다른 셔츠를 입어라."

"왜?"

"엄마가 그렇게 말했으니까."

"그건 이유가 아니잖아."

아내는 칼로 고기를 찌른다.

"저녁 식사 자리에서 그런 셔츠는 불쾌하게 느껴지는구나."

"오빠의 헤비메탈 셔츠보다는 덜 불쾌한데. 오빠가 어제 입은 게 뭐였지? 앨라배마 선더푸시?"

제시는 케이트를 향해 눈알을 굴린다. 전에도 본 적이 있는 표정이다. 마카로니 웨스턴(이탈리아 영화사들이 만든 서부극-옮긴이)에 나오는 다리를 저는 말이 자비를 베푸는 차원에서 총살을 당하기 직전의 표정이다. 아내는 고기를 샅샅이 살핀다. 아까는 선홍빛이었다면 이제는 너무 익힌 통나무 같다.

"이젠," 아내가 말한다. "다 타버렸네."

"괜찮아." 나는 아내가 간신히 잘라낸 조각을 조금 베어 문다. 가죽을 씹는 것 같다. "맛있네. 당장 소방서로 달려가 화염장치를 가져와야겠어. 다른 사람들도 이걸 맛볼 수 있도록 말이야."

아내가 눈을 깜빡이더니 웃음을 터뜨린다. 케이트가 킥킥대고 제시조차 빙긋 웃는다. 바로 그때, 난 안나가 이미 자리를 뜬 데다 아무도 이를 눈치채지 못했다는 걸 깨닫는다.

소방서에서 나는 동료들과 함께 2층 부엌에 앉아 있다. 레드는 가스레인지 위에서 무슨 소스를 요리 중이고 폴리는 〈프로비던스 저널〉을 읽고 있으며 시저는 이번 주 욕망의 대상에게 편지를 쓰고 있다. 그를 보던 레드가 고개를 젓는다.

"그냥 파일을 저장해 놓고 한 번에 여러 장 출력하지 그래?"

시저는 별명일 뿐이다. 이리저리 방랑한다고 폴리가 몇 년 전 지어줬다. "음, 이번엔 달라." 시저가 말한다.

"그렇겠지. **이틀 꼬박** 공을 들이고 있으니."

레드가 싱크대에 올려놓은 체에 파스타 면을 붓는다. 김이 그의 얼굴 주위로 모락모락 솟아오른다.

"피츠, 저 자식한테 충고 좀 해줘봐."

"왜 내가 그래야 하는데?"

폴리는 신문 너머로 힐끗 올려다본다.

"자네밖에 없잖아."

그가 말한다. 그건 사실이다. 폴리의 아내는 2년 전, 심포니 투어 도중 프로비던스 병원에 잠시 들른 첼리스트와 눈이 맞아 그를 떠났다. 레드는 여자가 다가와 그를 꼬시려고 해도 눈치채지 못할 정도로 확고한 독신주의자다. 반면 나는 사라와 20년째 결혼 생활을 유지하고 있다. 레드가 내 앞에 접시를 내려놓는 순간 내가 말을 꺼내기 시작한다.

"여자는," 내가 말한다. "모닥불과 크게 다를 게 없어."

폴리는 신문을 던진 뒤 콧방귀를 뀐다.

"자, 여기 피츠제럴드 대장의 연애론 납시오."

나는 폴리를 무시한다.

"불은 아름다워, 그렇지? 타고 있는 동안에는 눈을 뗄 수 없지. 우리가 통제할 수 있는 한, 불은 빛과 열을 선사할 거야. 하지만 통제할 수 없게 되면 공격을 시작해야 하지."

"대장이 하려는 말은," 폴리가 말한다. "데이트 상대를 맞바람으로부터 보호해야 한다는 의미야. 이봐, 레드, 파마산 치즈 없어?"

이렇게 나의 두 번째 저녁 식사가 시작된다. 이 경우 보통 몇 분 안에 벨이 울리기 마련이다. 소방관의 일은 머피의 법칙을 따른다. 위험에 대비하기 가장 힘들 때 일이 터진다.

"이봐, 피츠, 지난번 소각로에 끼여서 죽은 남자 기억나?" 폴리가 묻는다. "우리가 의용 소방대원이었을 때?"

맙소사, 맞다. 1온스만 더 나갔더라면 500파운드가 되었을 남자였는데 침대에서 심장마비로 사망했다. 사체를 계단 아래로 내릴 수 없었던 장례회사에서 소방서에 전화를 했나. "밧줄과 도르래." 내가 큰 소리로 회상한다.

"그 남자는 화장하기로 되어 있었는데 몸집이 너무 큰 바람에…" 폴리가 크게 웃는다. "하늘에 있는 우리 어머니를 걸고 맹세하는데 가족들은 그 남자를 수의사한테 데려가야 했을 걸."

시저가 그를 향해 눈을 깜빡인다. "왜?"

"사람들이 죽은 말을 어떻게 처리한다고 생각해, 아인슈타인?"

이것저것 추측을 해보더니 시저의 눈이 커진다. "말도 안 돼." 그가 말한다. 그리고 잠시 생각해 보더니 레드가 만든 볼로네즈 파스타를 치운다.

"의과대학에서 굴뚝을 청소해 달라고 누구한테 전화할 것 같아?" 레드가 말한다.

"불쌍한 직업안전 위생국 놈들." 폴리가 대답한다.

"여기로 전화해서 우리더러 해달라고 한다는 데 10달러 건다."

"아무도 전화하지 않을 거야." 내가 말한다. "청소할 게 없거든. 불이 너무 뜨거웠어."

"음, 적어도 방화가 아니라는 건 알잖아." 폴리가 웅얼거린다.

지난달에는 의도적으로 저지른 화재가 많았다. 가연성 액체를 끼얹은 흔적, 다양한 발화 지점, 까맣게 타버린 연기, 한곳에 비정상적으로 집중된 화재 등 방화의 증거는 쉽게 찾을 수 있다. 누가 되었든 방화범은 똑똑하기도 하다. 소방대원의 접근을 차단하기 위해 몇몇 구조물에서 계단 아래에 가연성 물질을 둔 것이 발견되었다. 방화로 발생한 화재는 위험하다. 화재를 진압할 때 사용되는 과학이 적용되지 않기 때문이다. 이러한 화재에서 구조물은 이를 진압하기 위해 내부에 진입한 사람 주위로 무너질 가능성이 높다.

시저가 코웃음을 친다.

"그럴지도. 그 뚱뚱한 남자는 자살 방화범이었을지도 몰라. 굴뚝으로 기어들어가 자신의 몸에 불을 지른 거지."

"아님 그저 필사적으로 살을 빼려고 그랬는지도 몰라." 폴리가 덧붙이자 다른 이들이 깔깔 웃어댄다.

"그쯤 하지." 내가 말한다.

"이봐, 피츠. 정말 웃긴 얘기라는 건 인정해야지."

"그 남자의 부모한테는, 가족한테는 아니지."

내 말에 불편한 침묵이 감돈다. 마침내 나와 가장 오래 알고 지낸 폴리가 말을 꺼낸다.

"케이트한테 또 무슨 일 있어, 피츠?"

내 큰딸에게는 항상 무슨 일이 있다. 문제는 절대로 끝날 것 같아 보이지 않는다는 것이다. 나는 식탁을 밀치고 내 접시를 싱크대에 넣는다.

"난 지붕으로 갈게."

우리 각자에게는 취미가 있다. 시저는 여자, 폴리는 백파이프, 레드는 요리 그리고 나에게는 망원경이 있다. 나는 몇 년 전, 밤하늘을 가장 잘 볼 수 있는 소방서 지붕에 망원경을 부착해 놓았다. 소방관이 되지 않았더라면 천문학자가 되었으리라. 수많은 셈을 해야 하겠지만 별의 지도를 그리는 것이 나에게는 매력적으로 느껴진다. 캄캄한 밤이면 1,000개에서 1,500개의 별을 볼 수 있다. 게다가 아직 발견되지 않은 별이 수백만 개나 된다. 우리는 이 세상이 나를 중심으로 돌아간다고 생각하기 쉽지만 하늘을 쳐다보는 순간, 전혀 그렇지 않다는 것을 금세 깨닫게 된다.

안나의 본명은 안드로메다다. 맹세하건대 출생증명서에 그렇게 쓰여 있다. 아이의 이름을 딴 행성은 안드로메다 공주의 이야기를 담고 있다. 공주는 포세이돈에게 자신의 아름다움을 자랑한 어머니 카시오페아에 대한 벌로 바다 괴물의 제물이 되기 위해 쇠사슬로 바위에 묶이게 된다. 하지만 근처를 날아가던 페르세우스가 안드로메다와 사랑에 빠져 그녀를 구출해 준다. 안드로메다의 별자리는 양팔을 쭉 뻗은 채 손이 사슬에 매인 형상을 하고 있다.

내가 보기에 이 이야기는 해피엔딩이다. 누군들 자신의 아이가 행복하길 바라지 않겠는가?

케이트가 태어났을 때 나는 아이가 결혼식 날 얼마나 아름다울지 상상하곤 했다. 그러나 아이가 급성전골수세포성백혈병(APL)을 진단받자 고등학교 졸업장을 받기 위해 무대로 걸어가는 모습을 상상하게 되었다. 병이 다시 재발하자 이 모든 꿈은 물거품이 되었고 나는 아이가 5번째 생일을 맞이하는 모습을 그리게 되었다. 이제 나는 기대하지 않는다. 이런 식으로 케이트는 모든 기대를 저버린다.

케이트는 죽을 것이다. 내 입에서 이 말이 나오기까지 오랜 시간이 걸렸다. 때가 되면 우리는 죽게 되어 있다. 하지만 이렇게는 아니다. 나에게 작별인사를 건네는 건 케이트가 되어야 한다.

수년간 온갖 역경을 이겨낸 아이를 죽음으로 몰고 가는 게 정작 백혈병이 아니라는 사실은 마치 사기를 당하는 기분이다. 하지만 찬스 의사는 이미 오래전, 보통 일이 진행되는 방식이 그렇다고 말했다. 환자의 몸이 온갖 싸움으로 약화된다고, 몸의 일부가 조금씩 포기하기 시작한다고, 케이트의 경우 신장이 말썽이라고.

나는 망원경을 오리온의 칼 속에서 반짝이는 바너드 루프와 M42 쪽으로 돌린다. 별들은 수천 년 동안 타오르는 불이다. 붉은 난쟁이 같은 별들은 천천히 오랫동안 타오르는 반면, 푸른 거인 같은 별들은 연료를 지나치게 빨리 태워버려 아주 멀리서도 쉽게 눈에 띌 정도로 반짝인다. 이들은 연료가 바닥나기 시작하면 헬륨을 태우면서 더 뜨거워지다가 초신성(보통 신성보다 1만 배 이상의 빛을 내는 신성—옮긴이)이 되며 폭발한다. 초신성은 가장 밝은 은하계보다도 밝다. 그들은 소멸하지만 모두가 이를 지켜본다.

● ● ●

앞서 집에서 저녁 식사를 할 때 식사를 마친 뒤 나는 아내가 부엌을 정리하는 것을 도와주었다. "안나한테 무슨 일이 있는 것 같지 않아?" 케첩을 냉장고에 도로 집어넣으며 내가 물었다.

"목걸이를 뺐다고?"

"아니," 내가 어깨를 으쓱한다. "그냥 전반적으로."

"케이트의 신장 문제랑 제시의 반사회적 태도에 비하면 안나는 아무런 문제가 없다고 보는데."

"저녁 먹기 전에 밥을 자기 방으로 가져다 달라고 했잖아."

아내가 싱크대에 서서 돌아보았다.

"당신은 뭐가 문제라고 생각하는데?"

"음… 남자?"

아내가 나를 쳐다보았다. "안나는 남자 친구가 없어."

천만다행이다.

"친구 한 명이 안나의 기분을 언짢게 만드는 말을 했을지도."

아내는 왜 나한테 물었던 걸까? 내가 열세 살짜리 여자아이의 감정기복에 대해 도대체 뭘 알겠는가? 아내는 수건에 손을 닦고는 식기세척기를 돌렸다.

"그저 십 대답게 행동하는 걸지도 모르지."

나는 케이트가 열세 살 때 어땠는지 기억을 더듬어 보려고 했다. 하지만 병의 재발과 그 때문에 줄기세포 이식을 받은 것밖에 기억나지 않았다. 케이트의 일상적인 삶은 아이가 아팠던 시간에 가려 배경으로 녹아들고 말았다.

"내일 케이트를 데리고 투석하러 가야 해." 아내가 말했다. "언제 집에 올 거야?"

"8시까지 올게. 하지만 대기 중이라서. 방화범이 또다시 소각로에 낄지도 모르거든."

"여보," 아내가 물었다. "당신 눈에 케이트가 어때 보여?"

안나보다 나아 보인다고 생각했지만 아내가 묻는 건 그게 아니었다. 아내는 내가 어제와 비교해 케이트 피부에서 황달기가 얼마나 있는지 파악하기를 원했다. 케이트가 팔꿈치를 식탁에 기대고 있는 게 몸을 똑바로 지탱하고 앉아 있기에 너무 피곤해서 그렇다는 걸 알기를 원했다.

"좋아 보여."

나는 거짓말을 했다. 우리는 항상 서로에게 그래 왔으므로.

"가기 전에 아이들에게 잘 자라고 인사하는 거 잊지 마."

아내가 말한 뒤 돌아서서 케이트가 취침 전에 먹는 약을 가지러 간다.

● ● ●

오늘 밤은 조용하다. 일주일에는 리듬이 있다. 금요일이나 토요일 야간 근무는 미친 듯이 바빠서 나른한 일요일이나 월요일과 극명한 대조를 이룬다. 벌써부터 조짐이 보인다. 오늘 밤은 숙소 침대에 누워 제대로 잠을 자게 될 것 같다.

"아빠?" 지붕으로 향하는 문이 열리더니 안나가 기어 나온다.

"레드 아저씨가 아빠가 여기 있다고 말해줬어."

나는 그 자리에서 얼어붙는다. 밤 10시다. "무슨 일 있니?"

"아무 일 없어. 그냥… 오고 싶어서."

아이들이 어릴 때 아내는 늘 아이들을 데리고 이곳에 들르곤 했다. 아이들은 휴면 중인 거대한 소방차 주위에서 놀다가 위층에 위치한 내 침상에서 잠이 들었다. 더운 여름날이면 아내가 낡은 담요를 가져왔고 우리는 이 담요를 지붕에 깔고는 아이들을 사이에 두고 누워서 밤이 내려앉는 것을 지켜보기도 했다.

"엄마가 알고 있니?"

"엄마가 데려다 줬어."

안나는 발끝으로 살금살금 지붕을 따라 걷는다. 이렇게 높은 곳을 잘 걷는 아이가 아니었다. 게다가 콘크리트 주위로 폭이 8센티미터가량밖에 되지 않는다. 아이는 눈을 가늘게 뜨고 망원경을 향해 몸을 구부린다.

"뭐가 보여?"

"직녀성." 내가 말한다.

나는 안나를 자세히 살펴본다. 한동안 아이를 그렇게 본 적이 없었다. 아이는 더 이상 빼빼 마른 몸이 아니다. 굴곡이 생기기 시작했다. 머리를 뒤로 넘긴다든지, 망원경을 들여다보는 동작에서조차 다 자란 성인 여성에게서 느껴질 법한 우아함이 깃들어 있다. "뭐 할 말 있니?"

아이는 이빨로 아랫입술을 깨물고는 자신의 운동화를 내려다본다.

"대신 **아빠**가 얘기해 줄 수 있어?" 안나가 말한다.

그래서 나는 아이를 내 재킷 위에 앉히고 별을 가리킨다. 나는 아이에게 직녀성은 오르페우스의 리라(Lyra)인 거문고자리의 일부라고 얘기한다. 나는 이야기를 많이 아는 편은 아니지만 별자리와 관련된 이야기는 잘 알고 있다. 나는 안나에게 태양신의 아들, 오르페우스에 대해 얘기해준다. 그는 음악으로 동물을 매료시키고 바위를 무르게 만들었으며 아내 에우리디케를 너무 사랑한 나머지 죽음이 그녀를 앗아가도록 내버려두지 않았다. 이야기가 끝날 무렵 우리는 등을 대고 납작 누워 있다.

"오늘 밤 아빠랑 여기 있어도 돼?" 안나가 묻는다.

나는 아이의 정수리에 키스를 하며 말한다.

"당연하지."

"아빠," 아이가 잠들었다고 생각한 순간 안나가 속삭인다.

"그들은 죽음을 거스를 수 있었어?"

잠시 생각한 뒤에야 아이가 오르페우스와 에우리디케에 대해 얘기하고 있다는 것을 깨닫는다.

"아니." 나는 솔직히 답한다.

아이는 한숨을 내쉰다. "그럴 거라고 생각했어."

화요일

내 양초는 양쪽에서 타들어가지.
하룻밤도 지속하지 못하겠지만
하지만 아, 나의 적들이여 그리고 오, 나의 친구들이여-
얼마나 사랑스런 불빛인지!

-에드나 세인트 빈센트 밀레이, 〈첫 번째 무화과〉,
『엉겅퀴에서 무화과』

안나

예전에 나는 진짜 내 가족에게 가는 길에 이번 가족을 거쳐 갈 뿐인 척 행동했다. 이건 비약이 아니다. 언니는 아빠를 빼다 박았고 오빠는 엄마를 똑 닮았다. 그리고 난 나머지 열성 유전자의 집합체다. 나는 병원 구내식당에서 고무맛 나는 감자튀김과 레드 젤-오를 먹으며 진짜 내 부모가 바로 옆 테이블에 앉아 있을 수 있다는 생각에 다른 테이블을 힐끗 쳐다보곤 했다. 그들은 나를 찾았다는 기쁨에 흐느껴 울며 나를 모로코나 루마니아의 성으로 데려가 상쾌한 시트 냄새가 나는 가정부를 붙여주고 버니즈 마운틴 독과 개인 휴대폰을 줄 것이다. 문제는 나의 새로운 운명을 자랑하기 위해 내가 처음으로 전화하게 될 상대가 언니라는 점이다.

언니는 일주일에 세 번, 한 번에 2시간 동안 투석을 받는다. 언니는 마후카 카테터(혈액투석용 도관의 상품명−감수자)를 달고 있다. 이 카테터는 언니의 가슴팍에서 동일한 부위로부터 솟아나와 있던 중심정맥관과 똑같이 생겼으며 언니의 신장이 하지 못하는 일을 대신해주는 기계에 연결되어 있다.

언니의 피(엄밀히 말하면 내 피다)는 바늘을 통해 언니의 몸을 떠나세척이 된 뒤 또 다른 바늘을 통해 언니의 몸으로 다시 들어간다. 언니는 별로 아프지 않다고 말한다. 그저 지겨울 뿐이라고. 언니는 보통 책이나 CD 플레이어, 헤드폰을 가져온다. 우리는 게임을 하기도 한다.

"복도에 나가서 가장 먼저 눈에 띄는 멋진 남자애가 누군지 말해줘." 언니는 이렇게 지시하거나 "인터넷을 보는 수위에게 몰래 다가가 누구의 누드 사진을 다운받는지 봐봐."라고 말한다. 언니가 침대에 묶여 있을 때면 내가 언니의 눈이자 귀다.

오늘 언니는 얼루어 잡지를 보고 있다. 언니가 V넥 모델을 볼 때마다 그들의 흉골을 만지는 걸 아는지 궁금하다. 동일한 부위지만 언니는 카테터가 꽂혀 있고 그들은 그렇지 않다.

"음," 엄마가 갑자기 말을 꺼낸다. "이거 흥미롭구나."

엄마는 병실 바깥에 붙어 있는 게시판에서 가져온 팸플릿을 흔들어 보인다. **당신과 새로운 신장: 의사가 옛 신장을 꺼내지 않는다는 사실을 아십니까? 새로운 신장을 이식한 뒤 그냥 닫아버리고 말죠.**

"섬뜩하다." 언니가 말한다. "검시관(이상사체의 사인을 판정하는 의사–옮긴이)이 내 몸을 갈랐는데 신장이 세 개라고 상상해봐."

"당분간은 검시관이 네 몸을 가를 일이 없도록 하려고 신장 이식을 하는 거라고." 엄마가 대답한다. 엄마가 말하는 허구적인 신장은 내 몸 오른쪽에 자리 잡고 있다. 나도 그 팸플릿을 읽은 적이 있다. 신장 이식은 비교적 안전한 수술로 여겨진다. 하지만 그렇게 말한 사람은 신장 이식 수술을 인공심폐 장치 이식이나 뇌종양 제거 같은 수술과 비교했던 게 틀림없다. 내가 보기에 안전한 수술이 되려면 수술하는 내내 환자가 깨어 있으며 5분 만에 수술이 끝나야 한다. 사마귀 제거나 충치 치료 시술처럼. 하지만 신장을 기증할 때에는 수술 전날 밤 금식을 하고 설사약을 먹어야 한다. 또한 마취를 하게 되는데, 이는 뇌졸중, 심장마비, 폐 문제를 초래할 수 있다. 4시간에 걸쳐 진행되는 수술은 공원 산책과는 차원이 다르다. 수술대 위에서 죽을 확률이 1/3,000이다. 죽지 않더라도 4~7일간 병원에 입원해야 하며 완전히 회복되는 데에는 4~6주가 걸린다. 하지만 장기적인 영향에 대해서는 아직 말하지도 않았다. 장기적으로는 고혈압 발병률이 높아지고 임신 합병증의 위험도 있으며 남아있는 한 개의 신장이 손상될지도 모르는 활동들을 삼가라는 권고도 받게 된다. 게다가 사마귀를 제거하거나 충치를 치료받을 때 장기적으로 이득을 보는 건 나뿐이지만 신장 이식은 정반대다.

문을 두드리는 소리가 들리더니 친숙한 얼굴이 살짝 고개를 들이민다. 번 스택하우스 씨는 보안관으로 아버지와 같은 공무원 커뮤니티에 속해 있다. 그는 가끔 우리 집에 들러 안부를 전하거나 우리에게 크리스마스 선물을 주곤 했다. 최근에는 곤경에 처한 오빠를 구해주기도 했는데, 오빠가 법의 심판을 받도록 내버려두는 대신 오빠를 집으로 데리고 온 것이다. 죽어가는 딸이 있는 가족에게 사람들은 사정을 봐주기 마련이다.

번 아저씨의 얼굴이 가장 뜻밖의 장소에서 무너지고 있는 수플레 같다. 아저씨는 병실로 들어가도 괜찮을지 잘 모르겠다는 표정을 짓고 있다.

"어, 안녕하세요, 사라." 그가 말한다.

"번!" 엄마가 벌떡 일어난다. "병원에는 어쩐 일이세요? 무슨 일 있는 건 아니죠?"

"네, 괜찮아요. 업무상 왔어요."

"영장을 송달하는 그런 일이요?"

"음." 당황한 번 아저씨가 발을 이리저리 움직이더니 나폴레옹처럼 재킷에 손을 집어넣는다. "정말 미안해요, 사라." 그가 말하며 엄마에게 서류를 건넨다.

언니처럼 내 몸에서 핏기가 가신다. 나는 그 자리에서 얼어붙는다.

"이게 대체 무슨… 이봐요, 번. 내가 고소당한 건가요?" 엄마의 목소리가 지나치게 차분하다.

"그게, 저도 안 읽어봐서요. 저는 그냥 전달만 할 뿐이에요. 당신 이름이 거기 목록 우측에 있어요. 저기, 뭐 필요하신 게 있으면…."

아저씨는 차마 말을 마치지도 못한다. 모자를 손에 쥔 채 문밖으로 황급히 나간다.

"엄마," 언니가 묻는다. "무슨 일이야?"

"나도 모르겠구나." 엄마가 서류를 펼친다. 나는 엄마 어깨 너머로 내용을 읽을 수 있을 만큼 가까이 서 있다. 공문서가 늘 그러하듯 상단 우측에 **'로드아일랜드주 프로비던스 플랜테이션'**이라고 쓰인 게 보인다. **프로비던스 카운티 가정 법원. 안나 피츠제럴드(신원 미상)의 소건으로.**

부권 해방에 관한 소장.

이런 젠장, 나는 생각한다. 볼이 타오르는 것 같다. 심장이 방망이질하기 시작한다. 내가 수학책 귀퉁이에 투히 부인과 그녀의 어마어마한 엉덩이를 그렸다고 교장이 집에 징계통보서를 보냈던 때 같다. 아니, 사실 그건 아무것도 아니었다. 그보다 백만 배는 더 안 좋은 상황이다.

원고가 앞으로 모든 의료 결정을 내린다.

원고는 자신에게 가장 유리하거나 도움이 되지 않을 경우 의학적 치료를 강요당하지 않는다.

원고는 언니 케이트를 위해 더 이상 수술을 해야 할 필요가 없다.

엄마가 얼굴을 들어 나를 쳐다본다. "안나, 이게 대체 뭐니?" 엄마가 속삭인다. 막상 일이 닥치니 배 안에 주먹이 들어 있는 느낌이다. 나는 고개를 젓는다. 엄마에게 뭐라고 얘기할 수 있을까? "안나!" 엄마가 나를 향해 한 걸음 내딛는다. 그때 엄마 뒤에서 언니가 외친다.

"엄마, 악, 엄마. 아파요… 간호사 불러주세요!"

엄마가 반쯤 돌아선다. 언니는 옆으로 누운 채 몸을 웅크린다. 머리카락이 얼굴로 흘러내린다. 언니가 머리카락 사이로 나를 보고 있다고 생각한다. 하지만 확신할 수 없다.

"엄마, 제발요." 언니가 신음한다.

잠시 동안 엄마는 언니와 나 사이에 비눗방울처럼 갇혀 있다. 언니를 보다 나를 보고 다시 언니를 본다. 언니가 고통스러워하는데 나는 안심이 된다. 내가 못된 아이라서 그런 걸까? 내가 병실 밖으로 뛰쳐나오면서 마지막으로 본 건 엄마가 간호사 호출 버튼을 계속해서 누르는 모습이었다. 버튼이 마치 폭파장치라도 되는 것처럼.

구내식당이나 로비처럼 뻔한 곳에 숨을 수는 없다. 그래서 나는 계단으로 6층까지 걸어 올라가 산모 병동으로 간다. 라운지에는 전화가 한 대밖에 없는데 누가 사용 중이다. "3.2킬로그램이야." 남자가 말한다. 너무 심하게 웃고 있어서 저러다 얼굴이 갈라지는 거 아닌가 싶다. "완벽해."

우리 부모님도 내가 태어났을 때 저랬을까? 아빠가 신호를 보냈을까? 손가락과 발가락을 센 뒤 지구상에서 가장 완벽한 숫자라고 확신했을까? 엄마는 내 정수리에 키스한 뒤 간호사가 나를 씻기기 위해 데려가려 하자 놓아주지 않으려고 했을까? 아니면 정말 필요한 건 내 배꼽과 골반 사이에 꽉 끼어있기 때문에 나를 쉽게 건네주었을까?

이제 막 아버지가 된 남자는 별것도 아닌 말에 웃으며 드디어 전화를 끊는다. "축하해요." 나는 말한다. 하지만 내가 정말로 하고 싶은 말은 내가 부모님에게 저지른 일을 훗날 아이가 절대로 하지 못하도록 아이를 들어서 꼭 껴안은 후 침대 가장자리를 달에 맞추고 아이의 이름을 별들 속에 매달라는 것이다.

나는 수신자 요금 부담으로 오빠에게 전화를 건다. 20분 후 오빠는 정문 출입구에 차를 주차한다. 스택하우스 아저씨는 내가 실종되었다고 신고를 받은 상태다. 내가 나오자 아저씨가 문에서 기다리고 있었다. "안나, 엄마가 엄청 걱정하셔. 아빠에게도 연락하셨고. 네 아빠는 널 찾기 위해 병원 전체를 샅샅이 뒤지고 있단다."

나는 숨을 깊이 들이쉰다. "엄마한테 저 괜찮다고 말씀해 주세요." 나는 말하며 오빠가 열어준 조수석 문으로 뛰어든다. 오빠는 방향을 틀더니 메리트 담배에 불을 붙인다. 하지만 난 오빠가 엄마에게 담배를 끊었다고 말한 걸 안다. 오빠는 운전대 가장자리를 손바닥으로 치며 음악 소리를 높인다. 고속도로를 벗어나 어퍼 다비로 향하는 길에 들어선 뒤에야 라디오를 끈 뒤 속도를 늦춘다.

"그래서 엄마가 화를 엄청 냈어?"

"엄마가 소방서로 연락했어."

우리 가족이 아빠에게 연락을 하는 건 금기나 마찬가지다. 아빠는 항상 비상상태이기 때문에 어떠한 위급 상황도 이에 비할 수가 없다.

"우리가 마지막으로 아빠를 호출한 건," 오빠가 말한다. "케이트가 백혈병 진단을 받았을 때야."

"좋아." 나는 팔짱을 낀다. "그렇게 말해주니 기분이 한결 낫네."

오빠는 웃기만 한다. 그러더니 담배연기로 고리를 만든다. "안나," 오빠가 말한다. "암흑의 세계에 온 걸 환영해."

엄마, 아빠, 언니가 허리케인처럼 불쑥 들어온다. 언니는 나를 가까스로 쳐다보고, 이내 아빠가 언니를 위층 우리 방으로 올려 보낸다. 엄마는 지갑과 차 열쇠를 차례로 툭 던진 후 나에게 다가온다. "좋아." 엄마가 말한다. 목소리가 단호해 톡 쏠 것만 같다. "무슨 일이야?" 나는 목소리를 가다듬는다.

"변호사를 선임했어."

"그랬겠지." 엄마는 휴대폰을 낚아채더니 나에게 건넨다. "그 사람 번호 당장 지워."

상당히 힘들긴 하지만 나는 가까스로 고개를 젓고는 소파 쿠션 위에 휴대폰을 내려놓는다.

"안나, 제발."

"여보." 아빠의 목소리가 도끼 같다. 엄마와 나 사이에 내리 찍혀 우리 둘 다 핑 돌게 만든다. "안나에게 설명할 기회를 줘야 할 것 같아. 그렇게 하자는 데 **동의했잖아.**"

나는 머리를 휙 수그린다. "더 이상 하고 싶지 않아."

이 말이 엄마를 자극한다. "그래, 말 한번 잘했다. 우리도 그러고 싶지 않아. 사실 그건 네 언니도 마찬가지야. 하지만 우리가 선택하고 말고 할 수 있는 사항이 아니야."

문제는, 나에게는 선택권이 있다는 점이다. 그렇기 때문에 내가 나서야 하는 것이다. 엄마는 나를 지켜보고 서 있다.

"변호사한테 가서 너에 대한 문제인 양 설득시켰겠지. 하지만 그렇지 않아. 이건 우리 모두의 문제야."

아빠의 손이 엄마의 어깨 주위를 빙글 돌더니 엄마의 어깨를 움켜쥔다. 아빠가 내 앞에 쭈그리고 앉자 연기 냄새가 난다. 아빠는 화재 현장에서 곧바로 이곳으로 온 것이다. 다른 것도 아닌 이 일로. 당황스럽다.

"안나, 애야. 우리는 네가 필요한 일을 했다고 생각하는 걸 알아."

"난 그렇게 생각 안 하는데?" 엄마가 끼어든다.

아빠가 눈을 감는다. "여보, 제발. 조용히 좀 해 봐." 그러고는 다시 나를 쳐다본다. "변호사 없이 우리 셋이 그냥 얘기하면 안 되겠니?"

아빠가 한 말에 눈물이 날 것 같다. 하지만 이런 상황이 오리란 걸 알고 있었다. 그래서 나는 턱을 치켜든다. 덕분에 눈물도 사라진다.

"아빠, 그럴 수 없어."

"맙소사, 안나." 엄마가 말한다. "어떤 결과가 벌어질지 알기나 하는 거니?"

목구멍이 카메라 셔터처럼 닫힌다. 공기나 변명이 지나가려면 핀만큼이나 얇은 터널을 관통해야만 할 것 같다. 나는 보이지 않는 애야, 라는 생각이 든다. 그러고는 내가 이 말을 소리 내어 말했다는 사실을 너무 늦게 깨닫는다. 엄마가 상당히 빨리 움직이는 바람에 나는 엄마의 손이 날아오는 걸 보지 못한다. 하지만 엄마는 내 머리가 뒤로 홱 젖힐 정도로 내 얼굴을 세게 때린다. 엄마는 내 얼굴에 자국을 남긴다. 그 자국은 사라진 지 한참이 지난 후에도 얼룩져 있다. 그냥 하는 말인데, 수치는 손가락 다섯 개의 모습을 하고 있다.

● ● ●

언니가 여덟 살이고 내가 다섯 살일 때 우리는 싸움을 했고 더 이상 방을 같이 쓰고 싶지 않다고 결론 내렸다. 하지만 우리 집이 큰 것도 아니었고 또 다른 방은 오빠가 쓰고 있었으므로 언니랑 나는 딱히 갈 곳이 없었다. 그래서 나보다 나이가 많고 더 똑똑한 언니가 방을 반으로 가르자고 결정했다. "어느 쪽 할래?" 언니가 자못 진지하게 물었다. "먼저 선택하도록 해줄게."

나는 당연히 내 침대가 있는 쪽을 원했다. 게다가 방을 둘로 나누면 내 침대가 있는 쪽에 바비 인형을 넣는 상자랑 미술 용품을 저장하는 선반이 자동적으로 포함될 수밖에 없었다. 언니는 그곳에 놓인 사인펜을 가지러 갔다. 하지만 내가 언니를 막아섰다.

"거긴 **내** 쪽이야." 내가 지적했다.

"그럼 하나만 줘." 언니가 요구했고 나는 언니에게 빨간 사인펜을 건넸다. 언니는 책상으로 기어올라가 천장을 향해 최대한 높은 곳까지 팔을 뻗었다. "한 번 선을 그으면," 언니가 말했다. "너는 네 쪽에서 나는 내 쪽에서 지내는 거야, 알았지?" 나는 고개를 끄덕였다. 언니만큼이나 약속을 잘 지키겠다는 확고한 의지를 보여주려는 듯. 어차피 재미난 장난감은 전부 내 차지니까. 내가 매달리기 한참 전에 언니가 나에게 들어오게 해달라고 애걸복걸할 테니까.

"맹세하지?" 언니가 물었고 우리는 새끼손가락을 걸고 약속했다.

언니는 천장에서부터 책상 위, 황갈색 카펫을 가로질러 침실용 스탠드 위 반대편 벽까지 들쭉날쭉한 선을 그었다. "명심해." 언니가 말했다. "속임수를 쓰면 약속을 어기는 거야."

나는 내 쪽 바닥에 앉아서 우리가 갖고 있는 바비 인형을 전부 꺼내 옷을 입히고 벗기는 등 나에게는 인형이 있지만 언니에게는 없다는 사실을 두고 법석을 피웠다. 언니는 무릎을 세운 채 침대에 앉아 나를 지켜보았다. 아무런 반응도 하지 않은 채. 그러다가 엄마가 점심을 먹으라고 우리를 불렀다.

엄마의 목소리가 들리자 언니는 나를 보고 미소를 짓더니 **언니** 쪽에 위치한 문밖으로 걸어 나갔다. 나는 언니가 카펫에 그린 선 쪽으로 다가가 발가락으로 선을 찼다. 속임수를 쓰고 싶지 않았다. 하지만 평생 방 안에 갇혀 있기도 싫었다.

내가 왜 점심을 먹으러 부엌에 오지 않는지 엄마가 궁금해 하기까지 얼마의 시간이 지났는지 모른다. 하지만 다섯 살짜리에게는 1초도 영원처럼 느껴지기 마련이다. 엄마는 문지방에 서서 벽과 카펫에 그려진 선을 바라본 뒤 눈을 감고 참아보려 했다. 그러고는 우리 방으로 들어와 나를 들어올렸다. 하지만 나는 저항하기 시작했다. "그러지 마!" 나는 소리쳤다. "그러면 다시는 들어올 수 없단 말이야!"

엄마는 자리를 떠났고 얼마 안 있어 주방용 장갑과 행주, 장식용 쿠션을 갖고 돌아왔다. 그러고는 이것들을 적당한 간격을 두고 언니 쪽 공간에 배치했다. "제발." 엄마가 다그쳤지만 나는 꿈쩍도 하지 않았다. 결국 엄마는 내가 있는 침대로 와 내 옆에 앉았다.

"저건 언니의 연못일지 몰라도," 엄마가 말했다. "이건 **엄마**의 수련잎이야." 엄마는 그곳에 서서 행주 위로 펄쩍 뛰어올랐다. 그리고 그곳에

서 쿠션으로 또다시 폴짝 뛰어갔다. 엄마는 내가 행주 위에 올라갈 때까
지 어깨 너머로 나를 쳐다봤다. 나는 행주에서 쿠션, 오빠가 1학년 때 만
든 주방용 장갑을 거쳐 언니 쪽 공간을 전부 가로질러 갔다. 엄마를 따르
는 것이 가장 확실한 탈출 방법이었으므로.

　샤워를 하고 있는데 언니가 문을 열더니 화장실 안으로 들어온다.
"얘기 좀 하자." 언니가 말한다. 나는 비닐 샤워커튼 옆으로 머리를 쑥 내
민다. "샤워 마치면." 나는 정말 피하고 싶은 대화를 하기까지 시간을 벌
기 위해 이렇게 말한다.

　"아니, 지금 할 거야." 언니가 변기 뚜껑 위에 앉더니 한숨을 쉰다.
"안나, 네가 하려는 거."

　"이미 끝난 일이야." 내가 말한다.

　"너도 알다시피 원한다면 취소할 수 있잖아."

　우리 사이에 김이 자욱한 게 천만다행이다. 언니가 지금 내 얼굴을
볼 수 있다는 생각을 견딜 수 없기 때문이다. "나도 알아." 나는 낮은 목
소리로 말한다.

　언니는 한참 동안 말이 없다. 언니의 마음은 내 마음이 그런 것처럼
쳇바퀴 위를 도는 게르빌루스 쥐처럼 빙빙 돌고 있다. 모든 가능성을 검
토해봤자 아무런 도움이 되지 않는다. 한참 후 나는 다시 고개를 내민다.
언니는 눈물을 닦고 나를 올려다본다. "넌," 언니가 말한다. "내 유일한
친구라는 거 알지?"

　"그건 사실이 아니야."

　나는 곧바로 대답하지만 우리 둘 다 내가 거짓말을 한다는 걸 안다.

언니는 정규 교육 수업을 너무 자주 빼먹어서 어울릴 만한 친구가 없다. 병이 오랜 기간 차도를 보일 때 언니가 사귄 친구들은 이제 대부분 사라지고 없다. 양쪽 모두 그럴 수밖에 없었다. 평범한 아이가 곧 죽어가는 친구 곁에서 뭘 어떻게 행동해야 할지 파악하기란 상당히 힘든 일이다. 언니 입장에서도 동창회라든지 대학입학시험 같은 것들에 진심으로 흥미를 보이기란 쉽지 않았다. 언니가 그때까지 살아서 그것들을 직접 경험할 수 있으리란 보장이 없기 때문이었다. 물론 언니도 친구들이 몇 명 있긴 하다. 하지만 그 친구들이 집에 올 때면 마치 복역을 하는 것처럼 자신에게 그런 일이 일어나지 않은 것을 신께 감사할 순간만을 기다리며 언니의 침대 맡에 앉아 있다가 떠나곤 한다. 진짜 친구라면 상대가 안됐다는 감정을 느낄 수 없는 것이다.

"나는 언니 친구가 아니야." 나는 커튼을 다시 홱 하고 치며 말한다. **"동생이지." 게다가 상당히 형편없는 동생이지**, 나는 생각한다. 나는 샤워기 물줄기에 얼굴을 갖다댄다. 내가 울고 있는 걸 언니가 알아차리지 못하도록.

갑자기 커튼이 한쪽으로 휙 젖히고, 그 바람에 홀딱 벗은 내 몸이 드러난다. "그게 바로 내가 하고 싶은 말이야." 언니가 말한다. "네가 더 이상 내 동생이 되고 싶지 않다면 그건 다른 문제야. 하지만 친구로서 너를 잃을 수는 없어."

언니는 커튼을 도로 친다. 김이 내 주위로 자욱하게 올라온다. 잠시 후 문이 열렸다 닫히는 소리가 들리고 칼로 벤 듯한 차가운 공기가 뒤따라 들어온다.

나 역시 언니를 잃는다는 생각은 참을 수 없다.

그날 밤, 언니가 잠이 들자 나는 침대에서 기어 나와 언니 옆에 선다. 언니가 숨을 쉬는지 확인하기 위해 언니의 코 아래로 손바닥을 갖다대면 언니가 내쉬는 숨결이 내 손에 와 닿는다. 나는 언니의 코와 입을 꽉 누를 수 있다. 언니가 저항하겠지만. 내가 이미 저지른 일이 이것과 뭐가 다르단 말인가? 나는 복도에서 들려오는 발소리에 깜짝 놀라 베개 커버 아래로 숨는다. 그러고는 문을 등지고 부모님이 방 안으로 들어왔을 때 눈꺼풀이 여전히 파르르 떨릴까 봐 옆으로 돌아눕는다.

"믿을 수가 없어." 엄마가 낮은 목소리로 말한다. "안나가 이런 일을 저질렀다는 게 믿기지가 않아." 아빠는 상당히 조용해 내가 착각하고 있는 게 아닐까 생각이 든다. 아빠는 여기에 없는 걸지도 모른다.

"제시 때랑 똑같잖아." 엄마가 계속해서 말한다. "안나는 관심을 끌려고 이러는 거라고." 엄마가 마치 난생 처음 보는 생물체를 바라보는 것처럼 나를 내려다보는 게 느껴진다.

"우리 둘이서 안나하고만 어디를 다녀오는 게 어떨까? 영화를 보러 가거나 쇼핑을 하러 가는 거야. 아이가 무시 받는다는 느낌이 들지 않도록. 우리의 관심을 받기 위해 이런 미친 짓을 할 필요가 없다는 걸 알게 만드는 거지. 어떻게 생각해?"

아빠는 대답하는 데 뜸을 들인다. "음," 아빠가 조용히 말한다. "어쩌면 이건 미친 짓이 아닐지도 몰라."

침묵이 어둠 속에서 고막을 힘껏 때려 당신을 귀머거리로 만들 수 있다는 것을 아는가? 바로 그런 일이 일어나는 바람에 나는 엄마가 한 말을 하마터면 못 들을 뻔했다.

"세상에, 여보… 당신 도대체 누구 편이야?"

아빠가 대답한다. "편이 어디 있어?"

하지만 나조차도 답할 수 있다. 편은 언제나 존재한다고. 늘 승자와 패자가 있기 마련이다. 얻는 사람이 있다면 내줘야만 하는 사람도 있다.

잠시 후 문이 닫히고 천장을 훤히 밝히던 복도의 불빛이 사라진다. 나는 눈을 깜빡이며 등을 대고 돌아눕는다. 엄마가 여전히 내 침대 옆에 서 있는 게 보인다. "간 줄 알았는데." 내가 낮은 목소리로 말한다. 엄마는 내 침대 발치에 앉고 나는 엄마로부터 몸을 조금 움직인다. 하지만 엄마는 내가 멀찌감치 가기 전에 내 허벅지에 손을 올려놓는다.

"또 무슨 생각을 하고 있니, 안나?"

위가 꽉 조여 온다. "난… 나는 엄마가 나를 미워할 거라고 생각해."

어둠 속에서조차 엄마의 눈이 밝게 빛나는 게 보인다. "안나," 엄마는 한숨을 쉰다. "내가 너를 얼마나 사랑하는지 어떻게 모를 수 있니?"

엄마는 손을 내밀고 나는 그 안으로 기어들어간다. 마치 내가 다시 작아져서 그 안에 들어갈 수 있는 것처럼. 나는 엄마의 어깨에 얼굴을 푹 파묻는다. 내가 가장 원하는 건 시간을 조금 돌리는 것이다. 예전의 내가 되는 것, 엄마가 하는 말이라면 미세한 균열을 찾을 수 있을 만큼 자세히 들여다보지 않고도 100% 신뢰하던 그때로 돌아가는 것.

엄마가 나를 더욱 꽉 껴안는다. "판사한테 가서 설명해 보자꾸나. 해결할 수 있을 거야." 엄마가 말한다. "우리가 해결 못하는 건 없어."

내가 정말로 듣고 싶은 말은 그게 전부였으므로 나는 고개를 끄덕인다.

사라

1990

암 병동에 있는 건 뜻밖에도 위안이 된다. 동호회 회원이 된 느낌이다. 처음이냐고 묻는 마음씨 좋은 주차 요원에서부터 분홍색 구토 대야를 테디 베어 마냥 팔 아래 끼고 있는 수많은 아이들에 이르기까지 전부 우리보다 먼저 이곳에 와 있고 사람이 많은 곳은 안전하기 마련이다.

우리는 엘리베이터를 타고 해리슨 찬스 의사의 사무실이 있는 3층으로 향한다. 그 이름만 들어도 정이 떨어진다. 왜 승리가 아니라 하필 찬스인가? "의사가 늦네." 나는 시계를 스무 번째 쳐다보며 남편에게 말한다. 창턱에 놓인 자주달개비가 시들시들해져서 거의 갈색이 되었다. 의사가 사람을 대하는 일에 있어서는 이보다 낫기를 희망해 본다.

점점 지루해하는 케이트를 즐겁게 해주려고 나는 고무장갑을 부풀린 뒤 묶어서 머리 모양 풍선을 만든다. 싱크대 옆에 달린 장갑 발급기에는 부모들에게 방금 내가 한 짓을 하지 말라고 경고하는 문구가 붙어 있다. 우리는 풍선을 앞뒤로 쳐가며 발리볼을 하고 논다. 그렇게 놀다 보니 찬스 의사가 방 안으로 들어온다. 늦어서 미안하다는 사과 한 마디도 없이.

"피츠제럴드 부부 맞으시죠?" 의사는 키가 크고 삐쩍 말랐다. 날카로운 파란 눈에 두꺼운 안경을 썼으며 입은 앙다물고 있다. 그는 케이트의 손에 들린 고무장갑 풍선을 보고는 눈살을 찌푸린다.

"이미 문제가 좀 있어 보이는군요."

남편과 나는 시선을 주고받는다. 이 냉혈한이 이 전쟁에서 우리를 이끌고 갈 장군이자 백기사란 말인가? 우리가 변명을 하기도 전에 찬스 의사가 펜을 꺼내 고무장갑에 얼굴을 그린다. 자신의 안경과 어울리는 철테 안경까지 그려 넣으며. "자." 그가 말한다. 그러고는 이미지를 180도 바꿔준 미소를 지으며 케이트에게 도로 건넨다.

나는 언니 수잔을 1년에 한두 번밖에 만나지 않는다. 언니는 1시간도 안되는 곳에 떨어져 살고 있지만 우리의 철학적 신념은 그보다 수천 배나 멀다. 내가 알기로 언니는 사람들에게 이래라 저래라 지시하면서 엄청난 연봉을 받는다. 즉, 이론적으로 언니는 나를 데리고 직업 훈련을 한 것이다. 아버지는 마흔아홉 생신 때 잔디를 깎다가 돌아가셨고 엄마는 그 이후로 정신을 차리지 못했다. 집안의 기강을 바로 잡은 건 나보다 열 살 많은 언니였다. 언니는 내가 숙제를 하고 법대 지원서를 작성하게 했으며 큰 꿈을 꾸도록 했다. 언니는 똑똑하고 아름다웠으며 어떠한 상황에서라도 무슨 말을 해야 할지 알았다. 언니는 어떠한 어려움이 닥쳐도 합리적인 해결책을 찾을 수 있었다. 언니가 직업적으로 성공할 수 있었던 비결은 그러한 태도에 있다. 언니에게 이사회 사무실은 찰스 거리를 조깅하는 것만큼이나 편안했다. 언니에게는 모든 걸 쉬워보이게 만드는 재주가 있다. 누군들 그런 롤모델을 원하지 않겠는가? 내 첫 선제공격은 고등학교만 졸업한 남자와 결혼한 것이었다. 두 번째와 세 번째는 임신을 한 것이었다. 내가 차기 글로리아 알레드(유명한 여성 인권 변호사-옮긴이)가 되기로 결심하지 않는 한 언니가 날 실패자로 보는 게 마땅했다. 그리고 지금까지도 난 내가 실패자가 **아니라는** 내 생각이 옳다고 본다.

　그렇다고 오해하지 말기를. 언니는 내 아이들을 사랑한다. 언니는 아이들에게 아프리카 조각, 발리 조개껍데기, 스위스 초콜릿 등을 보낸다. 제시는 커서 이모처럼 유리로 둘러싸인 사무실에서 일하기를 원한다.

　"우리 모두가 수잔 이모처럼 될 수는 없어."

　나는 제시에게 이렇게 말하지만 사실 내가 하고자 하는 말은 나는 언니처럼 될 수 없다는 거다.

　우리 둘 중 누가 먼저 답신을 하지 않았는지 기억이 나지 않는다. 하지만 기억이 나지 않는 편이 차라리 속 편했다. 상당히 미묘하고 까다로운 대화의 경우 무거운 구슬처럼 매달려 있는 침묵보다 안 좋은 건 없다. 그래서 꼬박 일주일 만에 나는 수화기를 들어 언니 사무실로 직통 전화를 건다. "수잔 크로프톤 사무실입니다." 어떤 남자가 받는다.

　"저," 나는 망설인다. "수잔과 통화 가능할까요?"

　"지금 회의 중이신데요."

　"그럼⋯." 나는 숨을 깊이 들이쉰다. "동생이 전화했다고 전해주세요."

　잠시 후 매끄럽고 시원시원한 목소리가 내 귀에 들린다.

　"사라, 오랜만이네."

　언니는 내가 생리를 처음 시작할 때 달려갔던 사람이다. 내가 처음으로 사랑 때문에 상처받았을 때 다시 극복하도록 도와준 사람이다. 아빠가 어느 쪽으로 가르마를 탔는지 혹은 엄마의 웃음소리가 어땠는지 더 이상 기억이 나지 않을 때 한밤중에 나를 달래주던 사람이다. 지금 상황이 어떻든 한참 전부터 언니는 나의 타고난 베스트 프렌드였다.

"언니?" 내가 말한다. "잘 지내?"

케이트가 공식적으로 급성전골수세포성백혈병(APL)을 진단받은 지 36시간이 지나자 남편과 나에게 질문을 할 기회가 주어진다. 케이트가 아동 생활 전문가와 반짝이풀을 갖고 노느라 정신없는 사이, 우리는 수많은 의사와 간호사, 정신과 의사를 만난다. 우리가 간절히 알고자 하는 질문에 답을 해주는 건 안면이 있는 간호사들이다. 나른 볼일이 있는 것처럼 잠시도 가만히 있지 못하는 의사들과는 달리 간호사들은 참을성 있게 우리의 질문에 답해준다. 이러한 식으로 대화를 나누는 부모가 사실은 수천 명이나 되었을 텐데 마치 우리가 처음인 것처럼 말이다.

"백혈병의 경우," 한 간호사가 설명한다. "첫 치료용 바늘을 꽂기도 전에 이미 세 번째 치료를 생각해야 해요. 특히 이 병은 예측하기가 쉽지 않아서 향후 발생할 일을 앞서 생각해야 하죠. 급성전골수세포성백혈병(APL)의 경우 항암제내성 질환2)이라 좀 더 까다롭고요."

"그게 뭐죠?" 남편이 묻는다.

"골수성백혈병의 경우 보통 장기가 버티는 한, 병이 재발할 때마다 관해(말초혈액 및 골수에서 백혈병 세포가 더 이상 발견되지 않는 상태-감수자)가 되도록 재유도치료를 할 수 있어요. 환자의 몸은 지치겠지만 계속해서 치료에 반응하기는 하죠. 하지만 급성전골수세포성백혈병(APL)의 경우 특정 치료로 한 번 효과를 본 뒤에는 또다시 효과를 보기가 쉽지 않아요. 아직까지는 우리가 할 수 있는 게 그 정도예요."

"그러니까," 남편이 마른침을 삼킨다. "아이가 죽게 된다는 말씀이신 가요?"

"장담할 수 없다는 말이에요."

"그러면 이제 어떡해야 합니까?"

다른 간호사가 대답한다.

"우선 케이트는 일주일 동안 항암약물요법을 받을 거예요. 질병 세포를 죽여 아이가 회복되기를 바라는 거죠. 케이트는 메스껍고 구역질이 날 확률이 높아요. 구토억제제로 그러한 증상을 최소로 줄이도록 노력할 겁니다. 머리카락도 빠질 거예요."

그 순간 나는 작게 흐느낀다. 별것 아니겠지만 케이트가 아프다는 걸 다른 사람이 눈치채게 만드는 표식이 될 거다. 아이는 불과 6개월 전 처음으로 머리를 잘랐다. 슈퍼컷(미국에서 유명한 헤어 체인점-옮긴이) 바닥에 동전처럼 떨어진 금빛 곱슬머리가 기억난다.

"케이트는 설사를 할 수도 있어요. 자체 면역 체계가 약하기 때문에 감염이 될 거고 결국 입원해야 할 확률이 높아요. 항암요법을 받으면 발달이 지연될 수도 있어요. 항암요법을 받은 지 2주 후에는 공고항암요법을 시작할 거고 그다음에는 몇 차례에 걸쳐 유지요법을 할 겁니다. 정확히 얼마나 받을지는 주기적으로 실시하는 골수검사 결과에 달려 있고요."

"그다음은요?" 남편이 묻는다.

"그다음에는 지켜볼 겁니다." 찬스 의사가 대답한다. "급성전골수세포성백혈병(APL)의 경우 재발의 징후를 예의 주시해야 합니다. 출혈, 발열, 기침, 감염 등이 있다면 응급실에 와야 할 거예요. 추후 치료의 경우 몇 가지 선택을 할 수 있어요. 케이트의 몸이 건강한 골수를 생산하도록 만드는 게 목적입니다. 드문 경우이긴 하지만 항암약물요법으로 분자학적 관해가 될 경우 케이트 자신의 조혈모세포를 추출해서 다시 주입할 수 있습니다. 자가조혈모세포채집이죠. 재발할 경우 다른 누군가의 골수를 케이트에게 이식해 혈구를 생산하게 해야 합니다. 케이트에게 형제가 있나요?"

"오빠가 한 명 있어요." 순간 끔찍한 생각이 든다. "그 아이도 이 병을 앓을 수 있나요?"

"그럴 확률은 지극히 낮아요. 하지만 동종 이식에 적합한지 검사를 받아볼 수 있어요. 그렇지 않을 경우 적합한 비혈연 공여자(matched unrelated donor, MUD)를 찾기 위해 케이트를 국립골수은행에 올릴 겁니다. 하지만 아무리 적합하더라도 이방인으로부터 골수를 이식받는 건 가족으로부터 이식받는 것보다 훨씬 더 위험합니다. 사망 확률이 매우 높아지죠."

정보가 끊임없이 주입된다. 다트가 너무 빨리 꽂혀서 더 이상 따끔한 느낌조차 없다. 의료진은 생각하지 말고 그냥 아이를 자신들에게 맡기라고 한다. 그렇지 않으면 아이는 죽을 테니. 그들이 질문에 답해줄 때마다 우리는 또 다른 질문을 던진다.

아이의 머리카락이 다시 자라게 되나요?

아이가 학교에 다닐 수 있을까요?

아이가 친구들과 놀 수 있을까요?

우리가 사는 곳 때문에 이러한 일이 발생했나요?

우리의 유전자 때문에 이러한 일이 발생했나요?

"아이가 죽는다면," 이렇게 묻는 내 목소리가 들린다. "어떤 식으로 진행될까요?"

찬스 의사가 나를 본다. "아이가 처한 상황에 달려 있습니다." 그가 설명한다. "감염일 경우 호흡 곤란으로 인공호흡기를 달게 될 거예요. 출혈일 경우 의식을 잃은 후 피를 흘릴 거고요. 장기부전 때문이라면 어떤 장기에 문제가 있느냐에 따라 결정되겠죠. 보통 이 모든 것이 동시에 나타납니다."

"아이가 알게 될까요?"

나는 이렇게 묻지만 내가 정말 알고 싶은 건 **내가 그걸 어떻게 견딜 수 있느냐다.**

"피츠제럴드 부인." 의사가 말한다. 마치 내가 내뱉지 않은 이 질문을 듣기라도 한 것처럼.

"여기 있는 아이 스무 명 중 열 명이 몇 년 안에 죽게 됩니다. 케이트가 어디에 속하게 될지는 저도 알 수가 없습니다."

● ● ●

케이트를 살리기 위해서는 아이 몸의 일부가 죽어야 한다. 항암약물요법의 목적이 바로 그것이다. 백혈병 세포를 전부 없애버리는 것. 이를 위해 아이의 쇄골 아래 중심정맥관을 꽂아야 한다. 다양한 약물을 투여하고 수액을 주입하며 채혈을 하기 위한 입구가 될 세 갈래 포트다. 아이의 얇은 가슴에서 솟아나와 있는 튜브를 보니 SF 영화가 떠오른다. 케이트의 심장이 항암요법을 견디는지 확인하기 위해 기본 심전도 검사를 마친 상태다. 약물 중 하나가 결막염을 일으키기 때문에 덱사메타손 안약을 넣었고, 신장과 간 기능 검사를 위해 중심정맥관으로 피를 뽑았다. 간호사가

수액 걸이대에 링거백을 걸고 케이트의 머리를 매만진다. "아이가 느낄
까요?" 내가 묻는다.

"못 느낄 거예요. 케이트, 여기를 보렴." 간호사가 다우노루비신이
담긴 링거백을 가리킨다. 빛을 차단하기 위해 검은 백에 담겨 있다. 백 위
에는 우리가 기다리는 동안 케이트가 간호사의 도움으로 만든 밝은 색상
의 스티커가 붙어 있다. 한 십 대 아이의 백에는 '예수님은 구원하시고 항
암요법은 성공한다.'라고 쓰여 있는 포스트잇이 붙어 있는 것을 본 적이
있다.

케이트의 정맥으로 들어가기 시작하는 약은 이렇다. D5W(5% 포도
당수액-옮긴이) 25cc에 다우노루비신 50mg, 시타라빈 46mg을 D5W에
혼합하여 24시간 내내 연속 정맥주입, 알로푸리놀 92mg 정주. 다른 말로
하면 온갖 독극물이 케이트의 몸으로 들어가는 거다. 나는 아이의 몸에서
벌어지고 있는 거대한 전투를 상상해 본다. 번뜩이는 군대, 아이의 몸에
난 구멍을 통해 증발하는 사상자를 그려본다.

의료진은 케이트가 며칠 내에 아파할 거라고 말하지만 2시간밖에
지나지 않아 아이는 구토를 하기 시작한다. 남편이 호출 버튼을 누르자
간호사가 병실로 들어온다. "레글란(소화제 및 항구토제의 한 종류, 성분
명 metoclopramide-감수자)을 놔 줄게요." 간호사는 이렇게 말하고 사
라진다.

케이트는 구토를 하지 않을 때면 울고 있다. 나는 침대 끝에 걸터앉
아 아이 몸의 한쪽을 내 무릎 위에 올려놓는다. 간호사들은 아이를 돌볼
시간이 없다. 인력 부족에 시달리는 그들은 구토 억제제를 투여한 뒤 잠
시 머물면서 케이트의 반응을 살핀다. 하지만 얼마 안 가 또 다른 응급 상

황에 대처하기 위해 병실을 나가고 나머지 일은 우리에게 맡겨진다. 아이들이 장염에 걸리면 간호를 도맡았던 남편은 효율성의 전형적인 본보기다. 케이트의 이마를 닦아주고 아이의 얄팍한 어깨를 잡아주며 입 주위를 휴지로 닦아준다.

"이겨낼 수 있어."

남편은 아이가 침을 뱉을 때마다 아이에게 이렇게 속삭이지만 아마 스스로에게 하는 말일지도 모른다. 나 또한 스스로 놀라고 있다. 비장한 마음으로 민첩하게 구토 대야를 헹구고 가져온다. 해안 교두보에서 모래주머니를 쌓는 일에 집중하다 보면 다가오는 쓰나미 따위는 무시할 수 있다. 쓰나미에 신경을 쓰면 미쳐버리고 말 거다.

남편은 피 검사를 하기 위해 제시를 병원에 데리고 온다. 손가락 끝에서 살짝 뽑으면 되지만 제시가 하도 완강하게 거부하는 바람에 남편을 비롯해 두 명의 남자 의사가 제시를 붙잡고 있다. 아이는 병원이 떠나가라 소리를 지른다. 나는 팔짱을 낀 채 물러서 있다. 케이트 생각이 날 수밖에 없다. 아이는 이틀 전부터 더 이상 어떠한 시술에도 울지 않는다.

케이트의 담당의가 제시의 혈액 샘플을 살펴볼 것이다. 그리고 눈에 보이지 않게 떠다니는 단백질 6개를 분석할 것이다. 이 단백질 6개가 케이트의 것과 동일할 경우, 제시의 인체백혈구항원(조직적합항원)이 케이트의 그것과 일치한다고 말한다. 즉, 제시가 동생에게 골수를 이식해줄 잠재적인 공여자가 되는 것이다. **6개가 다 맞을 확률은 얼마나 낮을까?** 나는 생각한다.

애초에 백혈병을 앓게 될 확률만큼이나 낮을 것이다.

사혈 전문의가 혈액 샘플을 갖고 떠난 뒤 남편과 의사들이 제시를 눠준다. 아이는 자리에서 벌떡 일어나 나를 향해 달려온다.

"엄마, 저 사람들이 나를 바늘로 찔렀어요."

아이는 손가락을 잡고 있다. 손가락에는 러그래츠(아직 기저귀를 찬 어린아이 토미와 그 친구 처키, 필 릴 등 아이들의 눈높이로 본 세상을 그린 작품-옮긴이)가 그려진 밴드가 붙어 있다. 축축하고 밝은 얼굴이 내 피부에 닿아 뜨겁다. 나는 아이를 꼭 안는다. 아이를 달래주기 위해 이런저런 말을 한다. 하지만 아이를 안쓰럽게 여기기가 쉽지 않다.

"안타깝게도 아드님은 맞지가 않네요." 찬스 의사가 말한다. 시들어 갈색이 된 채로 아직도 창턱에 놓여 있는 화초에 내 눈길이 향한다. 누군가 저 화초를 갖다 버려야 한다. 극락조화나 기타 꽃을 피우지 않을 것 같은 식물로 바꿔야 한다.

"국립골수은행에서 비혈연 기증자가 나타날 수도 있습니다."

남편이 빳빳하게 긴장한 채로 몸을 앞으로 기울인다.

"하지만 비혈연 기증자로부터 이식받는 건 위험하다고 하셨잖아요."

"예, 그랬죠." 찬스 의사가 말한다. "하지만 때로는 그 길밖에 없을 때도 있어요."

나는 의사를 힐끗 올려다본다.

"등록소에서 맞는 기증자를 찾지 못하면요?"

"음," 의사는 이마를 문지른다. "그럴 경우 새로운 치료 방법이 나올 때까지 아이의 몸이 제 기능을 할 수 있도록 최선을 다해야죠."

의사는 우리 아이를 기계 취급하고 있다. 기화기가 고장 난 자동차

나 착륙 장치가 고장 난 비행기처럼 얘기하고 있다. 나는 그를 마주하는 대신 돌아선다. 때마침 운명을 다한 잎 하나가 자살하듯 카펫으로 툭 떨어진다. 나는 아무 말 없이 자리에서 벌떡 일어나 화분을 집어든다. 의사의 사무실에서 나와 접수원을 지난 뒤 아픈 아이를 데리고 초조하게 차례를 기다리는 다른 부모들을 지나간다. 처음으로 눈에 들어오는 쓰레기통에 화초와 마른 흙을 버린다. 내 손에 들린 테라코타 화분을 쳐다본 뒤 화분을 타일 바닥에 내던져 박살내버릴까 생각하는데 뒤에서 목소리가 들린다.

"부인," 찬스 의사가 말한다. "괜찮으세요?"

나는 천천히 뒤를 돌아본다. 눈물이 흐른다.

"괜찮아요. 전 괜찮아요. 전 오래오래 살 거예요."

의사에게 화분을 건네며 사과한다. 그는 고개를 끄덕이고는 주머니에서 손수건을 꺼내 나에게 건넨다.

"저는 제시가 케이트를 살릴 수 있을 거라고 생각했어요. 제시가 그럴 수 있기를 바랐어요."

"우리 모두 그랬죠." 찬스 의사가 답한다. "사라, 20년 전에 비하면 백혈병의 생존율은 훨씬 높아졌어요. 그리고 한 형제가 맞지 않을 경우 다른 형제가 맞는 사례도 많고요."

'저희에게는 아이가 둘 뿐이에요'라고 말하려다 의사가 아직 태어나지 않은 아이, 절대로 생각해본 적이 없는 아이에 대해 얘기하고 있다는 걸 깨닫는다. 나는 그를 향해 돌아선다. 질문이 입가를 맴돈다.

"남편분이 우리가 어디 갔는지 걱정하시겠어요." 의사는 화분을 든 채 사무실 쪽으로 걸어가기 시작한다. "어떤 식물을 키우면 죽일 확률이

제일 낮을까요?" 그가 편안하게 묻는다.

나를 둘러싼 세계가 완전히 멈추면 다른 이들의 세계도 그럴 거라고 생각하기 쉽다. 하지만 늘 그렇듯 청소부는 우리 집 쓰레기를 수거해 갔으며 길가에 캔을 떨어뜨려 놓았다. 정문에는 정유 회사에서 보낸 청구서가 끼여 있고, 카운터에는 일주일치 우편물이 차곡차곡 쌓여 있다. 놀랍게도 삶은 계속되고 있다.

케이트는 항암치료를 위해 입원한 후 일주일 동안 퇴원해도 좋다는 허락을 받는다. 여전히 아이의 가슴팍에서 구불구불 나와 있는 중심정맥관이 블라우스 안에서 종 모양으로 불룩 솟아있다.

간호사는 위로의 말과 함께 길고도 긴 지시사항을 전한다. 응급실로 와야 할 때와 그렇지 않아도 될 때, 항암요법을 더 받으러 와야 할 때, 면역억제제 기간 동안 조심해야 할 사항 등이다.

다음 날 오전 6시, 우리 방문이 열린다. 케이트는 침대 쪽으로 살금살금 걸어오지만 남편과 나는 순식간에 잠에서 깬다.

"괜찮니, 애야?"

남편이 묻는다. 아이는 말을 하지 않는다. 그저 손을 머리 쪽으로 들어 올려 머리카락 사이로 손가락을 쓸어내린다. 아이의 손가락에서 빠져나온 두툼한 머리카락 뭉치가 작은 눈보라처럼 카펫 위로 흩날린다.

"다 먹었어."

케이트가 며칠 후 저녁 식사 자리에서 말한다. 아이의 접시는 여전히 가득 차 있다. 콩이나 미트로프를 건드리지도 않았다. 아이는 거실로 달려가 놀기 시작한다.

"나도." 제시가 식탁을 밀친다. "그만 일어나도 돼?"

남편이 포크로 음식을 찍으며 말한다.

"녹색 채소를 전부 먹기 전까진 안 돼."

"콩 싫어."

"쟤네들도 너를 좋아하진 않아."

제시는 케이트의 접시를 쳐다본다.

"케이트도 다 안 먹었잖아. 공평하지 않아."

남편이 포크를 접시 옆에 내려놓는다. "공평?" 남편이 말한다. 목소리가 꽤 차분하다.

"공평하게 대접받고 싶니? 좋아, 제시. 다음번에 케이트가 골수검사를 할 때 너도 그러도록 해주마. 중심정맥관으로 약물을 넣을 땐 너도 그와 똑같이 고통스러운 걸 겪게 해주고. 다음번 케이트가 항암치료를 받을 때에는⋯."

"여보!" 내가 끼어든다.

남편은 말을 꺼냈을 때처럼 불쑥 말을 멈추고 떨리는 손을 바라본다. 그러고는 내 팔 아래 숨어 있는 제시를 쳐다본다.

"미⋯ 미안하구나, 제시. 난 그냥⋯."

하지만 남편이 부엌을 나서는 바람에 그가 하려던 말은 들리지 않는다. 남편이 나가자 제시가 나를 향해 돌아선다.

"아빠도 아파?"

나는 골똘히 생각한 뒤에 대답한다.

"우리 모두 괜찮을 거야."

집으로 돌아온 지 일주일이 되던 날 우리는 한밤중에 쿵 하는 소리
에 잠에서 깬다. 남편과 나는 동시에 케이트의 방으로 달려간다. 아이는
침대에 누워 있다. 너무 심하게 떨어 침대 옆 탁자에 놓인 램프를 떨어뜨
린 거였다.

"몸이 불덩이야." 내가 케이트의 이마에 손을 올려놓으며 남편에게
말한다. 나는 응급실에 연락을 취해야 할지, 말아야 할지 혹은 케이트가
이상한 징후를 보이는지를 어떻게 알 수 있을지 궁금했었다. 지금 아이를
보고 있자니 **아프다는** 게 어떤 모습인지 즉시 알아차리지 못할 거라는 바
보 같은 생각을 했다는 게 믿을 수 없다. "응급실에 가야 해." 내가 말한
다. 남편은 이미 케이트를 담요로 감싼 채 침대에서 들어올리고 있다. 우
리는 서둘러서 케이트를 차에 태우고 시동을 건 뒤에야 제시를 집에 혼자
둘 수 없다는 생각이 든다.

"당신이 케이트를 데리고 가." 내 마음을 읽은 남편이 말한다. "난 제
시랑 집에 있을게."

하지만 남편은 케이트에게서 눈을 떼지 못한다. 몇 분 후 우리는 병
원을 향해 전속력으로 달린다. 제시는 뒷좌석에서 동생 옆에 앉아 아직
해가 뜨지도 않았는데 왜 일어나야 하냐고 묻고 있다. 응급실에서 제시는
우리 코트를 덮고 자고 있다. 남편과 나는 의사들이 꽃 주위로 몰려드는
벌떼처럼 케이트의 불덩이 같은 몸에 들러붙어 있는 것을 지켜본다. 그들
은 케이트의 몸에서 추출할 수 있는 것들을 뽑아낸다. 모든 배양 검사를
한 뒤 감염의 원인을 찾고 수막염의 발생 여부를 확인하기 위해 척수 천
자를 실시한다. 방사선사가 이동식 엑스레이 기계를 가져와 케이트의 흉
부 엑스선 사진을 찍는다. 감염의 원인이 폐에 있는지 확인하기 위해서

다. 그 후에 영상의학과 전문의는 문밖에 놓인 조명 패널에 흉부 엑스선 사진을 붙인다. 케이트의 갈비뼈가 성냥개비처럼 가늘다. 중앙에서 조금 벗어난 곳에 커다란 회색 얼룩이 보인다. 무릎에 힘이 빠진 난 남편의 팔을 붙잡는다.

"아, 이건 종양이야. 암이 전이되었나 봐."

의사가 내 어깨에 손을 올린다. "피츠제럴드 부인," 그가 말한다. "여긴 케이트의 심장입니다."

범혈구감소증은 케이트의 몸에 감염으로부터 아이를 보호할 수 있는 게 아무것도 없다는 것을 고상하게 표현한 단어다. 찬스 의사 말로는 항암약물이 효과가 있다는 뜻이란다. 케이트의 몸에 있는 백혈구의 대부분이 사라졌다는 의미다. 항암약물요법 실시 후 나타나는 감염증인 호중구감소성발열이 나타날 수도 있는 게 아니라 반드시 나타날 거라는 의미이기도 하다.

의사는 열을 낮추기 위해 케이트에게 타이레놀을 투여한다. 또한 적합한 항생제를 투여하기 위해 아이의 피와 소변, 호흡기 분비물 배양검사를 한다. 아이가 고통에서 벗어나는 데 꼬박 여섯 시간이 걸린다. 몸이 하도 격렬하게 흔들려 침대에서 떨어질 지경이다. 몇 주 전 오후, 케이트를 웃게 만들기 위해 아이의 머리를 부드러운 콘로(머리털을 딴딴하게 여러 가닥으로 땋아 머리에 붙인 흑인 머리형―옮긴이)로 따주었던 간호사가 케이트의 체온을 잰 뒤 나를 돌아본다. "사라, 이제 숨 좀 돌려도 돼요." 간호사가 다정하게 말한다.

케이트의 얼굴이 남편이 망원경으로 보기 좋아하는 저 멀리 차갑고

요원하며 고요한 달처럼 작고 하얘 보인다. 아이는 사뭇 시체 같아 보인다. 더 최악인 건 아이가 고통스러워하는 걸 지켜보는 거에 비하면 이 편이 차라리 낫다는 사실이다.

"여보." 남편이 내 정수리를 만진다. 다른 손에는 제시를 안고 있다. 거의 정오가 되었지만 우리는 여전히 잠옷 차림이다. 옷을 갈아입을 생각은 하지도 못했다.

"제시 데리고 구내식당에 다녀올게. 점심을 좀 먹어야지. 당신도 뭐 먹을래?"

나는 고개를 젓는다. 케이트의 침대로 의자를 더 가까이 당기며 아이의 다리 위로 이불을 반듯하게 편다. 그러고는 아이의 손을 잡은 뒤 내 손 위에 갖다댄다. 아이가 눈을 살짝 뜬다. 잠시 동안 자신이 어디에 있는지 어리둥절해 몸부림을 친다. "케이트." 내가 속삭인다. "엄마 여기 있어." 아이가 고개를 돌려 나를 쳐다보자 나는 아이의 손바닥을 들어올려 내 입에 갖다대고는 가운데에 키스를 한다. "용감하네, 우리 아가." 나는 아이에게 말한 뒤 미소 짓는다. "엄마가 이담에 자라면 꼭 너처럼 되고 싶은 걸."

놀랍게도 케이트는 있는 힘껏 고개를 젓는다. 목소리가 마치 깃털이나 실 같다. "안 돼, 엄마." 아이가 말한다. "그럼 엄마는 아플 거야."

첫 번째 꿈에서는 정맥 주사를 통해 케이트의 중심정맥관으로 용액이 너무 빨리 떨어진다. 풍선이 부풀 듯 아이의 몸이 안에서 밖으로 염분으로 채워진다. 나는 주입액을 뽑으려고 해보지만 중심정맥관에 꽉 고정되어 있다. 내가 지켜보는 동안 케이트의 몸이 매끈해지고 흐릿해지더니 점차 사라져 얼굴이 누구의 모습도 아닌 흰색 타원이 된다.

두 번째 꿈에서 나는 산모 병동에서 출산을 하고 있다. 내 몸은 터널이 되고 배 속에 있는 아기는 심장 박동수가 낮다. 순간 맥박이 빨라지고 갑자기 아기가 쑥 하고 나온다. "공주님입니다." 간호사가 활짝 웃으며 내게 신생아를 건넨다. 나는 분홍색 이불을 끌어당겨 아기의 얼굴을 보다가 갑자기 멈춘다. "앤 케이트가 아니잖아요." 내가 말한다.

"물론 아니죠." 간호사가 동의한다. "하지만 그래도 당신 아기예요."

우리를 찾아온 천사는 아르마니 옷을 입은 채 병실에 들어오면서 휴대폰에 대고 소리를 지른다. "팔아." 언니가 명령한다.

"파누일 홀에 레모네이드 좌판을 열고 지분을 떼어줘야 하는지는 내 알 바 아니야. 피터, 그냥 **팔라고**."

언니가 종료 버튼을 누른 뒤 나를 향해 팔을 벌린다. "얘!" 내가 눈물을 터뜨리자 언니가 나를 달랜다.

"오지 말라고 했다고 내가 정말로 안 올 거라고 생각했니?"

"그렇지만…."

"팩스도 있고 전화도 있어. 네 집에서 일하면 돼. 나 말고 누가 제시를 돌봐주겠니?"

남편과 나는 서로를 쳐다본다. 그것까지는 생각해보지 못했다. 남편은 대답 대신 자리에서 일어나 언니를 어색하게 껴안는다. 제시는 언니를 향해 전속력으로 달려간다.

"사라, 앤 입양한 애니? 제시가 이렇게 컸을 리가 없는데…."

언니는 제시를 무릎에서 내려놓고 케이트가 잠들어 있는 침대 쪽으로 다가간다.

"너는 날 기억 못할 거다." 언니가 말한다. 언니의 눈동자가 반짝인다. "하지만 난 널 기억하지."

언니에게 맡기면 무엇이든 마음이 놓인다. 언니는 제시와 틱택토(두 명이 번갈아가며 O와 X를 3×3 판에 써서 같은 글자를 가로, 세로, 혹은 대각선상에 놓이도록 하는 놀이-옮긴이)를 하고 배달은 하지 않는다는 중국집을 협박해 점심을 가져오도록 한다. 나는 케이트 옆에 앉아 언니의 능력에 감탄 중이다. 내가 해결할 수 없는 일을 언니는 해결할 수 있다고 믿어본다.

언니가 제시를 재우러 집에 간 뒤 남편과 나는 어둠 속에서 한 쌍의 책버팀대가 되어 양쪽에서 케이트를 지탱한다.

"여보," 내가 속삭인다. "생각해 봤는데."

남편은 자리를 고쳐 앉는다. "뭘?"

나는 몸을 앞으로 기울이고 남편은 나를 쳐다본다. "아이 갖는 거 말이야."

남편이 눈을 가늘게 뜬다. "맙소사, 사라." 그는 자리에서 일어나 나에게서 등을 돌린다. "맙소사."

나도 일어난다. "당신이 생각하는 그런 게 아니야."

남편이 자리에서 일어나자 고통으로 이목구비의 모든 선이 팽팽하게 당겨진다.

"케이트가 죽는다 해도 다른 아이로 케이트를 대체할 순 없어." 남편이 말한다.

병실 침대에서 케이트가 시트를 바스락거리며 움직인다. 나는 네 살이 된 케이트가 할로윈 복장을 입은 모습을, 열두 살이 되어 립글로스를 바르는 모습을, 스무 살이 된 케이트가 기숙사에서 춤을 추는 모습을 가까스로 상상해본다.

"알아. 그러니까 케이트가 죽지 않도록 해야지."

수요일

당신이 원한다면 재를 읽어주리다.
불 속을 들여다보고 회색 잿더미를 살펴본 뒤 말해주리다.
검붉은 혀와 줄무늬에서 불이 어떻게 발생하는지,
불이 어떻게 바다만큼 빨리 달리는지 말해주리다.

-칼 샌드버그, 『불 기사들』

캠벨

'우리는 모두 부모에게 신세를 지고 있다. 문제는 얼마만 큼 신세를 지고 있느냐.'

어머니가 아버지의 최근 불륜 사태를 두고 흥분해서 말하는 걸 듣는 동안 내 머릿속을 맴도는 생각이다. 항상 그랬듯 형제가 있었으면 좋겠다고 생각한다. 그러면 이처럼 해가 뜨자마자 걸려오는 전화를 일주일에 일곱 번이 아니라 한두 번만 받아도 될 것이다.

"어머니, 상대가 정말로 열여섯 살은 아닐 거예요." 내가 끼어든다.

"네 아버지를 과소평가하는구나, 캠벨."

그럴지도. 하지만 나는 아버지가 연방법원 판사라는 사실도 안다. 아버지는 고등학생을 쫓아다닐지도 모르지만 불법적인 일은 절대로 저지르지 않을 것이다.

"엄마, 저 법원에 늦었어요. 나중에 다시 전화 드릴게요."

나는 이렇게 말하며 어머니가 뭐라고 말하기 전에 서둘러 전화를 끊는다. 물론 법원에 가야 하는 건 아니다. 그렇지만 그런 핑계를 대지 않고는 전화를 계속 붙들고 있어야 할 판이다. 나는 숨을 깊이 들이쉬면서 고개를 젓는다. 저지가 나를 쳐다보고 있다.

"개가 사람보다 똑똑한 이유 106번," 나는 말한다.

"네놈들은 부모의 품을 떠나는 순간 연락을 끊기 때문이지."

나는 넥타이를 매면서 부엌으로 향한다. 내가 살고 있는 아파트는 하나의 예술 작품이다. 맵시 있게 미니멀 양식으로 지어졌지만 그 안에 있는 것들은 독특한 검은색 가죽 소파, 벽걸이 평면 TV, 헤밍웨이나 호손 같은 작가의 친필 사인이 담겨 있는 초판본으로 가득 찬 잠금형 유리 진열장, 이탈리아에서 수입한 커피메이커, 영하로 유지되는 냉장고 등 최고가품이다. 냉장고를 여니 양파 한 개, 케첩 한 통, 흑백필름 3개가 들어 있다.

이 역시 놀라울 게 없다. 나는 집에서 식사를 거의 하지 않는다. 저지는 식당 음식에 상당히 익숙해져서 개 사료가 목구멍으로 미끄러져 내려간다 하더라도 눈치채지 못할 것이다.

"오늘은 어디에서 먹을까?" 내가 저지에게 묻는다. "로지 어때?"

내가 안내견용 벨트를 조이자 저지가 짖는다. 저지와 나는 7년째 같이 살고 있다. 나는 경찰견 사육자로부터 저지를 샀지만 저지는 특별히 나를 보필하도록 훈련되었다. 이름을 저지(Judge)로 지은 이유에 대해 말하자면, 판사를 이따금 유치장에 처넣고 싶은 변호사의 마음이랄까?

로지는 스타벅스가 추구하는 레스토랑의 모습일 것이다. 다양한 종류의 음식을 파는 파격적이면서도 근사한 레스토랑으로 러시아 문학을 원서로 읽거나 노트북 한 대를 놓고 기업의 예산을 맞추거나 카페인의 힘을 빌려 영화 대본을 쓰는 손님들로 발 디딜 틈이 없다. 저지와 나는 보통 안쪽 테이블에 앉는다. 우리는 더블 에스프레소와 초콜릿 크루아상 두 개를 주문한 뒤 스무 살 된 웨이트리스 오필리아와 스스럼없이 시시덕거린다. 하지만 오늘은 안으로 들어가니 오필리아는 보이지 않고 우리 테이블에는 어떤 여자가 앉아서 유모차에 탄 아이에게 베이글을 먹이고 있다. 내가 너무 얼이 빠져 서 있었는지 저지가 유일한 빈자리 쪽으로 나를 끌어당긴다. 카운터 쪽에 놓인 의자로 길가가 내다보이는 자리다.

오전 7시 반인데 오늘은 이미 망친 것 같다. 샤워 커튼 봉을 닮은 눈썹에 고리를 엄청 박은 비쩍 마른 사내아이가 주문서를 들고 다가온다. 아이는 내 발 아래 앉아 있는 저지를 보더니 말한다.

"죄송한데요, 개는 출입금지입니다."

"얘는 안내견이야." 내가 설명한다. "오필리아는 어디 있지?"

"오필리아는 떠났어요. 어젯밤 어떤 녀석이랑 눈이 맞아서요."

눈이 맞아 달아났다고? 요새도 사람들이 그런 짓을 하나? "어떤 놈이랑?" 내가 묻는다. 물론 내 알 바 아니지만.

"개똥으로 세계 리더들의 흉상을 조각하는 퍼포먼스 예술가랑요. 일종의 표현이라 했어요."

잠시 오필리아가 불쌍하다는 생각이 든다. 나는 사랑이란 무지개 정도의 영속성을 지니고 있다고 본다. 하늘에 떠 있는 동안에는 아름답지만 눈을 깜빡이는 순간 사라지고 만다.

웨이터가 뒷주머니에 손을 넣더니 나에게 플라스틱 카드를 건넨다.

"여기 점자 메뉴판이요."

"더블 에스프레소랑 크루아상 두 개 부탁해. 그리고 난 맹인이 아니야."

"그러면 개는 왜 데리고 다니세요?"

"나는 사스에 걸렸거든." 내가 말한다. "개는 내가 감염시킨 사람의 수를 기록해 주지."

웨이터는 내가 농담을 하고 있다는 걸 이해하지 못한 듯하다. 의심스러워하는 표정으로 뒤로 물러나더니 커피를 가지러 간다.

내가 늘 앉던 자리와는 달리 이곳에서는 길가가 내다보인다. 늙은 여인이 가까스로 지나가는 택시를 피하는 게 보인다. 사내아이가 자신의 머리보다 세 배나 큰 라디오를 어깨에 올려놓고 춤을 추며 지나가는 것도 보인다. 교구학교 교복을 입은 쌍둥이가 십 대 잡지를 보며 낄낄대고 있는 것과 검은 머리가 폭포수를 이루는 한 여자가 치마에 커피를 쏟고 종이컵을 보도에 떨어뜨리는 게 보인다. 순간 내 안의 모든 것이 멈춘다. 나는 여자가 고개를 들 때까지 기다린다. 내가 생각하는 여자인지 보기 위해. 하지만 여자는 나에게서 등을 돌린 채 냅킨으로 치마를 닦는다. 버스 때문에 세상이 반으로 나뉘고, 바로 그때 전화벨이 울리기 시작한다. 발신 번호를 힐끗 본다. 당연히 어머니다.

나는 전화를 받지 않을 생각으로 전원을 꺼버린 뒤 창밖으로 여자를 다시 쳐다본다. 하지만 버스는 이미 떠났고 여자도 사라지고 없다.

나는 사무실 문을 열고 들어가면서 이미 케리에게 할 일을 읊고 있다.

"오스테릴츠 씨에게 전화해서 웨일랜드 재판 때 증인으로 설 수 있는지 물어봐. 그리고 지난 5년 동안 뉴잉글랜드 발전소를 고소한 다른 원고들도 찾아봐. 법원의 제리한테 전화해서 피츠제럴드 양 사건 공판을 담당하는 판사가 누구인지 물어보고."

케리가 나를 힐끗 쳐다보는 순간 전화벨이 울리기 시작한다.

"피츠제럴드 양 얘기가 나와서 말인데요."

케리는 내 사무실 문 쪽을 향해 고개를 홱 돌린다. 안나 피츠제럴드가 상업용 스프레이 세제와 섀미(특히 셔츠를 만드는 데 쓰이는 부드럽고 두꺼운 면직-옮긴이) 천을 들고 문가에 서서 손잡이를 닦고 있다.

"뭐 하고 있니?" 내가 묻는다.

"아저씨가 말한 거요." 아이가 저지를 내려다본다. "안녕, 저지."

"2번 전화요." 케리가 끼어든다. 나는 왜 아이를 이곳에 들여보냈느냐고 케리에게 따지는 듯한 눈빛을 던진 뒤 사무실로 들어가려고 하지만 안나가 손잡이에 바른 게 뭔지 너무 미끄러워 쉽게 돌려지지 않는다. 내가 한동안 고군분투하자 안나가 천으로 손잡이를 잡아 문을 열어준다. 저지가 가장 편안한 자리를 찾아 바닥을 빙빙 돈다. 나는 전화기에서 불빛이 깜빡이고 있는 버튼을 누른다.

"캠벨 알렉산더입니다."

"알렉산더 씨, 저는 사라 피츠제럴드예요. 안나 피츠제럴드의 엄마입니다."

저 아이의 엄마라…. 나는 다섯 걸음 정도 떨어져서 문손잡이를 닦고 있는 그녀의 딸을 쳐다본다.

"피츠제럴드 부인." 나는 대답한다. 예상대로 안나가 하던 일을 멈춘다.

"제가 전화한 건… 이건 다 오해 때문에 발생한 일이에요."

"소장에 답을 하셨습니까?"

"그럴 필요가 없어요. 어젯밤 안나와 얘기를 나눴어요. 안나는 고소를 취하할 거예요. 언니를 돕는 일이라면 뭐든 하기를 원해요."

"그렇습니까?" 내 목소리가 무미건조하다. "안타깝게도 제 고객이 고소를 취하할 계획이라면 직접 그 말을 들어야겠습니다."

내가 눈썹을 들어올리자 안나가 나를 쳐다본다. "아이가 어디 있는지 아시나요?"

"조깅하러 나갔어요." 사라 피츠제럴드가 말한다. "하지만 내일 오후 법원에 가긴 할 겁니다. 판사와 얘기를 나눠 이 문제를 해결할 거예요."

"그렇다면 내일 봅시다."

나는 전화를 끊고 팔짱을 낀 채 안나를 쳐다본다.

"나한테 할 말 있니?"

아이가 고개를 으쓱한다. "없는데요."

"네 엄마는 그렇게 생각하지 않는 것 같던데. 게다가 네가 조깅하러 나갔다고 하더구나."

안나는 로비 쪽을 힐끗 본다. 당연히 케리가 밧줄 위의 고양이처럼 우리의 말을 엿듣고 있다. 안나는 문을 닫더니 내 책상 쪽으로 걸어온다.

"엄마한테 이곳에 온다고 말할 수는 없었어요. 어젯밤 이후로요."

"어젯밤에 무슨 일이 있었는데?" 아이가 아무 말이 없자 나는 인내심을 잃는다.

"얘야, 소송을 걸지 않을 거라면 내 시간이 무지막지하게 낭비되는 거야… 나중이 아니라 지금 나에게 솔직하게 말해주면 고맙겠구나. 나는 네 변호사야. 그리고 내가 네 변호사가 되려면 소송할 사건이 존재해야 해. 자, 다시 한 번 묻겠다. 소송을 걸겠다는 생각이 바뀌었니?"

나는 이 장황한 연설 덕분에 아이가 소송을 중단할 거라고 생각했다. 안나가 주저하고 망설이게 될 거라고. 하지만 놀랍게도 아이는 침착하고 차분하게 나를 똑바로 쳐다본다.

"여전히 제 변호사가 되어주실 건가요?"

아이가 묻는다. 잘못된 거라는 걸 알면서도 나는 그렇다고 대답한다. "그렇다면 아니에요. 제 마음은 바뀌지 않았어요."

아버지와 처음으로 요트 클럽 경기에 출전한 건 열네 살 때였다. 아버지는 단호히 반대했다. 나는 아직 어리고, 성숙하지 못하고, 날씨가 안 좋다는 이유였다. 하지만 아버지는 나와 함께 항해할 경우 우승컵을 거머쥘 수 없다는 말을 하고 싶었던 거였다. 아버지가 보기에 완벽하지 않으면 완벽하지 않은 거였다.

아버지의 요트는 USA-1 등급으로 마호가니와 티크재로 만든 하나의 작품이었다. 아버지는 그 요트를 마블헤드에 사는 뮤지션 제이 가일스로부터 구입했다. 반짝이는 흰색 돛과 금빛 선체 속에 꿈과 신분의 상징, 통과의례가 전부 담겨 있었다. 우리는 출발 대포가 발사되는 순간 정확하게 출발해 전력으로 출발선을 넘었다. 나는 아버지가 명령을 하기도 전에 방향타를 조정하고 근육이 탈 때까지 돛을 다른 뱃전으로 돌리며 배의 침로를 바꾸는 등 아버지가 필요로 하는 것보다 한 발 앞서기 위해 최선을 다했다. 심지어 우리의 항해는 해피엔딩으로 마무리될 수도 있었을 것이다. 하지만 바로 그때 북쪽에서 폭풍이 불어와 장대비가 쏟아졌으며 3미터에 달하는 놀(크고 사나운 물결-옮긴이)이 일어 우리는 파도의 마루에서 골로 곤두박질했다.

나는 노란색 슬리커(길고 품이 넓은 레인코트-옮긴이)를 입은 아버지가 움직이는 것을 지켜보았다. 아버지는 비가 내리는 걸 눈치채지 못한 것 같았다. 아버지는 구멍으로 기어 들어가 아픈 배를 움켜쥔 채 죽고 싶지는 않은 게 분명했다. 내가 그랬던 것처럼. "캠벨," 아버지가 외쳤다.

"이리 와라." 하지만 바람에 맞서 움직이기 위해서는 또 한 번 오르락내리락하는 걸 겪어야 했다. "캠벨," 아버지가 다시 말했다. "지금 당장!"

바로 그때 우리 앞에 파도의 골이 열렸다. 요트가 아래로 쑥 내려가는 바람에 나는 발을 헛디뎠다. 아버지는 나를 지나쳐 돌진해 방향타를 잡았다. 다행히 잠시 돛이 잠잠해졌다. 그 순간 하활(돛의 맨 밑에 댄, 돛을 지탱하는 살-옮긴이)이 홱 돌아가버리더니 요트가 반대 방향으로 이동하기 시작했다.

"좌표를 가져와." 아버지가 명령했다.

방향을 읽기 위해서는 지도가 있는 선체로 내려가야 했고 다음번 부표에 도달하려면 어디로 가야 하는지 파악해야 했다. 하지만 신선한 공기가 없는 저 아래로 내려가는 건 생각만 해도 끔찍했다. 지도를 펼치는 순간, 나는 그 위에 구토를 하고 말았다.

내가 나타나지 않자, 아버지가 나를 찾아왔다. 선체 아래로 고개를 내민 아버지는 토사물 웅덩이 앞에 앉아 있는 나를 발견했다. "이런, 맙소사." 아버지는 중얼거리더니 나를 그대로 두고 갔다.

나는 온 힘을 다해 자리에서 일어나 아버지에게로 갔다. 아버지는 타륜을 돌리고 방향타를 잡아당겼다. 그리고 마치 내가 그곳에 없는 것처럼 행동했다. 돛을 다른 뱃전으로 돌릴 때 큰 소리로 외치지도 않았다. 돛은 하늘의 솔기를 찢을 것처럼 보트를 급속히 회전시켰다. 그때 하활이 다시 홱 돌아가면서 내 뒷머리를 강타했고 나는 그 자리에서 나가떨어지고 말았다.

내가 정신을 차렸을 때 아버지는 다른 보트의 바람을 빌려 결승선이 불과 몇 미터 남지 않은 상태였다. 비는 잠잠해져서 엷은 안개가 되어 있었다. 아버지가 가장 근접한 경쟁자와 강한 기류 사이에 요트를 밀어붙이는 찰나 다른 배가 뒤쳐졌다. 우리는 몇 초 차이로 승리했다.

아버지가 소형 어선을 타고 요트 클럽으로 가서 승리를 축하하는 동안 나에게는 토한 걸 치우고 택시를 타고 오라고 말했다. 한 시간 후 내가 도착했을 때 아버지는 크리스털 우승컵에 스카치를 따라 마시며 한껏 들뜬 상태였다. "저기 자네 선원이 오네, 캠." 친구 한 명이 소리쳤다. 아버지는 우승컵으로 거수경례를 하고 술을 깊이 들이켠 뒤 우승컵을 카운터 위에 세게 내리쳤다. 너무 세게 내리치는 바람에 손잡이가 부서지고 말았다.

"이런," 다른 선원이 말했다. "안타깝군."

아버지는 나에게서 눈을 떼지 않은 채 말했다. "그렇지?"

로드아일랜드주의 자동차 중 거의 1/3이 뒤 범퍼에 빨간색과 흰색으로 된 스티커가 붙어 있다. 그 주에서 발생한 대형 범죄의 희생자를 기리는 스티커다. '**내 친구 케이티 드큐벨리스는 음주 운전자의 차에 치여 사망했습니다. 내 친구 존 시송은 음주 운전자의 차에 치여 사망했습니다.**' 이런 문구가 쓰인 스티커는 학교 행사나 모금 행사, 미용실 등에서 나눠준다. 사망한 아이를 아는지 여부는 중요하지 않다. 우리는 그저 연대감에 혹은 이러한 비극이 나에게 일어나지 않았다는 기쁨을 남몰래 누리기 위해 이 스티커를 붙인다.

작년에는 새로운 희생자의 이름이 새겨진 스티커가 나왔다. 디에나 드살보. 다른 희생자들과는 달리 조금이나마 알던 사람이었다. 판사의 열두 살 난 딸로 판사는 장례식을 마친 지 얼마 되지 않아 진행된 양육권 재판에서 감정을 주체하지 못하고 무너지는 바람에 슬픔을 달래기 위해

3개월 동안 휴가를 떠났다. 그 판사가 우연히도 안나 피츠제럴드 사건에 배정되었다.

나는 가정 법원이 있는 개라히 빌딩으로 향하면서 감정의 응어리가 그렇게 많은 사람이 과연 내 고객이 승리할 경우 그 언니가 죽게 되는 이 사건을 다룰 수 있을지 의문이다. 입구에 새로운 집행관이 서 있다. 삼나무만큼이나 굵은 목에 그에 맞는 지능도 겸비했을 것 같다.

"죄송합니다. 애완견은 출입 금지입니다."

"이 개는 안내견입니다."

혼란스러워하는 집행관이 내 쪽으로 몸을 기울이더니 내 눈을 뚫어져라 쳐다본다. 나도 그를 똑같이 뚫어져라 쳐다본다.

"저는 근시입니다. 이 개는 제가 도로 표지물을 읽는 걸 도와주죠."

저지와 나는 집행관의 주위를 돌아 법원으로 이어지는 복도로 향한다. 법원 안에서는 서기가 안나 피츠제럴드의 엄마 때문에 찍소리도 못하고 있다. 최소한 내가 추측하기론 그렇다. 그 여자는 옆에 서 있는 딸과는 전혀 딴판이기 때문이다.

"이 사건에서는 판사가 이해할 거라고 확신해요."

사라 피츠제럴드가 주장한다. 남편은 몇 미터 떨어져서 기다리고 있다. 나를 알아본 안나의 얼굴에 안도의 표정이 인다. 나는 법원 서기에게 향한다.

"저는 캠벨 알렉산더입니다." 내가 말한다. "문제라도 있나요?"

"피츠제럴드 부인에게 판사실에는 변호사만 들어갈 수 있다고 설명하고 있었습니다."

"저는 안나의 변호사입니다." 내가 대답한다.

서기가 사라 피츠제럴드를 돌아본다. "그쪽 변호사는 누구인가요?"

안나의 엄마는 잠시 말이 없더니 남편을 돌아본다. "자전거 타기랑 비슷할 뿐이야." 그녀가 차분히 말한다. 남편이 고개를 젓는다.

"당신 정말 하고 싶은 거 맞아?"

"하고 싶은 게 아니라 **해야만** 하는 거지."

그 말이 톱니처럼 딱 맞아떨어진다. "잠깐만요. 당신 변호사예요?"

사라가 뒤돌아본다. "예, 그래요."

나는 믿을 수 없다는 듯 안나를 힐끗 쳐다본다. "그런데 너는 그 말을 왜 안 했니?"

"물어보지 않으셨잖아요." 안나가 낮은 목소리로 말한다.

서기는 우리 모두에게 위임장 서식을 나눠주고 집행관을 부른다.

"번, 다시 보니 반갑네요." 사라가 미소 짓는다.

'이런, 상황 돌아가는 꼴이란.'

"사라!" 집행관이 사라의 볼에 키스를 한 뒤 남편과 악수를 한다. "브라이언."

사라는 변호사인데다 모든 공무원이 그녀의 손바닥 위에 있다.

"반상회는 끝나셨나요?" 내가 묻자 사라 피츠제럴드는 "**저놈은 개자식이에요. 하지만 뭐 어쩌겠어요.**"라고 말하듯 집행관을 향해 눈알을 굴린다. "여기 있으렴." 나는 안나에게 말한 뒤 애 엄마를 따라 판사실로 들어간다.

키가 작은 드살보 판사는 일자눈썹에 커피 우유를 좋아한다. "안녕들 하시오." 그가 말하며 우리를 향해 자리에 앉으라는 손짓을 한다.

"이 개는 뭐죠?"

"제 안내견입니다. 판사님."

그가 더 이상 무슨 말을 하기 전에 나는 유쾌한 대화를 이어나간다. 로드아일랜드주의 판사실에서 진행되는 회의는 으레 이러한 대화 뒤에 이어지기 마련이다. 이곳은 작은 주로 법조계는 더욱 작다. 자신의 보조원이 담당 판사의 조카나 시누이일 수 있을 뿐 아니라 그럴 확률이 상당히 높다. 우리가 대화를 나누는 동안 나는 사라를 힐끗 쳐다본다. 그녀는 우리 중 누가 이 경기에서 주도권을 쥐고 있는지 파악하지 못한 듯하다. 사라는 한때 변호사였을지 모르지만 나와는 달리 지난 10년 동안은 아니다. 그녀는 초조한 듯 블라우스 아랫단을 만지작거린다. 드살보 판사가 이를 눈치챈다.

"사라, 당신이 변호사로 다시 활동하고 있는 줄 몰랐네요."

"그럴 생각은 없었습니다. 판사님. 하지만 고소인이 제 딸이라서요."

그 말에 판사는 나를 돌아본다. "변호인, 이게 다 무슨 일이죠?"

"피츠제럴드 부인의 막내따님이 의료적 부권 해방을 원합니다."

사라가 고개를 젓는다. "그건 사실이 아닙니다, 판사님(저지)."

자신의 이름이 들리자 저지가 힐끗 올려다본다.

"저는 제 딸과 얘기를 나눴습니다. 안나는 고소를 하고 싶지 않다고 말했어요. 그날 안 좋은 일이 있었고 저희의 관심을 조금 더 받기를 원했을 뿐이에요."

사라가 어깨를 들어올린다.

"열세 살 난 아이들이 어떤지 잘 아시잖아요."

순간 내 맥박 소리가 들릴 만큼 판사실 안이 조용해진다. 드살보 판사는 열세 살 난 아이가 어떤지 알지 못한다. 그의 딸은 열두 살 때 죽었기 때문이다. 사라의 얼굴이 붉게 달아오른다. 이 주에 살고 있는 다른 사람들처럼 그녀 역시 디에나 드살보에 대해 알고 있다. 내가 알기로 그녀 역시 자신의 차에 범퍼 스티커를 붙이고 있을 것이다.

"오, 이런, 죄송해요. 저는 그냥…."

판사가 눈길을 돌린다.

"알렉산더 씨, 의뢰인과 마지막으로 얘기를 나눈 게 언제죠?"

"어제 아침입니다, 판사님. 피츠제럴드 부인이 저에게 전화를 걸어 오해였다고 말했을 때 안나는 제 사무실에 있었습니다."

예상대로 사라의 입이 떡 벌어진다.

"그럴 리가 없어요. 안나는 조깅 중이었는데요."

나는 그녀를 쳐다본다. "확신하세요?"

"안나는 조깅을 하도록 되어 있었는데…."

"판사님," 내가 말한다. "이게 바로 제가 드리고자 하는 말씀입니다. 안나 피츠제럴드의 사건이 고소할 만한 가치가 있는 이유죠. 엄마라는 사람이 특정한 날 아침, 아이의 행방을 모르고 있지 않습니까? 안나와 관련된 의료 결정 역시 이처럼 무계획적으로 진행된…."

"변호인, 조용히 하세요." 판사가 사라를 돌아본다.

"따님이 소송을 취하하고 싶다고 말했나요?"

"네."

판사가 나를 쳐다본다.

"당신한테는 계속 진행하고 싶다고 말했고요?"

"그렇습니다."

"그렇다면 안나와 직접 얘기를 나눠야겠군요."

판사가 자리에서 일어나 판사실 밖으로 나오자 우리는 그 뒤를 따라 밖으로 나온다. 안나가 아빠와 함께 복도 의자에 앉아 있다. 운동화 한쪽 끈이 풀려 있다. "난 녹색인 것을 찾고 있어." 안나의 목소리가 들리더니 아이가 고개를 든다.

"안나." 내가 말한다. 동시에 안나의 엄마도 아이를 부른다.

드살보 판사가 개인적으로 대화를 나누고 싶어 한다고 안나에게 설명해야 하는 건 내 책임이다. 나는 아이가 올바른 말을 할 수 있도록, 아이가 원하는 것을 얻기 전에 판사가 소송을 기각하지 않도록 안나를 지도해야 한다. 안나는 내 의뢰인이다. 따라서 내 조언을 따라야 한다. 하지만 내가 아이의 이름을 불렀을 때 아이는 엄마를 향해 돌아선다.

안나

      내 장례식에는 아무도 오지 않을 거다. 아마 엄마, 아빠, 수잔 이모, 올린코트 사회 선생님 정도 참석할까? 할머니 장례식 때 갔던 묘지가 생각난다. 물론 거기는 시카고였으므로 말이 안 되긴 하지만. 내 장례식장에는 녹색 벨벳처럼 보이는 구불구불한 언덕, 신을 비롯한 작은 천사 조각상 그리고 땅에는 나의 사체를 삼키려고 기다리는 커다란 갈색 구덩이가 있을 것이다.

    엄마가 검은색 베일이 달린 재클린 케네디 스타일의 모자를 쓴 채 흐느껴 우는 모습을 상상해 본다. 아빠는 엄마에게 매달려 있겠지. 언니와 오빠는 눈부신 관을 쳐다본 뒤 나에게 그동안 잘해주지 못했다며 신과 흥정을 할 테고, 하키팀 남자애들이 올 수도 있겠다. 백합을 든 채 애써 태연한 척하겠지. "안나." 그들은 말할 것이다. 울지는 않겠지만 울고 싶을 것이다.

    신문의 24면쯤에 내 부고가 실릴 것이다. 카일 맥피가 그걸 보고 장례식에 올지도 모른다. 그의 아름다운 얼굴이 여자 친구가 되었을 수도 있었을 나를 떠올리며 고통으로 일그러지겠지. 스위트피(콩과의 원예 식

물. 옅은 색의 향기 좋은 꽃이 핀다–옮긴이), 금어초, 푸른 공처럼 생긴
수국이 있을 거다. 누군가 '어메이징 그레이스(한국어판으로는 '나 같은
죄인 살리신'–옮긴이)'의 전곡을 불러주면 좋겠다. 그 후 잎의 색깔이 변
하고 눈이 오면 이따금 나는 모두의 마음에 조수처럼 일겠지.

언니의 장례식에는 모두가 올 것이다. 언니의 친구가 된 병원 간호사
들, 자신의 행운을 비는 다른 암 환자들, 언니의 치료를 위해 모금을 도
왔던 마을 사람들이 참석할 것이다. 부모님은 묘지 입구에서 문상객을 돌
려보내야 할 것이다. 싱싱한 장례화환이 넘쳐나 일부는 자선 단체에 기부
해야 할 것이다. 신문은 언니의 짧고 극적인 삶을 다룰 것이다. 장담하건
대, 언니의 부고는 신문 1면에 실릴 것이다.

드살보 판사는 축구선수들이 운동화를 벗을 때 신는 것 같은 슬리
퍼를 신고 있다. 이유는 모르겠지만 덕분에 기분이 조금 나아진다. 여기
법원에 있는 것만으로도 모자라 뒤쪽에 위치한 판사실에까지 불려 들어
가야 하는 최악의 상황에서 이곳에 어울리지 않는 건 나뿐만이 아니라는
사실이 위안을 가져다준다고 해야 할까. 판사는 소형 냉장고에서 캔을 꺼
내들고는 나에게 무엇을 마실지 묻는다.

"콜라 주세요." 내가 말한다.

판사는 캔 뚜껑을 따며 말한다. "아기의 이빨을 콜라에 넣어 놓고
몇 주 후에 보면 이빨이 완전히 사라져 있다는 걸 아니? 탄산 때문이지."
판사가 나를 보며 웃는다. "우리 형은 워릭에서 치과 의사를 한단다. 매
년 유치원생들을 대상으로 마술을 선보이지."

나는 콜라를 한 모금 마신 뒤 내 몸이 녹는 걸 상상해본다. 드살보

판사는 책상에 앉는 대신 내 바로 옆에 놓인 의자에 앉는다. "문제가 좀 있단다, 안나." 그가 말한다.

"네 엄마는 네가 이렇게 하고 싶다고 말하고 네 변호사는 네가 저렇게 하고 싶다고 말하고 있어. 일반적인 상황에서라면 네가 이틀 전에 만난 남자보다는 네 엄마가 너에 대해 더 잘 알 거라고 생각하겠다만, 네가 이 남자가 필요하지 않았더라면 절대 찾아가지 않았을 것 아니니? 그래서 네 생각이 어떤지 직접 물어봐야겠다고 생각했다."

"뭐 하나 여쭤 봐도 돼요?"

"그럼." 그가 말한다.

"재판을 해야만 하나요?"

"음… 부모님이 네가 제기한 의료 해방에 동의하면 굳이 재판을 할 필요는 없단다." 판사가 말한다.

그러한 일은 절대로 일어나지 않을 것이다.

"하지만 누군가 고소를 하면, 네가 그런 것처럼, 상대 즉, 네 부모님은 법원에 출두해야 해. 부모님이 네 스스로 이런 결정을 내릴 준비가 되어 있지 않다고 믿을 경우에는 나에게 그 이유를 제시해야 한단다. 그렇지 않으면 내가 알아서 너에게 유리한 결정을 내리도록 내버려두게 되는 거지."

나는 고개를 끄덕인다. 그리고 무슨 일이 있더라도 평정심을 잃어서는 안 된다고 스스로에게 말한다. 내가 무너지면 판사는 내가 아무런 결정을 내릴 능력이 없다고 생각할 것이다. 나는 의지가 확고했으나 판사가 사과 주스를 들이켜는 것을 보는 순간 생각이 다른 길로 새고 만다.

얼마 전, 언니가 신장 검사를 위해 병원에 입원해 있을 때 새로운 간호사가 언니에게 컵을 건네며 소변 샘플을 받아오라고 했다.

"내가 돌아오기 전까지 받아두도록 해."

오만한 명령을 싫어하는 언니는 간호사에게 본때를 보여줘야 할 필요가 있다고 생각했다. 언니는 나에게 자판기로 가서 판사가 지금 마시고 있는 음료를 가져오라고 시켰다. 그러고는 샘플 컵에 음료를 붓고 간호사가 돌아오자 불빛에 들어 보였다.

"음, 조금 탁해 보이네. 한 번 더 걸러야겠다."

언니가 말했다. 그러고는 입술에 갖다 대고 마셔버렸다. 간호사는 하얗게 질려서 방을 뛰쳐나갔다. 언니와 나는 위경련이 일어날 때까지 웃었다. 그날 내내 우린 눈이 마주칠 때마다 웃음을 터뜨렸다.

판사가 말한 콜라 속 이처럼 이제 아무것도 남아 있지 않다.

"안나?" 드살보 판사가 재촉한다. 그가 멍청한 사과 주스 캔을 우리 사이에 놓인 탁자 위에 올려놓자 나는 울음을 터뜨린다.

"저는 언니에게 신장을 줄 수 없어요. 그냥 그럴 수가 없어요."

드살보 판사는 아무 말 없이 나에게 화장지를 건넨다. 나는 화장지를 동그랗게 말아 눈을 닦고 코를 푼다. 판사는 나에게 숨을 쉴 시간을 주려는 듯 한동안 말이 없다. 고개를 들자 그가 나를 기다리고 있다.

"안나, 이 나라의 어떤 병원도 원하지 않는 기증자로부터 장기를 채취할 수는 없단다."

"누가 서류에 사인할 거라고 생각하세요?" 내가 묻는다. "어린애는 결정권이 없어요. 그 부모에게 있지."

"너는 어린애가 아니야. 반대 의사를 표현할 수 있어." 판사가 말한다.

"아, 맞아요." 내가 말한다. 또다시 눈물이 난다. "제가 병원에서 바

늘을 10번이나 찌르면 어떡하냐고 불만을 표시하면 어른들은 그게 일반
적인 진행절차라고 말해요. 그런 저에게 어른들은 전부 가식적인 미소를
지으며 '자기 스스로 주사를 더 맞겠다고 요구하는 아이는 단 한 명도 없
단다'라고 얘기하죠." 나는 화장지에 코를 푼다. "신장은 오늘일 뿐이에
요. 내일이면 또 다른 장기가 되겠죠. 항상 뭔가 다른 게 있으니까요."

"네 엄마는 네가 소송을 취하하고 싶어 한다고 말하더구나." 판사가
말한다. "엄마에게 거짓말을 했니?

"네." 나는 침을 삼킨다.

"그렇다면… 왜 **엄마에게** 거짓말을 했지?"

이에 대한 답은 천 가지나 된다. 나는 가장 쉬운 답을 선택한다.

"엄마를 사랑하니까요." 나는 말한다. 다시 눈물이 난다. "죄송해
요, 정말 죄송해요."

판사가 나를 뚫어져라 쳐다본다.

"자, 이렇게 하자꾸나, 안나. 나는 네 변호사가 너에게 가장 바람직
한 결정을 내릴 수 있도록 도와줄 사람을 임명할 거야. 어때?"

머리카락이 도처에 떨어지는 바람에 나는 머리카락을 귀 뒤에 꽂는
다. 얼굴이 너무 화끈해 퉁퉁 부은 느낌이다. "좋아요." 내가 대답한다.

"그래."

판사가 인터폰 버튼을 누른 뒤 모두에게 다시 들어오라고 말한다.
엄마가 가장 먼저 들어와서는 내 쪽으로 오기 시작한다. 하지만 이내 캠벨
아저씨와 저지가 사이를 가로막는다. 그는 눈썹을 추켜올리고는 나를 향
해 엄지를 들어올리지만 과연 잘 될지 모르겠다.

"어떻게 된 일인지 잘 모르겠군요." 드살보 판사가 말한다. "그래서

전 소송 후견인을 임명해 2주 동안 안나와 지내도록 할 겁니다. 당연히 양측 모두 적극적인 협조 바랍니다. 소송 후견인으로부터 다시 보고를 받은 뒤 공판을 진행하도록 하겠습니다. 그때 전달할 사항이 있으면 준비해 오기 바랍니다."

"2주라…." 엄마가 말한다. 엄마가 무슨 생각을 하는지 안다.

"존경하는 재판장님, 외람된 말씀이지만 제 딸이 앓고 있는 병의 위중을 고려할 때 2주는 상당히 긴 시간입니다."

엄마는 내가 아는 사람처럼 보이지 않는다. 엄마 뜻대로 빨리 움직여주지 않는 의료 제도에 맞서 싸우는 호랑이 같은 엄마, 우리 모두가 매달릴 수 있는 바위 같은 엄마, 운명이 다음번 펀치를 날리기 전에 스윙을 날리는 권투선수 같다. 하지만 변호사로서의 엄마는 한 번도 본 적이 없다. 드살보 판사가 고개를 끄덕인다.

"좋습니다. 그럼 다음 주 월요일에 공판을 하도록 하죠. 케이트의 의료 기록을 제출하도록…."

"존경하는 재판장님," 캠벨 아저씨가 끼어든다. "잘 아시겠지만 이번 사건의 독특한 성격상, 제 의뢰인은 상대편 변호사와 함께 살고 있습니다. 그건 명백히 법에 저촉되는 일입니다."

엄마가 숨을 들이쉰다. "아이를 데려가려고 하는 건 아니시죠?"

'데려가다니? 내가 어디를 간단 말인가.'

"존경하는 재판장님, 상대편 변호사가 아이와 함께 사는 상황을 자신에게 유리하게 사용하지 않는다고 보장할 수 없습니다. 제 의뢰인에게 압력을 행사할 수도 있고요."

캠벨 아저씨는 눈 한 번 깜빡이지 않고 판사를 똑바로 쳐다본다.

"알렉산더 씨, 이 아이를 가족으로부터 떼어낼 수는 없어요."

드살보 판사가 말한다. 그러나 잠시 후 엄마를 돌아본다.

"하지만 피츠제럴드 부인, 당신은 변호사가 없는 상황에서 아이와 이 사건에 대해 얘기를 나눠서는 안 됩니다. 당신이 이에 동의할 수 없거나 혹 집안에서 그러한 일이 발생했다는 얘기가 제 귀에 들어올 경우 저는 극단적인 조치를 취해야 할지도 모릅니다."

"잘 알겠습니다, 재판장님." 엄마가 말한다.

"자, 그럼," 드살보 판사가 자리에서 일어난다. "모두들 다음 주에 봅시다."

그는 판사실을 걸어 나간다. 슬리퍼가 바닥에 조그맣게 찰싹 소리를 낸다. 판사가 사라지자마자 나는 엄마를 돌아본다. 나는 **설명할 수 있다.** 설명하고 싶다. 하지만 입 밖으로 소리가 나오지 않는다. 갑자기 축축한 코가 내 손에 와 닿는다. 저지다. 덕분에 폭주열차 같았던 내 심장이 조금씩 속도를 늦춘다.

"제 의뢰인과 얘기를 해야겠습니다." 캠벨 아저씨가 말한다.

"얘는 제 딸이에요."

엄마가 말하며 내 손을 잡아 나를 의자에서 낚아챈다. 문 입구에서 나는 가까스로 뒤를 돌아본다. 캠벨 아저씨가 화가 잔뜩 나 있다. 이렇게 되리란 걸 그에게 미리 말했을 수도 있었을 텐데. 어떤 시합이든 결국 **딸**이 승리하게 되어 있다는 사실을.

●　●　●

제3차 세계대전이 곧바로 발발한다. 대공 암살이나 미친 독재자 때문이 아니라 좌회전을 놓치는 바람에.

"여보, 그건 노스 파크 스트리트야." 엄마가 목을 길게 빼며 말한다. 아빠가 혼란스러워하며 눈을 깜빡인다.

"지나기 전에 말해줬어야지."

"말했다고."

다른 사람의 전쟁에 다시 끼어드는 것의 장단점을 따지기도 전에 나는 말한다.

"난 못 들었는데."

엄마가 갑자기 나를 홱 돌아본다.

"안나, 지금 네 의견은 듣고 싶지도, 필요하지도 않구나."

"난 그냥…."

엄마는 택시의 칸막이처럼 손을 들어올린 뒤 고개를 젓는다. 나는 뒷좌석에서 옆으로 몸을 돌리고 다리를 말아올린 뒤 뒤를 본다. 보이는 건 온통 어둠뿐이다.

"여보, 또 놓쳤잖아." 엄마가 말한다.

엄마는 집안에 들어서자마자 문을 열어준 언니를 빠르게 지나 TV에서 스크램블(주파수를 계획적으로 변경하는 것-옮긴이) 플레이보이 채널을 보고 있는 오빠를 지나친다. 그리고는 부엌으로 가 선반을 연 뒤 쾅 하고 닫는다. 냉장고에서 음식을 꺼낸 뒤 식탁에 탁 하고 내려놓는다.

"케이트, 기분이 좀 어떠니?" 아빠가 언니에게 말한다.

언니는 아빠를 무시한 채 부엌으로 돌진한다. "무슨 일이 있었는데?"

"무슨 일이 있었는지는," 엄마가 나를 노려본다. "네 동생한테 물어 보지 그러니?"

언니가 나를 돌아보며 뚫어지게 쳐다본다.

"판사가 없다고 이토록 조용하다니 놀랍구나." 엄마가 나에게 말한다.

오빠가 TV를 끈다. "판사랑 얘기했다고요? 맙소사, 안나."

엄마가 눈을 감는다. "제시, 이제 그만 네 방으로 돌아가는 게 좋겠는데."

"안 그래도 그러려고 했어요." 오빠가 말한다. 목소리가 깨진 유리조 각 같다. 현관문이 열리고 닫히는 소리가 들리더니 조용해진다.

"여보, 우리 모두 조금 진정할 필요가 있어." 아빠가 부엌으로 들어온다.

"우리 딸이 자기 언니의 사형 선고에 막 서명하고 왔는데 진정하게 생겼어?"

순간 부엌이 조용해져 냉장고의 위잉- 하는 소리가 들릴 정도다. 엄 마가 던진 말은 지나치게 익은 과일처럼 매달려 있다. 바닥에 떨어져 터지 는 순간 엄마는 몸서리를 친다. "케이트," 엄마가 두 팔을 벌린 채 언니에 게 서둘러 달려가며 말한다.

"케이트, 그렇게 말하는 게 아니었는데. 내 말은 그런 뜻이 아니라."

우리 가족에게는 고통스러운 과거가 있는 것 같다. 우리는 해야 할 말을 하지 않으며 겉과 속이 다른 말을 한다. 언니는 손으로 입을 가린다. 부엌문 밖으로 나가다가 아빠와 부딪힌다. 아빠는 언니를 잡으려고 하지 만 언니가 위층으로 서둘러 가는 바람에 놓치고 만다. 우리 방문이 세게 닫히는 소리가 들린다. 엄마는 물론 언니를 쫓아간다.

나는 내가 가장 잘하는 일을 한다. 나는 반대 방향으로 달아난다.

빨래방보다 냄새가 좋은 곳이 지구상에 또 있을까? 빨래방 냄새를 맡는 것은 이불 밖으로 나가지 않아도 되는 비 오는 일요일과도 같고 아빠가 방금 깎은 잔디에 누워 있는 것과도 같으며 기분 좋게 만드는 음식 냄새를 맡는 것과도 같다. 어릴 적 엄마는 건조기에서 따끈따끈한 옷을 꺼내 소파에 앉아 있는 내 위에 올려놓곤 했다. 나는 그 옷들이 하나의 껍질이라 생각하고 커다란 심장처럼 그 아래 바짝 웅크리고 있었다.

내가 빨래방을 좋아하는 다른 이유는 자석이 금속을 끌어당기듯 빨래방은 외로운 사람을 끌어들이기 때문이다. 안쪽에 놓인 의자에는 군화를 신고 '노스트라다무스는 낙관주의자였다'라고 적힌 티를 입은 채 뻗어 있는 남자가 있다. 접이식 탁자 앞에 앉은 한 여자는 남성용 버튼다운식 셔츠 한 무더기를 꼼꼼히 살펴본 뒤 눈물을 훌쩍인다. 빨래방에 있는 사람 10명을 모아 보면 저마다 사연이 있어 우열을 가리기 힘들 것이다.

나는 일렬로 놓인 세탁기 맞은편에 앉아 세탁기 안에서 돌아가고 있는 옷과 이를 기다리고 있는 사람을 짝지어 본다. 분홍색 팬티와 레이스 잠옷은 로맨스 소설을 읽고 있는 여자의 것이다. 빨간색 양모 양말과 체크무늬 셔츠는 추하게 자고 있는 학생의 것, 축구 티셔츠와 어린이 운동복은 휴대폰에 열중하고 있는 엄마에게 얇은 흰색 종이 섬유유연제를 계속해서 건네는 걸음마 아기의 것이다. 휴대폰은 살 수 있으면서 집에 세탁기와 건조기는 장만할 수 없는 사람들은 도대체 어떤 부류일까?

나는 가끔 혼자서 게임을 한다. 내 앞에서 돌아가고 있는 옷의 주인이 되는 건 어떨지 상상해 보는 것이다. 내가 카펜터 진을 빨고 있다면 피닉스에 살고 있는 지붕 수리사일 것이다. 튼튼한 팔에 등은 햇볕에 그을려 황갈색일 것이다. 꽃무늬 옷을 갖고 있다면 범죄자 프로파일링을 공부하는 방학 중인 하버드 학생일 것이다. 새틴 망토를 갖고 있다면 발레 공연 시즌 티켓을 갖고 있을지도 모른다. 나는 이렇게 매번 다른 나를 상상해보지만 그럴 수가 없다. 언니의 장기 기증자로서의 나밖에 보이지 않는다. 매번 새로운 장기를 기증하는 나밖에. 언니와 나는 샴쌍둥이다. 연결된 부위가 보이지 않을 뿐이다. 그래서 우리 둘을 분리하는 일이 훨씬 더 힘들다.

　　위를 올려다보자 빨래방에서 일하는 여자가 나를 내려다보고 있다. 입술에 피어싱을 하고 파란색 줄무늬의 레게머리를 한 그 여자가 묻는다. "잔돈 필요하니?('You need change?'를 안나는 '변화가 필요하니?'로 이해했다―옮긴이)"

　　솔직히 말하면 내 답을 듣기가 두렵다.

제시

나는 불장난을 하는 아이다. 어릴 적, 냉장고 위 선반에서 성냥을 훔쳐 부모님의 화장실로 가져가곤 했다. 진네이트 화장수에 불이 붙는다. 바닥에 붓고 성냥을 그으면 불을 지를 수 있다. 처음에는 파란색으로 타다가 알코올이 다 사라지면 불이 꺼지게 된다.

한번은 내가 화장실에서 불장난을 하고 있는데 안나가 들어왔다. "야, 이것 봐봐." 내가 말했다. 나는 바닥에 화장수를 조금 부어 안나의 이니셜을 만든 뒤 불을 붙였다. 나는 안나가 고자질쟁이처럼 소리를 지르며 달아날 거라고 생각했다. 하지만 안나는 욕조 끝에 앉았다. 그러고는 화장품 병을 집어 들더니 화장실 바닥에 기이한 디자인을 그린 뒤 나에게 다시 해보라고 했다. 안나는 내가 〈우리에게 내일은 없다〉라는 영화에 등장하는 주인공 커플처럼 한밤중 달아나면서 누군가의 문가에 버리고 간 아이가 아니라 이 가족에 속해 있다는 것을 입증하는 유일한 증거다. 겉으로 보기에 안나와 나는 상극이다. 하지만 자세히 들여다보면 우리는 똑같다. 사람들은 자신들이 무엇을 가졌는지 안다고 생각하지만 그들은 늘 틀리기 마련이다.

모두 뒈져 버려. 나는 이마에 그렇게 문신을 해야 한다. 항상 그런 생각을 하니 말이다. 나는 평소에 지프차를 타고 이동할 때 숨도 쉴 수 없을 정도로 빠르게 달린다. 오늘 나는 95번 도로를 시속 150킬로미터가 넘는 속도로 달리고 있다. 차량 사이를 누비며 잘도 빠져나간다. 사람들이 차창 안에서 내 뒤에 대고 소리를 지른다. 나는 그들에게 손가락을 쳐든다.

차가 둑 너머로 굴러떨어지면 오만 가지 문제가 해결될 것이다. 그 생각을 안 해 본 건 아니다. 내 운전면허증에는 내가 장기 기증자라고 쓰여 있다. 하지만 사실 나는 장기 순교자가 될까 생각해봤다. 나는 살아 있을 때보다 죽었을 때 더 가치가 있을 것이다. 부분의 합이 전체보다 더 큰 것처럼. 내 간과 폐, 심지어 눈알을 어떤 사람이 달고 걸어 다닐지 궁금하다. 어떤 불쌍한 자식의 몸에 내 몸뚱이에서 심장 노릇을 했던 장기가 들어갈지 말이다. 하지만 절망스럽게도 나는 상처 하나 나지 않은 채 고속도로에서 벗어난다. 램프에서 빠져나와 앨런 에비뉴를 달린다. 그곳에는 듀라셀 댄을 찾을 수 있는 지하차도가 있다. 그는 노숙자로 거의 하루 종일, 사람들이 쓰레기통에 버린 배터리를 수거하러 다니는 베트남전 참전 용사다. 그걸 갖고 뭘 하는지는 나도 모른다. 배터리를 분리한다는 정도만 안다. 댄은 CIA가 에너자이저 더블 A에 온갖 작전 수행과 관련된 메시지를 숨겨놓으며 FBI는 에버레디를 이용한다고 말한다.

댄과 나는 거래를 한다. 나는 그에게 일주일에 몇 번 맥도날드 밸류밀을 사다주고 그는 그 대가로 내 물건을 지켜준다. 그가 성명서처럼 여기는 점성술 책을 급히 들춰보는 게 보인다. "댄," 내가 차에서 내리면서 그에게 빅맥을 건넨다. "무슨 일이에요?" 댄은 눈을 가늘게 뜨고 나를 쳐다본다.

"달이 빌어먹게도 물병자리에 있잖아."

그가 감자튀김을 게걸스럽게 먹는다.

"침대에서 나오지 말았어야 했어."

그에게 침대가 있긴 했던가, 처음 듣는 얘기다.

"안됐네요." 내가 말한다. "제 물건은 잘 있지요?"

댄은 콘크리트 철탑 뒤로 내 물건을 보관하는 통들을 향해 고갯짓을 한다. 고등학교 화학 실험실에서 훔쳐온 과염소산이 그대로 있다. 다른 통에는 톱밥이 있다. 나는 톱밥을 채운 베갯잇을 겨드랑이에 끼우고는 차로 끌고 간다. 댄이 문 앞에서 기다리고 있다.

"고마워요."

하지만 그는 내가 안으로 들어가지 못하도록 차에 기대 있다.

"그자들이 너에게 전달할 메시지를 나에게 줬어."

댄의 입에서 나오는 말은 전부 헛소리지만 괜히 내 위가 꿈틀댄다. "그자들이 누군데요?"

댄이 도로를 바라본 뒤 다시 나를 쳐다본다. "그게 말이지." 나에게 더 가까이 다가온 채 그가 낮은 목소리로 말한다.

"두 번 생각해."

"그게 메시지예요?"

댄이 고개를 끄덕인다. "그래, 그거인지 '두 번 **마셔**'인지. 확실히 모르겠어."

"그 충고는 들어야 할지도 모르겠네요." 나는 차에 올라타기 위해 그를 조금 밀친다. 댄은 생각보다 가볍다. 그의 안에 들어 있는 게 뭐가 되었든 한참 전에 다 소진된 것 같다. 그렇게 생각해보니 내가 하늘로 날아오르지 않는 게 이상하다. "또 봐요." 나는 말한 뒤 눈여겨본 창고 쪽으로 차를 몬다.

나는 나를 닮은 장소를 찾는다. 크고 텅 비어 있으며 모두로부터 잊힌.

이번에는 올니빌 지역에 괜찮은 곳을 하나 찾았다. 한때 수출 산업을 위한 저장 시설로 사용된 곳으로 지금은 그저 쥐 대가족의 서식지일 뿐이다. 나는 아무도 내 차를 의심하지 않도록 멀찌감치 주차한다. 톱밥을 넣은 베갯잇을 재킷 속에 넣고 차에서 내린다. 그래도 친애하는 우리 아버지로부터 무언가 배운 게 있다. 소방관은 들어가서는 안 되는 곳에 들어가는 데는 선수다. 금세 자물쇠를 따며 그다음부터는 시작하고 싶은 곳만 파악하면 된다. 나는 베갯잇의 바닥에 구멍을 낸 뒤 톱밥으로 JBF라는 내 이니셜을 두툼하게 그린다. 그러고 난 뒤 과염소산을 글자 위에 붓는다. 대낮에 이 짓을 하기는 처음이다.

나는 메리트 담뱃갑을 주머니에서 꺼내 탁탁 친 다음 한 개비를 꺼내 입에 문다. 지포 라이터의 연료가 거의 바닥났다. 다른 걸 사야겠다. 준비가 완료되자 나는 자리에서 일어나 마지막으로 담배를 한 모금 빤 뒤 톱밥에 담배를 던진다. 불이 빠르게 번지리라는 것을 알기에 내 뒤에서 불길이 일 때 나는 이미 뛰고 있는 중이다. 다른 화재처럼 소방관들은 단서를 찾을 것이다. 하지만 담배와 내 이니셜은 이미 사라진 지 오래일 것이고 그 아래 놓인 바닥 전체는 녹아버렸을 것이다. 벽은 휘어지고 늘어질 것이다.

내가 차로 돌아와 트렁크에서 쌍안경을 꺼내는 순간 첫 번째 소방차가 도착한다. 바로 그때 불길은 자신이 원하던 바 즉, 도주를 마친 상태다. 창문 유리가 박살나고 흡사 월식이나 일식처럼 검은 연기가 자욱하다.

엄마가 우는 걸 처음 본 건 다섯 살 때였다. 엄마는 부엌 창가에 서서 울지 않는 척하고 있었다. 해가 부풀어 오른 매듭처럼 막 뜨고 있었다. "엄마 뭐 해?" 내가 물었다. 몇 년이 지난 후에야 나는 엄마의 답을 완전히 잘못 이해했다는 걸 깨달았다. 엄마가 애도(mourning)한다고 말했을 때, 시간(morning)을 의미하는 게 아니었다.

이제 하늘은 연기로 가득 차 있고 어둑어둑하다. 지붕이 떨어지면서 불똥이 튄다. 두 번째로 파견된 소방관들이 도착한다. 그들은 저녁 식사를 하다가 혹은 샤워를 하거나 거실에 한가롭게 있다가 호출을 받고 달려왔을 것이다. 쌍안경으로 보니 그중 한 명의 이름이 보인다. 다이아몬드로 쓴 것처럼 방열복 뒷면에 깜빡거리는 이름, 피츠제럴드. 아빠는 충전된 호스에 손을 올리고 나는 차에 올라타 그곳을 떠난다.

집에 도착하자 엄마가 안절부절못하고 있다. 내가 주차장에 차를 대자마자 문밖으로 뛰쳐나온다.

"정말 다행이다." 엄마가 말한다. "네 도움이 필요해."

엄마는 내가 뒤따라오고 있는지 뒤돌아보지도 않는다. 케이트에게 문제가 생긴 게 분명하다. 동생들의 방문을 걷어찬 흔적이 있으며, 문 주위의 나무 프레임이 쪼개져 있다. 케이트는 침대에 가만히 누워 있다. 그러다 타이어 잭처럼 갑자기 휙 위로 솟구치더니 피를 쏟는다. 케이트의 셔츠와 꽃무늬 이불 위로 피가 흐르며 처음 보는 붉은색 거품이 인다. 엄마는 동생 옆에 앉아 머리카락을 잡아 주며 입 주위에 수건을 대준다. 그 순간 케이트의 입에서 또 한 번 피가 솟구친다. "제시," 엄마가 사무적으로 말한다.

"아빠가 현장에 출동 중이신 것 같구나. 연락이 안 돼. 네가 우리를 병원에 데려다 줘야겠다. 난 뒤에 케이트랑 앉아야 하니까."

케이트의 입술이 체리처럼 매끄럽다. 나는 팔로 케이트를 들어올린다. 뼈밖에 남지 않은 몸이 셔츠 위로 삐죽이 솟아 있다.

"안나가 달아나자 케이트는 나를 자기 방에 못 들어가게 했어." 엄마가 옆에서 나를 재촉한다. "그래서 케이트가 진정을 하도록 시간을 좀 주었지. 하지만 곧 기침소리가 들려서 안 들어갈 수가 없었어."

'그래서 문을 부순 거로군.' 나는 생각한다. 놀랄 것도 없다. 차에 도착하자 내가 케이트를 앉히도록 엄마가 문을 열어준다. 나는 진입로에서 벗어나 평소 때보다도 더 빠른 속도로 마을을 지나 고속도로로, 병원으로 차를 몬다.

오늘 낮에 부모님이 안나와 함께 법원에 가 있을 때 케이트와 나는 TV를 봤다. 케이트는 드라마를 보고 싶어 했지만 나는 동생에게 꺼지라고 한 뒤 스크램블 플레이보이 채널을 봤다. 빨간 불을 무시한 채 달리고 있는 지금, 케이트가 그 구질구질한 드라마를 보도록 내버려둘 걸 후회가 된다. 나는 백미러로 작은 흰색 동전과도 같은 케이트의 얼굴을 보지 않으려고 노력한다. 지난 시간 줄곧 이런 것에 익숙해져 이러한 순간이 더 이상 충격으로 다가오지 않을 거라 생각하겠지만 차마 물을 수 없는 질문이 맥박이 뛸 때마다 내 혈관을 뚫고 지나간다. **이제 정말 끝인가? 케이트는 죽는 것일까?**

응급실 진입로에 들어서자마자 엄마는 차에서 나와 나더러 서둘러 케이트를 안으라고 한다. 자동문을 열고 들어가는 우리의 모습이 가관이다. 나는 피를 흘리는 케이트를 팔에 안고 있고 엄마는 처음 마주치는 간호사를 붙잡는다.

"혈소판이 필요해요." 엄마가 명령한다.

의료진이 케이트를 데려가고, 응급팀과 엄마가 케이트와 함께 닫힌 커튼 뒤로 자취를 감춘 뒤에도 나는 몇 분 동안 팔을 그대로 공중에 든 채 서 있다. 더 이상 팔에 아무것도 없다는 사실에 애써 익숙해지려고.

전에 본 적이 있는 종양학 전문의 찬스 의사와 처음 보는 응우옌 의사가 우리가 이미 파악한 사실을 말해준다. 케이트가 겪고 있는 증상은 신장병 말기 환자가 보이는 최후의 발악이라고. 엄마는 침대 옆에 선 채 케이트의 링거대를 꼭 쥐고 있다. "여전히 이식이 가능한가요?" 엄마는 안나가 소송을 제기한 적이 없다는 듯, 안나의 소송은 아무 일도 아니라는 듯 묻는다.

"케이트는 지금 상당히 위중한 상태입니다." 찬스 의사가 말한다. "전에도 말했지만 케이트가 수술을 견딜 수 있을지 모르겠어요. 지금은 그 확률이 더 낮아졌고요."

"하지만 기증자가 있으면 수술을 하시겠어요?" 엄마가 말한다.

"잠깐만요." 내 목소리가 지푸라기로 뒤덮인 것처럼 거칠다.

"제 신장은 안 될까요?"

찬스 의사가 고개를 젓는다.

"보통은 신장 기증자의 신장이 완벽하게 맞을 필요는 없단다. 하지만 네 동생은 평범한 사례가 아니란다."

의사가 자리를 떠나자 엄마가 나를 쳐다보는 게 느껴진다. "제시." 엄마가 말한다.

"제가 자원하겠다는 게 아니에요. 그냥 하고 싶어서 그래요."

하지만 내 안은 창고에서 불이 탈 때만큼이나 뜨겁게 타고 있다. 왜 내가 무언가 쓸모가 있다고 믿었던 걸까? 나 자신조차 구하지 못하는 마당에 도대체 내가 어떻게 동생을 구할 수 있다고 생각한 걸까?

케이트가 눈을 떠 나를 똑바로 바라본다. 동생은 입술을 핥는다. 입술에는 여전히 피가 말라붙어 있어 흡사 흡혈귀처럼 보인다. 죽지 못한 자, 차라리 그랬으면. 나는 케이트 쪽으로 몸을 가까이 붙인다. 지금 케이트는 우리 사이의 공기를 가로지를 만큼 세게 단어를 내뱉을 힘이 없기 때문이다. **말해,** 엄마가 쳐다보지 않도록 케이트가 입모양으로만 말한다.

나 역시 조용하게 대답한다. **말하라고?** 내가 제대로 이해한 건지 확인하고 싶다.

안나에게 말해.

하지만 병실 문이 벌컥 열리더니 아빠가 연기를 가득 몰고 들어온다. 아빠의 머리와 옷, 피부에서 연기 냄새가 심하게 난다. 냄새가 너무 지독한 나머지 나는 스프링클러가 터지는 거 아닐까 하며 위를 올려다본다.

"도대체 무슨 일이야?" 아빠가 침대로 직행하며 묻는다.

나는 병실 밖으로 나온다. 이제 아무도 나를 필요로 하지 않기 때문이다. 엘리베이터 안 '흡연 금지' 사인 앞에서 나는 담배에 불을 붙인다.

안나에게 무슨 말을 하라는 걸까?

사라

1990~1991

순전히 우연인지, 숙명인지 미용실에 앉아 있는 세 명의 고객이 전부 임신부다. 우리는 일렬로 놓인 불상처럼 각자의 배를 손으로 감싼 채 헤어드라이어 아래 앉아 있다. "1순위는 프리덤, 로 그리고 잭이에요." 내 오른쪽에 앉아서 머리를 분홍색으로 염색 중인 여자가 말한다.

"남자애가 아니면요?" 내 왼쪽에 앉은 여자가 묻는다.

"둘 다 고려해서 지은 건데요?"

나는 가까스로 웃음을 참는다. "저는 잭이 괜찮은 것 같네요."

여자가 눈을 가늘게 뜨고는 창문 밖으로 끔찍한 날씨를 바라본다.

"슬릿도 괜찮네요." 여자가 무심코 말한 뒤 괜찮은지 연습해 본다.

"슬릿, 장난감 정리해. 슬릿, 애야, 서둘러, 안 그러면 투펄로 삼촌 콘서트에 늦을 거야."

여자는 임부복 주머니에서 종이와 몽당연필을 꺼낸 뒤 이름을 휘갈긴다. 내 왼쪽에 앉은 여자가 나를 보며 활짝 웃는다.

"첫 임신이세요?"

"세 번째예요."

"저도요. 아들이 둘이에요. 이번엔 제발 딸이길 빌고 있답니다."

"저는 아들 하나, 딸 하나 있어요." 내가 말한다. "다섯 살, 세 살이지요."

"이번에는 딸인지 아들인지 아세요?"

나는 이 아이에 대해 전부 알고 있다. 성별에서부터 염색체의 정확한 위치까지. 케이트와 정확히 맞아떨어지도록 만든 염색체도 그중 일부다. 나는 내 몸에 무엇을 품고 있는지 정확히 알고 있다. 바로 기적이다.

"여자애예요." 내가 대답한다.

"오! 너무 부러워요! 남편과 저는 초음파로 아이의 성별을 알고 싶지 않았어요. 또 남자애라는 얘기를 들으면 남은 5개월을 절대 버티지 못할 거라 생각했죠." 여자는 헤어드라이어를 잠시 치운 뒤 다시 당긴다.

"이름은 지었어요?"

순간 아이의 이름을 짓지 않았다는 사실이 떠올랐다. 이미 9개월이나 되어 아이에 대해 꿈꿀 시간이 충분히 많았지만 나는 이 아이를 구체적으로 생각한 적이 없었다. 그저 나에게 이미 있는 딸을 위해 이 아이가 무엇을 할 수 있을지의 관점에서만 이 딸을 생각했다. 남편에게는 이 사실을 인정하지 않았다. 남편은 밤이 되면 이제 꽤 부른 배 위에 머리를 올려놓고 누워 태동을 느낄 때까지 기다린다. 그는 이 태동이 패트리어츠 팀 최초 여성 플레이스키커(땅에 볼을 놓고 차는 플레이스킥을 하는 선수-옮긴이)의 탄생을 예고하는 거라고 생각한다. 이 아이에 대한 나의 꿈 역시 만만치 않게 고상하다. 나는 이 아이가 언니의 목숨을 구할 거라 생각한다.

"아직 고민 중이에요." 나는 말한다.

때로는 그게 우리가 할 수 있는 유일한 일이다.

작년에 케이트가 3개월 동안 항암요법을 받은 뒤, 나는 어리석게도 케이트가 나았다고 생각했다. 찬스 의사는 케이트가 관해를 보이는 것 같다고, 상황을 예의 주시하기만 하면 될 거라고 말했다. 심지어 잠시나마 내 삶은 정상적인 궤도로 돌아갔다. 나는 제시를 축구 연습에 데려다주고 케이트의 프리스쿨 수업을 거들었으며 따뜻한 욕조에 들어가 휴식을 취하기까지 했다. 하지만 한편으로는 좋지 않은 일이 일어나리라는 걸 알고 있었다. 그래서 아이의 머리가 다시 자라 끝 부분이 곱슬곱슬해지기 시작한 뒤에도 혹시 다시 빠지는 거 아닌가 싶어 매일 아침 케이트의 베개를 샅샅이 뒤졌다. 나는 찬스 의사가 추천한 유전학자를 찾아가기도 했다. 케이트와 완벽하게 동일하다고 과학자들이 인정한 배아를 조작하고 시험관 아기 시술을 위해 호르몬을 맞고 만약을 대비해 그 배아를 수정했다. 하지만 일상적인 골수검사를 실시하는 동안 케이트가 분자학적 재발(백혈병 세포가 현미경 검사로 확인되지 않지만 분자학적 검사로 확인 가능한 미세한 수준의 재발 상태-감수자)을 앓고 있다는 걸 알게 되었다. 곁에서 보기에 케이트는 평범한 세 살짜리 아이 같았지만 안에서는 암이 다시 아이의 몸에 침투해 항암요법을 도로 아미타불로 만들었다.

지금 케이트는 제시와 함께 자동차 뒷좌석에 앉아 발을 차며 장난감 휴대폰을 갖고 놀고 있다. 제시는 케이트 옆에 앉아서 창문 밖을 바라보고 있다.

"엄마, 버스가 사람 위로 떨어져?"

"나무처럼?"

"아니. 이렇게… 그 위로 덮치는 것처럼." 아이는 손으로 홱 뒤집히는 동작을 취한다.

"날씨가 정말로 안 좋거나 운전자가 너무 빨리 차를 몰 때만."

아이는 자신의 안전에 대한 나의 설명을 받아들이는 듯 고개를 끄덕인다. 그러고는 또 다른 질문을 한다. "엄마는 좋아하는 숫자가 있어?"

"31." 내가 말한다. 31일은 내 예정일이다. "너는?"

"9. 왜냐면 9는 숫자가 될 수도 있고 또 나이가 될 수도 있고 6이 거꾸로 서 있는 거기도 하니까." 아이는 한참 동안 말이 없다.

"엄마, 고기를 자르려면 특별한 가위가 필요해?"

"그렇지." 나는 우회전을 한 뒤 묘지를 지나간다. 노란 이빨처럼 앞뒤로 비스듬하게 기울어진 묘석이 보인다.

"엄마?" 제시가 묻는다. "케이트도 저기로 가게 돼?"

제시의 다른 질문들처럼 그저 순수한 의도에서 아이가 던진 이 질문에 갑자기 다리 힘이 풀린다. 나는 차를 세운 뒤 비상등을 켠다. 그러고는 안전벨트를 풀고 뒤를 돌아본다.

"아니," 나는 제시에게 말한다. "케이트는 우리랑 있을 거야."

"피츠제럴드 씨, 부인?" 프로듀서가 말한다. "여기에 앉으시면 돼요."

우리는 TV 스튜디오의 세트장에 앉는다. 우리는 아기를 특이하게 수정한다는 이유로 이곳에 초대되었다. 케이트를 치료하기 위한 과정에서 의도치 않게 과학적 논쟁의 중심에 서게 된 것이다. 시사 잡지 리포터인 나드야 카터가 다가오자 남편이 내 손을 잡는다.

"준비가 다 됐어요. 케이트에 대한 소개는 이미 녹화했고요. 이제부터는 두 분께 몇 가지 질문을 할 거예요. 금방 끝날 거니까 걱정 마세요."

카메라가 돌아가기 직전, 남편은 셔츠 소매로 볼을 닦는다. 조명 뒤에 서 있던 메이크업 아티스트가 끄응 한다.

"난 절대로 국영 TV에 볼터치를 한 채로 나가지는 않을 거야."

남편이 나에게 속삭인다. 내가 생각한 것보다 별다른 절차 없이 카메라에 불이 들어온다. 내 팔과 다리를 타고 오르는 윙윙 소리만 조금 들릴 뿐이다.

"피츠제럴드 씨," 리포터가 말한다. "우선 왜 유전학자를 만나기로 한 건지 설명해 주시겠어요?"

남편이 나를 쳐다본다.

"3살 난 딸아이가 아주 심각한 백혈병을 앓고 있습니다. 종양학 전문의는 골수 이식자를 찾아보라고 했죠. 하지만 첫째아이는 유전적으로 맞지가 않았습니다. 국립골수은행이 있기는 하지만 적합한 기증자가 나타날 무렵이면 아이는 이미 세상을 떠났을 수 있죠. 그래서 케이트의 다른 형제가 아이와 맞을 수 있지 않을까 생각한 거죠."

"아직 존재하지 않는 형제인 거죠." 리포터가 말한다.

"아직은 아니죠." 남편이 대답한다.

"유전학자에게는 왜 가게 되신 건가요?"

"시간이 없어서요." 내가 직설적으로 말한다. "케이트와 맞는 아이가 나올 때까지 계속해서 아이를 낳을 수는 없잖아요. 의사는 케이트에게 적합한 기증자가 될 수 있는지 보기 위해 배아 몇 개를 자세히 살펴봤어요. 운이 좋게도 4개 중 한 개가 적합했고 저희는 시험관 아기 시술을 통해 이 배아를 착상시켰죠."

리포터는 노트를 내려다본다. "협박 편지를 받기도 하셨죠?"

남편이 고개를 끄덕인다.

"사람들은 우리가 맞춤형 아기를 만든다고 생각하는 것 같아요."

"아닌가요?"

"우리가 파란색 눈에 키가 183센티미터, IQ가 200인 아이를 만들어 달라는 게 아니잖아요. 물론 우리는 특정한 형질을 요구하긴 했어요. 하지만 그것들이 이상적인 인간의 특징이라고 여길만한 건 아닙니다. 그저 케이트의 특징인 거죠. 우리는 슈퍼베이비를 원하는 게 아니에요. 그저 딸의 생명을 구하기를 원할 뿐입니다."

나는 남편의 손을 꼭 쥔다. 사랑할 수밖에 없는 남자다.

"피츠제럴드 부인, 아이가 자라면 이 사실을 말할 겁니까?" 리포터가 묻는다.

"운이 따른다면, 언니 좀 그만 괴롭히라고 말할 수 있게 되겠죠."

새해 전날 진통이 시작된다. 나를 돌보던 간호사는 별자리에 대해 얘기하며 내가 진통에 덜 집중하도록 도와준다.

"이번 아이는 염소자리가 될 거예요." 이멜더는 내 어깨를 문지르며 말한다.

"좋은 건가요?"

"아, 염소자리는요, 책임감이 강해요."

"좋… 네요." 내가 말한다.

다른 여자 두 명이 지금 아이를 낳고 있다. 이멜더의 말에 따르면 한 여자는 다리를 꼬며 버티고 있다고 한다. 1991년에 아이를 낳으려는 모양이다. 새해에 태어나는 아이는 공짜 기저귀와 시티즌스 은행으로부터 훗날 대학 교육에 대비한 100달러 상당의 저축채권을 받는다. 이멜더가 간호사실로 가자 남편과 나는 둘만 남는다. 남편이 내 손을 잡는다.

"괜찮아?"

또 한 번 진통이 오면서 나는 얼굴을 찡그린다.

"이번 진통이 가시면 괜찮을 것 같아."

남편이 나를 보고 웃는다. 응급의료원이자 소방관인 남편에게 병원에서 진행되는 일상적인 분만은 별것 아니리라. 기차 사고 중 내 양수가 터졌거나 택시 뒷좌석에서 진통을 겪은 게 아니라면….

"당신이 무슨 생각하는지 알아."

나는 아무 말도 하지 않았는데 남편이 불쑥 말한다.

"그 생각은 잘못된 거야."

남편이 내 손을 들어올리더니 손가락 마디에 키스를 한다. 갑자기 내 안의 닻이 풀린다. 주먹만 한 사슬이 배 안에서 꿈틀거린다. "여보," 내가 헐떡거린다. "의사 불러줘."

산부인과 의사가 들어오고 내 다리 사이에 손을 집어넣는다. 그러고는 시계를 힐끗 쳐다본다. "1분만 참으면 이 아이는 유명해질 거예요." 의사가 말하지만 나는 고개를 젓는다.

"지금 당장." 내가 말한다. "꺼내주세요."

의사가 남편을 쳐다본다. "세제 혜택이라도 받으시는 게 어때요?" 그가 제안한다.

나는 100달러짜리 저축을 생각해 본다. 하지만 이건 미국 국세청과는 아무 관련이 없다.

아이의 머리가 내 피부를 뚫고 미끄러져 나온다. 의사가 손으로 아이를 잡은 뒤 귀중한 탯줄을 아이의 목에서 푼 다음 아이의 어깨를 차례

로 잡아당긴다. 나는 아래에서 무슨 일이 일어나고 있는지 보기 위해 팔
꿈치를 대고 일어나려고 발버둥 친다. "탯줄이요." 내가 의사에게 상기시
킨다. "조심하세요." 의사가 탯줄을 자르자 소중한 제대혈이 흘러나온다.
의사는 탯줄을 서둘러 들고 나가 케이트가 준비가 될 때까지 극저온 상태
로 보관할 장소에 가져간다.

안나가 태어난 다음 날 아침, 케이트의 이식 전 치료가 시작된다. 나
는 산모 병동에서 내려와 방사선실에서 케이트를 만난다. 우리는 둘 다
노란색 격리복을 입고 있다. 그 모습에 아이가 웃는다.

"엄마, 우리 커플룩이야." 케이트가 말한다.

아이는 소아용 진정제를 이것저것 투여 받은 상태로 이런 상황만 아
니었다면 상당히 재미있다고 느꼈을 것이다. 케이트는 자신의 발을 찾지
못한다. 자리에서 일어날 때마다 주저앉고 만다. 케이트가 고등학교나 대
학교 때 처음으로 피치 쉬냅(과일 향이 나는 알코올 음료-옮긴이)을 먹
고 술에 취하면 이런 모습일 거라는 생각이 불현듯 든다. 하지만 난 케이
트가 아마 그때까지 살 수 없을 거라고 재빨리 스스로에게 상기시킨다.

치료사가 아이를 방사선 요법실로 데려가려고 하자 케이트가 내 다
리에 매달린다. "아가," 남편이 말한다. "괜찮을 거야." 아이는 고개를 젓
고는 나에게 더 깊게 파고든다. 내가 쭈그리고 앉자 내 팔에 안긴다. "엄
마가 계속 보고 있을 거야." 내가 약속한다.

방은 상당히 크며 벽에는 정글 벽화가 그려져 있다. 천장에 선형가
속기(인체 내부에 있는 종양에 고에너지 방사선을 방출하여 치료하는 장
비-옮긴이)가 설치되어 있으며 치료대 밑에는 구멍이 나 있다. 치료대라

고 해봤자 간이침대에 시트를 덮어 놓은 정도다. 방사선 치료사는 콩 모양의 두꺼운 납 조각을 케이트의 가슴에 올려놓고 아이더러 움직이지 말라고 말한다. 치료가 전부 끝나면 스티커를 주겠다고 약속한다.

나는 보호 유리벽 너머의 케이트를 바라본다. 감마선, 백혈병, 부모가 되는 것은 눈에 보이지 않지만 사람을 죽일 수 있을 정도로 강력하다.

종양학에는 머피의 법칙이 적용된다. 공식적인 건 아니지만 널리 퍼진 믿음이 있다. 바로 아프지 않으면 낫지 않는다는 것이다. 따라서 화학요법으로 지독히 아프다면, 방사선이 피부를 화끈거리게 한다면 좋은 것이다. 반대로 참을만한 메스꺼움이나 고통만 겪을 경우 신체가 약물을 배출했을 확률이 높다. 이 기준에 따르면, 케이트는 지금쯤 당연히 완치되어야 한다. 작년에 받은 항암요법과는 달리 이번 치료는 콧물 한번 흘리지 않았던 어린아이의 육체를 만신창이로 만들었다. 사흘에 걸쳐 진행된 방사선 치료로 아이는 계속해서 설사를 하는 바람에 다시 기저귀를 차게 되었다. 처음에 아이는 당황스러워했다. 하지만 이제는 너무 아픈 바람에 신경조차 쓸 겨를이 없다. 닷새에 걸쳐 진행된 방사선요법으로 목구멍에 점액이 가득 차 아이는 생명줄이라도 되는 것처럼 흡입관에 매달려 살다시피 하고 있다. 깨어 있을 때 하는 일이라곤 우는 것밖에 없다.

6일째 되는 날부터 케이트의 백혈구와 호중구 수치가 곤두박질치기 시작했고 현재 케이트는 역격리(감염에 취약한 면역 억제 환자를 감염원으로부터 보호하여 격리하는 것-감수자) 중이다. 이 세상의 모든 세균이 이제 케이트를 죽일 수 있다. 그래서 세상과 거리를 두도록 조치가 취해졌다. 방문객은 제한되고 허락된 방문객은 우주인처럼 가운을 입고 마스크를 써야 한다. 케이트는 고무장갑을 낀 채 그림책을 읽어야 한다. 식물이나 화분은 금지. 아이를 죽일 수 있는 박테리아가 있을 수 있기 때문이다. 아이가 가지고 노는 인형은 먼저 소독 용액으로 싹싹 씻어야 한다. 케이트는 테디 베어를 안고 자는데, 이 인형마저 지퍼락에 담겨 있다. 지퍼락이 밤새 부스럭거리는 통에 아이는 가끔씩 잠에서 깬다.

남편과 나는 대기실 밖에 앉아 있다. 케이트가 자는 동안 나는 오렌지에 주사를 놓는 연습을 한다. 이식을 받은 후 케이트는 성장 발육 인자를 투입하는 주사를 맞아야 하는데, 그 일은 내가 해야 한다. 나는 오렌지의 두꺼운 껍질 아래 부드러운 조직이 느껴질 때까지 주사기를 꼽는다. 내가 투여하는 약물은 피하 즉, 피부 아래로 들어갈 것이다. 나는 각도가 올바른지, 압력이 적당한지 확실히 연습할 필요가 있다. 바늘을 찌르는 속도에 따라 케이트가 고통을 덜 느낄 수도, 더 많이 느낄 수도 있다. 물론 오렌지는 내가 실수를 한다 해도 울지 않는다. 하지만 간호사는 케이트에게 바늘을 찌르는 것도 느낌이 그렇게 다르지는 않을 거라고 말한다. 남편이 두 번째 오렌지를 집어 들더니 껍질을 까기 시작한다.

"내려 놔!"

"배고프단 말이야."

남편이 내 손에 들린 과일을 보며 고개를 끄덕인다.

"거기 당신 환자가 이미 있잖아."

"당신도 알다시피 그건 다른 사람 거였어. 어떤 약이 잔뜩 들었는지 아무도 모른다고."

찬스 의사가 모퉁이를 돌더니 우리에게 다가온다. 종양학과 간호사인 도나가 진홍색 액체로 가득 찬 링거백을 휘두르며 그 뒤를 따른다.

"두둥, 들어갈 시간이에요." 간호사가 말한다.

나는 오렌지를 내려놓고 그들을 따라 대기실로 들어간다. 나는 케이트에게 가까이 붙어 있기 위해 가운을 입는다. 도나는 곧바로 링거백을 수액 걸이대에 건 뒤 케이트의 중심정맥선에 링거액을 연결한다. 강도가 점점 약해져 케이트는 잠에서 깨지도 않는다. 나는 한쪽에 서고 남편은 또 다른 쪽에 선다. 나는 숨을 참는다. 그리고 골수가 생성되는 곳인 엉덩이 근처 장골능(골반 뼈의 엉덩이 위쪽 끝부분-옮긴이)을 내려다본다. 안나의 줄기세포는 케이트의 가슴 혈류로 들어가겠지만 기적적으로 곧 올바른 곳에 자리 잡을 것이다.

"다 됐습니다."

찬스 의사가 말한다. 우리 모두는 제대혈이 관을 따라 천천히 내려가는 걸 지켜본다. 구불구불한 빨대를 타고 내려가는 그 가능성을.

줄리아

이지(이소벨의 애칭)와 다시 살기 시작한 지 2시간 후, 나는 우리가 편안하게 엄마의 배 속을 공유했다는 사실을 믿을 수가 없다. 이소벨은 이미 내 CD를 발매년도 순으로 정리했으며 소파 밑을 쓸고 냉장고에 들어 있는 음식을 절반이나 갖다버렸다.

"시간을 소중히 다뤄야지, 줄리아." 이지가 한숨을 쉰다. "이 요거트는 민주당이 집권한 이래로 줄곧 냉장고에 있었던 것 같은데?"

나는 문을 쾅 닫고 열까지 센다. 하지만 이지가 가스 오븐으로 걸어가 청소 도구를 찾기 시작하자 이성을 잃고 만다.

"실비아는 청소가 필요 없어."

"오, 그렇구나. 오븐은 실비아, 냉장고는 스밀라. 우리 부엌 용품에 이렇게 이름을 지어줘야 하니?"

내 부엌 용품이다. **우리**가 아니라 **내** 거라고.

"자넷이 왜 너랑 헤어졌는지 백번 이해가 간다."

내가 웅얼거린다. 그 말에 이지가 얼어붙은 표정으로 나를 올려다본다.

"넌 정말 못됐어." 이지가 말한다. "너는 사악해. 내가 태어난 다음에 엄마의 자궁 입구를 꿰맸어야 했어."

이지는 눈물을 흘리며 화장실로 달려간다.

이소벨은 나보다 3분 먼저 태어났다. 하지만 이지를 돌보는 건 항상 나다. 나는 이지의 핵폭탄이다. 이지의 기분을 상하게 하는 게 있으면 내가 가서 상대를 초토화시킨다. 그 대상이 이지를 놀리는 6명의 오빠 중 한 명이든, 이지와 7년을 사귄 뒤 자신이 동성애자가 아니라고 판단한 사악한 자넷이든. 자라면서 이지는 모범생이 되었고 나는 싸움꾼이 되었다. 부모님을 화나게 만들려고 친구들에게 주먹을 날리거나 머리를 짧게 잘랐고 학교 교복 차림에 전투화를 신었다. 하지만 이제 우리는 서른두 살이다. 나는 생존 경쟁에서 살아남은 떳떳한 사회인인 반면, 이지는 종이클립과 볼트로 액세서리를 만드는 레즈비언이다.

이상하게도 화장실 문은 잠겨 있지 않다. 하지만 이지는 아직 그걸 모른다. 그래서 나는 안으로 들어가 이지가 찬물을 얼굴에 붓는 것을 멈출 때까지 기다렸다가 수건을 건넨다.

"이지, 그러려고 한 건 아니었어."

"알아."

이지가 거울로 나를 쳐다본다. 이제 나에게는 평범한 머리를 하고 평범한 옷을 입어야 하는 진짜 직장이 있는데도 대부분의 사람들은 우리를 구별하지 못한다. "적어도 넌 관계가 있었잖아." 내가 말한다.

"내가 마지막으로 데이트를 한 건 아까 그 요거트를 샀을 때였어."

이지가 살짝 웃더니 나를 돌아본다. "이 변기도 이름이 있어?"

"자넷으로 할까 생각 중이었어."

내가 말하자 이지가 웃음을 참지 못한다. 그때 전화벨이 울리고 나는 거실로 나가 전화를 받는다.

"줄리아? 드살보 판사예요. 소송 후견인이 필요한 사건이 생겨서요. 도와줬으면 하는데."

나는 1년 전 비영리 업무로는 집세를 충당할 수 없다는 사실을 깨달은 후 소송 후견인이 되었다. 소송 후견인은 미성년자와 관련된 소송이 진행되는 동안 아이를 지원하도록 법원이 지정하는 사람이다. 소송 후견인으로 훈련받기 위해서는 반드시 변호사가 될 필요는 없지만 윤리 기준과 따뜻한 마음을 지녀야 한다. 그래서 사실 대부분의 변호사에게는 부적합한 일이다.

"줄리아? 듣고 있어요?"

판사에게 보답할 차례다. 판사는 내가 처음 소송 후견인이 되었을 때 나에게 일을 주기 위해 상당히 애를 썼다. "당연히 해야죠." 나는 약속한다. "어떤 사건이죠?"

판사는 나에게 관련 정보를 전한다. '**의료적 해방, 열세 살 아이와 변호사 엄마**' 같은 문구가 나를 스친다. **급하다는** 말과 변호사의 이름 두 가지만 내 귀에 척 들러붙는다. 이런, 힘들 것 같다.

"한 시간 후에 갈게요." 내가 말한다. "다행이군요. 이 아이는 도와줄 사람이 필요하거든요."

"누구야?" 이지가 묻는다. 자신의 작업 용품이 든 상자를 풀고 있다. 온갖 도구와 전선, 바닥에 내려놓자 이 가는 것 같은 소리를 내는 메달비트가 담긴 작은 용기가 보인다.

"판사야. 도움이 필요한 여자애가 있대." 내가 대답한다.

실은 나에 대한 말이란 걸 언니에게 말하지 않는다.

피츠제럴드 가족의 집에는 아무도 없다. 나는 무언가 착오가 있는 거라 확신해 벨을 두 번 누른다. 드살보 판사의 말에 따르면 이 집안은 위기에 처한 가족이다. 하지만 나는 지금 잘 관리된 집 앞에 서 있다. 인도를 따라 잘 가꾸어진 정원이 눈에 띈다. 차로 돌아가려고 몸을 돌리는 순간 여자애 한 명이 보인다. 아직 10대 초반의 다듬어지지 않은 풋내기 같은 모습이다. 아이는 인도 사이에 난 금 위를 폴짝폴짝 뛰어다니고 있다.

"안녕."

나는 내 목소리가 들릴 만큼 가까이 다가가면서 말한다.

"네가 안나니?"

아이는 턱을 치켜든다. "그럴 거예요."

"나는 줄리아 로마노야. 드살보 판사가 나더러 네 소송 후견인이 되어달라고 요청하셨어. 그게 뭔지 설명해 주셨니?"

안나가 눈을 찌푸린다.

"브룩턴에 사는 한 여자애가 엄마가 데리러 왔다며 엄마 직장에 데려다 주겠다고 말한 사람한테 납치당한 사건이 있었어요."

나는 지갑을 뒤져 운전면허증과 서류 뭉치를 꺼낸다.

"자, 마음껏 보렴."

아이는 나를 힐끗 본 뒤 최악의 내 운전면허증 사진을 바라본다. 그러고는 내가 이곳에 오기 전에 가정 법원에 들러 가져온 부권 해방 신청서의 복사본을 꼼꼼히 읽는다. 내가 정신병자 살인마라면 내가 할 일을 제대로 완수한 것이다. 하지만 한편으로 나는 아이가 나를 경계하도록 만든 것이다. 이 아이는 무턱대고 상황을 덥석 받아들이지는 않을 것이다. 나와 떠나는 것을 오랫동안 고심했다면 가족의 울타리로부터 벗어나는 것에 대해서도 오랫동안 고심했을 것이다. 아이는 내가 준 서류를 전부 돌려준다.

"제 가족들은 다 어디 있어요?"

아이가 묻는다.

"나도 모른단다. 난 네가 말해줄 줄 알았는데."

안나는 초조해하며 슬쩍 현관으로 향한다.

"언니한테 무슨 일이 일어나면 안 되는데."

나를 벌써부터 놀라게 하고 있는 이 아이를 생각하며 머리를 갸우뚱한다. "우리 얘기 좀 할까?" 내가 묻는다.

로저 윌리엄스 동물원에서 우리가 처음으로 들른 곳은 얼룩말이 있는 곳이다. 아프리카 구역 동물 중 나는 얼룩말을 가장 좋아한다. 코끼리는 거기서 거기다. 치타는 절대 구분이 안 간다. 하지만 얼룩말은 나의 마음을 사로잡는다. 우리가 운이 좋게도 흑백의 세상에 살게 된다면 얼룩말은 그곳에 어울릴 몇 안 되는 동물일 것이다.

우리는 파란 다이커(중앙아프리카와 남아프리카공화국에서 발견되는 소목 소과 포유류-옮긴이), 봉고영양, 동굴 밖으로 절대 모습을 드러내지 않는 벌거숭이 두더지를 지나간다. 나는 소송 후견인으로 지정이 되면 담당 어린이를 종종 동물원에 데리고 온다. 아이들은 법원에서 얼굴을 마주하고 앉아 있을 때나 심지어 던킨 도너츠에 앉아 있을 때보다도 동물원에 올 때 나에게 마음을 터놓고 얘기하는 경향이 있다. 아이들은 올림픽 체조선수처럼 빠르게 움직이는 긴팔원숭이를 보며 자신도 깨닫지 못하는 사이, 집에서 무슨 일이 벌어지고 있는지 말하기 시작한다. 하지만 안나는 내가 그동안 함께 일한 아이들보다 나이가 많아서 그런지 동물원에 와도 그다지 신나 하지 않는다. 나는 별로 좋지 않은 선택이었다는 걸 깨닫는다. 쇼핑몰에 데려가거나 영화를 보러 갔어야 했다. 우리는 구불구불한 동물원 길을 따라 걷고 안나는 내가 물어볼 때에만 말을 한다. 언니의 건강에 대한 질문을 하면 공손하게 대답한다. 아이는 엄마가 반대편 변호사라고 얘기한다. 내가 아이스크림을 사주자 감사하다고 말한다.

"뭘 하는 걸 좋아하니?" 내가 묻는다.

"하키요." 안나가 말한다. "전 골키퍼였어요."

"이제는 아니고?"

"나이가 들수록 코치가 실수에 대해 덜 관대하더라고요." 아이가 어깨를 으쓱한다. "우리 팀을 실망시키고 싶지 않아요."

재미있는 표현이군, 나는 생각한다.

"친구들은 여전히 하키를 하니?"

"친구요?"

아이가 고개를 젓는다.

"휴식을 취해야 하는 언니가 있을 경우 집에 누구를 초대할 수 없어요. 엄마가 병원에 가야 한다며 새벽 두 시에 절 데리러 오면 파자마 파티에 다시는 초대받지 못하죠. 중학교에 입학한 이후로 이미 꽤 된 일이지만 대부분의 사람은 별종이 전염된다고 생각하거든요."

"그럼 넌 누구랑 얘기하니?"

아이가 날 쳐다본다. "언니요." 아이가 대답한다. 그러더니 나에게 휴대폰이 있는지 묻는다.

나는 핸드백에서 휴대폰을 꺼내 아이가 익숙하게 병원 전화번호를 누르는 것을 지켜본다. "환자를 찾고 있는데요." 안나가 교환원에게 말한다. "케이트 피츠제럴드요." 아이가 나를 힐끗 쳐다본다. "어쨌든 감사합니다." 아이는 종료 버튼을 누른 뒤 나에게 휴대폰을 건넨다.

"언니는 입원하지 않았대요."

"다행이네, 그렇지?"

"서류 작업이 아직 교환원에게 전달되지 않았다는 의미일 수 있어요. 가끔은 몇 시간이 걸리거든요."

나는 코끼리 울타리에 몸을 기댄다. "언니를 상당히 걱정하는 것 같구나." 내가 말한다. "네가 언니에게 장기를 기증하지 않을 경우 무슨 일이 발생할지 받아들일 준비가 되어 있는 거니?"

"무슨 일이 발생할지 알아요." 안나의 목소리가 가라앉는다. "그 일을 **좋아한다고는** 말 안 했어요." 아이가 얼굴을 들어 날 바라본다. 왜 트집을 잡는 거냐며 따지기라도 하듯.

잠시 동안 나는 아이를 쳐다본다. 이지가 신장이나 간, 골수가 필요하다면 **나는** 어떻게 할 것인가? 물어볼 필요도 없다. 나는 병원에 가서 얼마나 빨리 이식을 할 수 있는지 물어볼 것이다. 그렇긴 하지만 그건 **내** 선택이고 **내** 결정일 것이다.

"언니한테 장기를 기증하고 싶은지 부모님이 물어본 적이 있니?"

안나가 어깨를 으쓱한다.

"어느 정도는요. 답을 이미 생각한 채 부모님이 질문을 하는 그런 거 있잖아요. **2학년 전체가 쉬는 게 너 때문은 아니란다, 아니면 브로콜리 먹고 싶지?** 같은 질문처럼요."

"부모님이 너 대신 한 선택이 마음에 들지 않는다고 부모님께 말한 적 있니?"

안나는 코끼리 울타리를 밀치더니 언덕을 따라 터덜터덜 걷기 시작한다.

"몇 번 불평을 했을지도 모르죠. 하지만 언니의 부모님이기도 하니까요."

이 퍼즐의 작은 결합 부위들이 파악되기 시작한다. 부모는 보통 한 아이를 위해 결정을 내린다. 아이에게 가장 도움이 되는 방법을 찾기 때문일 것이다. 하지만 여러 아이 중 한 아이에게 가장 이익이 되는 것만 추구하다 보면 시스템이 붕괴되고 만다. 그 잔해 아래 어딘가에는 안나 같은 피해자가 있기 마련이다. 아이가 소송을 건 이유가 자신의 의료 혜택과 관련해 더 나은 선택을 할 수 있다고 정말로 믿기 때문인지, 아니면 단 한 번만이라도 부모가 자신의 목소리를 들어주기를 바라기 때문인지가 관건이다.

우리는 북극곰 앞에 도착한다. 트릭시와 노튼이다. 동물원에 온 후로 처음으로 안나의 표정이 밝아진다. 아이는 트릭시의 새끼 고베를 바라본다. 동물원의 새로운 가족이다. 고베는 바위에 앉아 있는 엄마를 때리며 놀아달라고 조른다.

"지난번에 북극곰 새끼가 있었는데요." 안나가 말한다. "다른 동물원에 주고 말았어요."

맞다. 새끼 곰 프로조에 대한 기사가 떠오른다. 로드아일랜드라는 작은 주치고 대단히 크게 홍보했던 걸로 기억한다.

"프로조는 자기가 뭘 잘못해서 다른 곳으로 보내진 건지 궁금해 할까요?"

소송 후견인은 우울증의 증상을 파악하도록 훈련받는다. 우리는 보디랭귀지, 무감각, 감정 기복을 읽는 법을 안다. 안나는 손으로 금속 울타리를 꽉 움켜쥔다. 아이의 눈이 오래된 금처럼 윤기가 없다.

이 아이는 언니를 잃거나, 그렇지 않으면 자기 자신을 잃을 것이다.

"아줌마," 아이가 묻는다. "집에 가도 될까요?"

집에 가까워질수록 안나는 나와 거리를 유지한다. 우리 사이의 물리적 거리가 그대로라는 사실을 고려할 때 상당히 교묘한 속임수다. 아이는 창문 쪽으로 몸을 웅크리며 차창 밖으로 번지는 도로를 바라본다.

"이제 어떻게 되는 거죠?"

"내가 다른 사람들과 얘기를 나눌 거야. 네 엄마와 아빠, 오빠와 언니 그리고 네 변호사랑."

집에 도착해 보니 폐차 수준인 지프가 진입로에 주차되어 있고 현관문이 열려 있다. 나는 시동을 끈다. 하지만 안나는 안전벨트를 풀 생각도 안 하고 있다.

"저랑 같이 가주실래요?"

"왜?"

"엄마가 절 죽이려 들 거거든요."

정말로 겁먹은 안나의 모습이 낯설다. 한 시간 동안 나와 시간을 보낸 안나와는 전혀 다른 모습이다. 부모를 상대로 소송을 걸만큼 용감한 아이가 어떻게 엄마와 마주하는 걸 두려워할 수 있는지 의아하다.

"오늘 어디 가는지 엄마한테 말하지 않고 집을 나왔거든요."

"자주 그러니?"

안나가 고개를 젓는다. "보통은 엄마가 시키는 대로 해요."

안나의 엄마와 조만간 얘기를 나눠야겠다고 생각한다. 나는 차에서 나와 안나를 기다린다. 우리는 앞길로 걸어가 잘 가꿔진 화단을 지나 현관문에 다다른다. 아이의 엄마는 내가 생각한 그런 모습이 아니다. 나보다 키가 작고 말랐다. 검은 머리에 걱정 가득한 눈으로 집 안을 서성이고 있다. 문이 열리자마자 안나에게 달려간다. "맙소사." 그녀가 소리치며 딸의 어깨를 흔든다.

"도대체 어디 갔던 거니? 생각이 있는 거야?"

"실례합니다. 피츠제럴드 부인."

나는 한 걸음 앞으로 나아가며 손을 내민다.

"저는 줄리아 로마노입니다. 법원이 정한 소송 후견인이죠."

사라 피츠제럴드는 안나의 어깨에 손을 두른다. 다정한 모습을 보여주려는 뻣뻣한 동작이다.

"아, 그렇군요. 안나를 집에 데려다주셔서 감사합니다. 아이와 얘기할 게 많으시겠지만 지금은…."

"사실 어머님과 얘기를 하고 싶네요. 일주일 내로 법원에 결과를 보고해야 해서요. 시간을 내주신다면…."

"그럴 수 없어요." 사라가 불쑥 말한다. "지금은 시기가 좀 안 좋아요. 안나의 언니가 방금 병원에 다시 입원했거든요."

그녀가 아직 부엌 문가에 서 있는 안나를 쳐다본다. '**네가 행복하길 바란다**'는 표정으로.

"그렇군요, 유감이네요."

"네, 저도 그래요." 사라가 목청을 가다듬는다.

"안나와 얘기를 나누러 이렇게 와주셔서 감사해요. 맡은 일을 하고 계실 뿐이라는 거 알아요. 하지만 이 문제는 알아서 해결될 거예요, 정말이에요. 오해일 뿐입니다. 드살보 판사가 며칠 내에 그렇게 말할 거예요."

사라는 나와 안나가 다른 말을 하지 못하도록 뒷걸음질을 친다. 나는 안나를 힐끗 쳐다본다. 나와 눈이 마주친 안나는 지금은 그냥 한 번만 봐 달라고 간청하듯 아주 미세하게 머리를 흔든다.

아이는 지금 엄마를 보호하고 있는 것인가, 아니면 자신을 보호하고 있는 것인가? 내 마음에 적기심이 인다. **안나는 열세 살이다. 안나는 엄마랑 살고 있다. 안나의 엄마는 반대편 변호인이다. 어떻게 안나가 같은 집에서 살면서 엄마로부터 영향을 받지 않을 수 있겠는가?**

"안나, 내일 전화할게."

나는 안나의 엄마에게 인사도 없이 그 집을 나선 뒤 지구상에서 절대로 가고 싶지 않았던 단 한 곳으로 향한다.

캠벨 알렉산더의 사무실은 내가 상상했던 모습 그대로다. 건물 꼭대기는 검은색 유리로 되어 있으며 복도 끝에는 페르시안 카펫이 깔려 있다. 하찮은 사람의 출입을 막기 위해 복도를 따라 두 개의 묵직한 마호가니 문이 있다. 거대한 접수대에는 도자기 같이 생긴 여자가 귀에 꽂은 전화기 이어폰을 머리카락 속에 숨긴 채 앉아 있다. 나는 그녀를 무시한 채 유일하게 닫혀 있는 문으로 향한다.

"이봐요!" 여자가 소리친다. "그 안에는 들어가면 안 돼요!"

"알렉산더 씨가 저를 기다리고 있을 겁니다." 나는 말한다.

캠벨은 잔뜩 화가 난 채 무언가를 쓰느라 나를 올려다보지도 않는다. 셔츠 소매를 팔꿈치까지 걷은 상태다. 머리를 자를 때가 한참 지난 것 같다. "케리," 그가 말한다. "제니 존스 스크립트에서 그들이 모르는 일란성 쌍둥이에 대한 자료가 있나 좀 찾아봐."

"안녕, 캠벨."

우선 그는 쓰던 걸 멈춘다. 그러고 나서 고개를 든다.

"줄리아."

그가 자리에서 벌떡 일어난다. 외설적인 행동을 하다 걸린 학생처럼. 나는 안으로 들어가 문을 닫는다.

"안나 피츠제럴드 사건에 소송 후견인으로 배정되었어."

그때까지 눈에 띄지 않았던 개가 캠벨의 옆자리에 앉아 있는 게 보인다.

"법대에 갔다고 들었어."

하버드. 그것도 전액 장학금으로.

"프로비던스는 상당히 작은 곳이야…. 나는 계속 기대했는데…."

그가 말꼬리를 흐리며 고개를 젓는다.

"나는 한참 전에 우리가 서로 마주칠 거라 생각했어."

그는 나를 보고 웃는다. 갑자기 열일곱 살로 돌아간 것 같다. 사랑은 법칙을 따르지 않는다는 사실을 깨달았던 시절, 가질 수 없는 것조차 갖는다는 건 아무 의미가 없다는 걸 알게 되었던 시절이 있었다.

"원한다면 누군가를 피하는 건 전혀 어렵지 않아."

나는 쌀쌀맞게 대답한다.

"다른 사람이라면 몰라도 너라면 알았어야지."

캠벨

나는 놀라울 정도로 차분하다. 포너갠셋 고등학교 교장이 전화로 정치적 정당성에 관한 강의를 펼치기 전까진 말이다.

"이것 봐요." 그가 식식거리며 말한다. "인디언 학생들이 교내 농구 리그를 '화이티스(흑인들이 백인을 가리키는 비어—옮긴이)'라고 이름 지을 경우 어떠한 메시지를 전달한다고 생각하세요?"

"교장 선생님이 인디언 추장을 학교 마스코트로 선정하셨을 때와 동일한 메시지를 전달한다고 보는데요."

"우리 마스코트는 1970년 이래로 포너갠셋 부족이었습니다." 교장이 주장한다.

"예, 그리고 그들은 태어난 이래로 내러갠싯족이었죠."

"이건 무례한 행위예요. 정치적으로 정당하지 못하고요."

"안타깝게도," 내가 지적한다. "정치적으로 정당하지 못하다고 상대를 고소할 수는 없어요. 그랬다면 교장 선생님은 몇 년 전에 벌써 소환당했을 겁니다. 인디언을 포함한 모든 미국인은 헌법에 따라 다양한 권리 즉, 집회의 권리, 자유로운 의사 표현의 권리를 보장받습니다. 따라서 '화이티스'는 소송을 걸겠다는 당신의 우스운 협박이 법원까지 도달한다 하더라도 집회의 권리를 보장받을 수 있죠. 그 문제에 관해 당신은 인류 전체를 상대로 집단 소송을 걸기를 원할 수도 있겠네요. 화이트 하우스, 화이트 마운틴, 화이트 페이지 등에 만연한 인종차별주의 역시 종식시키고 싶어 하실 테니까요."

수화기 너머로 정적이 흐른다.

"그럼 제 의뢰인에게 당신이 소송을 걸지 않겠다고 말해도 될까요?"

그가 전화를 끊은 뒤 나는 인터폰 버튼을 누른다.

"케리, 어니 피쉬킬러에게 전화해서 걱정할 거 없다고 전해줘."

내가 책상 위에 산더미처럼 쌓인 일 앞에 자리를 잡고 앉자 저지가 신음소리를 낸다. 저지는 장식용 수술이 달린 러그처럼 내 책상 왼편에 몸을 웅크린 채 자고 있다. 저지의 발이 씰룩거린다.

● ● ●

저런 게 인생이야, 강아지가 자신의 꼬리를 쫓는 것을 보며 그녀가 말했다.

나는 다음 생에 태어나면 저렇게 되고 싶어.

나는 웃었다. 우리는 아마 고양이로 태어날 거야, 내가 말했다. 그들은 다른 존재가 필요 없거든.

나는 네가 필요해, 그녀가 말했다.

그럼, 내가 말했다. 내가 개박하(고양이가 좋아하는 식물-옮긴이)로 태어나지 뭐.

● ● ●

나는 엄지손가락으로 눈알을 지그시 누른다. 잠을 충분히 자지 못한 게 분명하다. 커피숍에서 그녀를 본 것 때문이기도 하고 지금 이 사건 때문이기도 하다. 나는 마치 이게 저지의 잘못인 양 저지를 노려본 뒤 리갈 패드에 집중한다. 새로운 고객은 비디오테이프에 찍히는 바람에 검사에게 잡힌 마약상이다. 유죄 판결을 피할 수 없을 것이다. 이 남자에게 생모가 비밀로 유지한 일란성 쌍둥이가 있지 않는 한.

'잠깐, 생각해 보니까….'

바로 그때 문이 열린다. 나는 쳐다보지도 않은 채 케리에게 명령한다.

"제니 존스 스크립트에서 그들이 모르는 일란성 쌍둥이에 대한 자료가 있나 좀 찾아봐."

"안녕, 캠벨."

미칠 지경이다. 정말 미칠 것 같다. 15년 동안 한 번도 보지 못했던 줄리아 로마노가 다섯 걸음도 떨어지지 않은 곳에 서 있기 때문이다. 머리가 예전보다 길고 입가에 주름이 보인다. 내가 함께하지 못한 세월에 그녀의 입을 통해 나왔을 단어들을 담은 괄호처럼.

"줄리아." 내가 가까스로 말한다.

줄리아는 문을 닫고, 그 소리에 저지가 벌떡 일어난다.

"안나 피츠제럴드 사건에 소송 후견인으로 배정되었어." 그녀가 말한다.

"프로비던스는 상당히 작은 곳이야…. 계속 기대했는데…. 나는 한참 전에 우리가 서로 마주칠 거라 생각했어."

"원한다면 누군가를 피하는 건 전혀 어렵지 않아." 그녀가 답한다. "다른 사람이라면 몰라도 너라면 알았어야지."

그러더니 별안간 화가 그녀로부터 칙 빠져나가는 것 같아 보인다.

"미안해. 쓸데없는 말을 했네."

"오랜만이야." 내가 대답한다. 하지만 정말로 묻고 싶은 건 지난 15년 동안 어떻게 지냈냐는 거다. 여전히 차에 우유와 레몬을 넣어 마시는지, 행복한지.

"이제 머리가 더 이상 분홍색이 아니네." 내가 말한다. 난 머저리니까.

"아니지." 그녀가 대답한다. "그게 문제가 되니?"

나는 어깨를 으쓱한다. "아니, 그냥….." 말은 필요로 할 때 잘 나오지 않는다. "난 분홍색이 좋았어." 내가 고백한다.

"법원에서는 그런 색깔의 머리가 위엄이 없어 보여서." 줄리아가 대답한다.

그 말에 나는 미소를 짓는다.

"네가 언제부터 다른 사람을 신경 썼다고 그래?"

그녀는 대답하지 않는다. 하지만 무언가가 다르다. 방 안의 공기 혹은 그녀의 눈에 비친 벽 따위가.

"과거 얘기는 집어치우고 안나에 대해 얘기하자고." 줄리아가 사무적으로 말한다.

나는 고개를 끄덕인다. 하지만 낯선 사람을 가운데 두고 둘이 버스의 좁은 의자에 앉아 있는 기분이다. 우리 둘 다 인정하거나 언급하려 하지 않기 때문에 낯선 이를 빙 돌아 혹은 그를 통해 얘기하며 상대가 보지 않을 때 힐끗 쳐다보는 것처럼. 줄리아가 다른 남자의 품에 안겨 잠에서 깨는지, 잠결에 잠시나마 나에 대한 생각을 하는지 궁금해 죽겠는데 어떻게 안나 피츠제럴드에 대해 얘기할 수 있겠는가?

긴장감을 느꼈는지 저지가 일어나 내 옆에 선다. 줄리아는 비로소 이

방에 우리만 있는 게 아니라는 걸 알아차린 모양이다.

"네 파트너야?"

"직원일 뿐이야." 나는 말한다. "하지만 〈로 리뷰〉를 작성하지."

줄리아는 손가락으로 저지의 귀 뒤를 긁는다. 젠장, 운 좋은 놈. 나는 얼굴을 찡그리며 그녀에게 그만하라고 말한다.

"저지는 안내견이야. 쓰다듬으면 안 돼."

줄리아가 깜짝 놀라 나를 올려다본다. 하지만 그녀가 말을 꺼내기 전에 내가 화제를 전환한다. "그래서 안나는?" 저지가 내 손바닥에 코를 갖다댄다.

줄리아가 팔짱을 낀다. "오늘 안나를 만나고 왔어."

"어땠어?"

"열세 살짜리 아이들은 부모로부터 상당히 많은 영향을 받을 수밖에 없어. 안나의 엄마는 이 재판이 성사되지 않을 거라고 확신하는 것처럼 보였어. 안나더러 그렇게 하라고 설득할지도 모른다는 느낌도 받았고."

"그건 내가 처리할 수 있어." 내가 말한다.

줄리아가 의심스러운 눈빛으로 나를 쳐다본다. "어떻게?"

"사라 피츠제럴드를 집에서 내쫓을 거야."

그녀의 입이 떡하고 벌어진다. "농담이지?"

이제 저지는 내 옷을 있는 힘껏 잡아당긴다. 내가 반응이 없자 두 번 짖는다.

"내 의뢰인이 쫓겨나야 한다고는 생각하지 않아. 아이는 판사의 명령을 어기지 않았거든. 나는 사라 피츠제럴드가 내 고객과 접촉하지 못하도록 잠정적 접근 금지 명령을 얻어낼 거야."

"캠벨, 사라는 안나의 엄마야!"

"이번 주에는 반대편 변호인이지. 게다가 내 고객으로 하여금 어떤 식으로든 편견을 갖게 만든다면 그렇게 못하도록 만들어야지."

"네 **고객**에게는 이름이 있고 나이가 있어. 그 애 주위 세상이 무너지고 있고 그 애에게 지금 가장 필요 없는 건 지금보다 더 불안정한 삶이야. 그 아이에 대해 알아보려고 노력한 적이 있긴 해?"

"물론이지." 나는 거짓말을 한다. 저지가 내 발 아래서 징징대기 시작한다.

줄리아가 저지를 힐끗 내려다본다.

"네 개한테 무슨 문제라도 있니?"

"아니 괜찮아, 줄리아. 내 일은 안나의 법적인 권리를 보호하고 승소하는 거야. 난 그 일을 할 거라고."

"물론이지. **안나**에게 가장 이득이 되기 때문이 아니라… **너**한테 가장 유리하기 때문이지. 다른 사람의 이익에 더 이상 희생당하고 싶지 않은 아이가 어쩌다가 신문광고에서 네 이름을 고르게 된 건지 참 아이러니하지 않니?"

"넌 나에 대해 아무것도 몰라." 내가 말한다. 턱이 팽팽하게 조여진다.

"그래, 그럼 그게 누구 잘못인데?"

과거를 파헤치는 일은 이쯤에서 그만둬야 한다. 온몸에 전율이 흐른다. 나는 저지의 목덜미를 움켜쥔다. "그만 나가볼게." 나는 이렇게 말한 뒤 사무실 문밖을 나선다. 내 인생에서 두 번째로 줄리아를 남겨둔 채.

● ● ●

솔직히 말해 휠러 고등학교는 상류층 여성과 미래의 투자상담사를 배출하는 공장이었다. 우리는 겉모습과 말하는 방식이 전부 똑같았다. 우리에게 여름은 동사(Verb)였다.

물론 틀을 깨는 학생도 있었다. 옷깃을 세우고 배 젓는 법을 배우는 장학생들이 그랬다. 그 아이들은 그들이 우리와 다르다는 사실을 우리가 안다는 걸 몰랐다. 그들은 스타였다. 2학년 때 이미 디트로이트 레드 윙스(미국의 프로아이스하키팀-옮긴이)로부터 선발된 토미 부드로처럼. 반면 제정신이 아닌 아이들도 있었다. 이들은 손목을 긋거나 술에 바륨(신경안정제-옮긴이)을 섞어 마신 뒤 학교를 정처 없이 돌아다닐 때처럼 조용히 교정을 떠났다.

줄리아가 휠러에 온 건 내가 대학 진학 준비 과정을 밟고 있을 때였다. 줄리아는 군화를 신고 교복 안에 칩 트릭(미국의 록 그룹-옮긴이) 티셔츠를 입었다. 그리고 별 노력을 들이지 않고도 소네트(시행 14개가 일정한 운율로 이어지는 14행시-옮긴이) 전체를 암기할 수 있었다. 자유 시간에 모두가 교장의 뒤에서 담배 연기를 없애느라 정신이 없는 동안 줄리아는 체육관 천장으로 이어지는 계단을 올라가 난방 배관에 등을 대고 헨리 밀러나 니체의 책을 읽었다. 폭포처럼 매끄러운 노란색 머리에 리본형 사탕 같은 헤어밴드를 한 다른 여학생들과 달리 줄리아의 머리는 흡사 토네이도와도 같은 검은색 곱슬머리였다. 줄리아는 화장을 하지 않았다. 그저 날카로운 이목구비를 내보이며 싫으면 받아들이지 말라는 식이었다. 왼쪽 눈썹에는 은색 필라멘트 같은 얇은 후프가 끼워져 있었다. 그렇게 얇은 후프는 처음 봤다. 줄리아한테는 신선한 밀가루 반죽 냄새가 났다.

줄리아에 대한 소문이 무성했다. 여학생 소년원에서 나왔다느니, 예비대학수학능력평가 시험에서 만점을 받은 신동이라느니, 동급생보다 두 살이 어리다느니, 문신을 했다느니. 하지만 줄리아에 대해 제대로 아는 사람은 없었다. 그저 별종이라고만 불렸다. 우리와는 달랐기 때문이다.

하루는 줄리아가 분홍색 숏커트를 하고 학교에 왔다. 우리는 모두 그녀가 정학 당할 거라고 생각했지만 휠러 학생이 무엇을 입어야 하는지에 대한 장황한 규정에 머리스타일은 확실히 없는 것으로 나타났다. 나는 왜 레게머리를 한 남자애가 한 명도 없었는지 궁금해졌고 우리는 눈에 띌 수 없었기 때문에, 우리 스스로 그러기를 원하지 않았기 때문이라는 걸 깨달았다.

그날 점심시간에 줄리아는 내가 요트 팀원과 그 여자 친구 무리와 식사를 하고 있는 테이블을 지나갔다.

"애," 여자애 한 명이 말했다. "그거 아팠니?"

줄리아가 멈춰 서서 물었다. "뭐가?"

"솜사탕 기계에 들어간 거."

줄리아는 눈도 꿈쩍하지 않았다. "미안, 나는 니들이 흔히 가는, 풀 서비스를 제공하는 미용실에서 머리를 할 돈이 없어서." 그러고는 항상 혼자서 식사를 하는 구내식당 구석으로 걸어갔다. 그곳에서 줄리아는 항상 뒷면에 수호성인이 그려진 카드를 펼쳐놓고 솔리테르를 하며 밥을 먹었다.

"제기랄." 친구 한 명이 말했다. "난 저런 애랑은 절대로 안 사겨."

나는 웃었다. 다른 친구들이 모두 웃었기 때문이다. 하지만 줄리아가 자리에 앉고 식기를 밀친 뒤 카드를 펼치기 시작하는 걸 지켜봤다. 다른 사람의 이목 따위를 신경 쓰지 않은 건 어떤 기분일지 궁금했다.

　　어느 날 오후, 나는 내가 대장으로 있는 요트 팀에서 무단이탈을 해 줄리아를 따라갔다. 줄리아가 나를 인식하지 못할 만큼 충분히 거리를 두었다. 줄리아는 블랙스톤 대로를 따라 걷다가 스완 포인트 묘지 쪽으로 방향을 틀더니 가장 높은 곳으로 올라갔다. 그러더니 배낭을 열고 교과서와 바인더를 꺼내고는 무덤 앞에 큰 대자로 누웠다.

　　"나오는 게 좋을 걸." 그녀가 말했다. 그 말에 나는 귀신이라도 나타난 줄 알고 혀를 삼킬 뻔했다. 하지만 곧 줄리아가 나에게 말하고 있다는 걸 깨달았다. "25센트를 더 내면 가까이 올려다볼 수 있도록 해주지."

　　커다란 떡갈나무 뒤에 숨어 있던 나는 주머니에 손을 꽂은 채 앞으로 나갔다. 막상 그곳에 가자 내가 온 이유를 알 수 없었다. 나는 무덤 쪽으로 가며 고개를 끄덕였다.

　　"친척 무덤이니?"

　　줄리아는 어깨 너머로 나를 쳐다보며 말했다. "음, 우리 할머니가 메이플라워호에서 이 남자분 옆에 앉으셨어." 줄리아는 나를 쳐다보았다. 부드러운 눈빛은 아니었다. "크리켓 경기에 가야 하는 거 아니니?"

　　"폴로," 내가 웃으며 말했다. "말이 여기에 오기를 기다리고 있는 중이야."

　　줄리아는 내 농담을 못 알아들었거나 재미가 없다고 여긴 모양이었다.

　　"원하는 게 뭐야?"

　　그녀를 따라왔다고 인정할 수 없었다. "숙제 좀 도와줘." 내가 말했다. 사실 나는 영어 숙제가 뭔지 보지도 않았다. 줄리아의 바인더 위에 있는 종이를 잡아채 크게 읽었다.

　　"당신은 우연히 끔찍한 4중 추돌 사고를 목격했습니다. 사람들이 고통에 신음하고 있으며 시신이 사방에 흩어져 있습니다. 당신은 멈춰서 이들을 도와야 할 의무가 있습니까?"

"내가 왜 도와야 하는데?"

"음, 법적으로는 그래서는 안 돼. 누군가를 옮기다가 더 다치게 만들면 고소당할 수 있거든."

"내 말은 내가 왜 너를 도와야 하냐고."

나는 종이를 바닥에 떨어뜨렸다.

"넌 나를 별로 좋지 않게 생각하지, 그렇지?"

"나는 너에 대해 아무 생각도 없어. 너희들은 너희하고 다른 사람하고는 죽어도 어울리려고 하지 않는 피상적인 얼간이들이야."

"그건 너도 마찬가지 아니야?"

줄리아는 한동안 나를 노려보았다. 그러더니 자신의 배낭을 뒤지기 시작했다. "너 돈 좀 있지? 도움이 필요하면 개인 지도교사한테 돈을 지불해."

나는 교과서 위에 내 발을 올려놓았다. "너라면 도와줄 거야?"

"너를 가르치라고? 절대 안 돼."

"아니, 자동차 사고 예시 말이야."

줄리아의 손이 잠잠해졌다. "음, 법에서는 다른 이들에게 책임을 져야 하는 사람은 없다고 말하지만 도움이 필요한 사람을 돕는 건 옳은 일이야."

나는 줄리아 옆에 앉았다. 그녀의 팔의 피부가 내 바로 옆에서 숨을 쉴 정도로 가까이. "정말로 그 말을 믿니?"

줄리아가 자신의 무릎을 내려다보았다. "그래."

"그런데," 내가 묻는다. "어떻게 날 그냥 버리고 갈 수 있니?"

● ● ●

잠시 후, 나는 디스펜서에서 휴지를 뽑아 얼굴을 닦고 넥타이를 고쳐 맨다. 저지는 항상 그렇듯 내 옆에서 작은 원을 그리며 조용히 걷고 있다. "잘했어." 나는 저지 목 주위의 두꺼운 러프(새·동물의 목 주위에 목도리같이 둘러져 있는 깃이나 털-옮긴이)를 쓰다듬는다.

사무실로 돌아오니 줄리아는 가고 없다. 케리가 컴퓨터 앞에 앉아 웬일로 타자를 치며 생산적인 일을 하고 있다.

"그 여자가 필요하면 바보가 아닌 이상 자기를 분명히 찾을 수 있을 거라고 말했어요. 그 여자가 한 말이에요. 제가 한 게 아니라. 그리고 의료 사료도 전부 요청했어요."

케리가 어깨 너머로 나를 힐끗 쳐다본다.

"꼴이 엉망이네요."

"고마워."

케리의 책상 위에 붙어 있는 오렌지색 포스트잇이 내 시선을 끈다.

"여기로 자료를 보내래?"

"네."

나는 주소를 주머니에 찔러 넣는다. "내가 처리할게." 내가 말한다.

● ● ●

일주일 뒤 똑같은 묘지 앞에서 나는 줄리아 로마노의 군화 끈을 풀고 카모플라쥬 재킷(야전상의)을 벗겼다. 그녀의 발은 좁고 튤립 속처럼 분홍빛이었다. 그녀의 쇄골은 신비스러웠다.

"이 아래로 예쁠 줄 알았어."

내가 말했다. 내가 그녀에게 처음으로 키스를 한 부위였다.

● ● ●

피츠제럴드 가족은 어퍼 다비에 산다. 전형적인 미국인들이 살만한 그런 집에서 말이다. 자동차 두 대를 주차할 수 있는 차고, 알루미늄 벽널, 소방서 창문에 붙어 있을 법한 토트 파인더 스티커(소방관이 아이를 안고 있는 그림이 그려진 스티커-옮긴이)가 보인다. 내가 도착할 무렵, 태양이 지붕선 아래를 지나가고 있다. 이곳으로 오는 내내, 나는 줄리아가 한 말은 내가 의뢰인을 만나기로 결정한 이유와 아무런 관련이 없다고 스스로를 납득시키려고 노력했다. 밤에 귀가하기 전에 이렇게 잠시 우회해서 가려고 늘 계획했었다고. 하지만 사실 변호사로서 의뢰인의 집을 직접 방문하기는 이번이 처음이다. 내가 초인종을 누르자 안나가 문을 열어준다.

"여기는 무슨 일이세요?"

"네가 잘 있나 확인하러 왔지."

"추가 비용이 있나요?"

"아니," 내가 무미건조하게 말한다. "내가 이번 달에 하는 스페셜 프로모션의 일환이야."

"아," 아이가 팔짱을 낀다. "우리 엄마랑 얘기해 보셨어요?"

"그러지 않으려고 최선을 다하고 있지. 엄마가 집에 없는 것 같은데?"

안나가 고개를 끄덕인다.

"지금 병원에 계세요. 언니가 다시 입원했거든요. 아저씨가 그곳에 가셨을지도 모른다고 생각했는데."

"케이트는 내 고객이 아니야."

이 말에 아이는 실망한 것 같다. 귀 뒤에 머리카락을 꽂더니 말한다.

"들어오실래요?"

나는 아이를 따라 거실로 들어가 소파에 앉는다. 활기찬 파란색 줄무늬 소파다. 저지가 소파의 모서리에 대고 코를 킁킁댄다.

"소송 후견인을 만났다고 들었다."

"줄리아 아줌마요? 절 동물원에 데리고 갔어요. 괜찮은 사람 같아요."

아이가 나를 흘깃 쳐다본다. "아줌마가 저에 대해 얘기했나요?"

"네 엄마가 이 사건에 대해 너랑 얘기를 나눌까 봐 걱정하더구나."

"언니 얘기 말고," 안나가 말한다. "얘기할 게 뭐가 있겠어요?"

우리는 한동안 서로를 바라본다. 고객과 변호사 간의 관계를 넘어설 경우 나는 무슨 말을 해야 할지 잘 모른다. 아이에게 방을 보여 달라고 물어볼 수도 있다. 하지만 남자 변호사가 열세 살짜리 여자애와 단둘이 위층으로 올라가는 건 절대 아니다. 밖에 나가 저녁을 사줄 수도 있다. 하지만 아이가 내 단골집 중 하나인 카페 누오보를 좋아할 리 없다. 그렇다고 내가 저녁으로 햄버거를 먹을 수는 없는 노릇이다. 학교생활에 대해 물어볼 수도 있지만 불행히도 지금은 학기 중이 아니다.

"아저씨도 아이가 있으세요?"

내가 웃는다. "어떻다고 생각하니?"

"아마 아이가 없는 게 좋을 거예요." 아이가 인정한다. "기분 나쁘게 생각하지 마세요. 하지만 아저씨는 부모같이 생기지 않으셨어요."

그 말이 나의 마음을 사로잡는다. "부모는 어떻게 생겼는데?"

아이는 곰곰이 생각하는 듯하다.

"줄 타는 곡예사는 자신의 행위가 예술로 받아들여지기를 바라지만 사실 마음속으로는 떨어지지 않고 성공적으로 줄 반대쪽에 도달하기만을 바랄 뿐이거든요. 그게 눈에 뻔히 보여요. 부모도 그런 거죠."

아이가 나를 힐긋 쳐다본다.

"편안하게 있으셔도 돼요. 아저씨를 묶어 놓고 억지로 갱스터 랩을 듣게 만들진 않을 거니까요."

"오, 그러니?" 내가 농담을 한다. "그렇다면,"

나는 넥타이를 푼 뒤 베개를 뒤에 대고 편안하게 앉는다. 아이의 얼굴에 작은 웃음꽃이 핀다.

"친구인 것처럼 굴지 않으셔도 돼요."

"친구인 것처럼 굴고 싶지 않아." 나는 머리카락을 쓸어 넘긴다.

"사실 이게 나한테는 처음이라서 말이야."

"뭐가요?"

나는 거실을 가리킨다.

"의뢰인을 방문하는 거, 수다를 떠는 거, 하루 일정이 끝난 뒤에도 일거리를 집으로 가져오는 거."

"음, 저도 이게 처음이에요." 안나가 고백한다.

"뭐가?"

아이가 새끼손가락 주위로 머리카락을 비비 꼬며 말한다.

"희망을 거는 거요."

줄리아의 아파트가 있는 곳은 이혼한 사람들이 많이 거주하는 고소득층 지역으로, 주차할 곳을 찾으려고 애쓰는 내내 그 사실에 짜증이 난다. 게다가 도어맨이 저지를 보더니 나를 막아선다.

"개는 출입 금지입니다." 그가 말한다. "죄송합니다."

"이 개는 안내견입니다."

남자가 이해를 못한 것 같아 내가 간략하게 설명을 한다.

"맹인견처럼 말이에요."

"당신은 맹인처럼 보이지 않는데요."

"전 회복 중인 알코올 중독자예요. 이 개는 제가 맥주 근처에 못 가도록 해주죠." 내가 말한다.

줄리아의 아파트는 7층에 있다. 문을 두드리자 작은 구멍을 통해 나를 확인하는 눈이 보인다. 줄리아는 문을 살짝 열지만 체인을 걸어둔 상태다. 머리에 스카프를 두르고 있으며 운 것 같은 표정이다.

"안녕, 처음부터 다시 시작할까?" 내가 말한다.

줄리아가 코를 푼다. "당신은 누구야?"

"그래, 이런 대우를 받을 만도 하지." 나는 체인을 힐긋 쳐다본다. "좀 들여보내 줄래?"

줄리아는 미치광이를 보듯 나를 바라본다. "당신 마약했어?"

약간의 실랑이가 있은 뒤 또 다른 목소리가 들리고 문이 활짝 열린다. 나는 멍청하게도 **줄리아가 두 명이 있네**, 하고 생각한다.

"캠벨," 진짜 줄리아가 말한다. "여기는 무슨 일이야?"

나는 여전히 충격에서 벗어나지 못한 채 의료 기록을 들어올려 보인다. 고등학교 시절 어떻게 단 한 번도 쌍둥이 자매가 있다는 사실을 언급하지 않았던 것인가?

"이지, 이쪽은 캠벨 알렉산더야. 캠벨, 여긴 우리 언니."

"캠벨이라…."

나는 이지가 혀 속에서 내 이름을 넘기는 것을 지켜본다. 다시 보니 이지는 줄리아와는 전혀 딴판이다. 코가 줄리아보다 조금 더 길고 안색은 줄리아처럼 금빛이 아니다. 그녀의 입이 움직이는 걸 보더라도 발기가 되지 않는 건 말할 것도 없다.

"그 캠벨?" 이지가 줄리아를 돌아보며 말한다. "그…."

"그래, 맞아." 줄리아가 한숨을 쉰다.

이지가 눈살을 찌푸린다. "들여보내지 말았어야 **했대도.**"

"괜찮아." 줄리아가 말한 뒤 나에게서 파일을 받아든다.

"가져다줘서 고마워."

이지가 손가락을 좌우로 흔든다. "이제 그만 가시지."

"그만해." 줄리아가 언니의 팔을 찰싹 때린다. "캠벨은 이번 주 내가 같이 일하는 변호사야."

"하지만 이 남자는 그때 그…."

"그래, 상기시켜줘서 고마워. 나도 똑똑히 기억하고 있다고."

"저기!" 내가 끼어든다. "안나 집에 들렀어."

줄리아가 나를 돌아본다. "어땠어?"

"정신 차려, 줄리아." 이지가 말한다. "이건 자기파괴적인 행동이야."

"월급이 관여되어 있을 땐 아니지, 이지. 우리는 함께 진행하는 사건이 있어, 알았어? 그리고 너한테서 자기 파괴적인 행동에 대한 강의를 듣고 싶진 않아. 자넷이 너를 찬 날 밤 전화해서 한 번만 자주면 안 되냐고 매달린 게 누군데?"

"저지," 내가 저지를 돌아본다. "레드 삭스 어때?"

이지가 발을 쿵쿵거리며 복도로 향한다. "이건 자살 행위라고." 이지가 소리친 뒤 문을 세게 닫는다.

"네 언니가 날 좋아할 줄 알았는데."

내가 말하지만 줄리아는 웃지 않는다.

"자료는 고마워, 잘 가."

"줄리아."

"캠벨, 방금 곤란한 상황에서 널 구해줬잖아. 사실을 말하는 옛 여자 친구처럼 감정적으로 불안정한 상황에서 구출되어야 할 때 개더러 널 방 밖으로 끌어내도록 훈련시키느라 상당히 힘들었겠어. 어떻게 그렇게 했대, 캠벨? 수신호? 명령어? 높은 휘파람 소리?"

나는 생각에 잠긴 듯 텅 빈 복도를 바라본다.

"그냥 다시 이지하고 얘기하면 안 될까?"

줄리아는 나를 문밖으로 밀어내려고 한다.

"그래, 미안해. 오늘 사무실에서 널 두고 그렇게 나가려던 건 아니었어. 하지만… 응급 상황이었어."

줄리아가 나를 바라본다. "개한테 뭐라고 말했어?"

"아무 말도 안 했어."

줄리아가 등을 돌리자 나는 저지와 함께 그녀를 따라 아파트 안으로 깊숙이 들어간 뒤 문을 닫는다.

"안나를 보러 갔어. 네 말이 맞았어. 아이 엄마한테 접근 금지 명령을 신청하기 전에 안나와 얘기할 필요가 있었어."

"그래서?"

나는 우리 둘이 줄무늬 소파에 앉아 있던 시절을 생각한다. 우리 사이에 신뢰라는 게 존재하던 때를.

"나는 우리가 같은 생각이라고 보는데."

줄리아는 대답하지 않는다. 그저 부엌 선반에서 화이트 와인용 잔을 집어들 뿐이다.

"좋아. 나도 한잔 하고 싶어." 내가 말한다.

줄리아가 어깨를 으쓱한다. "스밀라 안에 있어."

당연히 냉장고를 말하는 거다. 눈(snow)의 감각을 의미하니까(페터 회 장편소설《스밀라의 눈에 대한 감각》을 의미-옮긴이). 내가 냉장고로 가서 와인 병을 꺼내오자 줄리아가 웃음을 참으려는 게 느껴진다.

"내가 안다는 걸 잊었지."

"알았던 거겠지."

"그래, 그럼 말해줘. 지난 15년 동안 어떻게 살았는지."

나는 이지의 방으로 향하는 복도 쪽을 바라보며 고개를 끄덕인다. "복제 인간을 만든 거 말고." 불현듯 생각이 떠오른다. 그 생각을 말하기도 전에 줄리아가 말을 꺼낸다.

"오빠들은 건축업자, 요리사, 배관공이 되었어. 부모님은 언니랑 내가 대학에 가길 원했지. 휠러 고등학교를 졸업하는 게 사전 준비라고 생각하신 거지. 내 점수는 부분 장학금을 받을 만큼 충분히 높았지만 언니는 그렇지 못했어. 부모님은 둘 다 사립학교에 보낼 여력이 안 되셨고."

"이지도 대학에 갔어?"

"로드아일랜드 디자인 스쿨을 졸업했지." 줄리아가 말한다. "지금은 주얼리 디자이너야."

"**적대적인** 주얼리 디자이너."

"마음의 상처를 입을 경우 그럴 수 있지."

우리의 눈이 마주친다. 줄리아는 자신이 무슨 말을 했는지 깨닫는다.

"언니는 오늘 막 이사 왔어."

내 눈이 하키용 스틱, 스포츠 잡지, 레이지 보이 의자를 찾아 아파트를 훑는다. 명백한 남자의 흔적을.

"룸메이트랑 살기가 힘들었나 보지?"

"전에는 혼자 살았어, 캠벨. 그게 네가 묻고 싶은 거라면."

줄리아가 와인 잔 모서리 너머로 나를 쳐다본다.

"넌 어떻게 지내?"

"난 아내가 여섯 명에 자식이 열다섯 명, 온갖 종류의 양도 있어."

줄리아의 입꼬리가 올라간다.

"너 같은 사람을 보면 내가 실패자처럼 느껴진단 말이지."

"오, 그래, 너는 이 지구상에서 아무짝에도 쓸모없는 사람이지. 하버드 법대 졸업생에 지나치게 동정심이 많은 소송 후견인이면서."

"내가 하버드 법대에 간 거 어떻게 알았어?"

"드살보 판사가 말해줬어."

나는 거짓말을 한다. 줄리아는 내 말을 믿는다. 줄리아도 우리가 함께한 시절이 수년 전이 아니라 얼마 전처럼 느껴지는지 궁금하다. 나와 함께 부엌 식탁에 앉아 있는 게 나만큼이나 편안하게 느껴지는지. 익숙하지 않은 음악을 골라 더듬더듬 연주하기 시작했지만 노력하지 않고도 연주할 수 있을 만큼 한때 달달 외웠던 곡이라는 걸 깨닫게 되는 것처럼.

"네가 소송 후견인이 되리라곤 생각 못했어." 내가 인정한다.

"나도 그래." 줄리아가 웃는다. "나는 아직도 보스턴 코먼에 있는 임시 연단에 서 있는 모습을 상상할 때가 있어. 가부장적인 사회를 비판하는 모습을 말이지. 안타깝게도 나름의 신조를 갖고 일할 때에는 방세도 못 내더라고."

줄리아가 나를 힐긋 쳐다본다.

"물론 틀리긴 했지만 나는 네가 지금쯤 미국 대통령이 되었을 거라고 생각하기도 했지."

"그 꿈은 포기했어." 내가 고백한다. "눈을 좀 낮춰야 했거든. 그리고 사실 난 네가 교외에 사는 사커맘(미국의 중산층 기혼 여성으로, 방과 후 아이의 축구 연습을 지켜볼 정도로 교육에 열성적인 엄마들을 일컫는 말-옮긴이)이 될 거라고 생각했어. 수많은 자식을 비롯해 운 좋은 남편과 사는."

줄리아가 고개를 젓는다. "머피나 빗시, 토토 혹은 휠러에 다녔던 다른 여자애들이랑 나를 혼동하나 본대."

"아니, 난 그냥… 내가 그 운 좋은 남편이 될 거라고 생각했어."

묵직하고 끈적끈적한 침묵이 감돈다.

"너는 그렇게 되고 싶어 하지 않았어."

줄리아가 마침내 말을 꺼낸다.

"네 의사를 확실히 표현했잖아."

'그건 사실이 아니야' 나는 그렇게 말하고 싶다. 하지만 결국 그녀와 함께 미래를 꿈꾸고 싶지 않다는 것으로밖에 보이지 않았을 것이다. 결국 나 역시 다른 사람들처럼 행동한 것이다.

"기억해?" 내가 말한다.

"난 전부 기억해, 캠벨." 줄리아가 끼어든다.

"기억하니까 이렇게 힘든 거야."

맥박이 급상승하는 바람에 저지가 일어나서 내 엉덩이에 코를 들이
민다. 나는 그 당시 줄리아에게 상처를 줄 수 있는 건 아무것도 없다고 믿
었다. 줄리아는 상당히 자유로워 보였기 때문이다. 내가 그 정도 운이 있
기를 바랐다.

하지만 둘 다 나의 착각이었다.

안나

우리 집 거실에는 전체가 우리 가족의 생생한 역사로 도배되어 있는 선반이 있다. 모두의 어린 시절이 그곳에 진열되어 있다. 학생 때 반명함판 사진, 방학과 생일, 휴일에 찍은 각종 사진들이 있다. 그걸 보고 있으면 벨트의 칸이나 감옥 벽에 새겨진 낙서가 떠오른다. 시간이 흘렀으며 우리가 그동안 의미 없는 시간을 보낸 건 아니라는 것을 입증하는 증거다.

액자는 이중 프레임이거나 단일 프레임이며 8×10나 4×6 사이즈다. 금색 나무나 무늬를 새긴 나무로 만들어졌으며 아주 화려한 색깔의 모자이크 타일로 된 것도 하나 있다. 오빠 사진이 담긴 액자를 하나 집어 든다. 두 살쯤 된 듯한 오빠가 카우보이 옷을 입고 있다. 그 사진을 보고 있으면 앞으로 무슨 일이 발생할지 전혀 알 수 없을 것 같은 표정이다.

머리카락이 있는 언니와 민머리의 언니 사진이 있다. 아기 적 언니가 오빠의 무릎에 앉아 있는 사진과 엄마가 풀장 끝에서 언니랑 오빠를 안고 있는 사진도 있다. 내 사진도 있긴 하다. 하지만 많지는 않다. 사진 속의 나는 아기에서 10살로 훌쩍 커버린다. 내가 세 번째 아이라 그럴 것이다. 게다가 엄마, 아빠는 삶을 일일이 기록하기가 지겨워졌는지도 모른

다. 그저 잊어버린 걸지도 모른다 누구의 잘못도 아니다. 별것 아니다. 하
지만 조금 우울하긴 하다. 사진은 말한다.

너는 행복했다고, 나는 그 순간을 포착하고 싶었다고, 사진은 말한다.
너는 나에게 아주 소중해서 나는 훗날 돌아볼 수 있도록 모든 것을 담아두
었다고.

● ● ●

아빠가 11시에 전화해 데려가기를 원하는지 묻는다.

"엄마는 병원에 있을 거야." 아빠가 설명한다. "하지만 집에 혼자 있
고 싶지 않거든 소방서에서 자도 돼."

"아니, 괜찮아요." 내가 말한다. "필요한 게 있으면 오빠한테 부탁하
면 돼요."

"그래," 아빠가 말한다. "제시가 있었지." 아빠랑 나는 둘 다 이것이
믿을만한 대안인 것처럼 말한다.

"언니는 어때요?" 내가 묻는다.

"아직 컨디션이 별로야. 약 기운 때문에."

아빠의 숨소리가 들린다. "안나," 아빠가 말한다. 하지만 바로 그때
수화기 너머로 날카로운 벨소리가 들린다. "얘야, 가봐야겠다." 아빠는
침체된 공기만을 한가득 남긴 채 전화를 끊는다. 잠시 동안 나는 수화기
를 그대로 든 채, 아빠가 부츠를 신고 펑퍼짐한 바지의 멜빵을 당기는 모
습을 그려본다. 알라딘의 동굴처럼 소방서의 문이 열리고 소방차가 시끄
러운 소리를 내고 아빠가 앞좌석에 앉아 있는 모습을 상상해 본다. 아빠
는 출근을 할 때마다 불을 꺼야 한다.

나에게 필요한 것은 용기일 뿐이다. 나는 스웨터를 집어 들고 집을 나서 차고로 향한다.

우리 학교에는 지미 스트레드보라는 아이가 있었다. 지미는 모두가 가까이 하기를 꺼려하는 그런 아이였다. 그 아이는 여드름투성이로 고아 애니라는 이름의 애완용 쥐를 갖고 있었다. 한번은 과학 수업 시간에 어항에 토를 하기도 했다. 얼간이 같은 성향이 전염될까 봐 아무도 그 아이에게 말을 걸지 않았다. 하지만 어느 여름, 그 아이는 다발성 경화증(multiple sclerosis, 주로 젊은 연령층에서 발생하는 만성 염증성 질환–옮긴이)에 걸렸다. 그 이후로 아무도 지미에게 못되게 굴지 않았다. 복도에서 마주치면 미소를 지었다. 점심시간에 옆에 앉게 되면 인사를 건넸다. 비극을 품고 있을 경우 한때 괴짜였던 것도 상쇄되는가 보다.

나는 태어난 순간부터, 아픈 언니가 있는 아이였다. 은행에 가면 항상 나에게 막대사탕을 하나 더 줬다. 교장 선생님들은 내 이름을 알았다. 그 어느 누구도 나에게 대놓고 못되게 굴지 않았다. 내가 다른 사람이었으면 모두가 날 어떻게 대했을지 궁금하다. 나는 꽤나 형편없는 사람일지도 모른다. 그저 누구도 나에게 대놓고 그렇게 말할 배짱이 없을 뿐이다. 모두 내가 무례하거나 못생겼거나 멍청하다고 생각하지만 환경 때문에 그렇게 된 것일 수 있기 때문에 다정하게 대하는 것일지도 모른다. 그래서 내가 이제부터 하려는 일이 나의 본모습일지도 모른다는 생각이 든다.

다른 차의 헤드라이트가 백미러에 반사되어 오빠의 눈 주위를 녹색 고글처럼 환하게 만든다. 오빠는 운전대 위에 손목을 올려놓은 채 게으른 자세로 운전을 한다. 오빠는 머리를 좀 잘라야 할 것 같다.

"오빠 차에서 담배 냄새 나." 내가 말한다.

"맞아. 하지만 덕분에 위스키 흘린 냄새가 안 나잖아."

오빠의 이빨이 어둠 속에서 반짝인다. "왜? 냄새가 신경 쓰여?"

"조금."

오빠가 내 앞쪽에 달린 서랍으로 손을 뻗어 문을 연다. 메리트 한 갑과 지포라이터를 꺼내 불을 붙인 뒤 내 쪽으로 연기를 뿜는다. "미안." 오빠가 말한다. 진심도 아니면서.

"나도 하나만 주면 안 돼?"

"뭘?"

"담배." 담배가 너무 하얘서 빛나는 것 같다.

"**네가** 담배를 피우고 싶다고?" 오빠가 웃음을 참지 못한다.

"농담 아니야." 내가 말한다.

오빠가 눈썹을 치켜뜨더니 지프가 뒤집히는 거 아닐까 생각이 들 정도로 운전대를 갑자기 확 튼다. 우리는 도로 먼지가 잔뜩 쌓인 갓길에 차를 댄다. 오빠가 차량 내부 조명을 켠 뒤 담뱃갑을 흔들어 담배 한 개비를 뺀다. 내 손가락 사이에 껴 있는 담배가 새의 잔뼈처럼 연약하게 느껴진다. 나는 별것 아닌 거에 호들갑을 떠는 사람처럼 검지와 중지의 마디 사이에 담배를 끼운 뒤 입술로 가져간다.

"먼저 불을 붙여야지." 오빠가 웃으며 지포라이터를 켠다.

내가 불길로 다가가는 일은 절대 없을 것이다. 나는 담배가 아니라 내 머리에 불을 붙일 것이다. "오빠가 해 줘." 내가 말한다.

"안 돼. 배우려면 전부 배워야지." 오빠가 라이터를 다시 탁 하고 켠다.

나는 담배를 불에 갖다댄 뒤 오빠가 하는 것처럼 세게 빨아들인다. 가슴이 폭발할 것 같다. 너무 심하게 기침을 하는 바람에 잠시 동안 목 끝에서 폐의 맛을 느낀 것 같다. 분홍색 스펀지 같은 폐의 맛을. 오빠는 혀를 차며 내가 떨어뜨리기 전에 내 손에서 담배를 낚아챈다. 그러고 나서 두 번 길게 빤 뒤 창문 밖으로 던진다.

"처음 치곤 잘했어." 오빠가 말한다.

내 목소리가 모래밭 같다. "바비큐용 그릴을 핥는 것 같아."

내가 숨을 쉬는 법을 기억하려 애쓰는 동안 오빠는 다시 차를 몰기 시작한다.

"왜 담배가 피우고 싶었는데?"

나는 어깨를 으쓱한다. "그 편이 나을 것 같았어."

"타락할 방법을 원한다면 적어줄 수 있어."

내가 답이 없자 오빠가 나를 힐긋 쳐다본다. "안나," 오빠가 말한다. "너는 잘못된 일을 하고 있는 게 아냐."

이제 오빠는 병원 지하 주차장에 차를 대고 있다.

"그렇다고 옳은 일을 하고 있는 것도 아니잖아." 내가 말한다.

오빠는 시동을 끄지만 차에서 내리려고 하지 않는다. "동굴을 지키는 용에 대해 생각해 봤어?"

내가 눈을 가늘게 뜬다. "알아듣게 말해."

"음, 엄마가 케이트와 상당히 가까이에서 자고 있을 거야."

이런, 젠장. 엄마가 나를 쫓아내지는 않겠지만 언니와 단둘이 있도록 내버려두지는 않을 것이다. 지금 내가 가장 원하는 건 언니랑 단둘이 있는 거다. 오빠가 나를 바라본다.

"케이트를 본다고 네 기분이 좋아지지는 않을 거야."

이제 와서 언니가 괜찮은지 도대체 왜 알고 싶은 건지 설명할 길이 없다. 모든 것을 끝내기 위해 단계를 밟고 있으면서. 그래도 이번만은 누군가 나를 이해해주는 것 같다. 오빠가 창문 밖을 바라본다.

"나한테 맡겨." 오빠가 말한다.

언니와 나는 열네 살과 열한 살이었다. 우리는 **기네스북**에 오르기 위해 연습 중이었다. 자매의 두 볼이 자두처럼 붉어지고 눈이 충혈될 정도로 오래도록 동시에 물구나무서기를 한 사례는 확실히 없었다. 언니는 팔다리가 흐늘흐늘한 게 픽시(귀가 뾰족한 작은 사람 모습의 도깨비 요정-옮긴이) 같았다. 바닥으로 몸을 구부리고 발을 위로 차 물구나무를 서자, 벽을 걷는 거미처럼 우아해 보였다. 반면에 나는 쿵 하는 소리와 함께 중력을 거슬렀다. 우리는 몇 초 동안 조용히 그 상태를 유지했다.

"머리가 납작했으면 좋겠다." 눈썹이 부스스해지는 걸 느끼며 내가 말했다.

"담당자가 우리 집에 와서 시간을 잴 거라고 생각해? 아니면 우리가 비디오테이프를 보내야 할까?"

"그들이 알려주지 않을까?" 언니가 카펫을 따라 팔을 접었다.

"우리가 유명해질 거라고 생각해?"

"우리는 〈투데이 쇼〉에 나올지도 몰라. 발가락으로 피아노를 칠 수 있는 열한 살짜리 애가 거기 나왔잖아." 언니가 잠시 생각에 잠겼다.

"엄마가 아는 사람이 창문에서 피아노가 떨어지는 바람에 깔려서 죽었대."

"거짓말, 누가 피아노를 창문 밖으로 밀겠어?"

"진짜야. 엄마한테 물어봐. 그리고 피아노를 창문 밖으로 민 게 아니라 안으로 집어넣고 있었대."

언니가 벽에다 대고 다리를 꼬아 흡사 거꾸로 앉아 있는 것처럼 보였다.

"죽기 위한 가장 좋은 방법이 뭐라고 생각해?"

"별로 얘기하고 싶지 않아." 내가 말했다.

"왜? **나**는 죽어. **너도** 죽고." 내가 눈살을 찌푸리자 언니가 말했다. "우리 모두는 죽게 되어 있어." 그러더니 씩 웃었다. "내가 너보다 그쪽으로 더 재능이 있을 뿐이야."

"이건 쓸데없는 대화야." 절대로 손이 닿지 않을 거라는 걸 아는 부위가 이미 가려워지기 시작했다.

"비행기 사고?" 언니가 골똘히 생각했다. "아래로 떨어지고 있다는 걸 깨달은 순간 빨려들어 갈 거야… 하지만 그러고 나면 우리는 그저 가루가 되고 말겠지. 사람들이 증발해 버리면 어떻게 나뭇가지에 걸린 옷이랑 블랙박스를 찾지?"

그쯤 되자 내 머리가 지끈해지기 시작했다. "그만 둬, 언니."

언니는 벽을 따라 기어 내려온 뒤 상기된 얼굴로 자세를 바로 하고 앉았다. "자는 동안 죽는 방법도 있지만 그건 좀 지루하잖아."

"**그만**하라고!" 내가 다시 말했다. 고작 32초밖에 못했다는 사실에 화가 났다. 처음부터 다시 시작해야 한다는 사실에 화가 났다. 나는 다시 물구나무를 선 뒤 머리카락이 얼굴에 닿지 않도록 치워버렸다.

"평범한 사람은 죽음에 대해 생각하며 빈둥거리지 않아."

"거짓말, 모두가 죽음에 대해 생각해."

"모두 **언니**가 죽는다고 생각해." 내가 말했다.

방 안이 쥐 죽은 듯 조용해 나는 우리가 다른 기록을 세워야 하는 것 아닌가 하는 생각이 들었다. 두 자매가 얼마나 오래 숨을 참을 수 있을까?

잠시 후 씰룩거리는 미소가 언니의 얼굴에 번졌다. "그래, 너는 이제 적어도 사실을 말하는구나." 언니가 말했다.

오빠는 집으로 돌아가는 택시비로 나에게 20달러를 준다. 오빠가 세운 계획의 유일한 단점이 바로 계획이 끝나면 나를 집에 데려다 주지 않는다는 것이기 때문이다. 우리는 엘리베이터를 이용하는 대신 계단으로 8층까지 걸어 올라간다. 계단에서 나오면 간호사실 앞이 아니라 뒤로 갈 수 있기 때문이다. 오빠는 병원 이름이 찍힌 플라스틱 베개와 시트가 가득 담긴 린넨 캐비닛에 나를 밀어 넣는다. "잠깐", 오빠가 떠나려는 순간 내가 불쑥 말한다.

"언제 나가야 하는지 내가 어떻게 알아?"

오빠가 웃기 시작한다. "걱정 마, 알게 될 거야."

오빠가 주머니에서 은색 병을 꺼낸다. 아빠가 서장에게서 받은 걸로 3년 전 잃어버렸다고 생각한 술병이다. 오빠는 병뚜껑을 딴 뒤 셔츠 앞 곳곳에 위스키를 붓는다. 그러고 나서 복도를 걷기 시작한다. 정확히 말하면 걷는 것도 아니다. 오빠는 당구공처럼 벽에 부딪힌 뒤 청소 카트를 쓰러뜨려 버린다.

"엄마?" 오빠가 소리친다. "엄마, 어디 계세요?"

오빠는 술에 취하지 않았다. 하지만 연기 하나는 끝내준다. 그 모습을 보고 있자니 한밤중 침실 창밖으로 오빠가 진달래에 토를 하는 걸 본

게 생각난다. 그것도 연기였을지도 모른다.

　　책상에 앉아 있던 간호사들이 떼 지어 나와 자신보다 절반밖에 나이를 먹지 않았지만 세 배나 힘이 센 남자애를 말리려고 애쓴다. 바로 그 순간, 오빠는 린넨 선반의 가장 높은 단을 움켜쥔 채 앞으로 당긴다. 내 귀가 울릴 정도로 요란한 소리가 난다. 간호 접수대 뒤에 달린 호출 버튼이 전화 교환기처럼 울리기 시작하지만 당직을 선 세 명의 간호사는 발길질을 하고 몸을 마구 흔드는 오빠를 저지하느라 정신이 없다. 언니가 있는 병실의 문이 열리고 게슴츠레한 눈을 한 엄마가 나온다. 엄마가 오빠를 보더니 상황이 더 악화될 수 있다는 사실을 깨닫고는 잠시 얼어붙는다. 오빠는 엄청 큰 황소처럼 엄마를 향해 머리를 흔든다. 오빠의 얼굴이 녹아내린다.

　　"헤헤, 엄마네."

　　오빠가 인사를 하며 잔뜩 풀어진 미소를 엄마에게 날린다.

　　"정말 죄송합니다." 엄마가 간호사들에게 말한다. 오빠가 휘청거리며 흐느적거리는 팔을 엄마에게 뻗자 엄마는 눈을 감는다.

　　"구내식당에 커피가 있어요."

　　한 간호사가 제안하지만 엄마는 너무 당황한 나머지 대답조차 하지 못한다. 엄마는 딱딱한 껍질에 들어 있는 홍합처럼 오빠를 매단 채 일렬로 늘어선 엘리베이터로 향한 뒤 버튼을 계속해서 누른다. 그렇게 하면 문이 빨리 열릴 거라는 부질없는 희망을 품은 채. 엄마와 오빠가 떠나자 모든 게 쉬워진다. 간호사 중 일부는 호출을 한 환자를 확인하러 서둘러 가고 나머지는 책상에 다시 자리 잡고 앉는다. 무슨 카드 게임이라도 되는 양 오빠와 불쌍한 엄마에 대해 소리를 낮춰 잡담을 나눈다. 내가 린넨 캐비닛에서 몰래 나와 복도를 살금살금 걸어 언니 병실로 들어가는 걸 아무도 눈치채지 못한다.

언니가 병원에 있지 않았던 추수감사절에 우리는 평범한 가족처럼 행동했다. TV에서 퍼레이드를 보았는데, 거대한 풍선이 성난 바람 때문에 뉴욕의 신호등에 감기고 말았다. 우리는 그레이비 소스도 직접 만들었다. 엄마는 칠면조의 위시본(닭고기·오리 고기 등에서 목과 가슴 사이에 있는 V자형 뼈. 이것의 양 끝을 두 사람이 잡고 서로 잡아당겨 긴 쪽을 갖게 된 사람이 소원을 빌면 이루어진다고 하여 이런 이름이 붙음-옮긴이)을 식탁에 올려놓았고 우리는 누가 그것을 당길지를 두고 옥신각신했다. 언니와 나한테 영광이 주어졌다. 뼈를 잡기 전에 엄마가 나에게 가까이 오더니 내 귀에 대고 속삭였다. "먼저 소원을 빌어야지." 그래서 나는 눈을 꼭 감고 언니가 낫기를 기도했다. 사실 CD 플레이어를 갖게 해달라고 빌 예정이었지만. 그리고 내가 지자 언니는 고약하게도 내심 기뻐했다.

식사를 마친 뒤 엄마가 설거지를 하는 동안 아빠는 우리를 밖으로 데리고 나와 2대 2 터치 풋볼(미식축구의 일종으로 태클 대신에 터치를 함-옮긴이)을 했다. 오빠와 내가 이미 2점을 넣은 뒤 엄마가 밖으로 나왔다.

"말해줘." 엄마가 말했다. "지금 내가 환영을 보는 거라고."

다른 말은 필요 없었다. 우리 모두 언니가 평범한 아이처럼 굴러떨어진 뒤, 아픈 아이처럼 걷잡을 수 없이 피를 흘리는 것을 보아왔기 때문이다.

"여보," 아빠가 웃음을 장전한 채 발사한다. "케이트는 우리 팀이야. 잘리도록 내버려두지 않을 거라고."

아빠는 엄마를 향해 거들먹거리며 걸어간 뒤 아주 오랫동안 천천히 엄마에게 키스를 했고 이웃 사람들이 볼 거라고 생각한 난 볼이 붉어지기 시작했다. 아빠가 고개를 들자 엄마의 눈이 전에 본 적이 없는, 그리고 그 후로도 절대로 다시 본 적이 없는 색이 되어 있었다. "날 믿어." 아빠가 말한 뒤 언니에게 공을 던졌다.

그날 내가 기억하는 건 우리가 바닥에 앉았을 때 느꼈던 딱딱함이다. 겨울이 왔다는 첫 징후였다. 아빠가 나에게 태클을 걸던 게 기억난다. 아빠는 항상 팔굽혀펴기로 체력을 쌓은 터라 아빠의 무게는 전혀 안 느껴졌고 열기만 한가득 느껴졌다. 양 팀 모두를 열렬히 응원하던 엄마가 기억난다.

오빠에게 공을 던졌지만 언니가 가로챈 게 기억난다. 언니의 팔에 공이 닿자 깜짝 놀라하던 언니의 표정과 터치다운을 하라고 언니에게 소리치던 아빠. 언니는 전력 질주해 거의 성공할 뻔했지만 오빠가 갑자기 뛰어가 언니를 바닥에 때려눕히고는 깔아뭉개고 말았다. 그 순간 모든 게 정지했다. 언니가 팔과 다리를 벌린 채 누워 있었다. 아빠가 오빠를 밀치며 한달음에 언니에게 갔다.

"생각이 있는 거니?"

"깜빡했어."

엄마가 말했다. "아프니? 일어날 수 있어?"

하지만 언니는 몸을 구르며 웃고 있었다. "안 아파. 기분 좋아."

부모님은 서로를 쳐다보았다. 엄마나 아빠는 오빠나 나와는 달리 이해 못하는 게 있다. 누가 되었든 그 안의 일부는 다른 누군가가 되기를 늘 바란다는 사실을 그리고 아주 잠시나마 그 소원이 **이루어질** 경우 그건 기적이라는 사실을 말이다. "깜빡했다잖아." 언니가 딱히 누구라고 할 것도 없이 말한 뒤 등을 대고 눕는다. 차갑고도 쨍한 태양을 향해 활짝 웃으며.

병실은 절대로 깜깜하지 않다. 문제가 발생할 때를 대비해 침대 뒤에 조명판이 있다. 또한 간호사와 의사가 길을 찾을 수 있도록 바닥에 표시선이 있다. 나는 언니가 이런 침대에 누워 있는 걸 백 번도 넘게 보았다. 물론 튜브와 전선은 달라지지만. 언니는 내 기억보다 항상 더 작아 보인다.

나는 최대한 조심스럽게 앉는다. 언니의 목과 가슴 혈관은 지도다. 늘 그 자리에 있는 고속도로의 지도 같다. 나는 언니의 몸을 소문처럼 돌아다니는 잔인한 백혈병 세포를 볼 수 있는 척한다.

언니가 눈을 뜨자 나는 침대에서 떨어질 뻔 한다. 엑소시스트의 한 장면 같다. "안나?" 언니가 나를 똑바로 쳐다보며 말한다. 어린 시절, 오빠가 과거 인디언의 망령이 실수로 우리 집 아래 묻힌 뼈를 되찾으러 왔다고 말한 이후 언니가 이렇게 겁에 질린 건 처음 본다.

하늘나라로 떠난 언니가 있을 경우 언니가 더 이상 없게 되는 것일까? 아니면 방정식의 절반인 한 명이 떠나더라도 한 번 자매는 영원한 자매인 것일까?

나는 좁지만 우리 둘이 눕기엔 여전히 충분히 큰 침대로 기어들어간다. 언니의 가슴에 머리를 갖다댄다. 정맥 중심선에 상당히 가까워 용액이 언니 몸으로 똑똑 떨어지는 게 보인다. 오빠는 틀렸다. 나는 기분이 좋아지려고 언니를 보러 온 게 아니었다. 언니 없이는 내가 누구인지 기억하기 어렵기 때문에 온 것이다.

목요일

당신이 현명하다면
내가 하나하나의 별은 끔찍하지만
그 별들이 신호를 보낸다고 말할 때
나를 향해 돌아서지 않고 대답하겠지.
"밤은 위대해요."라고.

                    -D. H. 로렌스, 『떡갈나무 아래서』

브라이언

처음에는 절대로 알 수 없다. 우리가 찜솥으로 향하고 있는지 모깃불로 향하고 있는지. 어제 새벽 2시 46분, 위층 불이 켜졌다. 벨도 울렸지만 나는 벨 소리가 들릴 때까지 기다릴 수 없었다. 10초 만에 옷을 입고 소방서 안에 위치한 내 방문을 나섰다. 20초 후 나는 방화복을 입고 긴 고무 멜빵을 당겨 올린 뒤 거북이 등껍질 같은 외투를 뒤집어썼다. 2분 후 시저가 어퍼 다비 쪽으로 소방차를 몰고 있었다. 소화기와 소화전을 담당한 폴과 레드가 그 뒤를 따랐다.

잠시 후에 작지만 밝은 섬광처럼 의식이 돌아왔다. 우리는 호흡장치를 확인했고 장갑을 꼈다. 담당자가 우리에게 연락해 화재가 발생한 집이 호딩턴 드라이브에 있다고 말했다. 화재는 구조물에서 시작되었거나 방 안의 물건에서 시작된 것 같다고도 했다.

"여기서 좌회전해." 내가 시저에게 말했다.

호딩턴은 우리 집에서 여덟 블록밖에 떨어져 있지 않았다. 화재가 난 집은 용의 입처럼 보였다. 시저는 최대한 차를 빨리 몰아 내가 3면에서 집을 볼 수 있도록 해주었다. 그러고 나서 우리는 차에서 내려 골리앗에 맞서는 네 명의 다윗처럼 그 집을 한동안 바라보았다. "60밀리미터로 준비해 줘." 내가 오늘 모터 펌프 작동을 담당하는 시저에게 말했다. 바로 그때 잠옷을 입은 한 여자가 흐느끼며 나에게 달려왔다. 세 명의 아이가 여자의 스커트 자락을 붙잡고 있었다. **"미하, 이미하!**(우리 딸, 우리 딸)" 여자가 소리를 지르며 집 쪽을 가리켰다.

"돈데 에스따(어디에 있나요?)" 나는 여자가 내 얼굴만 보도록 여자의 코앞으로 다가갔다.

"콴또스 아뇨스 띠에네(몇 살이죠?)"

여자는 2층에 있는 창문을 가리켰다. "트레스(세 살이요.)" 그녀가 울부짖었다.

"대장, 준비됐어요." 시저가 소리쳤다.

두 번째 소방차가 요란한 소리를 내며 다가오는 게 들렸다. 우리를 지원하려고 오는 이들이었다.

"레드, 지붕의 북동쪽 구석에 구멍을 뚫어. 폴리, 불이 붙은 데다 젖은 걸 올려놓고 뚫고 들어갈 곳이 생기면 그쪽으로 밀어 버려. 2층에 아이가 있어. 내가 들어가서 볼게."

영화에서처럼 성공이 보장된 게 아니다. 영웅이 오스카상을 거머쥘 만한 그런 장면과는 거리가 멀다. 안으로 들어갔는데 계단이 사라져 있으면, 건물이 무너지기라도 하면, 내부 온도가 너무 뜨거워 모든 게 타버리고 플래시오버(고체 또는 액체 절연체의 표면의 방전(放電)-옮긴이) 되기라도 하면 일단 철수한 뒤 동료들에게 지원해 달라고 하는 편이 낫다. 구출자의 안전이 희생자의 안전보다 우선이다.

항상.

나는 겁쟁이다. 교대 근무가 끝난 뒤에도 곧장 집으로 향하는 대신 서에 머물며 호스를 말거나 동료들을 위해 커피를 새로 내린다. 거의 항상 새벽 두세 시에 침대에서 일어나야 하는 이곳이 왜 집보다 편안한 건지 항상 궁금하다. 이곳이 소방서 안이기 때문에 그럴 것이다. 이곳에서는 응급상황이 발생할 것을 걱정하지 않아도 된다. 늘 일어나는 일이기 때문이다. 반면 집에서는 현관문을 들어서는 순간, 앞으로 무슨 일이 일어날지 걱정하게 된다.

한번은 케이트가 2학년 때 소방관을 그린 적이 있다. 헬멧 위로 후광이 비치는 모습이었다. 아이는 학급 친구들에게 아빠는 천국에만 갈 수 있다고 말했다. 아빠가 지옥에 가면 불을 전부 꺼버릴 것이기 때문이란다. 나는 아직 그 그림을 갖고 있다.

나는 그릇에 계란 12개를 깨서 미친 듯이 휘젓기 시작한다. 베이컨은 이미 프라이팬 위에서 지글지글 익고 있으며 팬케이크를 부치려고 판을 데우고 있다. 소방관은 함께 먹는다. 최소한 벨이 울리기 전까지는 그러려고 노력한다. 오늘 아침 식사는 동료들을 위해 내가 준비할 것이다. 그들은 지난밤의 기억을 씻어내기 위해 아직 샤워 중이다. 내 뒤로 발자국 소리가 들린다.

"의자 가져와." 내가 어깨 너머로 말한다. "거의 다 됐어."

"오, 감사해요. 하지만 괜찮아요." 여자 목소리가 들린다. "부담주긴 싫어서요."

나는 국자를 휘두르며 뒤를 돌아본다. 이곳에서 여자의 목소리가 들리다니 가히 놀랄 일이다. 그것도 오전 7시도 안 되어 나타난 여자라니 더욱 놀랄 일이다. 여자는 작은 체구에 산불을 떠올리게 만들 정도로 머리가 부스스하다. 손에는 반짝이는 은색 반지가 끼워져 있다.

"피츠제럴드 대장님, 저는 줄리아 로마노입니다. 안나의 사건에 배정된 소송 후견인이죠."

아내가 이 여자에 대해 얘기했었다. 다른 방도가 없을 때 판사는 이 여자의 말에 귀 기울일 것이다.

"냄새 좋은데요." 여자가 웃으며 말한다. 그러더니 내 쪽으로 와서 내 손에서 국자를 가져간다. "저는 혼자서 요리하는 사람은 가만히 못 내버려둬서요."

나는 여자가 냉장고를 뒤지는 걸 바라본다. 여자는 하필이면 서양 고추냉이를 들고 온다.

"얘기 좀 나누실 시간은 되시죠?"

"물론입니다."

여자는 계란에 이것저것 넣은 뒤 양념 선반에서 오렌지 껍질과 칠리 파우더를 가져와 그 위에 뿌린다.

"케이트는 어때요?"

나는 판에 팬케이크 반죽을 부은 뒤 반죽이 부풀어 오르는 걸 지켜본다. 팬케이크를 뒤집자 밝은 갈색을 띠는 게 골고루 익은 것 같다. 나는 오늘 아침 이미 아내와 얘기를 나눴다. 지난밤 케이트에게는 특별한 사건이 없었다. 하지만 아내는 아니었다. 제시 때문이었다.

구조물 화재를 진압할 때에는 내가 우위를 점할지, 불이 우위를 점할지 알게 되는 시점이 있다. 천장이 일부 무너지고 계단이 사라지며 인조 카펫이 부츠 바닥에 들러붙는 게 보인다. 이렇게 부분의 합이 전체보다 커지게 되면, 우리는 뒤로 물러나 모든 불은 도움 없이도 스스로 꺼지게 되어 있다는 사실을 상기시켜야 한다.

요새 나는 6면에서 화재를 진압하고 있다. 앞을 보면 아픈 케이트가 있다. 뒤를 보면 안나와 변호사가 있다. 제시는 술을 들이붓지 않을 때면 약에 취해 있다. 아내는 지푸라기를 붙잡고 있다. 나는 나만의 안전 장비를 장착하고 있다. 수십 개의 후크와 철, 장대를. 허나 이것들은 전부 결국 부서지는 것들이다. 내가 필요한 것은 우리를 함께 묶어줄 도구다.

"피츠제럴드 대장님… 브라이언!"

줄리아 로마노의 목소리에 나는 생각에서 벗어나 급속도로 연기에 가득 차고 있는 부엌으로 돌아온다. 줄리아는 나를 지나쳐 판에서 타고 있는 팬케이크를 집어 든다.

"맙소사!" 나는 까맣게 타버린 팬케이크를 개수대에 던진다. 개수대에 닿은 팬케이크는 나를 향해 쉬익 소리를 낸다.

"미안해요."

'**열려라 참깨**'처럼 이 두 단어로 모든 상황이 바뀐다.

"계란이 있어 다행이네요." 줄리아 로마노가 말한다.

화재가 발생한 집에서는 육감이 작용한다. 일단 연기 때문에 보이지가 않는다. 또한 불이 요란한 굉음을 내기 때문에 들을 수도 없다. 만지는 건 더더욱 불가능하다. 그 순간 끝장이기 때문이다.

내 앞에서 폴리가 노즐을 잡았다. 그 뒤로 다른 소방관들이 일렬로 서서 그를 도와주었다. 충전된 호스는 두껍고 상당히 무겁기 때문이다. 우리는 아직 무너지지 않은 계단으로 올라갔다. 레드가 지붕에 뚫은 구멍을 통해 불길을 밀어낼 작정이었다. 갇혀 있는 물질이 그러하듯, 불은 본능적으로 도망치려는 습성이 있다.

나는 손과 무릎을 바닥에 대고 복도를 기어가기 시작했다. 아이의 엄마는 왼쪽에서 세 번째 문이라고 했다. 불이 다른 쪽 천장을 따라 환기구 쪽으로 질주하고 있었다. 물을 뿜는 순간 흰색 증기가 올라와 다른 소방관들을 집어삼켜 버렸다.

아이 방은 문이 열려 있었다. 나는 기어가면서 아이의 이름을 불렀다. 창문에 보이는 커다란 형체에 자석처럼 이끌렸으나 알고 보니 대형 봉제인형이었다. 옷장과 침대 아래를 확인했으나 아무도 없었다. 나는 다시 복도로 나가다가 주먹 두께만한 호스에 걸려 넘어질 뻔했다. 사람은 생각을 할 수 있다. 하지만 불은 그럴 수 없다. 불은 특정한 경로를 따를 것이다. 아이는 그렇지 않을 것이다. 겁에 질릴 경우 나라면 어디로 갈까?

나는 빠르게 움직이며 보이는 방마다 머리를 집어넣기 시작했다. 한 방은 분홍색으로 아기 방이었다. 다른 방에는 사방에 장난감 자동차가 흩어져 있었고 2층 침대가 있었다. 다른 곳은 방이 아니라 옷장이었다. 주 침실은 계단 끝에 있었다. 내가 아이라면 엄마를 찾을 것이다. 주 침실에서는 다른 방들과는 달리 두터운 검은색 연기가 흘러나오고 있었다. 불 때문에 문 바닥의 틈새 부분이 타버린 상태였다. 나는 공기가 들어가리라는 걸 알았지만, 잘못된 일이란 걸 알았지만 그것만이 유일한 선택이었기에 문을 열었다. 아니나 다를까 검게 그을린 선에 불이 붙고 불길이 문을 가득 메웠다. 나는 헬멧과 외투 뒤로 불씨가 쏟아지는 걸 느끼며 황소처럼 돌진했다. "루이자!" 내가 소리쳤다. 방의 주변부를 따라 감각에 의존해 더듬더듬 걷다가 옷장을 발견했다. 옷장 문을 세게 두드린 뒤 다시 아이의 이름을 불렀다.

희미했지만 확실히 누군가 다시 두드리는 소리가 들렸다.

"우리는 운이 좋았어요."

내가 줄리아 로마노에게 말한다. 나한테서 이런 말을 들으리라고는 예상하지 못했을 것이다.

"입원이 길어지면 처형이 아이들을 봐줘요. 짧을 때는 아내와 제가 교대를 하고요. 아내가 케이트와 병원에서 밤을 보내면 제가 집에 가서 아이들을 돌보고 반대로 제가 병원에 가면 아내가 집에 온답니다. 지금은 수월해졌어요. 아이들이 꽤 커서 스스로 알아서 잘 하거든요."

내가 이렇게 말하자 줄리아는 작은 노트에 무언가를 적는다. 그걸 보고 있으니 괜히 초조해져 나는 앉은 자리에서 몸을 꿈틀댄다. 안나는 겨우 열세 살이다. 집에 혼자 있기에는 너무 어린 건가? 사회복지사는 그렇게 말할지도 모른다. 하지만 안나는 다르다. 안나는 몇 년 전 이미 훌쩍 커버렸다.

"안나의 상태가 괜찮다고 생각하세요?" 줄리아가 묻는다.

"괜찮았다면 소송을 걸지 않았겠죠." 내가 망설이며 대답한다. "아내는 안나가 관심을 받고 싶어 한다고 생각해요."

"**당신** 생각은요?"

나는 시간을 벌기 위해 포크로 계란을 찍는다. 서양고추냉이는 생각보다 훨씬 더 잘 어울린다. 오렌지 향을 강하게 만들어 준다. 나는 줄리아 로마노에게 이 사실을 말한다. 줄리아는 자신의 접시 옆에 냅킨을 접어놓는다.

"제 질문에 답 안 하셨는데요. 피츠제럴드 씨."

"그렇게 간단한 문제가 아니에요." 나는 포크를 조심스럽게 내려놓는다. "남자 형제나 여자 형제가 있으세요?"

"둘 다 있죠. 오빠가 여섯에 쌍둥이 언니가 있어요."

내가 휘파람을 분다. "부모님이 참 힘드셨겠네요."

줄리아가 어깨를 으쓱한다. "독실한 천주교 신자시죠. 어떻게 저희를 키우셨는지 모르겠어요. 하지만 우리 중 누구도 소외되지 않았어요."

"늘 그렇게 생각했나요?" 내가 묻는다. "어린 시절 부모님이 편애를 하고 있다고 느낀 적이 없나요?"

줄리아의 얼굴이 아주 조금 굳어진다. 이런 질문을 한 게 미안해진다.

"물론 자식 모두를 동등하게 사랑해야 한다는 걸 알죠. 하지만 항상 그렇게 되는 건 아니에요."

내가 자리에서 일어난다.

"시간이 조금 더 있으신가요? 누굴 좀 만나셨으면 하는데."

작년 겨울, 엄동설한에 우리는 시골길에 사는 한 남자를 구해달라는 응급 전화를 받았다. 진입로를 치우기 위해 그가 고용한 계약자가 그를 발견해 911에 전화를 했다. 남자는 전날 밤 차 밖에서 나와 미끄러진 뒤 자갈길 위에서 얼어버린 게 분명했다. 계약자는 그를 눈더미로 착각해 칠 뻔했다.

우리가 현장에 도착했을 때 남자는 거의 8시간 동안 바깥에 있었고 맥박이 없는 얼음 덩어리나 마찬가지였다. 남자의 무릎은 구부려져 있었던 걸로 기억한다. 가까스로 남자를 떼어내 들것에 싣자 무릎이 불쑥 솟아 있었기 때문이다. 우리는 구급차의 난방을 최대로 올리고 남자를 안에 태운 뒤 옷을 잘라내기 시작했다. 병원 후송을 위한 서류 작업을 마칠 무렵 남자는 자리에 앉아 우리에게 말을 하기 시작했다.

이 이야기를 하는 이유는 무슨 생각을 하든 기적은 일어난다는 걸 보여주기 위해서다.

진부한 얘기지만 내가 애초에 소방관이 된 이유는 사람을 살리고 싶어서다. 그래서 내가 루이자를 팔에 안은 상태로 불타는 아치문 밖으로 나온 뒤 그것을 본 아이 엄마가 무릎을 꿇는 것을 보는 순간, 내 할 일을 잘 마쳤다는 것을 알았다. 여자는 2차 의료진에서 파견된 응급구조사 옆으로 단박에 달려갔다. 응급구조사는 아이의 팔에 선들을 꽂고 산소마스크를 씌웠다. 아이는 겁에 질린 표정으로 기침을 했지만 곧 괜찮아졌다.

불은 거의 진압된 상태였다. 동료들이 안에서 구조와 점검 작업 중이었다. 연기가 밤하늘을 자욱하게 감쌌다. 전갈자리의 별이 하나도 보이지 않았다. 나는 장갑을 벗은 뒤 몇 시간 동안 따끔했던 눈을 손으로 문질렀다. "잘했어." 호스를 정리하는 레드에게 내가 말했다.

"훌륭한 구출 작전이었어요, 대장." 그가 대답했다.

물론 루이자가 엄마의 예상대로 자기 방에 있었더라면 더 쉬웠을 것이다. 하지만 아이들은 있어야 하는 곳에 있지 않는다. 뒤돌아보면 옷장에 숨어 있고, 뒤돌아보면 아이는 세 살이 아니라 열세 살이다. 부모가 된다는 건 추적하는 거다. 다음번 움직임을 더 이상 예상하지 못할 정도로 아이가 너무 앞서 나가지 않기를 바라는 것이다.

나는 헬멧을 벗고 목 근육을 늘렸다. 그러고는 한때 집이었던 구조물을 올려다보았다. 그때 갑자기 내 손을 감싸는 손가락이 느껴졌다. 이 집에 살았던 여자가 눈에 눈물이 한가득인 채 서 있었다. 여전히 막내아이를 품에 안은 채. 다른 아이들은 레드의 지도 아래 소방차에 앉아 있었다. 여자는 조용히 내 손가락 마디를 자신의 입술로 가져갔다. 내 재킷에서 떨어진 검댕이 여자의 볼에 묻었다. "천만에요." 내가 말했다.

소방서로 돌아오는 길에 나는 시저에게 빙 돌아서 우리 집을 지나가달라고 말했다. 제시의 지프차가 진입로에 주차되어 있고 집의 불은 전부 꺼져 있었다. 나는 안나가 늘 그런 것처럼 이불을 턱까지 끌어당기고 있는 모습을 상상했다. 케이트의 침대는 비어 있겠지.

"다 된 거죠, 대장?" 시저가 물었다. 트럭은 거의 기다시피 하다가 우리 집 진입로 바로 앞에 멈춰 섰다.

"그럼, 수고했어." 내가 말했다. "이제 집으로 가자고."

나는 사람을 구하고 싶어서 소방관이 되었다. 하지만 조금 더 구체적으로 이름을 명명했어야 했다.

줄리아

브라이언 피츠제럴드의 차는 별로 뒤덮여 있다. 조수석에는 지도가 있고 운전석과 조수석 사이에 놓인 계기판에는 다양한 표들이 쑤셔져 있다. 뒷좌석은 성운과 행성의 복사본으로 가득 차 있다.

"미안해요." 그가 얼굴을 붉히며 말한다.

"누구를 태울 거라고는 생각 못했네요."

나는 브라이언을 도와 내가 앉을 곳을 정리한다. 그러다가 바늘로 콕콕 찔러 만든 지도를 집어 든다. "이게 뭐예요?" 내가 묻는다.

"하늘 지도책이에요." 브라이언이 어깨를 으쓱한다. "일종의 취미죠."

"어렸을 때, 하늘에 있는 별에 친척들 이름을 붙이려고 한 적이 있었어요. 끔찍하게도 잠잘 때 이름이 계속해서 떠오르는 거 있죠."

"안나는 은하계의 이름을 따서 지었어요." 브라이언이 말한다.

"수호성인의 이름을 따서 짓는 것보다 훨씬 멋지네요."

나는 곰곰이 생각한다.

"한번은 엄마한테 왜 별이 반짝이는지 물어본 적이 있어요. 엄마는 천사가 하늘로 가는 길을 찾을 수 있도록 밤새도록 켜 놓은 불이라고 말했어요. 하지만 아빠한테 물어보니 가스로 인한 거라고 말하더라고요. 그래서 저는 이 정보를 합쳐서 신이 제공하는 음식 때문에 별들이 한밤중에 화장실을 몇 번이나 들락날락하게 되어서 그렇다고 결론지었죠."

브라이언이 큰 소리로 웃는다. "전 여기서 아이들에게 원자핵 융합에 대해 설명해주려고 했죠."

"효과가 있던가요?"

브라이언은 잠시 생각한다. "아이들 모두 눈을 감고도 북두칠성을 찾을 수 있을 걸요."

"굉장하네요. 제 눈에는 별들이 다 거기서 거기던데."

"그리 어렵지 않아요. 오리온자리 같은 별자리를 한 번 찾으면 발쪽에서 리겔을, 어깨 쪽에서 베텔기우스를 쉽게 찾을 수 있어요." 그가 망설인다. "하지만 우주의 90%는 우리 눈에 보이지 않는 물질로 만들어져 있어요."

"그럼 그것들이 거기 있다는 걸 우리가 어떻게 알죠?"

브라이언은 빨간 불 앞에서 천천히 정지한다.

"암흑 물질(우주에 존재하는 물질 중 아무런 빛을 내지 않는 물질-옮긴이)은 다른 물질들에 중력으로 영향을 미쳐요. 볼 수 없고 느낄 수도 없지만 그 방향으로 무언가가 끌려가는 걸 볼 수 있죠."

어젯밤 캠벨이 떠나자마자 이지는 거실로 왔다. 여자라면 최소한 한 달에 한 번은 해야 하는 생리가 막 터진 참이었다. 이지가 무미건조하게 말했다.

"완전히 업무상 관계인 건 맞네."

내가 이지를 노려본다. "엿듣고 있었어?"

"얇은 벽 너머로 둘만의 은밀한 얘기를 나눈 게 누군데?"

"할 말이 있으면," 내가 말했다. "어서 말해."

"내가?" 이지가 눈살을 찌푸린다. "아니, 내 알 바 아니잖아, 안 그래."

"아니지."

"그래, 그러니까 너한테 아무 말도 안 할 거야."

나는 눈알을 굴렸다. "어서 말해, 이소벨."

"네가 안 궁금한 줄 알았지." 이지는 소파로 와 내 옆에 앉는다. "있잖아, 줄리아. 벌레가 커다란 보라색 살충장치를 처음 보면 신인 줄 알아. 하지만 두 번 보는 순간 반대 방향으로 달려가고 말지."

"첫째, 나를 모기에 비교하지 마. 둘째, 벌레는 다른 방향으로 날아가지 달려가는 게 아니야. 셋째, 두 번째 순간은 없어. 벌레는 이미 죽었거든."

이지가 능글맞게 웃는다. "너 진짜 변호사 같다."

"나는 캠벨이 나를 제압하도록 내버려두지 않을 거야."

"그럼 전근을 신청해."

"여긴 해군이 아니야." 나는 소파에 놓인 장식용 쿠션을 끌어안는다.

"그리고 지금은 그럴 수 없어. 그랬다간 캠벨이 내가 공적인 일과 그 옛날 어리석고 멍청하고 풋내 나는 사건도 구별 못하는 겁쟁이라고 생각할 거야."

"넌 **못 그래.**" 이지가 고개를 젓는다.

"그 자식은 너를 잘근잘근 씹은 다음 뱉어 버릴 이기적인 병신이야. 게다가 끔찍하게도 너는 비명을 지르며 달아나도 부족할 머저리들과 사랑에 빠지곤 했잖아. 나는 네가 캠벨한테 아무런 감정이 없다고 애써 스스로를 납득시키는 걸 보고만 있을 순 없어. 넌 지난 15년 동안 그놈이 네 안에 파 놓은 구멍을 채우려고 부단히 노력했잖아."

나는 이지를 빤히 쳐다보았다. "와우!"

이지가 어깨를 으쓱했다. "할 말이 많았나 봐."

"언닌 남자를 전부 싫어해? 아니면 캠벨만?"

이지는 한동안 생각하는 듯하더니 결국 "캠벨만." 하고 말했다.

그 순간 내가 원했던 건 내 집 거실에 혼자 있는 거였다. TV 리모컨이나 유리 화병, 가급적이면 언니를 던져버릴 수 있으면 좋겠다. 하지만 몇 시간 전에 이사 온 언니더러 나가라고 할 수는 없었다. 나는 자리에서 일어나 선반에 있는 집 열쇠를 집어 들었다.

"나, 나간다. 기다리지 마."

나는 파티를 즐기는 편이 아니다. 우리 집에서 네 블록밖에 떨어져 있지 않는데도 '셰익스피어네 고양이'에 자주 가지 않는 이유다. 술집은 어둡고 사람들로 북적거리는 데다 파촐리(동남아시아산 식물 또는 그 향유로 만든 향수-옮긴이)와 정향(열대성 정향나무의 꽃을 말린 것. 향신료로 씀-옮긴이) 냄새가 났다. 나는 안으로 들어가 스툴 위에 깡충 뛰어오른 뒤 옆자리 남자에게 미소를 지었다. 영화관 뒷자리에서 내 성을 모르는 사람이랑 섹스를 하고 싶은 기분이었다. 세 명의 남자가 나에게 술을 사겠다며 싸우는 걸 보고 싶었다. 캠벨 알렉산더에게 그가 놓친 내가 어떤 사람인지 보여주고 싶었다.

옆자리 남자는 파란 눈에 흑발의 포니테일을 하고 있으며 영국 배우 캐리 그랜트 같은 미소를 지니고 있었다. 그는 나를 향해 공손히 고개를 끄덕인 뒤 고개를 돌리고는 흰색 머리 남자의 입에 키스를 하기 시작했다. 나는 주위를 둘러보며 내가 입구에서 놓친 게 있나 확인했다. 술집은 싱글 남성으로 가득 차 있지만 그들은 자기들끼리 춤을 추고 껄떡대며 시간을 보내고 있었다.

"뭐 드릴까요?"

바텐더는 후크시아(바늘꽃과 식물-옮긴이) 호저(몸에 길고 뻣뻣한 가시털이 덮여 있는 동물-옮긴이) 같은 머리에 코찌를 끼고 있었다.

"여기 게이바인가요?"

"여긴 웨스트포인트에 있는 장교 클럽입니다. 술 드실 건가요?"

나는 그의 어깨 너머로 데킬라 병을 가리켰다. 그는 작은 유리잔을 집어 들었다.

나는 지갑을 뒤져 50달러를 꺼냈다. "병째 주세요." 나는 병을 힐끗 보며 눈살을 찌푸렸다.

"셰익스피어는 고양이가 없었을 텐데."

"기분 나쁜 일이라도 있었나 봐요?" 바텐더가 물었다.

나는 눈을 가늘게 뜨며 그를 응시했다. "당신은 게이가 아니죠?"

"게이 맞는데요."

"제 연애 경력을 생각해 보면, 당신이 게이라 하더라도 전 매력적이라고 생각했을 거예요. 지금 상황에서는…."

나는 옆자리의 바쁜 커플을 쳐다본 뒤 바텐더를 향해 어깨를 으쓱했다. 그는 얼굴이 새파래져서는 내가 건넨 50달러를 도로 주었다. 나는 그걸 주머니에 쑤셔 넣었다. "누가 친구를 돈으로 살 수 없다고 했지." 내가 웅얼거렸다.

3시간 후, 나는 그곳에 남은 유일한 사람이었다. 세븐을 제외하고는. 세븐은 닐이라는 이름이 암시하는 바가 마음에 들지 않아 작년 8월에 스스로 개명한 이 바텐더의 이름이다. 세븐은 아무 의미가 없다고, 그게 자신이 딱 원하던 바라고 말했다.

"난 식스라고 했어야 할지도 몰라." 데킬라 병을 거의 바닥까지 비울 때쯤 내가 말했다. "넌 나인이 될 수도 있고."

세븐은 깨끗한 유리잔을 이제 막 다 쌓아 올렸다. "됐어, 이제 그만 해."

"그 사람은 나를 주얼(보석)이라고 불렀어." 내가 말했다. 그 말을 내뱉자마자 난 울기 시작했다.

보석은 거대한 열과 압력을 받은 바위일 뿐이야. 예시롭지 않은 것은 사람들이 쳐다볼 생각도 하지 않는 곳에 항상 숨어 있기 마련이지. 하지만 캠벨은 그 보석을 쳐다본 뒤 떠났다. 그가 본 게 무엇이었든 시간이나 공을 들일 가치가 없다는 것을 나에게 말해준 거다.

"내 머리는 분홍색이었어." 내가 세븐에게 말했다.

"나한테도 제대로 된 직장이 있었어." 그가 대답했다.

"근데 무슨 일이 있었는데?"

그가 어깨를 으쓱했다. "머리를 분홍색으로 염색했어. 넌 무슨 일이 있었는데?"

"난 머리를 길렀어." 내가 대답했다.

세븐은 나도 모르게 내가 엎지른 걸 닦아냈다. "자기가 이미 갖고 있는 걸 원하는 사람은 아무도 없어." 세븐이 말했다.

안나는 혼자 식탁에 앉아 골든 그래햄스(시리얼 브랜드-옮긴이)를 먹고 있다. 자기 아빠와 내가 함께 나타나자 놀란 듯 눈이 커진다. 하지만 그뿐이다. "어젯밤 불이 났나 봐요?" 안나가 코를 킁킁거리며 말한다. 브라이언은 주방을 가로질러 가 아이를 껴안는다. "큰 불이었지."

"방화범의 짓이었어요?" 안나가 묻는다.

"아닌 것 같아. 방화범은 보통 빈 건물에 불을 지르는데 이번에는 그 안에 아이가 있었거든."

"아빠가 구했겠죠." 아이가 추측한다.

"당연하지." 브라이언이 나를 힐긋 본다.

"줄리아를 병원으로 데려갈까 하는데 같이 갈래?"

안나가 그릇을 내려다본다. "모르겠어요."

"안나," 브라이언이 턱을 치켜든다. "언니를 못 보게 할 사람은 아무도 없어."

전화벨이 울리고 그가 전화를 받는다. 잠자코 듣기만 하더니 미소를 짓는다. "잘됐네. 정말 잘됐어. 물론 가봐야지." 그가 안나에게 전화를 건네준다. "엄마가 너랑 얘기하고 싶대." 브라이언이 말한 뒤 옷을 갈아입기 위해 자리를 비운다. 안나가 잠시 망설인 뒤 수화기 주위로 머리카락을 돌돌 감는다. 그러고는 자신만의 작은 프라이버시 공간을 확보하려는 듯 어깨를 움츠린다. "여보세요?" 금방 목소리가 부드러워진다. "정말요? 언니가 그랬어요?"

몇 분 후 안나가 전화를 끊는다. 자리에 앉아 시리얼을 더 떠먹은 뒤 그릇을 밀어버린다. "엄마였니?" 내가 맞은편에 앉으며 묻는다.

"네, 언니가 깼대요." 안나가 말한다.

"좋은 소식이구나."

"그럴 거예요."

나는 식탁에 팔꿈치를 댄다. "좋은 소식이 아닐 수도 있는 거니?"

하지만 안나는 답하지 않는다. "내가 어디 있는지 물었어요."

"엄마가?"

"언니가요."

"언니와 소송에 대해 얘기해봤니?"

아이는 나를 무시한 채 시리얼 상자를 움켜쥔 뒤 안에 든 속포장지를 연다. "눅눅해요." 아이가 말한다. "공기를 전부 빼지 않았거나 윗부분을 제대로 안 닫았나 봐요."

"케이트에게 무슨 일이 진행되고 있는지 누군가 말해줬니?"

안나는 시리얼 상자 위를 눌러 자국이 난 부분을 구멍 안으로 밀어 넣으려고 하지만 잘 되지 않는다. "골든 그래햄스는 정말 맘에 안 들어요." 다시 시도하려고 하자 상자가 안나의 손에서 떨어지며 내용물이 전부 바닥에 쏟아진다. "이런." 안나는 식탁 아래로 기어가 손으로 시리얼을 주워 담으려고 한다. 나는 안나가 있는 바닥으로 내려가 아이가 시리얼을 손바닥으로 한 움큼 퍼 속포장지에 담는 것을 바라본다. 아이는 내 쪽을 쳐다보지 않는다. "언니가 집에 오기 전에 언제든 더 사다 놓으면 돼요." 아이가 조심스럽게 말한다. 그러더니 갑자기 말을 멈추고 나를 올려다본다. 아이를 감싸는 비밀이 없어지자 훨씬 어려 보인다.

"언니가 절 미워하면 어쩌죠?"

나는 안나의 귀 뒤에 머리카락 한 가닥을 꽂는다. "안 미워하면?"

"핵심은 우리는 반해야 할 사람들한테는 절대로 반하지 않는다는 거야." 세븐이 어젯밤 말했다.

나는 그를 힐긋 쳐다보았다. 그의 말에 호기심을 느낀 나는 용기를 내어 카운터에 딱 붙이고 있던 얼굴을 들어올렸다.

"나만 그런 게 아니야?"

"절대 아니지." 그는 깨끗한 유리잔들을 내려놓았다.

"생각해봐. 로미오와 줄리엣이 기존 체제를 완강히 거부하다 어떤 꼴이 났는지. 슈퍼맨은 로이스 레인에게 끌렸지. 훨씬 더 나은 짝은 원더우먼이었을 텐데 말이야. 도슨이랑 조이(〈도슨의 청춘일기〉라는 드라마의 주인공-옮긴이)는 또 어떻고. 더 할까? 찰리 브라운이랑 빨간 머리 여자애는 말할 것도 없지."

"너는 어떤데?" 내가 물었다.

그가 어깨를 으쓱했다. "말했다시피 우리 모두에게 해당되는 사항이야." 그는 카운터에 팔을 괸 뒤 자홍색으로 염색한 머리 아래로 검은색 머리뿌리가 보일 만큼 나에게 가까이 다가왔다. "나한테는 린덴이 그랬지."

"나도 나무 이름을 가진 사람이랑 헤어진 적이 있어." 내가 공감하며 물었다. "여자였어, 남자였어?"

그가 코웃음을 쳤다. "절대 말 못하지."

"그 여자가 뭘 잘못했는데?"

세븐이 한숨을 쉬었다. "그게, 그 여자가…."

"하하! 너 방금 '그 여자'라 그랬어."

세븐이 눈알을 굴렸다. "그래, 줄리아 형사님. 이 게이 세계에서 나를 몰아내셨네. 이제 만족해?"

"딱히 그렇지는 않아."

"나는 린덴을 뉴질랜드로 돌려보냈어. 비자가 만료되었거든. 고국으로 돌아가거나 나랑 결혼을 해야 했지."

"린덴은 뭐가 문제였는데?"

"아무 문제없었어." 세븐은 혼란스러워 보였다. "린덴은 우렁각시처럼 청소를 했어. 절대로 내가 설거지를 하도록 내버려두지 않았지. 내 말을 경청했고 침대에서도 끝내줬어. 나한테 미쳐 있었지. 믿기 힘들겠지만 린덴에게는 내가 미래를 함께 하고 싶은 남자였던 거야. 98% 정도 완벽한 관계였지."

"나머지 2%는 어땠는데?"

"나도 모르겠어." 그는 깨끗한 접시를 바 한쪽 끝에 쌓기 시작했다. "뭔가 부족했어. 뭔지는 모르겠지만. 하지만 완벽하지는 않았지. 관계를 하나의 생명체로 생각하면 그 부족한 2%는 손톱 같은 거였어. 하지만 그게 심장이라면 문제가 완전히 달라지." 세븐이 나를 돌아보았다. "나는 린덴이 비행기에 올랐는데 울지도 않았어. 함께 4년이나 같이 살았던 그녀가 떠나는데 아무렇지도 않았던 거야."

"음, 난 다른 문제였는데." 내가 말했다. "나한테는 심장이 있었지만 그 심장이 자랄 대상이 없었어."

"그래서 무슨 일이 일어났는데?"

"뭔 일이 일어났겠어," 내가 말했다. "고장 났지."

　　말도 안 되는 아이러니는 캠벨은 내가 휠러에서 다른 아이들과 달랐기 때문에 나에게 매력을 느꼈고, 나는 다른 친구들과 소통을 간절히 원했기 때문에 캠벨에게 끌렸다는 사실이다. 캠벨의 친구들은 캠벨이 왜 나 같은 애한테 시간을 낭비하는지 이유를 알아내려고 했다. 그 결과 이런저런 소문이 나돌았으며 모두가 우리를 의심쩍은 눈빛으로 바라보았다. 그들은 내가 손쉬운 상대라고 생각했던 게 틀림없었다. 하지만 우리는 그런 짓을 하지 않았다. 방과 후 묘지에서 만났으며 서로에게 시를 읽어주기도 하고, 한번은 알파벳 'S'를 말하지 않고 대화를 이어가려고 한 적도 있었다. 우리는 등을 맞대고 앉아서 서로의 생각을 읽으려고도 했다. 텔레파시가 통하는 척했지만 그의 마음은 나로 가득 차 있었고 내 마음은 그로 가득 차 있을 뿐이었다. 나는 그가 내 말을 듣기 위해 머리를 가까이 댈 때마다 그에게서 냄새가 나는 게 좋았다. 태양이 토마토의 볼을 간질이는 것처럼 혹은 차 후드에서 비누가 마르는 것처럼. 나는 그의 손이 내 척추에 와 닿는 느낌이 좋았다. 정말 좋았다.

　　"우리," 하루는 그의 입술 언저리에서 나오는 숨결을 느끼며 내가 말했다. "그거 하면 어때?"

　　그는 등을 대고 누워서 달이 별 무리 사이로 나타났다가 사라지는 것을 바라보고 있었다. 한 손은 머리 위로 올리고 다른 손은 가슴팍에 누워 있는 나를 받치고 있었다. "뭘?"

　　나는 대답하지 않았다. 대신 팔꿈치를 대고 일어나 땅이 푹 꺼질 정도로 그에게 깊이 키스했다. "아," 캠벨이 쉰 목소리로 말했다. "그거?"

　　"너 해봤어?" 내가 물었다.

그는 씩 웃기만 했다. 나는 그가 머피나 버피 혹은 퍼피 같은 애들이랑 혹은 셋 모두랑 학교 내 야구장 선수 대기석에서 아니면 파티가 끝난 뒤 집에서 아빠의 버번위스키 냄새를 풍긴 채 해봤을 거라고 생각했다. 그런데 나하고는 왜 자려고 하지 않는지 궁금했다. 나는 머피나 버피, 퍼피가 아니라 그저 줄리아 로마노이기 때문이라고 생각했다.

"하고 싶지 않아?" 내가 물었다.

필요한 대화를 하지 않고 있다는 것을 아는 그런 순간이었다. 무슨 말을 해야 할지 모르기 때문에, 생각을 실천으로 옮겨본 적이 없었기 때문에. 나는 그의 바지의 불룩 솟은 부분을 손으로 지그시 눌렀다. 그가 뒤로 물러났다.

"주얼, 내가 여기 있는 이유가 이것 때문이라고 생각하는 거 싫어." 그가 말했다.

외로운 사람을 만나거든 그들이 무슨 말을 하든 고독을 즐기기 때문에 혼자인 게 아니라는 사실을 기억하기 바란다. 이 세상에 섞이려고 노력을 해봤지만 사람들이 계속해서 그들을 실망시키기 때문에 혼자인 것이다.

"그럼 여기 왜 있는 건데?"

"그건 네가 〈아메리칸 파이〉에 나오는 대사를 전부 알기 때문이야." 캠벨이 말했다. "네가 웃을 때 옆쪽으로 들쑥날쑥한 이빨까지도 보이기 때문이지." 그가 나를 바라보았다. "내가 그동안 만났던 애들이랑은 다르기 때문이고."

"날 사랑해?" 내가 낮게 속삭였다.

"방금 말하지 않았어?"

이번에는 내가 그의 바지 단추를 향해 손을 뻗어도 그가 뒤로 물러나지 않았다. 내 손바닥에 닿은 그 부위가 너무 뜨거워 내 손에 상처를 남기는 게 아닐까 생각했다. 나와는 달리 그는 어떻게 해야 하는지 알고 있었다. 나에게 키스한 뒤 나를 밀고는 내 안으로 들어왔다. 그러더니 갑자기 미동도 하지 않았다.

"처음이라고 얘기 안 했잖아."

"안 물어봤잖아."

하지만 그는 예상했을 것이다. 그는 몸을 떨며 내 안에서 움직이기 시작했다. 팔, 다리로 시를 쓰는 것처럼. 나는 손을 뻗어 내 뒤에 놓인 묘비를 움켜쥐었다. 그 위에 써진 단어는 눈을 감고도 알 수 있었다.

노라 딘(1832~1838).

"주얼," 모든 게 끝나자 그가 속삭였다. "난…."

"네가 무슨 생각하는지 알아."

나는 스스로를 누군가에게 내어주고, 그가 나를 열어보았으나 기대한 선물이 아니라는 사실에 그저 미소를 짓고 고개를 끄덕이고는 고맙다고 말해야만 할 때 어떤 일이 일어나는지 궁금했다.

나는 관계를 맺을 때마다 운이 안 좋은 게 순전히 캠벨 알렉산더 탓이라고 본다. 인정하기 쪽팔리지만 그를 제외하고는 3.5명의 사람과 해봤을 뿐이다. 게다가 그중 누구도 첫 번째 경험에 비해 딱히 더 나았다고 할 수 없었다.

"내가 맞춰보지." 세븐이 어젯밤 말했다. "첫 번째는 만회용이고 두 번째는 유부남이었지?"

"어떻게 알았어?"

그가 웃었다. "넌 진부하니까."

나는 새끼손가락으로 마티니를 저었다. 시각적 환영으로 손가락이 갈라지고 굽어보였다.

"다른 사람은 클럽 메드에서 만났는데 윈드서핑 강사였어."

"그건 좀 괜찮았겠네." 세븐이 말했다.

"그 남자는 진짜 멋졌지." 내가 대답했다. "거기가 칵테일 프랭크소시지만 했어."

"어이쿠."

"사실," 내가 곰곰이 생각했다. "그게 느껴지진 않았어."

세븐이 씩 웃었다. "그 남자가 0.5야?"

나는 홍당무처럼 빨개졌다. "아니, 그건 다른 남자였어. 이름이 기억 안 나." 내가 인정했다. "오늘 같은 날 밤 이후로 아침에 일어나 보니 그 남자가 내 위에 있지 뭐야."

"넌 경험이 마치 철도 사고 같구나." 세븐이 말했다.

하지만 그건 정확한 표현이 아니다. 탈주 열차는 사고다. 나는 의도적으로 선로 앞에 뛰어들 것이다. 속도위반 차량 앞에 내 자신을 묶어두기조차 할 것이다. 나는 슈퍼맨이 나타나기를 원한다면 우선 구할 가치가 있는 누군가가 필요하다고 믿는 비논리적인 면이 있다.

케이트 피츠제럴드는 어디에선가 불쑥 나타날 것 같은 유령과도 같은 모습이다. 피부는 거의 투명하고 머리카락은 베개에 스며들 정도로 옅다. "좀 어떠니, 케이트?" 브라이언이 속삭이며 몸을 숙여 케이트의 이마에 키스를 한다.

"아이언맨 대회에서 1등 할 만큼 좋아요."

케이트가 농담을 던진다. 안나는 내 앞에서 문가를 서성이고 있다. 사라가 손을 내민다. 엄마의 손길에 용기를 내어 안나가 케이트의 침대로 기어 올라간다. 나는 엄마가 아이에게 건네는 이 작은 제스처를 기억해 둔다. 순간, 사라가 문가에 서 있는 나를 본다.

"여보, 저 여자가 여기 왜 있어?" 그녀가 말한다.

나는 브라이언이 설명하기를 기다린다. 하지만 그는 한 마디도 할 생각이 없어 보인다. 나는 얼굴에 미소를 머금은 채 앞으로 나간다.

"오늘 케이트 컨디션이 좋다고 들었어요. 케이트와 얘기를 나누기에 괜찮은 때 같아서요."

케이트가 팔꿈치를 대고 앉으려고 발버둥 친다. "누구세요?"

나는 사라가 저지할 거라고 생각했지만 말을 꺼낸 건 안나다. "좋은 생각이 아닌 것 같아요."

안나는 내가 여기에 온 이유가 그거란 걸 알면서도 이렇게 말한다.

"제 말은 언니는 여전히 많이 아픈 상태라는 거예요."

시간이 조금 걸리긴 했지만 나는 결국 이해한다. 안나의 삶에서 케이트에게 말을 거는 사람은 전부 케이트의 편을 든다. 안나는 내가 도망치는 것을 막기 위해 자신이 할 수 있는 일을 하고 있는 것이다.

"안나 말이 맞아요." 사라가 성급하게 거든다. "케이트는 이제 막 한숨 돌린 참이에요."

나는 안나의 어깨에 손을 올린다. "걱정 마." 그러고는 사라를 향해 고개를 돌린다. "제가 알기론 당신은 이 공판이…."

사라가 내 말을 자른다. "로마노 양. 밖에서 얘기 좀 할 수 있을까요?"

우리는 복도로 나간다. 사라는 바늘이 든 스티로폼 트레이를 들고 있는 간호사가 지나가도록 기다려준다.

"저에 대해 어떻게 생각하는지 알아요." 그녀가 말한다.

"피츠제럴드 부인."

사라가 고개를 젓는다.

"안나를 위해 이러는 거 알아요. 당신은 그래야 하죠. 저도 예전에 변호사로 일했기 때문에 이해해요. 그게 당신 일이죠. 우리 가족이 이런 이유를 이해하는 것도 그 일부고요." 사라가 주먹으로 이마를 문지른다. "제 일은 딸들을 돌보는 거예요. 한 명은 상당히 아프고 다른 한 명은 상당히 불행하죠. 제 판단이 잘못된 것일 수 있지만… 당신이 여기에 온 이유가 안나가 소송을 취하하지 않았기 때문이란 걸 케이트가 알게 되면 아이가 빨리 회복하지 못할 수 있어요. 그러니 케이트에게 그 말은 하지 않으셨으면 해요. 부탁할게요."

나는 천천히 고개를 끄덕이고 사라는 케이트의 병실로 돌아간다. 그녀는 문에 손을 올린 채 주저하며 말한다. "저는 **두 아이** 모두를 사랑해요." 내가 풀어야 하는 방정식이다.

나는 세븐에게 진정한 사랑은 중죄에 해당한다고 말했다.

"18살 이상이면 아니지." 그가 금전 등록기의 서랍을 닫으며 말했다.

그때쯤 술집 자체는 내 부속물이 되어 있었다. 내 첫 번째 몸체를 지지하는 두 번째 몸체였다. "사랑은 숨을 **멎게 해**." 내가 강조했다.

"사랑은 말하는 능력을 **앗아가지**." 나는 빈 술병의 목을 세븐 쪽으로 기울였다. "사랑은 마음을 **훔쳐**."

그는 내 앞을 행주로 훔쳤다. "판사는 이 사건을 기각할 걸."

"아닐 걸."

세븐은 황동으로 만들어진 봉에 행주를 널었다. "내가 보기엔 경범죄 같은데."

나는 차갑고 축축한 나무에 턱을 댔다. "절대로," 내가 말했다.

"한 번 사랑에 빠지면 평생 그 안에서 허우적대게 돼. 그러니까 무기징역 감이야."

● ● ●

브라이언과 사라가 안나를 구내식당에 데려가고 나는 케이트와 단둘이 남는다. 케이트는 호기심 가득한 얼굴이다. 엄마가 의도적으로 자리를 비운 게 손으로 꼽을 수 있을 만큼 적었으리라. 나는 가족들이 의료 서비스와 관련된 결정을 내리는 데 도움을 주고 있다고 말한다.

"윤리위원회에서 나오셨어요?" 케이트가 추측한다. "아니면 병원의 법무 부서에서요? 변호사처럼 생기셨어요."

"변호사가 어떻게 생겼는데?"

"실험 결과를 말해주고 싶어 하지 않을 때의 의사처럼요."

내가 의자를 끌어다 앉는다. "음, 오늘 컨디션이 좋다니 다행이야."

"네, 어제는 진짜 최악이었죠." 케이트가 말한다.

"오지와 샤론 부부(미국의 유명한 록 가수와 그의 부인 겸 매니저-옮긴이)가 오지와 헤리엇(〈오지와 헤리엇의 모험〉이라는 시트콤

주인공-옮긴이)처럼 보일 정도로 약에 취해 있었거든요."

"의학적으로 네가 어떤 상태인지 알고 있니?"

케이트가 고개를 끄덕인다.

"골수 이식을 받은 이후로 이식편대숙주질환에 걸렸어요. 그건 일종의 좋은 의미예요. 백혈병을 쫓아내니까요. 하지만 그건 피부와 장기에 고약한 짓을 하기도 해요. 의사들은 그걸 막으려고 스테로이드랑 사이클로스포린를 투여했죠. 그게 효과가 있었지만 그것 때문에 제 신장이 고장 나 버렸어요. 이달의 응급 상황이 바로 그거예요. 둑에 난 구멍 하나를 고치는 순간 다른 부위가 터지는 거죠. 제 안에서는 항상 무언가 무너지고 있어요."

아이는 내가 날씨나 병원 메뉴에 대해 물어본 것처럼 덤덤하게 말한다. 나는 신장전문의와 신장 이식에 대해 얘기해 봤는지, 이토록 많고 다양하며 고통스러운 치료를 받는 것에 대해 특정한 느낌이 드는지 물어볼 수 있었을 것이다. 하지만 케이트는 내가 바로 그런 걸 물을 거라 생각할 것이다. 그래서 나는 전혀 다른 질문을 꺼낸다.

"커서 뭐가 되고 싶니?"

"아무도 저에게 그런 질문을 한 적이 없어요." 아이가 나를 조심스럽게 쳐다본다. "왜 제가 자랄 거라고 생각하세요?"

"왜 네가 자라지 않을 거라고 생각하니? 그럼 이 온갖 치료는 왜 받는 거니?"

대답하지 않을 거라고 생각한 순간, 케이트가 말한다.

"저는 항상 발레리나가 되고 싶었어요." 아이가 팔을 올린다. 힘없는 아라베스크(발레 자세 중 하나-옮긴이)다. "발레리나한테는 뭐가 있는지 아세요?"

섭식 장애, 나는 생각한다.

"절대적인 통제예요. 몸에 있어서는 무슨 일이, 언제 일어날지 정확히 알고 있죠." 케이트는 다시 지금으로, 병실의 상황으로 돌아오며 어깨를 으쓱한다. "어쨌든 그렇다고요." 아이가 말한다.

"오빠에 대해 말해주겠니?"

케이트가 웃기 시작한다. "아직 오빠를 못 만나보셨군요."

"아직."

"오빠를 보면 30초 만에 어떤 사람인지 알게 될 거예요. 오빠는 해서는 안 되는 나쁜 짓들을 많이 하고 다녀요."

"마약이나 술 같은 거 말이니?"

"그렇죠." 케이트가 말한다.

"가족들이 그 문제 때문에 힘들진 않니?"

"음, 그렇죠. 일부러 그런다기보다는 일종의 주목받기 위한 오빠만의 방식인 거죠. 생각해 보세요. 동물원에서 코끼리랑 같은 우리에 살고 있는 다람쥐라면 어떻겠어요? 사람들이 다람쥐한테 가서 '야, 저 다람쥐 좀 봐.'라고 할 것 같아요? 아니죠. 바로 눈에 띄는 훨씬 더 큰 동물이 있기 때문이죠."

케이트는 가슴팍에서 솟아나온 튜브 위로 손가락을 쓸어 올렸다 내렸다 한다.

"어떨 땐 도둑질을 하고 어쩔 땐 술에 취하죠. 작년엔 장난으로 탄저병 신고를 했고요. 오빠는 그런 사람이에요."

"안나는?"

케이트는 무릎 위에 있던 담요를 주름 잡아 접기 시작한다.

"어느 해에는 모든 휴일, 심지어 현충일 같은 휴일에도 제가 병원에 있었어요. 물론 아무것도 계획하지 못했죠. 하지만 병에 걸리면 어쩔 수 없어요. 우리 가족은 제 병실에 크리스마스트리를 갖다 놓고 구내식당에서 부활절 달걀 찾기를 했죠. 정형외과 병동에 할로윈 사탕을 받으러 다녔고요. 안나는 여섯 살이었고 독립기념일에 병원에 폭죽을 가져오지 못하게 한다고 심통을 부렸어요. 산소 공급용 텐트가 도처에 있으니 어쩔 수 없었죠." 케이트는 나를 올려다본다. "안나는 도망쳤어요. 하지만 그다지 멀리는 못 갔죠. 병원 로비에 도착하기도 전에 붙잡혔어요. 안나는 다른 가족을 찾으러 갈 거라고 저한테 말했어요. 말했다시피 안나는 고작 여섯 살이었고 아무도 안나의 말을 심각하게 받아들이지 않았어요. 하지만 저는 평범하다는 게 어떤 느낌일지 궁금해하곤 했기 때문에 안나가 왜 다른 가족을 궁금해 했는지 이해할 수 있어요."

"네가 아프지 않을 때 안나와 너는 잘 지내는 편이니?"

"다른 자매들하고 비슷할 걸요. 누가 누구의 CD를 틀 것인지를 두고 옥신각신하고 귀여운 남자에 대해 얘기하고 다른 사람의 매니큐어를 훔치죠. 안나가 제 물건을 가져가면 저는 소리를 지르고 제가 안나의 물건을 가져가면 안나는 집이 떠날세라 소리를 질러요. 참 좋은 동생일 때도 있지만 어쩔 땐 동생이 안 태어났으면 하고 바라기도 해요."

그 말이 참 친숙하게 들려 나는 씩 웃는다.

"나한테는 쌍둥이 언니가 있어. 내가 이 말을 할 때마다 엄마는 네가 혼자인 걸 상상할 수 있느냐고 묻곤 했지."

"그럴 수 있으세요?"

나는 웃는다.

"당연히… 언니가 없는 삶을 상상할 수 있는 때가 분명 있지."

케이트는 웃지 않는다.

"제가 없는 삶을 상상해야 하는 건 항상 동생이에요."

사라

1996

여덟 살인 케이트는 팔과 다리가 길게 뒤엉켜 있다. 때로는 어린 여자애라기보다는 길쭉한 막대 모양의 담배 파이프 청소도구와 햇빛으로 만든 생명체 같다. 나는 오늘 아침, 세 번째로 아이 방에 머리를 집어넣는다. 아이는 또 다른 옷을 입고 있다. 이번에는 붉은색 체리가 수놓인 드레스다.

"이러다 네 생일파티에 늦겠다." 내가 말한다.

케이트는 홀터 톱(홀터넥 스타일의 상의-옮긴이)을 풀려고 버둥대면서 드레스를 벗는다. "이 드레스를 입으면 선데이 아이스크림 같아 보여."

"더 이상한 드레스도 있어." 내가 말한다.

"엄마라면 핑크 스커트랑 스트라이프 스커트 중에 뭘 입겠어?"

나는 바닥에 허물처럼 벗겨져 있는 드레스를 바라본다. "핑크 드레스."

"스트라이프는 별로야?"

"그럼 그걸 입으렴."

"체리 입을래." 아이는 결정을 내린 뒤 돌아서서 핑크 드레스를 집어 든다. 허벅지 뒤에 50센트 동전 크기의 멍이 있다. 천 위로 선명한 자국을

230

드러낸 체리처럼.

"케이트, 이게 뭐니?" 내가 묻는다.

아이는 몸을 비틀어 내가 가리킨 지점을 바라본다. "어디 부딪힌 것 같은데?"

5년 동안 케이트는 관해가 되었다. 처음에 제대혈 이식이 효과가 있는 것처럼 보이자 나는 누군가 이 모든 게 실수였다고 말해주기를 계속해서 기다렸다. 케이트가 발이 아프다고 불평했을 때는 병이 재발해 발생하는 뼈 통증이라고 확신해 찬스 의사에게 달려갔다. 하지만 운동화가 작아져서 그런 것뿐이었다. 아이가 넘어졌을 때는 상처를 붙어주는 대신 혈소판이 괜찮은지 물었다. 피부 아래 조직에서 피가 날 때 멍이 생긴다. 항상 그런 건 아니지만 보통은 외상의 결과다.

내가 얘기했나? 꼬박 5년이 지났다고.

안나가 방으로 고개를 넣는다. "아빠가 첫 번째 차가 방금 도착했고 언니가 밀가루 포대를 입고 온대도 상관없대. 밀가루 포대가 뭐야?"

케이트는 민소매 원피스를 머리 위로 집어넣은 다음 치맛단을 들어 올린 뒤 멍을 문지른다. "휴." 아이가 말한다.

아래층에는 25명의 학급 친구들을 비롯해 유니콘 모양의 케이크 그리고 아이들에게 풍선으로 칼이나 곰, 왕관 따위를 만들어 주려고 고용한 지역 대학생들이 와 있다. 케이트는 선물을 열어본다. 반짝이는 구슬로 만든 목걸이, 공예용품 키트, 바비 용품 등이 있다. 아이는 남편과 내가 준비한 가장 큰 상자를 제일 마지막에 열어본다. 유리 어항 안에 꼬리가 부채 모양인 금붕어가 헤엄을 치고 있다.

아이는 늘 애완동물을 기르고 싶어 했다. 하지만 남편은 고양이 알레르기가 있고 개는 손이 너무 많이 갔기에 우리는 금붕어로 결정했다. 케이트는 정말 행복해한다. 파티가 끝날 때까지 어항을 들고 다닌다. 금붕어에게 헤라클라스라는 이름을 지어준다.

파티가 끝나고 청소를 할 때 나는 금붕어를 바라본다. 동전처럼 반짝이는 금붕어는 갇혀 있는 게 행복한 것처럼 원을 그리며 헤엄친다.

건방지게 달력에 표시해뒀던 일정을 전부 삭제하고 모든 계획을 취소하는 데에는 30초면 충분하다. 바보처럼 자신을 속여 왔을지라도 평범한 삶을 사는 건 불가능하다는 걸 깨닫는 데에는 60초면 충분하다.

통상적인 골수검사, 즉 케이트의 몸에 멍이 난 걸 보기 한참 전에 예정되었던 골수검사를 할 때가 다시 왔다. 그런데 전골수세포 수치가 비정상적이다. 중합효소연쇄반응 DNA를 살펴보는 검사 결과, 염색체 15번과 17번이 전위되었다.

케이트는 현재 분자학적 재발이며 임상학적 징후도 나타날 거라는 의미다. 한 달간은 케이트의 몸에서 백혈병모세포가 보이지 않을 것이다. 일 년간은 케이트의 소변이나 대변에서 피가 보이지 않을 것이다. 하지만 결국 그렇게 될 것이다. 의사들은 **재발**이라는 말을 **생일**이나 **세금 마감일**처럼 아무렇지도 않게 한다. 원하든 원하지 않든 그들의 내부 일정의 일부가 될 정도로 일상적인 일인 것처럼 말이다.

찬스 의사는 종양학자들 사이에서 가장 큰 논쟁 중 하나가 '부서진 바퀴를 고칠 것인가, 카트가 쓰러질 때까지 기다릴 것인가'라고 말한다. 그는 케이트에게 올트랜스 레티놀산(ATRA, 상하이아동병원에서 사용하기 시작해 보고한 약물로서, 현대의 실험적 결과에 기반한 약이며 기본적으로는 비타민이다–감수자)을 먹여볼 것을 제안한다. ATRA는 내 엄지손가락 반만 한 크기의 알약이다. 중국 의료계에서는 ATRA를 수년간 사용하고 있다. 몸에 침투해 모든 걸 파괴하는 항암약물요법과는 달리 ATRA는 염색체 17번으로 바로 직행한다. 염색체 15번과 17번의 전위는 전골수 세포가 제대로 성숙하는 걸 막는 이유 중 일부이기 때문에 ATRA는 한데 뭉친 유전자를 푸는 데 도움이 되며 비정상적인 상태가 악화되는 걸 막아준다.

찬스 의사는 ATRA를 사용할 경우 케이트가 관해 상태를 보일지도 모른다고 말한다. 하지만 약에 내성이 생길 수도 있다고도 한다.

"엄마?"

제시가 내가 앉아 있는 거실 소파로 온다. 나는 여기에 몇 시간째 앉아 있다. 자리에서 일어나 볼일을 볼 수가 없다. 도시락을 싸고 바지 단을 접고 심지어 난방비를 내는 것조차 무슨 의미가 있단 말인가.

"엄마?" 제시가 다시 말한다. "까먹은 거 아니지?" 나는 아이가 마치 외국어라도 하고 있는 것처럼 아이를 바라본다. "뭐라고?"

"치과 교정의사한테 간 다음에 새 운동화 사러 가기로 했잖아. 약속했잖아."

맞다, 그랬지. 이틀 후면 축구가 시작되는데 제시의 옛 운동화는 작아져 신을 수가 없다. 하지만 지금 내가 교정의사에게 갈 수 있을지 모르겠다. 항상 그렇듯 접수원이 케이트를 보고 미소 지으며 아이들이 어쩜 그리 예쁘냐고 말할 텐데. 게다가 스포츠 용품점에 간다는 생각은 가당치도 않아 보인다.

"치과 교정의사 보는 건 취소하마." 내가 말한다.

"좋아!" 제시가 은색 보철을 반짝이며 웃는다. "그럼 그냥 운동화만 사러 가는 거야?"

"지금은 시기가 좀 안 좋구나."

"그렇지만…."

"제시, 그만해."

"새로운 신발이 없으면 경기에 뛸 수 없어. 게다가 엄마는 아무것도 안 하고 있잖아. 여기 앉아만 있잖아."

"네 동생이 많이 아파. 그게 네 치과 방문이나 신발을 사러 가는 계획에 지장을 주었다면 미안하구나. 하지만 지금 당장 그게 대단히 중요한 일처럼 보이지는 않는구나. 이제 열 살이나 되었으니 세상이 네 중심으로 돌아가는 게 아니라는 걸 깨달을 만큼은 자랐다고 생각하는데." 내가 차분히 말한다.

제시가 창문 밖을 바라본다. 케이트가 떡갈나무 가지에 다리를 벌리고 앉아 안나에게 나무에 오르는 법을 가르치고 있다. "그렇네. 케이트가 참 많이도 아프지." 제시가 말한다. "그럼 엄마는 왜 안 자라는 거야? 왜 세상이 케이트 중심으로만 돌아가지 않는다는 걸 모르는데!"

나는 난생 처음 부모가 왜 아이를 때리게 되는지 이해하기 시작한다. 아이의 눈을 들여다보면 절대로 바라지 않는 자신의 모습이 보이기 때문이다. 제시는 위층으로 올라가 방문을 쾅 하고 닫는다. 나는 눈을 감고 숨을 몇 차례 들이쉰다. 그러다 불현듯 생각이 난다. 모두가 나이가 들어 죽는 건 아니다. 사람들은 차에 치여 죽기도 한다. 비행기 사고로 죽기도 하며 땅콩을 먹다 질식해서 죽기도 한다. 모든 것, 특히 미래에 관해서는 아무것도 보장할 수 없다.

나는 한숨을 쉬며 위층으로 올라가 제시의 방문을 두드린다. 아이는 요새 음악에 흠뻑 빠져 있다. 방문 아래로 새어나오는 얇은 빛줄기를 따라 음악 소리가 울려 퍼진다. 제시가 스테레오의 소리를 낮추자 음이 갑자기 뚝 떨어진다. "왜?"

"얘기를 하고 싶어서…. 미안하구나."

문 반대편에서 잠시 소동이 있은 뒤 문이 활짝 열린다. 뱀파이어 립스틱을 칠한 것처럼 제시의 입이 피로 덮여 있고 재봉사의 핀처럼 철사가 튀어나와 있다. 아이 손에 들린 포크가 눈에 띈다. 나는 아이가 포크로 보철을 뽑았다는 걸 깨닫는다.

"이제 날 데리고 아무 데도 갈 필요 없어." 제시가 말한다.

케이트가 ATRA를 먹은 지 2주가 지났다. "알아?" 하루는 내가 케이트의 약을 준비하고 있는데 제시가 말한다. "자이언트 거북은 177년을 사는 거?" 제시는 〈리플리의 믿거나 말거나〉 신문 만화를 보고 있다. "그리고 북극 조개는 220년을 살 수 있대."

안나는 카운터에 앉아 수저로 땅콩버터를 퍼먹고 있다.

"북극 조개가 뭐야?"

"난들 알아?" 제시가 말한다. "앵무새는 80년을 산대. 고양이는 30년을 살고."

"혜라클라스는?" 케이트가 묻는다.

"이 책에는 잘 돌보면 금붕어는 7년을 살 수 있다고 나와."

제시는 케이트가 혀 위에 약을 올려놓은 뒤 물과 함께 약을 삼키는 것을 바라본다. "네가 혜라클라스였다면," 제시가 말한다. "이미 죽었을 거야."

남편과 나는 찬스 의사 사무실에서 각자의 자리에 앉는다. 5년이 지 났지만 이 의자는 오래된 야구 장갑처럼 느껴진다. 책상에 놓인 사진도 그대로다. 의사의 아내는 5년 전과 똑같이 챙이 넓은 모자를 쓴 채 험준한 뉴포트 방파제에 서 있다. 민물송어를 들고 있는 그의 아들은 6살에서 멈 췄다. 그 때문인지 다르게 믿고 싶어도 우리는 여전히 이곳에 갇혀 있다 는 느낌을 지울 수가 없다.

새로운 약은 효과가 있었다. 케이트는 한 달 동안 분자학적 관해 상 태가 되었다. 그러나 혈액검사 결과 케이트의 혈액에 전골수세포가 다시 많아진 것으로 나타났다.

"ATRA로 케이트를 계속 치료해 볼 수 있습니다." 찬스 의사가 말한 다. "하지만 잘 안 되는 걸 보니 이미 한계에 도달한 것 같네요."

"골수 이식은요?"

"그건 위험 부담이 있어요. 특히 아직 임상적 재발 증상이 완전히 나 타나지 않은 아이의 경우에는요." 찬스 의사가 우리를 쳐다본다. "우리가 먼저 시도해 볼 수 있는 다른 방법이 있어요. 공여자 림프구 주입술, 일명 DLI라고도 하지요. 때로는 조직학적으로 일치하는 기증자의 백혈구 세 포를 투입할 경우, 제대혈 세포의 본래 클론이 백혈병 세포와 싸우는 데 도움이 될 수 있어요. 최전방 군대를 지원하는 일종의 구조대원이라고 생 각하면 됩니다."

"그러면 관해가 될까요?" 남편이 묻는다.

찬스 의사는 고개를 젓는다. "그건 임시방편일 뿐이에요. 케이트는 결국 완전히 재발할 거예요. 하지만 이 방법이 시간을 벌어줄 겁니다. 보 다 공격적인 치료를 하기 전에 아이의 방어력을 강화하는 거죠."

"림프구를 확보하는 데 얼마나 걸릴까요?" 내가 묻는다.

찬스 의사가 나를 돌아본다. "그건 두 분께 달려 있습니다. 안나를 얼마나 빨리 여기로 데려올 수 있으신가요?"

엘리베이터 문이 열리자 그 안에는 남자 한 명만이 타고 있다. 밝은 금속성 청색의 선글라스를 낀 노숙자 옆에 잡동사니로 가득 찬 플라스틱 쇼핑백 6개가 놓여 있다. "문 닫으라고, 제기랄." 우리가 엘리베이터 안으로 들어서자 그가 소리친다. "내가 장님인 줄 알아?"

나는 로비 층 버튼을 누른다. "방과 후에 안나를 데려갈 수 있어. 유치원이 내일 12시에 끝나거든."

"내 가방 건드리지 마." 노숙자가 으르렁거린다.

"안 건드렸어요." 내가 거리를 둔 채 공손하게 답한다.

"그래서는 안 될 것 같은데." 남편이 말한다.

"저 남자 근처에도 안 있다고!"

"사라, 내 말은 DLI 말이야. 안나에게 피를 기증하게 해서는 안 될 것 같아."

무슨 이유에서인지 엘리베이터가 11층에서 멈추더니 다시 문이 닫힌다. 노숙자가 플라스틱 가방을 뒤지기 시작한다.

"안나를 가졌을 때," 내가 남편에게 상기시킨다. "케이트의 공여자가 될 거란 걸 알았잖아."

"딱 한 번이지. 그리고 안나는 그렇게 했다는 걸 기억하지 못하잖아."

남편이 나를 바라볼 때까지 기다린다. "당신이라면 케이트에게 피를 주겠어?"

"맙소사, 여보. 무슨 질문이…."

"나라면 그럴 거야. 나라면 맹세코 심장의 절반도 내어 주겠어. 아이를 살릴 수만 있다면 말이야. 우리는 할 수 있는 한 최선을 해야 해. 사랑하는 사람에 있어서는 말이야." 남편이 머리를 수그리더니 고개를 끄덕인다. "안나라고 해서 왜 다를 거라고 생각해?"

엘리베이터 문이 열리지만 남편과 나는 서로를 바라본 채 그대로 있다. 뒤에서 노숙자가 우리 둘 사이를 거칠게 밀고 나간다. 그의 수확물이 팔에서 바스락거린다. "소리 좀 그만 질러." 그가 소리친다. 우리는 아무 말도 하지 않은 채 서 있었다. "내가 귀머거리인 줄 알아?"

안나에게는 휴일이다. 엄마랑 아빠가 자신하고만 시간을 보내기 때문이다. 주차장을 건너는 내내 우리 둘의 손을 꼭 잡고 있다. 병원에 도착하면 어떤 반응을 보일까? 나는 안나에게 언니의 기분이 별로 좋지 않고, 의사가 안나한테서 무언가를 꺼내 언니에게 줘서 언니의 기분을 좋게 만들어야 한다고 설명했다. 그 정도면 충분하다고 생각했다. 우리는 익룡과 티라노사우루스 그림에 색칠을 하면서 진찰실에서 기다린다.

"오늘 간식 시간에 에단이 공룡들은 감기에 걸려 전부 죽었다고 말했어." 안나가 말한다. "하지만 아무도 그 말을 안 믿었지."

남편이 씩 웃는다. "안나는 공룡들이 왜 죽었다고 생각하는데?"

"그건 100만 년이나 살아서 그래." 아이가 아빠를 올려다본다. "그때도 생일파티를 했을까?"

문이 열리고 혈액 전문의가 들어온다.

"안녕하세요, 여러분. 어머님, 아이를 무릎 위에 앉히시겠어요?"

나는 진찰대에 앉아 안나를 내 무릎 위에 올린 채 팔로 감싼다. 남편이 우리 뒤에 서서 안나의 어깨와 팔꿈치를 잡아 움직이지 못하게 한다.

"준비 되었니?" 의사가 아직까지 웃고 있는 안나에게 묻는다. 그 순간 의사가 주사기를 든다.

"그냥 조금 따끔할 뿐이야." 의사가 약속하지만 이는 사실과 전혀 다르다. 안나가 몸부림치기 시작한다. 아이의 팔이 내 얼굴과 배를 움켜쥔다. 남편은 아이를 놓친다. 아이의 울부짖는 소리 너머로 남편이 나에게 소리친다.

"애한테 **말한** 거 아니었어?"

내가 눈치채지 못한 사이에 방을 나선 의사가 간호사 몇 명을 달고 다시 돌아온다. "아이와 채혈은 절대로 친하지 않죠." 그녀가 말한다. 간호사들이 안나를 내 무릎에서 떼어낸 뒤 부드러운 손길과 말로 아이를 달랜다. "걱정하지 마. 우리는 절대로 실수하지 않는단다."

케이트가 진단받던 날과 데자뷰다. **무엇을 바라든 조심해야 한다고** 나는 생각한다. 안나는 제 언니랑 똑같다.

케이트와 안나의 방을 청소하고 있는데 진공청소기의 손잡이가 헤라클라스의 어항을 치면서 헤라클라스가 공중으로 붕 날아간다. 어항은 안 깨졌지만 헤라클라스를 찾는 데 시간이 좀 걸린다. 헤라클라스는 케이트의 책상 아래 카펫에서 몸부림을 치며 말라가고 있다.

"조금만 버텨."

내가 속삭이며 녀석을 어항에 넣는다. 그러고는 욕실 개수대로 가 어항에 물을 채운다. 헤라클라스가 표면으로 떠오른다. **안 돼, 제발.** 나는 침대 끝에 앉는다. 케이트에게 내가 아이의 물고기를 죽였다고 어떻게 말한단 말인가? 애완동물 가게에 가서 다른 금붕어를 사오면 아이가 눈치챌까? 갑자기 안나가 내 옆에 와 있다. 유치원 오전반 수업을 마치고 집에 와 있다.

"엄마, 왜 헤라클라스가 안 움직여?"

나는 입을 연다. 차마 솔직하게 말할 수가 없다. 하지만 바로 그 순간 헤라클라스가 몸을 떨더니 물속으로 뛰어들어 다시 헤엄치기 시작한다.

"아니야, 자 봐봐." 내가 말한다. "헤라클라스는 괜찮단다."

5천 개의 림프구가 충분하지 않은 것처럼 보이자 찬스 의사는 만 개의 림프구가 필요하다고 말한다. 두 번째 시술이 예정된 날은 하필이면 체육관에서 진행될 안나 학급 친구의 생일파티 날과 겹치고 만다. 결국 안나는 잠시 파티에 참석한 뒤 나와 함께 체육관에서 병원으로 가기로 한다.

생일을 맞은 아이는 엄마를 닮아 요정 같은 금발의 공주님이다. 나는 쿠션을 깐 바닥을 가로질러 가기 위해 신발을 벗으며 그들의 이름을 기억해 내려고 애쓴다. 아이의 이름은… 맬러리, 엄마는… 모니카? 마가렛?

나는 트램펄린 위에 앉아 있는 안나를 한눈에 찾는다. 강사가 팝콘처럼 아이들을 위아래로 튕기고 있다. 아이 엄마가 크리스마스 조명처럼 밝은 미소를 띤 채 우리에게 다가온다.

"안나 어머님이시죠. 저는 미티예요." 그녀가 말한다. "안나가 가야 해서 아쉬워요. 하지만 이해해요. 아무도 안 가본 곳에 간다는 건 정말 신나는 일일 거예요."

병원이? "음, 같은 일을 겪지 않으시길 바랄 뿐이에요."

"오, 맞아요, 저는 엘리베이터를 타면 어지러워서요." 여자는 트램펄린 쪽을 향해 돌아선다. "안나, 애야! 엄마가 오셨단다!"

안나는 푹신한 바닥을 쏜살같이 달려온다. 아이들이 모두 어렸을 때나는 거실을 딱 이렇게 꾸미고 싶었다. 벽과 바닥, 천장에 쿠션을 대 아이들을 보호하고 싶었다. 하지만 케이트를 버블랩(완충 작용을 하도록 기포가 들어 있는 비닐 포장재-옮긴이)에 넣어 보호할 수는 있지만 아이를 노리는 진짜 위험은 이미 아이의 피부 아래에 도사리고 있다.

"뭐라고 말해야 하지?" 내가 부추기자 안나가 맬러리의 엄마에게 감사하다고 말한다. "오, 천만에." 그녀가 안나에게 작은 선물 가방을 건넨다.

"남편분에게 언제든 전화 달라고 하세요. 텍사스에 가 계시는 동안 안나를 봐 드릴게요."

안나는 신발 끈을 묶다가 잠시 주춤한다. "미티?" 내가 묻는다. "안나가 정확히 뭐라고 했나요?"

"가족 모두 엄마를 공항에 데려다 줘야 하기 때문에 빨리 가야 한다고 했어요. 휴스턴에서 훈련이 시작되면 비행이 끝날 때까지 엄마를 볼 수 없다고요."

"비행이요?"

"우주 왕복선이요…."

나는 잠시 말이 나오지 않는다. 안나가 그런 말도 안 되는 얘기를 지어냈다니. 게다가 맬러리의 엄마는 그 말을 그대로 믿다니. "저는 우주인이 아니에요." 내가 고백한다. "안나가 왜 그런 말을 했는지 모르겠네요."

나는 안나는 일으켜 세운다. 아직 운동화 한쪽 끈이 풀려 있다. 아이를 체육관 밖으로 끌어내 차에 태운 다음 말한다.

"왜 친구에게 거짓말을 했니?"

안나가 나를 노려본다. "왜 파티를 일찍 떠나야 해?"

케이크나 아이스크림보다는 네 언니가 중요하기 때문이지. 네가 네 언니에게 그럴 수는 없기 때문이지. 내가 그렇게 말했기 때문이지.

나는 너무 화가 나서 두 번 만에 자동차 문을 연다. "다섯 살짜리처럼 굴지 마." 나는 아이를 추궁하지만 아이가 실은 정확히 다섯 살이라는 걸 기억한다.

"정말 뜨거웠어." 남편이 말한다. "은색 찻잔이 녹고 연필이 반으로 구부러졌지."

나는 신문을 읽다가 남편을 올려다본다. "어떻게 시작됐는데?"

"주인이 휴가를 간 사이에 고양이랑 강아지랑 서로를 쫓다가 젠에어 전자레인지를 켜버린 거야."

남편이 청바지를 벗다가 움찔하고 놀란다. "지붕을 기어가다가 2도 화상을 입었어."

남편의 피부가 벗겨져 물집이 생겼다. 나는 남편이 연고를 바르고 거즈를 덮는 것을 바라본다. 남편은 계속해서 얘기한다. 막 입사한 시저라는 신참에 대해 말한다. 하지만 내 눈은 신문의 상담란으로 향한다.

친애하는 애비

어머님이 방문하실 때마다 냉장고를 청소하겠다고 우기세요. 남편은 어머님이 그저 도우려는 것뿐이라 하지만 저는 평가받는다는 느낌을 지울 수가 없습니다. 어머님 때문에 제 인생은 엉망진창이 되었어요. 결혼 생활을 망치지 않고도 어머님을 말릴 수 있는 방법이 없을까요?

감사합니다.

시애틀에서 한계에 다다른 여자가

도대체 어떤 여자가 이것을 가장 큰 문제라고 생각한단 말인가? 나는 이 여자가 린넨 느낌의 종이에 위 글을 적는 모습을 상상해 본다. 이 여자는 아기가 배 안에서 꿈틀대는 걸 느껴본 적이 있는지, 엄마의 배 안에 꼼꼼히 지도를 그려야 할 곳이라도 되는 것처럼 아기가 작디작은 손과 발로 작은 원을 그리며 걷는 걸 느껴본 적이 있는지 궁금하다.

"뭘 그렇게 열심히 봐?" 남편이 내 어깨 너머로 글을 읽으며 묻는다.

나는 못 믿겠다는 듯 고개를 젓는다.

"젤리 병에서 반지가 나오는 바람에 인생을 망친 여자 얘기."

"썩은 크림." 남편이 낄낄 웃으며 한 술 떠 뜬다.

"끈적끈적한 상추. 오, 맙소사. 이 여자 어떻게 산대?"

우리는 둘 다 웃기 시작한다. 전염성이 있어 서로 눈이 마주치자 더 크게 웃는다. 그러다 갑자기 이 모든 게 더 이상 웃기지 않다. 우리 모두가 냉장고의 내용물이 개인적인 행복감을 측정하는 기준이 되는 세상에 살고 있는 건 아니다. 누구는 타서 무너지고 있는 건물에서 일한다. 누구는 죽어가는 딸이 있다. "재수 없는 끈적끈적한 상추." 내가 말한다. 내 목소리가 울컥한다. "이건 공평하지 않아."

남편이 순식간에 방을 가로질러 오더니 팔로 나를 감싸 안는다. "그렇지 않아, 여보." 남편이 대답한다.

한 달 뒤 우리는 3차 림프구를 기증하러 간다. 안나와 나는 의사의 사무실에 앉아서 기다리고 있다. 잠시 후 안나가 내 소맷자락을 당긴다. "엄마." 아이가 말한다.

나는 아이를 힐긋 내려다본다. 안나가 발을 앞뒤로 흔들고 있다. 아이 손톱에는 케이트의 기분 전환용 매니큐어가 칠해져 있다.

"왜?"

아이가 나를 올려다보며 웃는다. "깜빡하고 말 안 할까 봐, 생각했던 것보다는 안 아팠어."

어느 날, 언니가 연락도 없이 집에 오더니 남편의 허락을 받고 나를 보스턴 리츠칼튼 호텔의 펜트하우스에 데리고 간다.

"원하는 대로 해 줄게." 언니가 말한다. "미술관, 프리덤 트레일 산책, 바닷가에서 저녁 식사? 말만 해."

하지만 내가 정말로 원하는 건 그저 잊는 것이다. 그래서 3시간 후 나는 언니와 나란히 호텔 바닥에 앉아서 100달러짜리 와인을 두 병째 비우고 있다. 나는 와인 병의 목을 잡고 들어올린다.

"이 돈이면 원피스를 한 벌 살 수 있을 텐데."

언니가 비웃는다. "필른스 베이스먼트(할인점)에서라면 모를까." 언니는 발을 양단 의자에 올려놓고 흰색 카펫에 큰 대자로 누워 있다. TV에서는 오프라 윈프리가 삶을 극대화하라고 조언하고 있다.

"게다가 피노 누아 드레스를 입으면 절대 뚱뚱해 보이지 않습니다."

언니를 올려다보자 갑자기 내 자신이 불쌍하게 느껴진다.

"안 돼. 울지 마. 우는 건 숙박비에 포함되어 있지 않아."

하지만 오프라 윈프리 쇼에 등장해 빼곡히 채워진 파일로팩스 (Filofax, 영국의 메모용 다이어리 브랜드—옮긴이)와 꽉 찬 옷장에 대해 이야기하는 그들의 말이 허황되게 들려온다. 나는 남편이 저녁으로 뭘 만들었을지 궁금하다. 케이트가 괜찮은지도.

"집에 전화해 볼게."

언니가 팔꿈치를 대고 일어난다. "좀 쉬어도 돼. 누구든 하루 24시간, 일주일 내내 순교자가 될 필요는 없어."

하지만 난 언니의 말을 잘못 듣는다. "한 번 엄마가 되면 그럴 수밖에 없어."

"난 **순교자**라고 했어." 언니가 웃는다. "엄마가 아니라."

나는 조금 웃는다. "뭐가 다르겠어?"

언니는 내 손에서 수화기를 뺏는다. "우선 네 여행 가방에서 가시면류관 좀 꺼낼래? 사라, 네 자신에게 귀 기울여봐. 괜히 호들갑 떨지 말고. 그래, 너 운 지지리도 없어. 너처럼 사는 거 엿 같아."

언니 볼에 밝은 색이 인다. "언니는 내 삶이 어떤지 몰라."

"너도 그렇잖아." 언니가 말한다. "넌 사는 게 아니야, 사라. 넌 케이트가 죽기를 기다리고 있어."

"아니야…." 나는 말하려다 멈춘다. 실은 그렇다. 언니가 내 머리를 쓰다듬으며 울도록 내버려둔다. "때로는 정말이지 너무 힘들어." 나는 어느 누구에게도, 심지어 남편에게도 하지 못했던 말들을 고백한다.

"**항상** 그런 건 아니잖아." 언니가 말한다. "사라, 케이트는 네가 와인한잔 더 마신다고, 호텔에서 하룻밤 묵는다고 혹은 터무니없는 농담에 미친 듯이 웃는다고 더 빨리 죽지 않아. 그러니 제발 맘 편히 앉아 볼륨도

높이고 평범한 사람처럼 행동해 봐."

나는 호화로운 방을 둘러본다. 방 안에 널브러져 있는 퇴폐적인 와인과 초콜릿 딸기를. "언니," 내가 눈을 닦으며 말한다. "이건 평범한 사람이 하는 일이 아니야."

언니가 내 눈길을 따라 방을 둘러본다. "그래, 네 말이 맞다." 언니가리모컨을 집어 들더니 채널을 돌려 제리 스프링거가 나오는 프로그램을튼다. "이건 어때?"

내가 웃기 시작한다. 그러자 언니가 웃기 시작한다. 얼마 안 가 방이내 주위로 빙글빙글 돈다. 우리는 누워서 천장 모서리의 크라운 몰딩을올려다본다. 갑자기 어린 시절 버스 정류장을 향해 갈 때 언니가 항상 나보다 앞서갔던 게 생각난다. 나는 뛰어서 언니를 따라잡을 수 있었다. 하지만 한 번도 그러지 않았다. 나는 항상 언니를 따라가기를 원했다.

웃음이 증기처럼 솟아오르고 창문을 통해 밖으로 번진다. 3일 동안폭우가 쏟아진 뒤 아이들은 신나서 밖으로 나가 남편과 축구공을 차면서논다. 삶이 정상적일 때에는 상당히 정상적이다.

나는 제시의 방에 잽싸게 들어가 바닥에 흩뿌려져 있는 레고 블록들과 만화책을 가로질러 깨끗한 옷가지를 침대에 올려놓는다. 그다음에는 케이트와 안나의 방으로 가 갠 옷가지를 분리해 놓는다. 케이트의 티셔츠를 서랍에 넣을 때 헤라클라스가 뒤집힌 채 수영하는 게 보인다. 나는 어항으로 다가가 헤라클라스의 꼬리를 잡은 채 뒤집는다. 녀석은 몇번 헤엄치더니 표면으로 서서히 떠오른다. 흰색 배를 내보인 채 숨을 헐떡거린다. 제시가 금붕어는 잘 돌보면 7년을 살 수 있다고 말한 게 기억난다. 헤라클라스는 고작 7개월밖에 되지 않았다. 나는 어항을 내 방으로 가져간 뒤 정보 서비스에 전화를 건다.

"펫코 부탁드립니다." 내가 말한다. 상담원과 연결이 되자 나는 헤라클라스에 대해 얘기한다. "새로운 물고기를 사고 싶으세요?" 그녀가 묻는다.

"아니요, 저는 이 물고기를 살리고 싶어요."

"실례지만 지금 **금붕어** 얘기를 하고 있는 거 맞으시죠?" 여자가 말한다.

결국 나는 수의사 세 명에게 전화를 건다. 하지만 아무도 물고기를 치료해 본 적이 없다. 나는 죽어가는 헤라클라스를 한동안 쳐다본 뒤 로드아일랜드대학의 해양학부에 전화를 걸어 통화 가능한 교수를 바꿔달라고 요청한다. 그는 오레스테스 박사가 조수 웅덩이에 대해 연구하고 있다고 말한다. 연체동물과 갑각류, 성게에 대해 연구하지만 금붕어에 대해서는 아니라고 한다. 하지만 나는 그에게 급성전골수세포성백혈병(APL)을 앓고 있는 내 딸과 한 번 역경을 딛고 살아남은 헤라클레스에 대해 말한다. 해양 생물학자는 잠시 말이 없다.

"물을 갈아주셨나요?"

"오늘 아침에요."

"그 지역에 지난 며칠 동안 폭우가 쏟아졌죠?"

"맞아요."

"우물이 있으세요?"

우물이 이 일이랑 무슨 상관이람. "네…."

"그냥 제 직감인데요, 빗물 때문에 우물물 안에 미네랄이 너무 많이 들어 있을 수 있어요. 어항에 생수를 부어보세요. 그럼 물고기가 정신을 차릴지도 몰라요."

나는 헤라클라스의 어항을 비우고 잘 닦은 뒤 폴란드 스프링 1.9리터를 채워 넣는다. 20분이 걸리지만 헤라클라스가 헤엄치기 시작한다. 녀석은 가짜 식물 사이를 돌아다닌다. 음식도 조금씩 먹는다. 30분 후 내가 헤라클라스를 바라보고 있는 걸 케이트가 발견한다.

"물 안 갈아도 됐는데. 내가 아침에 갈았거든."

"오, 몰랐네." 나는 거짓말을 한다.

아이는 어항에 얼굴을 갖다댄다. 아이의 웃음이 확대된다.

"오빠 말이 금붕어는 집중력이 90초밖에 안 된대." 케이트가 말한다. "하지만 난 헤라클라스가 나를 정확히 알아본다고 생각해."

나는 아이의 머리를 만진다. 그리고 내 기적을 다 소진한 건 아닐까 생각한다.

안나

수많은 정보에 노출되면 정말로 말도 안 되는 것들이 믿기기 시작한다. 브라질 꿀을 다리 제모제로 사용할 수 있다느니, 칼로 금속을 자를 수 있다느니, 긍정적인 생각의 힘은 필요한 곳 어디라도 우리를 데려다 줄 수 있는 날개처럼 작용할 수 있다느니 등등. 조금의 불면증과 토니 로빈스의 책을 너무 많이 본 결과, 나는 어느 날 언니가 죽은 뒤 내가 어떠할지 상상해보기로 결심했다. 그래야 토니가 단언한 대로 정말로 언니가 죽었을 때 준비가 되어 있을 수 있을 테니까.

나는 몇 주 동안 이 연습을 계속했다. 나 자신을 미래에 가두는 건 생각보다 힘들다. 특히 언니가 평소 때처럼 고통에 가득 찬 모습으로 돌아다닐 때에는. 그래서 나는 언니가 귀신이 되어서 나타난 거라고 믿기로 했다. 내가 언니와 말을 하지 않자 언니는 자신이 무언가 잘못했다고 생각했다. 어쨌든 언니는 아마 뭔가 잘못하긴 했을 것이다. 하루 종일 울기만 할 때도 있었고 납덩이를 삼킨 것처럼 느낄 때도 있었다. 어떤 날에는 옷을 입고 침대를 정리하고 단어 공부를 하는 행동을 정말 열심히 취하기도 했다. 그게 가장 쉬웠으니까.

하지만 베일을 약간 걷자 새로운 아이디어가 샘솟기도 했다. 예를 들어, 하와이 대학에서 해양학을 공부하면 어떨지 생각하는 거다. 아니면 스카이다이빙을 하거나 프라하로 이사를 가거나 기타 수백만 가지 몽상을 해보는 거다. 나는 그러한 시나리오 속에 나를 구겨 넣어보려 했지만 발 사이즈는 7인데 5사이즈 신발을 신는 거나 마찬가지였다. 몇 걸음은 갈 수 있겠지만 결국 주저앉아서 신발을 벗어야 한다. 너무 아프기 때문이다. 나는 붉은색 도장을 든 검열관이 내 뇌 속에 들어앉아 생각조차 해서는 안 되는 것들을 떠올리게 하는 거라 확신했다.

이는 아마 좋은 일일 것이다. 언니가 없는 방정식에서 나는 누구일지 생각해 보려고 아무리 애써도 결코 내가 좋아하는 모습은 아닐 거라는 느낌이 들기 때문이다.

나는 부모님과 함께 병원 구내식당에 앉아 있다. 엄밀하게 말하면 '함께'라는 단어는 적절하지 않다. 우리는 각자의 헬멧을 쓰고 각자의 공기로 살아가는 우주인에 가깝다. 엄마 앞에는 작은 사각형 설탕 봉지들이 놓여 있다. 엄마는 그것들을 무자비하게 정렬한다. 이퀄, 그다음엔 스윗앤로, 그다음에는 우둘투둘한 갈색 천연 설탕. 엄마가 나를 올려다본다.

"얘야(허니)."

왜 우리는 애정을 담은 표현을 할 때 음식의 이름을 이용하는 걸까? **허니, 쿠키, 슈거, 펌킨**처럼. 누군가에게 마음을 쓰는 것만으로 우리가 살아갈 수 있는 건 아닌데.

"네가 뭘 하려는지 알겠어." 엄마가 계속해서 말한다.

"그리고 어쩌면 아빠랑 내가 네 말에 조금 더 귀를 기울일 필요가 있다고 생각해. 하지만 안나, 판사가 우리를 도와줄 필요는 없단다."

심장이 목구멍 아래 놓인 부드러운 스펀지 같다.

"그만해도 괜찮다는 말이야?"

엄마가 웃자 끝없이 눈이 온 뒤 처음으로 찾아온 3월의 따뜻한 날 같다. 맨종아리 뒷부분이나 머리카락에 여름이 닿는 느낌이 불현듯 기억 나는 때처럼. "엄마가 말한 게 바로 그거야." 엄마가 말한다.

더 이상 피를 안 뽑아도 된다. 호중구나 림프구, 줄기세포를 안 뽑아 도 되고 신장을 기증하지 않아도 된다. "원한다면 내가 언니에게 직접 말 할게." 내가 제안한다. "엄마가 말 안 해도 되게."

"괜찮아. 드살보 판사한테만 알리면 없었던 일로 할 수 있어."

내 머릿속에서 망치가 쿵 떨어진다. "하지만⋯ 언니가 왜 내가 더 이 상 기증을 안 하는지 묻지 않을까?"

엄마가 얼어붙는다. "내가 '그만'이라고 한 건 소송을 말하는 거였어."

나는 고개를 젓는다. 내 안에 엉켜 있는 단어의 매듭을 푸는 동시에 엄마에게 답을 주기 위해.

"맙소사, 안나." 엄마가 멍한 표정으로 말한다. "우리가 도대체 무슨 짓을 했다고 우리한테 이러는 거니?"

"나한테 무엇을 했기 때문에 이러는 게 아니야."

"우리가 **하지 않은** 것 때문인 거지?"

"내 말에 귀 기울이고 있지 않잖아!"

내가 소리를 지른다. 바로 그 순간, 번 스택하우스 아저씨가 우리 테 이블로 걸어온다. 아저씨는 나를 바라본 다음 엄마와 아빠를 차례로 본 뒤 억지 미소를 지어 보인다. "지금이 좋은 때는 아닌 것 같군요." 아저씨가 말한다. "정말 미안해요, 사라, 브라이언." 아저씨는 엄마에게 봉투를 건넨 뒤 고개를 끄덕이고는 사라진다. 엄마는 종이를 꺼내서 읽은 뒤 나를 바라본다.

"그 사람한테 뭐라고 말했니?" 엄마가 묻는다.

"누구?"

아빠가 공지문을 집어 든다. 아빠가 도저히 이해할 수 없는 법률 용어로 가득 차 있다.

"이게 뭐야? 잠정적 접근 금지 명령을 위한 발의." 엄마는 아빠에게서 서류를 낚아챈다. "나를 집에서 내쫓아 달라고, 너랑 연락하지 말아 달라고 네가 요청한 거니? 그게 정말로 네가 원하는 거야?"

엄마를 내쫓는다고? 나는 숨을 쉴 수가 없다. "난 그런 거 요청한 적 없어."

"그럼 변호사가 자기를 위해 이런 걸 요청했다는 거니, 안나."

때로는 자전거를 타다가 모래 때문에 미끄러지기 시작하거나 발을 헛디뎌 계단 아래로 굴러떨어지기 시작하는데 이제 곧 아플 거는, 그것도 아주 많이 아플 거는 사실을 알게 되는 아주 긴 찰나의 시간과 마주하지 않던가? 지금이 바로 그때 같다.

"무슨 일인지 모르겠어." 내가 말한다.

"그런데 어떻게 네 자신을 위한 결정을 내릴 수 있다고 생각하니?" 엄마가 너무 갑자기 일어나는 바람에 의자가 구내식당 바닥에 달그락 거린다. "안나, 이게 네가 원하는 거라면 지금 당장 시작할 수 있어." 나를 떠나기 직전 엄마의 목소리가 밧줄처럼 두껍고 거칠다.

● ● ●

석 달 전쯤, 난 언니의 화장품을 빌렸다. 솔직히 말하면 '빌렸다'는 정확한 단어가 아니다. 훔쳤다고 해야 할 거다. 나는 화장품이 없었다. 열다섯 살이 되기 전에는 화장을 해서는 안 되기 때문이다. 하지만 기적이 일어났고 언니는 집에 없었으며 절실한 순간에는 절실한 조치를 취할 수밖에 없다.

기적은 172센티미터에 연한 금빛 머리의 남자애였다. 그 아이의 웃음에 머리가 핑 돌 것만 같았다. 그 아이의 이름은 카일이었다. 아이다호주에서 이사를 왔으며 내 바로 뒤에 앉았다. 그 애는 나나 우리 가족에 대해 아무것도 몰랐기 때문에 그 아이가 나에게 영화를 보러 가자고 했을 때 나를 동정해서가 아니라는 걸 알았다. 우리는 새로 나온 〈스파이더맨〉 영화를 보았다. 적어도 그 애는 그랬다. 나는 영화를 보는 내내 내 팔과 그 애의 팔 사이의 좁은 공간에 어떻게 하면 전기가 통하게 할 수 있을지 생각하느라 영화에 집중할 수 없었다.

집에 도착한 난 여전히 바닥에서 붕 뜬 기분이었다. 언니가 날 기습 공격할 수 있었던 이유다. 언니는 나를 침대에 때려눕힌 뒤 내 어깨를 눌렀다. "요 도둑년." 언니가 말했다.

"나한테 묻지도 않고 내 화장품 서랍장을 뒤졌지."

"언니도 툭하면 내 걸 가져가잖아. 이틀 전에 내 파란색 운동복 빌려 갔잖아."

"그건 완전히 다르지. 운동복은 빨 수 있잖아."

"어째서 내 세균이 언니의 동맥에 떠다니는 건 괜찮고 맥스 팩터 체리 밤 립글로스에 떠다니는 건 안 괜찮은데?" 나는 조금 더 세게 언니를 밀어붙인 뒤 가까스로 몸을 돌려 우위를 점했다.

언니의 눈이 반짝였다. "누군데?"

"무슨 소리야?"

"네가 화장을 한 이유가 분명 있었을 텐데."

"꺼져." 내가 말했다.

"너나 꺼져." 언니가 나를 보고 웃었다. 그러더니 자유로운 손을 내 팔 아래 넣고 나를 간질였다. 나는 깜짝 놀라 언니를 놔주었다. 잠시 후 우리는 침대에서 몸싸움을 벌이며 상대로부터 항복을 받아내려고 했다.

"안나, 그만해." 언니가 헐떡였다. "이러다 죽겠어."

그 말이면 충분했다. 나는 불에 덴 것처럼 언니에게서 손을 뗐다. 우리는 어깨를 나란히 하고 침대 사이에 누웠다. 천장을 바라보고 숨을 크게 내쉬며 둘 다 언니가 방금 한 말이 진실과는 거리가 먼 척했다.

차 안에서 부모님이 싸운다. **진짜 변호사를 고용해야 할 것 같아,** 아빠가 말한다. 그러자 엄마가 답한다. **내가** 진짜 변호사라고. 하지만 여보, 아빠가 말한다. 소송이 계속해서 진행되면, 그러니까 내 말은….

무슨 말이 하고 싶은데, 응? 엄마가 도전적으로 말한다. **무슨 말이 하고 싶은 건데? 난생 처음 보는 양복쟁이 남자가 엄마인 나보다 안나에 대해 더 잘 설명할 수 있다고?** 그 말에 아빠는 집으로 오는 내내 조용하다.

개라히 건물 계단에는 놀랍게도 카메라맨들이 누군가를 기다리고 있다. 그들은 무언가 대박 사건을 취재하러 이곳에 있는 게 분명하다. 그래서 부스스한 머리를 한 리포터가 내 얼굴에 마이크를 들이밀고 나더러 왜 부모님을 고소하는지 물었을 때 나는 깜짝 놀란다. 엄마는 리포터를 밀친다. "제 딸은 할 말이 없습니다." 엄마는 같은 말만 계속해서 반복한다. 한 남자가 나에게 내가 로드아일랜드주 최초의 맞춤형 아기인 것을 아는지 묻는다. 나는 엄마가 그 남자를 때려눕히는 게 아닐지 잠시 생각한다. 나는 일곱 살 때부터 내가 어떻게 생겼는지 알고 있다. 나에게는 그리 큰일이 아니었다. 우선 부모님이 그 얘기를 해줄 무렵, 나는 엄마, 아빠 둘이서 관계를 한다는 생각이 실험실에서 아이를 만든다는 생각보다 훨씬 역겹게 느껴졌기 때문이다. 그리고 당시에는 수많은 사람이 임신 촉진제를 맞고 일곱 쌍둥이를 가졌기 때문에 내 얘기는 그다지 특이할 것도 없었다. 하지만 맞춤형 아기라고? 그렇다. 부모님이 온갖 고생을 할 거면 확실히 순종적이고 겸손하며 감사할 줄 아는 유전자를 심었을 거라고 생각할 것이다.

아빠는 무릎 사이에 손을 낀 채 벤치 내 옆자리에 앉아 있다. 판사실 안에서는 엄마와 캠벨 아저씨가 시끄럽게 싸우고 있다. 복도에 있는 우리는 어색할 정도로 조용하다. 엄마랑 아저씨가 단어를 전부 가져가 버려서 우리에게는 아무런 할 말이 남아 있지 않은 것처럼.

갑자기 여자가 욕을 하는 소리가 들리더니 줄리아가 모퉁이에서 나타난다. "안나, 늦어서 미안해. 취재진이 좀 많아야 말이지. 괜찮니?"

나는 고개를 끄덕이다가 다시 가로젓는다.

줄리아가 내 앞에 무릎을 꿇고 앉는다. "엄마가 집을 떠났으면 좋겠니?"

"아니요!" 당황스럽게도 눈물 때문에 눈이 흐릿하다. "마음이 바뀌었어요. 더 이상 이걸 하고 싶지 않아요. 전부요."

줄리아는 한참 동안 나를 바라보더니 고개를 끄덕인다. "내가 들어가서 판사와 얘기할게."

줄리아가 떠나자 나는 폐에 공기를 집어넣는 데 집중한다. 산소를 들이마시고 침묵을 유지하고 올바른 일을 하는 등 예전에는 본능적으로 할 수 있었던 수많은 일들이 이제는 너무 힘겹다. 나를 바라보는 아빠의 눈길이 무거워 나는 뒤를 돌아본다. "진심이니?" 아빠가 묻는다. "더 이상 하기 싫어진 거 맞아?"

나는 대답하지 않는다. 미동도 하지 않은 채.

"아직 확신이 들지 않으면 숨 돌릴 공간을 갖는 것도 괜찮을 것 같아. 아빠 말은, 소방서에 여분의 방이 있거든." 아빠는 목 뒤를 문지른다. "아예 집을 나가는 건 아니야. 그저…." 아빠가 나를 바라본다.

"…숨을 돌리는 거지." 나는 아빠가 끝내지 못한 문장을 마친 뒤 숨을 돌린다.

아빠는 자리에서 일어나 내 손을 잡는다. 우리는 나란히 개라히 건물에서 나온다. 리포터들이 벌떼처럼 몰려들지만 이번에는 질문들이 나에게서 튕겨져 나간다. 내 가슴은 반짝이와 헬륨으로 가득 차 있다. 어린 시절 해 질 무렵, 아빠의 어깨에 올라탈 때 그랬던 것처럼, 손을 뻗어 그물처럼 손가락을 펴면 떨어지는 별을 잡을 수 있다고 생각했던 때처럼.

캠벨

       지옥에는 부끄러운 줄 모르는 허풍쟁이 변호사를 위한 특별관이 있을지도 모른다. 하지만 우리 모두는 각자 마무리를 할 준비가 되어 있다고 본다.

       가정법원에 도착하자 기자들이 진을 치고 있다. 나는 그들에게 캔디를 던져주듯 인상적인 한 마디를 던져 카메라가 나를 향하도록 만든다. 나는 이 사건이 특이하기는 하지만 관련자 모두에게 고통스러울 수밖에 없다는 점을 적절히 언급한다. 판사의 판결이 미국 전역으로 미성년자의 권리에, 그리고 줄기세포 연구에 영향을 미칠 거라는 점을 넌지시 알려준다. 그러고는 아르마니 양복 상의를 매만진 뒤 저지의 목줄을 당기고는 의뢰인과 얘기를 나누기 위해 그만 들어가야겠다고 말한다.

       법원 안으로 들어가자 나와 눈이 마주친 번 스택하우스가 엄지손가락을 들어올린다. 오전에 이 남자와 마주쳤을 때, 나는 〈프로비던스 저널〉에서 리포터로 일하는 그의 여동생이 오늘 오는지 능청스럽게 물어보았다. "정확한 건 말할 수 없소만," 내가 넌지시 말했다. "오늘 공판은… 꽤나 큰 사건이 될 거요."

지옥의 특별관에는 프로 보노 사건으로 이득을 취하려는 자만이 앉을 수 있는 옥좌가 있을 것이다. 잠시 후 우리는 판사실에 있다. "알렉산더 씨," 드살보 판사가 접근 금지 명령을 위한 발의를 들어 보인다. "왜 이 발의를 제출한 거죠? 어제 이 문제에 대해 이미 논의하지 않았습니까?"

"판사님, 어제 처음 소송 후견인과 얘기를 나눴습니다." 내가 대답한다. "로마노 양이 들은 바에 따르면 사라 피츠제럴드 씨는 제 고객에게 소송은 오해이며 알아서 해결될 거라고 얘기했다고 합니다. 로마노 양이 있는 자리에서 말입니다."

나는 사라를 힐끗 쳐다본다. 그녀는 입술을 앙다물고 있을 뿐 아무런 감정을 내보이지 않는다.

"그건 판사님이 내리신 명령을 전적으로 위반하는 행위입니다. 이 법원이 가족을 유지하는 데 초점이 맞춰져 있는 건 알지만 피츠제럴드 부인이 부모로서의 역할과 반대편 변호인으로서의 역할을 정신적으로 분리할 수 없을 경우 이 사건은 해결되기 힘들다고 봅니다. 따라서 물리적으로 이를 분리시켜야 한다고 생각합니다."

드살보 판사는 손가락으로 책상을 톡톡 친다. "피츠제럴드 부인? 안나에게 그렇게 말했나요?"

"그럼요, 당연하죠!" 사라 피츠제럴드가 폭발한다. "저는 안나가 이러는 진짜 이유를 알아야겠다고요!"

그녀가 이렇게 인정하자 우리 모두는 무너지는 서커스 텐트처럼 순간 아무 말이 없다. 그 틈을 타 줄리아가 문을 박차고 들어온다.

"늦어서 죄송합니다." 줄리아가 숨을 헐떡이며 말한다.

"로마노 양." 판사가 묻는다. "오늘 안나와 얘기를 나누었나요?"

"네, 방금요." 줄리아가 나를 한 번 쳐다본 뒤 사라 피츠제럴드를 바라본다. "안나는 상당히 혼란스러워 보였습니다."

"알렉산더 씨가 제출한 발의에 대해서는 어떻게 생각하시죠?"

줄리아는 반대 방향으로 꼬인 머리카락 한 올을 귀 뒤에 꽂는다.

"공식적인 결정을 내리기에는 정보가 부족하다고 생각합니다. 하지만 직감에 따르면 안나의 엄마를 집에서 내쫓는 건 잘못된 결정이라고 봅니다."

그 말에 나는 바로 긴장하고 이에 반응한 저지가 벌떡 일어난다.

"판사님, 피츠제럴드 부인은 법원의 명령을 어겼다는 점을 방금 시인했습니다. 적어도 윤리위원회에 회부되어야 하며…."

"알렉산더 씨, 이 사건은 단순히 법을 이행하는가의 문제가 아닙니다."

드살보 판사가 사라 피츠제럴드를 돌아본다.

"피츠제럴드 부인, 이번 소송에서 당신과 남편을 변호할 제3의 변호사를 고용할 것을 강력하게 권유합니다. 오늘은 접근 금지 명령을 내리지 않겠지만 다시 한 번 경고합니다. 다음 주에 공판이 있을 때까지 안나와 이 사건에 대해 얘기해서는 안 됩니다. 제 명령을 또다시 어겼다는 얘기가 들릴 경우 제가 직접 윤리위원회에 보고한 뒤 집에서부터 나오시도록 친히 호송해 드리죠." 판사는 서류철을 탁 내려놓은 뒤 자리에서 일어난다.

"알렉산더 씨, 월요일까지 또다시 찾아오는 일이 없길 바랍니다."

"제 의뢰인과 얘기를 나눠야겠습니다." 나는 이렇게 말하고는 안나가 아빠와 기다리고 있는 복도로 서둘러 간다. 예상대로 사라 피츠제럴드가 내 뒤를 바짝 따라온다. 그리고 필시 평화를 유지하려는 줄리아가 그 뒤를 따른다. 우리 셋은 안나가 앉아 있던 벤치에 번 스택하우스가 졸고 있는 것을 보자 갑자기 멈춰선다. "번?" 내가 말한다.

그는 곧바로 자리에서 벌떡 일어나더니 변명하듯 목청을 가다듬으며 말한다. "요추에 문제가 있어서요. 종종 앉아서 압력을 덜어줘야 하거든요."

"안나 피츠제럴드는 어디로 갔죠?"

그는 건물 입구 쪽으로 고개를 홱 돌린다. "안나는 아빠랑 한참 전에 나갔는데요."

아이 엄마의 표정을 보니 그녀도 몰랐던 모양이다. "병원까지 태워다 드릴까요?" 줄리아가 묻는다. 사라 피츠제럴드는 고개를 젓고는 리포터들이 진을 치고 있는 유리문을 통해 밖을 쳐다본다. "뒷문이 있나요?"

저지가 내 옆으로 와 주둥이를 내 손에 파묻기 시작한다. 젠장.

줄리아는 사라 피츠제럴드를 건물 뒤쪽으로 안내한다. "얘기 좀 해야겠어." 줄리아가 어깨 너머로 나에게 말한다. 나는 줄리아가 등을 돌리기를 기다리다가 급히 저지의 목줄을 잡고는 복도로 끌고 간다.

"캠벨!" 잠시 후, 줄리아가 타일 바닥에 또각또각 소리를 내며 나를 따라온다. "얘기 좀 하자고 말했잖아."

나는 잠시 창문 밖으로 뛰어내릴까 진지하게 생각한다. 그러다가 갑자기 멈춰선 뒤 돌아서 최대한 매력적인 미소를 날린다. "정확히 말하면 얘기해야 한다고 말했잖아. 얘기하고 싶다고 말했더라면 기다렸을 텐데." 저지가 내 비싼 아르마니 양복 귀퉁이에 이빨을 갖다대고는 당긴다. "근데 지금은 회의가 있어서 말이야."

"대체 왜 그래?" 줄리아가 말한다. "안나한테 엄마에 대해 얘기했다면서! 우린 같은 생각이라고 했잖아."

"그랬지, 우리는. 그렇지만 아이 엄마는 안나를 구속하고 안나는 그걸 멈추기를 바랐다고. 나는 안나에게 대안을 설명했어."

"대안이라고? 안나는 열세 살이야. 내가 그동안 소송 후견인으로 일한 아이들 중 재판에 대한 생각이 부모와 완전히 다른 경우가 얼마나 많은지 알아? 엄마는 아이가 아동 성추행범에 불리한 증언을 할 거라고 약속해. 엄마 입장에서는 그놈이 평생 감옥에서 썩기를 바라니까. 하지만 아이는 그 사람에게 무슨 일이 일어날지 따위는 신경도 안 써. 그저 그 사람이랑 같은 공간에 있지 않기를 바랄 뿐이지. 아니면 자신이 나쁜 행동을 했을 때 **자신의** 부모님이 **자신**한테 그런 것처럼 그 남자에게도 기회를 한 번 더 줘야 할지도 모른다고 생각해. 안나를 평범한 성인 의뢰인처럼 생각해서는 안 돼. 안나는 가정환경과 자신의 결정을 분리할 수 있을 만큼 감정적으로 성숙한 상태가 아니라고."

"이 고소의 핵심이 바로 그거야." 내가 말한다.

"사실, 안나가 30분 전에 마음을 바꿨다고 말했어." 줄리아가 눈썹을 치켜뜬다. "몰랐지?"

"나한테는 얘기 안 했어."

"그건 네가 잘못된 것들만 얘기하고 있기 때문이야. 너는 아이가 압박감에 소송을 취하하지 못하도록 법적인 얘기만 늘어놓았겠지. 물론 안나는 그걸 덥석 받아들였을 테고. 하지만 안나가 그로 인한 결과가 어떨지 정말로 생각해 봤다고 생각해? 요리하고 운전하고 숙제를 도와줄 부모가 한 명 줄어든다는 걸, 가족들이 그 사실에 아이에게 화를 낼 거라는 걸 아이가 생각해 봤을 거 같아? 네가 안나에게 한 말이라고는, 안나가 들은 말이라고는 **압박을 받지 않을 거라는** 거였겠지. **엄마와 떨어진다는**

말은 하지 않았겠지."

저지가 본격적으로 끙끙거리기 시작한다. "가봐야 해."

줄리아가 나를 따라온다. "어디 가는데?"

"말했잖아. 회의가 있다고."

복도를 따라 문들이 수없이 있지만 모두 잠겨 있다. 나는 문이 열리는 손잡이를 가까스로 찾아 안으로 들어간 뒤 문을 잠근다. "여러분," 내가 진심을 담아 말한다.

줄리아가 손잡이를 잡고 흔든다. 그러고는 연기가 자욱한 작은 유리창을 두들긴다. 내 이마에 땀이 맺힌다. "이번에는 도망 못 가." 줄리아가 문틈으로 나에게 소리친다. "여기서 기다릴 거야."

"난 바빠서 말이야." 내가 되받아 소리 지른다. 저지가 내 앞에 코를 들이밀자 나는 저지 목덜미 주위의 두터운 털에 손가락을 파묻는다. "괜찮아." 내가 말한 뒤 뒤돌아서 텅 빈 방을 마주한다.

제시

이따금 내 신조를 거스르며 신을 믿어야 할 때가 있다. 집에 왔더니 우리 집 문간에 끝내주는 여자가 있는 바로 지금 같은 순간에 말이다. 여자는 자리에서 벌떡 일어나 나에게 제시 피츠제럴드를 아느냐고 묻는다.

"누구시죠?" 내가 말한다.

"나지."

나는 여자에게 내 딴에 가장 매력적인 미소를 날린다. "그럼 제가 제시 피츠제럴든데요."

우선 이 여자가 나보다 나이가 많다는 사실을 말해야겠다. 하지만 보면 볼수록 별 차이를 못 느끼겠다. 그녀는 내가 푹 빠질 만한 머리카락에 아주 부드럽고 두터운 입술을 지니고 있어 다른 신체 부위로 눈길을 돌리기가 쉽지 않다. 심지어 부드러워 보이는 평범한 피부조차 손으로 확인을 하고 싶어 근질근질하다.

"난 줄리아 로마노야." 그녀가 말한다. "소송 후견인이지."

내 혈관을 타고 흐르던 온갖 선율이 끼익 하는 소리를 내며 갑자기 멈춘다. "경찰 같은 건가요?"

"아니, 난 변호사야. 네 동생을 돕기 위해 판사랑 같이 일하고 있어."

"케이트요?"

그녀의 얼굴이 조금 경직된다. "안나 말이야. 부모님으로부터 의료적인 해방을 요구하는 소송을 했거든."

"아, 알아요."

"진짜니?" 이 말에 그녀는 놀라는 듯하다. 반항이 안나의 전매특허라도 되는 양. "안나가 어디 있는지 아니?"

나는 집을 힐긋 쳐다본다. 어둡고 텅 빈 집을. "제가 동생을 돌보기라도 해야 하나요?" 내가 말한 뒤 그녀를 향해 씩 웃는다. "기다리고 싶으면 올라가서 제 작품을 봐도 돼요."

놀랍게도 그녀는 내 말에 동의한다. "사실 괜찮은 생각 같아. 너와도 얘기하고 싶었거든."

나는 문에 다시 기댄 뒤 이두박근이 보이도록 팔짱을 낀다. 그러고는 로저 윌리엄스 대학에 다니는 여학생의 절반을 반하게 만든 미소를 지어 보인다. "저녁에 약속 있어요?"

여자는 내가 방금 그리스어로 얘기라도 한 것처럼 나를 쳐다본다. 젠장, 그리스어를 할 줄 아나 보다. 화성인 혹은 빌어먹을 불카누스(로마 신화에서 불의 신이자 대장장이, 금속 등과 관련된 신–옮긴이)일지도. "지금 나한테 데이트 신청한 거니?"

"시도해본 거죠." 내가 말한다.

"넌 거절당했어." 그녀가 단호하게 말한다. "난 네 엄마뻘이야."

"눈이 정말 환상적이에요." 내가 눈이라고 한 건 **가슴**을 말한 거다. 하지만 뭐가 중요하겠는가. 줄리아 로마노는 그 순간 정장 재킷의 단추를 채운다.

그 모습에 나는 큰 소리로 웃는다.

"여기에서 그냥 얘기만 하면 안 될까?"

"그러시든지요." 나는 이렇게 말한 뒤 그녀를 내 방으로 안내한다.

평상시의 상태를 고려했을 때 뭐 그렇게 나쁘지 않다. 카운터에 쌓인 접시는 고작해야 하루, 이틀 정도밖에 되지 않았다. 엎지른 시리얼은 하루를 마친 뒤 귀가했을 때 마주치는 대상치고는 엎지른 우유보다 나쁘지 않다. 바닥 가운데에는 양동이와 해진 천, 가스 용기가 있다. 나는 불쏘시개를 만드는 중이다. 바닥 곳곳에 천이 놓여 있다. 일부는 밀주 증류기에서 새어나온 흔적을 최소화하기 위해 교묘하게 나열해 놓은 것들이다.

"어때요?" 내가 그녀를 향해 미소를 짓는다. "마사 스튜어트가 참 좋아하겠죠?"

"마사 스튜어트가 널 평생 연구감으로 삼겠다." 줄리아가 웅얼거린다.

그녀는 소파에 앉았다가 벌떡 일어난다. 제기랄, 감자칩 한 움큼이 그녀의 사랑스러운 엉덩이에 이미 하트 모양의 기름 자국을 남겨버렸다.

"한잔 할래요?" 엄마가 나에게 예절을 가르치지 않았다고는 말 못하겠지.

줄리아는 주위를 힐긋 보더니 고개를 젓는다. "아니, 괜찮아."

나는 어깨를 으쓱한 뒤 냉장고에서 라바트 맥주를 꺼낸다. "우리 집에 안 좋은 일이 있었나 봐요."

"몰랐니?"

"알지 않기 위해 노력 중이죠."

"왜?"

"그게 제가 가장 잘하는 일이니까요." 나는 씩 웃은 뒤 맥주를 길게 한 모금 마신다. "물론 그게 제가 보고 싶어 하는 잔치지만요."

"케이트와 안나에 대해 얘기해 줄래."

"무슨 말을 해야 하죠?" 나는 소파로 와 그녀의 옆에, 지나치게 가까이 앉는다. 일부러.

"동생들과 잘 지내니?"

나는 몸을 앞으로 구부린다. "로마노 씨, 제가 동생들에게 상냥하게 대하는지 묻는 건가요?" 그녀가 눈도 깜짝하지 않자 나는 연기하던 걸 멈춘다. "동생들은 저를 견디죠." 내가 대답한다. "다른 사람들처럼요."

이 말에 흥미를 느꼈나 보다. 그녀가 작은 흰색 종이에 무언가를 적는다. "이 가족 안에서 자라는 건 어땠니?"

반사적으로 수많은 대답이 내 목구멍을 타고 솟구치지만 내 입에서 나온 답은 완전히 예상 밖이다. "제가 열두 살 때 케이트가 아픈 날이 있었어요. 많이 아픈 건 아니고 그저 감염 정도였죠. 하지만 케이트는 혼자 힘으로 이겨내지 못하는 것 같았죠. 그래서 과립성 백혈구를 뽑기 위해 부모님이 안나를 데려갔어요. 물론 케이트가 계획한 건 아니었지만 하필이면 크리스마스 이브였죠. 가족 모두 밖에 나가 크리스마스트리를 살 예정이었어요." 나는 주머니에서 담뱃갑을 꺼낸다. "괜찮죠?" 나는 그녀가 대답할 틈도 주지 않은 채 불을 붙인다. "저는 막판에 이웃집에 보내졌어요. 엿 같았죠. 그들은 친척들이랑 근사한 크리스마스 이브를 보내고 있었거든요. 제가 무슨 고아에 귀머거리인 양 저에 대해 쉬쉬거리며 얘기했어요. 어쨌든 얼마 안 가 모든 게 시시해지자 저는 화장실에 가겠다며 몰래 밖으로 나왔어요. 집으로 가 아빠가 쓰시던 도끼와 작은 톱을 가져와 앞마당 중앙에 서 있는 작은 전나무를 베어버렸죠. 이웃집 사람들이 제가 사라진 걸 알았을 때, 저는 우리 집 거실에 트리를 들여

놓고 보호대를 설치한 다음에 화관이며 장식구 등 이것저것을 마구 차려놓은 상태였어요."

나는 마음속으로 여전히 그 불빛들을 그릴 수 있다. 발리의 에스키모인처럼 지나치게 몸치장을 한 트리 위에서 반짝이는 붉은색, 파란색, 노란색 불빛을. "크리스마스 날 아침, 부모님은 절 찾으려 이웃집에 오셨죠. 두 분 다 몰골이 말이 아니었어요. 그런데 집에 오자 트리 아래에 선물이 있었어요. 저는 신나서 제 이름이 적힌 걸 찾았죠. 풀어 보니 태엽으로 감는 조그마한 자동차였어요. 세 살짜리에게는 훌륭한 선물이었겠지만 저에게는 아니었죠. 게다가 그게 병원 기념품 가게에서 팔고 있다는 걸 우연히 알게 되었어요. 제가 그 해에 받은 다른 선물들처럼요. 제기랄, 이상도 하죠." 나는 청바지의 허벅지 부분에 담배를 비벼서 끈다. "부모님은 제가 벤 나무에 대해서는 아무 말씀조차 하지 않으셨어요." 내가 말한다. "저는 이 가족 안에서 그렇게 자랐어요."

"안나도 똑같을 거라 생각하니?"

"아니요, 안나는 부모님의 레이더망에 있죠. 케이트를 위한 원대한 계획의 일부니까요."

"안나가 의학적으로 케이트를 도울 때 부모님이 어떻게 결정하시니?" 그녀가 묻는다.

"무슨 절차가 있는 것처럼 말씀하시네요. 정말로 선택을 할 수 있는 것처럼요."

그녀가 고개를 든다. "없다는 뜻이니?"

나는 그녀를 무시한다. 전에 들어본 적이 있는 수사의문문이기 때문이다. 나는 창밖을 바라본다. 앞마당에는 전나무 그루터기가 여전히 남아 있다. 우리 가족은 누구도 실수를 숨기려 하지 않는다.

일곱 살 때 나는 중국까지 길을 파려고 했다. 직선으로 터널을 뚫는 게 얼마나 어려울지 생각했다. 차고에서 삽을 가져와 내 몸이 들어갈 만한 정도의 너비로 구멍을 파기 시작했다. 매일 밤, 나는 비가 올 때를 대비해 오래된 플라스틱 모래통을 그 위에 덮어두었다. 4주 동안 그렇게 땅을 팠다. 돌멩이 때문에 팔에는 전투의 흔적이 무성해졌고 나무뿌리에 발목이 걸려 넘어지기를 반복했다. 하지만 당시에 나는 내 주위로 점점 높아지는 벽들과 운동화 아래로 뜨끈해지는 지구의 내부는 고려하지 않았다. 결국 직선으로 파내려 가다가 길을 잃고 말았다. 터널에서는 자신의 길을 스스로 비춰야 하는데 나는 그 부분에 있어서 절대 소질이 없었다.

내가 소리를 지르자 아빠가 순식간에 나를 찾았다. 나는 목숨이 여러 번 오갈 때까지 기다렸다고 생각했지만, 아빠는 나의 성실성과 어리석음 사이에서 주저하더니 구덩이로 기어들어왔다. "네 위로 무너질 수도 있었다고!" 아빠가 말하더니 나를 단단한 지상으로 들어올렸다.

난 내가 판 구멍이 그다지 깊지 않다는 걸 깨달았다. 아빠의 가슴팍밖에 오지 않았다.

알다시피 어둠은 상대적이다.

브라이언

안나가 소방서에 있는 내 방으로 짐을 옮기는 데에는 10분도 채 걸리지 않는다. 안나가 옷들을 서랍에 넣고 화장대에 놓인 내 머리빗 옆에 자신의 머리빗을 놓는 동안 나는 폴리가 저녁 식사를 준비하고 있는 부엌으로 간다. 동료들은 내가 설명해 주기를 기다리고 있다.

"안나는 한동안 나랑 지낼 거야." 내가 말한다. "해결할 문제가 좀 있어서."

잡지를 보던 시저가 고개를 든다. "우리랑 함께 출동하나요?"

그것까진 생각해보지 못했다. 아이가 머리를 식히는 데 도움이 될지도 모른다. 일종의 견습생 같은 기분이 들지도 모르겠다. "그럴 수도 있고."

폴리가 뒤돌아본다. 오늘 저녁으로 쇠고기 파히타를 만들고 있다. "무슨 일 있는 거 아니죠, 대장?"

"그럼, 폴리. 신경 써줘서 고맙네."

"안나를 힘들게 하는 자식이 있으면," 레드가 말한다. "이제는 우리 넷을 상대해야 할 거예요."

폴리와 시저도 고개를 끄덕인다. 안나를 힘들게 하는 게 사라와 나라고 말하면 그들이 어떤 생각을 할지 궁금하다. 나는 그들이 저녁 식사 준비를 마저 하도록 하고 내 방으로 들어간다. 안나가 한쪽 트윈 베드에 걸터앉은 채 발을 비비 꼬고 있다.

"안나." 내가 말을 걸지만 아이는 대답하지 않는다. 한참이 지나서야 아이가 헤드폰을 낀 채 뭔지 모를 노래를 듣고 있는 걸 알아챘다. 안나는 나를 보더니 음악을 끄고는 목걸이처럼 헤드폰을 목에 건다.

"아빠."

나는 침대 모서리에 앉아 아이를 쳐다본다. "음, 뭔가 하고 싶니?"

"어떤 거?"

나는 어깨를 으쓱한다. "글쎄, 카드 게임?"

"포커 같은 거?"

"포커, 고 피쉬(연령이 낮은 아이들이 즐기는 포커와 비슷한 카드 게임-옮긴이) 아무거나."

안나가 나를 조심스럽게 쳐다본다. "**고 피쉬?**"

"머리 땋아줄까?"

"아빠." 안나가 묻는다. "괜찮아?"

나에게는 내 주위로 무너지고 있는 건물로 서둘러 들어가는 게 안나를 편안하게 만들어주려고 노력하는 것보다 쉬운 일이다.

"여기에서는 네가 원하는 걸 전부 할 수 있다는 걸 알려주려고."

"화장실에 생리대 놔둬도 돼?"

내 얼굴이 금세 붉어진다. 그걸 눈치챈 듯 안나의 얼굴도 붉어진다. 시간제로 일하는 여자 소방관이 딱 한 명 있다. 그리고 여자 화장실은 소방서 1층에 있다.

안나의 얼굴 위로 머리카락이 흔들린다. "그냥 방에다가 둬도…."

"화장실에 둬도 좋아." 내가 말한다. 그러고는 권위 있는 목소리로 말한다. "누가 뭐라 하면 내 거라고 말하지 뭐."

"사람들이 아빠 말을 믿을지 모르겠네."

나는 팔로 아이를 껴안는다. "처음에는 좀 어설플지도 몰라. 열세 살짜리 여자애랑 같은 침대에서 자본 적이 없어서."

"나도 마흔두 살 먹은 아저씨랑 동거해 보질 않아서."

"다행이네, 그럼 그놈을 가만두지 않을 거거든."

아이의 웃음이 도장처럼 내 목에 찍힌다. 내가 생각하는 것만큼 힘들지 않을지도 모른다. 이렇게 하는 게 결국 우리 가족을 하나로 묶어줄 거라고 생각하게 될지도 모르겠다. 그러기 위한 첫 조치가 가족끼리 떨어져 있는 것일지라도.

"아빠?"

"응?"

"그냥 하는 말인데, 기저귀를 뗀 다음에는 아무도 고 피쉬를 안 해."

안나는 어린 시절 그랬던 것처럼 나를 더욱 꼭 껴안는다. 그 짧은 순간, 내가 안나를 마지막으로 안고 가던 때가 떠오른다. 우리 다섯은 들판을 가로질러 걷고 있었다. 부들과 야생 데이지가 안나의 키보다 컸다. 나는 아이를 팔로 들어올렸고 우리는 함께 갈대 바다를 헤쳐 나갔다. 하지만 나는 아이의 발이 너무 아래에 대롱대롱 매달려 있다는 것과 이제는 내 골반에 걸터앉기에는 너무 커버렸다는 것을 깨달았고, 안나는 얼마 안 가 혼자 걷기 시작했다.

금붕어는 자신이 살고 있는 어항보다 커지지 않는다. 분재 나무는 작게 만들기 위해 구부려지고 뒤틀린다. 나는 아이가 크지 않도록 뭐라도 줬어야 했을지도 모른다. 우리가 부모가 되어가는 속도보다 아이들은 훨씬 빨리 훌쩍 커버린다.

우리 딸 중 한 명이 우리를 법적 위기로 몰아넣는 동안 다른 한 명은 의료적 위기의 고통 속에 놓여 있다니 참으로 놀라운 일이다. 하지만 케이트의 신장이 마지막 단계에 와 있다는 건 이미 오래전부터 알고 있던 사실이다. 이번에 우리를 충격에 빠뜨린 건 안나다. 하지만 항상 그렇듯 방법이 있기 마련이다. 두 문제 다 어떻게든 해결하게 될 것이다. 고난을 견디는 인간의 능력은 대나무와도 같다. 언뜻 보이는 것보다 훨씬 더 유연하다.

그날 오후 안나가 짐을 싸는 동안 나는 병원으로 향했다. 병실에 들어가자 케이트는 투석 중이었다. CD 플레이어용 헤드폰을 낀 채 잠이 들어 있었다. 아내가 조용히 하라는 듯 검지를 입에 댄 채 자리에서 일어났다.

아내는 나를 복도로 끌고 갔다. "케이트는 어때?" 내가 물었다.

"똑같지 뭐." 아내가 대답했다. "안나는 어때?"

우리는 살짝 보여주지만 아직은 내놓고 싶지 않은 야구 카드처럼 아이들의 상태를 주고받았다. 나는 내가 한 짓을 어떻게 설명해야 할지 고민하며 아내를 바라보았다.

"내가 판사를 대적하는 동안 둘이 어디로 달아난 거야?" 아내가 말했다.

빈둥거리면서 불이 얼마나 뜨거울지 생각만 하다가는 절대로 불을 끌 수 없을 것이다. "안나를 서에 데려갔어."

"일이 생긴 거야?"

나는 숨을 깊이 들이쉰 뒤 내 결혼생활 앞에 닥친 낭떠러지로 뛰어들었다. "아니, 안나는 며칠간 나랑 머물 거야. 안나는 혼자만의 시간이 필요할지도 몰라."

아내가 나를 쳐다보았다. "하지만 안나는 혼자 있는 게 **아니잖아.** 당신이랑 있는 거지."

복도가 갑자기 너무 밝고 넓어 보였다. "그게 나쁜 일일까?"

"당연하지." 아내가 말했다. "안나의 성질을 받아주는 게 장기적으로 안나에게 도움이 된다고 생각해?

"안나의 성질을 받아주는 게 아니야. 스스로 올바른 결정을 내릴 수 있도록 숨 쉴 공간을 주는 거야. 당신이 판사실에 있는 동안 아이와 밖에 앉아 있었던 건 나라고. 난 안나가 걱정돼."

"음, 우리 둘이 다른 부분이 그거네." 아내가 말했다. "나는 내 딸 둘 다 걱정된다고."

나는 아내를 바라보았다. 그리고 찰나의 순간, 과거의 아내를 보았다. 미소를 찾아 뒤적거리지 않아도 웃음이 어디에 있는지 정확히 아는 아내를, 늘 급소를 찌르지 못하지만 웃음을 잃지 않는 아내를, 노력하지 않고도 나를 옴짝달싹 못하게 만드는 아내를 말이다. 나는 아내의 볼에 손을 올려놓았다. **그래, 당신이구나,** 나는 생각했다. 그러고는 몸을 기울여 아내의 이마에 키스했다. "우리가 어디 있는지 알잖아." 나는 이렇게 말한 뒤 병원을 나섰다.

자정 직후, 구급차 호출이 있다. 벨이 울리고 불이 자동적으로 방 안에 가득 쏟아지자 안나는 침대에 누운 채 눈을 깜빡인다. "더 자도 돼." 내가 말하지만 아이는 이미 일어나서 신발을 신고 있다. 나는 안나에게 시간제 여성 소방관이 사용하는 오래된 방화복과 신발, 안전모를 주었 다. 아이는 어깨를 움츠려 방화복에 팔을 끼워 넣은 뒤 구급차 뒷좌석에 올라탄다. 운전하고 있는 레드의 뒤로 후면을 향하는 좌석에 앉아 안전 벨트를 맨다.

우리는 어퍼 다비 거리를 지나 성 베드로를 알현하는 대기실이라 불리는 선샤인 게이츠 요양원으로 향한다. 내가 긴급 의료 가방을 나르 는 동안 레드는 들것을 낚아챈다. 간호사가 정문에서 우리를 맞이한다.

"넘어진 뒤 잠시 의식을 잃으셨어요. 정신이 오락가락하세요."

간호사는 우리를 방으로 안내한다. 안으로 들어가니 할머니가 바 닥에 누워 있다. 작은 체구에 새처럼 가는 뼈를 지닌 할머니의 정수리에 서 피가 흐르고 있다. 냄새가 나는 걸 보니 대소변을 못 가리는 상태인 것 같다. "할머니," 내가 곧바로 할머니 쪽으로 몸을 숙이며 말한다. 나 는 할머니의 손을 잡는다. 피부가 흡사 크레이프처럼 상당히 얇다. "제 손가락을 쥘 수 있으시겠어요?" 그러고는 간호사에게 묻는다. "성함이 어떻게 되시죠?"

"엘디 브릭스요. 여든일곱 살이세요."

"엘디 할머니, 도와드릴게요." 나는 계속해서 할머니의 상태를 파 악한다. "머리 뒷부분에 열상(피부가 찢어져서 생긴 상처)이 있어. 고정 판이 필요할 것 같아." 레드가 고정판을 가지러 구급차로 달려가는 동안 나는 할머니의 혈압과 맥박을 잰다. 맥박이 불규칙적이다. "가슴이 아프

세요?" 할머니는 끄응 하는 소리를 내지만 고개를 젓고는 움찔한다. "고
정을 해야 할 것 같아요, 괜찮으시죠? 머리를 세게 부딪치신 것 같아요."
레드가 고정판을 갖고 돌아온다. 나는 간호사를 다시 쳐다본다. "넘어져
서 정신이 오락가락해지신 건지, 정신이 오락가락해서 넘어지신 건지
아세요?"

간호사가 고개를 젓는다. "아무도 할머니가 넘어지신 걸 보지 못해
서요."

"그렇군요." 나는 낮은 목소리로 중얼거린다. "담요 좀 줘."

나에게 담요를 건네는 작은 손에서 떨림이 느껴진다. 그때까지 나
는 안나가 우리와 함께 있다는 걸 깜빡 잊고 있었다. "고맙다, 애야." 나
는 아이를 보고 웃으며 말한다. "아빠 좀 도와줄래? 브릭스 할머니의 발
좀 잡아주렴."

아이는 하얀 얼굴을 끄덕이고는 쭈그리고 앉는다. 레드가 들것을
정렬한다.

"할머니, 몸을 돌릴 거예요… 셋에…."

우리는 셋에 할머니를 옮겨서 들것에 고정한다. 할머니의 두피에 난
상처에서 다시 한 번 피가 솟구친다. 우리는 할머니를 구급차에 태운다.
레드가 차를 병원으로 모는 동안 나는 좁은 차 안을 돌아다니며 산소 탱
크를 연결하는 등 온갖 조치를 취한다. "안나, 정맥주사기 좀 줄래?" 나
는 할머니의 옷을 자르기 시작한다. "제 말 들리시죠? 작은 바늘을 찌를
거예요." 내가 말한다. 할머니의 팔을 잡고 정맥을 찾으려고 하지만 할머
니의 혈관은 설계도면에 나타난 아주 희미한 연필자국 같다. 내 이마에
땀이 송골송골 맺힌다. "20호로는 안 되겠어. 안나, 22호 줄래?"

환자가 울부짖으며 신음을 할 경우 일이 더욱 어려워진다. 구급차가 앞뒤로 흔들리고 코너를 돌며 급정거를 할 경우 작은 바늘을 찌르기가 더욱 어렵다. "젠장," 내가 두 번째 주사기를 바닥에 던지며 말한다. 나는 심전도를 측정한 뒤 무전기를 집어 들고 병원에 전화를 걸어 우리가 가고 있다는 사실을 알린다. "여든일곱 살의 낙상 환자입니다. 질문에 답할 정도로 정신이 있는 상태입니다. 혈압은 136에 83, 맥박은 130이지만 불규칙적입니다. 정맥주사를 놓으려고 했지만 잘 안 되었습니다. 머리 뒷부분에 열상이 있지만 지금은 괜찮은 상태입니다. 산소 호흡기를 달았고요. 질문 있으신가요?"

반대 방향에서 오고 있는 트럭의 불빛 속에 안나의 얼굴이 보인다. 트럭이 회전을 하면서 불빛이 사라지자, 안나가 난생 처음 보는 이 할머니의 손을 잡고 있는 게 보인다. 병원 응급실 입구에서 우리는 들것을 꺼내 자동문으로 밀고 간다. 의사와 간호사들이 이미 기다리고 있다.

"아직 의식이 있어요." 내가 말한다.

남자 간호사가 할머니의 가느다란 팔목을 두드린다. "세상에."

"이래서 정맥주사를 놓을 수가 없었어요. 소아용 혈압계로 혈압을 재야 했습니다."

갑자기 안나가 옆에 있는 게 생각난다. 아이는 눈을 크게 뜬 채 문가에 서 있다.

"아빠? 할머니는 죽는 거야?"

"뇌졸중을 앓으실 수도 있지만… 이겨내실 거야. 저기 의자에 가서 기다릴래? 5분 있다 오마."

"아빠?" 아이의 말에 난 멈춰선다. "그래도 괜찮지 않을까?"

아이가 상황을 보는 방식은 나와는 다르다. 내가 보기에 엘디 브릭스 할머니는 긴급 의료진의 악몽이고 할머니의 혈관은 최악이다. 게다가 할머니의 상태는 알 수 없으며 이건 전혀 좋은 상황이 아니다. 하지만 안나는 엘디 브릭스 할머니의 상태가 어떻게든 좋아질 수 있다고 생각한다.

나는 병원으로 들어가 응급실 직원들에게 필요한 정보를 계속해서 제공한다. 10분 후 나는 서류 작성까지 마친 뒤 대기실에 있는 안나를 찾는다. 하지만 아이는 그곳에 없다. 레드가 들것에 깨끗한 시트를 깔고 벨트 아래에 베개를 고정하고 있는 게 보인다. "안나는 어디 있지?"

"대장이랑 같이 있는 줄 알았는데요."

나는 한쪽 복도를 훑어본 뒤 다른 복도를 본다. 하지만 지친 의사나 다른 긴급 의료진, 커피를 홀짝이며 긍정적인 결과를 기다리는 멍한 사람들 무리만 드문드문 보일 뿐이다.

"곧 돌아올게."

정신없이 돌아가는 응급실에 비해 8층은 쥐죽은 듯 조용하다. 내가 케이트의 병실로 향하며 조심스럽게 문을 열자 간호사들이 내 이름을 부르며 인사를 건넨다. 안나는 이제 사라의 무릎에 앉기에는 큰데도 그곳에 앉아 있다. 안나와 케이트 둘 다 잠들어 있다. 아내가 안나의 정수리 너머로 내가 다가오는 걸 본다. 나는 아내 앞에 무릎을 꿇고 안나의 머리카락을 관자놀이 너머로 쓸어 넘긴다. "아가," 내가 속삭인다. "집에 가야지."

안나는 천천히 자리에서 일어난다. 내가 자신의 손을 잡고 일으켜 세우도록 내버려둔다. 아내가 안나의 척추를 따라 손바닥을 쓸어내린다. "거긴 집이 아니에요." 안나가 말한다. 하지만 그래도 나를 따라 병실을 나선다.

자정이 지난 시간, 나는 안나 옆에 몸을 숙이고는 아이의 귓가에 대고 이렇게 말해본다. "와서 아빠를 봐봐." 안나는 자리에서 일어나 트레이닝 상의를 집어든 뒤 운동화 안에 발을 집어넣는다. 우리는 함께 소방서 지붕으로 올라간다. 우리 주위로 밤이 떨어지고 있다. 별똥별이 어둠의 경계를 빠르게 찢고 들어와 폭죽처럼 쏟아진다. "와!" 안나가 탄성을 지르며 더 잘 보려고 자리에 눕는다.

"페르세우스의 유성우란다." 내가 말한다. "별똥비인 거지."

"멋져."

별똥별은 그냥 별과는 전혀 다르다. 대기로 들어오다가 마찰 때문에 타오르는 돌에 불과하다. 우리가 보면서 소원을 비는 별똥별은 잔해의 흔적일 뿐이다. 하늘의 좌측 상단 사분면에서, 불빛이 번쩍이며 새로운 불똥이 튄다.

"매일 밤 이래? 우리가 잘 때?" 안나가 묻는다.

흥미로운 질문이다. **경이로운 일들은 전부 우리가 알지 못할 때 일어나는가?** 나는 고개를 젓는다. 엄밀히 말하면, 지구의 경로는 이 혜성의 투지 넘치는 꼬리를 1년에 딱 한 번만 지난다. 하지만 이처럼 역동적인 쇼는 일생에 딱 한 번뿐일지도 모른다.

"별이 뒷마당에 떨어지면 멋지지 않을까? 아침에 그걸 발견해 어항에 넣은 다음에 야간 등이나 캠핑용 손전등으로 사용하는 거야."

　아이가 그렇게 하는 모습이 상상이 된다. 풀이 탄 자국을 찾아 잔디를 샅샅이 뒤지는 모습이.

　"언니도 창문 밖으로 이걸 볼 수 있을까?"

　"글쎄." 나는 팔꿈치를 대고 앉아 아이를 조심스럽게 바라본다. 하지만 안나의 눈은 뒤집힌 그릇 모양의 하늘에 고정되어 있다.

　"내가 왜 이 난리를 피우는 건지 묻고 싶은 거 알아."

　"원하지 않으면 말 안 해도 돼."

　안나는 내 어깨를 베개 삼아 자리에 눕는다. 매초마다 새로운 은색 줄무늬가 밤하늘에 번쩍인다. 괄호, 느낌표, 쉼표 말로 표현하기 쉽지 않은 빛으로 이루어진 문장부호들이.

금요일

별이 불이라고 의심하고
태양이 움직이지 않는다고 의심하고
진실이 거짓이라고 의심해도
내 사랑은 절대 의심하지 마오.

　　　-윌리엄 셰익스피어, 『햄릿』

캠벨

저지를 옆에 끼고 병원에 들어서는 순간, 문제가 생긴다. 히틀러가 형편없는 파마머리로 여장을 한 듯한 모습의 경비원이 팔짱을 낀 채 엘리베이터로 향하는 나를 막아선다. "개는 안 됩니다." 여자가 나에게 명령한다.

"이 개는 안내견인데요."

"맹인은 아니신 것 같은데요."

"저는 부정맥을 앓고 있습니다. 이 개는 CPR(심폐소생술) 자격증이 있고요."

나는 피터 베르겐 의사의 사무실로 향한다. 그는 프로비던스 병원의 의료윤리위원회 의장직을 맡고 있는 정신과 의사다. 나는 할 수 없이 이곳에 왔다. 내 의뢰인을 찾을 수 없기 때문이다. 그 의뢰인이 소송을 계속할지 안 할지도 모르는 상태다. 솔직히 나는 어제 공판 이후 화가 났다. 그래서 아이가 나를 보러 오기를 바랐다. 아이가 오지 않자 어젯밤 직접 집으로 찾아가 문 앞에서 1시간 동안 기다리기까지 했건만 아무도 나타나지 않았다. 오늘 아침, 안나가 언니와 있을 거라고 생각해 병원에 갔다.

하지만 병문안이 안 된다는 얘기만 들었다. 줄리아와도 연락이 닿지 않는다. 어제 문밖에서 나를 기다리고 있을 거라고 생각했지만 나와 보니 그녀는 없었다. 줄리아의 쌍둥이 언니에게 줄리아의 휴대폰 번호를 물었지만 딱 봐도 401-GO2-HELL(go to hell, 지옥에나 가버려-옮긴이)은 없는 번호가 분명하다. 결국, 딱히 할 일이 없기에 혹시 아직 존재할지 모르는 내 사건을 계속 진행하기로 한다.

베르겐의 비서는 브래지어 사이즈가 IQ보다 큰 사람 같다. "오, 강아지네요!" 그녀가 꺄악 하고 소리를 지르더니 다가와서 저지를 만지려 한다.

"만지지 마세요." 준비된 대답을 하려던 차, 굳이 그럴 필요가 있겠나 싶다. 그래서 곧장 뒤에 위치한 문으로 향한다. 방 안에 들어가 보니 백발이 성성한 고수머리에 성조기 무늬의 반다나(목이나 머리에 두르는 화려한 색상의 스카프-옮긴이)를 두른 작고 땅딸막한 남자가 요가 복장으로 태극권을 하고 있다. "바쁩니다." 그가 불만 가득한 목소리로 말한다.

"저랑 공통점이 있으시네요. 캠벨 알렉산더라고 합니다. 피츠제럴드 부부의 자녀에 대한 차트를 요청한 변호사죠."

의사는 팔을 쭉 뻗은 뒤 숨을 내쉰다. "이미 보냈는데요."

"케이트 피츠제럴드 양의 기록을 보내셨더군요. 제가 필요한 건 안나 피츠제럴드 양의 기록입니다."

"보시다시피," 그가 말한다. "지금 좀 바빠서요."

"운동하시는 걸 방해하지는 않겠습니다." 내가 자리에 앉자 저지가 내 발 아래 눕는다. "윤리위원회에서 안나 피츠제럴드 양에 대해 논하신 적이 있으십니까?"

"윤리위원회는 안나 피츠제럴드 양의 문제로 소집된 적이 없습니다.

환자는 그 아이의 언니입니다."

나는 그가 등을 뒤로 쫙 편 뒤 다시 앞으로 숙이는 걸 지켜본다. "안나가 몇 번이나 이 병원의 외래 환자이자 입원 환자였는지 아십니까?"

"모릅니다." 의사가 답한다.

"세어 보니 여덟 번이더군요."

"하지만 윤리위원회에 회부될 만한 시술은 아니었죠. 환자가 원하는 바에 의사가 동의하고, 의사가 원하는 바에 환자가 동의할 경우 아무런 문제가 되지 않습니다. 윤리위원회에서 알아야 할 필요조차 없는 거죠." 의사는 위로 올렸던 발을 내려놓은 뒤 수건을 가져와 겨드랑이를 닦는다. "여기 있는 사람들은 다들 한가한 게 아닙니다, 알렉산더 씨. 정신과 의사, 간호사, 의사, 과학자, 사제 등 각자 해야 할 일이 있습니다. 굳이 문제를 찾아 나서지는 않죠."

●　●　●

줄리아와 나는 내 사물함에 기댄 채 성모마리아에 대해 논쟁하고 있었다. 나는 그녀의 목에 걸려 있는 희한한 메달을 만지작거리고 있었다. 사실 내가 만지고 싶은 건 그녀의 쇄골이었다. 메달은 방해가 될 뿐이었다. "만약에," 내가 말했다. "성모마리아가 곤경에서 벗어날 독창적인 방법을 강구한 평범한 아이였다면?"

줄리아는 내 말에 질식할 뻔했다. "그런 생각을 하는 것만으로도 미국 성공회에서 널 쫓아낼 수 있을 걸, 캠벨?"

"생각해봐, 당시에 몇 살에 살림을 차렸는지 모르겠지만 대충 열세 살이라고 쳐봐. 요셉이랑 건초더미에서 뒹굴고 나니 어느샌가 임신이 된 거야. 불같이 화를 내는 아빠를 마주하는 대신 얘기를 지어낼 수 있잖아. 아이의 아빠가 신이라는 데 누가 감히 그녀의 말을 거스르겠어? 성모마리아의 아빠는 생각했겠지. '아이를 가둘까… 근데 그러다가 전염병이라도 돌면?'"

바로 그때 내가 사물함을 열자 콘돔 백여 개가 쏟아져 나왔다. 요트팀 친구들이 숨어 있다가 나와서는 하이에나처럼 낄낄거리며 웃었다. "너한테 필요할 것 같아서." 한 명이 말했다.

음, 내가 뭘 할 수 있었겠는가? 나는 그저 웃고 말았다.

나도 모르는 사이에 줄리아가 달아났다. 줄리아는 여자치고 진짜 빨랐다. 그녀를 겨우 따라잡았을 때 학교는 우리 뒤로 희미한 점이 되어 있었다. "주얼," 내가 말했다. 하지만 그다음에 할 말이 없었다. 여자를 울린 게 처음은 아니었지만 그로 인해 내 마음이 아프기는 처음이었다. "쟤네들 전부 때려눕혀줄까? 그게 네가 원하는 거야?"

줄리아는 나에게 벌컥 화를 냈다. "락커룸에 있을 때 우리에 대해 뭐라고 얘기하는 거야?"

"아무 말도 안 해."

"부모님에게는 우리에 대해 뭐라고 얘기하는데?"

"얘기 안 해." 내가 인정했다.

"꺼져." 줄리아가 말했다. 그러고는 다시 뛰기 시작했다.

●　●　●

3층에서 엘리베이터 문이 열린다. 그곳에 줄리아 로마노가 있다. 우리는 한동안 서로를 쳐다본다. 저지가 일어나 꼬리를 흔들기 시작한다.

"내려가?"

줄리아가 엘리베이터를 타더니 이미 눌려져 있는 로비 층 버튼을 누른다. 버튼을 누르려고 내 쪽으로 몸을 구부리는 바람에 그녀의 머리카락 냄새가 내 코끝을 스친다. 바닐라와 시나몬이 섞인 향이다.

"여기서 뭐해?" 줄리아가 묻는다.

"이 나라의 의료 서비스에 상당히 실망하고 있는 중이지. 너는?"

"케이트의 주치의인 찬스 의사를 만나려고."

"그 말은 소송이 아직 유효하단 의미야?"

줄리아가 고개를 젓는다. "나도 모르겠어. 이 가족 중 내 전화를 받는 사람이 없어, 제시 말고는. 제시는 괜히 나한테 수작 부리는 거고."

"거기 가봤어?"

"케이트 병실? 안 들여보내주더라고. 투석 중이라고."

"나한테도 그렇게 말하던데." 내가 말한다.

"케이트랑 얘기하거든…."

"있잖아," 내가 끼어든다. "안나가 말을 바꾸기 전까진 3일 뒤에 공판이 있을 거라고 생각하는 수밖에 없어. 만약 그렇다면 너랑 나는 이 아이의 삶에서 무슨 일이 일어나고 있는 건지 진지하게 논의해야 해. 커피 한잔 할래?"

"아니." 줄리아는 이렇게 말하고는 자리를 떠난다.

"잠깐만," 내가 팔을 움켜쥐자 줄리아는 얼어붙는다. "불편한 거 알아. 나도 마찬가지야. 하지만 너랑 내가 자라지 못한 것 같다고 해서 안나가 어른이 될 수 있는 기회를 앗아가선 안 돼." 나는 이 말을 하며 처량한 표정을 지어 보인다.

줄리아가 팔짱을 낀다. "다음번에 또 쓰게 방금 한 말 적어두지 그래?"

나는 웃음을 터뜨린다. "맙소사, 너무한다."

"아, 그만해, 캠벨. 너 말 진짜 잘하는구나. 매일 아침마다 입술에 기름칠이라도 하니?"

그 말은 나에 대한 온갖 이미지를 상기시키지만 그녀의 신체 부위와도 관련이 있다.

"네 말이 맞아." 줄리아가 말한다.

"그 말은 적어두고 싶은데…." 줄리아가 다시 걷기 시작하자 저지와 내가 따라간다.

줄리아는 병원 밖으로 나와 거리와 골목을 걷다가 공동주택을 지나간다. 노스 프로비던스의 미네랄 스프링가에 도착하자 건물에 가려졌던 햇살이 다시 쏟아진다. 나는 왼손에 날카로운 이빨이 끝도 없이 나 있는 개의 목줄이 단단히 감겨져 있는 걸 감사하게 생각한다.

"찬스 의사는 케이트를 살릴 수 있는 방법이 더 이상 없다고 말했어." 줄리아가 말한다.

"신장 이식 말고는 없다는 말이지?"

"아니, 믿기 힘든 사실이 있어." 그녀가 갑자기 멈추더니 내 앞에 우뚝 선다. "찬스 의사는 케이트가 신장 이식을 견디지 못할 거라고 생각해."

"그런데 아이 엄마는 신장 이식을 주장하고 있고." 내가 말한다.

"캠벨, 생각해 보면 사라의 논리를 비난할 수만은 없어. 어차피 케이트가 신장 이식을 받지 않아서 죽는다면 밑져야 본전인데 왜 안 해보겠어?"

우리는 노숙자와 그가 모은 병들을 교묘하게 돌아서 간다. "신장 이식은 케이트에게 큰 수술이기 때문이지." 내가 지적한다. "꼭 필요하지도 않은 수술을 위해 안나의 건강을 위험하게 만드는 건 엄마로서 조금 무신경해 보이는데?"

줄리아가 작은 판잣집 같은 건물 앞에 갑자기 멈춰선다. '뤼기 라비올리'라고 손으로 쓴 사인물이 붙어 있다. 손님들이 쥐가 다니는 것을 눈치채지 못하도록 내부를 일부러 어둡게 만든 그런 곳 같다. "근처에 스타벅스 있지 않나?" 내가 묻는 순간, 흰색 앞치마를 맨 육중한 대머리 남자가 문을 열더니 줄리아를 칠 뻔한다.

"이소벨라!" 그가 소리치며 그녀의 양볼에 키스를 한다.

"삼촌, 전 줄리아예요."

"줄리아라고?" 그가 뒤로 물러서더니 눈살을 찌푸린다. "확실하니? 머리를 좀 자르던지 해야지, 꼴이 그게 뭐니."

"짧았을 때에도 뭐라고 하셨잖아요."

"그건 그때 머리가 분홍색이라서 그랬던 거지." 그가 나를 쳐다본다. "배고프니?"

"커피 좀 마시려고요, 조용히 얘기할 데도 필요하고요."

삼촌이 씩 웃는다. "조용한 데?"

줄리아가 한숨을 쉰다. "그런 조용한 데 말고요."

"그래, 알았다, 알았어. 대단한 비밀이라도 있는가 보구나. 어쨌든 들어와라. 뒤쪽에 위치한 방을 주마." 그가 저지를 힐긋 내려다본다. "개는 못 들어와요."

"개도 들어갑니다." 내가 대답한다.

"내 가게에는 안 되지." 뤼기 삼촌이 우긴다.

"이 개는 안내견입니다. 밖에 놔둘 수 없어요."

뤼기 삼촌은 내 코앞으로 다가온다. "맹인인가?"

"색맹입니다." 내가 대답한다. "이 개는 신호등이 바뀌면 말해주죠."

그의 입꼬리가 내려간다. "오늘은 죄다 잘난 척하는 놈들이란 말이야." 그가 이렇게 말하고는 앞장선다.

●　●　●

몇 주 동안 어머니는 내 여자 친구가 누구인지 맞춰보려고 했다. "빗시지? 빈야드에서 만났던 애 말이다. 아니면, 아, 그래 쉴라네 딸이구나? 빨간 머리 애."

나는 어머니가 아는 사람이 아니라고 계속해서 말했다. 하지만 내가 정말 하고 싶은 말은 줄리아는 어머니의 눈에 들어올 만한 사람이 아니라는 거였다.

●　●　●

"안나를 위한 일이 뭔지 알겠어." 줄리아가 말한다. "하지만 안나가 스스로 결정을 내릴 만큼 성숙한지 확신이 안 서."

나는 다른 애퍼타이저 요리를 집어 든다. "아이가 고소를 하는 게 옳다고 생각한다면 뭐가 문젠데?"

"의무감." 줄리아가 무미건조하게 말한다. "무슨 뜻인지 말해줄까?"

"저녁 식사 자리에서 발톱을 치켜드는 건 예의에 어긋나."

"안나는 엄마가 뭐라고 할 때마다 뒤로 물러나. 케이트에게 일이 생길 때마다 뒤로 물러나고. 게다가 자신이 뭘 할 수 있는지 알고 있는데도 전에는 이렇게 큰 결정, 언니에게 큰 영향을 미칠 결정을 내리지 않았어."

"공판이 진행될 때면 안나가 결정을 내릴 수 있게 되지 않을까?"

줄리아가 나를 힐긋 올려다본다. "왜 공판이 진행될 거라고 확신해?"

"난 항상 확신이 있어."

줄리아는 우리 사이에 놓인 접시에서 올리브를 집어 든다. "그래," 그녀가 조용히 말한다. "그랬었지."

● ● ●

줄리아도 나름 의심을 했겠지만 나는 우리 부모님이나 집에 대해 얘기하지 않았다. 우리는 내 지프를 타고 뉴포트로 향했고, 나는 벽돌로 지은 거대한 저택 앞 진입로에 차를 세웠다.

"캠벨," 줄리아가 말했다. "설마 여긴 아니지?"

나는 진입로의 순환로를 타고 돌아 방향을 틀었다. "그럼, 아니지."

나는 진입로를 두 개 더 지났고 그 뒤에 나타난 집 앞에 주차를 했다. 그렇게 함으로써 조지안 양식으로 지은 우리 집이 그리 거대해 보이지 않도록 했다. 너도밤나무가 줄지어 있고 만을 향해 경사진 채 마구 뻗어 있는 우리 집은 최소한 처음 본 집보다는 작았다.

줄리아가 고개를 저었다. "너희 부모님이 나를 보자마자 우리 둘을 쇠지렛대로 갈라놓으시겠다."

"널 좋아하실 거야." 나는 말했다. 줄리아에게 처음으로 한 거짓말이었지만 마지막도 아니었다.

• • •

줄리아가 파스타가 한가득 담긴 접시를 들고 탁자 아래로 몸을 수그린다. "자 먹어, 저지." 그녀가 말한다. "이 개는 정말 뭐야?"

"저지는 스페인어를 쓰는 고객의 통역 담당이지."

"진짜?"

나는 그녀를 보고 씩 웃는다. "진짜로."

줄리아는 앞으로 몸을 숙이더니 눈을 가늘게 뜬다. "너도 알다시피 나한테는 오빠가 여섯 명이나 있어. 남자들이 어떤지 안다고."

"말해봐."

"내 영업 비밀을 발설하라고? 절대 안 되지." 줄리아는 고개를 젓는다. "안나가 자신만큼이나 회피를 잘하기 때문에 너를 고용했을지도 모르겠다."

"안나는 신문에서 내 이름을 봤기 때문에 날 고용한 거야. 그뿐이야." 내가 말한다.

"그런데 왜 안나의 의뢰를 받아들인 거야? 네가 평소에 다루는 사건이 아니잖아."

"내가 평소에 다루는 사건이 뭔지 네가 어떻게 알아?"

나는 농담조로 가볍게 말했지만 줄리아는 말이 없다. 그게 바로 답이다. 줄리아는 줄곧 나의 경력을 추적해온 것이다. 내가 그런 것처럼. 불편해진 나는 목을 가다듬고 그녀의 얼굴을 가리킨다.

"거기 소스가 묻었어… 거기."

줄리아는 냅킨을 들어올려 입가를 닦지만 완전히 잘못된 데를 닦고 있다. "지워졌어?"

그녀가 묻는다. 나는 몸을 숙여 내 냅킨으로 그녀의 얼굴에 묻은 작은 얼룩을 닦아낸다. 하지만 줄리아의 볼에 손을 올린 채로 한동안 그대로 있다. 우리의 눈은 서로에게 고정되어 있다. 그 순간, 우리는 다시 젊은 시절로 돌아가 서로의 몸을 더듬고 있다.

"캠벨," 줄리아가 말한다. "나한테 이러지 마."

"뭘?"

"똑같은 낭떠러지에서 날 두 번 밀지 마."

바로 그때 내 코트 주머니에서 휴대폰이 울린다. 우린 둘 다 황급히 움직인다. 내가 전화를 받는 동안 줄리아는 실수로 키안티가 담긴 잔을 엎지른다.

"아니, 진정해, 진정하라고. 어딘데? 알았어, 바로 가마." 전화를 끊자 줄리아가 탁자를 닦고 있다. "가 봐야겠어."

"괜찮은 거야?"

"안나야." 내가 말한다. "어퍼 다비 경찰서에 있대."

●　●　●

프로비던스로 돌아오는 길에 나는 적어도 1마일마다 우리 부모님이 어떤 끔찍한 벌을 내릴지 떠올리려고 했다. 이를테면 몽둥이에 맞거나 머리가죽이 벗겨지거나 생가죽이 벗겨지고 소금이 뿌려지거나 진에 절여지는 등 말이다. 그게 고문이 될지, 열반이 될지 모르겠지만.

부모님은 내가 손님용 방에 몰래 들어가는 걸 보았을 수도 있다. 줄리아를 데리고 하인들이 사용하는 계단을 내려가 집의 뒷문으로 가는 것, 옷을 벗고 만으로 뛰어드는 우리의 실루엣을 보았을 수도 있다. 줄리아의 다리가 나를 감싸고 있는 걸, 내가 운동복과 플란넬이 널브러진 침대에 줄리아를 눕히는 걸 보았을 수도 있다.

다음 날 아침, 에그 베네딕트를 먹으며 부모님이 댄 구실은 그날 밤 클럽 파티에 초대받았다는 거였다. 검은색 타이를 매야 하고 가족만 참석할 수 있는 파티에. 물론 줄리아는 초대받지 못했다.

줄리아의 집에 주차를 할 무렵에는 너무 더운 나머지 용감한 사내아이들이 소화전을 뜯어버렸고 아이들은 팝콘처럼 물줄기 사이를 뛰어다녔다. "줄리아, 너를 부모님과 만나게 하는 게 아니었는데."

"네가 해서는 안 되는 일이 많아." 그녀가 인정했다. "대부분이 나와 관계된 것들이지."

"졸업식 전에 전화할게." 내가 말했다. 줄리아는 나에게 키스한 뒤 지프에서 내렸다. 하지만 나는 전화를 하지 않았다. 졸업식에서 그녀를 만나지도 않았다. 줄리아는 그 이유를 안다고 생각하지만 사실은 그렇지 않다.

● ● ●

로드아일랜드주는 흥미롭게도 풍수가 없다. 즉, 리틀 컴튼은 있지만 빅 컴튼은 없다. 어퍼 다비는 있지만 로우어 다비는 없다. 대응하는 짝이 있을 것만 같은 지역들이 허다하지만 그에 맞는 짝은 존재하지 않는다.

줄리아는 자신의 차로 나를 따라온다. 저지와 나는 속도를 위반한 게 틀림없다. 전화를 받은 후부터 경찰서에 도착해 안나가 내근 경사 옆에 초조하게 앉아 있는 걸 발견하기까지 5분이 채 되지 않는 것처럼 보였기 때문이다. 아이는 나에게로 미친 듯이 돌진한다.

"도와주세요." 아이가 소리친다. "오빠가 체포됐어요."

"뭐라고?" 나는 안나를 쳐다본다. 줄리아와의 꿈만 같던 대화는 말할 것도 없고 훌륭한 식사를 하던 도중 나를 이곳으로 오게 만든 아이를. "그게 왜 내 문제지?"

"아저씨가 오빠를 꺼내주셔야 하니까요." 안나가 또박또박 설명한다. 마치 내가 저능아라도 되는 양. "아저씨는 변호사잖아요."

"나는 **네 오빠** 변호사가 아니야."

"하지만 그래 주시면 안돼요?"

"네 엄마한테 전화하지 그러니." 내가 제안한다. "요새 다시 일을 시작했다고 들었는데."

줄리아가 내 팔을 툭 친다. "그만해." 줄리아가 안나를 돌아본다.

"무슨 일인데?"

"오빠가 차를 훔치다 잡혔어요."

"좀 더 자세히 설명해 줄래?" 나는 말하지만 벌써부터 후회하고 있다.

"험비(4륜구동 장갑 수송 차량–옮긴이)였어요. 아주 크고 노란."

로드아일랜드주 전체에서 크고 노란 험비는 딱 한 대 있다. 바로 뉴벨 판사의 차다. 눈 사이가 지끈하다. "네 오빠가 판사의 차를 훔쳤는데 나더러 네 오빠를 꺼내달라는 거니?"

안나가 나를 향해 눈을 깜빡인다. "음, **네**."

맙소사. "경관과 얘기를 해보마." 나는 안나를 줄리아에게 맡기고 내근 경사에게로 향한다. 경사는 벌써부터 나를 보며 웃고 있다. "제시 피츠제럴드의 변호사인데요." 내가 한숨을 쉰다.

"안되셨네요."

"뉴벨 판사의 차 맞죠?"

경관이 웃는다. "네."

나는 숨을 깊이 들이쉰다. "저 아이는 전과가 없어요."

"이제 막 열여덟 살이라서 그렇죠. 청소년 전과는 장난 아니던데요?"

"이봐요, 쟤 가족은 지금 문제가 많아요. 여동생 한 명은 죽어가고 다른 한 명은 부모를 고소 중이에요. 좀 봐주면 안 되겠소?"

경관은 안나를 바라본다. "검찰총장에게 말해보죠. 하지만 답변서를 제출하는 게 나을 겁니다. 뉴벨 판사가 증언하지는 않을 테니까요."

협상을 조금 한 뒤 나는 안나에게로 돌아간다. 안나는 나를 보자마자 자리에서 벌떡 일어난다. "해결하셨어요?"

"그래. 하지만 다시는 이런 부탁하지 말거라. 그리고 우리 사이에 아직 볼일이 남아 있는 거 알지?"

나는 유치장이 위치한 경찰서의 뒤쪽으로 걸어간다. 제시 피츠제럴드가 한쪽 팔을 눈 위에 올려놓은 채 금속 침대 위에 누워 있다. 잠시 동안 나는 유치장 밖에 서 있다. "자연 선택설이 옳다는 걸 입증할 최고의 논거군."

제시가 자리에 일어나 앉는다. "누구세요?"

"네 뒤치다꺼리를 해주러 나타난 대모님이시다, 이놈의 자식아. 네가 판사의 험비를 훔친 건 알고 있냐?"

"누구 차인지 제가 어떻게 알아요?"

"자동차 번호판에 '전체 기립'이라고 쓰여 있지 않든?"

내가 말한다. "나는 변호사다. 네 동생이 너를 변호해 달라고 해서. 안 하는 게 좋겠다고 생각했다만 부탁을 들어주기로 했다."

"진짜요? 아저씨가 절 여기서 꺼내줄 수 있어요?"

"청구 보석으로 나올 거다. 경찰에게 운전면허증을 반납하고 집에 살겠다는 데 동의해야 해. 뭐 이미 그러고 있으니 그건 문제될 게 없다만."

제시가 잠시 생각을 한다. "차도 반납해야 해요?"

"아니."

녀석의 머리가 돌아가는 게 뻔히 보인다. 제시 같은 아이들은 운전대를 잡고 있는 한, 운전해도 좋다는 종이 쪼가리 따위는 신경 쓰지 않는다.

"그렇다면야, 좋죠." 제시가 말한다.

나는 옆에서 기다리고 있는 경관에게 다가간다. 그는 제시가 나오도록 유치장 문을 열어준다. 우리는 대기실로 나란히 걸어간다. 아이는 키가 나만 하지만 아직 다듬어지지 않은 어린애다. 모퉁이를 돌자 제시의 얼굴이 밝아진다. 나는 잠시나마 이 아이가 구제 가능할지도 모른다고 생각한다. 최소한 동생에게 고마운 나머지 동생의 편을 들어줄지도 모른다고. 하지만 제시는 안나를 무시한 뒤 대신 줄리아에게 다가간다. "이봐요." 제시가 말한다. "나 걱정했어요?"

나는 그 순간 이 자식을 다시 철창 안에 가두고 싶다. 일단 맛을 좀 보여준 다음에.

"저리 꺼질래." 줄리아가 한숨을 쉰다. "안나, 뭐 좀 먹으러 가자."

제시가 위를 올려다본다. "그거 좋네요. 배고파 죽겠어요."

"너 말고." 내가 말한다. "우리는 법원에 가야 해."

● ● ●

휠러 고등학교 졸업식 날, 메뚜기떼가 나타났다. 매서운 여름 폭풍처럼 온 메뚜기떼는 나뭇가지에 매달리고 땅에 툭 하고 떨어졌다. 기상학자들은 이 현상을 설명하기 위해 현장에 출동했다. 그들은 성서에 등장하는 전염병과 엘니뇨, 기나긴 가뭄 등을 언급했다. 사람들에게 우산이나 챙이 넓은 모자를 쓰고 가능한 실내에 머물 것을 권장했다. 하지만 졸업식은 커다란 흰색 캔버스 텐트 아래, 야외에서 열렸다. 개회사를 하는 학생의 목소리가 투신자살하는 메뚜기 소리에 간간히 끊겨서 들렸다. 메뚜기들은 경사진 지붕을 굴러 관중들의 무릎 위로 떨어졌다.

나는 참석하고 싶지 않았으나 부모님이 억지로 끌고 왔다. 내가 학사모를 쓰고 있을 때 줄리아가 나를 발견했다. 내 허리에 팔을 두른 뒤 나에게 키스를 하려고 했다. "캠벨," 줄리아가 말했다. "대체 어디 있었던 거야?" 흰색 가운을 입은 우리가 유령 같다고 생각했던 게 기억난다. 나는 줄리아를 밀어냈다. "이러지 마, 알았어? 이러지 말라고."

부모님이 찍은 모든 졸업식 사진에서 나는 이 새로운 세상이 내가 정말 살고 싶은 곳인 것처럼 웃고 있었다. 그리고 내 주위로는 주먹만 한 메뚜기가 떨어지고 있었다.

●　●　●

변호사는 윤리에 대한 기준이 다른 사람들과는 다르다. 사실 우리에게는 직업적 책임의 원칙이라는 성문율이 있다. 변호사로 일하려면 읽고 시험을 치르며 준수해야 하는 법칙이다. 이 기준에 따르면, 우리는 대부분의 사람이 비도덕적이라고 생각하는 일을 해야 한다. 예를 들어, 당신이 내 사무실로 찾아와 "린드버그네 아기를 죽였어요."라고 말할 경우 나는 사체가 어디 있는지 물을 것이다. 당신은 "제 침실 아래, 주춧돌에서 1미터 정도 아래에 있어요."라고 말한다. 내 일을 제대로 수행하려면 아기의 사체가 어디 있는지 아무에게도 말해서는 안 된다. 만약 그랬다가는 변호사 자격을 박탈당할 수 있다. 즉, 나는 도덕과 윤리가 반드시 일치하는 것은 아니라고 교육 받았다.

"브루스," 내가 검사에게 말한다. "내 의뢰인은 운전면허증을 반납할 거야. 이 교통 경범죄를 없던 일로 해주면 내 의뢰인이 다시는 판사님과 판사님의 차 근처에 얼씬도 하지 못하도록 하겠네."

사법 제도가 정의보다는 포커를 얼마나 잘 치느냐와 훨씬 더 관련 있다는 것을 얼마나 많은 사람이 아는지 궁금하다. 브루스는 괜찮은 사람이다. 게다가 알고 보니 그는 이제 막 이중 살인 사건에 배정되었다. 제시 피츠제럴드 사건에 시간을 낭비하고 싶지 않을 것이다.

"뉴벨 판사님의 험비잖아요, 캠벨." 그가 말한다.

"그래, 나도 알고 있네." 내가 진중하게 답한다. 하지만 속으로는 험비를 몰 정도로 허영심이 많은 사람은 사실상 그걸 훔쳐가라고 광고하고 다니는 거나 다름없다고 생각한다.

"판사님께 말씀드려 보죠." 브루스가 한숨을 내쉰다. "판사님께서 절 잡아먹으려 드실지도 모르겠지만 우리가 그 앨 한번 봐준다 해도 경찰들이 개의치 않는다고 말할게요."

20분 후 우리는 온갖 서류에 서명을 하고, 제시는 법정에서 내 옆에 서 있다. 25분 후 아이는 공식적으로 가석방되고 우리는 법원을 나선다. 목구멍에서 기억이 솟아날 것만 같은 그런 여름날이다. 이런 날에는 아버지와 함께 요트를 타곤 했다.

제시가 고개를 뒤로 젖힌다. "올챙이를 잡곤 했어요." 녀석이 느닷없이 말한다. "양동이에 넣은 다음 꼬리가 다리로 변하는 걸 지켜봤죠. 장담하는데, 단 한 놈도 개구리가 되지 못했어요." 아이는 나를 돌아보더니 셔츠 주머니에서 담뱃갑을 꺼낸다.

"한 대 피우실래요?"

나는 법대 시절 이후로 담배를 피운 적이 한 번도 없다. 하지만 나도 모르게 담배를 받아 불을 붙이고 있다. 저지가 혀를 축 늘어뜨린 채 불꽃이 이는 것을 지켜본다. 내 옆에서 제시가 성냥에 불을 붙인다. "고마워요." 제시가 말한다. "안나를 위해 해 주신 일이요."

차가 한 대 지나간다. 겨울에 방송국에서 좀처럼 틀지 않는 음악이 라디오에서 흘러나온다. 제시의 입에서 푸른 담배 연기가 한 줄기 나온다. 이 아이가 요트를 타봤을지 궁금하다. 지금까지 붙들고 있는 추억이 있는지 궁금하다. 집 앞 잔디밭에 앉아 해질녘 잔디가 차가워지는 걸 느껴봤는지, 독립기념일에 손가락을 태울 때까지 폭죽을 쥐고 있어 봤는지. 우리 모두 저마다의 추억이 있는 법이다.

● ● ●

줄리아는 졸업식이 있은 지 17일 후 내 지프의 와이퍼 아래에 쪽지를 남겼다. 나는 쪽지를 열어보기도 전에 줄리아가 뉴포트에 왜 왔는지, 어떻게 돌아갔는지 궁금해졌다. 나는 쪽지를 만으로 가져가 바위 위에서 읽었으며 다 읽고 난 뒤에는 줄리아의 냄새가 날까 싶어 위로 들어올려 냄새를 맡아보았다.

나는 사실 운전을 해서는 안 되었지만 그건 전혀 문제가 되지 않았다. 우리는 쪽지에 적힌 대로 묘지에서 만났다. 줄리아는 팔로 무릎을 감싸 안은 채 묘비 앞에 앉아 있었다. 나를 보자 줄리아가 고개를 들었다.

"너는 다르길 바랐어."

"너 때문이 아니야, 줄리아."

"그래?" 줄리아가 자리에서 일어났다. "난 신탁 자금이 없어, 캠벨. 우리 아빠는 요트도 없고. 내가 너를 만나 신데렐라가 되기를 바란다면 완전히 착각한 거야."

"나한테는 그런 것들이 중요하지 않아."

"순 거짓말." 줄리아가 눈을 가늘게 뜬다. "빈민굴을 구경하는 게 재미있겠다고 생각했니? 부모님을 화나게 하려고 그랬니? 어쩌다가 밟은 더러운 것처럼 이제 나를 네 신발에서 떼어내려고 하는 거니?" 줄리아가 나에게 달려들며 내 가슴을 쳤다. "난 네가 필요 없어. 한 번도 네가 필요한 적이 없었어."

"난 네가 필요하다고, 젠장!" 내가 되받아쳤다. 줄리아가 돌아보자 나는 그녀의 어깨를 움켜쥔 채 키스를 했다. 나는 말로 할 수 없는 것들을 그녀에게 쏟아부었다.

때로는 모두를 위해 좋은 일이라고 생각해서 하는 일들이 있다. 그러면서 그게 올바른 일이라고, 이타적인 행동이라고 스스로에게 말한다. 진실을 인정하는 것보다 그 편이 훨씬 쉽기에.

나는 줄리아를 밀친 뒤 묘지 언덕을 내려갔다. 한 번도 뒤돌아보지 않은 채.

•   •   •

안나는 조수석에 앉아 있다. 저지는 안쓰러운 얼굴을 정면에 늘어뜨리고 우리 사이에 끼여서 숨을 헐떡거리고 있다. "오늘 일을 보니 앞으로 조짐이 좋지 않아." 내가 말한다.

"무슨 말이에요?"

"안나, 네 스스로 중대한 결정을 내리고 싶으면 지금부터 스스로 결정을 내려야 해. 다른 사람들이 상황을 해결해줄 거라 기대하지 말고."

아이가 나를 노려본다. "오빠를 도와달라고 전화했다고 이러시는 거예요? 아저씨가 **친구**라고 생각했는데."

"나는 네 친구가 아니라고 이미 말했어. 나는 네 변호사야. 그 둘은 어마어마한 차이가 있어."

"알았어요." 아이가 문손잡이를 더듬는다. "경찰서로 돌아가서 오빠를 다시 체포하라고 말해야겠어요." 아이는 고속도로 한복판에서 조수석 문을 열어버린다. 나는 문손잡이를 잡고 문을 쾅 닫는다. "미쳤니?"

"모르겠어요." 아이가 답한다. "아저씨 생각을 물어보고 싶지만 거기에 답하는 건 아저씨 일이 아니니까요."

나는 핸들을 확 돌려 갓길에 차를 댄다. "내 생각을 말해줄까? 사람들이 중요한 사안에 대해 네 의견을 묻지 않는 건 네가 마음을 너무 자주 바꿔서 도대체 무슨 말을 믿어야 할지 모르기 때문이야. 나만 해도 그래. 난 네가 여전히 이 소송을 진행하길 원하는지조차 모르겠구나!"

"왜 그렇게 생각하시는데요? 소송 중이잖아요."

"네 엄마에게 물어봐라, 아님 줄리아에게. 내가 뭘 좀 하려고 하면 누군가 나타나 네가 더 이상 이걸 하고 싶어 하지 않는다고 말하고 있잖니." 나는 아이의 손이 놓여 있는 팔걸이를 내려다본다. 보라색 반짝이 매니큐어와 바짝 물어뜯은 손톱이 보인다. "법원에서 어른 대우를 받고 싶거든 그렇게 행동해야 해. 안나, 내가 너를 위해 싸우려면 네가 나 없이도 스스로 싸울 수 있다는 걸 모두에게 입증해 보여야 해."

나는 다시 차를 몰면서 곁눈으로 아이를 힐긋 쳐다본다. 하지만 안나는 허벅지 사이에 손을 낀 채 반항하듯 앞만 보고 앉아 있다. "집에 거의 다 왔다." 내가 냉랭한 어조로 말한다. "집에 도착하면 내 면전에 대고 자동차 문을 쾅 닫으렴."

"집에 안 가요. 소방서로 가야 해요. 저는 한동안 아빠랑 소방서에서 지내고 있어요."

"내가 어제 가정 법원에서 몇 시간 동안 바로 이 문제를 두고 열변을 토한 것 같은데? 줄리아한테 엄마랑 떨어지기 싫다고 말한 거 아니었니? 안나, 내가 아까 한 말이 바로 이거야." 내가 핸들을 손으로 쾅 치며 말한다. "대체 네가 원하는 게 뭐니?"

아이가 화를 내자 가히 놀랍다. "제가 뭘 원하는지 알고 싶으세요? 저는 실험 대상이 되는 게 지겨워요. 아무도 제 기분 따위는 묻지 않는 게 넌더리가 난다고요. 하지만 무엇보다도 가장 지긋지긋한 건 우리 가족이에요." 아이는 차가 정지하지도 않았는데 차문을 열더니 100미터는 더 가야 하는 소방서로 한달음에 달려간다.

'흠, 내 꼬마 의뢰인에게는 다른 사람으로 하여금 귀 기울이게 만드는 잠재적인 재능이 있군. 증인석에 세우면 내가 생각한 것보다 잘할 것 같아.'

생각이 꼬리를 문다. 안나는 증언을 할 수 있겠지만 아까 같은 말을 하면 매정해 보일 수 있다. 심지어 철없게 보일 수도 있다. 그렇게 되면, 판사가 아이에게 유리한 판결을 내릴 확률이 상당히 낮아진다.

브라이언

불과 희망은 연결되어 있다. 그리스 신화에 따르면, 제우스가 프로메테우스와 에피메테우스에게 지구에 생명체를 창조하는 일을 맡겼다. 에피메테우스는 동물을 만들며 민첩함과 강인함, 털, 날개 같은 보너스를 주었다. 프로메테우스가 사람을 만들 때에는 사용할 수 있는 온갖 훌륭한 특성이 바닥난 상태였다. 그래서 그는 인간이 직립 보행하도록 만드는 데 만족하며 불을 가져다주었다.

이에 화가 난 제우스는 인간으로부터 불을 빼앗았다. 하지만 프로메테우스는 자신의 자부심이자 기쁨인 인간이 추위에 떨며 요리를 하지 못하는 걸 보았다. 그래서 태양을 이용해 횃불을 켠 뒤 다시 인간에게 가져다주었다. 제우스는 프로메테우스를 벌주기 위해 그를 바위에 묶어 독수리가 그의 간을 먹도록 했다. 그리고 인간을 벌하기 위해 최초의 여자인 판도라를 만든 뒤 그녀에게 열어봐서는 안 되는 상자를 선물로 주었다.

판도라의 호기심이 그녀를 이겼고 어느 날 그녀는 상자를 열어보았다. 그러자 전염병과 고통, 해악이 쏟아져 나왔다. 판도라는 희망이 달아나기 전에 가까스로 뚜껑을 닫았다. 그래서 우리가 남들과 싸울 때 이용할 수 있는 유일한 무기가 희망인 것이다.

아무 소방관에게나 물어보라. 내 말이 옳다고 할 것이다. 아무 아버지나 붙들고 물어보라.

"들어오세요." 안나와 함께 도착한 캠벨 알렉산더에게 내가 말한다. "이제 막 커피를 내리던 참이에요." 그는 나를 따라 계단으로 올라간다. 저먼 셰퍼드가 따라온다. 나는 두 잔을 따른다. "이 개는 뭐죠?"

"요놈이 있으면 여자들이 따르죠." 캠벨 알렉산더가 말한다. "우유좀 있나요?"

나는 냉장고에서 우유를 꺼내 그에게 건넨 뒤 내 잔을 들고 자리에 앉는다. 위층은 조용하다. 아래층에서 대원들은 소방차를 닦고 일상적인 점검을 하고 있다.

"음," 알렉산더 씨가 커피를 한 모금 마신다. "안나가 아빠랑 집을 나갔다고 말하네요."

"예, 물어보실 줄 알았어요."

"아내분이 반대편 변호사인 거 아시죠?" 그가 조심스럽게 나와 눈을 마주친다. "여기에 앉아서 당신과 얘기를 나누면 안 된다는 뜻인가요?"

"아내분이 여전히 당신을 변호할 경우에만 해당되죠."

"저는 사라더러 저를 변호해 달라고 한 적이 없어요."

캠벨 알렉산더가 눈살을 찌푸린다. "아내분도 그 사실을 아시는지요."

"이봐요, 외람된 말씀이지만 이게 엄청 대단한 일처럼 보일지 모르지만 지금 우리 가족은 또 다른 큰일을 해결해야 해요. 첫째 딸이 입원을 해서… 아내는 이중으로 싸우고 있습니다."

"저도 압니다. 케이트 일은 정말 유감입니다. 피츠제럴드 씨." 그가 말한다.

"브라이언이라고 부르세요." 나는 머그잔을 손으로 감싼다. "그리고 당신과 얘기하고 싶었어요… 아내 없이 말이오."

그가 접이식 의자에 등을 기댄다. "지금은 어떠세요?"

지금은 괜찮은 때가 아니다. 하지만 이 문제에 있어 괜찮은 때는 영영 없을 것이다. "좋습니다." 나는 숨을 깊이 들이쉰다. "저는 안나가 옳다고 생각해요."

캠벨 알렉산더가 내 말을 듣기는 한 건지 모르겠다. 잠시 후 그가 묻는다. "공판에서 판사에게 그렇게 말씀해 주시겠어요?"

나는 내 머그잔을 바라본다. "그래야 할 것 같네요."

폴리와 내가 오늘 아침 긴급 호출 현장에 도착하자 환자의 남자 친구는 이미 여자아이를 욕조에 넣고 샤워기를 틀어놓은 상태였다. 여자아이는 옷을 입은 채 욕조 바닥에 앉아 있고 배수구 주위로 다리를 벌리고 있었다. 머리카락이 얼굴에 엉클어져 있었지만 굳이 그렇지 않았더라도 의식이 없다는 걸 알았을 것이다.

폴리가 안으로 들어가 여자아이를 끌어내기 시작했다. "마그다예요." 남자 친구가 말했다. "괜찮겠죠?"

"여자 친구에게 당뇨병이 있니?"

"그게 중요한가요?"

맙소사. "뭘 사용했는지 말하렴." 내가 말했다.

"그냥 술 마시고 있었어요." 남자 친구가 말했다. "데킬라요."

남자아이는 고작 열일곱 살밖에 되지 않았다. 샤워를 하면 과다 복용한 헤로인을 씻어낼 수 있다는 미신을 믿을 만한 나이였다.

"우리는 네 여자 친구의 목숨을 구하고 싶다. 하지만 마그다의 몸에 들어 있는 게 네 말처럼 알코올이 아니라 마약인 걸로 밝혀지면 우리가 이 아이에게 투여하는 게 역효과를 낳아서 상황을 더 악화시킬 수 있어. 알아들었니?"

그 무렵 샤워 부스 밖에서 폴리가 마그다의 셔츠를 벗기려고 고군분투하고 있었다. 아이의 팔을 따라 주사자국이 나 있었다. "데킬라라면 그걸로 주사를 놓고 있었군. 혼수 칵테일(원인이 증명되지 않는 혼수 환자의 원인 감별 및 처치에 쓰이는 약물-옮긴이)이 필요하겠는데?"

나는 응급구조 가방에서 나르칸(Narcan, 약물 중독 해독제-옮긴이)을 꺼내고 폴리에게는 점적용 장치(액체가 방울방울 떨어질 수 있도록 하는 장치-옮긴이)를 건넸다. "음, 그게," 남자 친구가 말했다. "경찰한테 말 안 하실 거죠?"

나는 단박에 아이의 셔츠 목덜미를 움켜쥔 뒤 벽에 밀어붙였다. "이 멍청한 자식아."

"부모님이 아시면 절 죽이려고 하실 거예요."

"네놈은 스스로 목숨을 끊었거나 여자 친구를 죽였다 해도 별로 신경 쓰지 않을 것 같은데." 나는 아이의 머리를 여자 친구를 향해 홱 돌렸다. 여자아이는 그때쯤 바닥 곳곳에 토를 하고 있었다. "넌 삶이 쓰레기처럼 던질 수 있는 거라고 생각하니? 마약을 과다 복용한 뒤에도 한 번 더 기회를 얻을 수 있을 거라 생각하냐고!"

나는 아이의 얼굴에 대고 힘껏 소리치고 있었다. 그때 내 어깨에 손이 올라오는 게 느껴졌다. 폴리였다. "대장, 나한테 맡겨." 그가 숨죽여 말했다.

나는 그제야 아이가 내 앞에서 떨고 있는 걸 깨달았다. 그리고 이 아이는 내가 소리치고 있는 이유와는 전혀 상관이 없었다. 내가 머리를 식히러 자리를 뜨자 폴리가 나머지 일을 처리한 뒤 나에게 왔다. "힘들면 우리가 대신하면 돼." 그가 말했다. "서장님은 대장이 원하는 만큼 휴가를 쓰도록 해주실 거야."

"나는 일을 해야 해." 폴리의 어깨 너머로 여자아이의 혈색이 돌아오는 게 보였다. 남자아이가 그 옆에서 손바닥에 얼굴을 대고 흐느끼고 있었다. 나는 폴리를 똑바로 쳐다봤다. "여기 없으면," 내가 말했다. "거기 있어야 하거든."

● ● ●

캠벨 알렉산더와 나는 커피를 한 잔씩 비운다. "한 잔 더 드실래요?" 내가 제안한다.

"그러지 않는 게 낫겠어요. 사무실로 돌아가 봐야 해서."

우리는 서로를 보고 고개를 끄덕인다. 하지만 더 이상 할 말이 없다. "안나는 걱정 마세요." 내가 말한다. "뭐가 됐든 아이가 원하는 대로 해줄 거니까요."

"집의 상황도 좀 알아보셔야 할 것 같네요." 캠벨 알렉산더가 말한다. "제가 방금 판사의 험비를 훔친 아드님을 청구보석으로 꺼내드리고 왔거든요."

그는 자신의 컵을 싱크대에 넣고는 나에게 이 새로운 정보만을 남긴 채 자리를 떠난다. 조만간 내가 무릎을 꿇게 될 거라는 것을 아는 듯.

사라

1997

응급실을 아무리 자주 방문해도, 그게 일상이 될 수는 없다. 남편은 얼굴에서 피가 흐르는 아이를 안고 이동 중이다. 초진 간호사가 진료실로 들어오라고 손짓하고, 다른 아이들은 플라스틱 의자에서 기다리게 한다. 레지던트가 들어오더니 바로 묻는다.

"무슨 일이죠?"

"자전거 핸들 위로 고꾸라졌어요." 내가 말한다. "콘크리트 바닥에 떨어졌고요. 뇌진탕의 흔적은 없는 것 같은데 이마 부분에 3센티미터 정도 두피열상이 있어요."

의사가 아이를 진찰대 위에 조심스럽게 눕힌다. 장갑을 낀 뒤 아이의 이마를 자세히 들여다본다. "어머님도 의사나 간호사세요?"

나는 웃으려고 노력한다. "그냥 이런 거에 익숙해서요."

상처를 꿰매는 데 여든두 바늘이나 든다. 잠시 후 아이는 머리에 하얀 거즈를 감고 소아용 타이레놀 주사를 듬뿍 맞은 뒤, 내 손을 잡고 대기실로 향한다.

제시가 얼마나 꿰맸는지 묻는다. 남편은 아이에게 소방관만큼이나 용감했다고 말한다. 케이트는 안나의 갓 두른 붕대를 힐긋 본다. "밖에 앉으니까 훨씬 좋네." 케이트가 말한다.

● ● ●

케이트가 욕실에서 소리를 질러대기 시작한다. 나는 위층으로 황급히 달려간다. 억지로 문을 열어보니 아홉 살 난 내 딸이 피를 흘리며 서있다. 아이의 다리를 따라서도 피가 흘러 속옷이 흠뻑 젖어 있다. 급성전골수세포성백혈병(APL)이 이렇다. 온갖 곳에서 출혈이 발생한다. 전에도 케이트의 직장에서 피가 났지만 그때는 케이트가 아장아장 걸을 때라 기억하지 못할 것이다. "괜찮아." 내가 차분히 말한다.

나는 따뜻한 수건을 가져와 아이를 닦아준 뒤 속옷에는 생리대를 대준다. 아이가 다리 사이에 패드를 놓으려는 걸 지켜본다. 아이가 생리를 시작하면 이런 모습이겠지. 과연 그때까지 살 수 있을까?

"엄마," 케이트가 말한다. "돌아서."

"임상적 재발입니다." 찬스 의사가 안경을 벗더니 엄지손가락으로 눈가를 문지른다. "골수이식을 해야 할 것 같습니다."

불현듯 내가 안나만 할 때 갖고 놀던 주입식 보조 샌드백이 생각난다. 바닥이 모래로 가득 차 있던 샌드백은 내가 세게 치면 바로 다시 원상태로 돌아왔다.

"하지만 몇 달 전 그건 위험하다고 말씀하셨잖아요." 남편이 말한다.

"그랬죠. 골수이식을 받은 환자 중 절반만이 완치됩니다. 나머지 절반은 골수이식 전 시행되는 항암약물요법과 방사선 치료를 견디지 못합니다. 골수이식 후 나타나는 합병증으로 사망하는 경우도 있고요."

남편이 나를 보더니 우리 사이에 파문처럼 번지는 두려움을 내뱉는다. "그렇다면 케이트의 생명을 군이 위태롭게 만드는 이유가 뭐죠?"

"그렇지 않으면 케이트가 죽기 때문이죠." 찬스 의사가 설명한다.

● ● ●

내가 보험 회사에 처음으로 전화를 걸었을 때 그들은 실수로 내 전화를 끊었다. 두 번째에는 22분 동안 무자크(상점·식당·공항 등에서 배경음악처럼 내보내는 녹음된 음악—옮긴이)를 들으며 기다린 끝에 마침내 고객 서비스 상담원과 연결이 된다. "보험 증권 번호가 어떻게 되시나요?"

나는 모든 시공무원이 갖고 있는 번호와 남편의 사회보장번호를 불러준다. "무엇을 도와드릴까요?"

"일주일 전에 다른 상담원이랑 통화를 했는데요." 내가 설명한다. "제 딸이 백혈병을 앓고 있는데 골수이식이 필요해요. 병원에서 보험회사가 보상액을 승인해줘야 한다고 말해서요."

골수이식은 10만 달러가 넘게 든다. 당연히 우리에게는 그 정도의 현금이 없다. 하지만 의사가 이식을 권유했다고 해서 보험회사가 선뜻 동의할 리가 없다.

"그러한 수술은 특별 검토가 필요…."

"예, 알아요. 일주일 전에 그렇게 얘기하더군요. 아직 답변을 못 들어서 전화하는 거예요."

여자는 파일을 찾아보겠다며 나더러 기다리라고 한다. 미묘하게 딸깍 하는 소리가 들린 뒤 교환원의 녹음된 음성이 작게 들린다. '전화 연결

을 원하시면…'

"젠장!" 나는 수화기를 탕 내려놓는다.

경계 태세가 된 안나가 문가에 고개를 들이민다. "엄마, 방금 욕했어."

"알아." 나는 수화기를 집어든 뒤 재다이얼 버튼을 누른다. 녹음된 안내에 따라 계속해서 버튼을 누른다. 마침내 사람의 목소리가 들린다.

"방금 연결이 끊겨서요. 또요."

바로 전 상담사에게 이미 가르쳐 줬던 숫자와 이름, 내역을 새로운 상담사가 파악하는 데 5분이 더 걸린다. "사실 따님의 사례에 대한 검토는 이미 마친 상태입니다." 여자가 말한다. "안타깝게도, 이번에는 이 수술이 따님에게 가장 이로운 처치가 아니라는 결론을 내렸습니다."

얼굴에 열이 확 달아오른다. "그럼 죽는 건?"

● ● ●

골수채취에 대비해 나는 안나에게 중성구생성촉진인자 주사를 놔줘야 한다. 제대혈 이식을 처음 받은 후에 케이트에게 놔줬던 것처럼. 안나의 골수를 꽉 채워, 세포를 채취해야 할 때 케이트에게 줄 수 있는 세포를 최대한 많이 축적하는 게 목적이다. 이번에도 안나에게 설명을 해주었지만 아이는 그저 하루에 두 번 엄마가 자신에게 주사를 놔야 한다고만 알고 있다.

우리는 국소마취제인 엠라 크림을 사용한다. 이 크림을 바르면 바늘을 찔러도 아픈 느낌이 들지 않아야 하지만 아이는 여전히 소리를 지른다. 주사 바늘이 살을 뚫고 들어가는 게 여섯 살 난 아이가 나를 똑바로 쳐다보며 "엄마 미워"라고 말하는 걸 듣는 것만큼 아픈지 궁금하다.

"피츠제럴드 부인," 보험 회사의 고객 서비스 담당자가 말한다. "부인의 입장은 이해합니다. 진심으로요."

"그러신가요? 도무지 못 믿겠는데요." 내가 말한다. "당신 딸이 생사의 기로에 놓여 있는데도 자문위원회가 신장이식의 최종 비용만을 고려할지 모르겠네요." 나는 이성을 잃지 말자고 다짐을 했지만 보험회사와 통화를 시작한 지 30초 만에 전투 모드가 되었다.

"아메리라이프는 공여자 림프구 주입술에 소요된다고 관습적으로 여겨지는 합리적인 비용의 90%를 지불할 것입니다. 하지만 골수이식을 하겠다고 하시면 10%를 지원해 드리겠습니다."

나는 숨을 깊이 들이쉰다. "그렇게 권고한 자문위원회 의사 말이에요. 전공이 뭐죠?"

"저는 잘…."

"전골수세포성백혈병(APL)은 아니죠? 괌에서 엉터리 의대를 꼴찌로 졸업한 혈액종양학 의사조차도 공여자 림프구 투입은 완치를 위한 치료법으로는 적절하지 않다고 말해줄 테니까요. 앞으로 석 달 뒤에도 우리는 똑같은 얘기를 반복하고 있겠죠. 그리고 제 딸이 앓고 있는 특정 질병에 대해 잘 아는 의사에게 물어보면 이미 시도한 치료를 반복하는 건 급성전골수세포성백혈병 환자에게는 저항성만 키우기 때문에 아무런 효과가 없을 거라고 말할 거예요. 그건 아메리라이프가 제 딸의 목숨을 구할 수 있을지도 모르는 단 한 가지 시술에 돈을 쓰느니 차라리 똥통에 돈을 갖다 버리기로 결정했다는 의미고요."

수화기 반대편으로 침묵이 부글부글 끓는다. "피츠제럴드 부인," 담당자가 말한다. "이 절차를 따르시면 보험 회사가 이식에 비용을 델 거라고 봅니다."

"그때쯤이면 제 딸이 살아 있지 않겠죠. 지금 자동차에 대해 얘기하는 게 아니잖아요. 자동차는 일단 중고 부품을 사용한 뒤 효과가 없으면 새로운 부품을 배송해 올 수 있지만 제 딸은 사람이에요. 당신네 로봇들은 그게 대체 뭔지 알기나 해요?"

이번에는 연결이 끊기는 딸깍 소리를 내가 먼저 예상한다.

케이트의 이식전처치 요법을 시작하러 병원에 가기 전날, 언니가 찾아온다. 언니는 제시에게 임시 사무실을 차리는 걸 돕게 한다. 그런 다음 호주에서 걸려온 전화를 받은 뒤 부엌으로 와 남편과 나에게 집안의 하루 일과를 전달 받는다.

"화요일은 안나가 체육관 가는 날이야." 내가 말한다. "3시에. 그리고 이번 주 중에 유조차가 올 거야."

"쓰레기는 수요일에 갖다 버리고요." 남편이 거든다.

"제시를 학교에 걸어서 데려다주지 마. 6학년 아이들은 그걸 끔찍이 싫어하거든."

언니는 고개를 끄덕이고는 몇 자 끼적이기까지 한다. 그러더니 질문이 몇 개 있다고 한다. "저 물고기는…."

"하루 두 번 밥을 주면 돼. 제시한테 말하면 알아서 할 거야."

"공식적인 취침 시간이 있니?" 언니가 묻는다.

"그럼." 내가 대답한다. "진짜 취침 시간을 알고 싶어? 아니면 특별히 1시간 벌 수 있는 시간을 알려줄까?"

"안나는 8시," 남편이 말한다. "제시는 10시요. 다른 건요?"

"음." 언니가 주머니에 손을 넣어 우리에게 발행된 수표를 꺼낸다. 10만 달러다.

"언니," 내가 깜짝 놀라 말한다. "이건 받을 수 없어."

"수술 비용이 얼마인지 알아. 넌 감당할 수 없잖아. 난 할 수 있고. 그렇게 하게 해 줘."

남편이 수표를 집어 들더니 언니에게 도로 건넨다. "감사합니다." 그가 말한다. "하지만 이미 비용을 마련했어요."

나도 몰랐던 얘기다. "정말?"

"소방서 대원들이 전국 지사에 연락을 취했어. 다른 소방관들이 모금에 참여했고." 남편이 나를 바라본다. "나도 오늘 알았어."

"진짜야?" 마음이 한결 가벼워진다.

남편이 어깨를 으쓱한다. "나한테는 형제나 다름없는 친구들이니까."

나는 언니를 돌아본 뒤 껴안는다. "고마워. 마음만이라도."

"필요하면 언제든 써." 언니가 대답한다.

하지만 우리는 그러지 않는다. 최소한 이것은 할 수 있다.

"케이트!" 다음 날 내가 아이를 부른다. "가야 할 시간이야!"

안나가 소파에 앉아 있는 이모의 무릎에 웅크리고 있다. 입에서 엄지를 빼지만 잘 다녀오라는 인사는 하지 않는다.

"케이트!" 내가 다시 소리친다. "출발한다!"

제시가 닌텐도 게임기 너머로 히죽히죽 웃는다. "정말 케이트를 빼놓고 갈 것처럼 말하네."

"케이트는 몰라. 케이트!" 나는 한숨을 쉬며 계단을 올라 케이트의 방으로 간다. 문이 닫혀 있다. 나는 문을 살짝 두드린 뒤 열어본다. 케이트가 침대 정리를 거의 마친 상태다. 동전이 그 가운데서 폴짝 뛰어도 될 만큼 이불이 팽팽하게 당겨져 있다. 베개는 잘 부풀린 채 가운데 놓여 있다. 봉제 인형들은 가장 큰 것부터 가장 작은 것 순으로 창가에 놓여 있다. 신발조차 옷장에 가지런히 정렬되어 있으며 책상도 깨끗하다.

"좋아." 나는 아이에게 청소를 하라고 한 적이 없다. "내가 다른 방에 와 있나 보구나."

케이트가 뒤돌아본다. "돌아오지 못할 때를 대비해서야." 아이가 말한다.

처음 부모가 되었을 때, 나는 밤에 침대에 누워 아이에게 일어날 수 있는 가장 끔찍한 일을 떠올리곤 했다. 해파리한테 물리기, 독이 든 열매 먹기, 위험한 이방인의 미소, 낮은 풀장에 뛰어들기… 아이가 다칠 수 있는 방법은 너무 많아 혼자 힘만으로는 아이를 안전하게 지키는 일이 거의 불가능해 보인다. 아이들이 자라면서 바뀐 건 위험 대상뿐이었다. 딱풀 흡입하기, 성냥 갖고 놀기, 중학교 운동장 관람석 뒤에서 파는 작은 분홍색 알약 등 사랑하는 사람을 잃을 수 있는 온갖 방법을 다 나열하기에는 밤을 꼴딱 새도 부족하다.

이제는 가설이 아니라 어느 정도 사실에 가까워졌는데, 자녀가 치명적인 병에 걸렸다는 얘기를 들었을 때 부모는 둘 중 하나로 전락하는 것 같다. 수렁에 빠지거나 뺨을 한 대 맞고도 한 대 더 맞을 각오로 고개를 쳐드는 것이다. 이점에 있어 우리 부모는 환자와 많이 닮아 있다.

케이트는 반쯤 의식이 있는 상태로 침대에 누워 있다. 중심정맥관이 가슴에서 산처럼 솟아 있다. 항암약물요법 때문에 서른두 번이나 토를 했으며 입이 헌데다 심한 점막염 때문에 목소리가 낭성섬유증에 걸린 환자 같다. 아이는 나를 돌아보며 말을 하려고 하지만 가래가 나올 뿐이다.

"꽉 찼어요." 아이가 간신히 말한다.

나는 아이가 쥐고 있는 흡입관을 들어올려 입과 목 안을 비워준다. "엄마가 할 테니까 좀 쉬어." 나는 아이에게 약속한다. 이게 내가 아이를 위해 숨 쉬는 법이다.

종양학 병동은 전쟁터다. 명령의 위계질서가 확실하다. 환자들은 복무 중인 군인이다. 의사들은 전쟁의 영웅처럼 거침없이 들어왔다 나간다. 하지만 그들은 아이가 바로 전에 어떤 상태였는지 기억하기 위해 아이의 차트를 봐야 한다. 간호사는 노련한 병장이다. 그들은 아이가 얼음물로 목욕을 해야 할 만큼 고열로 떨고 있을 때 옆에 있어주고, 중심정맥 카테터를 씻는 방법을 가르쳐주며, 몇 층 환자 식당에 아이스크림이 남아 있는지 알려줄 뿐만 아니라 어느 세탁소가 핏자국과 항암약물요법으로 생긴 얼룩을 지울 줄 아는지 말해준다. 아이의 바다코끼리 인형의 이름이 뭔지 알며 화장지로 만든 꽃을 링거대 주위에 감는 법을 가르쳐준다. 전쟁을 계획하는 게 의사라면 전쟁을 견딜만하게 만드는 건 간호사다.

그들이 우리를 아는 것만큼 우리도 그들에 대해 알게 된다. 아이가 아프기 전 인생에서 우리 곁에 있던 친구의 자리를 이제 그들이 차지하기 때문이다. 예를 들어, 도나의 딸은 수의학을 공부하고 있다. 야간 근무를 서는 루드밀라는 새니벨 아일랜드 사진을 코팅해 청진기에 부적처럼 붙이고 다닌다. 그녀가 은퇴한 뒤 살고 싶은 곳이다. 남자 간호사인 윌리는 초콜릿을 무척 좋아하며 그의 아내는 세쌍둥이를 임신 중이다.

케이트가 유도요법을 받던 어느 날 밤, 나는 너무 오래 깨어 있어 몸이 잠이 드는 방법을 잊어버릴 지경이 된다. 그래서 아이가 자는 동안 무음으로 TV를 튼다. 로빈 리치가 〈리치 앤 페이머스〉에 나오는 대궐 같은 집을 걸어 내려오고 있다. 금박을 입힌 비데와 손으로 조각한 티크 침대, 나비 모양의 풀장, 차를 10대나 주차할 수 있는 차고와 황토로 만든 테니스 코트, 어슬렁거리는 공작새 11마리는 머릿속으로 그려볼 수조차 없는 세상이다. 상상조차 할 수 없는 삶이다.

뭐, 지금의 삶도 한때는 그랬지만.

유방암에 걸린 엄마나 선천성 심장병을 비롯한 기타 질병을 갖고 태어난 아이의 얘기를 들을 때 어떤 기분이 들었는지 기억조차 나지 않는다. 동정심 반, 내 가족이 안전하다는 사실에 감사하는 마음 반으로 갈리는 게 어떤 기분이었는지. 이제 우리가 그 이야기의 주인공이 되었다.

나는 도나가 내 앞에 무릎을 꿇고 리모컨을 가져가고 나서야 내가 울고 있는 걸 깨닫는다. "사라," 도나가 말한다. "뭐 좀 갖다 줄까요?"

나는 고개를 젓는다. 무너졌다는 사실이, 그걸 들켰다는 사실이 더욱 당황스럽다. "괜찮아요." 내가 말한다.

"그럼 전 힐러리 클린턴이게요?" 도나가 말한다. 내 손을 잡고는 나를 일으켜 세워 문가로 데리고 간다.

"케이트는…"

"…엄마를 그리워하지도 않을 거예요." 도나가 대신 말한다. 24시간 커피를 내리는 작은 주방에서 도나는 커피 두 잔을 따른다.

"미안해요." 내가 말한다.

"뭐가요? 무쇠로 만들어지지 않은 게요?"

나는 고개를 젓는다. "끝이 없네요." 도나가 고개를 끄덕인다. 그녀가 십분 이해해주는 바람에 나도 모르게 계속해서 떠들고 있다. 그렇게 속에 있는 말들을 다 쏟아낸 뒤 깊은 숨을 내쉬고 보니 1시간 동안 쉬지 않고 말했다는 걸 깨닫는다. "오, 맙소사." 내가 말한다. "당신 시간을 이렇게 많이 허비했네요."

"그렇지 않았어요." 도나가 말한다. "게다가 제 근무 시간은 30분 전에 끝났어요."

뺨이 화끈거린다. "가세요, 어서. 소중한 시간을 보낼 곳이 있으실 텐데."

하지만 도나는 자리에서 일어나는 대신 넉넉한 품에 나를 안아준다. "사라," 그녀가 말한다. "우리 모두 그렇지 않나요?"

외래 수술실 문 입구가 열리더니 반짝이는 은색 장치들로 가득 찬 작은 방이 나타난다. 마치 보철을 낀 입 같다. 의사와 간호사는 마스크를 쓰고 가운을 입고 있어 눈만 보일 뿐이다. 안나가 나를 세게 잡아당기자 나는 아이 옆에 무릎을 꿇고 앉는다.

"마음이 바뀌면 어떡해?" 아이가 말한다.

나는 아이의 어깨에 손을 올린다. "원하지 않으면 안 해도 돼. 하지만 언니가 너만 믿고 있어. 아빠랑 엄마도."

안나가 고개를 한 번 끄덕이더니 제 손을 슬그머니 내 손에 밀어 넣는다. "놓지 마." 아이가 말한다. 간호사가 안나를 데리고 가 수술대 위에 올라가도록 안내해준다.

"우리가 널 위해 뭘 준비했는지 이따 보렴, 안나." 그녀가 안나에게 따뜻한 담요를 덮어준다. 마취사들이 붉은색 거즈로 산소마스크 주위를 닦는다. "딸기밭에서 잠든 적 있니?"

그들은 아이의 몸에 작업을 시작한다. 우선 젤 패드를 아이의 몸에 부착하는데, 이 젤 패드는 아이의 맥박과 호흡을 측정하기 위해 모니터에 연결될 것이다. 이 모든 과정은 아이가 누워 있는 자세로 진행되지만 엉덩이뼈에서 골수를 추출하기 위해 의사는 아이를 뒤집을 것이다.

마취사가 안나에게 장비에 달린 아코디언 장치를 보여준다. "이 풍선을 불어볼까?" 이렇게 묻고는 안나의 얼굴에 마스크를 씌운다. 그때까지 안나는 내 손을 놓지 않고 있다. 마침내 내 손을 잡은 힘이 느슨해진다. 아이는 마지막까지 힘을 꼭 준다. 몸은 이미 잠들었지만 어깨에 잔뜩 힘이 들어가 있다. 간호사 한 명이 안나의 몸을 편안하게 내려주고 다른 한 명은 나를 제지한다. "약이 작용하는 방식이 이래요." 그녀가 설명한다. "이제 키스해 주셔도 돼요."

그래서 나는 마스크 위로 아이에게 키스한다. 고맙다는 말도 속삭인다. 그러고는 반회전문을 나와 종이 모자와 신발을 벗는다. 아주 작은 창문을 통해 안나의 몸이 옆으로 눕혀지고 의사가 말도 안 되게 긴 바늘을 살균 트레이에서 들어올리는 걸 바라본다. 그러고는 위층으로 올라가 케이트와 기다린다.

남편이 케이트의 병실로 고개를 쏙 내민다. "여보," 그가 지친 표정으로 말한다. "안나가 당신을 찾아."

하지만 내 몸을 둘로 쪼갤 수는 없는 노릇이다. 케이트가 또 구토를 하자 나는 분홍색 토 대야를 아이의 입에 갖다댄다. 옆에서 도나가 케이트를 다시 베개 위로 눕힌다. "지금 좀 바빠서." 내가 말한다.

"안나가 당신을 찾는다고." 남편이 다시 말한다. 그뿐이다.

도나가 남편과 나를 번갈아 본다. "다녀오셔도 돼요." 그녀가 이렇게 말하자 잠시 후 나는 고개를 끄덕인다.

안나는 소아과 병동에 있다. 보호 격리를 위해 병실을 밀폐할 필요가 없는 곳이다. 병실에 들어가기도 전에 아이의 울음소리가 들린다. "엄마," 아이가 훌쩍거린다. "아파." 나는 침대 가장자리에 앉아 아이를 껴안는다. "그래, 알아, 아가."

"내 옆에 있어 줄 거지?"

나는 고개를 젓는다. "언니가 아파. 돌아가 봐야 해."

안나가 나한테서 몸을 뗀다. "하지만 나도 병원에 있다고." 아이가 말한다. "병원에!"

나는 아이의 머리 너머로 남편을 힐긋 쳐다본다. "진통제를 얼마나 놔 준 거야?"

"거의 안 줬어. 간호사 말이 애들한테는 약을 많이 안 준다네."

"말도 안 돼." 내가 자리에서 일어나자 안나가 울먹거리며 나를 꼭 붙든다. "곧 돌아올게, 아가."

나는 가장 먼저 눈에 띄는 간호사에게 다가가 말을 건다. 종양학과 간호사들과는 달리 처음 보는 얼굴들이다. "한 시간 전에 타이레놀을 줬는데요." 간호사가 말한다. "좀 불편하겠지만…"

"록시셋(아세트아미노펜과 옥시코돈의 복합제-감수자)을 주세요. 코데인이 든 타이레놀이나 나프록센을 주셔도 좋고요. 의사의 지시 사항에 없을 경우 전화해서 먹여도 되는지 물어봐주세요."

간호사가 발끈한다. "피츠제럴드 부인, 외람된 말씀이지만 이건 제가 매일 하는 일이에요, 그리고…."

"저도 마찬가지예요."

나는 소아 복용량의 록시셋을 들고 안나의 병실로 돌아간다. 이 약은 아이의 고통을 덜어주거나 곯아떨어지게 만들어 더 이상 고통을 느끼지 못하게 할 거다. 병실에 들어가자 남편이 그 큰 손으로 안나의 목에 로켓 목걸이를 걸기 위해 뒤에 붙은 조그마한 고리를 어설프게 만지작거리고 있다. "언니한테 그렇게나 큰 선물을 줬으니 선물을 받을 자격이 있다고 생각했지." 남편이 말한다.

물론 안나는 골수를 기증한 걸 칭찬받아야 한다. 물론 인정해줘야 한다. 하지만 솔직히 말해 나는 고통 받은 걸 보상해줘야 한다는 생각이 들지 않았다. 우리는 이미 너무 오랫동안 이렇게 지내온 것이다. 내가 병실에 들어서자 두 사람이 동시에 나를 올려다본다.

"아빠가 준 선물이야!" 안나가 말한다.

나는 플라스틱 복용 컵을 건넨다. 내 초라한 차선책을.

10시가 막 지나 남편이 안나를 케이트의 방으로 데려온다. 아이는 노인네처럼 아빠의 부축을 받으며 느릿느릿 걸어온다. 병실에 들어가기 위해 간호사의 도움으로 마스크와 가운, 장갑과 장화를 착용한다. 아이들은 보통 보호 격리실에 들어갈 수 없기 때문에 병원 측에서 베푼 온정 어린 규칙 위반이다.

찬스 의사는 골수가 담긴 백을 든 채 링거대 옆에 서 있다. 나는 안나의 몸을 돌려 아이에게 그걸 보여준다. "이게 바로 네가 우리에게 준 거야." 내가 말한다.

안나가 얼굴을 찌푸린다. "으, 역겨워. 언니 가져."

"그게 좋겠구나." 찬스 의사가 말한다. 진홍색 골수가 케이트의 중심 정맥관으로 흘러들어가기 시작한다.

나는 안나를 침대에 눕힌다. 아이 둘이 어깨를 붙인 채 누울 만큼 공간이 충분하다. "아팠어?" 케이트가 묻는다.

"조금." 안나가 플라스틱 관을 통해 케이트의 가슴팍에 난 작은 틈으로 피가 들어가고 있는 걸 가리킨다. "이건?"

"별로 안 아파." 케이트가 조금 일어나 앉는다. "안나."

"응?"

"네 몸에서 나온 거라 기뻐." 케이트는 안나의 손을 잡은 뒤 중심정 맥관의 카테터 바로 아래에 갖다댄다. 심장 근처에 아슬아슬하게 닿는 지점에.

골수이식을 한 지 3주가 지나자 케이트의 백혈구 세포수가 증가하기 시작한다. 이식이 되었다는 증거다. 이를 축하하기 위해 남편은 나더러 밖에 나가 저녁 식사를 하자고 한다. 케이트에게는 개인 간호사를 붙이고 XO 카페에 예약을 하고 내 옷장에서 검은색 원피스까지 가져왔다. 하지만 구두는 깜빡해 나는 결국 원피스에 꾀죄죄한 나막신을 신게 되었다.

식당은 거의 만석이다. 자리에 앉자마자 소믈리에가 다가와 와인을 마실지 묻는다. 남편은 카베르네 소비뇽을 주문한다.

"당신 그게 레드 와인인지 화이트 와인인지 알기나 해?" 나는 남편이 맥주 말고 다른 술을 마시는 걸 본 적이 없다.

"알코올이 들어 있다는 건 알아. 그리고 우리가 지금 축하 중이란 것도 알지." 남편은 소믈리에가 채워준 잔을 들어올린다. "우리 가족을 위해." 그가 축배를 든다. 우리는 짠 하고 잔을 부딪친 뒤 몇 모금 마신다.

"뭐 먹지?" 내가 묻는다.

"뭘 먹었으면 좋겠는데?"

"필레(고기의 뼈나 생선의 가시를 발라내어 편편하게 저민 것으로 만든 요리-옮긴이). 난 가자미를 주문하고 당신 것도 맛볼 거야." 나는 메뉴판을 닫는다. "지난번 일반혈액검사 결과 들었어?"

남편이 탁자를 내려다본다. "당신도 알다시피 병원에서 좀 벗어나려고 이곳에 온 거야. 그냥 다른 얘기하자."

"나도 그러고 싶어." 내가 인정한다.

하지만 남편을 바라보자 우리가 아니라 케이트에 관한 얘기가 입가를 맴돈다. 그의 일과에 대해서는 물어볼 말이 없다. 3주째 출근을 하고 있지 않기 때문이다. 우리를 연결하는 건 케이트의 병이다.

우리는 다시 침묵에 빠져든다. 식당을 둘러보니 대부분 젊고 세련된 사람들이 앉은 자리에서만 대화가 오가고 있다. 은식기처럼 반짝이는 결혼반지를 자랑스럽게 끼고 있는 나이든 커플은 대화라는 양념 없이 식사만 하고 있다. 서로 편해서 그런 걸까, 상대가 무슨 생각을 하는지 이미 알기 때문일까. 아니면 특정 시점이 지나면 더 이상 할 말이 남아 있지 않게 되어서일까?

웨이터가 주문을 받으려고 다가오자 우리는 간절히 고개를 돌린다. 어느새 낯선 존재가 된 서로를 바라보지 않아도 되도록 때맞춰 등장해준

그에게 고마워하며.

· · ·

우리는 병원에 들어올 때와는 다른 아이를 데리고 병원을 나선다. 케이트는 조심스럽게 움직이며 두고 간 게 잊지 않을까 싶어 침대 옆 탁자의 서랍을 일일이 확인한다. 몸무게가 너무 많이 빠져 내가 가져온 청바지가 맞지 않는다. 우리는 반다나 두 개를 묶어 임시 벨트로 사용한다.

남편은 차를 가져오기 위해 우리보다 먼저 내려갔다. 나는 〈타이거비트〉 최신호와 CD를 케이트의 더플 백에 넣고 지퍼를 잠근다. 아이의 매끈한 민머리에 양털 모자를 씌우고 목에 스카프를 단단히 매준다. 마스크와 장갑도 껴준다. 위험을 무릅쓰고 이제 우리가 병원 밖을 나서니 케이트에게는 보호막이 필요하다. 우리가 병실을 나서자 그동안 잘 알고 지낸 간호사들이 박수갈채를 보낸다.

"무슨 일이 있어도 다시는 오지 마. 우리를 보는 일이 있어선 안 돼." 윌리가 농담을 던진다.

그들은 한 명씩 다가와 작별인사를 건넨다. 그들이 모두 자리로 돌아가자 나는 케이트를 보며 미소 짓는다. "준비 됐니?"

케이트는 고개를 끄덕이지만 앞으로 발을 내딛지 않은 채 뻣뻣이 서 있다. 이 문밖으로 발을 디디는 순간 모든 것이 변하리라는 것을 잘 알고 있기에. "엄마?"

나는 아이의 손을 접어 내 손 안에 넣는다. "같이 가자꾸나." 나는 아이에게 약속하고, 우리는 나란히 첫발을 내딛는다.

병원 청구서로 우편함이 넘쳐난다. 우리는 보험 회사가 병원 경리과와 상의를 하지 않을 것이고 병원 경리과 역시 마찬가지라는 걸 알게 되었다. 하지만 양측 다 병원에서 청구한 비용이 정확하다고 생각하지는 않는다. 그 결과 보험 회사와 병원은 우리가 지불하지 않아도 되는 시술에 대한 비용을 청구한다. 우리가 그걸 지불할 정도로 멍청하길 바라며.

케이트의 진료 비용을 관리하는 일에 남편이나 내가 종일 매달릴 수는 없는 노릇이다. 나는 마트의 전단지, AAA 잡지, 장거리 전화요금 안내서를 뒤적이다가 뮤추얼 펀드에서 보낸 편지를 뜯어본다. 내가 신경 쓸 일은 아니다. 집안의 재정 관리는 보통 남편의 일이다. 게다가 우리가 갖고 있는 펀드 3개는 전부 아이들의 교육비로 배정해 두었다. 우리는 주식에 투자할 여윳돈이 있는 가정이 아니다.

친애하는 피츠제럴드 선생님께

최근에 고객님이 요청한 #323456펀드(케서린 피츠제럴드의 관리인 브라이언 피츠제럴드가 가입한 펀드)에 대한 상환금 8,369달러 56센트를 확정하기 위해 본 안내문을 보냅니다. 이 지급으로 해당 계좌는 자동으로 해약됩니다.

은행 측의 실수 치고는 꽤나 큰 실수다. 이 예금 계좌에서 잔고가 몇 센트 부족한 적은 있었어도 최소한 8천 달러가 사라진 적은 없었다. 나는 부엌에서 나와 마당으로 향한다. 남편이 남아도는 정원 호스를 말고 있다. 남편에게 편지를 건네며 말한다. "뮤추얼 펀드 담당자가 큰 실수를 했든지, 당신이 둘째 부인을 부양하고 있다는 게 탄로 난 것 같은데."

남편은 한참 동안 편지를 읽는다. 그 순간 나는 이것이 전혀 은행의 실수가 아니라는 걸 깨닫는다. 남편은 손등으로 이마를 닦는다. "내가 돈을 인출했어." 그가 말한다.

"나한테 말도 안 하고?" 남편이 그런 일을 했다는 게 상상이 안 된다. 과거에 아이들의 계좌에 손을 댄 적이 몇 번 있긴 했다. 하지만 식비와 대출금을 갚기에 빠듯한 달이었거나 옛 차가 완전히 망가지는 바람에 새 차를 구입하기 위한 계약금을 지불해야 할 때뿐이었다. 우리는 뜬눈으로 침대에 누워 여분의 이불 아래 놓여 있는 것처럼 죄책감에 짓눌린 채 가능한 한 빨리 돈을 도로 집어넣자고 서로에게 다짐했다.

"요전에 말한 것처럼 소방서 대원들이 전국적으로 모금을 하려고 했어. 10,000달러를 모았고. 이 상환금까지 합치면 병원에서 우리에게 별도의 지불 계획을 마련해줄 거야."

"하지만 당신은…."

"내가 뭐라고 했는지 알아, 여보."

나는 믿을 수 없다는 듯 고개를 젓는다. "나한테 거짓말을 한 거야?"

"그게 아니라…."

"언니가 돈을 줬잖…."

"처형이 케이트를 책임지게 하진 않을 거야." 남편이 말한다. "내가 케이트를 책임질 거라고." 호스가 바닥으로 떨어지면서 우리 발치로 물이 줄줄 흐른다. "여보, 케이트는 대학 등록금이 필요한 만큼 오래 살지 않을 거야."

태양이 눈부시다. 스프링클러가 잔디 위에서 씰룩거리며 무지개를 만들어낸다. 이런 대화를 나누기에는 지나치게 아름다운 날씨다. 나는 돌아서서 집으로 뛰어간다. 화장실에 들어가 문을 잠근다.

잠시 후 남편이 문을 세게 두드린다. "여보? 사라, 미안해."

나는 남편의 말이 안 들리는 척한다. 남편이 한 말을 하나도 듣지 않은 척한다.

집에서 우리는 모두 마스크를 쓴다. 그래야 케이트가 마스크를 쓸 필요가 없기 때문이다. 케이트가 이를 닦거나 시리얼을 붓는 동안 나는 아이의 손톱을 살펴본다. 항암약물요법 때문에 생긴 산등성이 같은 어두운 자국이 사라졌다. 골수 이식이 성공했다는 확실한 증거다.

나는 하루에 두 번 케이트의 허벅지에 중성구생성촉진인자 주사를 놔준다. 호중구 수치가 천 개에 이를 때까지 필요한 조치다. 그때가 되면 골수가 자생할 것이다.

케이트는 아직 학교에 돌아갈 수 없다. 그래서 학습 과정을 집으로 받는다. 케이트는 내가 안나를 유치원에 데리러 갈 때 한두 번 동행하지만 차 밖으로 나오기를 거부한다. 정기 혈액검사를 위해 병원에는 가지만 내가 돌아오는 길에 비디오 가게나 던킨 도너츠에 들르자고 제안하면 거절한다.

어느 토요일 아침, 아이들의 방문이 약간 열려 있다. 나는 조심스럽게 문을 두드린다. "쇼핑몰에 갈래?"

케이트는 어깨를 으쓱한다. "지금은 싫어."

나는 문틀에 기댄다. "밖에 나가면 좋을 텐데."

"그러고 싶지 않아." 아이는 자신의 행동을 인식조차 하지 못하겠지만 손바닥으로 머리를 쓱 만지고는 손을 뒷주머니에 넣는다.

"케이트." 내가 말한다.

"제발, 아무도 날 쳐다보지 않을 거라고 말하지 마. 분명 날 쳐다볼 테니까. 별로 중요하지 않다고 말하지 말라고. 중요한 문제니까. 그리고 내가 괜찮아 보인다고 말하지도 마. 그건 순 거짓말이니까." 눈썹이 없는 아이의 눈에 눈물이 가득하다. "난 괴물이야, 엄마. **나를 봐.**"

나는 아이를 본다. 아이의 눈썹이 사라진 지점, 끝없는 이마의 경사면, 그리고 보통은 머리카락 아래 숨겨져 있는 작은 흉터와 혹을 본다.

"그렇다면," 내가 차분히 말한다. "엄마가 해결해줄게."

나는 더 이상 아무 말도 하지 않은 채 방을 나선다. 케이트가 따라올 거라는 걸 알기에. 나는 안나를 지나친다. 컬러링북을 하던 안나는 자리에서 일어나 제 언니를 느릿느릿 따라간다. 나는 이 집을 샀을 때 발견한 오래된 전기면도기를 지하실에서 꺼내와 전원을 꽂는다. 그러고는 머리 한가운데에 길을 내기 시작한다.

"엄마!" 케이트가 헉 하고 숨을 쉰다.

"왜?" 갈색 곱슬머리 한 움큼이 안나의 어깨로 떨어진다. 안나는 조심스럽게 머리카락을 집어 든다. "머리카락일 뿐이야."

면도기로 머리를 한 번 더 밀자 케이트가 미소를 짓기 시작한다. 아이는 내가 놓친 부위를 말해준다. 작은 머리카락이 숲처럼 서 있는 곳을. 나는 우유 상자를 뒤집어 놓고 그 위에 앉은 뒤 케이트에게 다른 쪽 머리를 밀어달라고 한다. 안나가 내 무릎으로 기어 올라온다. "다음에는 내 차례야." 아이가 조른다.

한 시간 뒤 우리는 손을 잡은 채 쇼핑몰로 걸어 들어간다. 대머리 여자 셋이서. 우리는 몇 시간이나 그곳에 머문다. 우리가 가는 곳마다 사람들이 돌아보며 소곤거린다. 우리는 아름답다. 세 배나 더.

주말

아니 땐 굴뚝에 연기 나랴.

-존 헤이우드, 속담

제시

인정해라. 고속도로 한편에 몇 시간째 놓여 있는 불도저나 트랙터를 나 같은 사람이 훔칠 수 있는 그런 곳에 왜 방치해 놓았을까 의문을 가져본 적이 있을 것이다. 처음 트럭을 훔친 건 몇 년 전이었다. 나는 시멘트 믹서 트럭의 기어를 빼 경사지에 놓은 뒤 트럭이 건설 회사 현장으로 굴러가는 걸 지켜보았다. 지금 우리 집에서 1마일 떨어진 곳에 덤프트럭이 있다. 195번 간선도로 중앙분리대 옆에서 아기 코끼리처럼 잠자고 있는 걸 지켜봤다. 내 선호 대상 1순위는 아니지만 지금은 찬밥 더운밥 가릴 처지가 아니다. 내가 저지른 작은 범법 행위 때문에 아버지는 내 차를 가져가 소방서에 보관하고 있다.

덤프트럭을 몰아보니 내 차를 운전하는 것과는 사뭇 다르다. 우선 지랄맞게도 이놈의 트럭은 도로를 꽉 차지한다. 둘째, 덤프트럭은 탱크처럼 작동한다. 적어도 내 생각에는 탱크도 이렇게 작동할 것 같다. 탱크를 몰아보려고 권력에 미친 놈들로 넘쳐나는 군대에 자원 입대할 필요는 없을 것 같다. 게다가 더 마음에 안 드는 셋째 이유는 사람들이 내가 가는 걸 볼 수 있다는 점이다. 듀라셀 댄이 판자로 집을 짓고 있는 육교에 내가 차를 몰고 나타나자 자신이 세워 놓은 33갤런들이 드럼통 뒤로 몸을 웅크린다. "댄," 내가 트럭 운전석 밖으로 고개를 내밀며 말한다. "나예요."

댄은 한참이 지나서야 손가락 사이로 살짝 내다보더니 내 말이 사실인지 확인한다. "내 트럭이 마음에 들어요?" 내가 묻는다.

그는 주섬주섬 일어나 트럭 측면의 줄무늬를 만진다. 그러고는 소리 내어 웃는다. "네 지프가 스테로이드를 맞았구나."

나는 필요한 물건들을 트렁크에 싣는다. 건물의 창문을 향해 트럭을 후진한 뒤 내 방화 특제품인 화염병을 몇 개 툭 던져 버리고 화염에 휩싸인 그곳을 유유히 빠져나오면 얼마나 아찔할까? 댄은 운전석 옆문에 선다. 좀 닦아 줘, 댄이 차창에 이렇게 쓴다.

"댄," 내가 말한다. 그리고 한 번도 해본 적이 없다는 이유만으로 댄에게 같이 가고 싶은지 묻는다.

"진짜?"

"진짜요. 하지만 규칙이 있어요. 무엇을 보든, 무엇을 하든, 아무에게도 말해선 안 돼요."

그는 자물쇠로 입을 잠근 뒤 열쇠를 던지는 시늉을 한다. 5분 후 우리는 낡은 창고로 향한다. 한 대학교의 보트 창고로 사용되었던 곳이다. 내가 운전하는 동안 댄은 간이침대를 올렸다 낮췄다 하며 제어 장치를 만지작거린다. 나는 스릴을 만끽하기 위해 그를 초대했다고, 한 명이라도 더 있으면 훨씬 더 흥분되기 때문이라고 나 자신에게 말한다. 하지만 진짜 이유는 이 넓은 세상에서 내 옆에 다른 누군가가 있다는 사실을 알고 싶은 그런 밤이기 때문이다.

열한 살 때 나는 스케이트보드를 갖게 되었다. 사달라고 한 적이 없었다.

그저 부모님이 죄책감에 사준 선물이었다. 지난 몇 년 동안 나는 온갖 종류의 멋진 선물을 제법 많이 받았다. 보통 케이트의 일과 관련이 있었다. 부모님은 케이트가 시술을 받을 때마다 케이트에게 이처럼 비싼 선물을 상당히 많이 안겨주었다. 그리고 이는 보통 안나와 관련된 일이어서 안나 역시 놀라운 선물을 받았다. 그러고 나서 일주일 후 부모님은 불공평한 처사에 마음이 불편했는지 내가 소외감을 느끼지 않도록 나에게도 장난감을 사주었다.

어쨌든 그 스케이트보드는 말로 표현할 수 없을 정도로 끝내줬다. 바닥에 그려진 해골은 어둠 속에서 번쩍였고 이빨에서는 녹색 피가 뚝뚝 떨어졌다. 바퀴는 형광 노란색으로 표면이 우둘투둘해 운동화를 신고 그 위에 올라타면 록 스타가 목을 가다듬는 소리가 났다. 나는 진입로를 오르락내리락하고 인도를 돌면서 윌리(앞바퀴를 들고 뒷바퀴로만 타는 기술-옮긴이), 킥플립(점프하는 동시에 보드를 360도 회전하는 기술-옮긴이), 알리(스케이트보드와 함께 점프하는 기술-옮긴이)를 연습했다. 부모님이 정해준 규칙은 '도로에서 스케이트를 타지 말 것' 딱 하나였다. 자동차가 불시에 나타나면 아이들은 그 자리에서 치일 수 있기 때문이다.

불량 청소년의 기운이 막 싹트는 열한 살짜리와 부모님이 정한 규칙은 물과 기름 사이라는 걸 굳이 말할 필요가 있을까. 스케이트보드를 선물 받은 지 일주일 쯤 되던 날, 나는 세발자전거를 타는 꼬맹이들로 가득 찬 거리를 한 번 더 왔다 갔다 하느니 면도칼을 삼킨 뒤 술을 마시는 편(상처 위에 소금을 뿌리는 것처럼 설상가상인 상태로 둘 중 선택을 해야 하는 상황에서 자주 사용되는 영어 표현-옮긴이)이 낫겠다 싶었다.

나는 케이마트 주차장이나 학교 농구장 혹은 스케이트보드를 탈 수 있는 곳으로 어디든 데려다 달라고 아빠를 졸랐다. 아빠는 금요일에 케이트의 정기 골수검사를 마친 뒤 가족 모두 학교에 가자고 약속했다. 나는 스케이트 보드를 가져갈 수 있고 안나는 자전거를 가져갈 수 있으면 케이트는 컨디션이 좋을 경우 롤러블레이드를 가져가도 좋다고 했다.

그날을 어찌나 고대했던지 나는 바퀴에 기름칠을 하고 스케이트보드 바닥에 광을 낸 뒤 오래된 합판 조각과 굵은 통나무로 만든 진입로 램프에서 더블 힐릭스를 연습했다. 엄마와 케이트가 의사를 만나고 돌아오는 걸 본 순간, 나는 시간을 낭비하지 않으려고 현관으로 뛰어나갔다.

알고 보니 엄마 역시 상당히 다급한 모양이었다. 차량 문이 열려 있었고 피로 범벅된 케이트가 그 안에 있었기 때문이다. "아빠 불러." 케이트의 얼굴에 화장지 한 뭉치를 갖다댄 채 엄마가 명령했다.

케이트가 코피가 난 게 처음은 아니었다. 게다가 엄마는 그 모습에 내가 질겁하면 겉보기에만 그럴 뿐 사실 그렇게 심각한 상황은 아니라고 늘 얘기했었다. 하지만 내가 아빠를 불러오자 엄마, 아빠는 서둘러 케이트를 화장실로 데려가 달래주었다. 케이트가 울면 상황을 통제하기가 더욱 힘들어지기 때문이다.

"아빠, 언제 출발해?" 내가 물었다.

하지만 아빠는 휴지를 뭉쳐 케이트의 코 아래에 끼워 넣느라 정신이 없었다.

"아빠?" 내가 다시 말했다.

아빠는 나를 똑바로 쳐다봤지만 아무 말도 하지 않았다. 아빠의 눈은 마치 내가 연기로 만들어진 것처럼 멍하니 나를 응시했다.

그때 처음으로 난 내가 그럴 수도 있겠다고 생각했다.

● ● ●

화염은 서서히 퍼지는 습성이 있다. 몰래 다가와 널름거린 뒤 어깨 너머로 바라보며 웃어댄다. 게다가 지랄 맞게도 아름답다. 노을이 지면서 그 뒤를 따라 모든 것이 잠식되는 것처럼. 처음으로 내 불장난을 감상할 구경꾼이 생겼다. 내 옆에 서 있는 댄은 목구멍 깊은 곳에서 작은 소리를 낸다. 두말할 것 없이 존경의 감탄사일 것이다. 하지만 내가 의기양양한 표정으로 그를 바라보자 댄은 군바리 외투의 기름투성이 옷깃에 머리를 파묻고 있다. 얼굴 위로 눈물이 흘러내리고 있다.

"댄, 왜 그래요?" 이 남자는 미친 게 분명하다. 내가 그의 어깨에 손을 올리자 댄은 전갈이라도 떨어진 것처럼 움찔한다. "불이 무서운 거예요, 댄? 그러지 않아도 돼요. 불은 저 멀리 있다고요. 우리는 안전해요." 나는 댄을 안심시키려고 미소를 지어보였다. '그가 깜짝 놀라 소리를 지르기 시작하며 주위를 어슬렁거리는 경찰들을 부르면 어떡하지?'

"저 창고 말이야." 댄이 말한다.

"아무도 저길 그리워하지 않을 거예요."

"저기에 래트(제시는 rat으로 생각한다-옮긴이)가 살아."

"이제는 아니죠." 내가 말한다.

"하지만 래트는…."

"동물들은 알아서 불을 피할 수 있어요. 장담하건대, 쥐는 괜찮을 거예요. 안심하라고요."

"하지만 신문에서 뭐라고 하겠어? 래트는 케네디 대통령의 암살 사건과 관련이 있는데…."

순간 나는 그가 말하는 래트가 쥐가 아니라 또 다른 노숙자를 말하고 있다는 걸 깨닫는다. 이 헛간을 안식처로 사용하는 노숙자인 거다.

"댄, 저 안에 누군가 살고 있다는 말이에요?"

치솟는 화염을 바라보는 그의 눈에 눈물이 그렁그렁하다. 댄은 내 말을 따라한다.

"이제는 아니야."

말했다시피 나는 고작 열한 살이었다. 그래서 지금까지도 어퍼 다비에 위치한 우리 집에서 프로비던스 시내 한복판까지 어떻게 갔는지 기억이 나지 않는다. 몇 시간이 걸렸으리라. 새로 장만한 슈퍼 영웅의 투명 망토를 걸치면 휙 사라졌다가 전혀 다른 곳에서 나타날 수 있다고 믿었을지도.

나는 실험을 해보았다. 시내 중심가를 따라 걸었더니 아니나 다를까 사람들이 내 옆을 그냥 지나쳤다. 그들은 보도블럭 사이를 응시하거나 좀비처럼 앞만 뚫어져라 쳐다봤다. 나는 측면에 긴 거울 유리가 달린 건물을 지나갔다. 그곳에는 내 모습이 비쳤다. 하지만 내가 온갖 표정을 지어 봐도, 아무리 오랫동안 그곳에 서 있어도 내 주위를 지나가는 사람 중 나에게 말을 거는 사람은 없었다.

그날 내 종착지는 교통 신호등 바로 아래 교차로였다. 택시가 경적을 울렸고 자동차는 왼쪽으로 휙 틀었으며 경찰들이 나를 보호하려고 뛰어들었다. 아빠가 나를 데리러 경찰서로 왔을 때 대체 무슨 생각이었냐고 물었다. 사실 나는 아무 생각이 없었다. 그저 내가 눈에 띄는 곳으로 가려고 했을 뿐이었다.

우선 나는 셔츠를 벗고 도로 옆 웅덩이에 셔츠를 담근 뒤 얼굴과 머리를 감싼다. 화난 검은 구름처럼 연기가 이미 자욱하게 피어오르고 있다. 내 귀에는 사이렌 소리가 가득하다. 하지만 나는 댄에게 약속했다.

가장 먼저 나를 덮치는 건 열기, 그리고 보이는 것보다 훨씬 단단한 벽이다. 창고의 뼈대가 오렌지색 X-레이처럼 드러나 있다. 안에 들어가자 한 치 앞도 보이지 않는다.

"래트!" 연기 때문에 벌써부터 목이 따끔하고 목소리가 거칠다. "래트!"

답이 없다. 하지만 창고는 그다지 넓지 않다. 나는 손바닥과 무릎을 바닥에 대고 직감에 의존에 더듬거리며 앞으로 나아간다.

진짜 위험한 순간이 딱 한 번 닥친다. 달군 인두가 되다시피 한 금속 물체에 실수로 손을 댄 것이다. 피부가 물체에 들러붙으며 곧바로 물집이 생긴다. 부츠를 신은 발에 걸려 넘어지는 순간, 나는 이곳을 빠져나가지 못할 거라 확신하며 흐느껴 운다. 하지만 가까스로 더듬거리며 래트를 찾은 뒤 그의 축 늘어진 몸을 어깨에 걸치고는 비틀거리며 밖으로 나온다.

신이 작은 장난을 친 덕분인지 우리는 무사히 밖으로 나온다. 이쯤 되자 소방차가 도착해 불을 끄고 있다. 아빠도 여기 있을지 모른다. 나는 자욱한 연기 속에 숨은 채 래트를 땅에 털썩 내려놓는다. 심장이 빠른 속도로 뛰는 걸 느끼며 반대편으로 달아난다. 남은 작업은 영웅이 되고 싶어 하는 사람들에게 맡긴 채.

안나

우리가 이곳에 어떻게 오게 되었는지 궁금하지 않은가? 이 지구상에 말이다. 아담과 이브에 관한 노래나 춤 따위는 집어치우자. 내가 알기로 그것들은 순 허풍이다. 아빠는 포니족의 신화를 좋아한다. 그들의 말에 따르면, 별의 신들이 이 세상에 살았다고 한다. 저녁별과 아침별이 결혼을 해 최초의 여자가 태어났으며 최초의 남자는 해와 달 사이에서 태어났고 인간은 토네이도의 등에 올라타 여기에 왔다는 것이다.

흄 과학 선생님은 천연가스와 흙탕물, 탄소로 가득 찬 원시 수프에 대해 얘기해주셨다. 이 물질들이 어떻게든 굳어져 깃편모충류라 불리는 단세포 유기체가 탄생했단다. 내가 보기엔 진화 사슬의 시작이라기보다는 성병처럼 들린다. 하지만 이 이론이 사실일지라도 깃편모충류에서 아메바로, 그리고 원숭이로, 생각을 할 줄 아는 인간으로 진화하기까지는 상당한 도약이 아닐 수 없다.

이 모든 이론에서 실로 놀라운 부분은 무엇을 믿든 무에서 온갖 뉴런이 점화되는 순간에 이르러 우리가 결정을 내리게 되기까지는 상당한 노력이 필요하다는 사실이다. 더욱 놀라운 것은 제2의 천성이 되었는데도 불구하고 우리는 여전히 그걸 어떻게든 망친다는 거다.

토요일 아침, 나는 엄마와 함께 언니가 있는 병원에 있다. 우리 셋은 이틀 후 공판이 열리지 않는 척하려고 최선을 다한다. 어려울 거라 생각하겠지만 사실 다른 대안보다 훨씬 더 쉽다. 우리 가족은 하지 않음으로써 스스로를 속이는 걸로 유명하다. 말을 꺼내지 않으면 짜잔! 공판도, 신부전도, 걱정도 전혀 없는 것이다.

나는 지역방송에서 나오는 〈해피 데이즈〉를 보고 있다. 커닝햄 가족들도 우리와 별반 다르지 않다. 그들이 걱정하는 거라곤 리치의 밴드가 알의 레스토랑에 고용될 것인지, 폰지가 키스 대회에서 우승할지 같은 것뿐이다. 하지만 나조차도 1950년대에는 조니가 학교에서 민방위 훈련을 받아야 했고 매리언은 바륨을 먹고 있을 것이며 하워드가 공산당원의 공격에 흥분했을 거라는 걸 안다. 영화 세트장에 있다고 생각하며 살 경우 벽이 종이로, 음식이 플라스틱으로 만들어졌으며 내 입에서 나오는 말이 실제 내 말이 아니라는 사실을 인정조차 하지 않아도 된다.

언니가 단어퍼즐을 하려고 한다. "Vessel(그릇, 배, 관)을 의미하는 네 글자 단어가 뭐지?" 언니가 묻는다.

오늘은 언니의 컨디션이 괜찮은 날이다. 그 말인 즉, 내가 허락도 없이 CD 두 개를 빌려간 것에 대해 뭐라고 소리칠 만한 기력이 된다는 뜻이며(사실 언니는 혼수상태였기 때문에 허락을 해줄 수 있는 상황이 아니었다.) 단어퍼즐을 할 만한 기력이 된다는 뜻이다.

"Vat(큰 통), Urn(항아리)." 내가 말한다.

"네 글자래도."

"Ship(배)." 엄마가 말한다. "그런 걸 말하는 게 아닐까?"

"Blood(피)." 찬스 의사가 병실로 들어오며 말한다.

"그건 다섯 글자잖아요." 언니가 나한테 하는 말투보다 훨씬 더 쾌활한 어조로 말한다. 우리는 이제 모두 찬스 의사를 좋아한다. 그는 우리 가족의 여섯 번째 식구와도 같다.

"숫자로 말해 보렴." 의사는 통증의 척도를 말하고 있다. "5?"

"3이요."

찬스 의사는 언니 침대의 모서리에 걸터앉는다. "1시간 후면 5가 될지도 몰라." 의사가 주의를 준다. "9가 될 수도 있고."

엄마의 얼굴이 검은 보랏빛이 된다. "하지만 케이트는 지금 기분이 상당히 좋은 걸요." 엄마가 애써 활기차게 말한다. "압니다. 하지만 의식이 또렷한 상태가 점차 짧고 띄엄띄엄해질 겁니다. 급성전골수세포성백혈병(APL) 때문이 아니라 신부전 때문이죠." 찬스 의사가 설명한다.

"하지만 신장 이식을 하면…" 엄마가 말한다.

장담하건대 그 순간 방 안의 공기가 스펀지로 변한다. 벌새의 날갯짓을 들을 수 있을 정도로 조용해진다. 나는 엷은 안개처럼 방 밖으로 슬그머니 나오고 싶다. 이게 내 잘못이 아니길 바란다. 찬스 의사만이 용감하게도 나를 바라본다.

"사라, 장기 이식을 할지는 현재 불확실한 걸로 알고 있는데요."

"하지만…."

"엄마," 언니가 끼어든다. 언니는 찬스 의사를 돌아본다. "얼마나 남았죠?"

"일주일 정도."

"와우," 언니가 조용히 말한다. "와우." 신문 모서리를 만지더니 모서리 끝에 엄지손가락을 문지른다. "아플까요?"

"아니." 찬스 의사가 약속한다. "안 아프게 해주마."

언니는 신문을 무릎에 놓고 자신의 팔을 잡는다. "감사해요, 진심으로요."

올려다보는 찬스 의사의 눈시울이 붉다. "그러지 마렴." 찬스 의사는 돌덩이가 된 듯 힘겹게 자리에서 일어나더니 아무 말 없이 방을 나선다. 엄마는 스스로를 몸 안에 구겨 넣는다. 이렇게밖에 달리 설명할 길이 없다. 난로 깊숙이 집어넣으면 타는 대신 그저 사라지는 종이처럼. 언니가 나를 보더니 언니를 침대에 묶고 있는 온갖 관을 내려다본다. 나는 자리에서 일어나 엄마에게 간다. 그리고 엄마의 어깨에 손을 올려놓는다.

"엄마," 내가 말한다. "그만해."

엄마가 고개를 들더니 무언가에 홀린 듯한 눈으로 나를 바라본다. "아니, 안나. 네가 그만해."

시간이 조금 걸리지만 나는 그 눈에서 벗어난다. "안나(Anna)." 내가 웅얼거린다.

엄마가 돌아본다. "뭐라고?"

"Vessel을 의미하는 네 글자 단어요." 나는 이렇게 말한 뒤 병실을 나선다.

●　●　●

오후 늦게 나는 소방서에서 줄리아와 마주한 채 아빠 사무실 회전의자에 앉아 빙글빙글 돌고 있다. 책상에는 우리 가족사진이 대여섯 개 있다. 딸기처럼 보이는 니트 모자를 쓴 아기 적 언니의 사진이 있다. 오빠와 내가 우리 손에 아슬아슬하게 놓인 전갱이의 너비만큼이나 활짝 웃고 있는 사진도 있다. 나는 가게에서 파는 액자 속 사진이 궁금했었다. 부드러운 갈색 머리에 가식적인 미소를 띤 여자들, 언니 오빠의 무릎에 앉아 있는 대머리 아기들은 실제로는 서로 전혀 모르는 사람들이 인재 발굴단에 의해 가짜 가족 행세를 하는 것뿐일 텐데. 따지고 보면 그 사진은 진짜 사진과 크게 다르지 않을지도 모른다.

내가 기억하는 것보다 젊고 그을린 피부의 엄마와 아빠가 담긴 사진을 집어 든다. "남자 친구 있어요?" 내가 줄리아에게 묻는다.

"아니!" 줄리아가 지나치게 빨리 대답한다. 내가 힐긋 올려다보자 어깨를 으쓱한다. "너는 있니?"

"카일 맥피라는 남자애가 있었어요. 좋아한다고 생각했는데 이제는 잘 모르겠어요." 나는 펜을 집어 들고 분해해 파란색 잉크가 담긴 작고 가는 심을 꺼낸다. 내 몸 안에 그러한 심이 내장되어 있다면 얼마나 멋질까. 손가락을 가리키면 원하는 곳 어디에라도 흔적을 남길 수 있을 텐데.

"무슨 일이 있었는데?"

"영화를 보러 갔어요. 데이트였죠. 영화가 끝나고 자리에서 일어났는데 그 아이가…." 내 볼이 빨개진다. "아시잖아요." 나는 무릎 근처를 가리킨다.

"아," 줄리아가 말한다.

"그 아이가 학교 목공 수업을 들어본 적 있냐고 물었어요. 제 말은 그런 목공 수업을 말하는 거예요. 저는 그 아이한테 가서 아니라고 말한 뒤 바로 거기를 쳐다봤어요." 나는 분해시킨 펜을 아빠의 압지 위에 내려놓는다. "동네에서 그 앨 보면 그 생각밖에 안 나요." 나는 무언가 생각난 듯 갑자기 줄리아를 올려다본다. "제가 변태인가요?"

"아니, 넌 열세 살이야. 그리고 카일도 마찬가지. 네가 그 아이를 볼 때마다 그 생각이 나는 것처럼 그 아이 역시 어쩔 수 없이 그렇게 되는 거야. 우리 오빠 앤서니는 남자가 흥분할 때는 딱 두 번이라고 말하곤 했지. 낮이랑 밤이랑."

"오빠가 그런 얘기도 해줬어요?"

줄리아가 웃는다. "그랬지. 왜, 제시는 안 그러니?"

나는 콧방귀를 뀐다. "오빠한테 성적인 질문을 하면 갈비뼈가 터질세라 웃을 걸요. 그러고는 〈플레이보이〉를 던져준 뒤 알아서 공부하라고 말할 거예요."

"부모님은?"

나는 고개를 젓는다. 아빠는 말할 것도 없다. 아빠는 내 아빠이기 때문이다. 엄마는 그것 말고도 신경 쓸 게 너무 많다. 언니는 나만큼이나 아는 게 없다.

"언니랑 똑같은 남자를 두고 싸운 적 없으세요?"

"사실 언니랑 난 남자 취향이 전혀 달라서."

"아줌마는 어떤 스타일을 좋아하는데요?"

줄리아는 잠시 생각을 한다. "모르겠어. 키 크고 검은 머리에 발랄한 사람?"

"캠벨 아저씨가 귀엽다고 생각하세요?"

줄리아는 의자에서 떨어질 뻔한다. "뭐라고?"

"음, 제 말은 나이 든 남자 중에서요."

"어떤 여자들은… 그렇다고 생각할 수 있겠지."

"캠벨 아저씨는 언니가 좋아하는 드라마의 주인공 중 한 명처럼 생겼어요." 나는 책상의 나무 홈을 따라 엄지손톱을 긁는다. "이상해요. 자라서 누군가와 키스를 하고 결혼을 한다는 게요."

그리고 언니는 그렇지 않는다는 것.

줄리아가 앞으로 몸을 숙인다. "안나, 케이트가 죽으면 어떻게 되는 거니?"

책상에 놓인 사진 중 하나는 언니와 내 사진이다. 우리는 상당히 어리다. 다섯 살과 두 살쯤 됐을까? 첫 번째 재발이 있기 전, 언니의 머리가 다시 자란 뒤다. 우리는 해안가에 서 있다. 엇비슷한 수영복을 입은 채 짝짜꿍을 하고 있다. 사진을 반으로 접으면 거울에 비치는 상이라고 생각할 수 있을 것이다. 언니는 나이에 비해 작고 나는 크다. 머리색은 다르지만 자연스러운 부분이 있고 끝 부분이 뒤로 말려 있는 게 똑같다. 언니의 손이 내 손 위에 놓여 있다. 지금까지 난 우리가 이렇게 닮았는지 몰랐다.

● ● ●

그날 밤 10시 조금 전, 전화벨이 울린다. 놀랍게도 소방서에서 울려 퍼지는 건 내 이름이다. 나는 부엌에서 수화기를 집어 든다. 누군가 밤 사이에 부엌을 청소하고 대걸레로 닦아 놓았다.

"여보세요?"

"안나." 엄마가 말한다.

엄마의 목소리를 듣자마자 나는 엄마가 언니 일로 전화한 거라고 생각한다. 병원에서 얘기를 하다 만 걸 생각할 때 엄마가 그 일 말고 나에게 딱히 무슨 얘기를 하겠나.

"아무 일 없지? 언니는 잠들었어."

"잘됐네." 내가 대답한다. 하지만 정말 잘된 건지 모르겠다.

"두 가지 이유로 전화했어. 우선 오늘 아침 일은 미안하구나."

나는 옹졸해진 기분이 든다. "나도." 내가 인정한다. 그 순간 엄마가 밤에 나에게 이불을 덮어주던 게 생각난다. 엄마는 언니의 침대에 먼저 간 뒤 고개를 숙이고는 안나에게 키스하고 있다고 말했다. 그러고 나서는 내 침대로 와서 언니를 안아주러 온 거라고 말했다. 그때마다 언니랑 나는 배꼽을 잡고 웃었다. 엄마가 불을 끄고 나간 뒤에도 방 안은 한참 동안 엄마가 플란넬 베갯잇처럼 부드러운 피부를 유지하기 위해 바르곤 했던 로션 냄새가 났다.

"엄마가 전화한 두 번째 이유는 잘 자라고 말하고 싶어서야." 엄마가 말한다.

"그게 다야?"

엄마의 목소리에서 웃음소리가 들린다. "그러면 충분하지 않니?"

"충분해." 충분하지 않았지만 나는 그렇게 말한다.

나는 잠이 오지 않아 소방서 침대에서 나와 코를 골고 있는 아빠를 지나간다. 남자 화장실에서 기네스북을 훔친 뒤 소방서 지붕 위에 누워 달빛 아래 책을 읽는다. 알레한드로라는 이름의 18개월 된 아기는 스페인, 무르시아에 20미터 높이의 아파트 창문에서 떨어졌는데 최고 높은 데서 떨어지고도 살아남은 아기가 되었다. 버지니아 출신의 로이 설리번은 번개를 7번이나 맞고도 살아남았지만 애인한테 버림받은 후 자살했다고 한다. 또한 대만에서 2천 명의 목숨을 앗아간 지진이 발생한 지 80일 만에 돌무더미에서 고양이 한 마리가 발견돼 완치된 사건도 있었다. 나는 '생존자와 인명 구조원'란을 읽고 또 읽으며 머릿속에서 목록을 추가해 본다. **가장 오래 살아남은 급성전골수세포성백혈병(APL) 환자, 가장 행복 해하는 동생.** 내가 책을 한편에 놓고 직녀성을 찾기 시작할 때 아빠가 나 를 찾아온다.

"오늘은 많이 안 보이지?" 아빠가 물으며 내 옆에 앉는다. 구름에 휩싸인 밤이다. 달마저도 솜털구름으로 뒤덮인 것 같아 보인다.

"응, 모든 게 흐릿해." 내가 말한다.

"망원경으로 볼래?"

나는 아빠가 망원경을 만지작거린 뒤 오늘은 안 되겠다고 결론짓는 걸 바라본다. 갑자기 일곱 살 때가 기억난다. 아빠 옆자리에 앉아 차를 타 고 가다가 어른들은 어떻게 길을 찾느냐고 물었다. 어쨌거나 난 아빠가 지도를 꺼내는 걸 한 번도 보지 못했으니까.

"똑같은 길을 가는 데 익숙해진 것뿐이야." 아빠가 말했지만 만족 할 만한 답이 아니었다.

"그럼 어딘가에 처음 갈 때는 어떻게 해요?"

"음, 방향을 찾지." 아빠가 말했다.

하지만 내가 알고 싶은 건 애초에 방향을 아는 건 누구냐는 거다. 내 가 가는 곳에 아무도 안 가봤으면? "아빠, 별을 지도처럼 사용할 수 있다 는 게 사실이야?" 내가 묻는다.

"그럼, 천측항법(천체 간 또는 천체와 수평선 간의 각도를 측정하여 선박의 위치를 파악하는 방법–옮긴이)을 알면 돼."

"어려워?" 나도 배워둬야겠다고 생각한다. 내내 제자리를 맴돌고 있다는 느낌이 들 때를 대비해 비상 대안이 될 수 있을 거다.

"상당히 복잡한 계산이 필요하단다. 별의 고도를 측정한 뒤 천측력(행성과 행성의 위치 및 고도, 해와 달의 출몰시각 등이 적혀 있는 서적-옮긴이)을 이용해 별의 위치를 파악해야 해. 또한 자신이 있다고 생각하는 위치를 바탕으로 별의 고도와 방향을 계산한 뒤에 측정한 고도와 계산한 고도를 비교해야 해. 그러고 나서 이 위치들을 도표에 선으로 그리는 거야. 몇 개의 선이 교차하는 지점이 있는데, 바로 그 지점이 네가 가야 하는 곳이야." 아빠는 내 얼굴을 한 번 본 뒤 미소를 짓는다.

"그래." 아빠가 웃는다. "집 밖에 나갈 때에는 반드시 GPS를 가져가렴."

하지만 나는 장담하건데 이 모든 것을 파악할 수 있다. 그렇게 복잡하지 않다. 온갖 선이 교차하는 곳으로 가면 되는 거다. 그런 뒤 결과가 좋기를 바라면 되는 거다.

안나이즘이라는 종교가 있다면, 그래서 인간이 어떻게 지구에 오게 되었는지 설명해야 한다면 나는 이렇게 얘기할 것이다. 태초에는 지구에 달과 해밖에 존재하지 않았다. 달은 낮에도 뜨고 싶었지만 낮에는 그 시간을 독차지할 것처럼 보이는 훨씬 더 밝은 놈이 있었다. 달은 허기지고 홀쭉해져 결국 반쪽이 돼버렸고 양끝이 칼날처럼 날카로워졌다. 그러다가 우연히, 왜냐하면 대부분의 일이 그런 식으로 진행되기 때문에, 달은 밤에 구멍을 뚫었고 그 결과 수백만 개의 별이 눈물샘처럼 흘러나왔다.

겁에 질린 달은 그 별들을 삼키려고 했다. 때로 이것은 효과가 있었다. 달은 점차 뚱뚱해지고 둥글둥글해졌기 때문이다. 하지만 대부분의 경우 효과가 없었다. 별의 수가 너무 많았기 때문이다. 별들은 계속해서 나왔고 끝내는 태양이 질투를 할 정도로 하늘을 밝게 만들었다. 태양은 별들을 자신의 세계로 초대했다. 항상 밝게 빛나는 세상이었다. 하지만 태양은 별들에게 낮에는 그들이 보이지 않을 거라는 사실은 말하지 않았다. 그래서 어리석은 별들은 하늘에서 땅으로 뛰어내렸고 그 어리석음의 무게로 굳어버렸다.

달은 최선을 다했다. 각 슬픔 덩어리를 여자나 남자로 만들었다. 그리고 다른 별들이 떨어지지 않도록 살피고 자신에게 남은 별들을 지키는 데 여생을 바쳤다.

브라이언

일요일 오전 7시가 되기 직전, 문어 한 마리가 소방서로 걸어 들어온다. 사실은 문어 옷을 입은 여자다. 하지만 그런 것을 볼 경우 진짜 문어인지 사람인지는 전혀 중요하지 않다. 여자는 눈물을 흘리며 주렁주렁 달린 팔에 페키니즈 한 마리를 달고 있다.

"도와주세요." 그녀가 말한다. 그 순간 기억이 난다. 며칠 전 부엌에서 난 화재로 집이 홀라당 타버린 제냐 부인이다. 부인은 촉수를 뽑는다.

"남은 옷이 이것 뿐이라서요. 할로윈 의상 우르술라(동화 〈인어공주〉에서 인어공주의 목소리를 앗아간 문어 마녀―옮긴이)예요. 피터 폴 앤 마리 앨범이랑 톤턴의 창고에서 썩고 있던 거죠."

나는 부인을 내 책상 반대편에 놓인 의자에 조심스럽게 앉힌다. "제냐 부인, 부인 집에서 사람이 살 수 없다는 거 알아요⋯."

"살 수 없다고요? 폐허가 되었다고요!"

"보호소를 알아봐 드릴게요. 원하신다면 보험 회사와 얘기해서 빨리 처리되도록 할 수 있어요."

부인은 팔 하나를 들어올려 눈가를 닦는다. 줄로 연결된 나머지 팔

여덟 개가 동시에 올라간다. "저는 주택 보험이 없어요. 최악의 일이 발생할 거라고 예상하며 살지를 않아서."

나는 한동안 부인을 빤히 바라본다. 바로 그 최악의 재앙에 허를 찔린 기분이 어땠는지 떠올려 본다.

병원에 도착하자 케이트가 일곱 살 때부터 갖고 있던 봉제 곰 인형을 꼭 껴안은 채 누워 있다. 아이는 환자가 조절하는 모르핀 투여기에 연결되어 있다. 깊이 잠들어 있지만 아이의 엄지손가락이 이따금 버튼을 누른다. 병실 의자 하나가 간이침대처럼 펼쳐져 있고 그 위에 웨이퍼(밀가루, 우유, 달걀 등을 섞은 부드러운 반죽을 격자무늬의 틀에 얇게 구워 낸 과자, 한국에서는 웨하스라고 불린다-옮긴이)처럼 얇은 매트리스가 놓여 있다. 아내는 그 위에 웅크리고 있다.

"안나는 어디 있어?" 눈을 가린 머리카락을 넘기며 아내가 말한다.

"세상 모르게 잠들어 있어. 케이트는 어젯밤 어땠어?"

"나쁘지 않았어. 2시랑 4시 사이에 조금 아팠고."

나는 간이침대 모서리에 걸터앉는다. "당신이 어젯밤 전화한 게 안나한테 큰 의미였어."

아내의 눈을 들여다보자 제시가 보인다. 똑같은 색깔에 똑같은 모양이다. 아내는 나를 보고 케이트를 생각하는지 궁금하다. 그래서 마음이 아플지 궁금하다.

그녀와 내가 한때 66번 국도를 끝까지 달리면서 얘기할 거리가 끊이지 않았다는 게 믿기지 않는다. 이제 우리의 대화는 우량주와 관련된 세부사항과 내부자 정보로 가득 찬 사실의 경제다.

"그 점쟁이 기억나?" 내가 묻는다. 아내가 무표정하게 나를 바라보자 나는 계속해서 말한다. "네바다 한가운데에 있었잖아. 쉐보레는 기름이 떨어졌고…. 내가 휴게소를 찾는 동안 당신은 혼자 있는 걸 원치 않았잖아."

아내는 앞으로 열흘 뒤 당신은 계속 제자리걸음만 하고 있을 거고 사람들은 독수리가 내 내장을 파먹고 있는 걸 발견하게 될 거라고 말한 뒤 내 옆에서 보조를 맞춰 걷기 시작했다. 우리는 4마일 넘게 되돌아가 우리가 지나쳤던 판잣집으로 갔다. 노인 한 명과 그의 여동생이 운영하는 주유소로 여동생은 자신을 점술가라고 소개했다. 한번 해보자고 아내가 애걸했지만 점을 보는 건 5달러였으며 나에게는 10달러밖에 없었다. 그러자 아내는 기름을 절반만 넣고 점술가에게 다음번 기름이 바닥나는 시점을 물어보자고 말했고 늘 그렇듯 난 아내의 말에 설득 당했다.

아그네스 부인은 아이들이 놀라 달아날 법한 모습의 맹인으로 백내장이 낀 눈은 텅 빈 푸른 하늘처럼 보였다. 부인은 우둘투둘한 손을 아내의 얼굴에 대고서 아내의 골격을 읽은 뒤, 아기 세 명과 장수가 보이지만 운이 썩 좋지는 않을 거라고 말했다. 화가 난 아내가 "그게 무슨 뜻이죠?"라고 물었고 부인은 '운명은 점토와 같아서 언제든 고칠 수 있다'고 말했다. 하지만 우리는 다른 사람이 아닌 자신의 운명만 고칠 수 있다고, 그리고 어떤 이들은 고친 운명도 썩 좋지는 않다고 말했다.

내 얼굴에는 손을 얹고 딱 한마디만 했다. 스스로를 구원하라고. 부인은 우리가 콜로라도를 넘자마자 또 기름이 바닥날 거라고 말했고 실제로 그랬다.

지금 병실에서 아내는 나를 무표정하게 바라보고 있다. "우리가 네바다에 언제 갔지?" 아내가 묻는다. 그러더니 고개를 젓는다. "얘기 좀 하자. 월요일에 정말로 안나의 공판이 열린다면 난 당신의 증언을 검토해야 해."

"사실, 나는 안나의 편에서 증언할까 해." 내가 손을 내려다본다.

"뭐라고?"

나는 케이트가 아직도 자고 있는지 확인하기 위해 어깨 너머로 재빨리 쳐다보면서 최선을 다해 설명한다. "여보, 날 믿어봐. 난 오랫동안 충분히 생각했어. 안나가 케이트의 기증자가 되는 걸 그만두기로 했다면 우리는 아이의 의견을 존중해야 해."

"당신이 안나 편에서 증언하면 판사는 적어도 부모 중 한쪽이 이 소송을 지원하고 있다고 보고 안나에게 유리하게 판결내릴 거야."

"나도 알아. 안 그러면 내가 왜 이러겠어?" 내가 말한다.

우리는 각 길의 끝에 무엇이 놓여 있는지 인정하고 싶지 않아 아무 말 없이 서로를 바라본다.

"여보, 당신은 나한테 뭘 원해?" 내가 마침내 묻는다.

"난 당신을 바라보면서 예전에 어땠는지 기억하고 싶어." 아내가 잠긴 목소리로 말한다. "여보, 난 돌아가고 싶어. 당신이 나를 되돌려 놓았으면 좋겠어."

하지만 아내는 내가 알던 여자가 아니다. 시골을 여행하며 프레리도그(북미 대초원 지대에 사는 다람쥐과 동물-옮긴이) 구멍을 세던 여자, 여자를 찾는 외로운 카우보이의 광고문을 큰 소리로 읽은 뒤 어둠이 겹겹이 쌓인 한밤에 달이 설 자리를 잃을 때까지 나를 사랑하겠다고 말하던 여자다. 솔직히 말하면 나도 똑같은 남자가 아니다. 그녀의 말에 귀 기울이던 남자, 그녀를 믿었던 남자가 아니다.

사라

2001

남편과 내가 소파에 앉아 함께 신문을 읽고 있는데 안나가 거실로 걸어온다. "결혼할 때까지 잔디를 깎을 테니까 지금 당장 614달러 96센트를 줄 수 있어?" 아이가 묻는다.

"왜?" 우리가 동시에 묻는다.

아이는 카펫에 운동화를 문지른다. "돈이 좀 필요해서."

남편이 국내 뉴스란을 접는다. "갭 청바지가 그렇게 비싸졌는지 몰랐네."

"이럴 줄 알았어." 아이가 말하더니 씩씩거리며 돌아서려고 한다.

"잠깐만," 나는 자리에 앉아 무릎에 팔꿈치를 댄다. "사고 싶은 게 뭔데?"

"그게 중요해?"

"안나, 뭐에 쓸지도 모른 채 600달러가 넘는 돈을 줄 수는 없어." 남편이 말한다.

아이는 한동안 생각에 잠긴다. "이베이에 나온 물건이야."

열 살 된 우리 딸이 이베이 사이트를 들락거린다고?

"좋아, 골키퍼용 다리 보호대야."

나는 남편을 바라보지만 남편 역시 이해를 못한 것 같다. "하키 할 때 쓰는 거 말이니?" 남편이 말한다.

"흠, 응."

"안나, 넌 하키를 하지 않잖아." 내가 말한다. 하지만 아이의 볼이 붉어지는 걸 보니 내 말이 사실이 아니라는 걸 깨닫는다. 남편이 아이에게 설명을 요구한다.

"몇 달 전, 하키 링크장 바로 앞에서 자전거 체인이 풀렸어. 수많은 남자애들이 연습 중이었는데 골키퍼가 전염성 단핵구증에 걸렸다고 하더라고. 코치가 나한테 골대에 서서 슛을 막으면 5달러를 주겠다고 했어. 나는 아픈 골키퍼의 장비를 빌렸는데 알고 보니 내가 완전히 소질이 있지 뭐야. 게다가 **재미있었고**. 그래서 계속 하키를 하러 갔지." 안나가 수줍게 웃는다.

"코치가 시합 전에 진지하게 팀에 들어올 것을 권유했어. 여자선수는 내가 처음이야. 그래서 내 전용 장비가 필요해."

"그게 614달러라는 얘기고?"

"614달러 96센트. 다리 보호대만 그렇고 가슴 보호대와 캐처, 장갑, 마스크도 필요해." 아이가 기대감에 가득 찬 표정으로 우리를 바라본다.

"엄마랑 아빠가 얘기 좀 해야겠구나." 내가 아이에게 말한다.

안나는 그러시든지 같은 말을 내뱉은 뒤 방을 나선다.

"당신 안나가 하키 하는 거 알았어?" 남편이 나에게 묻는다. 나는 고개를 젓는다. 내 딸이 우리에게 숨기는 게 또 뭐가 있는지 궁금하다.

처음으로 안나의 하키 경기를 보러 온 가족이 집을 나서려는 순간, 케이트가 안 가겠다고 선언한다. "엄마 제발, 이런 모습으로는 싫어요." 아이가 애걸한다. 케이트는 뺨, 손바닥, 발바닥, 가슴에 붉은 발진이 퍼진 데다 그걸 치료하려고 먹은 스테로이드 때문에 얼굴이 달덩이처럼 부은 상태다. 피부는 거칠고 두꺼워졌다.

이식편대숙주질환의 증상이 이렇다. 케이트는 골수 이식 후 이 병에 걸렸다. 지난 4년 동안, 케이트는 이 병에 걸렸다가 낫기를 반복했는데 이 병은 우리가 가장 예상하지 못한 순간 갑자기 심해진다.

골수는 장기다. 그래서 심장이나 간처럼 신체가 이를 거부할 수 있다. 하지만 때로는 역으로 이식된 타인의 골수가 자신의 신체를 거부하기 시작할 수도 있다. 희소식은 그렇게 될 경우 모든 암 세포 역시 포위당한다는 것이다. 찬스 의사는 이를 이식편대백혈병이라 부른다. 안 좋은 소식은 종합적인 증상이다. 만성 설사, 황달, 관절가동범위 하락, 연결조직이 있는 곳마다 생기는 흉터와 경화증… 나는 이러한 것에 익숙해져 별로 신경이 쓰이지 않지만 이식편대숙주질환이 이렇게 심해질 때면 케이트를 학교에 보내지 않는다. 아이는 열세 살에 외모가 가장 중요한 나이다. 나는 아이의 허영을 존중한다. 허영이라 해봤자 얼마 되지도 않기 때문이다.

하지만 케이트를 혼자 집에 남겨둘 수가 없는데다 안나에게 경기를 보러 간다고 약속한 터였다. "네 동생에게 정말로 중요한 일이라고." 케이트는 대답 대신 소파에 드러누워 장식용 쿠션에 얼굴을 파묻는다.

나는 더 이상 아무 말도 하지 않은 채 복도 옷장으로 걸어가 서랍에서 온갖 소품을 꺼낸다. 케이트에게 장갑을 건넨 뒤 머리 위에 모자를 씌우고 코와 입 주위로 스카프를 둘러 눈만 보이도록 한다. "아이스 링크장은 추울 거야." 나는 받아들일 수밖에 없는 목소리로 말한다.

나는 안나를 겨우 알아본다. 안나는 우리가 결국 코치의 조카에게서 빌린 장비 안에 묶인 채 꼭꼭 쌓여 있다. 겉에서 보면 아이가 유일한 여자 애란 걸 알 수가 없다. 다른 선수들보다 두 살 어리다는 것도.

안나가 헬멧 사이로 응원의 목소리를 들을 수 있을까 아니면 자신을 향해 날라 오는 공에만 집중한 나머지 다른 소리를 모두 차단한 채 퍽(아이스하키에서 공처럼 치는 고무 원반-옮긴이)이 긁히는 소리와 스틱이 탁 하고 부딪히는 소리에만 주의를 쏟고 있을까.

제시와 남편은 열광하고 있으며 오기 싫어했던 케이트조차 경기에 빠져들었다. 반대편 골키퍼는 안나에 비해 움직임이 느리다. 공이 상대편 골대에서 안나 쪽 골대로 이동하며 경기의 양상이 조류처럼 바뀐다. 중견 수가 우익수에게 공을 패스하고 우익수는 기를 쓰고 스케이트를 타는데, 우익수의 스케이트 날이 열광하는 관중의 함성을 뚫고 얼음을 가른다. 안나는 퍽이 도달하기 전에 방향을 확실히 파악한 듯 앞으로 나아간다. 무릎을 꿇은 채 팔꿈치를 뻗는다.

"믿을 수 없어." 후반전이 끝난 뒤 남편이 말한다.

"안나는 타고난 골키퍼야."

남편에게 말할 걸 그랬다. 안나는 항상 구해준다고.

그날 밤, 케이트가 갑자기 잠에서 깬다. 아이의 코와 직장, 눈 안에서 피가 흘러나온다. 그렇게 많은 피는 처음 본다. 나는 아이의 출혈을 멈추게 하려고 애는 쓰지만 아이가 과연 얼마나 많은 출혈을 견딜 수 있을지

의문이다. 병원에 도착하자 아이는 정신이 오락가락하고 흥분을 하더니 결국 의식을 잃고 만다. 흘린 피를 대체하기 위해 의료진이 혈장과 혈액, 혈소판을 잔뜩 주입하지만 출혈 속도 역시 그만큼이나 빠르다. 혈액량 감소성 쇼크를 방지하기 위해 수액을 놓고 관을 삽입한다. 출혈이 어디까지 퍼졌는지 보기 위해 뇌와 폐의 CT 촬영을 한다.

그동안 한밤중에 응급실로 달려가거나 케이트가 갑작스러운 증상으로 재발을 한 경우가 수없이 많았지만 남편과 나 둘 다 이렇게 안 좋은 상황을 겪기는 처음이다. 코피가 그렇고, 장기부전이 그렇다. 이제 아이는 심장부정맥이 두 번 일어난다. 출혈 때문에 아이의 뇌와 심장, 간, 폐, 신장이 제 기능을 다하기 위해 필요한 혈액을 공급받지 못하고 있다.

찬스 의사는 소아 집중치료실 병동 끝에 위치한 작은 라운지로 우리를 데려간다. 라운지는 웃는 표정의 데이지로 도배되어 있다. 한쪽 벽에는 '얼마나 클 수 있을까?'라는 문구와 함께 122센티미터 크기의 자벌레 성장 도표가 있다. 남편과 나는 마치 선행상이라도 받을 것처럼 아주 얌전히 앉아 있다.

"비소요?" 남편이 반복해서 말한다. "독극물 말인가요?"

"아주 새로운 치료법입니다." 찬스 의사가 설명한다. "25일에서 60일 동안 정맥주사로 맞을 겁니다. 아직까지는 치료 효과를 보지 못했지만 그렇다고 해서 앞으로도 그러리라는 법은 없습니다. 하지만 지금으로서는 5년 생존 곡선도 확보가 안 된 상황입니다. 이 약이 출시된 지 얼마 안되었다는 의미죠. 케이트는 현재 제대혈, 동종이식, 방사선, 항암약물요법, 올트랜스레티놀산(ATRA) 등 온갖 것을 다 시도한 상황이에요. 우리가 예상한 것보다 10년 넘게 살았고요."

나는 어느새 고개를 끄덕이고 있다. "해 주세요." 나는 말한다. 남편은 장화만 내려다보고 있다.

"시도는 하겠지만 아마 출혈 때문에 별로 효과가 없지 않을까 싶네요." 찬스 의사가 우리에게 말한다.

나는 벽에 붙은 성장 도표를 바라본다. 지난 밤 케이트를 침대에 뉘이며 사랑한다는 말을 했던가? 기억이 나지 않는다. 전혀 기억이 나지 않는다.

새벽 2시가 조금 지나 남편이 온데간데없다. 남편은 내가 케이트의 침대 옆에서 잠이 들자 몰래 빠져나간 뒤 1시간 넘게 돌아오지 않는다. 간호사 접수대로 가 남편의 행방을 묻는다. 구내식당과 남자 화장실을 뒤지지만 전부 비어있다. 그러다 마침내 복도 끝에서 남편을 찾는다. 남편은 어린 나이에 죽은 가여운 영혼을 기리기 위해 아이의 이름을 딴 작은 아트리움에 있다. 호중구 감소 환자들이 즐길 수 있도록 빛과 공기로 가득 채워져 있으며 조화가 놓여 있는 공간이다. 남편은 볼품없는 갈색 코듀로이 소파에 앉아 파란색 크레용으로 종이에 무언가를 맹렬히 적고 있다.

"여보," 내가 조용히 말한다. 아이들이 부엌 바닥에 색칠을 하던 게 생각난다. 아이들 사이로 크레용이 야생화처럼 쏟아졌었다. "내 노란색이랑 당신 파란색을 바꾸지 않을래?"

남편이 깜짝 놀라 나를 힐긋 올려다본다. "케이트는…."

"케이트는 괜찮아. 음, 똑같은 상태야." 스테파니 간호사가 이미 1차 비소를 투여한 상태다. 출혈로 잃은 피를 보충하기 위해 수혈도 두 차례나 했다.

"케이트를 집에 데려가야 할 것 같아." 남편이 말한다.

"음, 물론 나중에…."

"내 말은 지금 말이야. 케이트는 자기 침대에서 죽고 싶어 할 거야." 남편이 자신의 손을 첨탑처럼 뾰족하게 세운다.

그 말이 우리 사이에서 수류탄처럼 폭발한다. "케이트는 죽지 않을 거야."

"아니, 죽을 거야." 남편이 나를 쳐다본다. 얼굴이 고통으로 일그러진다. "케이트는 죽고 있어, 여보. 그 앤 죽을 거야. 오늘 밤이나 내일, 운이 좋다면 1년 후가 되겠지. 찬스 의사가 한 말 들었잖아. 비소는 치료제가 아니야. 목숨을 조금 더 연장시킬 뿐이라고."

내 눈가에 눈물이 그렁그렁하다. "하지만 난 케이트를 사랑해." 나는 이렇게 말한다. 그거면 이유가 충분하므로.

"나도 그래. 너무 사랑해서 더 이상은 못하겠어." 남편이 무언가를 적던 종이가 그의 손에서 내 발치로 떨어진다. 남편보다 내가 먼저 종이를 집어 든다. 눈물 자국과 찍찍 줄을 그어 놓은 자국이 한가득이다. '아이는 봄 향기를 좋아했다'라고 쓰여 있다. 진 러미(2명이서 하는 카드 게임-옮긴이)를 누구보다도 잘했다. 음악이 없어도 춤을 출 수 있었다. 측면에 남긴 메모도 보인다. 좋아하는 색깔 : 분홍색, 좋아하는 시간 : 해질 녘. 『괴물들이 사는 나라』를 읽고 또 읽어 암기할 정도다.

내 목덜미의 털들이 전부 치솟는다. "이거… 추도 연설문이야?"

이쯤 되자 남편도 울고 있다. "지금 안 해 두면 때가 됐을 때 못할 것 같아서."

나는 고개를 젓는다. "지금은 아니야."

새벽 3시 반, 언니에게 전화를 건다. "내가 깨웠구나." 언니가 전화를 받는 순간, 언니를 비롯한 모든 평범한 사람에게는 한밤중이라는 사실을 깨닫는다.

"케이트 일이니?"

나는 보이지도 않을 텐데 고개를 끄덕인다. "언니."

"응?"

나는 눈을 감으며 애써 눈물을 참는다.

"사라, 무슨 일이야? 지금 갈까?"

목이 꽉 매여 말하기가 힘들다. 진실이 숨을 막을 정도로 팽창한다. 어린 시절 언니 방과 내 방 사이에는 복도가 있었다. 우리는 밤중에 불을 켜두는 문제로 다투곤 했다. 나는 불을 켜기를 원했고 언니는 끄기를 원했다. **베개로 머리를 덮으면 되잖아, 언니는 어둡게 만들 수 있지만 나는 밝게 만들 수 없단 말이야.** 나는 이렇게 말하곤 했다.

"응, 그래 줘." 나는 이제 마음껏 흐느껴 울며 말한다.

온갖 역경에도 불구하고 케이트는 집중 수혈과 비소 요법으로 10일 동안 목숨을 부지한다. 하지만 입원한 지 11일째 되는 날, 아이는 결국 혼수상태에 빠지고 만다. 나는 아이가 깰 때까지 계속해서 병상을 지키기로 결심한다. 정확히 45분이 지났을 때, 제시의 교장 선생님으로부터 전화가 온다.

금속 나트륨은 공기와 접촉할 경우 불이 붙을 수 있기 때문에 고등학교 과학 실험실의 작은 기름통에 보관하고 있는 게 분명하다. 이 물질은 물에도 반응해 수소와 열을 발생시키기도 한다. 9학년 된 아들은 이 사실을 알만큼은 똑똑하다. 그래서 제시는 샘플을 훔쳐 화장실 변기에 붓고 물을 내려 학교 정화조를 폭발시켰을 것이다.

교장은 예의상 케이트의 상황을 물으며 제시에게 3주 동안 정학 조치를 내린다. 교장으로부터 내 맏아들이 결국 주 교도소행이 될 거라는 얘기를 들은 뒤 나는 제시와 병원으로 돌아온다.

"두말할 것도 없이, 넌 외출 금지야."

"상관없어."

"마흔 살까지."

제시는 구부정하게 앉더니, 이게 가능할지 모르겠지만 양 눈썹이 맞닿을 정도로 눈살을 찌푸린다. 내가 정확히 언제 제시를 포기했는지 모르겠다. 도대체 왜, 언제부터 제시의 행동이 제 동생만큼이나 기대에 어긋나게 되었는지.

"교장은 순 얼간이야."

"그거 아니, 제시? 이 세상은 저런 사람들로 가득 차 있어. 너는 항상 누군가에게 맞서야 해. 무언가에."

제시가 나를 노려본다. "엄마는 빌어먹을 레드 삭스 얘기를 하다가도 어떻게든 케이트 얘기로 돌아오잖아."

우리는 병원 주차장에 차를 댄다. 하지만 난 시동을 끄지 않는다. 창유리에 비가 퍼붓는다. "우리 모두 그렇지 않니? 아니면 무슨 다른 이유에서 정화조를 폭발시켰니?"

"암으로 죽는 동생을 둔 게 어떤 기분인지 엄만 몰라."

"잘 알아. 나는 암으로 죽는 아이를 둔 **엄마**니까. 네 말이 맞아, 엿 같지. 그리고 때로는 엄마도 무언가를 폭발시키고 싶은 기분이야. **내가 언**

제라도 폭발할 것 같은 느낌에서 벗어나려고 말이지."

나는 아래를 힐긋 내려다본다. 아이의 팔꿈치 안쪽에 50센트짜리 동전만한 멍이 보인다. 반대편도 마찬가지다. 제 동생들처럼 백혈병이 아니라 헤로인 때문일 거라는 생각이 불현듯 든다. "이게 뭐니?"

아이가 팔짱을 낀다. "아무것도 아니야."

"이게 뭐냐고?"

"엄마가 알 거 없어."

"알아야 해." 나는 아이의 팔을 끌어당긴다. "주사 자국이니?"

아이는 맹렬한 눈빛으로 고개를 든다. "그래, 난 3일에 한 번씩 주사를 맞아. 헤로인 때문이 아니라 이 병원 3층에서 수혈을 한다고." 아이가 나를 노려본다. "누가 케이트에게 혈소판을 준다고 생각했어?"

내가 붙잡기도 전에 아이는 차에서 내려버린다. 나는 더 이상 명확한 게 아무것도 없는 창유리를 멍하니 바라본다.

케이트가 입원한 지 2주가 되던 날, 간호사들이 하루만 좀 쉬라며 나를 집으로 보낸다. 나는 집으로 와 의료진이 사용하는 욕실이 아니라 내 욕실에서 샤워를 한 뒤 연체된 요금을 지불한다. 아직까지 우리와 함께 살고 있는 언니가 커피를 만들어 준다. 젖은 머리를 빗질하고 내려오자 갓 내린 커피가 준비되어 있다.

"어디 전화 온 데 없어?"

"그 어디가 병원이라면, 없어." 언니는 읽고 있는 요리책을 넘긴다. "이건 전부 헛소리야. 요리는 재미가 없어." 언니가 말한다.

현관문이 열리더니 쿵 하고 닫힌다. 안나가 부엌으로 달려오다가 나를 보고는 우뚝 멈춰선다. "엄마가 왜 여기 있어?"

"난 여기 사는데." 내가 말한다.

언니가 목을 가다듬는다. "그렇게 안 보이겠지만."

하지만 안나는 제 이모의 말을 듣지 않는다. 아니, 듣고 싶어 하지 않는다. 아이는 함지박만한 미소를 지으며 내 앞에 종이쪼가리를 휘두른다. "얼리히트 코치님한테 온 편지야. 읽어 봐, 읽어 보라고!"

친애하는 안나 피츠제럴드 양에게,

여자 골키퍼 여름 하키 캠프에 합격한 걸 축하드립니다. 올해 캠프는 7월 3일에서 17일까지 미니애폴리스에서 열립니다. 첨부된 서류와 병력 보고서를 작성한 뒤 2001년 4월 30일까지 제출하기 바랍니다. 그럼 아이스 링크장에서 만나요!

사라 타우팅 코치

나는 편지를 쭉 훑는다.

"언니도 나만 했을 때 백혈병에 걸린 아이들을 위한 캠프에 보내줬잖아." 안나가 말한다. "사라 타우팅 코치가 누군지 알아? 미국 대표팀 골키퍼야. 캠프에 가면 그 사람을 만나는 것뿐만 아니라 내가 잘못하고 있는 부분을 직접 지도받을 수도 있다고. 코치님이 전액 장학금을 마련해 주셔서 엄마는 땡전 한 푼 안 내도 돼. 비행기 표도 끊어 주고 기숙사를 비롯해 온갖 걸 대준대. 이런 기회를 얻은 사람은 그동안 아무도…."

"얘야, 못 갈 것 같구나." 내가 조심스럽게 얘기한다. 아이는 내 말을 바로 잡겠다는 듯 고개를 젓는다.

"하지만 지금이 아니면 안 돼. 내년 여름까지는 없다고."

그리고 그때쯤이면 네 언니가 이 세상에 없을지도 몰라.

내 기억에 안나가 이 시간표의 끝, 마침내 언니에 대한 의무감에서 벗어나게 될지도 모르는 시기를 생각하고 있다는 걸 넌지시 내비친 게 이 때가 처음이다. 그때까진 미네소타에 가는 것이 선택이 아니다. 안나에게 무슨 일이 일어날지 걱정되기 때문이 아니라 안나가 없는 동안 케이트에 게 무슨 일이 일어날지 걱정되기 때문이다. 케이트가 이 마지막 재발을 이겨낸다 할지라도 또 다른 위기가 언제 닥칠지 누가 알겠는가? 그렇게 되면 안나가 필요할 것이다. 안나의 피와 줄기세포, 조직이 말이다. 이러 한 사실들이 우리 사이에 얇은 커튼처럼 매달려 있다. 언니가 자리에서 일어나 안나를 팔로 감싼다.

"있잖아, 네 엄마와 나중에 다시 얘기해 보면 어떨까?"

"아니," 안나는 자신의 입장을 고수한다. "왜 못 가는지 알고 싶어."

나는 손으로 얼굴을 문지른다. "안나, 제발 이러지 마."

"**뭘**, 엄마." 아이가 맹렬하게 말한다. "내가 뭘 했다고 그러는데." 아 이는 편지를 구기더니 부엌을 뛰쳐나간다. 언니가 나를 보고 희미하게 미 소 짓는다. "집에 돌아온 걸 환영해." 언니가 말한다.

안나는 밖에 나가 하키 스틱을 집어 들더니 차고 벽에 대고 공을 치 기 시작한다. 아이는 거의 한 시간 동안 그러면서 리드미컬한 울림을 만 든다. 결국 나는 아이가 밖에 있다는 사실을 잊은 채 집에도 그만의 맥박 이 있을지도 모른다고 생각하기 시작한다.

케이트가 입원한 지 17일 째 되는 날 감염에 걸리며 열이 치솟는다.

유기체를 격리하기 위해 아이의 혈액과 소변, 대변, 가래를 뽑아 모든 배양 검사를 실시하는 한편, 아이에게는 광역 항생물질이 투여된다. 아이를 아프게 하는 게 무엇이든 항생제에 반응하리라는 희망으로.

우리 가족이 가장 좋아하는 간호사 스테파니는 내가 이 모든 걸 혼자서 감당하지 않아도 되도록 가끔 밤늦게까지 병실을 지킨다. 스테파니는 나에게 수술 대기실에서 슬쩍해온 〈피플〉 잡지를 갖다 주고 의식 불명인 내 딸과 쾌활하게 일방적인 대화를 나눈다. 겉보기엔 다부지고 낙천적인 사람 같아 보이지만 스펀지로 케이트의 몸을 닦아주면서 내가 자신을 보지 않고 있다고 생각할 때 그녀의 눈가가 흐려지는 걸 보았다.

어느 날 아침, 찬스 의사가 케이트를 검진하러 온다. 그는 목에 청진기를 두른 채 내 맞은편 의자에 앉는다. "케이트의 결혼식에 초대받고 싶었는데."

"그러실 거예요." 내가 우기지만 그는 고개를 젓는다.

내 심장이 조금 더 빨리 뛴다. "결혼 선물로 펀치 그릇은 어떠세요? 액자나. 축배를 드실 수도 있고요."

"사라, 작별 인사를 해야 할 때예요." 찬스 의사가 말한다.

제시가 케이트의 병실로 들어가 문을 닫고 15분을 보낸 뒤 꼭 폭탄이 터질 것 같은 표정으로 나온다. 아이는 소아 집중치료실의 복도를 뛰어간다. "내가 가볼게." 남편이 말한다. 남편은 제시의 뒤를 따라 복도로 향한다.

안나는 벽에 등을 기댄 채 앉아 있다. 안나 역시 화가 난 상태다. "난 안 할 거야."

나는 안나 옆에 쭈그리고 앉는다. "아무것도 아냐. 엄마를 믿어 봐.

엄마도 이러고 싶지 않아. 근데 안나, 하지 않으면 언젠가 '할 걸' 하고 후회할 거야."

안나는 반항하는 표정으로 언니의 병실로 들어가 의자에 기어오른다. 인공호흡기 때문에 케이트의 가슴팍이 올라갔다 내려온다. 손을 뻗어제 언니의 볼을 만지는 순간 안나는 모든 싸움을 멈춘다.

"언니가 내 말을 들을 수 있을까?"

"그럼." 내가 대답한다. 안나보다는 내 자신에게 하는 말이다.

"미네소타에 안 갈 거야. 어디에도 안 가." 안나가 속삭이더니 케이트에게 더 가까이 다가간다. "일어나, 언니."

우리 둘 다 숨을 죽이지만 아무 일도 일어나지 않는다.

왜 아이를 잃는다고 하는지 이해하지 못했다. 그 어떤 부모도 그렇게 부주의하지 않기 때문이다. 부모는 우리의 아들과 딸들이 어디에 있는지 정확히 안다. 다만 아이들이 반드시 거기에 있기를 원하는 건 아니다.

남편과 케이트, 나는 회로다. 침대 양쪽에 앉아 서로의 손과 케이트의 손을 한쪽씩 잡고 있다. "당신 말이 맞았어. 케이트를 집에 데려가야 하는 건데." 내가 말한다.

남편이 고개를 젓는다. "비소 요법을 시도하지 않았다면 평생 왜 그랬을까 자책했을 거야." 남편은 케이트의 얼굴을 감싸고 있는 엷은 머리카락을 쓸어 넘긴다. "참 착한 아이야. 당신이 하라는 건 늘 다 했잖아."

나는 말이 나오지 않아 고개만 끄덕인다. "그래서 지금 이렇게 버티고 있는 거야. 떠나도 좋다는 당신의 허락을 기다리고 있는 거야."

남편이 케이트에게 엎드려 숨도 못 쉴 만큼 펑펑 운다. 나는 남편의 머리에 손을 얹는다. 아이를 잃는 부모가 우리가 처음은 아니다. 하지만 **우리의 아이**를 잃는 부모는 우리가 처음이다. 중요한 건 그거다.

남편이 침대 발치에 기댄 채 잠이 들자 나는 양손으로 케이트의 상처 난 손을 잡는다. 아이의 둥그런 손톱을 더듬으며 처음으로 매니큐어를 칠해줬던 날을 떠올린다. 한 살밖에 안 된 아이의 손톱을 칠한 걸 보고 남편은 어이없어 했었다. 12년이 지난 지금, 아이의 손바닥을 뒤집어 보며 손금을 읽는 법을 알았으면 아니, 수정하는 방법을 알았으면 싶다.

나는 의자를 침대 가까이 더 바싹 당겨 앉는다. "여름 캠프에 갔던 거 기억하니? 떠나기 전날 밤, 너는 마음이 바뀌었다며 집에 있고 싶다고 했지? 엄만 버스 왼쪽 자리에 앉으라고 말했잖아. 차가 출발할 때 뒤돌아보면 엄마가 기다리고 있는 걸 볼 수 있을 거라고." 나는 아이의 손바닥을 내 뺨에 갖다대며 자국이 남을 만큼 세게 누른다. "하늘나라에서도 같은 자리에 앉으렴. 널 지켜보고 있는 엄마를 볼 수 있도록 말이야."

나는 담요에 얼굴을 묻은 채 내 딸에게 얼마나 사랑하는지 말해준다. 한 번 더 아이의 손을 꼭 움켜쥔다. 하지만 이 세상을 간신히 움켜쥐고 있는 아이에게서는 희미한 맥박만이, 아주 작은 힘만이, 아주 약한 악력만이 느껴질 뿐이다.

안나

내가 궁금한 건 이거다. '하늘나라에서 우리는 몇 살로 살아갈까?' 내 말은, 그곳에서는 '누구나 가장 아름다운 모습이어야 하지 않을까?' 하는 거다. 나이가 들어 죽은 사람들이 모두 이가 빠지고 머리가 벗겨진 상태로 돌아다니지는 않을 것이다. 그런 생각을 하다 보면 또 다른 질문이 뒤따른다. 목을 매달아 죽은 사람은 혀를 빼물고 온몸이 멍든 상태로 돌아다니게 되는 걸까? 전쟁에서 죽은 사람은 지뢰 때문에 다리가 잘려나간 상태로 영원히 살게 될까?

그곳에서는 우리 모두 새로운 기회를 얻게 되지 않을까 싶다. 우리는 별이 보이는 자리를 원하는지, 구름이 보이는 자리를 원하는지, 저녁 식사 메뉴로 닭을 원하는지, 생선을 원하는지, 만나(manna, 에굽을 탈출한 이스라엘 백성이 광야에서 굶주릴 때 하느님이 내려준 신비로운 양식-옮긴이)를 원하는지, 다른 사람에게 몇 살 때의 모습으로 보이기를 원하는지 물어보는 지원서를 작성하는 거다. 그렇게 되면 나는 열일곱 살을 고를 거다. 그때쯤이면 가슴이 자라있겠지. 죽을 당시에는 100살 된 쭈글쭈글한 할머니였다 할지라도 하늘나라에는 젊고 예쁠 것이다.

한번은 저녁 식사 자리에서 아빠가 아무리 늙더라도 마음만은 스물한 살이라고 말하는 걸 들은 적이 있다. 인생에는 바퀴 자국처럼, 아니 그보다는 소파의 닳은 부위처럼 마모되는 지점이 있을지도 모른다. 무슨 일이 일어나든 늘 그곳으로 돌아오게 되는 것이다.

문제는 모두가 다 다르다는 사실이다. 사람들이 수년 동안 떨어져 살다가 서로를 찾으려고 할 경우 하늘나라에서는 무슨 일이 벌어질까? 예를 들어, 당신이 죽어서 하늘나라에 간 뒤 5년 전에 죽은 남편을 찾으려 한다고 치자. 당신은 일흔 살의 남편을 상상하지만 남편은 열여섯 살을 선택해 신나게 돌아다니고 있다면 어떡한단 말인가? 아니면 언니는 열여섯에 죽지만 하늘나라에서는 지구에서 당도하지 못한 서른다섯 살의 모습을 선택한다면?

그렇게 되면 사랑하는 사람을 어떻게 찾을 수 있단 말인가?

소방서에서 아빠랑 점심을 먹고 있는데 캠벨 아저씨가 아빠에게 전화를 걸어 상대편 변호사가 소송에 대해 얘기하고 싶어 한다고 말한다. 상대편 변호사라니, 웃긴 말이다. 그게 엄마란 건 우리 모두 아는 사실인데. 아저씨의 사무실에서 3시에 만나야 한단다. 일요일이란 건 문제가 되지 않는다.

나는 바닥에 앉는다. 저지가 내 무릎에 머리를 대고 있다. 캠벨 아저씨는 너무 바빠서 나에게 그러지 말라고 얘기할 틈도 없다. 엄마는 정시에 도착하고 오늘은 비서 언니가 쉬는 날이라 알아서 들어온다. 엄마는 꽤나 공을 들여 머리를 깔끔하게 틀어 올렸고 화장도 약간 했다. 하지만 언제든 입었다 벗을 수 있는 외투처럼 이 방을 걸치고 있는 캠벨 아저씨와는 달리 엄마는 법률 사무소에 어울리지 않는다. 엄마가 생계로 이런 일을 했다는 게 믿기 힘들다. 한때는 엄마가 다른 사람이었을 거라고 추측해 본다. 우리 모두 그렇지 않은가.

"안녕하세요." 엄마가 차분히 말한다.

"피츠제럴드 부인." 캠벨 아저씨가 대답한다. 냉랭한 공기가 흐른다.

엄마의 눈이 회의실 책상에 앉아 있는 아빠에게서 바닥에 앉아 있는 나에게로 향한다. "안녕." 엄마가 또다시 말한다. 나를 껴안으려는 듯 한 걸음 앞으로 다가오다가 갑자기 멈춘다.

"오늘 회의를 소집하셨죠." 캠벨 아저씨가 재촉한다.

엄마가 자리에 앉는다. "알아요. 저는… 음. 저는 우리끼리 이 일을 해결했으면 해서요. 함께 결정을 내리고 싶어요."

캠벨 아저씨는 손가락으로 책상을 톡톡 친다. "협상을 제안하는 건가요?"

아저씨는 상당히 사무적으로 말한다. 엄마가 아저씨를 보고 눈을 깜빡인다. "네, 그래요." 엄마는 마치 이 방에 우리 둘밖에 없는 양 내 쪽으로 의자를 돌린다. "안나, 네가 언니를 위해 얼마나 많은 일을 했는지 알아. 네 언니에게 기회가 얼마 남지 않은 것도 알고…. 하지만 어쨌든 이번에 정말로 기회를 얻게 된 걸지도 몰라."

"제 고객에게 강요해서는…."

"괜찮아요, 아저씨. 엄마가 말을 마치도록 해 주세요." 내가 말한다.

"암이 재발하면, 신장 이식이 효과가 없으면, 우리가 바라는 대로 되지 않으면, 음, 그땐 다시는 네 언니를 도와달라고 하지 않을게…. 그러니 안나, 마지막으로 한 번만 도와줄래?"

이쯤 되자, 엄마는 상당히 작아 보인다. 나보다도 작아 보여 내가 부모고 엄마가 자식인 것처럼 보인다. 엄마도 나도 움직이지 않았는데 어떻게 이런 착시가 일어나는지 의아하다. 나는 아빠를 쳐다보지만 아빠는 바위처럼 가만히 있다. 이 일에 관여하지 않으려고 회의실 탁자의 나뭇결만 열심히 좇고 있는 것 같다.

"제 고객이 기꺼이 신장을 기증할 경우 케이트의 목숨을 연장하기 위해 향후 필요할지도 모르는 다른 의학적 조치를 취하지 않을 거라는 말씀인가요?" 캠벨 아저씨가 명확히 한다.

엄마가 숨을 깊이 들이쉰다. "네, 그래요."

"상의를 좀 해봐야겠습니다."

내가 일곱 살 때 제시 오빠가 나더러 산타를 믿을 만큼 어리석지 않지 않냐며 나에게 도발한 적이 있다. 오빠는 산타는 엄마랑 아빠라고 설명했고 나는 오빠의 말에 일일이 반박했다. 나는 오빠의 이론을 시험하기로 결심했다. 그래서 그해 크리스마스에 산타에게 편지를 썼다. 내가 이 세상에서 가장 원하는 건 햄스터라고. 나는 학교 비서실 우편함에서 직접 편지를 부쳤다. 그리고 엄마 아빠한테는 말하지 않았다. 대신 그해 갖고 싶은 장난감에 대해서 넌지시 정보를 흘렸다.

크리스마스 날 아침, 나는 엄마에게 언급했던 썰매와 컴퓨터 게임, 홀치기염색을 한 이불을 선물 받았다. 하지만 햄스터는 받지 못했다. 엄마는 몰랐기 때문이다. 나는 그해 두 가지 사실을 알게 되었다. 산타도, 엄마, 아빠도 내가 원한 모습이 아니라는 걸 말이다.

캠벨 아저씨는 이것이 법에 관한 문제라고 생각할 것이다. 하지만 이건 우리 엄마에 관한 것이다. 나는 바닥에서 일어나 엄마의 품으로 달려간다. 상당히 익숙해서 나에게 꼭 맞는 그곳으로 스르르 되돌아가게 된다. 내가 조금 전에 이야기한 인생의 지점으로 말이다. 그러자 목이 따끔거리면서 그동안 숨겨두고 아껴온 눈물이 전부 분출하고 만다. "안나," 엄마가 내 머리에 대고 말한다. "감사합니다. 감사합니다."

나는 평소 때보다 두 배나 꼭 엄마를 껴안는다. 비스듬한 여름빛을 뇌의 뒤쪽 벽에 새겨 놓아 겨울에 바라볼 수 있는 벽화로 간직하고 싶은 것처럼 이 순간을 붙들고 싶어서. 나는 엄마의 귀에 입술을 갖다댄 채, 정말로 하고 싶지 않은 말을 내뱉는다. "그럴 수 없어요."

엄마의 몸이 굳어진다. 엄마는 나에게서 몸을 떼고 내 얼굴을 빤히 쳐다본다. 그러더니 몇 군데 조각 나 있는 억지스러운 미소를 짓는다. 엄마는 내 정수리를 만진다. 그게 전부다. 자리에서 일어나 재킷을 똑바로 편 뒤 사무실을 나간다.

캠벨 아저씨도 자리에서 일어나더니 내 앞에 쭈그리고 앉는다. 엄마가 있던 그 자리에. 내 눈을 바라보는 그의 눈이 그 어느 때보다도 진지해 보인다. "안나, 이게 정말로 네가 원하는 거니?" 그가 말한다.

나는 입을 연다. 그리고 답을 찾는다.

줄리아

"캠벨이 나쁜 놈**이라서** 내가 좋아하는 거야, 나쁜 놈인데
도 **불구하고** 내가 좋아하는 거야?" 내가 언니에게 묻는다.

이지는 소파에 앉은 채로 나에게 조용히 하라고 한다. 언니는 지
금 〈추억〉이라는 영화를 보고 있다. 2만 번도 넘게 본 영화다. 언니가 선
정한 '꼭 봐야 하는 영화 목록' 중 하나로 〈프리티 우먼〉, 〈사랑과 영혼〉,
〈더티 댄싱〉도 거기에 포함되어 있다. "줄리아, 너 때문에 결말을 놓치
면 가만두지 않을 거야."

"안녕, 케이티. 안녕, 허블." 내가 대사를 읊는다.

언니는 소파 쿠션을 나에게 던진 뒤 점차 커지는 주제곡을 들으며
눈물을 닦는다. "바브라 스트라이샌드는 핵폭탄이야."

"난 그게 게이들의 고정관념이라고 생각했는데."

나는 내일 공판을 준비하기 위해 살펴보고 있는 서류에서 눈을 떼
고 고개를 든다. 안나 피츠제럴드에게 무엇이 가장 이로울지를 고려해
내린 이 결정을 판사에게 제출할 것이다. 문제는 내가 아이의 편을 들
든 반대편을 들든 중요하지 않다는 사실이다. 어느 쪽이든 나는 아이의

375

삶을 망치게 되어 있다.

"캠벨 얘기를 하던 거 아니니?" 이지가 말한다.

"아니, 나는 캠벨 얘기를 하고 있었고 언니는 황홀해 하고 있었지." 나는 관자놀이를 문지른다. "난 언니가 호의적일 줄 알았는데."

"캠벨 알렉산더를? 난 무관심한 걸."

"맞아. 언니는 그런 사람이었지."

"야, 줄리아. 이건 유전일 걸?" 언니가 자리에서 일어나더니 내 목 근육을 문지르기 시작한다. "너한테는 순 얼간이들한테 끌리는 유전자가 있을지도 몰라."

"그럼 언니한테도 그 유전자가 있겠네."

"음, 그거 참 좋은 예시네." 언니가 웃는다.

"분명히 말하지만 나는 캠벨을 미워하고 싶어."

언니는 내 어깨 너머로 손을 뻗어 내가 마시고 있는 콜라를 가져가 마저 비워버린다.

"공과 사를 엄격히 구분한다더니 어떻게 된 거야?"

"그럴 거야. 내 마음속에 소수 반대파가 있을 뿐이지."

언니가 소파에 다시 앉는다. "문제는 첫사랑은 절대 못 잊는다는 거야. 뇌는 잊어야 한다는 걸 알만큼 똑똑하지만 몸은 멍청해서 그걸 따르지 않는 거지."

"캠벨과 함께라면 모든 게 편해. 그만둔 지점에서 다시 시작하는 것 같아. 나는 그에 대해 알아야 할 걸 이미 전부 알고 있고 캠벨 역시 마찬가지야." 나는 언니를 바라본다. "게으르다는 이유로 누군가에게 빠질 수 있는 걸까?"

"그냥 한 번 자고 잊어버리면 안 돼?"

"그럴 수가 없어. 그건 또 다른 추억이 될 테고 난 그걸 또 잊을 수 없게 될 테니까."

"내 친구를 소개시켜줄게." 이지가 제안한다.

"전부 여자잖아."

"거봐, 넌 잘못된 것만 보고 있어, 줄리아. 겉모습이 아니라 내면을 보고 누군가에게 끌려야지. 캠벨 알렉산더는 근사할지 모르지만 정어리 위에 놓인 마지팬(아몬드를 갈아 설탕과 혼합한 반죽 상태로, 덩어리째 잘라서 먹기도 하지만 얇게 밀어서 케이크에 씌워 장식하는 용도로도 쓰인다-옮긴이)처럼 허울만 좋을 뿐이야."

"캠벨이 근사하다고 생각해?"

이지가 눈알을 굴리더니 말한다. "넌 글렀어."

현관 벨이 울리자 이지가 현관으로 가 문구멍으로 슬쩍 내다본다.

"호랑이도 제 말하면 온다더니."

"캠벨이야?" 내가 작은 소리로 말한다. "나 여기 없다고 말해."

언니는 문을 아주 조금 연 뒤 말한다. "줄리아가 여기 없다고 말하래요."

"죽었어." 내가 중얼거린 뒤 언니 뒤로 걸어간다. 나는 언니를 밀어낸 뒤 걸려 있는 체인을 풀고 캠벨과 저지를 안으로 들인다.

"여기 접수대는 갈수록 따뜻하고 포근해진단 말이지." 그가 말한다.

나는 팔짱을 낀다. "원하는 게 뭐야? 난 일하는 중이야."

"알았어. 사라 피츠제럴드가 방금 유죄 협상(영미법 사법체제에서 피의자가 자신의 혐의를 인정하는 조건으로 형량을 낮추는 제도-옮긴이)을 제안했어. 나랑 저녁 먹으면서 얘기 좀 하지 않을래?”

“난 너랑 저녁 먹으러 가지 않을 거야.” 내가 말한다.

“넌 그럴 거야. 난 알아. 그리고 결국 받아들이게 될 걸? 왜냐면 나랑 식사하고 싶지는 않겠지만 안나의 엄마가 뭐라고 말했는지는 궁금해 죽겠거든. 그냥 바로 본론으로 들어가면 안 될까?”

이지가 웃기 시작한다. “널 너무 잘 안다, 줄리아.”

“순순히 가지 않으면 무력을 사용하는 수밖에 없어. 손이 묶여 있으면 안심 스테이크를 썰기가 상당히 힘들겠지만 말이야.” 그가 덧붙인다.

나는 언니를 돌아본다. “어떻게 좀 해봐.”

언니가 나에게 손을 흔든다. “안녕, 케이티.”

“안녕, 허블.” 캠벨이 답한다. “걸작이죠.”

이지가 의미심장한 표정으로 캠벨을 본다. “완전히 답 없는 놈은 아닐지도 몰라.”

“규칙 1조, 공판에 대해서만 얘기한다. 공판 이외 다른 얘기는 하지 않는다.” 내가 말한다.

“맹세할게. 근데 네가 예뻐 보인다고 말해도 될까?” 캠벨이 말한다.

“봐, 벌써 규칙을 어겼잖아.”

캠벨은 강 근처 주차장에 차를 댄 뒤 시동을 끈다. 그런 다음 차에서 나온 뒤 내 쪽으로 돌아와 내 쪽 차문을 열어준다. 나는 주위를 둘러보지만 레스토랑처럼 보이는 건 아무것도 없다. 우리는 보트와 요트로 가득 찬 정박지에 와 있다. 요트의 금빛 데크가 늦은 오후의 햇살을 받아 황갈색이 되어 있다.

"운동화 벗어봐." 켐밸이 말한다.

"싫어."

"제발 좀, 줄리아. 빅토리아 시대가 아니잖아. 네 발목이 좀 보인다고 널 덮치진 않을 거라고. 그냥 좀 벗자, 응?"

"왜?"

"지금 너는 너무 경직되어 있고 이게 건전한 방법으로 너를 편안하게 만들어 줄 수 있는 유일한 방법이거든." 켐밸은 덱 슈즈(천이나 부드러운 가죽으로 잘 미끄러지지 않게 만든 낮은 신발-옮긴이)를 벗고 주차장 모서리를 따라 난 잔디에 발을 넣는다. "아," 그가 말하며 두 팔을 쫙 벌린다. "제발, 주얼. 현재를 즐기자고. 여름이 거의 끝나가. 즐길 수 있을 때 즐겨야지."

"유죄 협상은 어떡하고…."

"네가 맨발로 있든 안 그러든 안나 엄마가 한 말은 바뀌지 않아."

켐밸이 명예만을 좇기 때문에, 홍보를 원하기 때문에 이 사건을 맡은 건지, 아니면 단순히 안나를 돕고 싶어서 이 사건을 맡은 건지 아직도 잘 모르겠다. 후자라고 믿고 싶을 만큼 난 멍청하다. 켐밸은 참을성 있게 날 기다린다. 개가 그의 옆을 지키고 있다. 나는 결국 운동화 끈을 풀고 양말을 벗은 뒤 잔디에 발을 디딘다.

내 생각에 여름철은 집단 무의식의 시간이다. 우리는 모두 아이스크림 장수 노래의 음을 기억한다. 불 속에 달궈진 칼처럼 뜨거워진 놀이터 미끄럼틀에 허벅지가 닿을 때의 느낌을 안다. 사실 여름이 가면서 낮은 더 짧아지지만 오늘이 어제보다 조금 더 길어지기를 희망하며 눈을 감고 누운 채 눈꺼풀이 심장처럼 파르르 떨리는 걸 느껴본 적이 있다. 캠벨이 잔디에 앉는다.

"규칙 2조는 뭐야?"

"모든 규칙은 내가 만든다." 내가 말한다.

캠벨이 나를 보고 웃자 나는 정신을 못 차린다.

●　●　●

지난 밤, 바텐더 세븐은 술을 기다리고 있는 내 손에 마티니를 슬쩍 쥐어준 뒤 나더러 뭘 그리 숨기는지 물었다. 대답하기 전에 마티니를 한 모금 마시니 내가 마티니를 싫어했던 이유가 새삼 떠오른다. 그건 너무 쓴 술이기 때문이다. 물론 그게 핵심이지만. 맛도 그 모양이어서 그런지 왠지 모르게 항상 실망스럽다.

"숨기는 거 없어. 봐, 안 그래?" 내가 말했다.

저녁 시간대라 술집은 이른 시간이었다. 안나와 함께 소방서에서 있다가 돌아가는 길에 잠깐 들른 참이었다. 남자 둘이 구석에 놓인 칸막이 자리에서 사랑을 나누고 있었고 외로운 남자 한 명이 카운터 한쪽 끝에 앉아 있었다. "채널 좀 바꿀 수 없나요?" 그 남자가 TV를 가리키며 말했다. TV에서는 저녁 뉴스가 나오고 있었다.

"제닝스가 브로코보다 훨씬 섹시하잖아요."

세븐은 리모컨을 눌러준 뒤 다시 나를 돌아봤다. "숨기는 게 없다면서 저녁 시간에 게이 술집에 앉아 있고, 숨기는 게 없다면서 정장을 방패처럼 입고 있잖아."

"혀에 피어싱을 한 남자한테서 패션 조언을 듣고 싶지는 않아."

세븐이 눈썹을 치켜떴다. "마티니를 한 잔 더 마시면 피어싱을 해주는 존스턴한테 가서 너도 피어싱을 하자는 내 말에 설득당할 걸. 분홍색 염색 머리는 지울 수 있지만 그 성향까지 없앨 순 없거든."

나는 마티니를 한 모금 더 마신다. "넌 날 몰라."

카운터 저쪽 끝에서 다른 손님이 피터 제닝스를 올려다본 뒤 웃는다.

"그럴지도 모르지. 하지만 너도 널 모르잖아." 세븐이 말했다.

저녁 식사는 폭이 1미터도 안 되는 요트 갑판에서 먹는 빵과 치즈, 정확히 말하면 바게트와 그뤼에르 치즈다. 캠벨은 조난자처럼 바짓단을 걷은 뒤 돛을 조정하는 장치를 설치한다. 밧줄을 끌어당기고 바람을 받으며 프로비던스 해안이 보석이 달린 목걸이처럼 가느다란 색깔로밖에 보이지 않을 때까지 나아간다.

잠시 후, 캠벨이 나에게 제공하고자 하는 정보를 디저트를 먹을 때까지 발설하지 않을 거라는 게 확실해지자 나는 포기하고 만다. 나는 자고 있는 개 위에 팔을 걸친 채 드러눕는다. 그러고는 어느덧 느슨해진 돛이 펠리칸의 거대한 흰색 날개처럼 퍼덕이는 걸 바라본다. 캠벨은 선실 안에서 코르크스크루를 찾아와서는 나에게 레드 와인 두 잔을 내민다. 그런 뒤 저지의 다른 쪽 옆에 앉아 개의 귀 뒤를 긁어준다.

"동물이 되는 걸 생각해 본 적이 있어?"

"비유적으로? 아님 말 그대로?"

"수사적으로." 캠벨이 말한다. "인간 카드를 뽑지 않았을 경우에 말이야."

나는 잠시 생각해 본다. "이거 유도 질문이야? 내가 범고래라고 얘기하면 나는 무자비하고 냉혈한인데다 남을 등쳐 먹는 물고기를 뜻한다고 말할 거야?"

"범고래는 포유류야. 그리고 그런 질문 아니야. 예의 바른 대화를 나누기 위한 단순한 질문일 뿐이야."

나는 고개를 돌린다. "너는 뭐가 될 건데?"

"내가 먼저 물었잖아."

음, 새는 별로다. 나는 고소공포증이 있다. 고양이가 되기에는 태도가 글러먹었다. 그리고 개나 늑대처럼 무리지어 다니기에는 외로움을 지나치게 즐긴다. 그저 잘난 척하기 위해 **안경원숭이**라고 말할까 하다가 캠벨이 그게 대체 뭐냐고 물을 텐데 그게 설치류인지 도마뱀인지 기억이 나지 않는다. "거위." 내가 대답한다.

캠벨은 웃음을 터뜨린다. "마더구스나 실리구스에 나오는 그 거위?"

그들은 평생 한 상대하고만 짝을 짓는다. 하지만 그에게 이 사실을 말하느니 차라리 배에서 뛰어내리겠다.

"너는?"

캠벨은 곧바로 대답하지 않는다. "안나한테 똑같은 질문을 했을 때 아이는 불사조가 되겠다고 했어."

신비스러운 생명체가 잿더미에서 날아오르는 이미지가 머릿속에 번뜩인다. "불사조는 실제로 존재하지 않잖아."

캠벨이 저지의 머리를 쓰다듬는다. "안나는 그건 불사조를 볼 수 있는 사람이 있느냐 없느냐에 달려 있다고 하던데?" 캠벨은 나를 바라본다. "넌 그 애가 어때 보여, 줄리아?"

마시고 있던 와인에서 갑자기 쓴 맛이 난다. 이 모든 것—매혹, 소 풍, 일몰 항해—은 내일 공판에서 자신의 편을 들게 만들기 위해 캠벨 이 의도적으로 계획한 것일까? 소송 후견인으로서의 내 의견은 드살 보 판사의 결정에 큰 영향을 미칠 것이고 캠벨도 이를 알고 있다. 지금 까지 나는 누군가가 내 가슴을 두 번이나 찢을 수 있다는 사실을 깨닫 지 못했다.

"내 의견을 너에게 말해주진 않을 거야." 나는 딱 잘라 말한다. "나 를 증인으로 부를 때까지 기다려." 나는 닻을 움켜쥔 뒤 당기려고 한다. "해안가로 돌아가고 싶어."

캠벨은 내 손에서 닻을 홱 잡아당긴다. "너는 이미 케이트에게 신 장을 기증하는 건 안나를 위한 일이 아니라고 말했잖아."

"안나가 스스로 결정을 내릴 능력이 안 된다고도 말했어."

"아이 아빠가 안나를 집에서 데리고 나왔어. 그가 도덕적 잣대가 될 수 있어."

"그게 얼마나 갈 것 같아? 다음번은?"

그에게 속아 넘어간 내 자신에게 화가 난다. 저녁 식사를 하러 가 자는 데 동의한 게, 캠벨이 나를 **이용하는** 게 아니라 나와 **함께 있고** 싶 어 할지도 모른다고 믿어 버린 게. 내 외모에 대한 칭찬에서부터 갑판 에 놓인 와인에 이르기까지 모든 건 그가 승소하는 데 이용하기 위해 치밀하게 계산한 것이다.

"사라 피츠제럴드가 협상을 제안했어." 캠벨이 말한다. "안나가 신 장을 기증하면 케이트를 위해 다시는 그 어떤 것도 해달라고 요청하지 않을 거래. 근데 안나가 그걸 거절했어."

"지금 이걸로 판사가 널 감방에 처넣게 만들 수도 있어. 나를 꼬드겨 내 마음을 바꾸게 만드는 건 완전히 비윤리적인 행동이야."

"너를 **꼬드겨**? 난 그저 네가 볼 수 있도록 카드를 펼쳐놓은 것뿐이야. 네 일을 덜어준 거라고."

"오, 그래. 참 미안하게 됐네." 나는 비꼬는 말투로 얘기한다. "이건 **네** 문제가 아니야. 네 의뢰인의 소송에 유리하게 내가 보고서를 작성하는 문제가 아니라고. 네가 동물이라면 뭐가 됐을지 알아, 캠벨? 두꺼비야. 아니 사실 두꺼비 배 위에 살고 있는 기생충이 더 낫겠다. 돌려주는 건 하나도 없으면서 자기가 필요한 것만 가져가는."

그의 관자놀이의 혈관이 시퍼렇게 솟는다. "말 다했어?"

"솔직히 더 있어. 네 입에서 나온 말 중에 진심이 하나라도 있니?"

"난 너한테 거짓말하지 않았어."

"그래? 그럼 이 개는 도대체 뭔데?"

"젠장, 이제 그만 좀 입 다물어 줄래?" 캠벨은 이렇게 말하고는 나를 자기 팔 쪽으로 끌어당긴 뒤 키스를 한다. 그의 입이 무언의 이야기처럼 움직인다. 그에게서 소금과 와인 맛이 난다. 15년이란 시간 동안 바뀌었을지도 모르는 방식을 다시 배우거나 이에 다시 적응하는 순간은 없다. 우리의 몸은 서로를 기억하고 있다. 그는 내 목구멍을 따라 내 이름을 핥는다. 그가 나에게 너무 바싹 다가오는 바람에 우리 사이의 표면에 남아 있던 상처가 전부 얇게 펴지면서 우리는 갈리는 게 아니라 하나로 묶인다. 다시 숨을 쉬기 위해 서로에게서 떨어지는 순간, 캠벨이 나를 바라본다.

"그래도 내 말이 맞아." 나는 낮은 목소리로 말한다.

캠벨은 세상에서 가장 자연스러운 일인 양 내 낡은 운동복을 머리 위로 벗기고 내 브래지어의 훅을 푼다. 그가 머리를 내 심장에 갖다댄 채 내 앞에 무릎을 꿇는 순간, 강물에 보트 선체가 흔들리는 게 느껴지는 이곳이 우리를 위한 곳일지도 모른다는 생각이 든다. 그 어디에도 울타리가 없고 감정이 조수처럼 우리를 싣고 가는 세상이 존재할지도 모른다.

월요일

이토록 작은 불이 얼마나 많은 나무를 태우는가.

−『신약성서』, 야고보서 3장 5절

캠벨

우리는 요트를 정박해 둔 채 작은 선실에서 잠을 잔다. 좁지만 그건 전혀 문제가 되지 않는다. 줄리아는 밤새도록 나를 꼭 끌어안고 있다. 그녀는 코를 조금 곤다. 앞니가 구부러져 있으며 속눈썹은 내 엄지손톱만큼이나 길다.

15년이 지난 지금 우리 사이의 차이를 가장 잘 보여주는 자잘한 것들이다. 열일곱 살에는 누구의 아파트에서 자고 싶은지는 생각하지 않는다. 열일곱 살에는 줄리아가 입은 브래지어의 진주빛 핑크색도, 다리 사이를 가로지르는 레이스도 보지 못한다. 열일곱 살에는 나중이 아니라 지금이 중요하다.

이제 와서 하는 말인데 내가 줄리아를 사랑했던 이유는 줄리아는 누구도 필요하지 않았기 때문이다. 휠러 고등학교에서 줄리아는 분홍색 머리와 야전상의, 군화만으로도 충분히 눈에 띄었는데 당당하기까지 했다. 상당히 아이러니한 일은 줄리아와 내가 관계를 맺을 때 그녀의 매력이 사라진다는 거였다. 그녀가 나를 사랑해주고 내가 그녀에게 의존하는 것만큼 그녀가 나에게 의존하는 순간 줄리아는 더 이상 완전히 독립적인 존재가 될 수 없다는 거였다.

줄리아에게서 그런 자질을 앗아갈 사람이 내가 되어서는 안 된다.

줄리아와 헤어진 뒤에는 그렇게 많은 사람을 만나지 않았다. 어쨌든 이름을 기억할 만한 여자는 없었다. 허울을 유지하기에는 모든 게 너무 번거로웠다. 그래서 나는 겁쟁이처럼 원나잇 스탠드라는 험난한 길을 택했다. 의학적으로, 감정적으로 필요했기에 나는 점차 탈옥의 명수가 되었다.

하지만 지난 밤, 떠날 수 있는 기회가 대여섯 번 있었다. 줄리아가 잘 때 나는 어떻게 떠날지 고심하기까지 했다. 베개에 쪽지를 꽂아둘까, 줄리아의 체리 립스틱으로 갑판에 메시지를 휘갈겨 놓을까. 하지만 그러고 싶은 욕구는 딱 1분만 더, 딱 1시간만 더 기다리고 싶은 욕구에 비하면 턱없이 부족했다.

저지가 조리실 탁자 위에서 시나몬 번처럼 잔뜩 웅크리고 있다가 고개를 든다. 녀석은 조금 낑낑댄다. 나는 십분 이해한다. 나는 줄리아의 풍성한 머리 숲에서 빠져나와 침대 밖으로 나온다. 줄리아는 내 온기가 남아 있는 곳으로 조금씩 움직인다.

그걸 보고 있자니 또다시 욕구가 치솟는다. 하지만 평소 때처럼 잠복성 천연두에 걸렸다고 핑계를 대며 병가를 내고 법원 서기에게 공판 날짜를 다시 잡아달라고 한 뒤 하루 종일 그녀와 사랑을 나누는 대신, 나는 바지를 입고 갑판 위로 올라간다. 안나보다 법원에 먼저 가고 싶다. 게다가 샤워를 하고 옷도 갈아입어야 한다. 나는 줄리아에게 차 열쇠를 두고 간다. 집까지는 걸어서 금방이다. 저지와 함께 집으로 가는 길에서야 충혈된 눈으로 상대를 남겨두고 허겁지겁 떠났던 여타 아침들과는 달리 줄리아에게는 떠났다는 걸 알리는 매력적인 상징물을 남기지 않았다는 걸 깨닫는다. 일어났을 때 버림받았다는 충격을 완화시킬 무언가를.

실수한 건지 생각해본다. 아니면 지금껏 내내 줄리아가 돌아오기를 기다렸던 걸까? 그래야 내가 성장할 수 있으니까?

저지와 함께 공판이 열리는 개라히 건물에 도착한다. 우리는 본 행사를 관람하기 위해 진을 친 기자들 사이를 빠져나간다. 그들은 내 얼굴에 마이크를 들이밀며 부주의로 저지의 발을 밟는다. 이렇게 집중 공격 받는 모습을 보면 안나가 줄행랑을 칠 게 뻔하다.

나는 정문으로 들어가 번을 부른다. "저기 밖에 안전요원 좀 부탁해요." 내가 말한다. "증인을 산 채로 잡아먹을 기세예요."

그때 이미 와서 기다리고 있는 사라 피츠제럴드가 보인다. 세탁소 비닐 안에 갇힌 채 10년째 세상 구경조차 못해본 듯한 정장을 입고 머리는 끌어올려 핀으로 꽉 고정했다. 게다가 서류 가방이 아니라 배낭을 메고 있다. "안녕하십니까." 내가 덤덤하게 인사를 건넨다.

문이 확 열리더니 브라이언이 들어온다. 그는 아내와 나를 차례대로 쳐다본다. "안나는 어디 있어?"

그의 아내가 남편을 향해 한 걸음 앞으로 나아간다. "당신이 데리고 오는 거 아니었어?"

"새벽 5시에 호출을 받고 돌아와 보니 이미 사라졌던 걸. 여기서 만나자고 쪽지를 남겼던데." 브라이언이 문을 힐끗 본다. 문 반대편에 있는 자칼들을. "도망갔나 봐."

또 한 번 문이 단단히 닫히는 소리가 들리고 줄리아가 온갖 외침과 질문들을 뒤로하고 법정으로 떠밀려 들어온다. 그녀는 머리를 매만지고 정신을 차린다. 하지만 나를 보는 순간 다시 정신을 못 차린다.

"제가 찾아보겠습니다." 내가 말한다.

안나의 엄마가 발끈한다. "아니요, 제가 찾겠어요."

줄리아가 우리를 쳐다본다. "누구를 찾아요?"

"안나가 일시적으로 부재 상태야." 내가 설명한다.

"부재라고? 사라진 거야?" 줄리아가 말한다.

"그건 아니야." 거짓말이라고 할 수도 없다. 안나가 사라지려면 애초에 나타났어야 하므로. 나는 내가 어디로 향하고 있는지조차 알고 있다. 안나의 엄마 역시 그걸 이해한 듯하다. 그녀는 내가 앞장서도록 내버려둔다. 내가 문 쪽으로 향하자 줄리아가 내 팔을 잡더니 자동차 열쇠를 내 손에 툭 던진다.

"왜 안 되겠는지 이제 알겠어?"

나는 그녀를 향해 몸을 돌린다. "줄리아, 내 말 들어봐. 우리 사이에 대해 얘기하고 싶지만 지금은 적당하지 않아."

"나는 **안나** 얘기를 하는 거야, 캠벨. 아이는 흔들리고 있어. 자신의 공판 날에 나타나지도 못하고 있다고. 그게 무슨 뜻인지 알아?"

"모두를 무서워하고 있다는 거?" 나는 결국 대답한다. 우리 모두에게 하는 사전 경고다.

●　●　●

병실에는 커튼이 쳐져 있지만 케이트 피츠제럴드의 천사처럼 창백한 얼굴은 볼 수 있다. 마지막 희망인 약물이 그물과도 같은 푸른 정맥을 따라 아이의 피부 아래로 흐르고 있다. 안나는 제 언니의 침대 발치에 웅크리고 있다. 저지는 내 명령에 따라 문 옆에서 기다린다. 나는 쭈그리고 앉는다. "안나, 가야 할 시간이야."

병실 문이 열리자 나는 안나의 엄마나 의사가 크래시 카트(환자의 심장 정지 때 쓰이는 긴급처치용 약품과 기기 한 세트를 실은 손수레–옮긴이)를 끌고 나타나지 않을까 생각한다. 하지만 놀랍게도 문가에 서 있는 건 제시다. "제시," 내가 마치 오래된 친구처럼 말한다.

'**여기에 어떻게 온 거야?**' 난 하마터면 이렇게 물을 뻔했다. 하지만 답을 듣고 싶지 않다는 걸 깨닫는다. "우리는 법정에 가는 길인데 어디 데려다 주랴?" 나는 무미건조하게 묻는다.

"고맙지만 됐어요. 모두가 법정에 가니까 저는 여기 있어야겠다고 생각한 거예요." 아이는 제 동생에게서 눈을 떼지 않는다. "꼴이 말이 아니네."

"뭘 바래. 죽어 가는데." 잠에서 깬 안나가 대답한다.

나는 또다시 내 의뢰인을 유심히 쳐다본다. 동기라는 것이 보이는 게 다가 아니라는 걸 다른 사람들보다 더 잘 알지만 이 아이는 도무지 알 수가 없다. "이제 가야 해."

차에서 안나가 조수석에 앉고 저지는 뒷자리에 앉는다. 안나는 인터넷에서 찾은 기이한 판례에 대해 나에게 말하기 시작한다. 1876년 미네소타에서 한 남자가 동생의 땅에서 시작된 강물에 대한 사용권을 법적으로 박탈당했다는 내용이다. 그의 농작물이 전부 말라죽을 수도 있는데도. "뭐 하세요?" 내가 법원으로 가는 길을 일부러 놓치자 아이가 말한다.

나는 대답 대신, 공원 옆에 차를 세운다. 엉덩이가 끝내주는 한 여자가 고양이처럼 생긴 푸들의 목줄을 잡은 채 조깅을 하고 있다. "이러다 늦겠어요." 잠시 후 안나가 말한다.

"이미 늦었어. 안나, 지금 뭐하고 있는 거지?"

아이는 십 대 특유의 표정을 지어 보인다. 자신과 내가 동일한 진화 사슬에서 왔을 리가 없다고 말하려는 듯.

"법정에 가고 있잖아요."

"내가 묻는 건 그게 아니야. 우리가 **왜** 법정에 가는질 알고 싶다고."

"음, 법대 수업 첫날부터 땡땡이를 치신 것 같은데요. 누군가 소송을 하면 그래야 하는 거예요."

나는 어물쩍 넘어가지 않겠다는 듯 아이를 똑바로 바라본다. "안나, 우리가 왜 법정에 가는 거니?"

아이는 눈 하나 깜빡하지 않는다. "아저씨는 왜 안내견을 데리고 다니는데요?"

나는 운전대를 손가락으로 톡톡 치며 공원을 바라본다. 조깅하던 여자가 지나가던 곳을 이제 한 엄마가 유모차를 밀며 건넌다. 아이가 유모차 밖으로 기어 나오려고 애쓰고 있다는 걸 의식하지 못한 채. 새들이 지저귀는 소리가 나무 안에서 터져 나온다.

"아무나하고 이 얘기를 하지 않아." 내가 말한다.

"저는 아무나가 아니에요."

나는 숨을 깊이 들이쉰다. "오래전 나는 아팠고 중이염에 걸렸다. 하지만 무슨 이유에선지 약이 듣지 않았고 나는 신경에 손상을 입었지. 내 왼쪽 귀는 거의 들리지 않는단다. 장기적으로 봤을 때 그다지 큰 문제는 아니야. 하지만 내가 어쩔 수 없는 문제들도 있단다. 예를 들어, 자동차가 오는 걸 들을 수 있지만 어떤 방향에서 오는지는 알 수 없어. 혹은 식료품점 통로에서 누군가 내 앞으로 가면 안 되겠냐고 물어도 그 사람의 말을 못 들어. 그러한 상황에서 저지가 내 귀가 될 수 있도록 난 저지와 훈련을 받았단다.” 여기까지 말하고 나는 망설인다. “사람들이 날 불쌍하게 여기는 게 싫어. 그래서 비밀로 하고 있지.”

안나가 나를 조심스럽게 쳐다본다. “제가 아저씨 사무실로 찾아간 건 단 한 번만이라도 언니가 아니라 제가 주인공이 되고 싶어서예요.”

하지만 이 이기적인 고백은 안나답지 않다. 안나와 어울리지 않는다. 이 소송은 안나가 제 언니가 죽기를 바라는 것과는 전혀 관련이 없었다. 아이는 그저 **살고 싶은 기회**를 원하는 것이다.

“너 거짓말하고 있구나.”

안나가 팔짱을 낀다. “음, 아저씨가 먼저 거짓말 했잖아요. 멀쩡히 잘 들리시면서.”

“버릇장머리 없는 녀석.” 나는 웃기 시작한다. “너를 보면 날 보는 것 같아.”

“좋은 뜻이죠?” 안나가 이렇게 말하지만 이미 웃고 있다.

공원은 더 붐비기 시작한다. 유치원생 전원이 눈썰매를 끄는 허스키처럼 한데 묶인 채 인도를 걷고 있고 그 뒤를 선생님 두 명이 따른다. 우편배달부와 비슷한 색상의 옷을 입은 누군가 경주용 자전거를 타고 빠르게 지나간다.

“아침을 사주마.”

“하지만 늦었는 걸요.”

나는 어깨를 으쓱한다. “무슨 상관이야?”

드살보 판사는 기분이 좋지 않다. 오늘 아침 안나와의 짧은 나들이 때문에 1시간 반이나 낭비되었기 때문이다. 공판 전 회의에 참석하기 위해 내가 저지와 함께 서둘러 판사실로 들어가자 나를 쏘아본다.

"친애하는 재판장님, 죄송합니다. 이 개가 응급상황이었습니다."

나는 사라의 입이 쩍 벌어지는 걸 본다기보다는 느낀다. "상대편 변호사는 그렇게 말하지 않던데요." 판사가 말한다.

나는 드살보 판사의 눈을 똑바로 쳐다본다. "음, 그렇게 됐습니다. 안나는 친절하게도 개의 발톱에서 유리 조각을 제거하는 동안 개가 흥분하지 않도록 절 도왔습니다."

판사는 미심쩍어한다. 하지만 장애인 차별 금지법이 있으며 나는 그걸 최대한 이용 중이다. 우리가 안나 때문에 늦었다고 판사가 생각하는 건 내가 가장 원치 않는 거다.

"공판 없이 이 소송을 해결할 수 있는 방법이 있습니까?"

"없을 것 같습니다." 안나는 자신의 비밀을 공유하고 싶어 하지 않을 테고 난 아이의 의견을 존중하지만 소송을 끝까지 진행하고 싶어 한다는 건 안나 자신도 알고 있다.

판사가 내 대답을 받아들인다. "피츠제럴드 부인, 여전히 부인이 직접 변호하는 게 맞으십니까?"

"네, 그렇습니다. 재판장님." 그녀가 말한다.

"좋습니다." 드살보 판사는 우리 모두를 힐긋 바라본다. "여기는 가정 법원입니다. 가정 법원에서는, 그리고 특히 이 같은 공판에서 저는 개인적으로 증거 규정을 다소 완화해 적용하는 편입니다. 논쟁적인 공판은 원치 않기 때문이죠. 저는 수용 가능한 증거와 그렇지 않은 증거를 가려낼 수 있습니다. 이의를 제기할 만한 내용이 확실하다면 들어보겠지만 그게 아니라면 이 심리를 최대한 빨리 진행했으면 합니다. 형식에 구애되지 말고요." 판사가 나를 똑바로 쳐다본다. "모든 관련자에게 최대한 수월하게 진행되었으면 싶네요."

우리는 법정으로 이동한다. 형사 재판소보다는 작지만 위협적이기는 마찬가지다. 나는 재빨리 로비로 가서 안나를 데려온다. 법정 안으로 들어서자 안나가 갑자기 멈춰선다. 거대한 칸막이 벽, 줄지어 있는 의자들, 위압적인 판사석을 힐긋 본다. "아저씨, 제가 저기 서서 얘기해야 하는 건 아니죠?" 안나가 속삭인다.

사실 판사는 분명 아이의 말을 직접 들어보고 싶어 할 것이다. 줄리아가 아이의 소송을 지원한다고 결론 내릴지라도, 아이 아빠가 안나를 도울 거라고 말할지라도, 드살보 판사는 안나를 증인석에 앉히고 싶어 할 것이다. 하지만 지금 당장 이 사실을 말했다가는 아이가 흥분만 하고 말 것이다. 시작부터 그래서는 안 된다.

나는 차 안에서 우리가 나눴던 대화를 떠올린다. 안나는 나를 거짓말쟁이라고 불렀다. 사실을 말하지 않는 이유는 두 가지다. 거짓말을 하면 내가 원하는 것을 얻을 수 있으니까. 그리고 거짓말을 하면 상대가 다치는 걸 막을 수 있으니까. 이 두 가지 이유 때문에 나는 안나에게 이렇게 말한다. "아닐 거야."

"판사님, 전통적인 관례가 아니란 건 알지만 증인을 부르기 전에 하고 싶은 말이 있습니다." 내가 먼저 말을 꺼낸다.

드살보 판사는 한숨을 쉰다. "제가 이런 형식적인 절차를 건너뛰자고 부탁하지 않았던가요?"

"친애하는 재판장님, 중요하지 않다고 생각했다면 요청드리지도 않았을 것입니다."

"그럼 간단히 해주세요." 판사가 말한다.

나는 자리에서 일어나 판사석으로 다가간다. "친애하는 재판장님, 안나 피츠제럴드 양은 평생 자신이 아니라 언니를 위해 의학적 치료를 받아왔습니다. 사라 피츠제럴드가 자신의 아이들을 전부 사랑한다는 데에는 의심의 여지가 없습니다. 케이트의 삶을 연장하기 위해 내린 결정도 이해할 만하지요. 하지만 오늘 우리는 사라 피츠제럴드가 **이 아이**, 안나를 위해 내린 결정을 의심해야 합니다."

나는 뒤를 돌아본다. 줄리아가 나를 주의 깊게 쳐다보고 있다. 갑자기 고등학교 윤리 숙제가 생각나며 나는 무슨 말을 해야 할지 깨닫는다.

"최근에 매사추세츠주 우스터에서 발생한 화재를 기억하실 겁니다. 노숙 여인이 일으킨 화재 때문에 소방관들이 사망했죠. 그 여인은 불이 발생했다는 걸 알고 건물에서 나왔지만 911에 전화를 하지 않았습니다. 자신이 곤란한 상황에 놓일 거라 생각한 거죠. 그날 밤, 성인 남성 6명이 사망했지만 매사추세츠주 당국은 여인에게 책임을 물을 수 없었습니다. 미국에서는 그 결과가 얼마나 참혹하든, 다른 누군가의 안전을 책임질 필요가 없기 때문입니다. 곤경에 빠진 사람을 도울 의무가 없는 거죠. 불을 낸 사람이더라도, 자동차 사고를 목격한 행인이더라도, 완벽한 조직적합 공여자라 할지라도 말입니다." 나는 또다시 줄리아를 쳐다본다. "우리가 오늘 여기에 모인 이유는 현 사법제도하에서는 합법적인 것과 도덕적인 것 간에 차이가 있기 때문입니다. 때로는 이 둘을 구별하기가 어렵지 않습니다. 하지만 이따금, 특히 이 둘이 서로 마찰을 일으킬 때에는 옳은 일이 때때로 잘못된 일처럼 보이고 잘못된 일이 때때로 옳은 일처럼 보이기도 합니다." 나는 자리로 돌아가 그 앞에 선다. "우리는 이를 조금 더 명확히 판단하는 데 이 법원으로부터 도움을 받기 위해 오늘 이 자리에 모인 것입니다." 나는 말을 마친다.

내 첫 번째 증인은 상대편 변호사다. 나는 사라가 흔들리는 갑판 위를 비틀대지 않고 다시 걸으려는 선원처럼 증인석으로 불안하게 걸어가는 걸 바라본다. 사라는 가까스로 자리에 앉고 안나에게서 눈을 떼지 않은 채 선언을 한다.

"판사님, 피츠제럴드 부인을 적대적인 태도를 가진 증인(자신을 증인으로 세운 쪽에 고의로 불리한 증언을 하는 사람-옮긴이)으로 여겨도 되는지 여쭙고 싶습니다."

판사가 눈살을 찌푸린다. "알렉산더 씨, 당신과 피츠제럴드 부인 둘 다 어느 정도 예의를 갖추시기 바랍니다."

"알겠습니다, 재판장님." 나는 사라를 향해 걸어간다. "이름을 말씀해 주시겠습니까?"

사라는 턱을 조금 치켜든다. "사라 크로프튼 피츠제럴드입니다."

"미성년자 안나 피츠제럴드의 어머니 맞으시죠?"

"그렇습니다. 케이트와 제시의 엄마이기도 합니다."

"케이트가 2살 때 급성전골수세포성백혈병(APL) 진단을 받았나요?"

"그렇습니다."

"당시에 당신과 남편은 케이트에게 장기를 기증할 수 있도록 유전적으로 조작된 아이를 갖기로 결정했나요? 케이트를 치료하기 위해서?"

사라의 얼굴이 굳어진다. "저는 그렇게 말하지 않겠지만, 안나를 가진 이유의 배경이… 네, 그렇습니다. 저희는 안나의 제대혈을 이식에 사용할 계획이었습니다."

"왜 비혈연 기증자를 찾아보지 않았죠?"

"그건 훨씬 더 위험합니다. 케이트와 혈연 지간이 아닌 사람으로부터 기증받을 경우 사망 확률이 훨씬 더 높아지기 때문이죠."

"안나가 처음으로 장기나 조직을 기증한 게 몇 살 때였습니까?"

"케이트는 안나가 태어난 지 한 달 후 이식을 받았습니다."

나는 고개를 젓는다. "저는 케이트가 언제 이식을 받았는지 묻지 않았습니다. 안나가 언제 기증을 했는지 물었죠. 안나는 태어나자마자 제대혈을 기증했습니다, 맞나요?"

"맞습니다. 하지만 안나는 알지조차 못했습니다." 사라가 말한다.

"다음번에 신체의 일부를 기증했을 때 안나는 몇 살이었습니까?"

사라는 내가 예상한 것처럼 움찔한다. "림프구를 기증했을 때 다섯 살이었습니다."

"어떤 방법으로 진행됐죠?"

"아이의 팔꿈치 안쪽에서 피를 뽑았습니다."

"안나가 자신의 팔에 바늘을 찌르는 데 동의했습니까?"

"아이는 다섯 살이었어요." 사라가 대답한다.

"팔에 바늘을 찔러도 되는지 물어보았습니까?"

"제 언니를 도와달라고 요청했습니다."

"아이의 팔에 바늘을 찌르기 위해 누군가 물리적으로 안나를 잡고 있어야 했던 게 사실입니까?"

　　사라가 안나를 쳐다본 뒤 눈을 감는다. "그렇습니다."

　　"그걸 자발적 참여라고 부르십니까, 피츠제럴드 부인?" 나는 곁눈질로 드살보 판사의 양 눈썹이 가운데로 쏠리는 걸 본다. "안나에게서 처음으로 림프구를 뽑았을 때 부작용은 없었습니까?"

　　"멍이 조금 생겼습니다. 누르면 아파했고요."

　　"얼마 있다가 또다시 피를 뽑았죠?"

　　"한 달이요."

　　"그때도 누군가 아이를 잡고 있어야 했죠?"

　　"그렇습니다. 하지만…."

　　"당시에는 부작용이 뭐였죠?"

　　"똑같았어요." 사라가 고개를 젓는다. "이해하지 못하시네요. 수술을 받을 때마다 안나에게 무슨 일이 일어날지 예상 못했던 게 아니에요. 그 상황에서는 어느 아이를 생각하든 그건 중요하지 않아요. 매번 가슴이 찢어지니까요."

　　"하지만 피츠제럴드 부인, 결국 그 감정을 극복하신 것 같네요. **안나**에게서 피를 세 번이나 뽑았으니까 말이죠." 내가 말한다.

　　"림프구를 전부 뽑는 데 그렇게 오래 걸렸어요. 정확한 시술이 아니라서요." 사라가 말한다.

　　"언니의 건강을 위해 안나가 몇 살 때 또다시 의학적 시술을 받아야 했죠?"

　　"케이트가 아홉 살이었을 때 감염이 심해져서…."

　　"아까 말한 것처럼 제 질문은 그게 아닙니다. 저는 여섯 살 때 **안나**

에게 무슨 일이 일어났는지 알고 싶은 겁니다."

"안나는 케이트가 감염과 싸울 수 있도록 제 언니에게 과립구를 기증했어요. 림프구 기증과 비슷한 절차로 진행됐죠."

"또 바늘을 찔러야 했나요?"

"그렇습니다."

"안나에게 과립구를 기증할 것인지 물어보았습니까?"

사라는 대답하지 않는다. "피츠제럴드 부인." 판사가 추궁한다.

그녀는 딸을 향해 몸을 돌리며 애원한다. "안나, 우리는 너를 다치게 하려고 이런 것들을 한 게 아니란 걸 잘 알잖니. 우리 모두 아팠단다. 네 몸 밖에 멍이 들면 엄마랑 아빠는 안에서 멍이 들어."

"피츠제럴드 부인, 안나에게 **물어봤습니까?**" 나는 그녀와 안나 사이로 들어선다.

"제발 이러지 마세요. 우리 모두 잘 알고 있잖아요. 저를 비판하는 과정에서 하시려는 게 뭐든 확실히 말씀드릴 수 있어요. 이 부분은 그냥 넘어가면 안 될까요?" 사라가 말한다.

"안나에게 한 일들을 다시 듣는 게 힘들기 때문인가요?"

내가 아슬아슬한 줄타기를 하고 있다는 걸 안다. 하지만 내 뒤에는 안나가 있고, 나는 안나가 누군가는 자신을 위해 기꺼이 끝까지 가겠다는 걸 알아줬으면 한다.

"이렇게 다 모아놓고 보니 그렇게 악의 없어 보이지는 않네요, 그렇지 않나요?"

"알렉산더 씨, 하고 싶은 얘기가 **뭡니까?**" 드살보 판사가 말한다. "안나가 몇 차례나 시술을 받았는지는 저도 잘 알고 있습니다."

"그건 우리가 케이트의 의료 기록을 봤기 때문입니다, 친애하는 재판장님. 안나의 의료 기록이 아니고요."

드살보 판사는 사라와 내 사이를 쳐다본다. "간단히 하세요, 변호인."

나는 사라를 돌아본다. "골수요." 내가 질문을 하기도 전에 그녀가 무표정하게 말한다. "안나는 너무 어렸기 때문에 전신 마취를 했어요. 골수를 뽑기 위해 엉덩이뼈에 바늘을 찔렀고요."

"다른 시술에서처럼 바늘을 한 번 찔렀습니까?"

"아니요. 열다섯 번이었어요." 사라가 침착하게 말한다.

"뼈에다 말입니까?"

"그렇습니다."

"이번에는 부작용이 뭐였죠?"

"아이는 꽤 아파했고 진통제를 맞았어요."

"그때 안나는 하루 동안 입원을 해야 했습니다. 그리고 약도 먹어야 했죠?"

사라는 생각하는 데 시간이 걸린다. "골수 기증이 기증자에게는 딱히 힘든 시술은 아니라고 들었어요. 어쩌면 그런 말을 듣기를 기다리고 있었는지도 몰라요. 당시에 저는 그런 말이 필요했을지도 모르죠. 아니면 케이트에게 집중한 나머지 안나를 많이 생각하지 못했을 수도 있어요. 하지만 확실한 건 우리 가족 모두가 그렇듯 안나 역시 제 언니가 낫기를 그 무엇보다도 원했어요."

"그랬겠죠. 그래야 더 이상 바늘에 찔리지 않아도 되니까요."

"적당히 하세요, 알렉산더 씨." 드살보 판사가 경고한다.

"잠깐만요. 할 말이 있어요." 사라가 끼어들더니 나를 돌아본다. "변호사님은 말로 다 설명할 수 있을 거라고 생각해요. 흑백논리처럼 쉬울 거라고요. 하지만 당신은 제 딸 한 명만을 대변하시잖아요. 그것도 이 법정에서만. 저는 어디에서나 제 딸을 둘 다 공평하게 대변해요. 둘 다 어디에서나 똑같이 **사랑하고요.**"

"하지만 이러한 결정을 내릴 때에는 안나가 아니라 케이트의 건강을 늘 고려한다는 걸 방금 인정하시지 않았습니까?" 내가 지적한다. "그렇다면 어째서 둘 다 똑같이 사랑한다고 말할 수 있죠? 결정을 내릴 때 어떻게 한 아이만 편애한 게 아니라고 말씀하실 수 있냐는 말입니다."

"지금 당신이 저한테 그걸 요청하고 있잖아요. 이번 한 번만 다른 아이를 편애하라고."

사라가 답한다.

안나

어릴 때는 누구나 자신만의 언어가 있다. 프랑스어나 스페인어 혹은 4학년 때 배우기 시작한 언어와는 달리 처음부터 갖고 태어나지만 결국에는 잃게 되는 언어 말이다. 7살이 안 된 아이라면 모두 유창한 이 언어는 만약에라는 언어다. 키가 1미터가 되지 않는 사람과 시간을 보내 보면 알게 될 것이다. 만약에 거대한 깔때기거미가 내 머리 위 구멍에서 기어 나와 내 목을 문다면? 만약에 독을 치료하는 유일한 해독제가 산꼭대기에 놓인 금고 안에 들어 있다면? 만약에 겨우 살아남았지만 움직일 수 있는 게 눈꺼풀뿐이라 눈을 깜빡여 의사를 표현해야 한다면? 얼마나 심한 가정을 하는지는 중요하지 않다. 이 세상은 가능성으로 가득 차 있다는 사실이 중요하다. 아이들은 뇌가 활짝 열린 상태로 생각한다. 어른이 된다는 건 이 틈을 서서히 꿰매는 것이다.

캠벨 아저씨는 첫 휴정 시간 동안 단둘이 얘기하기 위해 나를 회의실로 데려가 미지근한 콜라를 사준다. "어떻게 생각하니?" 아저씨가 말한다.

법정에 있는 건 기묘하다. 마치 내가 유령이 된 것 같다. 진행되는 상황은 볼 수 있지만 내가 말하고 싶어도 아무도 듣지 못할 것만 같다. 게다가 내가 거기 앉아 있는 게 안 보이는 것처럼 모두가 내 삶에 대해 얘기하는 걸 들어야 하는 것도 이상하다. 지구 한편에 위치한 비현실적인 곳에 온 것만 같다.

캠벨 아저씨는 세븐업 캔을 딴 뒤 내 맞은편에 앉는다. 그러고는 음료를 종이컵에 조금 부어 저지에게 준 뒤 길게 한 모금 마신다. "뭐 할 말 있니? 질문은? 내 노련한 변론에 대한 순수한 칭찬도 좋다."

나는 어깨를 으쓱한다. "제가 생각했던 거랑 달라요."

"무슨 뜻이지?"

"처음 소송을 시작했을 때에는 옳은 일을 하고 있다는 확신이 있었어요. 하지만 엄마가 저기 서 있고 아저씨가 온갖 질문을 하니까…." 나는 캠벨 아저씨를 힐긋 올려다본다. "아저씨가 질문한 부분은 그렇게 간단하지가 않아요. 엄마 말이 맞고요."

만약에 내가 아팠다면? 만약에 내가 언니에게 했던 일을 반대로 언니에게 요구하게 된다면? 만약에 조만간 골수나 혈액을 비롯해 도움이 되는 걸 언니에게 주고 난 뒤 정말로 이 모든 게 끝난다면? 만약에 과거를 돌아보면서 죄책감이 드는 게 아니라 내가 잘했다는 생각이 든다면? 만약에 판사가 내 생각이 잘못됐다고 생각한다면? 판사가 내가 옳다고 생각한다면?

나는 이 질문들 중에 단 하나도 답하지 못한다. 덕분에 내가 준비가 되었든 안 되었든 자라고 있는 중이란 걸 깨닫는다.

"안나, 지금은 마음을 바꿀 때가 아니야." 캠벨 아저씨가 자리에서 일어나 내가 앉아 있는 탁자 쪽으로 온다.

"마음을 바꾸려는 게 아니에요." 나는 캔을 두 손바닥 사이에 대고 굴린다. "이기더라도 이긴 게 아닐 거라는 말이죠."

나는 열두 살 때부터 아래 동네에 사는 쌍둥이를 봐주고 있다. 아이들은 이제 겨우 여섯 살로 어두운 걸 싫어한다. 그래서 나는 보통 코끼리의 뭉툭한 발과 발톱처럼 생긴 의자를 둘 사이에 놓고 그 위에 앉아 있다. 아이들이 에너지의 전원을 얼마나 빨리 끌 수 있는지 매번 놀라곤 한다. 쌍둥이는 커튼을 잡아당기며 기어 올라가다가 5분 만에 갑자기 잠이 든다. 나도 그랬나? 기억이 나지 않는다. 내가 꽤나 나이를 먹은 기분이다. 이따금 쌍둥이 중 한 명이 다른 아이보다 먼저 잠이 든다.

"누나, 난 운전을 하려면 몇 살이나 더 먹어야 해?" 아이가 말한다.

"열 살." 내가 답한다.

"누나는?"

"세 살."

그때부터 이야기는 거미줄처럼 뻗어나간다. 아이는 나더러 어떤 차를 살 건지, 자라면 뭐가 될 건지, 중학교에 가면 매일 밤 숙제를 해야 하는 게 싫은지를 묻는다. 자지 않고 조금 더 버텨보려는 속셈이다. 가끔은 속아 주지만 대부분은 그냥 재워 버린다. 나는 아이에게 무슨 일이 닥칠지 말해줄 수 있다는 걸 알면서 내 안에 텅 빈 둥근 지점을 바라본다. 또한 그것이 경고처럼 들릴 것이라는 것도 안다.

캠벨 아저씨가 부른 두 번째 증인은 베르겐 의사다. 프로비던스 병원 의료윤리위원회 회장으로 희끗희끗한 머리에 얼굴이 감자처럼 군데군데 움푹 패여 있다. 경력을 열거하는 데만 해도 거의 천 년이 걸릴 것 같은 사람이 생각보다 키가 작다.

"박사님, 윤리위원회가 뭐죠?" 캠벨 아저씨가 말을 꺼내기 시작한다.

"환자의 권리를 보호하기 위해 각 사례를 검토하는 일을 하는 단체로 의사, 공인등록 간호사, 성직자, 윤리학자, 과학자 등으로 이루어져 있습니다. 서양 생명윤리학에 따라 우리는 여섯 가지 원칙을 준수해야 합니다." 그가 손가락을 하나씩 펴며 말한다. "자율성 즉, 열여덟 살이 넘은 환자는 치료를 거부할 권리가 있다. 진실성 즉, 사전 동의를 준수한다. 충실성 즉, 의료 서비스 제공자는 자신의 임무를 다한다. 선의 즉, 환자에게 가장 이익이 되는 바를 추구한다. 무해성 즉, 더 이상 환자를 낫게 할 수 없다면 해를 끼쳐서는 안 된다. 예를 들어, 살날이 얼마 남지 않은 102세 환자에게 큰 수술을 시행해서는 안 된다. 정의, 다시 말해 어떠한 환자도 차별적인 진료를 받아서는 안 된다."

"윤리위원회는 무슨 일을 하죠?"

"보통 해당 진료를 두고 의견 차이가 발생할 때 소집됩니다. 예를 들어, 의사는 특별한 조치를 취하는 게 환자에게 가장 이롭다고 생각하지만 가족들은 그렇지 않을 경우 혹은 반대의 경우에 그렇죠."

"그렇다면 병원에서 진행되는 모든 사례를 살펴보는 건 아닌 거죠?"

"네, 불만이 접수될 때 혹은 담당의가 자문을 요청할 때에만 그렇습니다. 저희는 상황을 살펴본 뒤 권고를 하죠."

"결정이 아니고요?"

"그렇습니다." 베르겐 의사가 말한다.

"불만을 표시한 환자가 미성년자일 경우에는 어떤가요?" 캠벨 아저씨가 묻는다.

"열세 살 미만의 환자는 본인의 동의가 필요 없어요. 아이가 열세 살이 넘기 전까지는 부모가 정보에 근거한 선택을 할 거라고 믿는 거죠."

"부모가 그럴 수 없다면요?"

의사가 눈을 깜빡인다. "부모가 물리적으로 부재한 경우를 말씀하시는 건가요?"

"아니요, 다른 문제가 있을 경우를 말하는 겁니다. 어떻게든 아이에게 가장 이로운 선택을 하지 못하도록 만드는 문제 말입니다."

엄마가 자리에서 일어난다. "이의 있습니다." 엄마가 말한다. "유도 질문입니다."

"인정합니다." 드살보 판사가 답한다.

캠벨 아저씨는 조금도 주저하지 않고 증인을 돌아본다. "아이가 열여덟 살이 될 때까지는 부모가 아이의 의료적 결정을 통제하나요?"

음, 그건 나도 대답할 수 있다. 부모는 모든 걸 통제한다. 제시 오빠처럼 부모님을 정말 화나게 해서 부모가 자식이 존재한다고 믿는 척하기보다는 아예 무시하게 되는 상황이 발생하지 않는 한.

"법적으로는 그렇습니다." 베르겐 의사가 말한다. "하지만 아이가 청소년이 되면 공식적인 동의서는 작성하지 못할지라도 병원의 시술에 전부 동의해야 합니다. 부모가 이미 승인을 했더라도 말이죠."

내가 보기에 이 규칙은 무단횡단 금지법과도 같다. 다들 무단횡단을 해서는 안 된다는 걸 알지만 그렇다고 해서 무단횡단을 안 하는 건 아니다.

베르겐 의사는 계속해서 말한다. "드문 경우이기는 하지만 부모와 청소년 환자의 의견이 일치하지 않을 때에는 윤리위원회가 몇 가지 사항을 살펴봅니다. 해당 시술이 환자에게 가장 이로운지 여부나 위험·이익시나리오, 환자의 나이와 성숙도, 환자가 제시하는 논거 등을 말이죠."

"케이트 피츠제럴드 양의 진료와 관련해 프로비던스 병원의 윤리위원회가 소집된 적이 있습니까?"

"두 번 있습니다." 베르겐 의사가 말한다. "2002년이 처음이었죠. 골수이식을 비롯한 기타 조치가 효과가 없자 케이트를 말초혈줄기세포이식 실험에 참여시킬지 결정하는 회의였습니다. 두 번째는 보다 최근에 신장 기증이 아이에게 이로운지를 결정하기 위해서였습니다."

"결과는 어땠죠?"

"저희는 말초혈줄기세포이식을 받기를 권고했습니다. 신장 이식의 경우 의견이 갈렸습니다."

"보다 자세히 설명해 주시겠습니까?"

"일부는 지금 환자의 건강이 상당히 악화된 상태라 신장 기증처럼 큰 외과 이식 수술은 백해무익할 뿐이라고 생각했어요. 반면 일부는 이식을 하지 않을 경우 아이는 죽을 테니 위험보다는 이득이 더 크다고 생각했죠."

"의견이 갈릴 경우 최종 의사 결정을 내리는 사람은 누구죠?"

"케이트의 경우 아이가 아직 미성년자이기 때문에 부모가 결정을 내리게 됩니다."

"케이트의 진료와 관련해 소집된 두 차례의 회의에서 장기 기증자에게 미치는 위험과 이익을 논의하셨습니까?"

"그건 논의 대상이 아니라…."

"기증자 안나 피츠제럴드 양의 동의에 관해서는요?"

베르겐 의사가 동정하는 눈빛으로 나를 바라본다. '이런 소송을 시작하다니 끔찍하기도 하지'라고 생각하는 편이 차라리 낫겠다 싶다. 의사가 고개를 젓는다. "이 나라의 어떤 병원도 기증을 원치 않는 아이로부터 신장을 가져가지는 않을 겁니다. 그건 말할 필요도 없습니다."

"그렇다면 이론적으로 안나가 이 결정에 반대할 경우 해당 사례를 보고받으시겠군요?"

"그건…."

"안나의 사례를 보고 받으신 적이 있으십니까?"

"없습니다."

캠벨 아저씨가 의사 쪽으로 이동한다. "이유를 말씀해 주실 수 있나요?"

"안나는 환자가 아니기 때문입니다."

"정말입니까?" 캠벨 아저씨는 서류가방에서 서류 뭉치를 꺼내 판사와 베르겐 의사에게 건넨다. "지난 13년 동안 안나 피츠제럴드 양이 프로비던스 병원에서 받은 의료 기록입니다. 안나가 환자가 아니라면 이러한 기록이 왜 존재하는 걸까요?"

베르겐 의사가 자료를 훑어본다. "안나는 외과 수술을 몇 차례 받았군요." 그가 인정한다.

캠벨 아저씨, 파이팅! 나는 생각한다. 도움이 필요한 여인을 구출하러 온 백마 탄 왕자님 얘기 따위는 믿지 않지만 솔직히 말하면 지금 약간 그런 기분이 든다.

"이 파일의 엄청난 두께와 애초에 이 파일이 존재했다는 사실을 고려할 때 지난 13년 동안 안나의 의료적 결정과 관련된 사안을 논의하기 위해 의료윤리위원회가 단 한 번도 소집되지 않았다는 사실이 이상하지 않습니까?"

"우리는 아이가 기증을 바란다고 생각했습니다."

"안나가 림프구나 과립구, 제대혈, 심지어 배낭 안에 든 벌침 구급상 자를 포기하고 싶지 않다고 말했다면 윤리위원회가 다르게 행동했을 거라는 말씀이십니까?"

"이러시는 의도는 알겠습니다, 알렉산더 씨." 의사가 차갑게 말한다. "문제는 이러한 의료적 상황이 처음이라는 겁니다. 선례가 없어요. 저희는 최대한 진심을 다해 길을 모색하려고 노력할 뿐입니다."

"새로운 상황을 살펴보는 게 윤리위원회의 일 아닙니까?"

"예, 맞습니다."

"베르겐 씨, 전문가의 소견으로 안나 피츠제럴드 양이 지난 13년 동안 계속해서 신체의 일부를 기증하도록 요구받은 게 윤리적으로 옳은 일이라고 보십니까?"

"이의 있습니다." 엄마가 외친다.

판사가 턱을 쓰다듬는다. "답을 듣고 싶군요."

베르겐 의사는 나를 다시 힐긋 본다. "솔직히 말하면 저는 안나가 기증을 원하지 않는다는 사실을 알기 전에도 안나가 케이트에게 신장을 주는 데 반대했습니다. 케이트가 이식을 받고 살아날 거라고 생각하지 않습니다. 결국 안나는 아무런 이유도 없이 힘겨운 수술을 받게 될 겁니다. 하지만 지금까지는 가족 전체가 얻은 이득에 비해 시술로 인한 위험이 비교적 적었다고 생각합니다. 저는 안나에게 피츠제럴드 부부가 내린 선택을 존중합니다."

캠벨 아저씨는 그 말을 듣고 생각하는 척한다. "베르겐 씨, 어떤 차를 모시죠?"

"포르쉐입니다."

"당연히 아끼시겠죠?"

"그렇습니다." 의사가 조심스럽게 대답한다.

"만약에 제가 이 법정을 나서기 전에 포르쉐를 포기하셔야 한다고
말하면, 그래야 드살보 판사의 목숨을 구할 수 있다고 말한다면 어떨 것
같습니까?"

"그건 말도 안 되는 소립니다. 당신은…."

캠벨 아저씨가 몸을 앞으로 기울인다. "만약 당신에게 선택권이 없
다면요? 오늘 정신과 의사들은 다른 이들의 이익을 위해 변호사가 내린
결정을 따라야만 한다면요?"

의사가 눈알을 굴린다. "알렉산더 씨, 과도한 설정이기는 하지만 답
해드리죠. 이 세상에는 기증자의 기본 권리라는 게 있어요. 사람들이 대의
를 들먹이며 이 권리를 구축하는 데 기여한 선구자를 무시하지 못하도록
의학계에서 정한 보호 장치죠. 미국에서는 사전 동의라는 제도가 끔찍하
게도 오랫동안 남용되어 왔고, 그 결과 이를 방지하고자 인체 실험 관련
법이 제정되기도 했죠. 사람을 실험실 쥐처럼 사용하지 못하도록 예방하
는 법입니다."

"그렇다면 안나 피츠제럴드 양은 어떻게 그 틈 사이로 빠져나왔죠?"

내가 7개월 정도밖에 되지 않았을 때, 우리 동네에서 파티가 열렸다.
동네파티는 생각만큼 형편없었다. 젤-오 틀, 치즈 큐브 타워, 어느 집 거
실 오디오에서 흘러나오는 음악에 맞춰 거리에서 추는 춤 등 나는 물론

개인적으로 아무런 기억이 없다. 나는 아기용 보행기에 앉혀졌다. 다른 아기들은 얼마 안 가 보행기를 뒤집고 윗부분을 열어젖히기 시작했지만.

어쨌든 나는 보행기에 앉아 탁자 사이를 돌아다니며 다른 아이들을 쳐다보다가 갑자기 발을 헛디뎠다고 한다. 우리 동네는 경사가 진 지대에 있다. 그래서 갑자기 보행기의 바퀴가 내가 조절할 수 있는 것보다 빠르게 돌아갔다. 나는 어른들을 쌩 하고 지나쳤고 차량의 통행을 막기 위해 경찰들이 도로 끝에 설치한 바리게이트 아래를 지나 차들이 한가득인 번화가로 향했다. 바로 그때 언니가 어디에선가 나타나 나를 쫓아왔다. 내가 지나가던 도요타에 치이기 직전, 가까스로 내 옷 뒷덜미를 움켜쥐었다. 이따금, 동네 사람들은 이 이야기를 꺼낸다. 난 이 사건을 언니가 나를 구하던 때로 기억한다. 내가 언니를 구한 게 아니라.

드디어 엄마에게 자신을 변호할 차례가 온다. "베르겐 씨, 제 가족을 얼마나 오랫동안 알고 지내셨죠?" 엄마가 말한다.

"저는 올해로 프로비던스 병원에 10년째 근무 중입니다."

"그 10년 동안 케이트의 진료와 관련된 사안을 보고 받으면 어떻게 하셨나요?"

"권고할 만한 행동 지침을 마련했죠. 아니면 가능할 경우, 대안을 제시해 드렸습니다." 그가 말한다.

"그 행동 지침에 안나가 참여해서는 안 된다는 내용을 언급한 적이 있으신가요?"

"없습니다."

"시술이 안나에게 큰 피해를 줄 거라고 말한 적이 있으십니까?"

"없습니다."

"아니면 아이가 의학적으로 위험한 상황에 노출될 거라고 말한 적이 있으십니까?"

"없습니다."

결국 내 백마 탄 왕자님은 캠벨 아저씨가 아닐지도 모른다. 그건 엄마일지도.

"베르겐 씨, 자녀가 있으신가요?" 엄마가 말한다.

의사는 엄마를 올려다본다. "아들이 한 명 있습니다. 열세 살이죠."

"의료 윤리위원회에 보고되는 사건들을 검토한 뒤 환자의 입장에서, 아니 부모의 입장에서 생각해 본 적 있으십니까?"

"있습니다." 그가 인정한다.

"만약 당신이 저라면, 의료 윤리위원회가 아드님의 목숨을 구할 수 있는 권고 조치가 담긴 행동 지침을 보낸다면 이를 의심하시겠습니까… 아니면 결과가 어떻든 일단 하고 보시겠습니까?" 엄마가 말한다.

의사는 답하지 않는다. 답할 필요가 없는 질문이기 때문이다.

드살보 판사가 두 번째 휴정을 선언한다. 캠벨 아저씨가 일어나서 다리를 스트레칭 하러 가자고 말한다. 나는 아저씨를 따라 나가면서 엄마 바로 앞을 지나간다. 내가 엄마를 지나갈 때 엄마의 손이 내 허리에 닿는 게 느껴진다. 등에 말아 올라간 내 셔츠를 당겨 내리는 엄마의 손길이. 엄마는 수학 수업을 들으러 가는 게 아니라 브리트니 스피어스 뮤직비디오에 나오는 댄서를 흉내 내는 것처럼 홀터 톱과 골반 바지를 입고 학교에 오는 되바라진 아이들을 싫어한다. '세탁해서 줄어든 거라고 말해보시지'

라고 말하는 엄마의 목소리가 들리는 듯하다.

엄마는 내 셔츠를 내리다 말고 그래서는 안 됐다는 걸 깨달은 것 같다. 내가 멈춰서고 캠벨 아저씨도 멈춰서자 엄마의 얼굴이 붉어진다. "미안." 엄마가 말한다.

나는 내 손을 엄마 손 위에 얹은 뒤 셔츠를 바지 안에 도로 집어넣는다. 그러고는 캠벨 아저씨를 쳐다본다. "밖에서 기다리시겠어요?"

그는 **좋은 생각이 아니라는** 표정으로 나를 바라보지만 고개를 끄덕이고는 복도로 향한다. 이제 엄마와 나는 법정에 둘만 남는다. 나는 몸을 앞으로 기울여 엄마의 볼에 키스한다. "엄마 정말 멋졌어요." 내가 말한다. 정말로 하고 싶은 말을 어떻게 해야 할지 모르기 때문이다. 우리가 사랑하는 사람이 매일 우리를 놀라게 할 수 있다는 사실을, 우리가 무엇을 하느냐보다는 우리가 생각지도 못할 때 무슨 일을 할 수 있는지가 우리가 누구인지를 말해준다는 사실을.

사라

2002

케이트가 테일러 앰브로즈를 처음 만난 건 나란히 앉아 링거를 맞고 있을 때다. "넌 여기 어떻게 왔어?" 케이트가 묻는다. 나는 책을 읽다 말고 곧바로 아이를 올려다본다. 케이트가 외래 진료를 받은 지난 수년 동안 아이가 먼저 누군가에게 말을 거는 걸 본 적이 없기 때문이다.

케이트가 말을 건 남자아이는 케이트의 또래로 열네 살인 아이보다 고작 두 살 정도 많아 보인다. 출렁이는 갈색 눈을 가진 아이는 민머리 위에 브루인스 캡을 쓰고 있다. "공짜 칵테일을 마시러." 아이가 답한다. 볼에 난 보조개가 움푹 들어간다.

케이트는 씩 웃는다. "해피 아워지." 이렇게 말하고는 자신에게 주입되고 있는 혈소판 백을 올려다본다.

"난 테일러야." 그가 손을 내민다. "급성골수성백혈병(AML)."

"난 케이트. 급성전골수세포성백혈병(APL)."

테일러가 휘파람 소리를 내며 눈썹을 치켜뜬다. "오, 희귀병이네." 그가 말한다.

케이트는 바싹 깎은 머리를 홱 쳐든다. "우리 모두 그렇지 않니?"

417

나는 이 광경을 보고 놀라움을 금치 못한다. '이 작업남은 누구이며 내 꼬마 공주님에게 무슨 짓을 하고 있는 거지?'

"혈소판이네." 테일러가 케이트의 링거백에 붙은 꼬리표를 자세히 들여다본 뒤 말한다.

"좀 나아졌니?"

"오늘은." 케이트가 테일러의 링거대와 사이톡산(cytoxan, cyclophosphamide라는 항암제의 상품명-감수자)이 담긴 게 분명한 검은색 백을 힐긋 본다. "항암약물요법 중이니?"

"응, 오늘은." 테일러가 말한다. 아이는 열여섯 살다운 풋풋한 모습으로 팔다리가 길쭉길쭉하다. 우둘투둘한 무릎, 두꺼운 손가락, 아직 다 자라지 못한 광대뼈가 눈에 띈다. 아이가 팔짱을 끼자 근육이 불끈 솟는다. 일부러 그러고 있다는 걸 알아챈 나는 웃음이 터져 나와 고개를 숙인다. "병원에 안 올 땐 뭐하고 지내?"

케이트는 생각에 잠긴다. 잠시 후 미소가 아이의 안에서 밖으로 천천히 번지며 아이를 환히 비춘다. "또 무슨 일로 돌아오게 될까 기다리지."

아이의 말에 테일러가 큰 소리로 웃는다. "가끔은 같이 기다려도 좋겠다." 테일러가 말하더니 거즈 패드를 케이트에게 건넨다. "전화번호 좀 가르쳐 줄래?"

케이트가 전화번호를 적는 동안 테일러의 링거에서 신호음이 들린다. 간호사가 오더니 선을 풀어준다. "끝났네, 테일러." 간호사가 말한다. "차는 어디 있니?"

"아래층에 있어요. 가기만 하면 돼요." 테일러는 쿠션을 댄 의자에서 천천히 일어난다. 나는 힘없이 내려오는 아이를 보며 둘 사이의 대화가 평범하지 않다는 사실을 처음으로 깨닫는다. 테일러는 우리 집 전화번호가 담긴 종이를 주머니에 넣는다. "그럼, 전화할게, 케이트."

테일러가 떠나자 케이트는 숨을 참았던 것처럼 요란하게 숨을 내쉰다. 그러더니 테일러가 사라진 방향으로 고개를 돌린다. "맙소사. 멋지지 않아요?" 아이가 말을 제대로 잇지 못한다. 케이트의 주사가 잘 들어가고 있는지 확인하러 온 간호사가 씩 웃으며 말한다. "내 말이, 내가 30년만 젊었어도."

생기가 돈 케이트가 나를 돌아본다. "테일러가 진짜 전화를 할까?"

"아마도." 내가 말한다.

"우리가 어디로 놀러 갈 것 같아?"

남편이 생각난다. 남편은 케이트가 마흔 살이 되어서야 데이트를 허락하겠다고 늘 말했다. "너무 성급하게 생각하지 말자." 나는 이렇게 말하지만 속으로는 흥얼거리고 있다.

● ● ●

케이트가 관해 상태를 보이는 데 결정적으로 도움이 된 비소는 마법을 부리는 과정에서 아이를 약화시켰다. 반면 테일러 앰브로즈라는 완전히 다른 약은 마법을 부리는 과정에서 아이를 튼튼하게 만들었다. 이제 케이트는 오후 7시에 전화벨이 울리면 습관처럼 저녁 식사를 하다가 무선 전화기를 들고 옷장으로 들어가 숨는다. 그러면 남편과 나, 제시, 안나는 접시를 치우고 거실에서 시간을 보낸 뒤 잘 준비를 한다. 우리의 귀에는 소곤거리는 소리와 낄낄대는 소리가 아주 희미하게 들릴 뿐이다. 잠시 후 볼이 발개진 케이트가 자신만의 영역에서 모습을 드러낸다. 첫사랑이 아이의 목 주위 맥박에서 벌새처럼 파닥인다. 그럴 때마다 나는 아이를 계속해서 바라볼 수밖에 없다. 케이트가 아름다워서가 아니다. 물론 아이는 아름답다. 하지만 진짜 이유는 아이가 이렇게 자라는 걸 볼 수 있을 거라고 생각해 본 적이 없기 때문이다.

하루는 한동안 전화기를 붙들고 있던 아이가 화장실로 가는 걸 따라가 본다. 케이트는 거울을 바라본다. 유혹하는 표정으로 입술을 오므리고 눈썹을 치켜뜬다. 아이는 짧은 머리를 만져본다. 항암약물요법 이후 곱슬머리는 다시 자라지 않는다. 그저 촘촘하고 두꺼운 직모만 나올 뿐이다. 케이트는 보통 여기에 무스를 발라 부스스해 보이게 만든다. 아직도 머리가 빠질 거라고 생각하는지 머리에 손바닥을 갖다댄다.

"테일러가 나를 볼 때 어딜 볼 것 같아?" 케이트가 묻는다.

나는 아이 뒤로 가서 선다. 나를 꼭 닮은 아이는 아니다. 그건 제시다. 하지만 우리를 나란히 놓고 보면 분명 비슷한 구석이 있다. 입 모양은 아니지만 입 모양새라든지 굳은 결심을 할 때 눈이 은빛으로 반짝인다든지 하는 모습이 닮았다.

"자신이 무엇을 겪고 있는지 잘 아는 여자로 보지 않을까?" 나는 솔직히 말한다.

"인터넷에서 급성골수성백혈병을 찾아봤어." 아이가 말한다. "테일러가 걸린 병은 치유될 확률이 높대." 아이가 나를 돌아본다. "내 삶보다 다른 누군가의 삶을 더 염려할 경우… 그게 사랑일까?"

목구멍 밖으로 답을 내뱉기가 쉽지 않다. "그래."

케이트는 수도꼭지를 튼 뒤 비누거품으로 얼굴을 씻는다. 나는 아이에게 수건을 건넨다. 비누거품을 묻히다 말고 아이가 고개를 들더니 말한다.

"뭔가 안 좋은 일이 일어날 거야."

나는 깜짝 놀라 무슨 말인지 이해해 보려고 한다. "무슨 일 있니?"

"없어. 보통 그런 식이거든. 내 인생에서 테일러처럼 좋은 일이 일어나면 그 대가를 치르게 되어 있지."

"그건 내가 들은 말 중에서 가장 바보 같은 말이야." 나는 습관처럼 말하지만 케이트의 말이 어느 정도 사실인 건 인정할 수밖에 없다. 자신의 삶을 완전히 통제할 수 있다고 믿는 사람이라면 백혈병에 걸린 아이 혹은 아니면 그 엄마가 되어 딱 하루만 살아보면 된다. "네가 드디어 숨 좀 쉴 수 있게 된 건지도 모르지." 내가 말한다.

3일 후 정기 일반 혈액검사를 하는 동안 의사가 케이트의 전골수세포가 또다시 줄어든다고 말한다. 병이 빠르게 도지고 있다는 첫 신호다.

그동안 한 번도 엿들은 적이 없다. 최소한 의도적으로 그런 적은 없다. 하지만 케이트가 테일러와 처음으로 영화 데이트를 하고 돌아온 날 밤, 난 처음으로 아이의 방에서 나는 소리에 귀를 기울인다. 케이트는 까치발로 살금살금 제 방에 들어가서는 안나의 침대에 앉는다.

"깼니?" 케이트가 묻는다.

안나가 끙 하는 소리를 내며 뒹군다. "응, 방금." 숄이 바닥으로 떨어지는 것처럼 잠이 안나에게서 달아난다. "어땠어?"

"와우." 케이트가 말한 뒤 웃는다.

"어떤 와우? 격정적인 키스 같은 와우?"

"역겨워." 케이트는 낮은 목소리로 말한다. 하지만 미소를 짓고 있다. "테일러는 정말 키스 잘하더라." 케이트는 어부처럼 이 말을 대롱대롱 흔들어 보인다.

"뭐야!" 안나의 목소리가 반짝인다. "어땠는데?"

"하늘을 나는 것 같았어." 케이트가 대답한다. "아마 하늘을 나는 것도 그거랑 똑같은 기분일 거야."

"누군가 나한테 침을 덕지덕지 묻히는 거랑 나는 게 뭐가 똑같은지 모르겠는데."

"야, 안나. 그건 침 묻히는 거랑은 달라."

"테일러는 무슨 맛인데?"

"팝콘 맛 그리고 남자 맛." 아이가 웃는다.

"뭘 해야 할지 어떻게 알았어?"

"나도 몰랐어. 그냥 그렇게 됐어. 네가 하키를 하는 것처럼."

마침내 안나는 이해를 한다. "음, 하키를 할 때 기분이 참 좋은데."

"넌 상상도 못할 걸." 케이트가 탄식하듯 말한다. 무언가 움직이는 게 느껴진다. 아이가 옷을 벗는 모습이 그려진다. 테일러 역시 어딘가에서 똑같은 상상을 하고 있을지 궁금하다. 베개를 툭툭 치고 이불을 홱 잡아당기고 시트가 바스락거리는 소리가 들리더니 케이트가 침대로 들어가 자기 쪽으로 돌아눕는다.

"안나?"

"응?"

"테일러는 손바닥에 상처가 있었어. 이식편대숙주질환 때문에 생긴 상처." 케이트가 중얼거린다. "우리가 손을 잡을 때 그게 느껴졌어."

"징그러웠어?"

"아니. 우리가 한 쌍인 것 같았어."

처음에는 말초조혈모세포이식을 받도록 케이트를 설득하기가 쉽지 않다. 케이트가 이식을 거부하는 이유는 뻔하다. 항암약물요법으로 입원 하고 싶지 않아서, 테일러와 데이트할 수 있는데 6주 동안 역격리되고 싶 지 않아서다. "그게 네 삶이야." 내가 지적한다. 아이는 나를 미친 사람인 양 쳐다본다.

"맞아요." 아이가 말한다.

결국 우리는 타협을 한다. 종양학 의료진은 케이트가 외래 환자로 항암약물요법을 시작하도록 허락한다. 안나로부터 신장을 이식받기 위 한 준비 단계다. 집에서 아이는 마스크를 착용하기로 한다. 세포수가 줄 어드는 게 보이기 시작하면 바로 입원이다. 의료진은 달가워하지 않는다. 수술에 안 좋은 영향을 미칠까 걱정이다. 하지만 그들 역시 나처럼 케이 트가 협상을 할 수 있는 나이가 되었다는 사실을 이해한다.

테일러를 못 볼까 봐 두려워 한 건 괜한 걱정이었다. 케이트가 항암 약물요법을 받기로 한 날 테일러가 병원에 나타났다.

"여기서 뭐해?"

"떨어져 있을 수가 있어야지." 테일러가 농담을 던진다. "안녕하세요, 아줌마." 아이는 케이트 옆에 놓인 빈 의자에 앉는다. "수액 선 없이 여기 앉으니까 기분이 끝내주는데?"

"자꾸 상기시키지 마." 케이트가 웅얼거린다.

테일러가 케이트의 어깨에 손을 두른다. "얼마나 됐어?"

"이제 막 시작했어."

테일러는 자리에서 일어나 케이트가 앉은 의자의 넓은 팔걸이 위에 걸터앉는다. 그러더니 케이트의 무릎에서 구토 대야를 집어 든다.

"'3시 전에 구토를 한다'에 100달러 건다."

케이트는 시계를 힐긋 본다. 2시 50분이다. "좋아."

"점심으로 뭐 먹었어?" 테일러가 짓궂게 씩 웃는다. "아니, 토 색깔 보면 알 수 있겠다."

"역겨워." 케이트는 이렇게 말하지만 드넓은 바다만큼이나 활짝 웃는다. 테일러는 케이트의 어깨에 손을 올리고, 케이트는 테일러의 팔에 몸을 기댄다.

남편이 처음으로 내 손을 잡은 날, 그는 내 목숨을 구했다. 프로비던스에는 엄청난 폭우가 내렸다. 북동풍이 불어와 조류가 거세졌고 법원의 주차장이 완전히 물에 잠겼다. 우리가 구출되었을 때 나는 서기로 일하고 있었다. 남편의 부서가 현장에 출동했다. 나는 건물의 석조 계단으로 올라가 물 위에 둥둥 떠 있는 차, 버려진 지갑, 겁에 질린 채 뛰어다니는 개를 바라보고 있었다. 내가 소송 사건과 관련된 서류를 제출하는 동안 내가 알던 세상은 물속에 잠겨버렸다. "도와 드릴까요?" 방화복으로 무장한 남편이 물으며 내게 손을 내밀었다. 남편이 나를 안고 높은 지대로 헤엄쳐가는 동안 내 얼굴과 등 뒤로 비가 퍼부었다. 나는 폭우 속에서 어떻게 활활 타는 기분이 들 수 있는지 의아했다.

"가장 오래 토를 참은 게 얼마나였어?"

"이틀."

"거짓말."

서류를 보던 간호사가 힐긋 올려다본다. "진짜야. 내가 직접 봤어."

테일러가 간호사를 보고 씩 웃는다. "거봐. 난 달인이래도." 그가 시계를 본다. 2시 57분이다.

"다른 데 갈 데 없니?" 케이트가 말한다.

"내기에서 빠져나가시려고?"

"널 좀 쉽게 해주려고. 물론⋯." 아이는 말을 마치기도 전에 새파래진다. 간호사와 내가 동시에 자리에서 일어난다. 하지만 테일러가 먼저 움직인다. 케이트의 턱에 대야를 갖다대고 아이가 헛구역질을 하자 천천히 원을 그려가며 케이트의 등허리를 손으로 문지른다.

"괜찮아." 테일러는 케이트의 관자놀이 근처에 앉아 아이를 달래준다.

간호사와 나는 눈빛을 교환한다. "안심할 수 있겠네요." 간호사가 말한 뒤 다른 환자를 보러 간다.

케이트가 토를 다 하자 테일러는 대야를 치운 뒤 케이트의 입가를 휴지로 닦아준다. 아이는 케이트를 올려다본다. 반짝이는 눈에 상기된 볼을 한 채 여전히 콧물을 흘리고 있다. "미안해." 아이가 웅얼거린다.

"뭐가?" 테일러가 말한다. "내일은 내가 그럴지도 몰라."

자신의 딸이 자라고 있다는 걸 깨닫는 순간 모든 엄마가 이런 기분이 드는지 궁금하다. 어느새 아이의 옷이 인형에게나 맞을 법한 크기로 작아져 있다는 게 믿기지 않는지, 아직도 아이가 모래놀이통 가장자리를 따라 느릿느릿 피루엣(발레에서 한쪽 다리로 몸을 지탱하여 회전하는 동작-옮긴이)을 추던 걸 떠올릴 수 있는지. 아이의 손이 해변에서 찾은 성게 만했던 게 엊그제 같다. 그 똑같은 손이 지금은 남자아이의 손을 잡고 있다. 그 손이 한때는 내 손을 잡아끌며 거미줄이나 아스클레피아스(금

관화) 밭을 비롯해 제 딴에 재미있다고 생각하는 것들을 보여주려고 하지 않았던가? 시간은 착시다. 우리가 생각하는 것만큼 견고하거나 튼튼하지 않다. 세상 이치가 그러하니 이러한 순간이 오리란 걸 나도 예상했다. 하지만 케이트가 테일러를 바라보고 있는 걸 보자니 아직도 내가 배워야 할 게 상당히 많다는 걸 깨닫는다.

"난 참 재미있는 데이트 상대야." 케이트가 웅얼거린다.

테일러가 케이트를 보고 웃는다. "감자튀김 먹었지. 점심으로."

케이트가 테일러의 어깨를 찰싹 친다. "역겨워."

테일러가 눈썹을 치켜뜬다. "그나저나 네가 졌어."

"어머, 신탁자금을 집에 두고 왔네."

테일러가 케이트를 살피는 척한다. "좋아. 그렇다면 다른 걸 줘."

"성적으로?" 케이트는 내가 있는 걸 깜빡한 듯 이렇게 말한다.

"음, 글쎄." 테일러가 웃는다. "너희 엄마한테 물어볼까?"

케이트는 얼굴이 시뻘개진다. "아뿔싸."

"계속 해봐." 내가 경고한다. "다음번 데이트는 골수검사 때가 될 걸?"

"병원에서 댄스파티 하는 거 알지?" 테일러가 갑자기 무릎을 위아래로 까딱까딱 흔들며 초조한 목소리로 말한다. "아픈 아이들을 위한 파티야. 만약을 대비해 의사와 간호사들이 참석할 거야. 병원 회의실에서 열릴 거고. 하지만 그것 말고는 일반적인 졸업 파티랑 다를 바 없어. 왜 있잖아, 변변찮은 밴드에 촌스러운 턱시도, 혈소판을 첨가한 펀치가 있는." 테일러가 침을 삼킨다. "마지막 건 농담이야. 음, 난 작년에 혼자 갔었는데 진짜 멍청한 짓이었어. 그치만 너도 환자고 나도 환자니까 올해는 함께 가면 어떨까 해서."

케이트는 평소답지 않은 침착함으로 테일러의 제안을 생각해 본다.

"언젠데?"

"토요일."

"그날은 죽을 계획이 없네."

케이트가 테일러를 향해 활짝 웃는다. "좋아."

"좋아." 테일러가 웃으며 대답한다. "아주 좋아." 테일러가 그들 사이에 엉켜 있는 케이트의 수액 선을 건드리지 않으려고 조심하면서 깨끗한 구토 대야를 향해 손을 뻗는다. 케이트의 심장이 빨리 뛰고 있는지, 그게 아이의 약물요법에 영향을 미칠지, 아이가 조만간 아플지 궁금하다.

테일러는 팔꿈치 안쪽으로 케이트를 안는다. 그들은 함께 앞으로 일어날 일을 기다린다.

"너무 많이 파였어." 케이트가 엷은 노란색 드레스를 목 아래에 대보자 내가 말한다. 안나 역시 부티크 안에 자리를 잡고 앉아 의견을 제시한다.

"바나나 같아."

우리는 댄스파티 때 입을 드레스를 고르느라 몇 시간째 쇼핑 중이다. 케이트는 준비할 시간이 고작 이틀밖에 없다. 이제 모든 게 집착의 대상이 되었다. 무엇을 입을지, 어떻게 화장을 할지, 밴드가 조금이라도 멀쩡한 음악을 연주할지 등. 아이의 머리는 고민의 대상이 아니다. 항암약물요법 이후 머리가 자라지 않은 상태이기 때문이다. 케이트는 가발을 싫어한다. 두피에 벌레가 앉은 기분이란다. 그렇다고 민머리로 그냥 돌아다니기에는 남의 시선을 지나치게 의식한다. 오늘 아이는 당당하고 핼쑥한 아프리카 왕비처럼 밀랍 염색한 스카프를 머리에 둘렀다.

이 나들이의 현실은 케이트의 꿈과 맞아떨어지지 않는다. 평범한 여자아이들이 댄스파티에 입고 가는 드레스는 어깨와 몸통이 훤히 드러난다. 케이트는 상처로 얼룩진 부위다. 그래서는 안 되는 온갖 부위가 꽉 달라붙고, 건강하지 못한 신체를 가리기 위해서가 아니라 건강한 신체를 보여주기 위해 이곳저곳 잘려나가 있다. 벌새처럼 서성이는 판매원이 케이트한테서 드레스를 가져간다.

"이건 얌전한 편에 속하는데요. 가슴을 많이 가려주는 편이에요."

"이것도 가려줄까요?" 케이트가 페전트 블라우스(유럽이나 미국 농민들이 즐겨 입던 자연스럽고 소박한 느낌의 블라우스─옮긴이)의 버튼을 홱 푸르며 톡 쏘아붙인다. 최근에 교체한 히크만 카테터가 가슴 중앙에서 솟아나 있는 게 보인다.

판매원은 헉 하는 소리를 내더니 스스로 아차 싶었는지 "아." 하고 작게 말한다.

"케이트!" 내가 케이트를 꾸짖는다.

아이는 고개를 젓는다. "그냥 여기서 나가자."

부티크 밖을 나서자마자 나는 아이를 야단친다. "네가 화난다고 다른 사람들한테 화풀이를 해서는 안 돼."

"저 여자는 싸가지가 없어. 내 스카프를 보는 거 봤어?" 케이트가 항변한다.

"패턴이 마음에 들었나 보지." 내가 냉정하게 말한다.

"맞아, 내일 아침에 일어나면 난 하나도 안 아프겠지." 이 말이 우리 사이에 바위처럼 떨어지고 인도에 금이 생긴다. "멍청한 드레스 따위는 안 살래. 처음부터 왜 테일러한테 파티에 가겠다고 말했는지 모르겠어."

"파티에 참석하는 다른 여자아이들도 다 비슷할 거라고 생각 안 하니? 관이랑 선, 멍, 대변주머니 따위를 가리기 위한 드레스를 찾으려고 애쓸 거라고."

"다른 사람은 신경 안 써. 난 예뻐 보이고 싶을 뿐이야. 딱 하룻밤만이라도 진짜로 예뻐 보이고 싶다고."

"테일러는 이미 네가 아름답다고 생각해."

"안 그래." 케이트가 울부짖는다. "난 안 그렇다고, 엄마. 딱 한 번만 예뻐 보이고 싶어."

따뜻한 날이다. 발 아래 땅이 숨 쉬는 것처럼 느껴지는 그런 날. 머리 위와 목덜미에 태양이 내리쬔다. 뭐라고 말해야 한단 말인가? 나는 케이트가 되어 본 적이 없다. 나는 파우스트식 거래처럼 아이를 대신해 아프게 해달라고 기도하고 애걸했다. 하지만 불가능한 일이다.

"바느질을 하자. 직접 디자인을 하면 돼." 내가 제안한다.

"엄마는 바느질하는 법을 모르잖아." 아이가 한숨을 쉰다.

"배우면 돼."

"하루 만에?" 아이가 고개를 젓는다. "매번 문제를 해결할 수는 없어. 난 그걸 아는데 엄마는 어떻게 모를 수가 있어?"

아이는 나를 인도에 남겨둔 채 떠나버린다. 안나가 제 언니를 따라가 팔짱을 낀다. 그러더니 아까 그 부티크에서 몇 미터 안 떨어진 가게로 언니를 끌고 간다. 나는 서둘러 아이들을 따라간다.

껌을 짝짝 씹는 미용사들로 가득 찬 미용실이다. 케이트는 안나에게서 벗어나려고 애쓰지만 안나는 자신이 원할 때 강해질 수 있는 아이다. "안녕하세요. 여기서 일하시나요?" 안나가 접수원에게 다가가 말한다.

"그래야 할 때는 그렇지."

"댄스파티 헤어스타일도 하시나요?"

"그럼. 올림머리를 말하는 거니?"

"네, 우리 언니가 할 거예요." 안나가 케이트를 처다본다. 케이트는 이제 저항을 포기한 상태다. 젤리 병에 갇힌 파리처럼 은은히 빛나는 미소가 아이의 얼굴에 천천히 번진다.

"맞아요, 제가 할 거예요." 케이트가 장난스럽게 말하더니 스카프를 벗어 민머리를 내보인다.

살롱 안에 있던 사람들 모두가 말을 멈춘다. 케이트는 당당하게 서 있다. "디스코 머리를 생각 중인데요." 안나가 계속해서 말한다.

"파마도 하고요." 케이트가 덧붙인다.

안나가 낄낄거린다. "쪽진 머리는 어떨까요?"

미용사는 충격과 동정심, 그리고 차별적인 언어나 행동을 삼가야 한다는 생각에 사로 잡혀 침만 꿀꺽 삼킨다. "음, 뭔가 시도를 해볼 수 있을 거야." 그녀는 목을 가다듬는다. "붙임머리도 있으니까."

"붙임머리요?" 안나의 말에 케이트는 웃음을 터뜨린다.

미용사는 아이들의 뒤쪽과 천장을 보기 시작한다.

"이거 〈몰래 카메라〉 같은 건가?"

그 말에 아이들은 자지러지듯이 웃으며 서로의 팔에 쓰러진다. 숨을 쉴 수 없을 때까지 웃는다. 눈물이 날 때까지 웃는다.

나는 프로비던스 병원 댄스파티에 보호자로 참석해 펀치를 나눠주는 일을 맡는다. 참석자에게 제공되는 다른 음식들처럼, 호중구가 감소된

면역저하자에게도 안전한 음료다. 오늘 밤의 천사인 간호사들은 회의실을 장식 리본과 디스코 볼, 무드 조명으로 가득 찬 댄스홀로 기가 막히게 바꿔놓았다.

케이트는 테일러를 휘감고 있다. 두 아이는 홀에서 들려오는 음악과는 완전히 다른 음악에 몸을 맡긴 상태다. 케이트는 파란색 마스크를 의무적으로 착용하고 있다. 테일러는 조화로 만든 코르사주(여성의 가슴이나 앞 어깨에 다는 꽃다발—옮긴이)를 케이트에게 주었다. 생화는 면역력이 약화된 환자가 견디기 힘든 병균을 옮길 수 있기 때문이다. 결국 나는 드레스를 바느질하지 않았다. 블루플라이닷컴에서 케이트의 카테터가 지나가도록 V넥으로 파여 있는 금빛 드레스를 찾았다. 하지만 아이는 그 위에 얇은 긴팔 셔츠를 둘렀다. 어깨에 묶인 셔츠는 방향을 틀 때마다 반짝인다. 덕분에 이상한 세 갈래 관이 아이의 가슴뼈에서 튀어나와 있는 게 보이더라도 빛의 착시 현상이라고 생각하게 된다.

우리는 사진을 수천 장 찍은 뒤 집을 나선다. 케이트와 테일러가 차에서 나를 기다리고 있는 동안 나는 카메라를 놓으러 갔다가 부엌에서 남편을 발견한다. 남편은 나를 등지고 서 있다.

"여보, 우리를 배웅해주지 않을래? 쌀도 좀 던져주고?"

남편이 돌아섰을 때야 나는 그가 울기 위해 부엌에 왔다는 걸 깨닫는다. "이런 걸 보게 될 거라고는 기대 안 했어. 이런 추억을 갖게 될 줄은."

나는 남편에게 몸을 갖다댄 채 마치 매끄러운 하나의 돌로 조각한 것 같은 느낌이 들 정도로 꼭 껴안는다. "자지 말고 기다려." 나는 낮게 속삭인 뒤 집을 나선다.

파티에서 나는 머리가 한 뭉치씩 빠지기 시작한 남자아이에게 펀치한 잔을 건넨다. 아이의 머리카락이 턱시도의 검은 옷깃에 떨어진다. "감사합니다." 아이가 말한다. 아이는 세상에서 가장 아름다운 검은 표범처럼 짙은 눈을 가졌다. 나는 잠시 주위를 힐긋 본다. 케이트와 테일러가 사라졌다. '케이트가 아프면 어쩌지? 테일러가 아프면 어쩌지?' 나는 과잉보호하지 않겠다고 다짐했지만 여기에는 돌볼 수 있는 직원에 비해 아픈 아이들이 너무 많다. 나는 다른 부모에게 내 펀치 바를 맡아달라고 부탁한 뒤 여자 화장실을 찾아본다. 비품함도 살펴본다. 텅 빈 통로와 어두운 복도, 예배당까지 뒤진다.

마침내 갈라진 문틈 사이로 케이트의 목소리가 들린다. 케이트와 테일러는 환한 달빛 아래 서 있다. 아이들이 발견한 안뜰은 낮 시간에 레지던트들에게 인기 있는 장소다. 태양빛을 볼 일이 별로 없는 의사들은 대부분 이곳에서 점심을 먹는다. 아이들에게 별일이 없는지 묻기 위해 다가가려는 순간 케이트가 말을 꺼낸다. "죽는 게 두려워?"

테일러가 고개를 젓는다. "전혀. 하지만 때로는 내 장례식을 생각해봐. 사람들이 나에 대해 좋은 얘기를 할지, 누가 울기나 할지." 테일러가 머뭇거린다. "누가 오기라도 할지."

"내가 갈게." 케이트가 약속한다.

테일러는 케이트의 머리에 자신의 머리를 묻는다. 케이트는 테일러에게 더 가까이 다가간다. 나는 아이들을 따라온 이유가 바로 이것 때문이라는 걸 깨닫는다. 내가 무엇을 보게 될지 알고 있었다. 남편처럼 나 역시 내 딸을 담은 사진을 한 장 더 원했다. 씨글래스(바다에서 자연의 힘에 의해 이리저리 모서리가 갈리고 아름답게 연마된 둥근 유리 조각-옮긴이)처럼 손가락으로 만지작거릴 수 있는 추억을 말이다. 테일러는 케이트의 파란 위생 마스크의 가장자리를 들어올린다. 그를 말려야 한다는 걸 안다. 그래야 한다는 걸 안다. 하지만 그러지 않는다. 그만큼 난 케이트가 이 추억을 간직하기를 바란다.

키스하는 둘의 모습은 아름답다. 아이들의 하얀 머리, 조각상처럼 매끄러운 머리가 동시에 기울어진다. 그 모습은 접히면 딱 들어맞는 거울상처럼 착시 현상을 일으킨다.

●　●　●

케이트는 줄기세포 이식으로 병원에 입원할 때 감정적으로 불안한 상태가 된다. 점액이 자신의 카테터로 들어가는 것보다 테일러가 3일째 전화를 하지 않고 있으며 자신의 전화를 받지 않는다는 사실에 더 신경을 쓴다.

"둘이 싸웠니?" 내가 묻자 아이는 고개를 젓는다. "아니면 어디 간다고 했니? 응급 상황일지도 몰라." 내가 말한다. "너랑은 전혀 상관없는 문제일지도 모르잖아."

"상관있을지도 모르죠." 케이트가 말한다.

"그렇다면 최고의 복수는 빨리 건강해진 다음 테일러에게 솔직히 말하는 거야." 내가 말한다. "금방 돌아올게."

나는 복도로 가서 이제 막 교대를 시작한 스테파니에게 다가간다. 케이트를 몇 년째 잘 알고 지낸 간호사다. 사실 나 역시 테일러가 연락이 없는 것에 대해 케이트만큼이나 놀라고 있다. 케이트가 수술을 하러 오는 걸 알 텐데 말이다.

"테일러 앰브로즈 오늘 여기 오나요?" 내가 스테파니에게 묻는다.

그녀는 나를 보더니 눈을 깜빡인다.

"덩치 크고 다정다감한 아이요. 제 딸을 바람맞혔지 뭐예요." 내가
농담을 던진다.

"아, 사라…. 누군가 말씀드린 줄 알았는데." 스테파니가 말한다. "테
일러는 오늘 아침에 죽었어요."

나는 한 달 동안 케이트에게 이 사실을 말하지 않는다. 찬스 의사로
부터 케이트가 병원을 떠나도 좋을 만큼 안정을 찾았다는 말을 듣기 전까
지, 케이트가 테일러 없이 더 잘살 수 있을 거라 마음을 먹을 때까지 말이
다. 케이트에게 어떻게 말해야 할지 감조차 오지 않는다. 그 무게감을 담
을 수 있을 만한 단어가 없다. 나는 케이트에게 테일러의 집에 어떻게 갔
는지, 테일러의 엄마와 어떻게 얘기를 나눴는지, 테일러의 엄마가 내 팔
에서 어떻게 무너졌는지 말한다. 테일러의 엄마는 나에게 전화하고 싶었
지만 내 딸은 살아 있다는 사실에 질투가 나 차마 그럴 수 없었다고 했다.
테일러는 병원 댄스파티를 마친 뒤 들뜬 기분으로 귀가했다고 한다. 그러
다가 한밤중, 열이 40도가 넘은 상태로 그녀의 방에 왔다고 한다. 바이러
스 때문인지 균이 침투해 그런지 모르겠지만 호흡곤란 증상을 보인 뒤 심
장 마비가 왔고 30분 후, 의사가 사망 선고를 내렸다고 한다.

나는 테일러의 엄마가 한 다른 말은 케이트에게 하지 않는다. 아이
가 숨을 거둔 뒤 방 안에 들어가 더 이상 자신의 아들이 아닐지도 모르는
아이를 바라보았다고, 아이가 깨어날 거라고 확신해 5시간 내내 그곳에
앉아 있었다고, 지금도 위층에서 소리가 들리면 테일러가 방 안을 돌아다
니고 있을 거라 생각한다고, 현실을 떠올리기 직전의 그 짧은 순간이 자

신이 매일 아침 일어나는 유일한 이유라고.

"케이트, 정말 유감이야." 내가 말한다.

케이트의 얼굴이 일그러진다. "하지만 난 테일러를 사랑했어." 아이가 대답한다. 그거면 충분하지 않느냐는 듯.

"엄마도 알아."

"근데 왜 나한테 말해주지 않았어?"

"그럴 수가 없었단다. 그러면 너도 병과 싸우는 걸 포기할 거라 생각했으니까."

아이는 눈을 감은 뒤 반대편으로 돌아누워 운다. 너무 심하게 우는 나머지 아이에게 연결되어 있는 모니터가 삑 소리를 내고, 결국 간호사가 달려온다. 나는 아이에게 손을 뻗는다.

"케이트, 얘야. 나는 너한테 무엇이 가장 좋을지 생각해서 행동한 거야."

"말하지 마." 아이는 내 쪽을 보지 않는다. "엄마 그거 잘하잖아." 아이가 웅얼거린다.

케이트는 7일 11시간 동안 나에게 말을 하지 않는다. 우리는 병원에서 퇴원해 집으로 돌아와 역격리에 들어간다. 예전에도 해봤기 때문에 습관대로 행동한다. 잠자리에 들 때면 남편이 어떻게 잠이 오는지 의아하다. 나는 천장을 바라보며 딸이 죽기도 전에 딸을 잃었다고 생각한다.

그러던 어느 날, 나는 아이 방에 들어간다. 아이는 바닥에 온갖 사진을 펼쳐놓은 채 앉아 있다. 내 예상대로 케이트와 테일러가 댄스파티에 가기 전에 찍은 사진이 있다. 케이트가 외과 마스크를 쓴 채 우아하게 차려입고, 테일러는 케이트의 마스크 위에 립스틱으로 스마일 그림을 그려놓았다. 사진을 찍기 위한 거라고 테일러가 말했던가.

테일러의 행동은 케이트를 웃게 했다. 불과 몇 주 전 사진을 찍을 때만 해도 존재감이 확실했던 아이가 이제는 여기 없다는 게 말도 안 돼 보인다. 온몸에 고통이 전해진다. 그리고 그 뒤를 따라 곧바로 한 단어가 떠오른다. 예행연습.

하지만 바닥에는 케이트의 어린 시절 사진도 있다. 케이트와 안나가 해변가에서 웅크리고 소라게를 보고 있는 사진, 케이트가 미스터 피넛 할로윈 복장을 하고 있는 사진, 케이트가 얼굴에 크림치즈를 묻힌 채 반으로 자른 베이글을 안경처럼 양쪽 눈에 갖다대고 있는 사진도 있다.

다른 쪽에는 아기 때 사진이 한 무더기 보인다. 케이트가 세 살이나 그보다 어렸을 때 찍은 사진이다. 아이는 앞으로 닥칠 일을 모른 채 벌어진 치아를 내보이며 씩 웃고 있다. 푸른빛이 도는 검은 태양이 뒤에서 비추고 있다. "저때는 기억이 안나요." 케이트가 조용히 말한다. 아이가 나에게 한참 만에 던진 이 말은 우리 사이에 놓인 유리 다리가 된다. 나는 이 다리를 밟고 방 안으로 들어간다.

나는 사진의 가장자리를 잡고 있는 케이트의 손 옆에 내 손을 놓는다. 귀퉁이가 접힌 사진에는 걸음마를 하던 케이트의 모습이 담겨 있다. 남편이 케이트를 공중에 던지고 있는 모습이다. 아래로 떨어지더라도 안전하게 착지할 것이며 그게 당연하다고 믿어 의심치 않는 듯 팔, 머리카락은 뒤로 흩날리고 다리는 불가사리처럼 쫙 벌어져 있다.

"아름다워요." 케이트가 말한다. 그러고는 새끼손가락으로 우리 둘 다 몰랐던 소녀의 생기 넘치고 윤이 나는 볼을 쓰다듬는다.

제시

      열네 살 때 부모님은 나를 농장에 위치한 극기 훈련소에 보냈다. 문제아들을 위한 액션 어드벤처 캠프로 새벽 4시에 일어나 소젖을 짜고 뭐 그런 걸 하는 데였다. 그곳에서 문제를 일으켜 봤자 얼마나 많은 문제를 일으킬 수 있겠나?(혹시나 관심이 있는 사람을 위해 답을 하자면, 목장 종업원들한테 마리화나를 구하는 것, 술에 취하는 것, 소를 쓰러뜨리는 것 등이 있다) 어쨌든, 하루는 모세 순찰대에 배정되었다. 양들을 모는 일을 맡게 된 불쌍한 놈을 우리는 그렇게 불렀다. 나는 빌어먹게도 나무 그늘이라곤 하나도 없는 목초지 주위로 100마리나 되는 양을 따라다녀야 했다.

      양이 지구상에서 가장 멍청한 동물이라고 얘기하는 건 아마 상당히 자제된 표현일 것이다. 양들은 울타리에 갇힌다. 0.2평도 되지 않는 우리 안에서 길을 잃는다. 그리고 사료의 위치도 깜빡한다. 천 일 내리 똑같은 곳에 있었는데도 말이다. 양은 우리가 잠자리에서 세는 작고 털이 풍성한 귀여운 동물도 아니다. 고약한 냄새가 나며 매애- 하고 운다. 더럽게 성가신 놈들이다.

      어쨌든 양들을 몰아야 했던 날, 나는 『북회귀선』을 슬쩍해 괜찮은 포르노에 가까운 내용의 페이지를 접고 있었다. 바로 그때 누군가의 비명 소리가 들렸다. 나는 그게 동물이 아니라고 확신했다. 살면서 그런 소리를 처음 들어봤기 때문이다. 나는 누군가 말에서 떨어져 다리가 꽈배기처럼 뒤틀렸거나 실수로 자기 배에다 대고 권총을 쏘았을 거라고 생각하며 소리가 나는 쪽으로 달려갔다. 하지만 암양 한 무리와 함께 개울 옆에 누워 있는 건 새끼를 낳고 있는 엄마 양이었다.

나는 수의사가 아니지만 생명체가 이처럼 시끄러운 소리를 낼 경우 뭔가 잘못된 일이라는 것쯤은 알았다. 아니나 다를까, 이 불쌍한 양의 아래로 작은 발굽 두 개가 대롱대롱 매달려 있는 게 보였다. 어미 양은 옆으로 누운 채 숨을 헐떡였다. 생기 없는 한쪽 검은 눈으로 나를 바라보더니 이내 포기하려고 했다.

내가 순찰을 도는 동안 무언가가 죽어서는 안 되었다. 캠프를 운영하는 나치가 나더러 사체를 묻으라고 할 게 뻔했기 때문이다. 그래서 나는 다른 양들을 일단 치웠다. 그리고 어미 양 앞에 무릎을 꿇은 뒤 울퉁불퉁하고 미끄러운 발굽을 홱 잡아당겼다. 어미 양은 아이를 낳는 엄마처럼 소리를 질렀다.

마침내 아기 양이 밖으로 나왔다. 스위스 아미 나이프처럼 팔다리가 접혀 있었다. 머리 위에는 은색 낭이 있었다. 낭은 뺨 안쪽으로 혀를 굴릴 때 드는 느낌처럼 물컹했다. 아기 양은 숨을 쉬지 않았다.

제기랄, 나는 내 입을 양 입에 갖다대 인공호흡을 할 생각은 없었다. 하지만 손가락으로 피부 낭을 찢어 양의 목에서 홱 잡아당겨 떼어냈다. 알고 보니 필요한 조치는 그것뿐이었다. 잠시 후 양은 빨래집게 같은 다리를 펴더니 어미를 향해 나지막이 울기 시작했다.

그해 여름, 스무 마리의 양이 태어났다. 양 우리를 지나갈 때마다 내가 출산을 도운 양을 찾을 수 있다. 다른 양들이랑 똑같이 생겼지만 조금 더 폴짝 뛴다. 녀석은 늘 태양빛을 받아 털 기름이 반짝이는 것 같다. 녀석이 내 눈

을 들여다볼 만큼 얌전해졌을 때 쳐다보면 눈동자가 유백색이다. 자신이 무
엇을 그리워하는지 기억하지 못할 만큼 오랫동안 세상 반대편을 걸었다는 확
실한 증거. 내가 지금 이 얘기를 하는 이유는 병실에 누워 있는 케이트가 눈
을 뜨는 것을 보자 동생 역시 이미 다른 세계에 한쪽 발을 디뎠다는 걸 알게
되었기 때문이다.

  "맙소사. 내가 지옥에 왔나 봐." 케이트가 나를 보자 힘없이 말한다.

  나는 의자에 앉은 채로 몸을 앞으로 기울이고는 팔짱을 낀다. "동생아,
난 그렇게 쉽게 죽지 않아." 나는 자리에서 일어나 동생의 이마에 키스를 한
다. 하지만 입술을 바로 떼지는 않는다. 엄마는 어떻게 이런 식으로 열을 쟀
담? 나는 동생이 곧 죽을 거라는 것만 느껴질 뿐인데. "좀 어때?"

  케이트가 나를 보고 웃는다. 하지만 진짜는 루브르 박물관에 걸려 있고
내가 보고 있는 건 가짜 웃음 같다. "아주 좋아. 그나저나 어쩌다 여기까지 행
차하셨대?" 케이트가 말한다.

  '네가 곧 죽으니까'라고 나는 생각한다. 하지만 그렇게 말하지는 않는
다. "근처에 볼일이 있어서. 게다가 지금 교대 근무를 서는 간호사가 진짜 섹
시하거든."

  이 말에 케이트는 큰 소리로 웃는다. "맙소사, 난 오빠가 진짜 그리울 거야."

  케이트가 이 말을 너무 쉽게 해서 우리 둘 다 깜짝 놀란다. 나는 침대 모
서리에 걸터앉아 열 담요의 잔주름을 만지작거린다. "있잖아." 나는 힘내라는
말을 하려고 하지만 케이트가 내 팔을 잡는다.

  "하지 마." 동생의 눈이 잠시나마 활기를 띤다. "난 환생할지도 모르거든."

  "마리 앙투아네트로?"

"아니, 미래의 무언가로. 미친 생각 같아?"

"아니, 난 우리가 계속해서 돌고 도는 것뿐일지도 모른다고 생각해." 내가 인정한다.

"그럼 오빠 뭐로 환생할 건데?"

"썩은 고기." 동생이 눈살을 찌푸린다. 갑자기 어딘가에서 삑 소리가 나자 나는 겁에 질려 어쩔 줄 모른다. "누구 부를까?"

"아니, 오빠 괜찮아?" 케이트가 말한다. 동생이 일부러 그렇게 말한 건아닐 테지만 번개를 삼킨 기분이 든다.

불현듯 아홉 살인가 열 살 때 하던 게임이 생각난다. 그때 나는 어두워질 때까지 자전거를 타도 좋다는 허락을 받았다. 나는 태양이 지평선에서 점점 내려가는 것을 바라보면서 내 자신과 내기를 하곤 했다. 20초 동안 숨을 참으면 밤은 오지 않는다. 눈을 깜빡이지 않으면, 파리가 내 볼에 앉을 만큼 가만히 서 있을 수 있으면 말이다. 지금 나는 불가능한 일이겠지만 케이트를 살려달라고 협상을 하며 똑같은 짓을 하고 있다.

"두려워?" 내가 불쑥 말한다. "죽는 게."

케이트는 나를 향해 돌아눕는다. 입가에 미소가 번진다. "말해줄게." 그러더니 눈을 감는다. "조금만 쉴게." 동생은 가까스로 말하더니 다시 잠이 든다.

공평하지 않지만 케이트는 우리가 가질 자격이 있지만 좀처럼 얻지 못하는 것이 무엇인지 알기 위해서는 그리 오래 살 필요가 없다는 사실을 알고 있다. 나는 자리에서 일어난다. 목구멍에 번개가 내리쳐 침을 삼킬 수가 없다. 댐에 갇힌 강처럼 모든 게 막히고 만다. 나는 서둘러 케이트의 병실을 나선다. 케이트를 방해하지 않도록 복도 끝까지 간 뒤 주먹을 들어 두꺼운 흰색 벽을 세게 친다. 하지만 성에 차지 않는다.

브라이언

폭발물을 만들기 위한 레시피는 다음과 같다. 일단 재료는 파이렉스(흔히 요리 기구 제조에 쓰이는 강화 유리-옮긴이) 그릇, 건강식품 판매점에서 소금의 대체제로 파는 염화칼륨, 비중계, 표백제다. 우선 표백제를 파이렉스 그릇에 부은 뒤 가스레인지에 올려놓는다. 그리고 염화칼륨을 필요한 만큼 달아서 표백제에 섞는다. 비중계로 확인해가며 비중이 1.3이 될 때까지 끓인다. 실온이 될 때까지 식힌 뒤 형성되는 결정체를 거른다. 이 결정체를 보관한다.

늘 기다리는 쪽이 되기란 쉽지 않다. 내 말은, 전장으로 뛰어드는 영웅도 훌륭하지만 사실 자초지종을 전하는 건 남겨진 자의 몫이라는 뜻이다. 나는 이스트 코스트에서 가장 추한 법정 의자에 앉아 내 차례가 되기만을 기다리고 있다. 그때 갑자기 내 호출기가 울린다. 번호를 보고는 끄응 하는 신음소리를 내며 어떻게 할지 고민한다. 증언은 나중에 하겠지만 소방서는 지금 당장 나를 필요로 한다.

몇 사람을 거치긴 해야 하지만 결국 판사로부터 가도 좋다는 허락

441

을 받는다. 나는 정문을 나서고 온갖 질문과 카메라 세례를 받는다. 내가 할 수 있는 건 낡을 대로 낡은 우리 가족의 뼈를 갈기갈기 찢으려고 달려 드는 이 독수리떼를 한 대 치지 않는 것뿐이다.

공판 날 오전에 안나가 보이지 않자 나는 집으로 향했다. 그리고 아이가 있을 법한 곳을 전부 찾아보았다. 부엌, 침실, 뒷마당에 놓인 해먹 까지. 하지만 아이는 그곳에 없었다. 마지막으로 나는 제시가 아파트로 사용하는 차고를 살펴보기 위해 계단으로 향했다.

제시 역시 그곳에 없었다. 이제는 별로 놀라운 일도 아니다. 제시가 나를 정기적으로 실망시키던 때가 있었다. 결국 나는 제시한테 아무런 기대도 하지 말자고 다짐했고 그 결과 무슨 일이든 더 쉽게 받아들이게 되었다. 나는 방문을 두드린 뒤 안나와 제시의 이름을 불렀다. 하지만 아무런 대답이 없었다. 열쇠가 있었지만 문을 열고 들어가지는 않았다. 계단에서 몸을 돌려 돌아가려다 빨간색 재활용 쓰레기통에 걸려 넘어졌다. 목요일마다 내가 비우는 쓰레기통이었다. 제시가 쓰레기통을 꼬박꼬박 비울 리가 없기 때문이다. 볼링공처럼 생긴 투명한 녹색 맥주병들, 빈 세탁용 세제 통, 올리브 병, 오렌지 주스병이 떼구루루 굴러 나왔다. 나는 오렌지 주스병만 빼고 이것들을 전부 도로 집어넣었다. 제시한테 주스병은 재활용품이 아니라고 누누이 말했건만 아이는 계속해서 재활용 쓰레기통에 넣고 있다.

이번 화재가 다른 화재들과 다른 점은 위험 수위가 한 단계 높아졌다는 거였다. 화재가 난 장소가 버려진 창고나 해안가 판잣집이 아니라

초등학교다. 여름이라 다행히 불이 시작된 곳에는 아무도 없었다. 하지만 누군가 인위적으로 불을 지른 게 틀림없다. 현장에 도착하자 대원들이 구조와 점검 작업을 마친 뒤 소방차에 짐을 싣고 있다. 나를 보자마자 폴리가 다가온다. "케이트는 어때?"

"괜찮아." 나는 대답하며 화재 현장을 향해 고개를 끄덕인다. "뭐 좀 발견했어?"

"학교 북쪽 전체가 홀라당 타버렸어." 폴리가 답한다. "좀 살펴볼래?"

"그럴게."

불은 교사 응접실에서 시작되었다. 숯의 패턴이 화살처럼 불이 시작된 지점을 향하고 있다. 타다 만 합성 물질이 눈에 띈다. 불을 지른 놈이 누군지는 몰라도 소파 쿠션과 종이 더미 한가운데에 불을 붙일 만큼 똑똑한 게 틀림없다. 아직까지 촉매 냄새가 난다. 휘발유를 들이부어 지른 불처럼 단순한 화재가 아니다. 폭발한 화염병에서 나온 유리 조각이 잿더미 근처에 어질러져 있다. 나는 건물 끝으로 가 깨진 유리창을 들여다본다. 대원들이 이곳으로 불을 내보낸 모양이다.

"이 자식을 잡을 수 있을까요?" 시저가 응접실로 들어오며 묻는다. 그는 방화복을 벗지 않은 상태에서 왼쪽 뺨에 검댕을 묻힌 채 방화선(불이 번지는 것을 막기 위해 나무 등을 제거한 긴 띠 모양의 땅–옮긴이) 안쪽의 잔해를 내려다본다. "믿을 수 없어. 비서 책상이 녹아 쇳물이 되었는데 염병할 담배꽁초는 멀쩡하다니."

나는 그의 손에서 담배를 가져와 손바닥 위에 펼쳐 놓는다. "불이 시작됐을 때 여기 있던 게 아니니까. 누군가 불이 타는 걸 지켜보며 기분 좋게 한 모금 빤 뒤 유유히 사라진 거지." 나는 노란 부분이 필터와 만나는 곳을 살짝 젖혀 상표를 본다.

폴리가 산산 조각난 창문에 머리를 들이밀며 시저를 찾는다. "돌아갈 거야. 차에 타라고." 그러더니 나를 돌아보며 이렇게 말한다. "대장, 우리가 깬 거 아니야."

"걱정 마, 폴리. 너한테 청구 안 할 테니까."

"아니, 내 말은 우리는 지붕으로 불을 내보냈다고. 우리가 왔을 때 이미 창문이 깨져 있었어." 폴리와 시저가 떠나고 잠시 후 육중한 소방차가 느릿느릿 움직이는 소리가 들린다. 빗나간 야구공이나 프리스비(주인이 던진 원반을 애견이 공중에 뛰어올라 받아오는 원반 던지기 운동─옮긴이) 때문일지도 모른다. 하지만 여름 방학에도 수위가 학교를 정찰한다. 깨진 유리는 그대로 내버려두기에는 지나치게 큰 위험 요소다. 수위는 테이프를 붙이거나 판자를 댔을 것이다.

불을 지른 놈은 진공에 의해 형성된 풍동을 따라 화염이 치솟게 하려면 어디에 산소를 대야 하는지 알았던 게 틀림없다.

나는 손에 쥔 담배를 내려다본 뒤 뭉개버린다.

이 결정체 56g을 준비한다. 이것을 증류수와 섞어서 끓인 뒤 다시 식힌다. 그러면 순수한 염화칼륨 결정체가 생긴다. 이것을 화장 분처럼 곱게 간 뒤 조금씩 가열해 건조시킨다. 바셀린과 왁스를 5:5로 섞은 후 휘발유에 녹인다. 이 용액과 염화칼륨 결정체를 1:90의 비율로 플라스틱 접시에 붓는다. 휘발유를 증발시킨다. 이것을 정육면체로 만든 뒤 왁스에 담가 방수 처리한다. 이 폭발물은 최소 A3 등급의 뇌관이 필요하다.

제시가 자신의 아파트 문을 열자, 내가 소파에서 기다리고 있다.

"아빠, 여기서 뭐해?" 아이가 묻는다.

"너는 여기서 뭐하니?"

"난 여기 살잖아. 기억 안 나?" 제시가 말한다.

"그러니? 그저 숨기 위한 장소로 사용하는 게 아니고?"

제시는 앞주머니에 들어 있는 담뱃값에서 담배 한 개비를 꺼낸 뒤 불을 붙인다. 메리츠다. "무슨 말을 하는지 모르겠네. 왜 법원에 안 갔어?"

"싱크대 아래 왜 염산이 있니? 우리 집에는 풀장이 없는데." 내가 묻는다.

"이거 무슨 심문 같은 거야?" 아이가 나를 노려본다. "작년 여름에 타일 작업할 때 썼어. 그라우트(욕실이나 주방 등의 타일 사이를 메우거나 갈라진 틈을 메우기 위해 충전성이 있는 재료를 섞은 시멘트 반죽─옮긴이)를 염산으로 닦을 수 있거든. 솔직히 말하면 여태 거기 있는지도 몰랐네."

"그렇다면 알루미늄 호일과 함께 병에 넣고 그 위에 헝겊을 쑤셔 넣으면 폭발물이 되는 것도 몰랐겠네."

"날 의심하는 거야? 뜸들이지 말고 뭔지 말해, 제기랄."

나는 소파에서 일어난다. "좋아, 네가 화염병을 만들기 전에 더 잘 깨지게 하려고 병에 금을 냈는지 궁금하구나. 네가 장난삼아 창고에 저지른 불로 노숙자가 거의 죽을 뻔했다는 걸 아는지 모르겠고." 나는 뒤쪽에 놓인 재활용함에서 다 쓴 클로락스 통을 들어올린다. "그리고 이게 왜 네 쓰레기통에 있는지 알고 싶구나. 넌 빨래도 청소도 하지 않는데 말이야. 게다가 표백제와 브레이크오일로 만든 폭발물로 홀라당 타버린 초등학교가 여기서 10킬로미터도 안 떨어져 있는 건 우연일까?" 나는 이제 아이의 어깨를 잡고 있다. 제시는 마음만 먹으면 뿌리칠 수 있는데도, 내가 저를 붙들고 머리가 뒤로 젖혀질 때까지 흔드는 데도 내버려둔다. "제시, 말 좀 해봐!"

아이는 멍한 표정으로 나를 노려본다. "이제 끝났어?"

나는 아이를 놔주고, 제시는 이빨을 드러낸 채 뒤로 물러선다. "그러면 내 말이 사실이 아니라고 말해봐라." 내가 아이를 자극한다.

"그보다 더한 말을 해드리지. 아빠는 이 세상에서 잘못된 것들은 죄다 내 탓이라고 생각하며 살지? 그런데 이번에는 완전히 틀렸어."

나는 내 주머니에서 무언가를 꺼내 제시의 손에 꾹 누른다. 메리츠 담배꽁초가 손바닥의 움푹 들어간 곳에 놓인다.

"그렇다면 네 명함을 남기고 가지 말았어야지."

구조물 화재가 통제 불가능한 상태에 다다르는 시점이 있다. 그때가 되면 불이 스스로 타버리도록 내버려 둬야 한다. 안전한 곳, 바람을 등진 언덕으로 돌아가 건물이 산 채로 잡아먹히는 걸 지켜봐야 한다.

제시는 떨리는 손을 들어올린다. 담배가 우리 발 아래 놓인 바닥으로 굴러떨어진다. 아이는 얼굴을 가린 채 엄지손가락으로 눈 가장자리를 누른다. "케이트를 살릴 수 없었다고." 이 말이 아이의 몸 한가운데를 찢고 나온다. 제시는 어깨를 웅크린 채 어린 시절의 몸으로 돌아간다. "누구… 누구한테 말했어?"

아이는 경찰이 자신을 찾게 될지 묻고 있다.

엄마에게 이 사실을 말했는지 묻고 있다.

처벌받기를 요구하고 있다.

그래서 나는 흐느껴 우는 제시를 팔로 끌어당겨 안는다. 아이가 무너지리라는 것을 알기에. 아이의 등은 내 등보다 넓다. 키는 나보다 한 뼘이나 크다. 케이트와 유전적으로 맞지 않다는 사실을 통보 받았던 다섯 살에서 지금의 남자로 언제 이렇게 자란 건지 기억이 나지 않는다. 그게 바로 문제인 것 같다. 어떻게 살릴 수 없을 바에야 파괴하는 게 낫고 생각할 수 있는지…. 아이의 잘못일까, 아니면 아이에게 그렇지 않다고 말해주지 않은 어른들의 잘못일까?

나는 내 아들이 지금 당장 방화중독에서 손을 떼도록 만들 것이다. 하지만 경찰이나 소방서장에게는 이 사실을 말하지 않을 것이다. 팔이 안으로 굽는 것일지도 모른다. 어리석은 판단일지도 모른다. 제시가 나와 크게 다르지 않기 때문일지도 모른다. 우리 둘 다 최소한 통제 가능한 게 하나라도 있다는 걸 알아야 했기에 불을 매개체로 사용한 거다.

내 품에 안긴 제시의 숨결이 일정해진다. 어렸을 때 내 무릎에서 잠든 아이를 위층으로 데리고 올라갈 때도 그랬다. 아이는 나에게 온갖 질문을 퍼붓곤 했다. "50밀리미터 호스는 뭐에 쓰는 거고, 25밀리미터 호스는 뭐에 쓰는 거예요? 소방차를 왜 닦아요? 소화기를 끄는 아저씨도 소방차를 몰아요?" 아이가 언제부터 더 이상 질문을 하지 않았는지 정확히 기억이 나지 않는다. 하지만 무언가 사라진 것 같은 느낌, 아이가 더 이상 영웅을 숭배하지 않는 것이 환지통(팔다리를 잃은 환자가 이미 없는 수족에 아픔과 저림을 느끼는 현상-옮긴이)처럼 아플 수 있다는 건 기억한다.

캠벨

    의사들은 소환될 때면 항상 이런 식이다. 자신이 억지로 증인석에 앉아 있는 동안 환자들이 자신을 기다리고 있고 사람들이 죽어가고 있으며 자신이 어떠한 증언을 해도 이 사실을 만회할 수 있는 건 아무것도 없다는 걸 매 단어, 매 음절 속에 담아낸다. 솔직히 그런 말을 들으면 울화가 치민다. 그래서 나도 모르는 사이에 화장실을 다녀오기 위한 휴식 시간을 요청한다. 몸을 숙여 신발 끈을 다시 매며 의미심장한 침묵을 유지한 채 생각을 정리하고 문장을 채워 넣는다. 그들을 조금이라도 더 기다리게 할 수 있는 거라면 무엇이든 한다.

    찬스 의사도 마찬가지다. 시작하자마자 자리를 뜨고 싶어 안달이다. 시계를 어찌나 자주 확인하는지 아마도 그가 기차를 놓치는 게 아닐까 생각할 정도다. 이번에 다른 점이 있다면 사라 피츠제럴드도 어서 법정을 떠나기를 의사만큼이나 간절히 바라고 있다는 거다. 기다리고 있는 환자가, 죽어가고 있는 사람이 바로 그녀의 딸 케이트이기 때문이다. 하지만 내 옆에서 안나의 몸은 열기를 발산하고 있다. 나는 자리에서 일어나 천천히 질문을 던지기 시작한다.

"찬스 씨, 안나가 신체의 일부를 기증했던 치료 중 효과가 확실했던
게 있습니까?"

"암에서 확실한 것은 없습니다. 알렉산더 씨."

"피츠제럴드 부부에게 그 사실을 설명했습니까?"

"우리는 모든 시술에 수반되는 위험을 꼼꼼히 설명했습니다. 일단
치료를 시작하면 다른 신체 부위에 안 좋은 영향을 미칠 수 있기 때문이
죠. 하나를 성공적으로 치료하더라도 그게 다음번 시술에는 해로운 영향
을 미칠 수 있습니다." 그가 사라를 보고 미소 짓는다. "그렇기는 하지만
케이트는 상당히 놀라운 아이입니다. 다섯 살을 넘기지 못할 거라고 예상
했지만 벌써 열여섯 살이잖아요."

"동생 덕분이지요." 내가 지적한다.

찬스 의사가 고개를 끄덕인다. "몸이 그 정도로 튼튼한 데다 완벽하
게 일치하는 기증자까지 갖춘 운 좋은 환자가 많지는 않죠."

나는 주머니에 손을 넣은 채 자리에서 일어난다. "피츠제럴드 부부
가 안나를 임신하기 위해 프로비던스 병원의 착상 전 유전 진단팀과 상담
을 하러 간 이유를 설명해 주시겠습니까?"

"부부의 아들을 검사했는데 케이트에게 적합한 기증자가 아니어서
피츠제럴드 부부에게 다른 가족 얘기를 했죠. 그 환자의 경우 형제들을
전부 검사했는데 일치하는 형제가 없었어요. 하지만 치료 중 아내가 임신
을 했고 우연히 그 아이가 완전히 일치하는 유전자를 갖고 태어난 거죠."

"케이트에게 기증을 할 수 있도록 유전자가 조작된 아기를 임신하라
고 말씀하셨습니까?"

"절대 아닙니다." 찬스 의사가 모욕적이라는 듯 말한다. "저는 그저

형제들이 맞지 않을지라도 앞으로 태어날 아이 역시 그러리라는 법은 없다고 말씀드렸을 뿐입니다."

"그렇다면 유전적으로 완벽하게 일치하도록 설계된 이 아기는 평생 케이트의 치료에 참여해야 할 거라고 설명하셨습니까?"

"당시에는 제대혈 치료만을 얘기했어요." 찬스 의사가 말한다. "첫 시술에 케이트의 몸이 반응하지 않자 추가적인 기증이 필요했습니다. 그러면 더 긍정적인 결과를 기대할 수 있었죠."

"그렇다면 만약 미래의 과학자들이 케이트의 암을 치료할 수 있는 수술을 개발했는데 안나가 머리를 잘라 언니에게 주어야 하는 거라면 그 수술을 권장하시겠습니까?"

"당연히 아니죠. 다른 아이의 목숨을 위태롭게 하는 진료는 절대로 권고하지 않습니다."

"지난 13년 동안 해 오신 게 그거 아닙니까?"

의사의 얼굴이 굳어진다. "그 어떤 진료도 안나에게 장기적으로 해로운 영향을 미치지 않았습니다." 나는 서류 가방에서 문서를 꺼내 판사와 찬스 의사에게 차례로 건넨다. "표시한 부분을 읽어주시겠습니까?"

의사는 안경을 쓴 뒤 목을 가다듬는다. "마취에는 위험이 수반된다. 여기에는 약물 부작용, 인후염, 치아 부상과 치과 치료, 성대 손상, 호흡기 질환, 경미한 고통과 불편함, 감각 손실, 두통, 감염, 알레르기 반응, 마취 중 각성, 황달, 출혈, 신경 손상, 혈전, 심장 마비, 뇌 손상, 신체 기능 상실이나 사망 등이 있다."

"이 문서를 잘 알고 계신가요?"

"그렇습니다. 외과 수술에 필요한 일반적인 동의서죠."

"이 동의서를 받은 환자가 누구인가요?"

"안나 피츠제럴드 양입니다."

"이 서류에 사인한 사람은요?"

"사라 피츠제럴드 씨입니다."

나는 발뒤꿈치에 체중을 싣는다. "마취는 신체장애나 죽음을 가져올 수 있습니다. 이는 장기적으로 상당히 큰 영향입니다."

"그래서 우리가 동의서를 받는 거죠. 당신 같은 사람으로부터 우리를 보호하기 위해서입니다." 그가 말한다. "하지만 현실적으로 위 같은 증상을 겪을 확률은 상당히 적습니다. 골수 기증은 상당히 간단한 수술이고요."

"그렇다면 그렇게 간단한 수술을 받기 위해 안나는 왜 마취를 해야 한 거죠?"

"그래야 아이들이 외상을 덜 입으니까요. 마취를 하면 몸부림을 덜 치기 때문이죠."

"수술이 끝난 뒤에 안나는 고통을 느꼈나요?"

"아마 조금 느꼈을 겁니다." 찬스 의사가 말한다.

"기억이 나지 않으시나요?"

"한참 전 일입니다. 안나조차도 지금쯤이면 잊었을 거라고 봅니다."

"그러신가요? 안나에게 물어볼까요?" 나는 안나를 향해 돌아선다.

드살보 판사가 팔짱을 낀다.

"위험 얘기가 나왔으니 말인데." 내가 다시 말을 이어간다. "아이가 골수를 추출하기 전에 두 번 맞았던 중성구생성촉진인자 주사의 장기적인 영향에 대한 연구 결과를 말씀해 주시겠습니까?"

"이론적으로, 장기적인 영향은 없어야 합니다."

"이론적으로라." 내가 반복한다. "왜 이론적이죠?"

"연구는 실험실 동물을 대상으로 진행되었기 때문이죠." 찬스 의사가 인정한다. "사람에게 미치는 영향은 아직 추적 중입니다."

"참 다행이군요."

의사가 어깨를 으쓱한다. "의사들은 부작용이 심한 약은 처방하지 않습니다."

"탈리도마이드(1960년대 전반에 진정제 및 최면제로 유럽에서 상용했으나, 임신 초기의 여성에 사용하면 태아의 중증선천기형, 특히 무지증 및 단지증을 일으키는 원인이 된다는 것이 발견되었다-옮긴이)에 대해 들어보신 적 있으십니까?"

"물론이죠. 사실 최근에 이 약은 암 연구에서 다시 사용되고 있습니다."

"이 약은 획기적인 약이었죠." 내가 지적한다. "하지만 엄청난 부작용이 있었고요. 말이 나와서 말인데… 이 신장 이식 말인데요, 여기에 수반된 위험은 없습니까?"

"일반적인 수술 정도입니다." 찬스 의사가 말한다.

"안나가 수술의 합병증으로 사망할 수 있습니까?"

"그럴 확률은 지극히 낮습니다, 알렉산더 씨."

"그렇다면 안나가 이 수술을 성공적으로 마쳤다고 칩시다. 신장이 하나밖에 없는 것은 아이의 인생에 어떠한 영향을 미칠까요?"

"사실 아무런 영향을 미치지 않을 것입니다. 그게 바로 이 수술의 큰 장점이죠." 의사가 말한다.

나는 그에게 프로비던스 병원의 신장내과에서 발행한 전단지를 건넨다. "밑줄 그은 부분을 읽어주시겠습니까?"

의사가 다시 안경을 쓴다. "고혈압 발병 확률 증가, 임신 중 합병증 발병 확률 증가." 찬스 의사가 힐긋 올려다본다. "신장 기증자는 남아 있는 신장이 다치지 않도록 접촉이 있는 스포츠를 삼갈 것을 권고합니다."

나는 등 뒤로 손을 꽉 움켜쥔다. "안나가 취미로 하키를 한다는 사실을 아셨습니까?"

의사가 안나를 향해 몸을 돌린다. "아니요, 몰랐습니다."

"안나는 골키퍼입니다. 몇 년째 뛰고 있죠." 나는 그가 이 말을 충분히 인식하도록 시간을 둔다. "하지만 이 신장 기증은 가설에 근거한 것이니 이미 진행된 시술을 살펴보도록 하죠. 중성구생성촉진주사, DLI, 줄기세포, 림프구 골수 등 안나가 견딘 온갖 치료 말입니다. 전문가의 입장에서 안나가 이 모든 시술을 받고 의학적으로 중대한 피해를 보지 않았다고 말씀하실 수 있나요?"

"중대한이라⋯." 그가 머뭇거린다. "아니요, 중대한 피해를 보지는 않았습니다."

"그렇다면 수술로 중대한 이익을 보았나요?"

찬스 의사는 나를 오랫동안 바라본다. "그럼요. 언니를 살렸잖아요." 그가 말한다.

안나와 내가 법원 2층에서 점심을 먹고 있는데 줄리아가 들어온다. "이거 무슨 비밀 파티라도 돼?"

안나가 줄리아를 향해 들어오라고 손짓한다. 줄리아는 나에게 눈길 한 번 주지 않은 채 자리에 앉는다. "좀 어때?" 줄리아가 묻는다.

"괜찮아요. 그냥 빨리 끝났으면 좋겠어요." 안나가 대답한다.

줄리아는 샐러드드레싱이 든 팩을 열어 싸온 점심 위에 붓는다. "눈 깜짝할 사이에 끝날 거야."

줄리아는 이 말을 하면서 나를 잠깐 쳐다본다. 그것만으로도 줄리아의 피부 냄새, 가슴 아래 초승달 모양으로 난 미인 점을 떠올리기에 충분하다. 갑자기 안나가 자리에서 일어난다. "저지를 산책시킬게요." 아이가 말한다.

"퍽도 그러겠다. 밖에 기자들이 아직도 진을 치고 있는데?"

"그럼 복도에서 산책시키면 돼요."

"안 돼. 저지는 내가 산책시켜야 해. 훈련의 일부라고."

"그럼 화장실 갔다 올게요." 안나가 말한다. "그건 혼자서 해도 되죠?"

아이는 회의실을 나선다. 줄리아와 나, 그리고 일어나서는 안 됐지만 일어난 모든 것을 남겨둔 채.

"일부러 우리만 두고 간 거야." 내가 말한다.

줄리아가 고개를 끄덕인다. "똑똑한 아이야. 사람의 마음을 잘 읽어."

줄리아는 플라스틱 포크를 내려놓는다. "네 차에 개털이 한가득이더라."

"알아, 저지한테 머리 좀 하나로 묶으라고 그렇게 말하는데 당최 듣지를 않아."

"왜 날 깨우지 않았어?"

나는 씩 웃으며 말한다. "우리가 정박한 데가 잠자리에서 일어나면 안 되는 구역이었거든."

하지만 줄리아는 웃지 않는다. "어젯밤이 너한테는 농담이었니?"

옛 속담이 갑자기 떠오른다. **신을 웃기고 싶거든 계획을 세워라.** 난 겁쟁이라 답을 회피한 채 저지의 목덜미를 움켜쥔다.

"법정으로 돌아가기 전에 산책시키고 올게."

줄리아의 목소리가 문까지 나를 따라온다. "내 말에 답 안 했어."

"듣고 싶지 않잖아." 내가 말한다. 나는 줄리아의 얼굴을 보지 않기 위해 뒤돌아보지 않는다.

드살보 판사는 주 1회 방문하는 척추 지압 예약 때문에 3시에 휴정을 선언한다. 나는 안나를 로비로 데리고 나와 제 아빠를 찾는다. 하지만 브라이언은 사라지고 없다. 사라 역시 놀라서 주위를 둘러본다.

"화재가 나서 호출 받았나 보죠." 그녀가 말한다. "안나, 엄마가….".

하지만 나는 안나의 어깨에 손을 올리며 말한다. "소방서에 데려다주마."

차 안에서 아이는 조용하다. 나는 소방서 주차장에 차를 댄 뒤 시동을 끄지 않는다. "애야, 잘 모르나본데 첫날치고는 꽤 괜찮았단다."

"상관없어요."

아이는 더 이상 아무 말도 하지 않은 채 차에서 내린다. 앞자리가 비자 저지가 앞좌석으로 폴짝 뛰어온다. 안나는 소방서 쪽으로 걸어가다가 갑자기 왼쪽으로 홱 튼다. 나는 차를 뒤로 빼 출발하려다가 마지못해 시동을 끈다. 저지를 차에 둔 채 안나를 따라 건물 뒤쪽으로 간다. 아이는 하늘을 향해 얼굴을 들어올린 채 조각상처럼 서 있다. 뭐라고 말해야 한단 말인가? 난 부모가 되어 본 적이 없다. 내 몸뚱이 하나 간신히 돌볼 뿐이다. 다행히 안나가 먼저 말을 꺼내기 시작한다.

"잘못된 걸 알면서도 그래야 할 것 같아서 무언가를 한 적 있으세요?"

나는 줄리아를 생각한다. "있어."

"때로는 제 자신이 싫어요." 안나가 웅얼거린다.

"때로는, 나도 내가 싫단다." 아이는 내 말에 놀란 듯 나를 쳐다본 뒤 다시 하늘을 올려다본다.

"그들은 저기 위에 있어요. 별 말이에요. 우리가 볼 수 없을 때에도 항상 저 위에 있어요."

나는 주머니에 손을 넣는다. "난 매일 밤, 별에 대고 소원을 빌었단다."

"무슨 소원을 빌었는데요?"

"희귀한 야구 카드나 골든 리트리버, 젊고 섹시한 여교사를 달라고."

"아빠가 그랬는데, 수많은 천문학자가 별의 새로운 탄생지를 발견하고 있대요. 우리 눈에 보이는 데 2,500년이나 걸릴 뿐이라고." 아이는 나를 돌아본다. "부모님과 잘 지내셨어요?"

나는 거짓말을 할까 생각하다가 고개를 젓는다. "자라면 부모님처럼 될 거라고 생각했는데 아니었어. 그리고 언젠가부터 더 이상 부모님을 닮고 싶지 않더라고."

태양이 아이의 우윳빛 피부를 적신다. 아이의 목선을 따라 빛이 반짝인다.

"알겠어요. 아저씨도 눈에 보이지 않는 존재였군요." 안나가 말한다.

화요일

작은 불은 쉽게 진압할 수 있다.
하지만 더 심해질 경우 강물로도 끌 수 없다.

-윌리엄 셰익스피어, 『헨리 6세』

캠벨

브라이언 피츠제럴드는 내 히든카드다. 최소한 부모 중 한 쪽이 안나의 결정에 동의한다는 걸 판사가 알게 되면 안나가 부모로부터 의료 해방이 되는 것은 그리 큰 문제는 아닐 것이다. 브라이언이 내가 원하는 대로만 해주면, 즉 드살보 판사에게 안나의 권리를 인정하며 아이를 지지할 준비가 되어 있다고 말해준다면 줄리아가 보고서에 무슨 말을 쓰든 그건 논쟁거리가 될 것이고 안나의 증언은 그저 형식에 불과할 것이다.

브라이언은 다음 날 아침 일찍, 소방관 제복을 입은 채 안나와 함께 법정에 나타난다. 나는 얼굴에 미소를 띠며 자리에서 일어나 저지와 함께 그쪽으로 간다. "좋은 아침이에요." 내가 말한다. "모두 준비 되셨나요?" 브라이언은 안나를 바라보더니 다시 나를 본다. 입가에 질문이 맴돌지만 밖으로 내뱉지 않기 위해 최선을 다하고 있는 듯하다.

"안녕." 이를 눈치챈 내가 안나에게 말을 건다. "부탁 하나 해도 될까? 저지가 계단에서 운동을 좀 해야 할 것 같아. 안 그러면 법정에서 가만히 있지 못할 거야."

"어제는 제가 산책시킬 수 없다고 말하셨잖아요."

"음, 오늘은 그래도 돼." 안나가 고개를 젓는다. "저는 아무 데도 안 갈 거예요. 제가 나가는 순간 저에 대해 얘기하실 거잖아요."

결국 나는 다시 브라이언을 쳐다본다. "아무 문제 없는 거죠?" 그 순간, 사라 피츠제럴드가 건물 안으로 들어온다. 법정으로 서둘러 들어오더니 남편을 보고는 멈춰선다. 그러나 곧 남편에게서 서서히 몸을 돌리며 안으로 들어온다. 문이 닫힌 뒤에도 브라이언의 눈이 아내를 따라간다. "우린 괜찮아요." 그가 말한다. 하지만 나를 향한 대답이 아니다.

"피츠제럴드 씨, 케이트를 치료하기 위한 시술에 안나를 참여시키는 것을 두고 아내와 의견이 엇갈렸던 적이 있습니까?"

"네, 의사들은 케이트에게 필요한 건 제대혈뿐이라고 했어요. 아이가 태어난 후 보통 버려지는 탯줄을 조금 가져갈 거라고. 그건 없어도 그만인 것이고 아이에게 해가 되는 것도 아니었습니다." 그는 안나와 눈을 맞추더니 미소를 지어 보인다. "한동안 효과가 있었고, 케이트는 관해가 되었습니다. 하지만 1996년, 아이는 다시 재발했어요. 의사들은 안나가 림프구를 기증하기를 원했죠. 치료 방법은 아니었지만 한동안 케이트를 살릴 수 있을 거라고요."

나는 그를 걸려들게 하려고 애쓴다. "그 치료법에 대해 아내분과 의견이 동일했나요?"

"저는 그게 괜찮을지 판단이 서지 않았어요. 이번에는 안나가 상황을 판가름할 줄 아는 나이였기 때문에 별로 좋아하지 않을 거라고 생각했죠."

"아내분은 당신의 마음을 바꾸기 위해 어떤 말을 했나요?"

"이번에 안나에게서 피를 뽑지 않더라도 어쨌든 조만간 골수가 필요하게 될 거라고 했어요."

"그 말에 어떤 기분이 들었나요?"

브라이언은 불편한 듯 고개를 젓는다. "자식을 잃은 부모의 심정이 어떤지 아세요? 하고 싶지 않은 행동과 말을 할 수밖에 없어요. 또한 선택을 할 수 있다고 생각하지만 자세히 들여다보면 그렇지 않습니다." 그가 차분히 말하더니 고개를 들어 안나를 바라본다. 내 옆에 있는 안나는 너무 조용해 아이가 숨 쉬는 걸 잊은 건 아닐까 생각할 정도다. "저는 안나에게 그러고 싶지 않았습니다. 하지만 케이트를 잃을 수는 없었죠."

"결국 안나의 골수를 사용해야 했나요?"

"그렇습니다."

"피츠제럴드 씨, 공인 응급구조사(EMT)로서 신체가 멀쩡한 환자에게 의료적인 시술을 하시겠습니까?"

"물론 하지 않을 겁니다."

"그렇다면 아버지로서 안나의 건강을 해칠 뿐 신체적으로 아무런 이득이 없는 외과적 시술이 왜 안나에게 가장 이롭다고 생각했나요?"

"왜냐하면," 브라이언이 말한다. "케이트가 죽게 내버려 둘 수는 없었으니까요."

"피츠제럴드 씨, 다른 딸의 치료를 위해 안나의 신체를 사용하는 것을 두고 아내분과 의견이 갈렸던 적이 또 있습니까?"

"몇 년 전 케이트가 입원했는데… 출혈이 너무 심해서 모두들 아이가 살지 못할 거라고 했어요. 아이를 놔주어야 할 때일지도 모르겠다고 생각했죠. 그러나 아내는 아니었어요."

"무슨 일이 있었죠?"

"의사가 비소 요법을 실시했고 그게 효과가 있어서 1년 동안 아이는 관해가 되었습니다."

"안나의 신체를 사용하지 않고 케이트를 살릴 수 있는 치료법이 있었다는 말씀인가요?"

브라이언이 고개를 젓는다. "제 말은… 제 말은, 전 케이트가 죽을 거라고 확신했지만 아내는 포기하지 않았다는 거예요. 아내는 계속해서 싸웠어요." 그가 아내를 바라본다. "그리고 지금, 케이트의 신장이 말을 듣지 않아요. 저는 아이가 고통스러워하는 걸 원하지 않습니다. 하지만 똑같은 실수를 또다시 저지르고 싶지도 않아요. 이제 끝났다고 스스로에게 말하고 싶지 않습니다. 그럴 필요가 없는데 말이죠."

브라이언은 감정을 억제하지 못해 내가 꼼꼼히 쌓아올린 유리 집으로 돌진하고 있다. 그가 감정에 휘둘리지 않게 해야 한다. "피츠제럴드 씨, 따님이 당신과 아내를 상대로 소송을 걸 줄 알았습니까?"

"몰랐습니다."

"안나가 소송을 걸었을 때 얘기를 나눠보셨나요?"

"네."

"대화를 나눈 뒤 어떻게 하셨나요?"

"안나와 함께 집을 나갔습니다."

"왜 그랬나요?"

"저는 안나가 스스로 결정을 내릴 권리가 있다고 생각했습니다. 집에 있으면 스스로 결정을 내리기가 쉽지 않다고 생각했고요."

"안나와 집을 나간 뒤 안나가 소송을 한 이유에 대해 아이와 오랫동안 얘기를 나눈 지금, 안나가 계속해서 케이트의 기증자가 되어야 한다는 아내분의 말에 동의합니까?"

우리가 연습한 답은 '아니요'다. 이것이 내 주장의 핵심이다.

브라이언은 앞으로 몸을 기울이더니 답한다. "그렇습니다."

"피츠제럴드 씨, 정말로…." 나는 말을 꺼내다가 그가 방금 우리가 연습한 대로 말하지 않았다는 걸 깨닫는다. "잠깐, 뭐라고 하셨나요?"

"저는 안나가 신장을 기증하기를 바랍니다." 브라이언이 인정한다.

나는 나를 방금 완전히 엿 먹인 증인을 바라보며 겨우 발을 딛고 서 있다. 브라이언이 안나의 결정을 지지하지 않을 경우 판사는 의료 해방을 승인하는 쪽으로 판결을 내리기 쉽지 않을 것이다. 바로 그때, 안나의 입에서 아주 작은 소리가 나오는 게 똑똑히 들린다. 무지개처럼 보였던 게 사실은 빛의 장난이었다는 걸 깨달을 때 영혼이 조용히 부서지는 소리를.

"피츠제럴드 씨, 케이트를 위해 안나가 큰 수술을 겪고 장기 하나를 잃도록 하시겠다는 말씀입니까?"

강한 남자가 무너지는 걸 보는 건 흥미로운 일이다. "무엇이 옳은 답인지 변호사님이 말씀해주시겠습니까?" 브라이언이 말한다. 그의 목소리가 거칠다. "저는 어디에서 답을 찾아야 할지 모르겠거든요. 무엇이 옳은 일인지 압니다. 무엇이 공평한지도요. 하지만 그 어떤 것도 여기에 적용되지 않아요. 저는 곰곰이 생각할 수 있어요. 무엇을 해야 하는지 말씀드릴 수도 있고요. 더 나은 해결책이 있다고도 말씀드릴 수 있습니다. 하지만 알렉산더 씨, 13년이나 되었는데도 전 아직 그 답을 찾지 못했어요."

작은 공간에 비해 지나치게 육중한 그의 몸이 앞으로 천천히 가라앉는다. 증인석 주위에 둘러진 차가운 나무판 위에 이마가 닿을 때까지.

드살보 판사는 사라 피츠제럴드가 반대 심문을 하기 전에 증인이 잠시 시간을 가질 수 있도록 10분 동안 휴정을 선언한다. 안나와 나는 계단을 내려가 자판기가 있는 곳으로 향한다. 자판기에서는 묽은 차나 더 묽은 스프를 1달러에 판다. 아이는 의자 가로대에 힐을 낀 채 앉아 있다. 내가 핫초콜릿을 건네자 입도 대지 않은 채 탁자에 내려놓는다.

"아빠가 우는 거 처음 봤어요." 아이가 말한다. "엄마는 언니 때문에 항상 울어요. 하지만 아빠는… 음, 아빠가 무너질 때는 늘 우리가 보지 않는 곳에 계셨어요."

"안나."

"저 때문에 그런 걸까요?" 아이가 나를 돌아보더니 묻는다. "오늘 아빠한테 오라고 요청하지 말았어야 했을까요?"

"네가 안 그래도 판사가 아빠더러 증언을 해달라고 요청했을 거야." 내가 고개를 젓는다. "안나, 너도 해야 할 거야."

아이가 경계하는 눈빛으로 나를 올려다본다. "뭘 해요?"

"증언."

아이가 눈을 깜빡인다. **"농담이죠?"**

"네 아빠가 네 선택을 지지한다는 걸 판사가 알게 되면 확실히 너에게 유리하게 판결할 거라고 생각했단다. 하지만 안타깝게도 그런 일은 일어나지 않았어. 게다가 줄리아가 무슨 말을 할지 모르겠고. 하지만 줄리아가 네 편을 든다 하더라도 드살보 판사는 네가 부모님과는 별도로 스스로 결정을 내릴 만큼 성숙한지 확인해보려 할 거야."

"제가 저기에 올라가야 한다는 말이에요? 증인처럼요?"

나는 언젠가 안나가 증인석에 서야 할 거라는 걸 알고 있었다. 미성년자의 의료 해방을 다룬 사건의 경우, 판사가 미성년자 본인으로부터 직접 얘기를 듣기를 원하는 게 당연하다. 안나는 증언을 해야 한다는 사실에 당장은 겁이 날지 몰라도 본인 역시 무의식적으로는 그걸 정말로 원할 거다. 심중을 털어놓을 수 있는 기회를 얻으려는 게 아니라면 굳이 왜 소송을 시작했겠는가?

"어제는 제가 증언을 안 해도 된다고 말하셨잖아요." 안나가 초조해하며 말한다.

"내가 잘못 말했어."

"제가 무엇을 원하는지 모두에게 대신 말해달라고 아저씨를 고용한 거잖아요."

"그런 식으로 일이 진행되지는 않아." 내가 말한다. "소송을 시작한 건 너잖니. 너는 지난 13년 동안 네 가족이 정한 사람이 아닌 다른 사람이 되기를 원했잖아. 그러니 이제 직접 커튼을 걷고 진짜 네가 누구인지 보여줘야 해."

"지구상의 어른 중 절반은 자신이 누구인지 몰라요. 하지만 매일 스스로 결정을 내리잖아요." 안나가 주장한다.

"그들은 열세 살이 아니야." 내가 말한다. 그리고 이 사건의 핵심이라고 생각하는 문제를 꺼낸다. "과거에는 네 생각을 말해도 아무도 듣지 않았지만 약속하마, 이번에는 네가 말할 때 모두가 귀 기울일 거야."

하지만 이 말은 내 의도와는 달리 오히려 역효과가 나고 만다.

안나는 팔짱을 낀다. "제가 증인석에 서는 일은 없을 거예요." 아이가 말한다.

"안나, 증인석에 서는 건 큰일이 아니야…."

"큰일이에요, 아저씨. **진짜 큰일**이라고요. 저는 안 해요."

"네가 증언하지 않으면 우리는 질 거야." 내가 설명한다.

"그럼 이길 수 있는 다른 방법을 찾아야죠. 아저씨는 **변호사**잖아요."

나는 이 미끼를 물지 않을 것이다. 나는 탁자에 손가락을 톡톡 치며 애써 참는다. "왜 이렇게 증언하는 걸 싫어하는지 말해줄래?"

아이가 나를 힐긋 올려다본다. "싫은데요."

"증언을 하기 싫다는 거니? 말해주기 싫다는 거니?"

"말하고 싶지 않은 것들이 있다고요." 아이의 얼굴이 굳어진다. "다른 사람은 몰라도 아저씨는 이해할 줄 알았어요."

아이는 어떠한 버튼을 눌러야 하는지 정확히 알고 있다. "조금 더 생각해 보렴." 내가 끈질기게 말한다.

"제 마음은 안 바뀌어요."

나는 자리에서 일어나 한 입도 대지 않은 커피를 쓰레기통에 던진다. "그렇다면 내가 네 삶을 바꿀 수 있을 거라 기대하지 마라." 내가 말한다.

사라

현재

시간의 흐름과 함께 흥미로운 일이 일어난다. 바로 사람마다 특징이 굳어진다는 것이다. 가령 빛이 남편의 얼굴에 닿으면, 남편의 눈은 늘 그렇듯 담청색으로 보인다. 그걸 보고 있자면 아직 헤엄쳐 보지 못한 어떤 섬의 해안이 생각난다. 그가 미소 지을 때 생기는 가느다란 선 아래로는 턱의 움푹 들어간 부분이 있다. 나는 아이들이 태어날 때마다 얼굴에서 그 부분을 가장 먼저 찾아보곤 했다. 나도 좀 닮았으면 하는 결의와 조용한 의지, 한결같은 평화가 그곳에 깃들어 있다. 이것들은 내가 남편과 사랑에 빠지게 된 기본적인 요소들이다. 남편을 못 알아보는 시간이 오더라도 꼭 안 좋은 일만은 아닐 것이다. 변화가 항상 나쁜 것만은 아니다. 모래사장 곳곳에 놓인 껍데기는 누군가에게는 성가시지만 다른 누군가에게는 진주가 될 수 있다.

남편의 눈이 엄지손가락에서 거스러미를 떼고 있는 안나에게서 나로 향한다. 그는 쥐가 매를 쳐다보는 것처럼 나를 바라보고 있다. 그 모습이 나를 아프게 한다. 그는 나에 대해 정말로 이렇게 생각할까?

모두가 그렇게 생각할까?

우리 사이에 법정이 없었으면 좋겠다. 남편에게 걸어갈 수 있었으면 싶다. 여보, 나는 말할 것이다. 이건 내가 생각하는 인생의 방향이 아니야. 이 골목에서 빠져나가는 방법을 찾을 수 없을지도 몰라. 하지만 길을 잃더라도 반드시 당신과 함께여야 해.

여보, 나는 말할 것이다. 내가 틀렸는지도 몰라.

"피츠제럴드 부인?" 판사가 말한다. "증인에게 질문하시겠습니까?"

그 순간, 나는 증인이 배우자를 지칭하는 적절한 단어라는 걸 깨닫는다. 아내나 남편은 상대의 잘못된 판단을 입증하는 것 말고 뭘 할 수 있단 말인가. 나는 천천히 자리에서 일어난다. "안녕, 브라이언." 내가 말한다. 내 목소리는 내 바람과는 달리 불안정하다.

"사라." 그가 대답한다.

남편과 눈길을 주고받자 무슨 말을 해야 할지 모르겠다.

추억이 나를 적신다. 우리는 휴가를 가고 싶었지만 어디로 가야 할지 결정하지 못했다. 그래서 일단 차에 탄 뒤 무작정 출발했다. 30분마다 아이들에게 한 명씩 출구를 고르라고 하거나 좌회전 혹은 우회전을 말하라고 했다. 우리는 결국 메인주의 실 코브에 도착한 뒤 멈췄다. 제시가 말한 대로 가면 대서양 한가운데에 도달할 수밖에 없기 때문이다. 우리는 아이들 셋 다 어두운 걸 무서워했는데도 난방도, 전기도 들어오지 않는 오두막을 빌렸다.

나는 남편이 대답할 때까지 내가 소리 내어 얘기하고 있다는 걸 깨닫지 못한다. "그랬지." 남편이 말한다. "바닥에 초를 너무 많이 켜서 난 오두막이 홀라당 타버릴 거라고 생각했어. 5일 내내 비가 왔지."

"그리고 6일째 되는 날, 날이 개었는데 수컷 물오리들 때문에 악취가 너무 심해 우리는 바깥에 나가지도 못했어."

"제시가 덩굴 옻나무를 잡는 바람에 눈이 퉁퉁 부었고…."

"죄송합니다만," 캠벨 알렉산더가 끼어든다.

"인정합니다." 드살보 판사가 말한다. "무슨 말을 하고 싶으신 거죠, 변호인?"

우리는 어디에도 가지 않았다. 우리가 머문 곳은 최악이었다. 하지만 나는 이 세상을 다 준다 해도 그 한 주와 바꾸지 않을 것이다. 어디로 가야 할지 모를 때에는 아무도 갈 생각조차 하지 못하는 곳으로 가면 된다.

"케이트가 아프지 않을 때," 남편이 천천히, 조심스럽게 말한다. "우리는 좋은 시간을 보냈어."

"케이트가 죽으면 안나가 그리워할까?" 내가 예상한 대로 알렉산더 씨가 자리에서 벌떡 일어난다. "이의 있습니다." 판사가 손을 들어올리며 남편에게 답하라는 뜻으로 고개를 끄덕인다.

"우리 모두 그렇겠지." 남편이 말한다.

그 순간, 이상한 일이 벌어진다. 기둥을 사이에 둔 채 서로를 바라보고 있는 남편과 나는 마치 자석처럼 딸깍 돌려진다. 그리고 서로를 밀어내는 대신 갑자기 같은 편에 선 것처럼 보인다. 젊은 시절의 우리가 처음으로 사랑에 빠진다. 어느 순간 우리는 나이가 들었고 그렇게 짧은 시간 동안 어떻게 이렇게 먼 거리를 걸어왔는지 의아해한다. 우리는 새해 전날 TV에서 폭죽이 터지는 걸 10년도 넘게 보고 있다. 우리는 침대에 누워 있고 그 사이에 세 명의 아이가 잠들어 있다. 아이들은 우리 사이에 꼭 껴 있어 우리 둘이 몸이 닿지 않는데도 남편의 자긍심이 느껴진다.

갑자기 남편이 안나와 집을 나간 건 전혀 문제가 되지 않는다. 케이트에 관한 결정에 대해 이의를 제기한 것도 말이다. 남편은 나와 마찬가지로 자신이 옳다고 생각한 일을 했다. 그걸 뭐라고 할 수는 없다. 살다 보면 지엽적인 문제에 골몰하느라 살고 있다는 것을 잊곤 한다. 늘 다른 약속이 있고 지불해야 하는 청구서가 있으며 나타나는 증상이 있고 나무 벽에 새겨야 할 평범한 날이 있다. 우리는 시계를 맞추고 달력을 보고 순간을 사느라 뒤로 물러나 우리가 무엇을 성취했는지 살펴보는 일을 까마득히 잊고 있다.

오늘 케이트가 죽는다 하더라도 우리에게는 지난 16년 동안 아이와 함께한 추억이 있을 것이다. 아무도 그 기억을 가져갈 수는 없다. 그리고 지금으로부터 수년이 지나 아이가 웃던 얼굴이나 아이의 손을 잡던 느낌, 절대음감을 지닌 아이의 목소리가 더 이상 기억나지 않을 때 남편이 이렇게 말하도록 할 거다. **"기억 안 나? 이랬잖아."** 판사의 목소리가 내 상념을 끊는다. "피츠제럴드 부인, 마치셨습니까?"

난 남편을 반대 심문할 필요가 전혀 없었다. 나는 늘 남편의 답을 알고 있었다. 내가 잊었던 건 질문이다.

"거의요." 내가 남편을 향해 돌아선다. "여보? 집에 언제 돌아올 거야?" 내가 묻는다.

법원 건물 화장실에는 자판기가 일렬로 놓여 있지만 먹고 싶은 게 들어 있는 자판기는 하나도 없다. 드살보 판사가 휴정을 선언한 뒤 나는 그곳으로 내려가 자판기에 갇힌 스타버스트와 프링글스, 치토스를 바라본다. "오레오가 그나마 나을 걸?" 남편이 내 뒤에서 말한다. 뒤를 돌아보자 그가 자판기에 75센트를 넣고 있다. "소박하고 고전적이잖아." 그가 버튼 두 개를 누르자 오레오 쿠키가 자판기 아래로 자살하듯 떨어진다.

나는 남편을 따라 탁자로 간다. 탁자 상단은 자신들의 영원한 이니셜을 새겨 넣고 내면의 생각을 낙서해 놓은 사람들 때문에 상처가 나 있고 얼룩져 있다.

"증인석에서 당신한테 무슨 말을 해야 할지 모르겠더라." 내가 인정한 뒤 잠시 머뭇거린다. "여보? 우리가 좋은 부모였다고 생각해?" 나는 제시를 생각한다. 오래전 포기한 아들 그리고 케이트를 생각한다. 우리가 고칠 수 없는 딸 그리고 안나를.

"나도 모르겠어." 남편이 말한다. "누군들 그러겠어?" 남편이 오레오를 건넨다. 배고프지 않다고 말하려는 순간, 남편이 내 입에 쿠키를 쑤셔 넣는다. 혀에 닿는 느낌이 진하면서도 푸석푸석하다. 갑자기 만족스러운 기분이 든다. 남편은 내가 고운 도자기로 만들어진 것처럼 내 입에 묻은 부스러기를 닦아준다. 나는 남편이 그렇게 하도록 내버려둔다. 이렇게 달콤한 걸 한 번도 맛보지 못했던 것만 같다.

남편과 안나는 그날 밤 집으로 들어온다. 남편과 나는 함께 아이의 이불을 덮어주고 키스를 해준다. 남편이 샤워를 하러 간 뒤 나는 안나의 침대 건너편 케이트의 침대에 앉는다. 조금 있다가 나는 병원으로 갈 것이다. 하지만 지금 당장은 아니다.

"나한테 한마디 하려고?" 아이가 묻는다.

"네가 생각하는 것처럼은 아니야." 나는 케이트의 베개 가장자리를 따라 손가락을 훑는다. "네 자신다워지고 싶다고 해서 나쁜 건 아니지."

"난 절대로…."

나는 손을 든다. "엄마 말은, 그런 생각들을 하는 건 네가 사람이기 때문에 그렇다는 거야. 네가 모두가 생각하는 거랑 다르다고 해서 실패한 게 아니야. 한 학교에서 놀림을 받는 아이가 다른 학교에 가면 가장 인기 있는 애가 될 수 있어. 그 아이에 대해 아무도 기대를 하지 않기 때문이지. 혹은 집안 전체가 의사라 의대에 입학한 사람이 자신의 진짜 꿈이 예술가 라는 걸 알게 될 수도 있는 거고." 나는 숨을 깊이 내쉬고 고개를 젓는다. "엄마 말이 이해가 되니?"

"아니."

그 말에 나는 웃음이 난다. "너를 보니 누군가가 생각나는구나."

안나가 팔꿈치를 대고 일어난다. "누구?"

"엄마." 내가 말한다.

부부가 아주 오랜 시간 동안 함께하다 보면 귀퉁이가 접히고 흰색 주름이 생긴 채 조수석 서랍에 들어 있는 지도가 된다. 너무 잘 알아서 눈 감고도 그릴 수 있고 그 때문에 어딜 가든 늘 갖고 다니는 지도 말이다. 하지만 전혀 예상치 못한 어느 날, 눈을 떠보니 그 앞에 낯선 갈림길, 전에 없던 빈티지 포인트(과거를 떠올려 보기 좋은 시점이나 상황-옮긴이)가 나타나면 우리는 멈춰서 이 랜드 마크가 어쩌면 완전히 새로운 게 아니라 그저 우리가 그동안 못 보고 지나쳤던 것이 아닌지 생각해야 봐야 한다.

남편은 침대에서 내 옆에 누워 있다. 아무 말도 없이 내 쇄골의 움푹 파인 곳에 손을 올려놓더니 달콤 쌉쌀한 키스를 오랫동안 퍼붓는다. 이건 내가 예상한 거다. 하지만 그다음 건 아니다. 남편이 내 입술을 너무 세게 깨무는 바람에 피맛이 난다. "아아." 내가 살짝 웃으며 가볍게 넘어가려고 하지만 남편은 웃지도 사과하지도 않는다. 그는 앞으로 몸을 숙이더니 피를 핥아 먹는다.

그 모습에 내 안의 무언가가 움찔한다. 이건 브라이언이다. 동시에 이건 브라이언이 아니다. 두 모습 다 놀랍다. 나는 구리 맛이 나는 매끄러운 피를 혀로 핥는다. 나는 난초처럼 몸을 열어 요람을 만든다. 남편의 숨결이 내 목을, 내 가슴을 타고 흐르는 게 느껴진다. 남편은 내 배에 한동안 머리를 대고 있다. 입술을 깨무는 게 예상하지 못했던 행동이라면 이건 그것만큼이나 익숙한 찌릿함이다. 내가 임신했을 때 남편이 매일 밤 의식처럼 했던 행동이다.

남편은 다시 움직인다. 두 번째 태양처럼 내 위로 올라와 나를 빛과 열로 가득 채운다. 우리는 대조적인 한 쌍이다. 단단함 대 부드러움, 밝음 대 어두움, 열정 대 차분함. 하지만 우리의 결합에는 상대 없이는 완성될 수 없다는 사실을 깨닫게 만드는 무언가가 있다. 우리는 뫼비우스의 띠다. 결코 엉킬 수 없는 두 개의 연결된 몸뚱이다.

"우리는 그 애를 잃을 거야." 나는 낮은 목소리로 말한다. 나조차도 케이트를 말하고 있는 건지, 안나를 말하고 있는 건지 모르겠다. 남편이 키스를 한다. "그만." 그가 말한다. 그 이후로 우리는 더 이상 아무 말도 하지 않는다. 그게 가장 안전하다.

수요일

하지만 그런 불길 속에서는
빛이 아니라 어둠이 보인다.

-존 밀턴, 『실낙원』

줄리아

내가 아침 조깅을 마치고 돌아오자 이지가 거실에 앉아 있다. "괜찮아?" 이지가 묻는다.

"응." 내가 운동화 끈을 풀고 이마의 땀을 닦으며 말한다. "왜?"

"보통 사람들은 새벽 4시 반에 조깅을 하진 않거든."

"태워야 할 에너지가 좀 있어서." 나는 부엌으로 들어가지만 바로 지금쯤 헤이즐넛이 준비되도록 설정해 놓은 브라운 커피메이커가 작동하고 있지 않다. 나는 에바의 전원을 확인한 뒤 버튼을 눌러보지만 LED 디스플레이가 전부 나가 있다. "젠장," 나는 벽에서 코드를 홱 뽑는다. "망가질 만큼 오래 쓰진 않았는데."

이지가 다가와 커피메이커를 만지작거린다. "아직 AS 기간이야?"

"몰라, 관심 없어. 내가 아는 거라곤 커피를 만들어주는 기계를 돈 주고 샀을 경우 망할 놈의 커피를 마실 자격이 있다는 것뿐이야." 난 이렇게 말하며 빈 유리 물병을 너무 세게 내리치는 바람에 물병이 싱크대에서 산산조각 나고 만다. 나는 진열장에 등을 기댄 채 미끄러져 내려가며 울기 시작한다.

이지가 내 옆에 무릎을 꿇는다. "그 자식이 어쨌는데?"

"저번이랑 똑같아, 언니." 내가 흐느껴 운다. "나는 등신이야."

언니가 팔로 나를 감싸 안는다. "끓는 기름을 들이부을까?" 이지가 제안한다. "보툴리눔 식중독(소시지나 통조림, 염장식품 속에서 치사율이 높은 독소를 가진 균이 번식하여 일어나는 식중독-옮긴이)에 걸리게 해? 아님 거세? 말만 해."

그 말에 나는 조금 웃는다. "너도 복수할 수 있어."

"언니가 먼저 하면."

나는 언니의 어깨에 기댄다. "번개가 똑같은 지점에 두 번 치지는 않는다고 생각했는데."

"당연하지." 이지가 말한다. "멍청하게 그 자리에 그대로 있다면 몰라도."

다음 날 아침 법원에서 처음 만난 사람은 사실 사람이 아니라 캠벨의 개, 저지다. 저지는 귀를 납작하게 한 채 모퉁이를 돌아 슬금슬금 다가온다. 주인의 고성을 피해 도망친 게 분명하다. "쉬이." 내가 달래듯 말하지만 저지는 내 정장 아래에 달라붙어─캠벨에게 드라이클리닝 비용을 청구해야겠군─나를 싸움 현장으로 끌고 갈 뿐이다. 모퉁이를 돌기도 전에 캠벨의 목소리가 들린다.

"나는 시간과 인력을 낭비했다. 그리고 그게 다가 아니야. 최악은 고객에 대한 판단을 잘못 했다는 거지."

"잘못 판단한 게 아저씨만은 아니에요." 안나가 반박한다. "전 아저씨가 줏대가 있다고 생각했기 때문에 아저씰 고용했거든요." 안나가 나를 밀치고 지나간다. "바보." 아이는 거친 숨을 내쉬며 웅얼거린다.

그 순간, 보트에서 혼자 잠에서 깼을 때 들었던 느낌이 떠오른다. 실망감, 무기력함, 이러한 상황에 놓이게 만든 스스로에 대한 화남. 나는 왜 캠벨에게 화를 내지 않았지? 저지가 발톱으로 가슴팍을 긁으며 캠벨에게 뛰어오른다. "내려 가!" 캠벨이 명령한 뒤 뒤돌아 나를 본다. "네가 이걸 전부 들어선 안 됐는데."

"그랬겠지."

캠벨은 회의실 의자에 털썩 앉은 뒤 얼굴에 손을 갖다댄다. "안나가 증인석에 서지 않으려고 해."

"맙소사, 캠벨. 자기 집 거실에서도 엄마한테 반항하지 못했던 애야. 반대 심문은커녕 뭘 기대해?"

캠벨은 나를 뚫어지게 올려다본다. "드살보 판사한테 뭐라고 말할 거야?"

"안나 때문에 묻는 거야, 아니면 질까 봐 걱정돼서 묻는 거야?"

"고마워, 하지만 난 내 양심을 사순절에 팔아 넘겼거든."

"열세 살짜리 여자아이가 왜 이렇게 널 거슬리게 하는 건지 스스로에게 물어보지 그래?"

캠벨이 얼굴을 찡그린다. "그냥 상관하지 말고 애초에 계획한 것처럼 내 사건을 망치지 그래, 줄리아?"

"이건 네 사건이 아니야, 안나 거지. 네가 왜 그렇게 생각하는 건지 이제 알겠네."

"그게 무슨 말이야?"

"넌 겁쟁이야. 너랑 안나 둘 다 자신으로부터 도망칠 작정인 거

지." 내가 말한다. "안나가 두려워하는 결과는 알겠어. 넌 어떤지 알
아?"

"무슨 말을 하는지 모르겠네."

"모르겠다고? 왜 또 농담하지 그래? 아니면 정곡을 찌르는 얘기는
농담하기가 쉽지 않니? 넌 누군가 너한테 가까이 갈 때마다 뒤로 물러
서잖아. 안나가 고객일 때는 괜찮다가도 네가 염려하는 사람이 되는 순
간, 곤란해진 거잖아. 나하고 하룻밤 자는 건 괜찮지만 감정적으로 연
결되는 건 곤란한 거고. 네가 유지하는 유일한 관계는 개 아니니? 게다
가 그것조차 엄청난 국가 기밀이고."

"말이 좀 심한데, 줄리아…."

"아니, 사실 네가 얼마나 머저리 같은지 정확히 알려줄 자격이 되
는 사람은 나뿐일 걸? 하지만 괜찮지 않아? 모두 네가 머저리인 걸 알게
되면 아무도 너랑 가깝게 지내려 하지 않을 테니까." 나는 그를 한동안
노려본다. "누군가가 네 속을 들여다볼 수 있다는 게 실망스럽지, 캠
벨?"

그는 무표정하게 자리에서 일어난다. "처리해야 할 사건이 있어서."

"그러시겠지." 내가 말한다. "정의랑 그걸 필요로 하는 고객을 반드
시 구분하도록 해. 안 그러면 너도 결국 심장이 작동할 테니까 말이야."

난 더 이상 난처해지지 않기 위해 자리를 떠난다. 나를 향한 캠벨
의 목소리가 들린다. "줄리아, 그건 사실이 아니야." 나는 눈을 감는다.
그리고 생각과 다르게 뒤돌아본다.

그가 머뭇거린다. "개 말이야. 사실은…."

하지만 캠벨이 하려는 말은 번이 문가에 나타나며 끊기고 만다.

"드살보 판사님이 잔뜩 화가 나 있으세요." 번이 말한다. "두 분 다 늦은데다 미니마트에 커피 우유가 다 떨어졌지 뭐예요."

　　나는 캠벨과 눈을 맞춘다. 캠벨이 말을 마칠 때까지 기다린다. "넌 내 다음번 증인이야." 캠벨이 덤덤하게 말한다. 그리고 언제 그랬냐는 듯, 하려던 말은 쏙 들어가 버린다.

캠벨

나쁜 놈이 되는 게 갈수록 어려워지고 있다. 법원에 들어서는 순간, 손이 떨린다. 물론 뻔한 이유 때문이기도 하지만 내 옆에 서 있는 의뢰인이 바위만큼이나 반응이 없기 때문이기도 하다. 게다가 이제 나는 내가 사랑하는 여자를 증인석에 세우려 하고 있다. 판사가 들어오자 나는 줄리아를 한 번 흘깃 본다. 줄리아는 애써 시선을 피한다.

내 펜이 탁자에서 굴러떨어진다. "안나, 펜 좀 주워 줄래?"

"글쎄요, 시간과 인력을 낭비하게 되지 않을까요?" 아이가 말한다. 망할 놈의 펜은 바닥에 그대로 놓여 있다.

"다음번 증인을 심문할 준비가 되었나요, 알렉산더 씨?" 드살보 판사가 묻는다. 하지만 내가 줄리아의 이름을 말하기도 전에 사라 피츠제럴드가 판사석으로 가까이 가기를 요청한다. 또 다른 문제가 생길 거라 예상하는데, 아니나 다를까 상대편 변호사는 나를 실망시키지 않는다.

"제가 증인으로 요청한 정신과 의사가 오늘 오후에 병원 진료가 있어서요. 순서를 좀 바꿔도 괜찮을까요?"

"알렉산더 씨?"

나는 어깨를 으쓱한다. 솔직히 말하면 나한테 이건 형의 집행 중지나 다름없다. 그래서 나는 안나 옆에 앉아 얼굴에 비해 머리를 너무 팽팽하게 말아 올린 자그마하고 가무잡잡한 여자가 증인석에 앉는 걸 지켜본다. "이름과 주소를 말씀해 주시겠습니까?" 사라가 시작한다.

"베아타 노 의사입니다." 정신과 의사가 말한다. "운소컷, 오릭 웨이, 1250번지입니다."

닥터 노(Dr. No, 007시리즈 첫 번째 영화-옮긴이)라. 나는 법정을 둘러보지만 제임스 본드 팬은 나뿐인 것 같다. 나는 노트를 꺼내 안나에게 쪽지를 쓴다. **저 여자가 찬스 의사랑 결혼하면 닥터 노 찬스(No Chance)가 될 거야.**

아이의 입가가 미소로 씰룩댄다. 아이는 떨어진 펜을 집어 들어 다시 쓴다. **저 여자가 이혼을 하고 버스터 씨랑 결혼하면 노 찬스 버스터(No Chance Buster) 의사가 될 걸요.**

우리가 소리 내어 웃기 시작하자 드살보 판사가 헛기침을 하며 우리를 본다. "죄송합니다, 재판장님." 내가 말한다.

안나가 나에게 쪽지를 또 하나 건넨다. **아직 아저씨한테 화 풀린 거 아니에요.**

사라가 증인석으로 다가간다. "전문 의료 분야에 대해 말씀해 주시겠습니까?"

"아동 정신과 의사입니다."

"제 아이들을 어떻게 처음 만나셨죠?"

노 의사는 안나를 힐긋 쳐다본다. "7년 전쯤, 행동 장애로 아들 제시를 데리고 왔을 때입니다. 그 이후로 발생한 다양한 문제를 논의하기 위해 여러 차례에 걸쳐 다른 아이들도 만났습니다."

"제가 지난주에 전화드렸죠. 케이트가 죽을 경우 안나가 겪게 될 심리적인 충격에 대한 전문가의 의견을 담은 보고서를 작성해 달라고요."

"네, 사실 좀 알아보았습니다. 메릴랜드주에 비슷한 사례가 있었어요. 쌍둥이 형제에게 장기를 기증하도록 요구 받았던 여자아이였죠. 이 쌍둥이를 분석한 정신과 의사는 둘이 상당히 비슷해 이식이 성공할 경우 기증자도 큰 이익을 볼 거라고 결론 내렸어요." 의사는 안나를 바라본다. "안나와 케이트의 경우도 상당히 비슷하다고 봅니다. 둘은 상당히 가까워요. 유전적으로만 그런 게 아니라 함께 살고 함께 어울리며 사실 하루 종일 시간을 같이 보내고 있어요. 안나가 언니를 살릴 수 있도록 신장을 기증할 경우 그건 케이트에게 뿐만 아니라 안나에게도 큰 선물이 될 겁니다. 안나는 구성원 한 명을 잃은 가족이 아니라 계속해서 지금과 같은 가족을 갖게 될 테니까요."

이건 도저히 받아들이기 힘든, 정신의학 용어로 가득 찬 헛소리다. 하지만 놀랍게도 판사는 의사의 얘기를 심각하게 받아들이는 것 같다. 줄리아 역시 고개를 까딱 한 채 미간을 살짝 찡그리고 있다. 머리가 제대로 돌아가는 건 이 법정 안에 나뿐인가?

"게다가," 노 의사가 말을 잇는다. "기증을 한 아이는 자기 존중감이 높으며 가족 내에서 자신이 중요한 역할을 한다고 생각한다는 연구 결과가 있습니다. 아무도 할 수 없는 일을 자신이 할 수 있다는 이유로 스스로를 슈퍼 히어로로 여기는 거죠."

그건 내가 여태 들어본 말 중 안나 피츠제럴드에게 가장 안 어울리는 설명이다.

"안나가 스스로 의료적 결정을 내릴 수 있다고 보십니까?" 사라가 묻는다.

"전혀요."

놀랍기도 해라.

"아이가 내리는 결정은 무엇이든 가족 전체에 영향을 미칠 수밖에 없습니다." 노 의사가 말한다. "안나는 결정을 내릴 때 그걸 생각하게 됩니다. 따라서 절대로 독립적일 수가 없죠. 게다가 안나는 고작 열세 살입니다. 뇌가 멀리까지 내다볼 수 있을 만큼 발달되지 않은 상태입니다. 따라서 안나가 내리는 모든 결정은 장기적이라기보다는 가까운 장래만을 고려한 겁니다."

"노 박사님." 판사가 끼어든다. "이 사례의 경우 무엇을 권고하시겠습니까?"

"안나는 인생 경험이 풍부한 누군가의 지도가 필요해요. 아이의 이익을 가장 중요시하는 사람 말이에요. 저는 이 가족과 함께해서 기쁘지만 부모는 부모가 되어야 해요. 아이들이 그럴 수는 없으니까요."

사라가 나에게 심문의 기회를 넘기고, 나는 상대를 무너뜨릴 기회를 노린다.

"신장을 기증하는 게 안나에게 심리적으로 큰 혜택을 안겨다 줄 거라고 말씀하시는 겁니까?"

"그렇습니다." 노 의사가 말한다.

"그렇다면 안나가 신장을 기증했는데 케이트가 수술을 받고 죽는다면, 그래서 안나는 심리적으로 큰 트라우마를 겪는다면, 그건 논리에 어긋나는 거 아닌가요?"

"부모가 아이에게 알아듣도록 설명해 주리라 봅니다."

"안나가 더 이상 기증을 하기 **싫다고** 말한 부분에 대해서는요?" 내가 지적한다. "그건 중요하지 않나요?"

"물론 중요합니다. 하지만 말씀드렸다시피 안나의 현재 심리 상태는 단기적인 결과에 치중하고 있습니다. 이 결정이 어떠한 식으로 모두에게 영향을 미칠지 모르고 있죠."

"누군들 알까요?" 내가 말한다. "피츠제럴드 부인은 열세 살이 아닐지도 모르지만 케이트의 건강과 관련해서는 늘 마음을 졸이며 하루하루 삽니다."

노 의사는 마지못해 고개를 끄덕인다.

"피츠제럴드 부인은 케이트를 건강하게 유지함으로써 좋은 엄마로서의 자신의 능력을 보여주려는 걸지도 모릅니다. 사실 부인의 행동으로 케이트가 살아 있게 될 경우 부인은 심리적으로 혜택을 받는 거겠죠."

"물론입니다."

"부인은 가족 안에 케이트가 있어야 훨씬 행복합니다. 따라서 부인이 인생에서 한 선택은 전혀 독립적이지 않으며 케이트의 건강과 관련된 사안으로부터 영향을 받았다고도 할 수 있겠네요."

"그럴지도 모르죠."

"그렇다면 사라 피츠제럴드 부인이 케이트의 기증자처럼 보이고 느끼며 행동한다고 말할 수도 있지 않을까요?" 내가 말을 마친다.

"그건….'

"물론 부인이 골수나 혈액을 기증하지는 않죠. 그건 안나지."

"알렉산더 씨." 판사가 경고한다.

"피츠제럴드 부인이 독립적인 결정을 할 수 없는, 심리적으로 기증자에 가까운 성향을 보일 경우 안나보다 이러한 선택을 더 잘할 수 있으리라는 보장이 있습니까?"

한편으로 흘깃 보니 사라 피츠제럴드의 멍한 표정이 보인다. 판사가 판사봉을 쾅 하고 내려친다.

"맞습니다. 노 박사님. 부모는 부모가 되어야 합니다." 내가 말한다. "하지만 때로는 그걸로 충분치 않죠."

줄리아

드살보 판사가 10분 휴정을 선언한다. 나는 과테말라 직불로 짠 배낭을 내려놓고 손을 씻기 시작한다. 바로 그때 화장실 한 칸이 열리고 안나가 나온다. 아이는 잠시 머뭇거리다가 내 옆으로 와 수도꼭지를 튼다.

"안녕." 내가 말한다.

안나는 손건조기 아래에서 손을 말리려고 한다. 하지만 왜 그런지 아이의 손바닥 센서가 인식이 안 되고 바람이 나오지 않는다. 아이는 자신이 눈에 보인다는 걸 주지시키려는 듯 손건조기 아래에 다시 손가락을 흔든 뒤 노려본다. 그러고는 손건조기를 쾅 하고 친다. 내가 고개를 숙여 그 아래 손을 흔들자 내 손바닥 위로 따뜻한 공기가 쏟아진다. 우리는 주전자가 끓고 있는 난롯가 주위에 모여든 떠돌이 일꾼들처럼 이 작은 온기를 공유한다.

"네가 증언하기를 원치 않는다고 캠벨이 그러던데?"

"그 얘기는 하고 싶지 않아요." 안나가 말한다.

"가장 원하는 걸 얻기 위해서는 가장 하기 싫은 일을 해야 할 때도 있는 거야."

안나는 화장실 벽에 기대서서 팔짱을 낀다. "갑자기 왜 공자님이 되셨대요?" 아이는 돌아서더니 내 배낭을 집어 준다. "이거 맘에 드네요. 색깔이요."

나는 가방을 받아서 어깨에 멘다. "남아프리카에 있을 때 한 할머니가 이걸 짜는 걸 봤어. 이 무늬를 만드는 데 스무 타래의 실이 필요하대."

"진실도 그렇죠." 안나가 말한다. 아니면 안나가 그렇게 말한다고 내가 생각한 걸까? 하지만 아이는 이미 화장실 밖으로 나가고 없다.

나는 캠벨의 손을 보고 있다. 그는 말을 할 때 손을 상당히 자주 움직인다. 자신의 말을 강조하기 위해 손을 사용하고 있는 것처럼 보이기까지 하다. 하지만 그는 손을 조금 떨고 있기도 하다. 내가 무슨 말을 할지 모르기 때문이리라.

"소송 후견인으로서 이 사건에 대한 의견을 말씀해 주시겠습니까?"

나는 숨을 깊이 들이쉰 뒤 안나를 쳐다본다. "지금 우리는 평생 언니의 건강에 상당한 책임감을 느끼며 살아온 어린아이를 보고 있습니다. 사실 이 아이는 그러한 책임을 지기 위해 이 세상에 태어났다는 걸 알고 있죠." 나는 자리에 앉아 있는 사라를 힐긋 쳐다본다. "저는 이 가족이 안나를 임신했을 때 그 의도가 충분히 훌륭했다고 봅니다. 첫째 딸을 살리고 싶었고 가족 모두가 안나를 환영할 거라고 생각했죠. 안나가 유전적으로 언니에게 무언가를 제공할 수 있기도 했지만 부모는 아이를 사랑하고 아이가 잘 자라는 걸 지켜보고 싶기도 했습니다. 그게 안나를 가진 이유였죠."

　나는 캠벨을 돌아본다. "저는 이 가족에게 있어 케이트를 살리기 위해 최선을 다하는 일이 상당히 중요한 이유도 전적으로 이해합니다. 누군가를 사랑한다면 상대를 곁에 두기 위해 무슨 일이든 할 테니까요."

　어린 시절, 나는 터무니없는 꿈을 꾸다가 한밤중에 깨 그 꿈을 다시 생각하곤 했다. 나는 날고 있었다. 초콜릿 공장에 갇혀 있기도 했고 카리브해 섬의 공주이기도 했다. 프랜지파니(푸루메리아) 향기를 머리에 담은 채 혹은 잠옷 솔기에 구름이 걸린 상태에서 잠에서 깼다. 하지만 곧 내가 다른 곳에 있다는 걸 깨달았다. 다시 잠이 들기는 했지만 아무리 노력해도 내가 꾸던 꿈속으로 다시 들어갈 수는 없었다.

　캠벨과 함께 잠이 들었던 날, 나는 그의 팔에 안긴 상태에서 잠에서 깼다. 캠벨은 여전히 자고 있었다. 나는 그의 얼굴 지형을 더듬었다. 낭떠러지 같은 광대뼈에서부터 소용돌이 모양의 귀, 웃을 때 입 주위로 계곡처럼 생기는 선까지. 그런 다음 눈을 감았고 난생 처음으로 다시 똑같은 꿈속으로 돌아갔다. 정확히 마지막 지점으로.

　"안타깝게도," 나는 법정에서 얘기한다. "뒤로 물러나 이제 그만둘 때라고 말해야 하는 시점도 있는 법입니다."

　캠벨이 날 찬 뒤 한 달 동안 나는 억지로 미사를 보러 가거나 저녁을 먹으러 갈 때를 빼고는 침대 밖으로 나오지 않았다. 머리를 감지도 않았고, 눈 아래에는 다크 서클이 한가득이었다. 한눈에 봐도 언니랑 나는 완전히 달라보였다.

　하루는 자진해서 용기를 내 침대 밖으로 나왔다. 휠러 고등학교에 가서 보트 창고 주변을 서성이다가 조용히 그 안에 숨어들었다. 그러다가 여름 계절학기 학생이었던 요트 팀의 한 남자아이를 발견했다. 그 아이는 학교에 소속된 소형 보트를 나르고 있었다. 캠벨의 검은 머리와는 달리 금발이었고 크고 늘씬하기보다는 다부진 체격이었다. 나는 집까지 데려다 줄 사람이 필요한 척했다.

한 시간이 채 되지 않아 나는 그 아이의 혼다 뒷좌석에서 관계를 가졌다. 다른 사람이 있으면 내 피부에서 캠벨의 냄새가 나지 않을 것 같아서, 내 입술 안에서 캠벨이 느껴지지 않을 것 같아서 그랬다. 내 안이 너무 텅 빈 느낌이라 헬륨 풍선처럼 날아가 버릴까 봐 두려워서 그랬다. 너무 높이 올라가 한 줄기 색으로조차 보이지 않게 될까 봐.

이름조차 기억나지 않는 이 남자아이가 내 안에서 신음소리를 내고 들썩이는 게 느껴졌다. 나는 그만큼 텅 비어 있었고 망연자실한 상태였다. 그러다가 갑자기 이 잃어버린 풍선이 무엇인지 알게 되었다. 그건 손가락 사이로 빠져나간 사랑이었다. 매일 밤하늘에 떠오르는 공허한 눈이었다.

"2주 전, 소송 후견인이 되었을 때," 내가 판사에게 말한다. "저는 이 가족의 역학 관계를 살펴보기 시작했습니다. 당시에는 부모로부터 의료 해방을 얻는 것이 안나에게 가장 이로운 결정처럼 보였죠. 하지만 곧 제가 이 가족의 모든 이들처럼 결정을 내리려고 했다는 걸 깨달았습니다. 심리적인 영향이 아니라 생리학적인 영향만을 생각한 거죠. 의학적으로 안나에게 무엇이 옳은가를 판단하는 건 쉽습니다. 결론부터 말하자면, 언니의 생명을 연장할 뿐, 안나 자신에게 의학적으로 아무런 이익이 없는 장기나 혈액 기증은 이로운 일이 아닙니다."

캠벨의 눈이 반짝이는 게 보인다. 이러한 진술에 그는 놀란 게 분명하다. "하지만 해결책을 찾기는 쉽지 않습니다. 언니에게 기증을 하는 게 안나에게 가장 이로운 일은 아니지만 피츠제럴드 가족은 이에 관해서 정보에 기반한 결정을 할 수 없습니다. 케이트의 병을 폭주 열차에 비유하자면 가족들은 이 열차를 역에 정차시키기 위한 최선의 방법을 생각하지 않은 채 그저 긴급한 상황이 발생할 때마다 이에 대응하기 급급한 거죠. 동일한 비유에 따르면, 부모의 압력은 트랙의 스위치나 다름없습니다. 안나는 부모님의 바람이 뭔지 알고 있는 상태에서 독립적인 결정을 내릴 만큼, 신체적으로도 정신적으로도 강하지 못합니다."

캠벨의 개가 일어나 낑낑대기 시작한다. 주의를 뺏긴 나는 뒤돌아본다. 캠벨이 나에게서 눈을 떼지 않은 채 저지의 주둥이를 밀어낸다.

"피츠제럴드 가족 중 어느 누구도 안나의 의료와 관련해 공평한 결정을 내릴 수 없다고 봅니다." 내가 인정한다. "부모님도, 안나 스스로도요."

드살보 판사가 나를 보더니 눈살을 찌푸린다. "그렇다면 로마노 양," 그가 묻는다. "무엇을 권고하겠소?"

캠벨

'줄리아는 이 소송에 반대하진 않을 것이다.'

믿을 수 없지만 그게 처음 든 생각이다. 내 사건은 줄리아가 증언을 한 이후에도 소멸되지 않을 것이다. 두 번째로 든 생각은 줄리아는 이 소송, 그리고 이 소송이 안나에게 미치는 영향에 대해 나만큼이나 확신이 없다는 거다. 차이점이 있다면 줄리아는 모두가 볼 수 있도록 저곳에 서서 설명을 하고 있다는 거다.

저지는 이 순간 골칫거리가 되기로 결심이나 한 듯 내 코트에 이빨을 파묻은 채 나를 끌어당기기 시작한다. 하지만 절대로 줄리아의 증언을 다 듣기 전에 휴식을 취해서는 안 된다. "로마노 양?" 드살보 판사가 묻는다. "무엇을 권고하겠소?"

"저도 모르겠습니다." 줄리아가 부드러운 목소리로 답한다. "소송 후견인으로서 결론에 도달하지 못한 적이 한 번도 없었는데 죄송합니다. 하지만 피츠제럴드 부부는 사랑하는 두 딸을 위해 결정을 내린 것 말고는 잘못한 게 없습니다. 그렇게 보면 잘못된 결정 같아 보이지 않습니다. 두 딸을 위한 올바른 결정이 아닐지라도 말이지요."

줄리아는 안나를 돌아본다. 내 옆에 있는 안나가 조금은 더 똑바로, 자랑스러운 자세로 앉아 있는 게 느껴진다.

"하지만 13년이 지난 후에야 자신의 의견을 말하게 된 안나도 생각해야 합니다. 사랑하는 언니를 잃게 될지도 모르는 상황에서 말이죠." 줄리아는 고개를 젓는다. "이건 솔로몬의 선택입니다, 재판장님. 저에게 아기를 반으로 가르길 요청하고 계시진 않지만 한 가족을 갈라놓으라고 요청하고 계시는 겁니다."

반대편 팔을 끌어당기는 게 느껴지자 나는 저지인 줄 알고 한 대 또쳐서 쫓으려고 한다. 하지만 이번에는 안나다. "알았어요." 아이가 속삭인다. 드살보 판사는 줄리아를 증인석에서 내려오게 한다. "뭘 알았다는 거니?" 나도 속삭인다.

"증인석에 서겠어요." 안나가 말한다.

나는 믿기 힘들다는 듯 아이를 쳐다본다. 저지는 이제 끙끙거리며 내 허벅지에 코를 박고 있다. 하지만 휴정을 요청할 수는 없다. 안나가 잠시 후면 또 마음을 바꿀 것이다. "진심이니?"

하지만 아이는 대답 대신 자리에서 일어난다. 모두의 관심이 안나에게 쏠린다. "드살보 판사님?" 안나가 숨을 깊이 들이쉰다. "할 말이 있어요."

안나

3학년 때 학교에서 처음으로 발표를 해야 했다. 나는 캥거루에 대해 발표할 예정이었다. 캥거루는 상당히 흥미로운 동물이다. 진화적인 돌연변이종처럼 호주에서만 발견될 뿐만 아니라 사슴 같은 눈에 쓸데없이 티라노사우루스 같은 발톱을 갖고 있다. 하지만 가장 흥미로운 점은 당연히 주머니다. 갓 태어난 새끼 캥거루는 손가락 만한데, 주머니의 덮개 아래로 기어가 스스로 그 안으로 들어간다. 그동안 아무것도 모르는 엄마는 오지를 깡충깡충 뛰어다닌다. 게다가 이 주머니는 토요일 아침 만화에 나오는 것처럼 생기지 않았다. 입술 속처럼 분홍색에 주름이 져 있으며 아기가 자라기 위해 필요한 것들로 가득 찬 자궁과도 같다. 캥거루가 한 번에 새끼 한 마리만 품고 있는 게 아니라는 건 몰랐을 거다. 이따금 동생들도 그 안에 들어 있다. 언니들이 거대한 발을 긁어대며 기를 펴는 동안 말랑말랑하고 몸집이 작은 동생들은 주머니 바닥에 끼여 있다.

보다시피 나는 발표 내용을 확실히 숙지하고 있었다. 하지만 내 차례가 다가오면서 스티븐 스카피니오가 종이죽으로 만든 여우원숭이 모델을 들어올리자, 토할 것만 같았다. 나는 커스버트 선생님에게 가서 내가 발표를 하면 모두가 불행해질 거라고 말했다.

"안나, 괜찮을 거라고 스스로에게 말하면 정말 괜찮아질 거야." 선생님이 말했다.

결국 스티븐이 발표를 마치자 나는 자리에서 일어났다. 깊은 숨을 들이쉰 뒤 말했다. "캥거루는 호주에서만 사는 유대류 동물입니다."

그러고는 운이 없게도 맨 앞줄에 앉은 네 명의 아이 위로 토를 발사했다. 그 후 3학년을 마칠 때까지 아이들은 나를 "캥거루 토사녀"라고 불렀다. 이따금 방학 때 비행기를 타고 여행을 다녀오는 아이들이 있었는데, 그 아이들이 돌아온 뒤 내 사물함에 가보면 양털 스웨터의 앞에 구토 봉지를 고정시켜 놓은 게 들어 있곤 했다. 유대류 동물의 임시 주머니였다. 나는 학교에서 가장 큰 놀림거리였다. 대런 홍이 체육관에서 깃발을 잡으려다가 실수로 오리아나 베르트하임의 치마를 당기는 사건이 발생하기 전까진.

이 이야기를 하는 이유는 나는 사람들 앞에서 얘기하는 것을 별로 좋아하지 않는다는 걸 말하기 위해서다. 하지만 증인석에 서 있는 지금은 걱정할 게 그것만이 아니다. 캠벨 아저씨가 생각하는 것처럼 긴장되기 때문이 아니다. 아무 말도 하지 못할까 봐 두려운 게 아니다. 말을 너무 많이 할까 봐 걱정이다.

나는 법정을 둘러본 뒤 변호사 자리에 앉아 있는 엄마를 바라본다. 그러고는 나를 보고 아주 살짝 웃고 있는 아빠를 쳐다본다. 내가 끝까지 소송을 진행할 수 있을 거라고 생각했다니 믿을 수가 없다. 나는 모두의 시간을 낭비한 것을 사과하며 뛰쳐나가려고 의자 가장자리로 향한다. 그 순간 캠벨 아저씨가 눈에 들어온다. 상당히 끔찍한 모습이다. 땀을 흘리

고 있으며 눈동자가 너무 커져서 얼굴에 25센트짜리 동전을 깊이 박아놓
은 것 같다. "안나," 아저씨가 묻는다. "물 한잔 마실래?"

나는 그를 보며 생각한다. '아저씨도 한잔 하실래요?'

내가 원하는 건 집에 가는 거다. 아무도 내 이름을 모르는 곳, 백만장
자의 양딸, 치약 제조 기업의 상속인, 일본 팝스타인 척할 수 있는 곳으로.

캠벨 아저씨가 판사를 돌아본다. "잠시 제 의뢰인과 얘기를 나눠도
될까요?"

"그러세요." 드살보 판사가 말한다.

캠벨 아저씨는 증인석으로 다가와 그의 목소리가 들릴 만큼 나를 향
해 가까이 몸을 숙인다.

"내가 어렸을 때 말이야, 조셉 발츠(독일어로 '교미'라는 뜻-옮긴
이)라는 친구가 있었어." 아저씨가 낮은 목소리로 말한다. "노 의사가 그
친구랑 결혼했다고 생각해 보렴."

아저씨는 뒤로 물러난다. 나는 미소를 머금은 채 어쩌면 2~3분은
버틸 수 있을지도 모르겠다고 생각한다. 한편, 캠벨 아저씨의 개는 미쳐가
고 있다. 보아하니 물이 필요한 건 저지 같다. 나만 그렇게 생각하는 게 아
닌가 보다.

"알렉산더 씨, 제발 개 좀 진정시키세요." 드살보 판사가 말한다.

"그만, 저지!"

"뭐라고요?"

캠벨 아저씨의 볼이 토마토처럼 빨개진다. "제 개한테 한 말이었습
니다. 재판장님이 요청하신 대로요." 아저씨는 나를 돌아본다. "안나, 왜
이 소송을 하고 싶었니?" 알다시피 거짓말에는 고유의 맛이 있다. 화려한

초콜릿을 입에 넣으며 안에 토피가 들어 있기를 기대하지만 대신 레몬 껍질 맛만 날 때처럼 뭉툭하고 씁쓸하며 꺼림칙하다. "요구했거든요." 나는 눈사태가 될 첫 두 마디를 내뱉는다.

"누가 뭘 요구했는데?"

"엄마가요." 나는 캠벨 아저씨의 신발을 쳐다보며 말한다. "신장을요." 나는 치마를 내려다본 뒤 실을 한 올 집어 든다. 전부 풀어헤쳐야 할지도 모르겠다.

2개월 전쯤, 언니는 신부전을 진단받았다. 언니는 쉽게 피곤해졌고 살이 빠졌을 뿐 아니라 수분 배출이 잘 되지 않았고 구토를 엄청 했다. 유전적 이상, 과립구-대식구집락자극인자 즉, 골수 생산을 촉진시키기 위해 언니가 맞은 백혈구 생성 촉진제 주사, 다른 치료로 인한 스트레스 등 다양한 이유가 제기되었다. 언니는 혈류 속 독소를 제거하기 위해 투석을 받았다. 하지만 언제부턴가 투석도 소용이 없었다.

어느 날 밤, 언니랑 내가 방 안에서 놀고 있는데 엄마가 들어왔다. 아빠도 따라 들어왔다. 수도꼭지를 잠그지 않았다는 훈계보다는 조금 더 깊은 토론을 하게 될 거라는 의미였다. "인터넷에서 찾아봤는데." 엄마가 말했다. "일반적인 장기 이식은 골수 이식만큼 어렵지 않대."

언니는 나를 보더니 새로 산 CD를 틀었다. 우리는 이 이야기의 결론을 알고 있었다. "그렇다고 해서 케이마트에서 신장을 고를 수는 없잖아."

"알아. HLA 단백질 중 몇 개만 맞으면 신장을 이식해 줄 수 있대. 여섯 개 전부 다가 아니라. 찬스 의사한테 전화해서 확인해 봤는데 평범한 경우라면 엄마도 적임자가 될 수 있을 거라고 말씀하셨어."

그 단어가 언니의 귀에 꽂힌다. "평범한 경우?"

"응, 네 경우는 아니지. 찬스 의사는 일반적인 기증자로부터 장기를 기증받을 경우 네 몸이 그걸 거부할 거라고 생각하셔. 네 몸이 이미 너무 많은 걸 견뎌냈잖니." 엄마가 카펫을 내려다본다. "안나가 기증하는 게 아닌 한, 신장 이식 수술을 권고하지 않으시겠대."

아빠가 고개를 저으며 조용히 말했다. "그건 외과 수술이야. 너희 둘 다한테."

나는 생각하기 시작했다. 난 병원에 입원해야 할까? 아플까? 신장 하나만으로도 살 수 있을까? 일흔 살이 되었을 때 신부전이 오면 어떡하지? 난 어디서 또 다른 신장을 구하지? 내가 이런 질문을 던지기도 전에 언니가 말했다.

"난 안 해, 알아? 지긋지긋하다고. 병원이랑 항암약물요법, 방사능 요법 이 온갖 것들 말이야. 제발 나 좀 가만히 내버려 둬."

엄마의 얼굴이 하얗게 질렸다. "좋아, 케이트. 그럼 어서 자살을 하지 그러니!"

언니는 다시 헤드폰을 끼더니 나한테 들릴 정도로 음악을 크게 틀었다. "이미 죽어가고 있다면 자살이 아니야." 언니가 말했다.

"기증을 하고 싶지 않다고 누구한테 말한 적 있니?" 캠벨 아저씨가 묻는다. 저지는 법원 앞을 빙빙 돌기 시작한다.

"알렉산더 씨," 드살보 판사가 말한다. "집행관을 불러 당신의… 애완견을 내보내겠어요."

그렇다, 저지는 이제 통제 불가능한 상태다. 마구 짖어대며 앞발로 캠벨 아저씨에게 뛰어오르고 작은 원을 그리며 돌고 있다. 아저씨는 두 저지를 무시하며 말한다. "안나, 네 스스로 이 소송을 시작하기로 결심했니?"

나는 아저씨가 이렇게 묻는 이유를 안다. 내가 이렇게 힘든 결정을 내릴 수 있다는 걸 모두에게 알리고 싶은 거다. 나는 거짓말을 준비해 두었다. 내 이 사이로 뱀처럼 스멀거리고 있는 거짓말을. 하지만 내가 하려는 말은 내 입 밖으로 나온 말과는 다르다.

"사실 전 다른 사람한테 설득 당했어요."

당연히 부모님도 모르는 얘기다. 엄마, 아빠의 눈이 나에게로 향한다. 줄리아도 마찬가지다. 줄리아는 내 말에 작은 소리를 내뱉는다. 캠벨 아저씨 역시 다를 바 없다. 좌절감에 손으로 얼굴을 쓱 문지른다. 이래서 아무 말도 안 하고 있는 게 더 나은 거다. 내 삶을 비롯해 모든 이의 삶을 망칠 확률이 적기에.

"안나," 캠벨 아저씨가 말한다. "누가 너를 설득했니?"

이 외로운 행성에서, 이 주(state)에서, 이 의자에 앉아 있는 나는 작디작다. 나는 양손을 포갠 뒤, 빠져나가지 못하도록 가까스로 붙잡고 있는 유일한 감정인 '후회'를 움켜쥔다. "언니요."

법정 전체가 조용해진다. 내가 무슨 말을 꺼내기도 전에 예상하고 있던 번개가 내리친다. 나는 움찔하지만 내가 들은 쿵 소리는 지구가 나를 집어 삼키려고 열리는 소리가 아니다. 그건 캠벨 아저씨가 바닥으로 쓰러지는 소리다. 그 옆에 사람 눈을 한 저지가 캠벨 아저씨에게 '그것 봐'라고 말하는 듯한 표정으로 서 있다.

브라이언

3년 동안 우주여행을 한 뒤 지구로 돌아오면 400년이 지나 있다. 나는 탁상 천문학자에 불과하지만 이상하게도 우주여행을 갔다가 지구로 돌아오니 아무것도 이해가 되지 않는 것 같은 기분이다. 제시의 말을 들었다고 생각했지만 알고 보니 아이의 말을 전혀 듣지 않고 있었다. 안나의 말을 주의 깊게 들었지만 무언가 놓친 게 있는 것 같다. 아이가 한 말을 잘 파악해 보려고 노력한다. 그리스인들이 하늘에서 다섯 개의 지점을 발견한 뒤 그게 여성의 몸처럼 보인다고 생각한 것처럼 아이의 말을 추적하고 이해해 보려고 한다.

그러다가 갑자기 내가 잘못된 곳을 보고 있다는 생각이 든다. 가령 호주 원주민은 그리스 로마 별자리 사이로 어두운 하늘을 들여다본 뒤 남십자자리 아래, 별이 없는 곳에 숨어 있는 에뮤(호주에서 서식하는 대형 조류—옮긴이)를 찾아낸다. 어두운 곳에서도 밝은 곳에서 만큼이나 많은 이야기가 존재하는 법이다.

내가 그런 생각을 하고 있는데 내 딸아이의 변호사가 간질 발작으로 바닥에 쓰러진다.

기도, 호흡, 순환. 대발작을 겪는 사람에게는 기도가 중요하다. 나는 방청석 출입구 위로 껑충 뛰어올라 개를 밀어낸다. 개는 보초병처럼 캠벨 알렉산더 씨의 씰룩거리는 몸 위에 서 있다. 알렉산더 씨는 강직성 경련기 상태다. 호흡기 근육이 수축하면서 공기가 밖으로 빠져나가고 있다. 그러더니 갑자기 그의 몸이 움직임을 멈추며 경직된 상태로 바닥에 가만히 있다. 하지만 곧바로 다시 강직성 경련기가 시작되고 근육이 제 멋대로 반복적으로 움직인다. 나는 구토를 할 것을 대비해 그를 옆으로 눕힌다. 그리고 혀를 깨물지 않도록 턱 사이에 끼울 만한 막대기를 찾기 시작한다. 그때 놀라운 일이 벌어진다. 개가 알렉산더 씨의 서류 가방을 쓰러트리더니 무언가를 물어와 내 손에 떨어뜨린다. 고무 뼈다귀처럼 생겼지만 사실 물림 보호대다. 판사가 법정을 봉쇄하는 게 멀리서나마 느껴진다. 나는 번에게 응급차를 불러달라고 소리친다. 줄리아가 내 옆에 와 있다.

"괜찮은 거예요?"

"괜찮을 겁니다. 발작입니다."

그녀는 가까스로 눈물을 참고 있는 것 같다. "뭐라도 하실 수 없으세요?"

"기다려보죠." 내가 말한다.

줄리아가 캠벨을 잡으려고 하지만 나는 그녀의 손을 밀어낸다. "무슨 일인지 모르겠어요."

캠벨 자신도 모를지 모른다. 아무런 과거의 경력 없이 일어나는 일도 있는 법이다.

2천 년 전 밤하늘은 지금과는 딴판이었다. 탄생일과 관련된 그리스인의 별자리 개념은 오늘날의 날짜나 나이에 비해 상당히 부정확하다. 당시에는 태양이 황소자리에 있지 않고 쌍둥이자리에 있었다. 9월 24일에 태어난 사람은 천칭자리가 아니라 처녀자리였다. 또한 궁수자리와 천칭자리 사이에 13번째 별자리가 있었다. 땅꾼자리라 불리는 이 자리는 오직 4일만 떠 있었다. 이렇게 부정확한 이유는 무엇일까? 바로 지축이 흔들리기 때문이다. 삶은 우리가 원하는 것만큼 안정적이지 않다.

캠벨 알렉산더 씨는 법원 바닥에 깔린 러그에 구토를 하고 기침을 하더니 판사실에서 정신을 차린다. "진정하세요." 그가 앉는 걸 도와주며 내가 말한다. "꽤 셌어요."

알렉산더 씨가 머리에 손을 갖다댄다. "무슨 일이 일어났죠?"

기억 상실증은 흔한 증상이다. "의식을 잃으셨어요. 제가 보기엔 대발작 같았습니다."

그는 시저와 내가 설치해 놓은 정맥주사선을 힐긋 내려다본다. "이건 필요 없습니다."

"그러시겠죠." 내가 말한다. "항경련제를 맞지 않으면 조만간 또 바닥에 드러눕게 될 텐데요."

그는 포기한 채 소파에 다시 기대고는 천장을 응시한다. "얼마나 안 좋았죠?"

"상당히 안 좋았어요." 내가 인정한다.

그는 저지의 머리를 쓰다듬는다. 개는 그에게 떨어질 수 없는 존재일 것이다. "저지 말을 들었어야 했는데." 그는 바지를 내려다본다. 젖은

데다 악취가 풍긴다. 대발작의 또 다른 증상이다. "젠장."

"딱 맞지는 않겠지만," 나는 대원들에게 가져다달라고 부탁한 여분의 유니폼 바지를 건넨다. "좀 도와드릴까요?"

그는 나를 떨쳐버리고는 한 손으로 바지를 벗으려고 한다. 나는 아무 말 없이 다가가 지퍼를 내린 뒤 그가 옷을 갈아입는 걸 도와준다. 나는 심폐소생술이 필요한 여자의 셔츠를 벗기는 것처럼 별 생각 없이 돕지만 나의 이런 행동에 그는 미칠 지경일 거다.

"고마워요." 지퍼를 채우려고 애쓰면서 그가 말한다. 우리는 한동안 앉아 있다.

"판사가 보았나요?" 내가 대답을 하지 않자 캠벨은 손에 얼굴을 파묻는다. "모든 사람이 보는 앞에서 그런 거요?"

"얼마나 오랫동안 숨겨온 거죠?"

"열여덟 살 때 처음 발병한 이후로 쭉이요. 자동차 사고가 났는데 그때 이후로 시작됐죠."

"두부 손상인가요?"

그가 고개를 끄덕인다. "그렇게 말하더군요."

나는 무릎 사이로 손을 맞잡는다. "안나가 상당히 놀랐습니다."

캠벨이 이마를 문지른다. "안나는… 증언 중이었죠."

"네." 내가 말한다. "그랬죠."

그가 나를 올려다본다. "다시 돌아가야겠습니다."

"아직은 안 돼."

줄리아의 목소리에 우리가 돌아보니 줄리아는 문가에 서서 낯선 사람처럼 캠벨을 바라보고 있다. 적어도 이런 모습은 본 적이 없을 거다.

"음, 대원들이 보고서를 작성했는지 보러 가야겠군요." 나는 중얼거린 뒤 그들을 떠난다.

　사물이 우리 눈에 항상 그대로 보이는 건 아니다. 예를 들어, 어떠한 별은 밝게 빛나는 작은 구멍처럼 보이지만 현미경으로 보면 구상성단이라는 걸 알 수 있다. 수백만 개의 별이 우리에게는 하나의 존재처럼 보이는 것이다. 조금 덜 극적인 예를 들자면, 알파 센타우리 같은 삼중성은 사실 이중성 옆에 붉은색 난쟁이별이 있는 거다.

　아프리카 토착민은 알파 센타우리의 두 번째 별에서 삶이 시작되었다고 믿는다. 고성능 천문 망원경 없이는 아무도 볼 수 없는 별이다. 사실 생각해 보면 그리스인, 호주 원주민, 평원 인디언들은 전부 대륙을 사이에 두고 떨어져 지냈는데도 모두 제각기 플레이아데스 성단에서 나타나는 일곱 개의 매듭을 보고 일곱 명의 자매가 그들을 해치려고 위협하는 존재로부터 달아나는 모습이라고 생각했다.

　원하는 대로 생각하는 법이다.

캠벨

　　대발작의 여파에 필적할 만한 거라곤 친구들과 끝내주는 파티에서 나와 술에 취해 인도를 걷다가 갑자기 트럭에 치이는 것 정도나 될까? 다시 생각해 보니 대발작이 더 최악인 것 같다. 토사물에 뒤덮인 상태에서 약을 맞으며 만신창이가 되어 있는데 줄리아가 나를 향해 걸어온다. "발작 경고 개였어." 내가 말한다.

　　"농담 마." 줄리아가 손을 내밀자 저지가 킁킁거린다. 줄리아는 내 옆에 놓인 소파를 가리킨다. "좀 앉아도 될까?"

　　"전염되지는 않아. 그걸 묻는 거라면."

　　"그런 뜻이 아니야." 줄리아가 가까이 온다. 그녀의 어깨에서 나오는 온기가 상당히 가깝게 느껴진다. "왜 나한테 말 안 했어, 캠벨?"

　　"맙소사, 줄리아. 우리 부모님한테도 말 안 했어." 나는 줄리아의 어깨 너머로 복도를 바라본다. "안나는 어디 있어?"

　　"얼마나 오래 됐는데?"

　　나는 자리에서 일어나 몸을 조금 일으키려고 하다가 힘이 없어 도로 눕는다. "법정으로 돌아가야 해."

"캠벨."

나는 한숨을 쉰다. "조금 됐어."

"일주일?"

나는 고개를 저으며 말한다. "휠러 고등학교 졸업식이 있기 이틀 전." 내가 줄리아를 올려다본다. "너를 집에 데려오던 날, 내가 원하는 건 너랑 함께 있는 거였어. 컨트리클럽에서 열리는 지겨운 저녁 식사 자리에 참석해야 한다고 부모님이 말씀하셨을 때 나는 내 차를 타고 따라갔어. 가는 도중에 다른 길로 새서 너희 집에 가려고 했거든. 하지만 가는 길에 자동차 사고가 났어. 멍이 조금 들었고 그날 밤 처음으로 발작이 있었어. 의사들은 CT 스캔을 서른 번 찍은 뒤에 이유는 모르겠지만 죽을 때까지 이걸 달고 살아야 할 거라고 말했어." 나는 숨을 깊이 들이쉰다. "그래서 나 아닌 다른 사람이 피해를 봐서는 안 된다고 생각했어."

"뭐라고?"

"나한테 무슨 말을 기대해, 줄리아? 나는 너한테 맞는 짝이 아니었어. 너는 나보다 더 나은 놈을 만날 자격이 있었다고. 언제라도 입에 게거품을 물고 쓰러질 수 있는 그런 놈 말고."

줄리아가 순간 아무 말이 없다. "내 스스로 결정하게 만들었어야지."

"그런다고 뭐가 달라졌겠어? 저지가 그런 것처럼 날 돌보면서 퍽이나 만족했겠다. 내가 죽을 때까지 내 뒤치다꺼리를 한다고?" 나는 고개를 젓는다. "너는 상당히 독립적이었어. 자유로운 영혼이었지. 그걸 너한테서 앗아가는 사람이 내가 되고 싶지 않았어."

"선택할 수 있었다면, 지난 15년 동안 나한테 문제가 있었다고 생각하며 살지는 않았을 거야."

"너한테 문제가 있다고?" 내가 웃기 시작한다. "널 봐봐. 넌 끝내주잖아. 나보다 똑똑하고, 성공 가도를 달리고 있는데다 가족 중심적이고 예산 관리도 잘하겠지."

"그렇지만 난 외로워, 캠벨." 줄리아가 말한다. "내가 왜 그렇게 독립적으로 행동하는 법을 배워야 했다고 생각하니? 나는 쉽게 화를 내고 외로움을 많이 타. 내 두 번째 발가락은 엄지발가락보다 길고 내 머리스타일은 늘 엉망이지. 게다가 생리를 할 때면 난 제정신이 아니라고. 우리는 상대가 완벽하기 때문에 사랑하는 게 아니야." 줄리아가 말한다. "상대가 완벽하지 않다는 사실에도 불구하고 사랑하는 거지."

어떻게 대답해야 할지 모르겠다. 그동안 밝은 파란색으로 보았던 하늘이 사실 녹색에 가깝다는 얘기를 35년 만에 들은 것 같다.

"그리고 이번에는 네가 아니라 내가 너를 떠날 거야."

가능할지 모르겠지만 그 말에 기분이 더 안 좋아진다. 나는 상처받지 않은 척하지만 그럴 힘조차 없다. "그래, 가버려."

줄리아는 내 옆에 찰싹 붙는다. "그럴 거야." 줄리아가 말한다. "50년이나 60년 후에."

안나

나는 남자 화장실 문을 두드린 뒤 안으로 들어간다. 한쪽 벽에는 정말로 길고 거대한 소변기가 보이고, 다른 쪽 벽에는 세면대에서 손을 씻고 있는 캠벨 아저씨가 보인다. 아저씨는 아빠의 제복 바지를 입고 있다. 아저씨는 아저씨의 얼굴을 그리는 데 사용된 직선이 번진 것처럼 이제는 완전히 다른 모습이다. "줄리아한테 저를 여기서 보자고 하셨다면서요." 내가 말한다.

"그래, 너랑 단둘이서 얘기하고 싶었다만 회의실은 전부 위층에 있잖니. 게다가 네 아빠는 내가 조금 더 쉬어야 한다고 생각해서." 아저씨는 수건으로 손을 닦는다. "좀 전에 일어난 일은 미안하구나."

이런 말에 적절한 답이 있는지 모르겠다. 나는 아랫입술을 깨문다. "그래서 제가 저지를 쓰다듬으면 안 되는 거예요?"

"그래."

"저지는 뭘 해야 할지 어떻게 알아요?"

캠벨 아저씨가 어깨를 으쓱한다. "동물은 사람보다 냄새나 전기 자극을 먼저 감지할 수 있거든. 하지만 저지랑 내가 서로를 잘 알기 때문이

509

기도 하지." 아저씨는 저지의 목덜미를 쓰다듬는다. "저지는 내가 발작을 일으키기 전에 날 안전한 곳으로 데리고 간단다. 보통 20분 전에 그렇게 하지."

"흠." 나는 갑자기 부끄러워진다. 나는 언니가 정말로 아플 때 함께 있지만, 이건 다르다. 나는 캠벨 아저씨한테 이런 말을 들을 거라곤 예상하지 못했다. "그래서 제 사건을 맡으신 거예요?"

"내가 간질 환자인 걸 만천하에 공개하려고? 당연히 아니지."

"그게 아니고요." 나는 시선을 피한다. "자신의 몸을 통제할 수 없다는 게 어떤 건지 알기 때문에요."

"그럴지도 모르지." 아저씨가 생각에 잠긴 듯 말한다. "하지만 내 문손잡이도 좀 닦아야 했거든."

내 기분을 좋게 만들려고 농담을 던진 거라면 참담한 실패다. "제가 증언을 하는 건 좋은 생각이 아니라고 말씀드렸잖아요."

아저씨는 내 어깨에 손을 올린다. "안나, 이 난리를 피운 뒤에도 내가 법정에 돌아갈 수 있다면 너도 증인석에 앉아 몇 가지 질문에 더 답할 수 있을 거라고 보는데."

이 논리에 어떻게 반박한단 말인가? 결국 나는 아저씨를 따라 법정으로 돌아간다. 불과 한 시간 전과는 모든 게 달라져 있다. 모두가 아저씨를 시한폭탄처럼 바라보는 가운데, 캠벨 아저씨는 판사석으로 걸어가 사람들을 돌아본다. "죄송합니다, 판사님. 10분 휴식 시간 동안 무슨 일이라도 있었나요?"

어떻게 이런 걸로 농담을 할 수 있을까? 하지만 난 곧 깨닫는다. 언니랑 똑같단 걸. 신이 우리에게 장애를 줄 경우 이를 무디게 해줄 유머 감각을 조금 더 주는 게 분명하다. "오늘은 그냥 쉬지 그래요, 변호인." 드살보 판사가 제안한다.

"아닙니다. 지금은 괜찮습니다. 게다가 이 사건의 진상을 규명해야 한다고 봅니다." 그가 법원 서기를 돌아본다. "어디까지 했었죠?"

서기가 기록을 읽어 주자 캠벨 아저씨는 고개를 끄덕인다. 하지만 아저씨는 내 말을 처음 들은 것처럼 행동한다. "좋아, 안나. 케이트가 의료 해방과 관련된 소송을 해달라고 너한테 요청했다고 말했지?"

내 몸이 또다시 움찔댄다. "정확히 그런 건 아니에요."

"설명 좀 해 줄래?"

"저더러 소송을 해달라고 요청하지는 않았어요."

"그럼 뭘 해달라고 했지?"

나는 엄마를 슬쩍 본다. 엄마는 안다. 엄마는 알아야 한다. 하지만 내가 소리 내어 말하게 만들지 말아줘.

"안나," 캠벨 아저씨가 다그친다. "언니가 뭘 요청했니?"

나는 입술을 앙다문 채 고개를 젓는다. 드살보 판사가 내 쪽으로 몸을 숙인다. "안나, 질문에 답해야 한단다."

"좋아요." 진실이 내게서 터져 나온다. 댐이 터져 흐르는 거센 강물처럼.

"언니는 저더러 죽여 달라고 했어요."

처음에 잘못된 것은 언니가 우리 방문을 잠근 거였다. 사실 우리 방은 잠금장치가 없었기 때문에 언니가 문 앞에 가구를 밀어 넣었거나 문틈에 동전을 끼워놓았다고 해야 할 거다. "언니," 내가 문을 쾅쾅 두드리며 소리쳤다. 하키 연습으로 몸이 땀에 젖어 있었고 쾌쾌한 냄새가 났기 때문에 샤워를 하고 옷을 갈아입고 싶었다. "언니, 이건 너무하잖아."

내가 시끄럽기는 했나 보다. 언니가 문을 열어준 걸 보니. 두 번째로 잘못된 건 방 안이 뭔가 이상하다는 거였다. 나는 주위를 돌아보았으나 모든 게 그대로였다. 가장 중요한 건 내 물건은 하나도 어지럽혀 있지 않았다는 거였다. 하지만 언니는 뭔가 요상한 걸 마신 것 같았다.

"도대체 왜 그래?" 내가 물었다. 나는 화장실로 가 샤워기를 튼 다음 냄새를 맡았다. 달콤하면서도 톡 쏘는 게 오빠 방에서 나는 술 냄새랑 똑같았다. 나는 수납장을 연 뒤 수건을 샅샅이 뒤져 진지하게 증거를 찾았다. 아니나 다를까 탬폰 상자 뒤에 반쯤 빈 위스키 병이 숨겨져 있었다.

"어머, 이것 좀 봐…." 나는 방 안으로 돌아가 술병을 휘두르며 말했다. 한동안 언니를 이용해먹을 수 있는 협박거리가 생겼다고 생각하며. 하지만 언니가 약을 들고 있는 게 보였다.

"뭐 하는 거야?"

언니가 뒤로 자빠졌다. "그냥 내버려둬, 안나."

"미쳤어?"

"아니." 언니가 말했다. "어차피 닥칠 죽음을 기다리는 데 진저리가 나. 이미 너무 오랫동안 가족들의 인생을 망쳤잖아, 안 그래?"

"하지만 모두가 언니를 살리려고 이렇게 노력하잖아. 자살은 안 돼."

갑자기 언니가 울기 시작했다. "알아, 그래서 못하겠어."

나는 한참이 지나서야 그 말의 의미를 깨달았다. 언니가 자살을 시도한 게 이번이 처음이 아니라는 것을.

엄마가 천천히 자리에서 일어난다. "그건 사실이 아니야." 엄마가 말한다. 엄마의 목소리가 유리처럼 얇게 늘어난다. "안나, 왜 그런 말을 하는지 모르겠구나."

내 눈가에 눈물이 샘솟는다. "내가 이런 얘길 뭐 하러 지어내겠어?" 엄마가 가까이 다가온다. "네가 오해한 거 아니니? 케이트가 그날 기분이 안 좋았거나 호들갑스럽게 군 걸 말이야." 엄마는 사실 울고 싶은데 애써 참으며 웃는다. "그 정도로 힘들었으면 엄마한테 말했을 텐데."

"언니는 엄마한테 말할 수 없었어." 내가 답한다. "언니는 자기가 죽어 버리면 엄마도 죽을까 봐 두려워했다고." 나는 숨을 쉴 수가 없다. 타르 구덩이로 가라앉는 것 같다. 달리는 내 아래로 땅이 사라지고 있다. 캠벨 아저씨는 내가 안정을 되찾을 수 있도록 판사에게 휴식을 요청한다. 하지만 나는 너무 심하게 우는 바람에 드살보 판사가 뭐라고 대답하건 들리지 않는다. "저는 언니가 죽기를 원하지 않아요. 하지만 이렇게 살고 싶지도 않아요. 언니가 원하는 걸 줄 수 있는 사람은 저예요." 엄마는 나에게서 멀어져가지만 나는 계속해서 엄마를 쳐다본다.

"난 늘 언니가 원하는 걸 줄 수 있는 사람이었어."

이 문제가 또다시 언급된 것은 엄마가 신장 기증에 대해 얘기하고 우리 방에서 나간 뒤였다. "하지 마." 엄마, 아빠가 나가자 언니가 말했다.

나는 언니를 힐긋 보았다. "무슨 말이야? 당연히 할 거야."

우리는 옷을 벗고 있었는데 알고 보니 둘 다 똑같은 체리 무늬가 박힌 반들반들한 새틴(공단) 잠옷을 골랐다. 난 침대로 들어가면서 우리가 어렸을 때 같아 보인다고 생각했다. 엄마, 아빠는 귀엽다는 이유로 우리에게 비슷한 옷을 입혔다.

"효과가 있을 것 같아? 신장 이식 말이야." 내가 물었다.

언니는 나를 바라보았다. "그럴 수도 있지." 언니는 몸을 구부려 조명 스위치에 손을 올렸다. "하지 마." 언니가 또다시 말했다. 두 번 듣고서야 난 언니가 정말로 무슨 말을 하고 있는 건지 알았다.

엄마는 내 숨결이 닿을 만치에 서 있고 엄마의 눈에는 엄마가 저지른 온갖 실수가 들어 있다. 아빠는 엄마에게 다가가 엄마의 어깨에 팔을 두른다. 그러고는 엄마의 머리카락에 대고 이렇게 속삭인다. "자, 앉아."

"재판상님," 캠벨 아저씨가 자리에서 일어나 말한다. "제가 증인에게 질문해도 될까요?"

아저씨는 나에게 다가온다. 저지가 그 옆에 있다. 나는 지금 아저씨만큼이나 위태롭다. 한 시간 전 저지의 모습이 떠오른다. 저지는 캠벨 아저씨가 정말로 필요한 것이 무엇인지, 그게 언제 필요한지 어떻게 알 수 있었을까?

"안나, 언니를 사랑하니?"

"그럼요."

"하지만 언니를 죽일 수도 있는 행동을 취한 거니?"

내 안에서 무언가가 번쩍인다. "그래야 언니가 이걸 더 이상 겪지 않게 되니까요. 저는 그게 언니가 원하는 거라고 생각했어요."

아저씨는 아무 말이 없다. 그 순간 나는 깨닫는다. 아저씨가 알고 있다는 걸.

내 안의 무언가가 깨진다. "그건… 그건 저도 원하는 거였어요."

우리는 부엌에서 그릇을 씻은 뒤 말리고 있었다. "병원 가는 거 싫지?" 언니가 말했다.

"음, 뭐 그렇지." 나는 깨끗한 포크와 수저를 서랍장에 도로 넣었다.

"병원에 다시 안 가기 위해서라면 뭐든 할 거지?"

나는 언니를 힐긋 보았다. "당연하지. 언니가 건강해지면 되잖아."

"아님 죽거나." 언니는 애써 나를 쳐다보지 않은 채 비눗물에 손을 담갔다. "생각해 봐, 안나. 하키 캠프에 갈 수 있을 거야. 완전히 다른 나라에서 대학을 갈 수도 있고. 네가 원하는 걸 뭐든 하면서 내 걱정 따위는 하지 않아도 되는 거야."

언니는 내 머릿속에서 이러한 예시를 끄집어냈고 나는 얼굴이 빨개졌다. 내 마음을 공공연하게 들킨 것 같아 부끄러웠다. 언니가 나에게 짐이 되는 것 때문에 죄책감이 들었다면 나는 언니가 그런 생각을 한다는 사실에 두 배나 죄책감이 들었다. 내가 그런 생각을 한다는 사실에. 우리는 그 후로 아무 말이 없었다. 나는 언니가 건네는 식기를 말렸고 우리 둘다 진실을 모르고 있는 척 행동했다. 언니가 항상 살아 있기를 바라는 나도 있지만 가끔은 자유로워지기를 바라는 끔찍한 나도 있다는 사실을.

이제 모두 내가 괴물이라는 걸 알게 되었다. 내가 이 소송을 시작한데에는 자랑할 만한 이유도 있지만 대개는 아니다. 이제 캠벨 아저씨는 내가 왜 증인이 될 수 없는지 알 것이다. 사람들 앞에서 얘기하는 게 두려워서가 아니라 이 온갖 끔찍한 감정들 때문이란 걸. 그중 일부는 너무 끔찍해 입 밖으로 내뱉기 어려울 정도다. 언니가 살아 있기를 원하지만 한편으로는 언니에게서 벗어나 내가 되기를 바란다는 것, 언니는 어른이 되지 못하더라도 나는 어른이 될 수 있는 기회를 얻고 싶다는 것, 언니의 죽음은 나에게 일어날 가장 슬픈 일이자 가장 좋은 일이 될 수도 있다는 것, 가끔은 이 모든 것을 생각할 때 내 스스로가 미워져 과거의 나, 부모님이 원하는 나의 모습으로 돌아가고 싶을 때도 있다는 것.

이제 법정에 있는 모든 사람이 나를 보고 있다. 머지않아 내가 앉아 있는 증인석이나 내 피부 아니면 둘 다 폭발할 거다. 돋보기로 보면 내 심장 한가운데가 썩어 있는 게 보일 것이다. 사람들이 계속해서 나를 바라보면 나는 매서운 푸른 연기 속에 사라질 것이다. 흔적도 없이 사라질지도 모른다.

"안나, 왜 언니가 죽고 싶다고 생각했니?" 캠벨 아저씨가 조용히 말한다.

"언니는 준비가 됐다고 말했어요." 아저씨는 가까이 다가와 내 바로 앞에 선다.

"그래서 너한테 도와달라고 요청한 거 아닐까?"

나는 천천히 아저씨를 올려다본 뒤 캠벨 아저씨가 방금 나에게 준 선물을 펼쳐본다. 언니가 나를 살리기 위해 죽기를 원하는 거라면? 지난 수년 동안은 내가 언니를 살렸지만 이제는 언니가 그저 나를 위해 똑같은 일을 하려고 하는 거라면?

"언니한테 더 이상 기증을 하지 않겠다고 말했니?"

"네." 내가 작은 목소리로 말한다.

"언제?"

"아저씨를 찾아가기 전날 밤이요."

"안나, 케이트가 뭐라고 했니?"

지금까지 난 제대로 생각해본 적이 없었다. 하지만 캠벨 아저씨의 말에 그날의 기억이 떠오른다. 언니는 상당히 조용해졌다. 너무 조용해 잠든 게 아닐까 생각했을 정도다. 그러더니 언니는 온 세상이 다 담긴 눈으로 나를 돌아보았다. 단층선처럼 구겨진 미소를 지으며.

나는 캠벨 아저씨를 힐긋 올려다본다.

"언니는 고맙다고 했어요."

사라

케이트와 얘기를 나누러 병원으로 일종의 현장 학습을 가자고 제안한 건 드살보 판사다. 우리가 병원에 도착했을 때 케이트는 침대에 누워 제시가 리모컨을 돌려가며 틀어주는 TV를 멍하게 보고 있었다. 아이는 아주 마르고 황달기가 있지만 의식은 있는 상태다. "틴맨이랑 허수아비 중에는?" 제시가 말한다.

"허수아비는 속에 든 게 다 나오고 말 걸?" 케이트가 말한다. "WWF(미국 프로레슬링-옮긴이)의 차이나랑 악어 사냥꾼은?"

제시가 콧방귀를 뀐다. "당연히 악어 사냥꾼이지. WWF가 조작된 거라는 건 모두가 알아." 제시는 케이트를 힐긋 쳐다본다. "간디랑 마틴 루터 킹 주니어는?"

"둘 다 기권 서류에 서명하지 않을 걸?"

"우린 지금 폭스 채널에서 하는 유명인 가상 권투 시합 얘기를 하고 있어. 왜 그들이 기권 서류 따위에 신경 쓸 거라고 생각하는데?"

케이트가 씩 웃는다. "한 명은 링 위에 앉아만 있을 테고 다른 한 명은 마우스가드를 끼지 않으려고 할 테니까." 그때 내가 병실에 들어선다. "엄마, 마르시아 브래디랑 얀 브래디(미국 드라마 브래디 번치의 자매-옮긴이)가 권투 시합을 하면 누가 이길 것 같아요?"

하지만 아이는 내가 혼자가 아니라는 걸 눈치챈다. 모두가 줄줄이 들어가자 아이는 눈이 휘둥그레져 이불을 끌어올린다. 안나를 똑바로 쳐다보지만 안나는 제 언니의 눈길을 피한다. "무슨 일이에요?"

드살보 판사가 한 걸음 앞으로 나가 내 팔을 잡는다. "사라, 케이트와 얘기하고 싶다는 거 알아요. 하지만 제가 먼저 얘기해야 합니다." 판사는 케이트 쪽으로 가 손을 내민다. "안녕, 케이트. 나는 드살보 판사란다. 나랑 잠시 얘기 좀 할래? 단둘이서만 말이야." 판사의 말에 모두가 차례대로 병실을 나간다.

내가 마지막으로 나간다. 케이트가 베개에 다시 등을 대는 게 보인다. 갑자기 또 피곤해진 모양이다. "판사님이 오실 거라고 생각했어요." 아이가 판사에게 말한다.

"왜?"

"항상 저한테 돌아오게 되어 있거든요." 케이트가 말한다.

5년 전쯤, 새로운 가족이 길 건너 집을 산 뒤 부셔버렸다. 다른 집을 짓고 싶다고 했다. 우리가 밖에 나갈 때면 항상 보이던 이 집이 반나절 만에 돌무더기로 변하는 데에는 불도저 한 대랑 쓰레기통 대여섯 개면 충분했다. 우리는 집이 영원히 그곳에 존재할 거라고 생각하지만 사실 강한 바람이나 레킹 볼(철거할 건물을 부수기 위해 크레인에 매달고 휘두르는 쇳덩이-옮긴이) 하나면 집 한 채쯤은 아무렇지도 않게 무너뜨릴 수 있다. 그 안에 살고 있는 가족 역시 마찬가지다.

이제는 예전 집이 어떻게 생겼는지 기억조차 나지 않는다. 그 집이 사라지면서 빠진 이처럼 텅 빈 공간이 눈에 띄었는데 이제는 현관문을 나서도 그 모습이 전혀 떠오르지 않는다. 시간이 조금 걸리기는 했지만 새로운 집주인은 집을 다시 지었다.

드살보 판사가 침통하고 난처한 표정으로 병실 밖으로 나오자 알렉산더 씨와 남편, 나는 자리에서 일어난다. "내일 오전 9시에 최종 변론이 있겠습니다." 그가 말한다. 그러더니 고갯짓으로 번에게 따라오라고 한 뒤 복도로 향한다.

"캠벨, 넌 내 시중을 받아야 한다고." 줄리아가 말한다.

"그럴 필요 없어." 캠벨은 줄리아를 따라가는 대신 내 쪽으로 걸어온다. "피츠제럴드 부인, 미안합니다." 그가 말한다. 그러더니 선물을 하나 더 안겨준다. "안나를 집에 데리고 가실래요?"

그들이 떠나자마자 안나가 나를 돌아본다. "언니를 봐야겠어요."

나는 팔로 안나를 안는다. "물론 그래야지."

우리는 가족끼리만 병실 안으로 들어간다. 안나는 제 언니 침대 모서리에 걸터앉는다. "안나." 케이트가 눈을 뜨며 웅얼거린다. 안나는 고개를 젓는다. 할 말을 찾기까지 시간이 걸린다. "난 노력했어." 마침내 말한다. 목소리가 가시에 걸린 목화 같다. 케이트가 안나의 손을 움켜쥔다. 제시는 침대의 다른 쪽에 앉아 있다. 셋이 한곳에 있는 걸 보니 아이들을 단풍나무의 가지나 돌담 위에 키 순서로 세워놓고 매년 10월에 찍었던 크리스마스카드 사진이 생각난다. 모두가 기억할 수 있도록 담아 놓은 정지된 순간이.

"앨프 아님 미스터 에드?" 제시가 말한다.

케이트의 입꼬리가 올라간다. "미스터 에드, 8라운드에서."

"좋았어."

남편이 고개를 숙여 케이트의 이마에 키스를 한다. "아가, 잘 자렴." 안나와 제시가 복도로 나가자 남편은 나에게도 인사를 한다. "전화해." 그가 속삭인다. 모두가 떠나자 나는 내 딸 옆에 앉는다. 아이의 팔은 너무 가늘어 아이가 움직일 때 뼈가 다 드러난다. 눈은 내 눈보다 나이 들어 보인다.

"물어볼 게 많으시죠?" 케이트가 말한다.

"나중에." 나는 대답한다. 나 자신조차 내 대답에 놀란다. 나는 아이의 침대로 기어올라가 아이를 내 품에 앉는다.

그 순간, 우리는 아이를 갖는 게 아니라 받는다는 사실을 깨닫는다. 때로는 그 순간이 우리가 기대하거나 희망한 것만큼 길지 않다. 하지만 아이를 전혀 갖지 못하는 것보다는 훨씬 나으리라.

"케이트," 내가 고백한다. "미안하구나."

케이트는 나를 밀어내며 내 눈을 바라본다.

"그러지 마세요." 아이가 매섭게 말한다. "저는 안 미안하니까." 아이는 웃으려고, 안쓰러울 정도로 애쓴다. "좋았어요. 엄마, 그렇죠?"

나는 눈물이 나오려는 걸 참으며 입술을 깨문다. "최고였지." 내가 대답한다.

목요일

하나의 불은 다른 불을 태우고,

한 사람의 고통은 다른 사람의 고통을 덜어준다.

-윌리엄 셰익스피어, 『로미오와 줄리엣』

캠벨

비가 온다.

거실로 나와 보니, 저지가 아파트 한쪽을 전부 차지하고 있는 유리벽에 코를 대고 있다. 지그재그로 퍼지는 빗방울을 보고 낑낑댄다. "빗방울은 못 잡아." 나는 저지의 머리를 쓰다듬으며 말한다. "저 너머로도 못 가고."

나는 러그로 가 저지 옆에 앉는다. 자리에서 일어나 옷을 입고 법원에 가야 한다는 걸 안다. 최종 변론을 다시 검토해야지 이렇게 한가하게 앉아 있을 때가 아니란 걸 안다. 하지만 이런 날씨는 사람의 넋을 빼놓게 한다. 나는 아버지의 재규어 앞좌석에 앉아 빗방울이 가미카제 자살 공격처럼 창유리 모서리에서 와이퍼 날로 떨어지는 걸 바라보곤 했다. 아버지는 와이퍼를 간헐적으로 작동하기를 좋아했고 이동하는 내내 내 쪽 앞 유리에는 빗물이 줄줄 흘렀다. 그걸 보고 있으면 미칠 것 같았다. 내가 불만을 표시하면 아버지는 "운전할 때는 원하는 대로 할 수 있다"고 말하곤 했다. "먼저 샤워할래?" 줄리아가 내 티셔츠를 입은 채 열린 침실의 문가에서 있다. 내 셔츠가 그녀의 허벅지 중간까지 내려와 있다. 줄리아는 카펫에 대고 발가락을 오므린다.

"먼저 해." 내가 말한다. "난 샤워하고 싶으면 언제라도 발코니에 나가면 되니까."

줄리아가 바깥을 힐긋 본다. "날씨가 별로지?"

"법원에 처박혀 있기에는 최고의 날씨지." 내가 말한다. 하지만 확신은 없다. 오늘은 드살보 판사의 판결을 마주하고 싶지 않다. 이번에는 재판에서 질 것 같아 두려워서가 아니다. 안나가 증인석에서 인정한 사실을 고려할 때 나는 최선을 다했다. 아이가 자신이 한 행동에 대해 조금이나마 마음이 편안해졌기를 진심으로 바란다. 안나는 더 이상 우유부단한 아이처럼 보이지 않는다. 그것만은 사실이다. 아이가 이기적으로 보이지도 않는다. 그서 자신이 누구인지, 어떻게 해야 할지 파악하기 위해 애쓰는 우리들과 다를 바 없다. 안나가 한때 나에게 말한 것처럼 사실 승자는 아무도 없다. 우리는 최종 진술을 한 뒤 판사의 의견을 들을 것이고, 그런다 할지라도 끝난 게 아닐 거다.

줄리아는 화장실로 가는 대신 내 쪽으로 온다. 내 옆에 책상다리를 하고 앉아 손가락으로 유리벽을 만진다. "캠벨, 어떻게 말해야 할지 모르겠는데." 그녀가 말한다.

내 안의 모든 게 정지한다. "빨리 말해." 내가 말한다.

"네 아파트가 싫어."

나는 줄리아의 눈을 따라 회색 카펫에서부터 검은색 소파, 거울로 둘러싸인 벽과 래커 칠한 책장을 바라본다. 날카로운 모서리와 값비싼 예술품으로 가득 차 있다. 최신 전자 장치와 온갖 부가 기능들로 가득 차 있다. 모두가 꿈꾸는 집이지만 누구의 집도 아니다.

"있잖아," 내가 말한다. "나도 싫어."

제시

비가 온다.

밖으로 나가 걷기 시작한다. 도로로 향해 가다 초등학교를 지나고 교차로 두 개를 건넌다. 5분 만에 뼛속까지 흠뻑 젖는다. 그때부터 나는 뛰기 시작한다. 너무 빨리 뛰어 폐가 아프고 다리가 타는 기분이다. 마침내 더 이상 한 걸음도 뗄 수 없어 고등학교 축구장 한가운데에 벌러덩 나자빠진다.

나는 오늘처럼 폭풍우가 몰아칠 때 딱 한 번 여기에서 산성비를 맞았다. 누워서 하늘이 떨어지는 걸 지켜보았다. 빗방울에 내 피부가 녹아내린다고 상상했다. 번개가 내 심장에 내리 꽂히기를, 그래서 미약한 내 존재가 처음으로 100% 살아 있다는 느낌이 들기를 기다렸다.

번개도 운이란 게 있기에 그날 번개는 치지 않았다. 오늘 아침도 마찬가지다. 그래서 나는 자리에서 일어나 눈에 붙은 머리카락을 쓸어 넘긴 뒤 더 나은 계획을 생각하려고 애쓴다.

안나

비가 온다.

샤워기를 들어놓은 것 같은 소리가 날 정도로 엄청 퍼붓는 비다. 댐이나 갑작스런 홍수, 노아의 방주를 생각나게 하는 비다. 아직 체온이 남아 있는 침대 안으로 기어들어가 시계가 5분 일찍 맞춰져 있는 척하고 싶게 만드는 비다.

4학년이 넘은 아이에게 물어보면 이렇게 대답할 것이다. 물은 절대로 멈추지 않는다고, 하늘에서 내리는 비는 산을 타고 강으로 간다고, 강은 바다로 향하고 결국 영혼처럼 증발해서 구름이 된다고, 그다음에는 모든 것이 그렇듯 처음부터 다시 시작된다고.

브라이언

비가 온다.

안나가 태어나던 날처럼. 새해 전날로 겨울치곤 지나치게 따뜻했다. 눈이 내렸어야 하는데 폭우가 내렸다. 스키장은 비 때문에 슬로프가 씻겨 내려가면서 크리스마스 날 문을 닫아야 했다. 진통하는 아내를 옆에 태우고 병원으로 차를 몰고 가는데 앞이 거의 보이지 않았다.

그날 밤에는 비구름이 잔뜩 끼어 있는 탓에 별이 보이지 않았다. 그 때문이었을지 모르지만 안나가 태어났을 때 난 아내에게 이렇게 말했다.

"안드로메다라고 짓자. 줄여서 안나."

"안드로메다?" 아내가 말했다. "공상과학 소설에 나오는?"

"공주 이름 말이야." 나는 아내의 말을 정정해주었다. 작은 지평선 같은 딸아이의 머리 너머로 아내는 내 눈을 바라보았다.

"하늘에서 안드로메다는 엄마랑 아빠 사이에 있거든." 내가 설명했다.

사라

비가 온다.

길조는 아니라고 생각한다. 나는 실제보다 숙련된 변호사처럼 보이려고 탁자 위에 놓인 색인 카드를 괜히 뒤섞는다. 나는 변호사가 아니다. 나는 전문가도 아니다. 나는 그저 엄마에 불과하다. 그리고 그것조차 제대로 못하고 있다.

"피츠제럴드 부인?" 판사가 재촉한다.

나는 숨을 깊이 들이쉰 뒤 내 앞에 놓인, 횡설수설한 말로 가득 찬 종이 쪼가리를 내려다본 뒤 색인 카드를 전부 집어 든다. 자리에서 일어나며 목을 가다듬고는 큰 소리로 읽기 시작한다. "이 나라에서는 부모가 아이를 대신해 합법적으로 결정을 내릴 수 있습니다. 헌법에서 인정하는 사생활을 보호받을 권리 덕분이죠. 이 법정에 제출된 모든 증거를 고려할 때…." 바로 그때 갑자기 번개가 치고, 나는 색인 카드를 전부 바닥에 떨어뜨린다. 허둥지둥 집어 들지만 당연히 순서가 뒤죽박죽 된 상태다. 내 앞에 놓인 것을 다시 배열해보려고 하지만 소용없다. 젠장, 어쨌든 내가 하려던 말은 아니었다.

"재판장님, 처음부터 다시 시작해도 될까요?" 내가 묻는다. 그가 고개를 끄덕이자 나는 판사에게서 돌아서서 알렉산더 씨 옆에 앉아 있는 내 딸을 향해 걸어간다.

"안나," 내가 말한다. "엄만 너를 사랑한단다. 너를 보기 전에도 사랑했고 엄마가 죽은 뒤 한참이 지나도 널 사랑할 거야. 엄만 부모이기 때문에 답을 전부 알아야 하겠지만 그렇지 않단다. 엄만 매일 잘하고 있는지 고민이란다. 내 아이들을 제대로 알고 있는 건지 걱정이고 네 언니의 입장에서 생각하느라 엄마로서 제대로 행동하지 못하는 건 아닐까 걱정이란다."

나는 몇 걸음 앞으로 나간다. "엄마가 언니를 치료할 수 있을지도 모르는 방법마다 앞뒤 가리지 않고 뛰어드는 거 알아. 하지만 엄마가 할 줄 아는 게 그거뿐이란다. 네가 엄마의 의견에 동의하지 않더라도, 네 언니가 엄마의 의견에 동의하지 않더라도 엄마는 '거봐 엄마 말이 맞지?'라고 말할 수 있는 사람이 되고 싶어. 지금부터 10년이 지난 뒤에 네 무릎이랑 팔에 네 아이들이 안겨 있는 걸 보고 싶구나. 그때가 되면 엄마를 이해할 테니까. 엄마한테도 언니가 있어서 알아. 자매는 공평한 대접을 받고 싶어 한다는 걸. 내가 갖고 있는 거랑 똑같은 걸 언니나 동생이 갖기를 바란다는 걸. 장난감 개수도 같아야 하고 스파게티에 들어 있는 미트볼 개수도 같아야 하고 사랑도 같은 양만큼 받기를 원하지. 하지만 엄마가 된다는 건 완전히 다른 거야. 자신이 주는 것보다 더 많은 걸 아이가 받기를 원하지. 마치 아이 밑에 불을 지펴서 그 아이가 하늘 위로 훨훨 날아가는 모습을 보고 싶달까. 말로 다 표현할 수가 없지." 나는 가슴팍을 만진다. "그리고 그 마음은 이 안에 아주 소중히 간직하고 있단다."

나는 드살보 판사를 돌아본다. "저는 법원에 오고 싶지 않았습니다.

하지만 그래야만 했죠. 법이 그렇기 때문입니다. 상대가 고소를 하면, 그게 자기 자식일지라도 답변을 해야 하기 때문입니다. 그래서 저는 안나에게 무엇이 가장 이로운지를 안나보다 더 잘 안다고 생각하는 이유를 유창하게 설명해야만 했습니다. 하지만 제가 믿는 것을 아이에게 설명하기란 쉽지가 않았습니다. 뭔가를 진실이라고 믿고 누군가에게 말을 할 때 보통은 둘 중 하나를 뜻해요. 아직 대안을 고려 중이거나 그 사실을 있는 그대로 받아들인다는 의미죠. 저는 한 단어가 어떻게 모순적인 의미를 지니는지 논리적으로는 이해가 되지 않지만 감정적으로는 완전히 이해할 수 있습니다. 올바른 일을 하고 있다고 생각할 때가 있지만 제가 내리는 결정을 매번 의심할 때도 있기 때문입니다."

"오늘 판결에서 승소할지라도 저는 안나에게 신장을 기증하라고 강요할 수 없습니다. 아무도 그럴 수 없죠. 저는 안나에게 애걸하게 될까요? 스스로를 아무리 억눌러도 그러고 싶을까요? 저도 모르겠습니다. 케이트와 얘기한 뒤에도, 안나의 얘기를 들은 뒤에도 말이죠. 무엇을 믿어야 할지 확신이 들지 않습니다. 한 번도 그런 적이 없었죠. 제가 확실히 아는 건 두 가지 사실뿐입니다. 이 소송은 신장 기증에 관한 게 아니라 선택권에 관한 거였다는, 그리고 여기서 그 누구도 혼자만의 힘으로 결정을 내릴 수 없다는 것입니다. 판사님께서 그럴 수 있는 권리를 준다고 해도 말입니다."

마침내 나는 알렉산더 씨를 마주한다. "오래전 저는 변호사였습니다. 하지만 이제는 아니죠. 이제는 엄마입니다. 지난 18년 동안 엄마로서 해야 했던 일이 변호사로서 법정에서 해야 했던 그 어떤 일보다도 힘들었습니다. 알렉산더 씨, 이번 공판이 시작될 때 불이 난 건물로 들어가 누군가를 구할 의무가 있는 사람은 아무도 없다고 말씀하셨죠? 하지만 당신이 부모이고 불이 난 건물에 들어 있는 사람이 자식일 경우 상황은 달라집니다. 그럴 경우 아이를 구하기 위해 건물로 뛰어든다 하더라도 모두가 이해할 것입니다. 뿐만 아니라 사실 모두가 당신에게서 그걸 **기대하겠죠.**"

나는 숨을 깊이 들이쉰다. "제 인생에서는 불타고 있는 건물 안에 제 아이들 중 한 명이 들어 있습니다. 아이를 살릴 수 있는 유일한 방법은 다른 아이를 그 안에 들여보내는 것입니다. 그 아이만이 길을 알기 때문이죠. 모험이라는 걸 아냐고요? 물론입니다. 하지만 **둘 다** 살리기 위한 유일한 기회라는 것도 압니다. 합법적이냐고요? 도덕적이냐고요? 미친 생각이거나 어리석은 생각 혹은 잔인한 생각 아니냐고요? 모르겠습니다. 하지만 그게 **옳은 방법**이라는 건 압니다."

나는 말을 마친 뒤 자리에 앉는다. 내 오른편 창문에 비가 내리친다. 비가 누그러지기나 할까 궁금하다.

캠벨

나는 자리에서 일어나 노트를 쳐다본다. 그리고 방금 부인이 그런 것처럼 쓰레기통에 던져버린다. "피츠제럴드 부인이 방금 말씀하신 것처럼 이 소송은 안나가 신장을 기증하는 문제가 아닙니다. 피부 세포나 혈구, DNA를 기증하는 문제가 아닙니다. 이 소송은 **누군가**가 되려고 하는 한 여자아이에 관한 것입니다. 그 소녀는 열세 살입니다. 열세 살은 힘들고 아프지만 아름답고 용감하고 또 흥미진진한 나이지요. 그 소녀는 자신이 무엇을 원하는지 지금 당장은 모르겠지만, 자신이 **누구인지** 지금 당장은 모르겠지만 그걸 찾을 기회를 얻을만한 자격이 충분히 있는 아이입니다. 지금으로부터 10년 뒤 이 아이는 꽤 훌륭하게 자라 있을 겁니다."

나는 판사석으로 향한다. "피츠제럴드 부부는 불가능한 일을 하도록 요구받았습니다. 의학적으로 상반된 이해관계에 놓인 두 아이를 위해 의료적 결정을 내려야 했으니까요. 피츠제럴드 부부의 경우처럼 무엇이 올바른 결정인지 모를 경우 최종적으로 결정을 내려야 하는 사람은 당사자입니다… 열세 살밖에 되지 않은 아이일지라도 말이죠. 그것 역시 궁극적으로 이 소송에서 다루고자 하는 바입니다. 아이가 부모보다 더 잘 알 수도 있지 않을까 하는 문제이지요. 안나는 소송을 걸기로 결심했을 때 열세 살 난 아이가 으레 그러하듯 자기중심적인 이유에서 그런 게 아닙니다. 또래의 다른 아이들처럼 되고 싶어서 이러한 결정을 내린 게 아닙니다. 바늘에 찔리는 게 지겨워서 이러한 결정을 내린 게 아닙니다. 고통이 두려워서 이러한 결정을 내린 게 아닙니다." 나는 뒤를 돌아보며 안나를 향해 미소 짓는다. "저는 안나가 제 언니에게 결국 신장을 준다고 해도 놀라지 않을 것입니다. 하지만 제 생각은 중요하지 않습니다. 외람된 말씀이지만, 판사님의 생각도 중요하지 않습니다. 부모의 생각 역시 마찬가지지요. **중요한 건** 안나의 생각입니다." 나는 내 의자로 돌아가며 말한다. "그리고 그것만이 우리가 귀 기울여야 하는 유일한 목소리입니다."

드살보 판사는 판결을 내리기 위해 15분 휴정을 선언한다. 나는 그 시간 동안 저지를 산책시킨다. 우리는 개라히 건물 뒤에 위치한 작은 정원을 걷는다. 번은 판결을 기다리는 기자들을 지켜보고 있다. "저지, 또 돈다고?" 저지가 최종적으로 앉을 자리를 찾아 네 번째 돌려고 하자 내가 말한다. "아무도 안 보고 있다고."

하지만 100% 사실은 아니다. 서너 살밖에 안된 아이가 엄마에게서 도망쳐 우리를 향해 달려오고 있다. "강아지다!" 아이가 소리치며 저지를 향해 열렬히 손을 뻗는다. 저지는 내 쪽으로 바싹 붙는다. 아이의 엄마가 잠시 후 아이에게로 온다.

"죄송해요. 아이가 한참 강아지를 좋아할 시기라서요. 만져도 될까요?"

"안 됩니다." 나는 자동적으로 반응한다. "이 개는 안내견입니다."

"아," 여자가 자세를 똑바로 하며 아들을 자신 쪽으로 당긴다. "하지만 맹인이 아니시잖아요?"

"저는 간질환자고 이 개는 발작 경고 개입니다"라고 생전 처음으로 이번 딱 한 번만 솔직히 말할까 생각한다. 하지만 사람은 자신의 상황에 대해 농담을 할 수 있어야 한다. "저는 변호사입니다." 나는 이렇게 말한 뒤 여자를 보고 씩 웃는다. "이 개는 저를 위해 응급차를 불러주죠."

나는 저지를 데리고 떠나면서 휘파람을 분다.

드살보 판사는 판사석으로 돌아오면서 죽은 딸의 사진이 담긴 액자를 들고 온다. 그걸 본 순간, 졌다는 생각이 든다. 판사는 말을 꺼내기 시작한다. "여러분이 제시한 증거들을 보면서 저는 이 법정에 앉아 있는 우리 모두는 삶의 질 대 삶의 존엄성에 대해 논하고 있다는 사실을 깨달았습니다. 피츠제럴드 부부는 케이트를 살리는 일과 가족의 구성원이 되는 것을 상당히 중시합니다. 그리고 케이트라는 존재의 존엄성은 안나의 삶의 질과 완전히 뒤얽혀 있죠. 이 둘을 분리할 수 있는지 살펴보는 게 제 일입니다." 판사가 고개를 젓는다. "둘 중 어느 것이 더 중요한지를 결정할 자격이 있는 사람은 없는 것 같네요. 저는 더군다나 아닙니다. 저는 아버지입니다. 제 딸 데나는 음주운전자의 차에 치여 열두 살의 나이에 이 세상을 떠났습니다. 그날 밤 병원으로 달려갔을 때 저는 아이와 하루만 더 같이 보낼 수 있다면 무엇이든 줄 수 있을 것 같은 심정이었습니다. 피츠제럴드 부부는 지난 14년 동안 이 같은 상태였을 것입니다. 딸을 조금이라도 더 오래 살려두기 위해 온갖 제안을 받아들였습니다. 저는 이 부부의 결정을 존중합니다. 이 부부의 용기를 존중합니다. 이러한 기회를 가질 수 있다는 사실이 솔직히 부럽습니다. 하지만 양측 변호사가 지적했듯 이 소송은 더 이상 안나의 장기를 둘러싼 문제가 아닙니다. 어떻게 이러한 결정을 내리며, 이런 결정을 누가 내려야 할지를 어떻게 결정하느냐가 관건입니다."

판사가 목소리를 가다듬는다. "정답은 답이 없다는 것입니다. 결국 부모로서, 의사로서, 판사로서, 사회로서 우리는 밤에 편안히 잠들 수 있도록 미약하게나마 힘을 합쳐 결정을 내려야 합니다. 도덕이 윤리보다 중요하며 사랑이 법보다 중요하기 때문입니다."

드살보 판사는 안나를 돌아본다. 아이는 불편한 듯 몸을 뒤척이고 있다. "케이트는 죽기를 원하지 않습니다." 그가 조심스럽게 말한다. "하지만 이러한 상태로 살고 싶어 하지도 않죠. 그리고 판사인 저는 단 한 가지 결정만 내릴 수 있습니다. 선택을 할 수 있는 단 한 사람은 이 문제의 핵심에 놓여 있는 사람입니다."

나는 숨을 크게 내쉰다.

"그 사람은 케이트가 아니라 안나입니다."

내 옆에서 안나는 숨을 크게 들이쉰다. "지난 며칠 동안 우리는 열세 살 된 아이에게 이렇게 중대한 선택을 할 수 있는 역량이 있느냐를 두고 논쟁을 벌였습니다. 하지만 나이는 기본적인 이해를 하는 데 있어 그다지 중요한 변수가 아닙니다. 사실 어떤 어른들은 어린 시절의 가장 단순한 법칙을 잊곤 합니다. 허락 없이 상대의 물건을 가져가서는 안 된다는 법칙이죠. 안나," 판사가 묻는다. "자리에서 일어나줄래?"

아이는 나를 쳐다본다. 나는 고개를 끄덕이며 아이와 함께 자리에서 일어난다. 드살보 판사가 말한다. "이제 너는 부모님으로부터 의료 해방이 되었음을 선언한다. 계속해서 부모님과 살겠지만, 그리고 네가 언제 잠자리에 들어야 하는지, 어떠한 TV 프로그램을 봐서는 안 되는지, 브로콜리를 먹어야 하는지에 대해서는 부모님이 결정할 수 있겠지만 의학적 치료에 관해서라면 네게 결정권이 있다는 뜻이란다." 판사는 안나의 엄마를 돌아본다. "피츠제럴드 부인, 그리고 피츠제럴드 씨. 안나와 함께 소아과 의사를 만나 이 평결의 조건을 공지해주세요. 의사가 이제부터 안나와 직접 논의해야 한다는 사실을 알도록 말이죠. 안나는 별도의 지도가 필요할 테니 안나가 열여덟 살이 될 때까지 알렉산더 씨가 의료적 위임권을 행사하도록 요청합니다. 힘든 결정을 내려야 할 때 안나를 도와주세요. 그렇다고 이러한 결정을 내릴 때 안나가 부모와 상의해서는 안 된다는 뜻이 아닙니다. 최종 결정은 안나 혼자서 내려야 한다는 의미입니다." 판사가 나를 쳐다본다. "알렉산더 씨, 이 책임을 수락하시겠습니까?"

저지를 제외하고는 그 누구도, 무엇도 돌봐야 했던 적이 없다. 이제는 줄리아를 보살펴야 하며 안나도 돌봐야 한다. "영광입니다." 내가 말한 뒤 안나를 보고 미소 짓는다.

"오늘 법원을 떠나기 전에 서류에 서명하기 바랍니다." 판사가 명령한다. "안나, 잘 지내렴. 종종 들러서 어떻게 지내는지 안부 전해주고."

판사가 판사봉을 탕탕 하고 내려친다. 우리는 자리에서 일어나고 판사는 법정을 나선다. "안나, 네가 해냈어." 안나는 충격에 휩싸인 채 내 옆에 꼼짝 않고 서 있다.

줄리아가 먼저 우리에게 다가와 청중석 난간 위로 몸을 숙여 안나를 껴안는다. "용감했어." 안나의 어깨 너머로 줄리아가 나를 보고 씩 웃는다. "당신도."

　하지만 안나는 한 걸음 뒤로 물러난다. 피츠제럴드 부부가 안나를 보고 있다. 그들 사이의 거리는 불과 한 걸음 정도밖에 되지 않지만 그 사이에는 은하계만큼의 시간과 편안함이 놓여 있다. 그제야 나는 내가 이미 안나를 실제 나이보다 성숙하게 보기 시작했다는 걸 깨닫는다. 하지만 지금 안나는 확신이 없는 듯 부모님과 눈을 마주치지 못하고 있다. "안나," 브라이언이 틈을 메우려는 듯 딸을 거칠게 껴안으며 말한다.

　"괜찮아." 사라가 합류하며 남편과 딸에게 팔을 두른다. 세 사람의 어깨가 이제껏 뛰어온 경기를 탈바꿈해야 하는 팀처럼 넓은 벽을 이룬다.

안나

시야가 영 꽝이다. 비가 더 세차게 내리고 있다. 차 위로 너무 세게 내리쳐 차가 코카콜라 캔처럼 찌그러지는 게 아닐까 싶다. 갑자기 숨쉬기가 더 힘들어진다. 하지만 나는 금세 이건 구린 날씨나 폐쇄공포증의 가능성 하고는 아무런 상관이 없다는 걸 깨닫는다. 눈물 때문에 목구멍이 동맥처럼 조여져 평소 때보다 절반이나 좁아진 바람에 말하고 행동할 때 뭐든 두 배로 힘이 드는 것뿐이다.

의료 해방을 선고받은 지 30분이 지났다. 캠벨 아저씨는 비가 와서 천만 다행이라고, 덕분에 기자들이 해산했다고 말한다. 기자들은 병원으로 날 찾아올지도 모른다. 아닐 수도 있지만 그때쯤이면 가족들과 함께 있을 테니 문제가 될 게 없다. 부모님은 나를 두고 먼저 출발했다. 우리는 남아서 이 쓸데없는 서류를 작성해야 했다. 캠벨 아저씨는 서류를 다 작성한 뒤 나를 데려다 주겠다고 했다. 당장이라도 줄리아 아줌마와 시간을 보내고 싶을 텐데, 참 고마운 일이다. 줄리아 아줌마와 아저씨는 둘 사이의 관계가 뭐 대단한 미스터리라도 되는 양 굴지만 별로 그렇지도 않다. 셋이 함께 있을 때 저지가 뭘 하는지 궁금하다. 소외된 기분이 들까?

"아저씨?" 내가 갑자기 묻는다. "제가 어떡해야 할까요?"

그는 내가 무슨 말을 하는지 못 알아들은 척하지 않는다. "방금까지 **너한테** 선택권을 주기 위해 열심히 싸웠잖니. 그러니 내 생각을 말해주진 않을 거야."

"좋아요." 내가 좌석에 몸을 더 깊이 파묻으며 말한다. "제가 정말 누구인지도 모르겠어요."

"나는 네가 누군지 알아. 넌 프로비던스 플랜테이션 지역을 통틀어 최고의 문손잡이 캐디야. 말을 참 잘하고, 책스 믹스에서 크래커를 골라내고, 수학을 싫어하지…."

캠벨 아저씨가 이렇게 말하는 걸 듣고 있으니 기분이 나쁘지는 않다.

"남자 좋아하니?" 아저씨가 말하지만 그건 질문이 아니다.

"괜찮은 애들도 있어요." 내가 인정한다. "하지만 걔들도 전부 자라서 아저씨처럼 될 거잖아요."

아저씨가 웃는다. "그렇게 안 되길."

"이제 뭐하실 거예요?"

캠벨 아저씨가 어깨를 으쓱한다. "돈이 되는 사건을 받아야지."

"줄리아 아줌마가 원래 라이프 스타일대로 살도록 계속해서 지원해주시려고요?"

"그래, 뭐 그런 거지." 그가 웃는다.

잠시 차 안이 조용해진다. 와이퍼가 앞 유리창에 닿는 소리만이 들린다. 나는 허벅지 아래로 손을 넣는다. "법정에서 하신 말씀이요… 정말로 제가 10년 후에 멋진 사람이 될 거라고 생각하세요?"

"엎드려 절 받고 싶은 거니, 안나 피츠제럴드 양?"

"제가 방금 한 말은 못 들은 걸로 하세요."

캠벨 아저씨가 나를 힐긋 본다. "당연하지, 안나. 너는 남자애들의 가슴을 아프게 할 걸? 아님 몽마르트에서 그림을 그리거나 전투기를 운전하거나 미지의 나라를 하이킹할 수도 있고." 아저씨가 잠시 말을 멈춘다. "아니면 이 모든 걸 할지도 모르지."

나도 한때는 언니처럼 발레리나가 되고 싶었던 적이 있었다. 하지만 그때 이후로 내 꿈은 천 번도 넘게 바뀌었다. 우주비행사가 되고 싶었다가 고생물학자가 되고 싶었다가 아레사 프랭클린의 백 보컬이 되고 싶었다. 한때는 장관이나 옐로스톤 국립공원 관리원이 꿈이기도 했다. 요새는 그날 기분에 따라 현미경수술 전문의나 시인, 유령 사냥꾼이 되고 싶기도 하다.

바뀌지 않는 건 단 하나다. "10년 후에도," 내가 말한다. "전 언니의 동생이고 싶어요."

브라이언

케이트가 또다시 투석을 받기 시작하려 할 때 내 호출장치가 울린다. '교통사고, 차량 두 대, 부상자 있음.'

"가봐야겠어." 아내에게 말한다. "괜찮지?"

에디 앤 파운틴 어귀로 응급차가 향한다. 원래 안 좋은 교차로 구간인데다 날씨 때문에 악화된 모양이다. 내가 도착할 무렵, 경찰이 현장을 차단한 상태다. 차량 한 대가 다른 차량의 측면을 박은 듯하다. 차량 두 대가 굉장히 세게 부딪혀 강철이 찌그러진 채 한데 엉겨 있다. 트럭은 그나마 상태가 낫다. 상대적으로 작은 BMW 스포츠카는 앞 범퍼가 웃는 낯짝처럼 완전히 구부러졌다. 나는 응급차에서 내려 폭우 속을 뚫고 눈에 보이는 경찰에게 다가간다. "부상자가 세 명입니다. 한 명은 이미 수송 중이고요."

레드가 희생자를 꺼내기 위해서 조스 오브 라이프로 BMW의 운전석을 자르고 있다. "상태가 어때?" 내가 사이렌 소리 너머로 외친다.

"트럭 운전자가 앞 유리를 뚫고 날아갔어." 그가 소리친다. "시저가 응급차에 태워서 데리고 갔고, 두 번째 응급차가 오고 있는 중이야. 내가

보기에는 여기에 두 명이 타고 있는데 양쪽 문이 다 완전히 찌그러졌
어."

"트럭 위로 기어들어갈 수 있는지 볼게." 나는 매끄러운 금속과 깨
진 유리 사이를 헤치고 앞으로 나아가기 시작한다. 그러다가 평상형 트
럭에서는 안 보였던 구멍에 발이 빠지고 만다. 나는 욕을 내뱉고는 겨우
발을 빼낸다. 트럭의 찌그러진 운전석으로 조심히 몸을 집어넣은 뒤 앞
으로 나아간다. 운전사는 앞 유리를 뚫고 BMW 차 위로 날아간 것 같다.
포드 트럭의 정면 전체가 마치 종이로 만들어진 것처럼 BMW 스포츠카
의 조수석을 뚫고 지나갔다.

나는 한때 트럭의 창문이었던 부분에서 기어 나온다. 엔진이 BMW
에 타고 있는 부상자와 내 사이에 놓여 있기 때문이다. 하지만 몸을 조금
비틀자 내 몸이 가까스로 들어갈 수 있는 작은 공간이 생긴다. 나는 그곳
으로 들어가 거미줄 모양으로 산산조각 나고 피로 붉게 물든 강화유리
에 몸을 기댄다. 레드가 조스 오브 라이프로 운전석의 문을 여는 순간 개
가 낑낑거리며 나온다. 그걸 보자 깨진 창문의 반대편에 눌려져 있는 얼
굴이 안나라는 걸 깨닫는다.

"당장 꺼내." 내가 소리친다. "지금 당장 꺼내라고!" 내가 어떻게 헝
클어진 잔해에서 빠져나와 레드를 밀쳐냈는지 모르겠다. 어떻게 캠벨
알렉산더의 안전벨트를 풀고 그를 끌어내 비가 세차게 내리치고 있는
거리에 눕혔는지, 정석대로 안전벨트에 묶인 상태로 눈만 크게 뜬 채 미
동도 없는 내 딸이 있는 안으로 어떻게 들어갔는지 모르겠다. 폴리가 어
디선가 나타나 안나에게 손을 올리자 나는 나도 모르게 폴리를 때려눕
혀 대자로 뻗게 한다.

"정신 차려, 브라이언." 그가 자신의 턱을 잡으며 말한다.

"안나야, 폴리. 안나라고."

상황을 파악한 대원들이 나를 막은 뒤 대신 일을 처리하려고 한다. 하지만 내 아이다, 내 아이, 인정하고 싶지 않지만. 나는 안나를 들것에 싣고 꽉 고정한 뒤 대원들에게 응급차에 태우게 한다. 관을 삽입하기 위해 아이의 턱 아래를 뒤로 젖히지만 제시의 스케이트에 넘어져 생긴 작은 상처를 보는 순간 무너지고 만다. 레드가 나를 밀쳐낸 뒤 대신 관을 삽입하고 아이의 맥박을 잰다. "약하긴 하지만 느껴져, 대장." 레드가 말한다. 레드가 링거를 연결하는 동안 나는 무전기로 본부에 무전을 친다.

"교통사고 부상자, 13세 여자아이로 심각한 두부 손상을 입었으며…." 심전도가 평행선을 그리자 나는 수화기를 내려놓고 심폐소생술을 시작한다. "패들을 가져와." 내가 명령한 뒤 안나의 셔츠를 젖히고 아이가 그토록 원했지만 사실 필요하지 않은 브래지어 끈을 자른다. 레드가 안나에게 충격을 가하자 아이의 맥박이 돌아온다. 심실보충수축으로 심박이 돌아왔고 서맥(심장박동수가 정상 박동수 미만인 경우-옮긴이)이 관찰되었다.

우리는 안나에게 산소마스크를 씌운 뒤 정맥주사를 놓는다. 폴리가 끽 소리와 함께 응급차 주차 구역에 차를 댄 뒤 뒷문을 열어젖힌다. 안나는 트레일러에서 움직이질 않는다. 레드가 내 팔을 세게 잡는다. "아무 생각하지 마." 그는 이렇게 말한 뒤 안나를 실은 들것의 윗부분을 잡고 서둘러 응급실로 간다.

그들은 나를 외상 치료실에 들여보내지 않을 것이다. 대원들이 지원 차원에서 몰려든다. 그중 한 명이 아내를 데려온다. 아내는 제정신이 아닌 듯 허둥지둥 달려온다. "안나는 어디 있어? 무슨 일인데?"

"자동차 사고가 났어." 내가 가까스로 말한다. "나도 현장에 갈 때까지는 그게 누군지 몰랐어." 눈물이 그렁그렁하다. 아내에게 안나가 혼자 힘으로는 숨을 쉴 수 없다고 말해야 할까? 심전도가 평행선이라고 말해야 할까? 조금 전까지 호출을 받은 뒤 내가 한 일들을 일일이 되새김질해봤다고 말해야 할까? 트럭 안으로 기어 들어간 방법부터 잔해에서 아이를 끌어낸 순간에 이르기까지. 감정에 휩싸여 무엇을 했어야 하며 무엇을 할 수 있었는지 제대로 생각하지 못했다고 말해야 할까?

그 순간, 캠벨 알렉산더의 목소리와 무언가 벽에 쿵 부딪히는 소리가 들린다. "젠장 안나가 여기 있는지 없는지만 말해달라고요!"

그는 다른 외상 치료실의 출입문을 박차고 나온다. 팔에는 캐스트(깁스)를 했으며 옷은 피로 얼룩져 있다. 절뚝거리는 개가 그 옆에 있다. 그 즉시, 캠벨의 눈이 나와 마주친다. "안나는 어디 있죠?" 그가 묻는다.

나는 대답하지 않는다. 뭐라고 말할 수 있단 말인가. 내가 아무 말이 없자 그가 눈치챈 듯 낮은 목소리로 말한다. "아, 안 돼. 아, 맙소사."

의사가 안나의 치료실에서 나온다. 그는 나를 알고 있다. 나는 일주일에 나흘 이 병원에 오기 때문이다. "브라이언," 그가 침착하게 말한다. "안나가 자극에 반응하지 않아요."

내 입에서 인간의 소리가 아닌 짐승 같은 소리가 나온다. "그게 무슨 뜻이죠?" 아내의 목소리가 나에게 꽂힌다. "의사가 방금 뭐라고 했어, 여보?"

"안나의 머리가 창문에 매우 세게 부딪혔어요, 피츠제럴드 부인. 그 결과 치명적인 두부 손상을 입었습니다. 안나는 인공호흡기에 의존해 숨을 쉬고는 있지만 신경학적으로는 아무런 활동도 하고 있지 않아요…
안나는 뇌사 상태입니다. 죄송합니다." 의사가 말한다. "정말 죄송해요."
그는 머뭇거리며 나를 보다가 아내를 쳐다본다. "당장 생각하고 싶지 않
으시겠지만 가능성이 조금이라도 있는 지금… 장기 기증을 생각해 보시
겠어요?"

밤하늘에는 다른 별들보다 유독 밝아 보이는 별이 있다. 하지만 망
원경을 통해 보면 사실은 쌍둥이별이란 걸 알 수 있다. 두 별은 서로의
주위를 도는데, 때로는 한 바퀴를 도는 데 거의 100년이 걸리기도 한다.
이들 사이에는 서로를 끌어당기는 중력이 상당히 크게 작용해 다른 것
이 들어올 수가 없다. 예를 들어, 우리는 파란색 별을 보고 있다고 생각
하지만 사실은 흰색 난쟁이별이 그 옆에 있다는 것을 나중에 깨닫게 된
다. 첫 번째 별이 너무 밝게 빛나는 바람에 나중에 두 번째 별을 발견하
더라도 너무 늦은 것이다.

의사의 말에 답한 건 캠벨이다. "저는 안나의 대리인입니다. 의료
관련 결정권은 부모님이 아니라 저에게 있습니다." 그가 말한다. 그는 나
를 본 뒤 아내를 쳐다본다. "안나의 신장이 필요한 아이가 위층에 있습
니다."

사라

부모를 잃은 아이, 남편을 잃은 아내를 일컫는 단어가 있지만, 아이를 잃은 부모를 뜻하는 단어는 없다. 의사들은 기증하게 될 장기를 꺼낸 뒤 안나를 다시 데리고 온다. 나는 마지막으로 들어간다. 복도에는 이미 제시와 수잔 언니, 캠벨 알렉산더 씨를 비롯해 우리가 가깝게 지낸 간호사들, 심지어 줄리아 로마노 양도 있다. 안나에게 작별인사를 건네야 하는 사람들이다.

남편과 나는 안으로 들어간다. 작은 아이의 몸이 병원 침대에 가만히 누워 있다. 관이 아이의 목에 연결되어 있고 기계가 아이에게 숨을 불어넣고 있다. 기계를 끄는 건 우리의 몫이다. 침대 옆에 앉아 안나의 손을 잡으니 여전히 따뜻하고 부드럽다. 지난 수년간 이런 순간을 예상하며 살았건만 막상 닥치니 어찌할 바를 모르겠다. 크레용 하나로 하늘색을 표현하는 게 불가능한 것처럼 이렇게 큰 슬픔을 정확히 표현할 수 있는 단어는 없다. "못하겠어." 내가 낮은 목소리로 말한다.

남편이 내 뒤로 다가온다. "여보, 안나는 여기 없어. 아이의 몸을 살아 있게 하는 건 기계일 뿐이야. 안나를 안나답게 만드는 건 이미 떠나고 없어."

나는 돌아서서 남편의 가슴에 얼굴을 묻는다. "하지만 안나는 죽는 게 아니었어." 나는 흐느껴 운다.

우리는 서로를 부둥켜안는다. 그리고 용기를 내어 한때 내 막내딸을 품었던 껍질을 내려다본다. 남편 말이 맞다. 이건 껍데기에 불과하다. 아이의 얼굴선에는 에너지가 없다. 근육은 힘을 잃어 느슨하다. 의사들은 케이트를 비롯해 또 한 번 생의 기회를 얻을 이름 모를 아이들을 위해 그 피부 아래에 있는 장기들을 떼어냈다.

"좋아." 내가 숨을 깊이 들이쉰다. 내가 안나의 가슴에 손을 올려놓자 남편이 떨리는 손으로 산소 호흡기를 떼어낸다. 나는 작은 원을 그리며 아이의 피부를 문지른다. 그렇게 하면 조금 나아지기라도 하는 양. 심전도가 평행선을 그리자 나는 아이의 몸에서 일어날 변화를 기다린다. 바로 그때 내 손바닥 아래서 아이의 심장이 멈추는 게 느껴진다.

작은 리듬의 상실이.

공허한 평온이.

완전한 상실이.

에필로그

거리를 따라,
삶의 불꽃이 고동치며,
사람들이 내 주위로 사방에서 깜빡이자,
나는 내가 가족을 잃었다는 걸 잊는다.
저 거대한 성좌의 틈,
별이 있던 곳.

　　　　　　　　-D. H. 로렌스, 『침몰』

케이트

2010

슬픔에는 공소시효가 있어야 한다. 자다 깨서 울어도 괜찮지만 딱 한 달만이라고 규정해 놓은 법령 같은 거 말이다. 42일이 지난 뒤에는 그 애가 자신의 이름을 부르는 소리를 들었다고 생각해도 심장이 두근거리며 뒤돌아보는 일이 없을 거라고, 그 애의 책상을 정리하고, 냉장고에서 그 애의 작품을 떼어내고, 또다시 마음이 아프지 않아도 되도록 그애의 졸업 사진을 뒤집어 놓아야겠다고 생각하더라도 벌금이 부과되지 않을 거라고, 과거에 그 애의 생일을 셌던 것처럼 그 애가 세상을 떠난 지 얼마나 됐는지 세어 봐도 괜찮다고 말해주는 규정집 말이다.

그 후로 오랫동안, 아빠는 밤하늘에서 안나가 보인다고 주장했다. 때로는 안나의 윙크였고 때로는 안나의 옆모습이었다. 아빠는 사랑을 많이 받은 이들이 영원히 살도록 별자리로 남겨진 게 별이라고 했다. 엄마는 오랫동안 안나가 다시 돌아올 거라고 믿었다. 그러면서 신호를 찾기 시작했다. 너무 빨리 꽃핀 식물, 노른자가 두 개인 달걀, 글자 모양으로 쏟아진 소금 등. 그리고 난, 내 자신을 미워하기 시작했다. 물론 모든 건 내 잘못이다. 안나가 소송을 걸지 않았더라면, 변호사와 함께 서류에 사인하기 위해 법정에 가지 않았더라면 그 순간 그 교차로에 있지 않았을 것이다. 안나는 여기에 있을 테고 죽어서 안나를 계속 찾아오는 건 내가 되었을 것이다.

● ● ●

나는 한동안 아팠다. 신장 이식은 거의 실패로 돌아갔다. 하지만 알 수 없는 이유로 나는 빠르게 회복되기 시작했고 그 기간이 오래갔다. 마지막 재발이 있었던 게 8년 전이다. 찬스 의사조차도 이해할 수 없는 현상이다. 그는 올트랜스레티놀산(ATRA)과 비소 요법이 합쳐져 지연 효과를 낸 것 같다고 말한다. 하지만 나는 진실을 안다. 누군가는 죽어야 했던 거고, 안나가 나 대신 죽은 거다.

예상치 못하게 다가온 슬픔은 신기한 존재다. 반창고처럼 가족을 이루는 가장 위층이 뜯겨진 것과도 같다. 한 가정의 속살은 그다지 아름답지 않다. 우리 가족도 예외는 아니다. 나는 엄마가 우는 소리를 듣지 않으려고 며칠이고 헤드폰을 낀 채 방 안에 처박혀 있기도 했다. 아빠는 집에 오기 싫어 몇 주 동안 철야 근무를 서기도 했다.

그러던 어느 날 아침, 엄마는 시든 건포도와 그레이엄 크래커 부스러기를 비롯해 집 안에 있는 음식을 전부 먹었다는 걸 깨닫고는 장을 보러 갔다. 아빠는 세금 고지서를 한두 개 납부했다. 나는 앉아서 TV를 보았고 〈왈가닥 루시〉의 옛 에피소드를 보다가 웃기 시작했다. 순간 나는 성지를 훼손한 기분이 들었다. 당황한 나는 손으로 입을 막았다. 소파에서 내 옆자리에 앉아 있던 오빠가 말했다.

"안나도 재미있다고 생각했을 거야."

우리는 누군가가 이 세상에 남기고 간 쓰라린 기억을 붙들고 싶어 하는 만큼 그 안에 머물게 된다. 산다는 행위 자체는 조류와도 같다. 처음에는 전혀 달라 보이지 않지만 어느 날 내려다보면 얼마나 많은 아픔이 침식되었는지 알게 된다.

안나가 우리를 얼마나 오랫동안 지켜보고 있는지 모르겠다. 우리가 한동안 캠벨과 줄리아와 가깝게 지냈으며 그들의 결혼식에도 갔다는 걸 아는지 모르겠다. 그들을 더 이상 만나지 않는 이유가 그저 너무 고통스럽기 때문이라는 걸, 안나에 대해 얘기하지 않더라도 무언가 타는 냄새처럼 안나가 우리가 나누는 대화 사이에 머물고 있기 때문이라는 걸 아는지 모르겠다.

안나가 제시 오빠의 경찰학교 졸업식에 갔는지 모르겠다. 오빠가 마약 단속에서의 공로를 치하 받아 작년에 시장으로부터 표창장을 받은 걸 아는지 모르겠다. 안나가 떠난 뒤 아빠가 한동안 술을 달고 살다가 겨우 끊은 걸 아는지 모르겠다. 내가 이제 아이들에게 발레를 가르치는 걸 아는지 모르겠다. 여자아이 둘이 연습봉을 잡고 쁠리에(꼿꼿한 자세로 양쪽 무릎을 굽히는 동작-옮긴이)를 하는 모습을 볼 때면 우리를 떠올리는 걸 아는지 모르겠다.

안나는 여전히 나를 놀라게 한다. 안나가 죽은 지 거의 1년이 지난 어느 날, 엄마는 내 고등학교 졸업식 사진을 현상한 필름을 들고 집에 왔다. 엄마와 나는 어깨를 마주 댄 채 식탁에 앉아 활짝 웃고 있는 사진 속 우리를 보며 그곳에서 누군가 빠졌다는 사실을 언급하지 않기 위해 애썼다.

　바로 그때, 우리가 안나를 불러오기라도 한 것처럼 안나의 사진이 마지막으로 나타났다. 우리가 카메라를 사용한 지 너무 오래되었던 것이다. 안나는 해변용 수건을 두른 채 사진을 찍지 말라는 듯 사진을 찍는 사람을 향해 한 손을 뻗고 있었다. 엄마와 나는 부엌에 앉아 해가 질 때까지 안나를 바라보았다. 머리끈 색깔에서부터 비키니에 달린 술의 무늬에 이르기까지 모든 것을 기억할 때까지, 더 이상 안나의 모습이 선명하게 보이지 않는다 싶을 때까지.

　엄마는 나에게 안나의 사진을 주었다. 하지만 나는 사진을 액자에 끼우지 않았다. 봉투에 넣어 밀봉한 뒤 서류보관함의 구석 깊숙이 넣어두었다. 조만간 안나를 잃기 시작할 때를 대비해서다.

　어느 날 아침 일어났는데 가장 먼저 떠오르는 얼굴이 안나의 얼굴이 아닐 수 있다. 혹은 나른한 8월의 어느 오후, 안나의 오른쪽 어깨 어디쯤에 주근깨가 있었는지 더 이상 기억이 나지 않을 수 있다. 아니면 눈이 떨어지는 소리에 귀 기울이지만 안나의 발걸음 소리가 들리지 않게 될 수 있다.

　그런 기분이 들기 시작하면 나는 화장실로 가 셔츠를 들어올린 뒤 흰색 흉터를 만진다. 처음에는 꿰맨 자국이 안나의 이름처럼 보인다고 생각했던 걸로 기억한다. 나는 안나의 신장이 내 안에서 작동하고 안나의 피가 내 혈관을 따라 흐르는 걸 생각해본다. 내가 어디를 가든 안나는 나와 함께인 거다.

감수자 **한정우**

연세대학교 의과대학 의학과 졸업
세브란스병원 소아청소년과 전공의 수료
세브란스병원 내과 전문의 수료
현) 연세대학교 의과대학 소아과학교실 조교수
연세암병원 소아청소년암센터 소아혈액종양과 조교수

감수자의 글

먼저 백혈병 등 소아청소년암은 기본적으로 생존율이 높으나, 이는 최적의 치료
를 적극적으로 수행해야 한다는 전제가 있어야 합니다.

특히 어린이들에게 발생하는 암은 어린이의 신체·심리적 취약성, 부모와 형제,
환아 사이의 갈등과 가족 역학적 위기, 소아청소년의 발달 단계 및 사회 적응 문
제, 재정적 문제, 사회 보장 체계 등 다양하고 독특한 측면들에 영향을 받아 최적
의 치료를 받지 못하는 경우가 발생합니다.

그러므로 본 소설의 질환(급성전골수세포성백혈병)이 비록 의학적으로는 다른
백혈병에 비해 치료가 어려운 불치의 병이라고 할 수 없지만, 위의 요소들을 포함
하여 다양한 측면들을 자세히 조명하고 대중의 이해와 참여를 구하는 고귀한 취
지가 있음을 이해해야 할 것입니다.

미주

1) p. 48   급성전골수세포성백혈병(acute promyelocytic leukemia, APL)은 실
       제로 잘 치료하면 생존율이 높습니다.

2) p. 88   급성전골수세포성백혈병(APL)은 항암제 내성이 많지 않은 편이며 미
       국과 한국의 의료적 견해가 다를 수 있음을 밝힙니다.